Hans
'een leven op zichzelf'

V1 © 2017 D.F.Verplancke

ISBN: 978-90-818898-3-4

"Uiteindelijk zullen we ons de woorden van onze tegenstanders niet herinneren, maar wel het zwijgen van onze vrienden."

Martin Luther King

Indeling van de hoofdstukken

Slot (1e deel)

Tijdens de taxirit die haar van het vliegveld naar de stad heeft vervoerd, dat was een warme attentie van haar geliefde, drong het plotseling bij haar door dat dit pas de vierde maal in haar leven zou zijn dat ze bij de boot voor de deur zal staan.

Deze keer is het beduidend anders dan bijvoorbeeld de allereerste keer, toen ze nog heel klein was en ze er kwam met haar ouders. Snel terug rekenend is ze erop uitgekomen dat ze indertijd een jaar of tien, hooguit elf, geweest zal zijn.

Vanzelfsprekend is dat te jong om de wereld van volwassen mensen te kunnen doorgronden en ze was zich er daarom niet van bewust wát er allemaal aan familietoestanden om het bezoekje heen hadden gehangen.

Heel kinderlijk ging ze er nog vanuit dat ze er vaker op bezoek zou komen en naïef dacht ze welkom te zijn op de woonboot van haar broer. Die eerste keer was hij er namelijk - net een paar weken ervoor - *op zichzelf* gaan wonen.

Ze staat nu op de loopplank te wachten tot haar neef, zoals hij haar schreef de huidige bewoner, de voordeur open zal doen. De taxi is weg gereden nadat de chauffeur haar koffer hier voor de deur heeft gezet en zij de voucher bij 'm heeft ingeleverd.

Ze kijkt aandachtig om zich heen en kan zich niet meer voor de geest halen of de struiken er indertijd ook al stonden. Die zullen dan natuurlijk een flink stuk kleiner zijn geweest. Misschien hebben haar broer en z'n vrouw het gewas er in de loop der tijd geplant?

Of heeft haar zus Marieke het, toen zij er later is gaan wonen, zo gemaakt?

Wat haar opvalt is dat de tuin er 'nogal knus' uitziet. Het is er 't juiste woord voor en misschien komt het wel omdat het lijkt op hoe de tuinen er in haar eigen woonplaats uitzien. Engelsen maken erg veel werk van hun 'home'.

Een tuin hoe klein soms en eigenlijk alles rondom hun huis, ziet er altijd zeer verzorgd uit. Telkens als ze in Nederland is springt het verschil haar weer in 't oog.

Wat er precies achter steekt laat zich niet een, twee, drie benoemen, maar het bestaat en dat 't uitermate Brits is, is voor haar onmiskenbaar.

Al schijnen de mensen in Zwitserland ook zo netjes te zijn.

Haar moeder noemde haar indertijd Bep. Voornamelijk omdat ze Elisabeth te lang vond. Zelf had ze daar geen last van, al vond ze de naam eigenlijk vreselijk als ie buiten het gezin werd gebruikt. Bij haar in de klas zaten twee meisjes die van zichzelf de naam droegen en ze had aan allebei een uitgesproken hekel.

Voor zover ze het zich herinnert waren ze ook bij de andere klasgenootjes niet populair. Echte mispunten waren het, dat weet ze nog zeker.

In haar huidige woonplaats gebruikt men trouwens meestal de naam Alice voor haar. Dat is eenvoudiger dan Elisabeth, want die naam is toch voorbehouden aan de koningin. In het Verenigde Koninkrijk wordt altijd een tamelijk duidelijk onderscheid bewaard met de 'Royals'.

Ze drukt nog eens op de knop van de bel.

Op de een of andere manier gaat ze ervan uit dat er iemand thuis móét zijn.

1

Weliswaar klinkt er binnen geen muziek of wordt haar overtuiging op een andere manier onderbouwd - ze heeft er ook nog niets zien bewegen immers - maar iets zegt haar dat er iemand is.

In de voordeur van de boot zitten ruiten met van dat glas met grijze strepen en die laten het toe om naar binnen te kijken. Het enige dat zich erdoor waar laat nemen zijn lichtveranderingen en die worden dan veroorzaakt omdat er bijvoorbeeld iemand achter het glas beweegt.

Zoiets heeft ze nog niet waargenomen. Toch voelt ze op de een of andere manier dat ze niet weg moet gaan en dat komt heus niet alleen omdat ze van zover gekomen is. Het lijkt erop of ze weet dat haar neef zeker thuis zal zijn.

Ze blijft even wachten en doet een stapje achteruit.

In de tussentijd wisselt ze van plaats met haar koffer. Ze zet 'm dichterbij de zijkant van de loopplank. Het is er een op wieltjes, maar als Hans straks de deur openmaakt, dan wil ze er niet over struikelen.

Ze vraagt zich af of ze elkaar zullen herkennen.

Dan luistert ze nog eens aandachtig of ze iets hoort achter de deur.

De hele voorkant van de boot is betimmerd met brede planken. Volgens haar waren die vroeger bruin, maar nu zijn ze glanzend wit. Zo te zien is dat overigens niet eens heel erg lang geleden gedaan. Het verfwerk ziet er nog keurig uit.

Rechts van de voordeur zitten naast elkaar tegen de dakrand aan, drie ramen van hooguit vijftig bij dertig centimeter. Ze zitten te ver weg om erdoor naar binnen te kunnen kijken. Voor zover ze weet bevinden zich daar de hal en een badkamer. Van waar ze staat kan ze niet zien of er daar ook datzelfde geribbelde glas in zit.

Martin was indertijd net op de boot gaan wonen en naar wat ze zich ervan herinnert, was dat ene bezoek van haar en haar ouders de eerste keer dat ze bij hem langs gingen. Zijn vriendin was toen bij haar ouders in de winkel aan het werk.

Mama had haar broer eerder die week opgebeld op zijn stage adres om te vertellen dat ze die middag in de stad zouden zijn. Toch deed hij het voorkomen dat hun bezoekje - met haarzelf en papa erbij - een enorme verrassing voor hem was. Het was haar opgevallen dat had ie heel verbaasd deed, toen hij de deur openmaakte.

Gezamenlijk hebben ze vervolgens, op een soort balkonnetje dat aan de huiskamer grensde, thee gedronken. Voor erbij had mama koekjes meegenomen, maar ze mocht er net zoals thuis ook toen maar één.

Martin was op de boot toch de gastheer!

Ze ziet het weer duidelijk voor zich.

Dat balkon zal helemaal links aan de zijkant zitten. Vanaf haar standplaats kan ze een stukje van 'n hek zien. Dat hoort natuurlijk bij dat balkon. Het bezoekje moet een flinke indruk op haar gemaakt hebben, omdat ze het allemaal nog weet.

Van dat balkonhek ziet ze hooguit een halve meter en erg breed zal het verderop ook niet kunnen zijn. Voor haar gevoel was het er echter ruim genoeg om er met meer mensen op te kunnen zitten.

Haar herinneringen staan het helaas niet toe om zich duidelijker voor de geest te halen hoe de constructie in elkaar stak. Ze zal er straks even op letten, want ook tijdens dat tweede bezoek aan de boot heeft het allemaal geen exacte indruk achtergelaten. Toen was die vrouw van Martin er trouwens ook niet.

Martin was intussen namelijk getrouwd, dat is zeker. Maar zijn vrouw was toen ook weer naar haar werk, dat kan ze zich eveneens goed herinneren. Dat kwam goed uit.

Tussen haar en die echtgenote van Martin is het namelijk nooit goed gegaan.

Waarom Loes altijd zo onvriendelijk tegen haar is blijven doen, kan ze zich nog steeds niet voor de geest halen. Maar het was zo en is nooit verder besproken of anders gegaan. Kennelijk had het iets te maken met solidariteit en vriendschap.

En ging 't om de vriendschap tussen die vrouw van Martin en haar eigen, oudere zus Marieke. De situatie had zich vervelend ontwikkeld, al is de juiste toedracht voor dat afstandelijke gedrag haar nooit helemaal duidelijk geworden.

Helaas hebben de dingen zich ontwikkeld zoals ze gelopen zijn.

Op die andere dag, die van haar tweede bezoekje aan de boot, had ze op school een les gehad die uitviel. Omdat het een blokuur was, ging het om honderd minuten voordat de volgende les zou beginnen.

Ze zat indertijd net op school hier in de stad en om de tijd te doden, maar ook de nieuwe omgeving te verkennen, was ze naar de boot gefietst.

Eigenlijk was ze er, zomaar op de bonnefooi rondfietsend door de stad en min of meer verdwaald, langs gekomen. Toen ze de kade herkende, had ze in een opwelling aan durven bellen. Martin zat te studeren en ze hebben samen iets gedronken.

Voor haar heeft ie speciaal chocolademelk gemaakt, dat herinnert ze zich nog.

Zelf nam hij koffie. Ook dat weet ze zeker.

Ze doet een stapje verder achteruit en komt weer op de tegels terecht die op de wallenkant voor de loopplank liggen. Zal ze over het paadje links naar de zijkant van de boot lopen om te kijken hoe het precies zit met dat balkon?

Ze besluit eerst nog een keer aan te bellen.

Na even gewacht te hebben, duurt het haar opeens te lang.

Ze loopt voor de boot langs naar het schuurtje en stapt de twee treetjes af die rechts naar een plaatsje van vijf tegels breed blijken te leiden. Vanaf de loopplank had ze niet gezien dat het terrasje daar zat.

Die struiken belemmeren het zicht erop en het wordt door een schutting vanaf de straat eveneens onmogelijk gemaakt. Het ligt er erg beschut bij zo.

Ze durft het aan om nog een paar stappen vooruit te doen.

Vanaf midden op de tegels van het plaatsje kan ze bij de boot naar binnen kijken.

De gordijnen van wat de huiskamer moet zijn, zijn open en het valt haar op dat de deur naar het balkon op een kier staat.

Vanaf waar ze is gaan staan, kan ze zien dat er alleen een haakje zit die de deur vasthoudt in z'n positie. Geen ketting, slotje noch 'n ander soort beveiliging die de boel moet beschermen tegen indringers. Ze vindt het vreemd en het lijkt er haar ook te koud voor in deze tijd van het jaar, moet al huiveren bij de aanblik.

Bij haar in de buurt heeft iedereen overal, op alle ramen deuren en bovenlichten, een degelijke beveiliging zitten. Daar wordt, bijvoorbeeld op de BBC en in kranten, vaak op gewezen. Zit er hier een ander soort safety op, wellicht zo'n alarm installatie waar zij niet zoveel verstand van heeft?

Vanzelfsprekend mag dat dan niet zichtbaar zijn, maar er zitten evenmin stickertjes op de ramen die een beveiliging suggereren. Firma's die thuis een installatie aanleggen plakken die overal op en ze heeft ze heel vaak zien zitten op ramen en deuren.

3

Op het terrasje staan twee metalen stoelen en een klein rond tafeltje. Het vormt zo een 'cosy corner' waarop het vast prettig zitten moet zijn. Bijvoorbeeld om even lekker van een zonnetje te genieten.

Het is haar nu niet duidelijk waar die vandaan zal komen en wanneer hier dan prettig zitten zal zijn. Vandaag heeft de Hollandse bewolking zich weer samengepakt.

Een van de stoeltjes staat trouwens zo dat je er eenvoudig vanaf zal kunnen klauteren naar dat balkon. Ze loopt terug naar de loopplank en de voordeur, om er nog een keer te bellen. Ook daar geen stickertje trouwens.

"Hij ligt op bed".

De mannenstem komt vanachter de struiken en hoort waarschijnlijk bij een buurman. Ze stapt verder naar achteren, zodat ze in de opening van de heg terecht komt. De man kijkt haar aan: "Ben je familie?"

Ze verbaast zich over zijn opmerking en vraagt zich af waar ie zich op baseert.

Heeft ie een overeenkomst gezien met haar zus?

Toen die hier is gaan wonen moet Marieke ongeveer even oud geweest zijn als zij nu is. Was deze man indertijd ook haar buur en ziet ie een gelijkenis?

Vlak nadat Marieke hier haar intrek had genomen en voordat zijzelf - voorlopig voor een stagejaar - naar Engeland zou vertrekken, was ze hier voor de derde keer.

Met dat bezoekje wilde ze proberen om de kwestie die hun relatie zo verstoorde, op te lossen. Eigenlijk, was ze door papa op pad gestuurd. Die vond dat 'het nou wel lang genoeg had geduurd', dat zijn dochters elkaar zoveel mogelijk ontliepen.

Naar het schijnt had ie ook Marieke aangesproken, maar dat was niet nader aan de orde gekomen. Binnenskamers was besloten dat zij het initiatief moest nemen.

Een paar weken ervoor had Hans senior zijn vijf en zestigste verjaardag, samen met zijn gezin en wat andere familieleden gevierd. Ondanks de feestdag waren de tegenstellingen weer eens duidelijk aan het licht gekomen.

Zij werd weer buitengesloten en had zich gedurende de festiviteiten, zoals de busreis naar en de lunch in het pretpark, of tijdens het 'gezellige dinertje' achteraf, zoveel mogelijk op de achtergrond gehouden.

Even had ze met Martin, z'n dochtertje op de arm en kleine Hans op de achterbank gezeten, maar toen was het joch wagenziek geworden. Daarom waren ze weer snel naar hun zitplaats voorin in de bus gelopen. Daar zaten ook zijn vrouw en Marieke. Ze bleven de hele rit aan hun plaats gekluisterd.

Hoewel er indertijd licht brandde achter de ramen van de badkamer, had haar zus de voordeur niet voor haar open gedaan. Zelfs na een halfuur, toen ze nogmaals had aangebeld, ging de deur niet open. Elisabeth had Marieke die tijd geschonken omdat zij in de veronderstelling verkeerde dat die waarschijnlijk even een bad nam.

In de tussentijd had ze wat door het buurtje gewandeld.

Bij haar terugkomst waren alle lichten op de boot gedoofd en daarom kon ze er eigenlijk al van uitgaan dat Marieke niet thuis zou zijn, maar ze had op de bel gedrukt. Vervolgens had ze de hele weg terug naar Katwijk weer dat nare, onbestemde gevoel gehad. Het overviel haar iedere keer als ze in de nabijheid van haar zus was.

Het onbestemde had te maken met 'buiten gesloten worden' en draaide er op de een of andere manier om dat ze nooit ergens aan mee mocht doen.

Of dat ze 'ergens over' niet op de hoogte mocht zijn.

Daar was ze nooit helemaal zeker van, maar al die jaren had dat gevoel van onzekerheid hun spaarzame contacten overheerst.

Het leeftijdsverschil tussen haar en Marieke is iets meer dan dertien jaar. Dat is iets te groot om als vriendinnen of zusjes, hecht met elkaar om te gaan.

Maar het zou ook anders gekund hebben!

Dat had papa duidelijk gezegd en in ieder geval zou het voor iedereen prettiger zijn geweest als haar zus en zij, wat minder vijandig tegenover elkaar hadden gestaan. Dan had niemand partij hoeven kiezen en waren de onderlinge relaties wat normaler verlopen. Juist vanwege deze argumenten had ze zich vermand en als verstandigste van hun twee de bus naar de stad genomen.

Tijdens de rit waren er diverse scenario's door haar hoofd gegaan.

Ze had geprobeerd zich voor te stellen wat er zou gaan gebeuren, bedacht wat ze tegen elkaar konden zeggen. Eenmaal bij de boot wilde ze beginnen met de vraag of ze zich in Engeland beter Alice of Lisa liet noemen.

In ieder geval had ze zich voorgenomen dat zij de schuld op zich zou nemen.

In feite was zij het immers geweest die een deel van de zorgvuldig opgebouwde uitzet van Marieke had verprutst. Ook al had mama er alles aan gedaan om de schade zoveel mogelijk te beperken. Uiteindelijk waren er maar twee lakens en een sloop verknald.

Voor Marieke had het blijkbaar toch aanzienlijk meer te betekenen en al mocht hun leeftijdverschil geen rol spelen, koppig had ze nogal bot te kennen gegeven: "Het kind nooit meer te willen zien."

Diezelfde opvatting was er waarschijnlijk de oorzaak van dat haar beste vriendin Loes, haar door dik en dun steunde. Zo toonden ze zich op een vervelende manier en zogenaamd door dik en dun, solidair in hun houding tegenover haar.

Het regelrechte venijn waarmee ze vaak werd buitengesloten, viel echter niet alleen haar op. Toch heeft, los van hun vader, niemand er ooit iets aan gedaan om de verhoudingen binnen de familie te herstellen. Ook hun broers niet!

Elisabeth heeft intussen het idee opgevat, dat er in alles rond hun afwijzingen iets anders meegespeeld moet hebben. Niet uitsluitend die boosheid of jaloezie, maar waarschijnlijk de vaststelling dat zij op meisjes viel, moet de doorslag gegeven hebben in alle stijfkoppigheid.

Ze gaat nogmaals het paadje naar de zijkant van de boot af.

Terug op het terrasje durft ze nu iets verder door te lopen. Ze kan door de balkondeur tot in de keuken kijken. De huiskamer is leeg. Omdat ze wat lager staat kan ze niet zien of er iets op tafel ligt. De kamerdeur staat open en in de gang annex het halletje is het ook tamelijk licht.

Er moet dus ergens anders nog een deur open staan.

Ze besluit op het gereed staande stoeltje te klauteren.

Het is niet het meest degelijke exemplaar, maar als ze zich reikend over het water aan het balkonhek vasthoudt kan er weinig misgaan. Het stoeltje lijkt er letterlijk voor klaar te staan. Ze durft het waagstuk aan, maar houdt zich met witte knokkels van de spanning, krampachtig vast en kijkt dan door het raam.

Het licht komt inderdaad vanuit een kamer aan de andere kant van de hal.

Ze roept haar neef z'n naam naar de openstaande deur.

Tweemaal omdat ze niet goed weet of ze het op z'n Engels of beter in het Nederlands/Duits zal uitspreken. Na even zo blijven staan, wordt het haar te machtig.

Het gevoel dat haar al sinds London bezig houdt, bekruipt haar.

Stel dat Hans daadwerkelijk meende wat hij haar een paar dagen geleden schreef en neerslachtig genoemd mocht worden. Moet ze er dan vanuit gaan dat hij, de hand aan zichzelf geslagen heeft. Wat staat haar nu dan te doen?

Vanuit een soort 'moed der wanhoop' zet ze haar ene voet op de rand van het balkon, vindt haar balans op het stoeltje en trekt zich dan op aan het hek. Het is een reuzenstap en het verbaast haar dat ze het zomaar aandurft.

Snel slaat ze haar been er overheen en klautert het balkon op.

Normaal is ze snel bang dat ze zal vallen en dat ze zich niet goed genoeg vast zal kunnen houden. Daar maken haar vrienden en zeker haar partner graag grappen over: "Nee, Alice durft niks, die durft met haar hoogtevrees - als het erop aankomt - geeneens uit een diep bord te eten."

Daarom doet Molly ook meestal de klusjes in huis. Alles dat in haar ogen maar enigszins een risico zou kunnen opleveren, lost zij op!

Vandaar ook die rit met de taxi van zoeven.

Ze laat in alles haar zorgzaamheid blijken!

Alice blijft, veilig op het balkon, even na hijgen van haar geleverde heldendaad.

Intussen spiedt ze door het raam of daar iets tot leven komt.

Door eenvoudig haar vingers tussen de deur en de sponning door te halen, wipt ze het haakje uit het ringetje dat in de deur gedraaid zit. Dan trekt ze 'm open en stapt naar binnen. Als er inderdaad een alarm gaat loeien is ze er nu gloeiend bij.

Maar het blijft gelukkig stil.

Nogmaals verbaast ze zich over het gebrek aan beveiliging. Tegelijk is ze er trots op dat zoiets hier in deze stad, niet nodig schijnt te zijn.

Ze stapt de kamer binnen en snuffelt.

Ze weet niet waarom ze een vreemde geur verwacht, maar betrapt zich erop dat ze daadwerkelijk staat te snuiven. Komt het door wat zoeven buiten dacht?

Het valt haar op hoe doodstil en steenkoud het in de kamer is.

Van buiten treden er nauwelijks geluiden binnen. Ze kijkt over haar schouder of ze de deur achter zich heeft dichtgedaan. Maar die staat open.

Het beklemt haar, wat nou als...........?

Ze durft niet verder te lopen, niemand verwacht haar hier. Ze heeft zelfs haar familieleden niet op de hoogte gebracht van haar komst naar Nederland.

Alleen Molly weet van deze reis, maar die is veilig thuis achtergebleven.

Wat moet ze zeggen als haar neef nu alsnog de kamer binnenkomt?

Zal hij weten wie ze is, of zal ie van haar aanwezigheid schrikken?

Kan ze zeggen dat ze op zijn uitnodiging is ingegaan en hem er een, twee, drie mee verklaren wat ze is komen doen?

Sessie

– Een poosje geleden heeft m'n moeder verteld dat ik als klein jongetje zo moeilijk met het Sinterklaasfeest om kon gaan. Hoe ze erop kwam weet ik niet meer, maar ze zei me dat de juffrouw van de eerste klas haar er indertijd speciaal apart had genomen om: "Erover te praten."
Kennelijk heeft ze 't er sindsdien moeilijk mee gehad, want ze heeft het nooit eerder ter sprake gebracht. Voor mij was het dus helemaal nieuw, want het was me vanzelfsprekend nooit opgevallen dat ik me anders gedroeg dan de klasgenootjes op de kleuterschool vlakbij de woonboot waar we toen woonden.
Hoe ik er kwam kan ik me niet herinneren en om eerlijk te zijn zal het allemaal niet zo speciaal zijn geweest en voor zover ik weet staat dat schooltje er nog steeds trouwens. Het is maar een paar straten verderop bij de boot vandaan en ik neem aan dat Loes me er naartoe bracht. En me er weer op kwam halen.
Ik kan me wel iets herinneren van een bezoek daar van Sinterklaas en weet bijvoorbeeld ook hoe de tafeltjes en stoeltjes allemaal aan de kant waren geschoven of dat de kinderen uit de andere klas bij ons waren komen zitten. Die werden 'de kleintjes' genoemd. Ik neem aan dat ik het jaar ervoor in hetzelfde klasje gezeten heb, want toen was ik natuurlijk een van die kleintjes. We zongen gezamenlijk liedjes en opeens was de Sint er. Waar ie vandaan kwam weet ik niet en ik kan me ook niet voor de geest halen of ie er dat jaar ervoor ook was.
Er waren een paar Pieten bij. Die maakten dansjes en ze waren heel overtuigend de knechten van die man met de lange rode jas. Het maakte allemaal niet zoveel indruk op me geloof ik. Ik herinner me alleen nog heel duidelijk dat ik bij een ervan op schoot zat en merkte dat het 'een meisje' was.
Ik had helemaal geen associaties met zwarte Piet en of dat een meisje of jongen moest zijn, ging aan me voorbij. Ik merkte alleen dat ik bij deze Piet lekker op schoot zat en dat ie net zulke zachte bobbels in haar trui had als mama. Of een tante waarbij ook weleens op schoot mocht zitten. Ik wist wel heel goed dat alleen mevrouwen van die 'zachte plekken' hadden. Daar maakte mijn vader namelijk regelmatig opmerkingen over en ik merkte dan dat mijn moeder altijd heel gegeneerd deed.
Ik had daarom begrepen dat 'borsten' iets speciaals moesten zijn.

– Het feest moet ik vanzelfsprekend gekend hebben. We hadden een pick-up thuis en mijn moeder speelde vaak een plaatje met Sinterklaasliedjes. In ieder geval voor mijn zusje, want dat kan ik me herinneren en dat plaatje was toen al oud.
Maar naar ik aanneem zullen mijn ouders en de juffen van de school er van tevoren de nodige aandacht aan hebben geschonken. Dat is nu eenmaal altijd zo.
Ik moet denk ik wel geweten hebben dat het feest speciaal voor kinderen bedoeld was. En ik neem aan dat het indertijd, net zoals tegenwoordig - hoewel misschien iets minder overdreven - door volwassenen met allerlei toestanden werd aangekleed.

7

Maar toen zijn we dus verhuisd naar het huis aan de dijk. Die verhuizing vond vlak voor de zomervakantie plaats en - nu we het erover hebben - weet ik eigenlijk niet of ik erna nog terug ben geweest op die kleuterschool. Ik weet namelijk niet meer of mijn ouders me voor de rest van het schooljaar gewoon thuis hebben gehouden. Het kan hooguit een paar weken zijn geweest, maar was totdat de eerste 'grote vakantie' begon.

In de eerste klas zat ik op een school waar ik niemand kende. Ik bedoel, daar zaten geen kinderen met wie ik voorheen op die kleuterschool zat. Het buurtje van de lagere school was aan de buitenkant van de stad en de woonboot lag zowat tegen het centrum aan. Hoe het allemaal exact zit doet er nu niet zo toe, maar m'n moeder was bij de juffrouw geroepen omdat die meende dat ik nogal vreemd op Sinterklaas reageerde. Tenminste dat heeft ze me onlangs verteld en ik weet echt niet wat er de precieze aanleiding toe vormde.

– Vlak na de verhuizing naar het huis aan de dijk, kregen we regelmatig bezoek. Het was zomer en we konden dan met die kennissen of familieleden, in de tuin zitten. Altijd liepen ze dan eerst en onder begeleiding van mijn vader of moeder door het huis, om te kijken naar de kamers en 'alle ruimte' die we er hadden. De kamer van mijn ouders natuurlijk en ook die van mij.

Ik kan me herinneren hoe mijn vader met wat vrienden het kamertje aan de voorkant van het huis aan het opknappen was. Natuurlijk omdat daar de babykamer van mijn zusje moest komen.

Vaste prik was het dat al dat bezoek er altijd opmerkingen over maakte dat ons huis zo afgelegen lag. Soms leek het wel of ze een hele wereldreis hadden moeten maken om bij ons te komen. Of het nou de familie van mijn vader was, die komen uit Katwijk, of vrienden uit de stad, iedereen vond altijd dat het huis 'vreselijk ver' van de bewoonde wereld verwijderd stond.

Van die enorme wereldreis deden ze telkens uitvoerig verslag en of ze nou met de bus of op de fiets waren gekomen het maakte niets uit, wij woonden uitermate afgelegen. Dat was telkens overduidelijk.

Nu ik het zo zeg, gingen we eigenlijk nooit zoveel bij die vrienden of kennissen langs om een tegen bezoekje af te leggen. Soms kwamen er iemand van die kennissen helpen bij dat 'klussen'. Toen we er pas waren gaan wonen, hadden we er allerlei bezigheden natuurlijk. Het staat me echter bij dat wij meestal in en om het huis 'aan het werk' waren.

Zelf had ik bijvoorbeeld een stukje tuin toegewezen gekregen en op aanwijzingen van Loes had ik daar groenten in gezaaid. Grappig genoeg herinner ik me dat ik eraan dacht dat we, als ik zo goed mijn best deed, nooit van de honger om zouden komen. Al ging dat groeien me ook te langzaam en was ik dus ook blij dat de groenteboer een paar keer per week met zijn wagen aan de voordeur kwam, of de melkboer. En de bakker natuurlijk. Al wist ik feitelijk niet goed hoe ik daar een bijdrage aan kon leveren, maar het idee was er!

Uit alle opmerkingen en vooral door de manier waarop de bezoekers mij complimenten maakten over 'de ruimte hier bij jullie', kwam bij mij vooral naar voren hoe we blijkbaar in een isolement terecht waren gekomen.

Zo voelde het in ieder geval.

– Mijn ouders hadden met de verhuizing een stap gezet waardoor het voor mijn vader eenvoudiger werd om op zijn werk te komen. Dat kantoor stond immers ook aan de dijk en het grootste voordeel bleek erin te zitten dat ie niet meer zo doornat thuis kwam als het weer eens bleek te regenen. Hij kon namelijk opeens eenvoudig naar kantoor lopen en natuurlijk ook weer terug.

Vanzelfsprekend had ie ook geen last meer van de wind. Die scheen hem namelijk altijd tegen gewaaid te zijn toen we nog in de stad woonden. Hij klaagde er altijd over dat ie door weer en wind op de fiets moest. Daar spraken ze iedere keer over, of het kwam er na het 'kopje koffie' tamelijk snel op neer.

Ik weet niet zo goed of al die kennissen en vrienden indertijd op de boot ook al op bezoek kwamen en - zoals ik al zei - kan ik me niet herinneren dat mijn ouders en ik weleens bij hen thuis op visite gingen.

Ik zag een groot aantal van die bezoekers vaak pas voor het eerst in ons nieuwe huis. Maar voor mijn gevoel bleven ze ook altijd tamelijk lang. Ik had indertijd al bedacht dat ze er natuurlijk tegenop zagen om die hele reis terug weer te moeten maken. De bus reed trouwens maar eens per uur.

– Volgens mijn ouders was dat op de boot dus allemaal heel anders. Toen zal alles wat vluchtiger geweest zijn en kan ik me daarover, ook al omdat ik toen nog een klein ventje was natuurlijk, niet zoveel voor de geest halen. Dat Sinterklaas na onze verhuizing wat bij me in mijn schoentje was komen doen, kon ik vervolgens niet begrijpen.

Dat ie het hele eind naar ons toe gereisd was, dat ging er niet bij me in.

Hij had dat dan namelijk alleen voor mij moeten doen. Er woonden immers geen andere kinderen aan ons stukje van de dijk. Vanaf toen we er nog maar pas woonden, had ik geen andere kinderen om mee te kunnen spelen. Of later zo'n bezoek e van die Sint mee te legaliseren.

Zelfs als hij uitsluitend gekomen was om iets af geven, had ie toch ten minste even binnen moeten komen om, net zoals al die andere kennissen altijd deden, iets te blijven drinken. Mijn verwarring werd versterkt door alle poespas die er om die Sint heen opgehangen werd.

Van dat paard bijvoorbeeld en hoe die man ermee over de daken reed.

Ik stelde me voor dat ie, als hij naar ons toe was gekomen, toch helemaal nooit de tijd had gehad om andere kindjes ook iets in hun schoen te brengen!

Ik kon dat niet begrijpen en 't was de juffrouw op school dus blijkbaar opgevallen. Ook toen me duidelijk was gemaakt dat de Sint een heleboel zogenaamde hulp kreeg, bijvoorbeeld van die zwarte Pieten, leek het me sterk dat ie iets in mijn schoen had gedaan. Voor mij was het trouwens duidelijk dat meisjes, dus ook die zwarte Pieten, niet zo goed in staat waren om dat zware sjouwen te verrichten. Mijn moeder klaagde er na die verhuizing vast niet voor niets altijd over dat ze moe was en 'even wilde zitten'.

En papa maakte opmerkingen met een soortgelijke strekking over de meisjes op kantoor.

Bij mijn moeder kwam het ook wel een beetje doordat ze zwanger was, maar de indruk dat die Pieten, in mijn beleving immers meisjes met een zwartgemaakt gezicht, wel overal toe in staat waren kon ik moeilijk plaatsen.

Ook de juf was trouwens weleens moe.

Ze stelde dan voor dat we iets gingen doen waar we allemaal, maar vanzelfsprekend vooral zijzelf, 'rustig van werden'.

Dat er meer Sinten waren en het daarom mogelijk was dat ie zowel in de ene winkel als een andere op een zetel zat, leek me ook nogal ver gezocht. Altijd was er sprake van die éne goedheiligman. Dat was Sinterklaas en dan hadden we het dus niet over een heleboel hulpklazen.

Daarom hield ik me zoveel mogelijk op een afstand als ik geacht werd het feest met de andere kinderen - met evenveel overgave en aangemoedigd door andere ouders - mee te vieren. Eigenlijk wist ik niet wat ik ermee aan moest en het leek me veiliger, me er zo min mogelijk mee in te laten.

– Zo snapte ik bijvoorbeeld niet waarom Sinterklaas in liedjes weleens een kapoentje werd genoemd. Toen ik het namelijk aan mijn vader voorlegde zei hij alleen maar dat een kapoen 'een haan zonder ballen' was.

Daar werd ik natuurlijk niks wijzer van en ik heb lange tijd begrepen dat ik het niet nog eens moest vragen. Ik durfde het overigens ook niet aan een andere volwassene voor te leggen.

Om het samen te vatten kan ik alleen opmerken dat ik het feest niet begreep. Misschien dat ik me er daarom zo weinig van kan herinneren. Ook niet van later bijvoorbeeld, toen Marjolein klein was en ik haar op stang had kunnen jagen. Het ging allemaal grotendeels langs me heen.

– Blijkbaar had mijn moeder dat indertijd met de juf besproken en tot voor kort had ze daarover niet met me kunnen of willen praten. Dat hebben we nu met deze sessies dus bereikt.

Ze weet overigens niet dat ik bij u kom om het een en ander te bespreken. Zoals dit soort dingen.

Het is thuis nog niet aan de orde gekomen om het erover te hebben.

Een dagje naar zee

Al vroeg vanmorgen zijn Hans en z'n vader naar het strand gereden. Hij niet meer zoals vroeger achterop in het kinderzitje, maar zelf heeft ie de hele weg op zijn eigen fietsje afgelegd. Allemaal samen zijn ze tegelijk van huis gegaan.

Mama moest naar haar werk op het laboratorium, maar papa heeft vandaag hiervoor speciaal een dagje vrij voor genomen.

Zijn vader en moeder hebben het eerste stuk naast elkaar gereden. Op het fietspad is Hans dus netjes aan de graskant achter hen gebleven tot ze bij het laantje langs de begraafplaats, binnendoor naar Rijnsburg, kwamen. Daar moest mama rechtdoor. Ze werkt in een van de grote gebouwen van de Universiteit die verderop langs de snelweg staan. Die kantoorflats zijn allemaal nog tamelijk nieuw en je moet ervoor voorbij aan het viaduct van de oude snelweg in de richting van Oegstgeest.

"Langs het oude spoor van de vroegere gele tram", heeft papa verteld. Maar Hans weet niet waar dat precies op sloeg.

Dat viaduct is trouwens niet helemaal klaar. Ze zijn er nooit aan verder gegaan en hebben alleen de hoge, betonnen pijlers die nu los midden in een veld staan niet afgemaakt. Toen ze er een keer langs kwamen, is hij met papa er omheen en helemaal onderdoor gelopen. En die snelweg, waar ie oorspronkelijk voor bedoeld was, ligt nu een heel stuk verderop. Hans vond het toen eigenlijk best een beetje eng allemaal. Zomaar verloren midden in een grasveld stond het kolossale bouwwerk. Er liep helemaal geen weg onderdoor of er overheen.

Hij heeft toen van papa gehoord dat het een 'werkproject' heette. Dat had dan weer met een crisis te maken en ook iets met de oorlog. Maar daar weet hij niks van. Het leek hem allemaal erg ingewikkeld en meer iets voor grote mensen.

Meestal luistert ie niet zo goed als papa over dat soort dingen vertelt.

Precies zoals het 'm geleerd is heeft dat eerste stuk keurig achter zijn vader en moeder aan gefietst. Zo ver mogelijk rechts en heel dicht, hooguit anderhalve tegel er vanaf, langs het randje van het rijwielpad. Toen mama verder moest rijden, hebben ze even gewacht tot ze haar niet meer tussen de andere fietsers konden zien. Papa en hij zijn daarna de weg overgestoken om bij het laantje te komen. Toen fietste Hans voor de allereerste keer zelf door de grotemensenwereld. Tot nog toe zat hij immers altijd achterop bij zijn vader of moeder als ze ergens naartoe gingen.

Bij mooi weer maken ze 's avonds na het eten of bijvoorbeeld op zondagmiddag, een tochtje door de omgeving. Ze rijden dan weleens helemaal naar het strand zoals nu, of naar opa en oma in de stad. Of soms die in Katwijk. Meestal zat Hans dan bij z'n vader achterop, want die is natuurlijk het sterkst.

Papa kan heel hard trappen als het nodig is, maar Hans wordt steeds groter!

Als het weer het toeliet, hebben ze de afgelopen weken een aantal keren geoefend. Na het eten. Eerst voor het huis, op het voetpad om het peddelen zelf en het evenwicht houden onder de knie te krijgen. Papa hielp hem dan vast, want hij mocht natuurlijk niets raken. Een hekje, de stoeprand of 'n geparkeerde auto van de buren.

Maar toen Hans eenmaal door had wat erbij kwam kijken om de goede richting te houden en niemand meer achter hem aan hoefde te hollen om hem overeind te houden, mocht ie mee op het rijwielpad aan de overkant van de weg. De oefening was bedoeld om 'm voor te bereiden op het echte werk.

Papa bleef dan op zijn eigen, grote fiets telkens dicht bij 'm in de buurt. Zowel om het goede voorbeeld te geven, alsook om hem op de juiste koers te houden. Hij riep dan bijvoorbeeld hoe hard ie moest trappen en waarschuwde als iets er erg gevaarlijk uitzag. Door zijn geroep schrokken de andere fietsers natuurlijk en keken dan om om te kijken wat er aan de hand was. Zijn aanwijzing had dan een dubbel effect.

Helaas gooide de regen een paar keer roet in het eten. Dan moesten ze snel naar huis om niet allebei doornat te worden. Of ze bleven sowieso al thuis, omdat de lucht er te dreigend uitzag voor de hele onderneming.

Volgens de berichten zal 't vandaag 'een mooie dag' worden. Zo is het gisteren op de tv, in het weerbericht na het journaal, heel duidelijk aangekondigd. Dat maakt het ritje nu een vuurdoop en komt Hans eindelijk wat verder van huis dan de grote kruising aan het ene en de spoorwegovergang aan het andere einde van de dijk. Daartussen kon hij zo langzamerhand al goed meekomen.

Eenmaal op het laantje durfde hij naast zijn vader te gaan rijden. Deze had ter aanmoediging nog wel moeten zeggen dat het gemakkelijk kon. Dat het er veilig genoeg voor was. Het weggetje wordt nauwelijks voor autoverkeer gebruikt en loopt tussen de velden door naar de aansluiting met de weg die Rijnsburg verbindt met Oegstgeest.

Het was er rustig en ze konden daardoor gemakkelijk naast elkaar blijven. Aan het einde zouden ze linksaf naar Katwijk of rechts naar Noordwijk verder gaan. Papa had ook beloofd dat ze er een slokje zouden nemen uit de waterfles.

Gisteravond hadden mama en papa de voordelen van de ene badplaats afgewogen tegen de mindere punten van de andere. De uiteindelijke voorkeur leek toen naar Noordwijk uit te gaan. Papa zou de definitieve keuze echter in Rijnsburg laten afhangen van hoe moe ze onderweg waren geworden.

Noordwijk is natuurlijk een flink stuk verder dan zijn eigen geboorteplaats!

Met die kleine wieltjes en nog nauwelijks training, zou het voor Hans sowieso een hele reis betekenen. Ze hadden zich zelfs nog even afgevraagd of ie 'm wel zou kunnen maken.

Half juni was hij jarig en, omdat ie na de zomervakantie naar de grote school gaat, heeft Hans deze fiets gekregen. Overigens is het niet een helemaal ongebruikt exemplaar, maar het rijwiel was door zijn vader netjes opgeknapt en daarom feitelijk zo goed als een nieuwe.

Het was trouwens niet eens zijn echte cadeau. Dat was de grote doos Meccano waarop hij eerder in de etalage van de speelgoedwinkel om de hoek bij opa en oma in de stad, zijn oog had laten vallen.

Op deze fiets gaat Hans na de vakantie naar school op en neer rijden. Als mama ertoe in de gelegenheid is, zal ze met hem meegaan. Maar omdat er een kindje in haar buik zit, kan dat niet bij haar achterop.

En waarschijnlijk lukt het ook ook niet elke dag, dat ze mee kan. Dan zal papa haar plaats innemen. Hans is groot genoeg om er zelf naar toe te fietsen, zij het natuurlijk nog niet helemaal alleen.

Volgende week, ruim voordat de school echt zal beginnen, gaan ze de route een paar keer oefenen. Hierdoor maakt het de tocht van vandaag ook een soort voorbereiding. In het weekend gaan ze weleens naar opa en oma. Of ze doen gezamenlijk boodschappen in de stad. Het grootste deel van de route kent hij dus al.

Het is overigens de bedoeling dat hij, als ie ooit alleen zal gaan, op de stoep blijft fietsen. Dat wil zeggen de strook stenen aan de kant waar de huizen staan en waar - voorbij de spoorlijn - ook woonboten liggen. Op de ventweg aan de overkant en ook op het echte fietspad, is de situatie veel te gevaarlijk voor kleine jongens. Daar rijden ook brommers en alle mensen hebben er altijd haast.

Maar achterop of niet, de weg die hij moet gaan afleggen is natuurlijk niet al te ingewikkeld. Heen zorg je ervoor dat het water links blijft en op de terugweg vanzelfsprekend gewoon rechts. Gemakkelijk zat! En Hans is er zelf op gekomen om die indeling aan te houden. Het leek 'm logisch dat het water ook gewoon achter de huizen ligt op de plekken waar je het niet kan zien.

Zoiets weet je immers gewoon!

Op de heenweg zullen ze hem brengen want dan zal het druk zijn op de weg. Maar ook als de school weer uitgaat komen ze hem ophalen. Naar verwachting moet hij na een week of twee, drie de route helemaal onder de knie hebben. Dan kan ie de tocht zonder dat ze erbij nodig zijn, ook zelfstandig maken. Dan moet hij langzamerhand geleerd hebben om voorzichtig te zijn en extra op te letten op de plekken waar het gevaarlijk kan worden.

Als hij na voldoende oefenen, alleen op en neer kan en ie dat ook aandurft, dan mag dat. Mama zal hem dan alleen 's middags nog hoeven te helpen bij het oversteken voor de deur. Dat mag hij in verband met het gevaar, zeker nog niet zelf en gelukkig zullen er bij school in de ochtend 'klaarovers' klaarstaan die hem erbij kunnen helpen.

Een stukje verderop, besloot papa plotseling dat het beter was als ze met het pontje over de Rijn bij Valkenburg gingen varen. Dus ze zijn er aan het einde niet rechtsaf geslagen naar Rijnsburg, maar een stukje verder het laantje af gegaan. Het zou ervoor zorgen dat de tocht naar het strand een flink stuk korter werd en dat kwam omdat ze dan dichter bij Katwijk uitkwamen. Ze hoefden daarna immers alleen nog maar door het dorp Katwijk aan de Rijn te rijden en even verderop was dan al Katwijk aan Zee.

Hans wist nog niet dat er twee plaatsen waren met dezelfde naam, maar vond het wel duidelijk dat die kennelijk met hun specifieke eigenschap nader benoemd werden. Hij wilde weten of zoiets bij andere plaatsen ook zo werd opgelost en durfde het aan om te vragen waarom ze niet meer naar Noordwijk gingen. Maar papa zei dat het zo beter was. Hij voegde eraan toe dat de ervaring van het overvaren hem ook nog iets bijzonders zou leren.

"Ten minste, als je je ogen de kost geeft.

En ja, er is een Noordwijk Binnen en ook een Noordwijk aan Zee."

Papa deed wel vriendelijk, maar het leek Hans toch of hij misschien een beetje boos was. Waarom of op wie precies wist ie niet, maar door de toon waarop ie sprak klonk het alsof hij ergens geïrriteerd over was geraakt.

Verstandig had Hans het er maar bij gelaten en niet meer op een echte motivatie aangedrongen. Van dat pontje was hij trouwens wijzer geworden, papa had 'm inderdaad weer iets nieuws laten zien.

Hans kende trouwens het onderscheid tussen de beide badplaatsen niet. Los van het strand waren ze er nauwelijks eerder geweest. Ze waren in Katwijk een paar keer op bezoek gegaan bij opa en oma, of bij oom Henk, papa z'n broer.

Hans had er uitsluitend over horen praten hoe er wellicht iets te beleven zou zijn in de ene badplaats of hoe leuk het zou zijn in de andere. Het maakte ze in wezen voor hem gelijk.

Onder het trappen nam ie zich voor om er straks toch eens goed op te letten.

Hij was inderdaad nogal moe toen ze uiteindelijk aankwamen. Omdat ze aan het strand bij de boulevard namelijk niet zouden kunnen vliegeren, moesten ze nog een flink stuk verder dan het pleintje met de bushalte. Ze zijn ervoor doorgereden tot de duinovergang helemaal aan het einde van de boulevard. Het is waar de autoweg van de zee wegdraait en alleen een laantje verder doorgaat tussen de heuvels door naar Wassenaar.

Hans wist uit de verhalen dat dit het 'meest zuidelijke' deel van Katwijk genoemd werd en papa het, om onduidelijke redenen, de spoor laan noemde.

Opa zei toen dat: "Daar de waterleidingduinen beginnen."

Afgelopen winter, toen het zo vreselijk gesneeuwd had, zijn ze er op zondagmiddag met een sleetje naartoe geweest om er van de duinen af te roetsjen. Toen waren ze trouwens met de bus en mama was er ook bij, maar ze hadden bij niemand een bezoekje afgelegd. Daarvoor waren ze alle drie veel te nat geworden van die sneeuw en vond ze het daarom 'niet gepast' om 'zo' bij iemand aan te komen.

Vandaag staan hun fietsen met een stevige ketting vastgemaakt aan een hek. Die staat aan de zijkant bij het parkeerterrein, maar er was nergens in de buurt ervan een spoor te bekennen.

Nadat ze er zeker van waren dat niemand er met hun vervoer vandoor kon gaan, hebben ze de tassen tussen hen in genomen. Bij de duinovergang zijn ze beneden langs de waterlijn aan de zeilboten voorbij gelopen. In de verte waren, ondanks de zeemist de flats van Scheveningen en de pier te onderscheiden.

Na een poosje vonden ze een plek in het zand.

Papa vond het er: "Ideaal, zo bij die ene paal".

Dat woord kende Hans wel en hij vroeg zich af wat er dan wel zo prachtig of bijzonder was aan dit ene stukje strand. Een paar stappen terug lag net zoveel zand als hier en verderop was dat waarschijnlijk ook zo. Alleen stond er hier bovenop het duin een bunker. Hans wist dat die nog uit de oorlog stamde, maar vroeg zich af of dat dit plekje zo speciaal maakte.

Hij wist het niet en wilde het ook niet vragen.

Papa heeft de tas en andere spullen gewoon op de grond laten vallen en is meteen begonnen om er vlakbij een heleboel zand weg te scheppen. Omdat het op 't moment dat ze de 'ideale plek' bereikten nog steeds 'hoogwater' was, moest hij de spullen op het zachte zand bij die speciale paal laten staan.

Precies tot waar de zee kwam, hebben ze eerst een fort gebouwd. Het leek er een paar keer op dat ze volledig omgeven zouden worden door het water, maar even later werd het al snel eb. Toen leek de zee steeds verder weg te trekken, terug naar de horizon.

Hans weet dat de achterkant van de zee zo heet. Papa heeft 'm onder het scheppen geprobeerd uit te leggen hoe de getijden werken. Dat ze zee onder de invloed van de aantrekkingskracht van de maan omhoog komt en zo om de aarde golft. Hij stelde het voor alsof al dat water als een soort magneet werd aangetrokken, maar Hans twijfelde eraan of er wel zoveel ijzer in de zee of maan zit.

Dan zou dat water toch heel anders smaken!

Meer of misschien juist minder zout, dat weet ie niet, maar water is toch plat en als de maan van ijzer zou zijn viel ie zeker naar beneden.

Papa heeft 'm toch ook geleerd hoe een waterpas werkt. Hoe het dan met dat getijde en die pieken en dalen - zoals ie het noemde - ging, dat leek hem allemaal sterk. En iedere dag opnieuw, twee keer?

De maan is er trouwens alleen maar 's nachts.

Dat de zee golft, komt volgens hem door de wind. En dat die golven op het strand rollen, komt toch echt omdat het zand nou eenmaal hoger is. Het is toch duidelijk dat de zee, als je erin loopt steeds dieper wordt als je naar de horizon verder gaat! Zoals vaker als papa hem iets probeert te leren, is de betekenis hem grotendeels boven de pet gegaan.

Mama zegt weleens dat hij: "Nog maar pas een kind is!"

Dan bedoelt ze dat papa moet leren hoe 'ie zijn toon aan dient te passen'.

Dat zegt ze er namelijk ook vaak achteraan: "Pas toch eerst je toon eens aan."

Hans zou dan 'nog maar een kleine jongen' zijn en 'leert straks op school wel van de onderwijzers hoe het een en ander in elkaar zit'.

Op zijn werk schijnt het papa goed te lukken om iets op een begrijpelijke manier aan zijn collega's uit te leggen. Daar vertelt ie 's avonds over, onder het eten. Dan heeft ie dit gezegd tegen het personeel of dat tegen een collega, maar vaak hebben ze dan erg om zijn grapjes moeten lachen.

Maar ze begrepen altijd wat ie duidelijk maakte, of ze zijn 'volledig meegegaan' in zijn opmerkingen en aanwijzingen. Hans luistert er altijd aandachtig naar.

Meestal vindt mama die verhalen ook leuk genoeg om naar te luisteren en papa lijkt ze ook graag te vertellen. Waarschijnlijk omdat ie er trots op is.

Die collega's schijnen hem een aardige man te vinden.

Hans weet dat trouwens ook uit eigen ervaring. Hij heeft het namelijk zelf kunnen zien, toen ie een keer mee mocht naar het kantoor waar papa werkt.

Mama moest die dag voor een onderzoekje naar het ziekenhuis. Daarom mocht Hans die middag met hem mee. Papa z'n collega's hebben het toen zelf aan hem verteld dat ze hem een aardige man vonden.

Hij hoefde er niet naar te vragen, als ie dat al gedurfd had. Telkens werd hem - zomaar zonder een directe aanleiding - verteld dat ze zijn vader zo aardig vonden. Ook de meneer die door papa zijn baas werd genoemd merkte het op.

Hij had papa en hem er speciaal even voor naar dat bureau van hem geroepen.

"Weet je wel dat je een heel erg aardige vader hebt.

Iedereen vindt hem leuk, dus dat kan je aan je moeder vertellen.

15

En ga jij later ook hetzelfde werk doen?"

Hans was er verlegen van geworden. Hij wist nog helemaal niet wat hij wilde worden, later was nog heel ver weg. Eerst moest ie naar de grote school en wat er daarna allemaal aan zat te komen leek hem voornamelijk nog veel verder.

Een van de meisjes van papa's kantoor heeft hem in verband met dat werk, een uurtje meegenomen naar de kantine. Onder het spelen van een potje kwartet heeft ook zij aan hem verteld dat ze papa erg aardig vond. Ze zei dat hij vaak grapjes maakte en ze noemde hem 'charmant'. Dat woord heeft hij goed onthouden en later aan zijn moeder gevraagd wat het betekent.

Door deze ervaringen is hij overtuigd van zijn gelijk. Hans weet eigenlijk zeker, dat iedereen papa een hele leuke man vindt. Dat vindt hij zelf toch ook!

Nadat hun kasteel, een ring van zand die papa om hun plek opgeworpen heeft, stevig genoeg leek om de zee er vandaag een poosje buiten te houden, zijn ze er middenin gaan zitten. Papa noemde het een 'waterkering' en die hebben ze tamelijk hoog gemaakt. Daardoor is er eromheen een diepe gracht ontstaan.

Toen ze klaar waren heeft papa hun spullen over de dijk getild. Hans heeft ze een voor een aangepakt. Het fort was meer dan groot genoeg om er met z'n tweeën in te zitten. Doordat die rand, hun dijk zo hoog is uitgevallen, kunnen ze er ook heel comfortabel tegenaan steunen.

Ze moesten echt even uitpuffen. Het is toch wel een enorm karwei om in het natte zand te graven. Terwijl papa de dijk nog iets verder aan het afwerkt, voorziet Hans het binnenste deel met wat emmertjes droog zand van een zachte vloer. Hij haalt het van het strand, een stukje hogerop naar de duinen.

Daar bleek het zand ook een stuk warmer.

Met een boogje heeft papa het zand er telkens naar binnen geworpen.

Later maakte hij het netjes plat met z'n schep.

Toen ze klaar waren, met de dijk en het vloertje groot genoeg was om er samen te kunnen zitten, zijn ze gestopt. Het zo nu en dan over de rand klauteren beschadigde het werk toch teveel. Maar intussen kunnen ze er volgens papa 'hoog en droog' plaats nemen.

Ze zitten er inderdaad een stukje hoger dan het omringende strand. Het ziet er daardoor bijna uit als een echt kasteel. Hans weet van de plaatjes dat het eigenlijk een fort is met een flinke slotgracht er omheen. Al staat die gracht nog droog omdat de zee zich intussen een heel eind heeft teruggetrokken.

Maar het is er een beetje nat en dat is natuurlijk een begin.

De hoge dijk zal een sterke verdediging tegen de vloed gaan vormen als die later in de middag opkomt. Al met al is het een goed idee dat papa van huis die schep en dat emmertje heeft meegenomen. Het groene, handig opklapbare dingetje is waarschijnlijk nog van toen ie soldaat was, want het heeft de kleur van legervoertuigen en soldatenpakken. Papa heeft 'm thuis al in zijn rugzak gedaan, samen met de vlieger die ze straks nog gaan oplaten.

Gisteravond heeft mama boterhammen voor tussen de middag klaargemaakt. Nu is het daarvoor nog te vroeg. De lunch mag nog wel even opgeborgen blijven in de grote plastic tas die bij papa achterop zijn bagagedrager zat.

16

"Kijk eens wat ik voor je heb meegenomen. Koffie!"

Vlak naast hun plekje is er een juffrouw komen staan.

Ze houdt triomfantelijk een thermoskan omhoog. In haar andere hand draagt ze een grote tas. Hans verwacht dat er kopjes in zullen zitten. Hij kent haar niet maar papa lijkt niet verrast door haar komst. Die is opgesprongen en helpt haar om over hun dijk in hun fort te klauteren.

Als ze binnen staat, stelt ze zich netjes aan hem voor en geeft papa een vriendelijke kus op z'n wangen. Hans is vergeten om naar haar te luisteren. Verlegen is hij snel weer gaan zitten. Hij hoopt dat er uit de tas ook voor hem iets te drinken tevoorschijn komt, eigenlijk heeft ie nogal dorst.

Papa gaat ook weer zitten, maar eerst is hij haar behulpzaam bij het neerleggen van een badlaken. Die kwam uit die grote tas. Op hun zitplaats zijn een paar kluiten zand gevallen, nu moet die handdoek ook worden uitgeklopt voordat hij weer plaats kan nemen.

Hans staat ervoor op, zodat papa het over het dijkje heen kan doen.

Hij dacht dat al het zand hetzelfde zou zijn en vindt het daarom nogal raar dat het ene wel, maar dat andere blijkbaar niet in het fort mag blijven. Tijdens het gedoe heeft hij met de schep de schade aan de dijk enigszins hersteld.

Nadat iedereen weer is gaan zitten, begint de juffrouw zomaar haar kleren uit te trekken. Haar jurk trekt ze in een keer over haar hoofd en eronder heeft ze al een bikini aan.

Mama had er vorig jaar op de camping ook een, een rode. Maar zij deed nooit haar bovenstukje uit. Dat gaat bij deze mevrouw blijkbaar vanzelf en Hans ziet dat haar borsten onder het bewegen een beetje wiebelen. Met veel gedoe, ruimt ze haar kledingstukken zorgvuldig op in de tas.

Dan is het: "Tijd voor een bakkie."

Zo kondigt ze het inschenken aan.

Omdat papa haar Els noemt begrijpt Hans dat dat haar naam zal zijn.

Hoe moet hij haar echter noemen als hij haar iets wil vragen?

Hij kan onmogelijk zomaar Els tegen haar gaan zeggen. Het leeftijdsverschil met hem, minstens een jaar of tien, is hiervoor te groot. Mevrouw vindt hij echter te ver gaan. Ze zit hier te dichtbij om zo'n afstand aan te houden en is er veel te jong voor.

Deze 'mevrouw', in gedachten noemt hij haar toch maar Els, lijkt hem een stuk jonger dan mama. Tegen haar mag hij gewoon Loes of je en jij zeggen als ze samen zijn. Als Hans met haar in de stad is dan noemt hij haar mama, maar thuis tutoyeert hij haar zo nu en dan.

Het hangt ervan af of ze op vertrouwde grond en onder elkaar zijn.

Daarvoor lijkt 't hem in dit kasteel eigenlijk ook wel knus genoeg. Het heeft iets huiselijk zoals ze hier zo dicht bij elkaar zitten, maar het kost hem moeite om de situatie op z'n waarde te schatten. Als ze wat aan hem vraagt, ziet ie wel hoe hij haar noemt. Papa lijkt haar nogal goed te kennen en ze zitten hier heel privé zo in dit fort. Moet hij trouwens papa blijven zeggen of mag hij hem, net zoals zij nu doet, Martin noemen?

Hans weet dat hij zo heet, mama noemt hem immers ook zo, maar zelf heeft hij zijn vader nog nooit met zijn voornaam aan durven spreken. Deze juffrouw moet papa op de een of andere manier van nabij kennen. Anders kan ze immers nooit doen of ze goede vrienden zijn?

Hans kan zich niet herinneren of het meisje bij papa op kantoor werkt. Toen hij er was hadden die collega's er allemaal gewoon hun kleren aan. Nu met alleen dat broekje van haar bikini, zijn er te weinig aanknopingspunten om een duidelijk onderscheid te kunnen maken.

Het spijt hem nu dat ie niet wat beter heeft opgelet hoe de juffrouwen en mevrouwen op dat kantoor bij papa er uitzagen.

Ze zal wel heel aardig zijn.

Papa en Els drinken een bekertje koffie, voor hem had ze limonade bij zich.

De ruimte in het kasteel is met drie personen toch wel vol. Ze moeten daarom tamelijk dicht op elkaar gepakt zitten. Het zal erop lijken dat ze heel goed bij elkaar passen, maar zoiets durft hijzelf nog niet te zeggen.

Ze heeft zich voorgesteld en zit nu druk met papa te praten, maar Hans kan niet goed uitmaken waar deze Els bij hoort. Of waar ze precies vandaan komt.

Misschien is ze alleen maar een kennis of inderdaad een collega van papa. Hij blijft met een soort ontzag naar haar kijken en probeert te volgen waar ze het over hebben.

Misschien kan hij opmaken waar ze elkaar van kennen.

Hoe wist ze trouwens dat papa en hij hier waren gaan zitten?

Thuis hadden ze toch afgesproken om naar Noordwijk te gaan?

De fietstocht en het graven hebben hem moe gemaakt. Opeens voelt hij dat zijn benen, rug en ook zijn schouders pijn doen. Het liefst wil hij eigenlijk achterover leunen, even uitrusten, zich wat ontspannen. Dat zou gaan als hij met zijn rug tegen de zandwal aan kon zitten, maar hij heeft niet de moed om op te staan en aan papa te vragen of hij het badlaken daarvoor beter neer mag leggen.

Papa moet 'm dan vast en zeker weer opnieuw uitkloppen.

Dan wordt hun gesprek onderbroken en dat wil ie niet op z'n geweten hebben.

Hans merkt dat papa en Els elkaar graag mogen, daar durft ie ze niet bij te storen. Papa zal de hele boel immers nog weer anders moeten neerleggen. Net zoals Els kunnen ze hun badlaken bijvoorbeeld beter half tegen de zandwal aanleggen. Het kasteel laat zich gemakkelijk beter inrichten, maar de actie zal waarschijnlijk weer een hoop gestuif met dat losse zand opleveren.

Hans besluit te wachten, hij durft de aandacht niet op zichzelf te vestigen.

Zijn limonade heeft hij al op, dus wat hem betreft zou het geen kwaad kunnen om er toch alvast wat actie te ondernemen. Zijn rug begint pijn te doen.

Gelukkig had Els eraan gedacht dat hij geen koffie lust en ze moet ook geweten hebben dat hij er ook bij zit.

Waarom heeft papa trouwens maar een badlaken voor hen twee samen mee genomen?

Hij blijft naar Els kijken, probeert te luisteren naar wat ze zegt.

Als ze spreekt dan ziet ie haar borsten telkens een stukje heen en weer wiebelen. Alleen als ze een echte beweging maakt, met haar armen, schouders of als ze anders gaat zitten, dan gaan ze ook een stukje op en neer. Dan lijken ze een beetje te zwabberen en 'draaien' ze in het rond, lijkt het wel.

Hans denkt dat ze vast een mooie juffrouw gevonden zal worden.

Ze zou best op de televisie kunnen komen vindt ie.

Op de een of ander manier meent hij haar ergens van te herkennen. Hij kan niet uitmaken waar dat van kan zijn.

Zou ze er al eens op geweest zijn, of heeft ze in een film gespeeld die hij heeft gezien?

Staan er ergens plaatjes van haar, bijvoorbeeld in een tijdschrift thuis?

Helaas kan hij het niet vragen en het zou trouwens nogal wat zijn als hij zoiets zomaar durfde te doen. Hij kan papa onmogelijk voorleggen waar die haar van kent. Dat ze namelijk goed met elkaar bekend zijn, lijkt hem intussen nogal duidelijk. Hij ziet het aan de manier waarop ze met elkaar spreken.

Het ziet eruit alsof ze elkaar al jaren kennen.

Ze praten met elkaar zoals mama en papa ook met hun vrienden spreken, daar kan ie ook nooit tussen komen.

"Hans, als grote mensen praten moet jij even wachten."

Dat deze juffrouw vrijwel bloot hier bij hun zit, helpt hem niet om over zijn verlegenheid heen te stappen. Als mama met bijvoorbeeld tante Marieke achter in de tuin van de zon zit te genieten, zijn ze aangekleed.

Bij die dames kan hij wel bedenken hoe ze er er onder hun bloesje of trui uitzien, maar hij wil dat helemaal niet weten.

Het gaat 'm immers niet aan en het is trouwens onbeleefd om te staren.

Dat is 'm ook al eens verteld.

Hij bedenkt plotseling dat het er ook in de tuin vaak warm genoeg voor is om er net zoals deze juffrouw bij te zitten. Zo helemaal 'half bloot' heeft ie het niet eerder meegemaakt en 't komt zomaar opeens bij hem op dat het best vaker mogelijk zou zijn geweest.

Op de een of andere manier heeft mama of een van haar vriendinnen zich echter nooit zomaar zo bloot durven te geven, al is het in de tuin veel meer privé dan hier op het strand.

In ieder geval toch meer dan in het fort.

Bij Els kan hij gewoon alles zien bewegen en wiebelen. Over hoe ze er precies uitziet hoeft ie niets te raden. Maar vooral de bruine rondjes voorop haar borsten intrigeren hem. Hij heeft ze zelf ook en mama noemt het heel grappig tepeltjes, maar bij Els lijken ze anders. Bij haar zijn ze meer roze dan lichtbruin. Op haar buik zit overigens nog een klein bruin plekje.

Daarvan weet ie dat zoiets een 'moedervlek' heet en die is ook donkerder.

Hans is toch iets verder achterover gaan leunen. Onder de arm van zijn vader door kan ie Els beter in de gaten houden, zonder dat het zal opvallen.

Na een poosje luisteren denkt hij dat ze het over opa en oma hebben. Opa heet net zoals hij ook Hans. Hans is naar hem vernoemd immers en ondanks dat oma zich altijd Agatha laat noemen, alleen opa mag weleens Greetje zeggen, weet iedereen dat ze eigenlijk Greet heet.

Zowel papa als Els hadden het zojuist over een Hans en een Greet.

Hij denkt gehoord te hebben dat papa het over 'papa en mama' tegen haar had. Of zouden ze een andere Hans en Greet kennen?

Dat zou een heel groot toeval zijn natuurlijk.

Het wordt hem te ingewikkeld en Hans begint zijn interesse voor de conversatie kwijt te raken. Het wordt hem te lastig om allerlei toevalligheden met elkaar te gaan zitten vergelijken. Hij besluit een poosje om zich heen te kijken, bijvoorbeeld naar de zee.

Hij merkt op hoe er in de tussentijd steeds meer mensen op het zand zijn komen zitten. Het kan eigenlijk bijna geen toeval zijn dat Els ze hier heeft gevonden.

Daarvoor is het veel te druk en ze had trouwens toch voor allemaal iets te drinken meegenomen. Dus ook voor hem en niet alleen voor papa en haarzelf.

Papa draait zich naar hem om en vraagt of het goed is dat 'tante Els' en hij even gaan zwemmen. Hij kan dan op hun spullen letten.

Pap noemt 't: "Jij kunt wel even het fort bewaken".

De toevoeging 'tante' maakt hem alert. Is ze familie?

Tantes zijn altijd de zussen van je ouders. Is dit een zusje van papa, zonder dat Hans ervan weet dat ie die heeft?

Tante Marieke kent hij wel, dat is de vriendin van mama. Ze is papa's oudere zus. Zo nu en dan gaan mama en zij samen naar de winkels in de stad.

Tante Marieke is op hun oude boot gaan wonen nadat zij naar het huis aan de dijk waren verhuisd.

Tante Els zit achter papa's rug haar bovenstukje aan te trekken. Ze wil dus niet zomaar bloot gaan zwemmen. Hans heeft mama ook weleens haar bh aan zien trekken. Toch stuurt ze hem weg van de slaapkamer als ze zich aan het verkleden is: "Wacht beneden maar even op me".

Zegt ze dan.

Enigszins beschaamd is ie daarna de slaapkamer afgelopen. Hij voelde zich een beetje kinderachtig behandeld, al begreep ie het wel dat mama even allen wilde zijn. Dat heet privé, weet ie en het verbaast hem nu dat deze mevrouw zich niet ook een beetje wegdraait tijdens het aankleden. Als mama zich voor hem schaamt, dan zou een tante dat toch ook moeten doen?

Hij knikt dat ie het goed vindt om het fort te bewaken en vraagt of er nog wat limonade voor hem is. Hij heeft nog steeds dorst.

Terwijl hij het zegt begint Els er al aan om zijn bekertje nog eens vol te schenken. De fles drukt ze daarna dichtbij hem in het zand zodat ie niet omvalt. Ze let blijkbaar goed op hem, maar Hans voelt zich toch een klein jongetje.

Ondanks al haar zorgzaamheid ziet ze hem niet als de zoon van papa.

Of als haar neef, mocht ze daadwerkelijk een echte tante zijn.

Terwijl papa zojuist nog erg trots op hem was toen ie haar vertelde dat: "Hans hier zelf naar toe is gefietst."

Hij voelt dat ze hem waarschijnlijk bekijkt als 'een jochie'.

Terwijl ze toch vreemden voor elkaar zijn. Hij bedenkt dat ie eigenlijk net zoals papa een man is, maar die man is waarschijnlijk haar broer. Bij hem hoeft ze zich minder te schamen voor haar blootheid. Hans realiseert zich hoe zijn moeder dat wel voor hem doet. Geldt dat ook voor papa en stuurt ze hem ook weg, als ze zich aan het omkleden is?

Intussen is papa opgestaan en geeft Els een hand om haar te helpen eveneens omhoog te komen. Ze springt over de dijk en hollen samen naar het water.

Terwijl ze zo bij hem vandaan lopen, bedenkt hij dat ze als ze zich inderdaad van hem had weggedraaid, haar borsten aan iemand anders, een wildvreemde van buiten hun kasteel, getoond zou hebben.

Het stelt hem gerust dat ze hem blijkbaar wèl vertrouwde.

Aan de onderkant van de dijk is een stuk zand weg getrapt. Ze is daar met haar voet terecht gekomen bij haar sprongetje. Hij neemt zich voor om het, als hij zijn limonade op heeft, te herstellen. Waarschijnlijk kan hij de buitenkant van het fort dan meteen nog wat sterker maken.

Nu blijft ie nog even om zich heen kijken. Het zand is overigens opgedroogd. Hier en daar is er een deel van de dijk weg gezakt. Jammer dat het zo ver lopen is om met wat water de muren weer te versterken, want dan zou het wel weer helemaal te herstellen zijn.

De meeste mensen komen alleen maar langs gelopen.

Ze letten niet op hem en maken zo te zien een wandeling. Hans pakt de schep en maakt de dijk weer in orde. Ondanks al die mensen wordt het om hem heen niet merkbaar drukker. Er zit links en rechts wel iemand, maar er zijn er niet veel nieuwe die ook een plekje innemen. Iets verderop, een stuk dichter bij de zee, ziet ie dat er een man gaat zitten. Op een stoeltje dat ie bij zich heeft en plompverloren in het zand neerzet.

Niet iedereen maakt dus eerst net zo'n mooi fort, als zij hebben gedaan.

Als straks de zee weer omhoog komt, dan zal die man moeten vluchten. Terwijl zij toch maar mooi beschermd zijn.

Het zand blijkt een stuk gemakkelijker op te scheppen dan hiervoor. Toen zag het er ook veel donkerder uit, maar laat zich nu gelukkig beter over de wal verdelen. Hij egaliseert de dijk en gooit er nog een laagje van het nattere zand, dat zich vlak onder dat bijna droge blijkt te bevinden, bovenop.

De gracht wordt er breder en dieper van. Hun kasteel wordt nu nog sterker.

Net als hij bijna klaar is komen papa en tante Els eraan, ze zijn doornat.

Hans ziet dat ze allebei een heleboel kleine bobbeltjes op hun armen en benen hebben. Zelf had hij dat ook al een keer en mama noemde dat kippenvel. Dat vond ie er een leuke naam, maar hij was er niet zeker van of ze hem in de maling zat te nemen. Bij hem kwam het omdat 't heel koud was en dat ie nat was geregend. Ze heeft hem toen ook gezegd dat alle mensen dat zo nu en dan hebben en heeft gelijk, want papa en Els zitten inderdaad helemaal onder.

Hij kijkt toe hoe papa een handdoek voor hemzelf uit hun tas tevoorschijn haalt en ook die van tante Els. Hij klopt ze allebei grondig uit en geeft 'm dan aan haar terug. Als hij ermee door zijn haren heeft gewreven, hangt ie de handdoek om zijn nek en helpt zijn zus bij het afdrogen van haar rug.

Doordat ie het hard doet zal ze het er warm van krijgen. Thuis na het douchen werkt dat bij hem ook altijd uitstekend.

Dan geeft papa de doek aan haar terug.

Hans ziet hoe ze om de behandeling moet lachen, ze vindt het blijkbaar leuk dat ze zo door zijn sterke papa wordt geholpen. Zou hij echt haar broer zijn?

Als ze droog genoeg is, neemt ze weer plaats.

"Zo je hebt de wal opgehoogd, mooi gedaan hoor."

Nu ze weer terug is in de veiligheid van het kasteel, doet ze haar bovenstukje weer uit. Zelf droogt ze daarna haar voorkant nog eens af. Hans ziet hoe voorop haar tepels het middelste bobbeltje naar voren steekt.

Papa is op het badlaken gaan zitten en droogt zijn benen met de handdoek. Hans weet niet beter dan dat het de enige is die ze bij zich hebben.

Hoe zou het nou geweest zijn als hij mee was gegaan naar de zee?

Als hij ook zo nat was, zou zijn vader hem dan ook zo grondig opgewreven hebben?

Papa is droog genoeg en staat op. Hij klopt de handdoek nog eens uit. Dan hangt ie 'm over het schepje.

Hans heeft die weer op dezelfde plek als eerst, in de dijk gestoken.

Dan gaat ie zitten. Om een goede zitplaats te maken, drukt hij eerst het zand waar zijn billen komen in een kuiltje. Hij zegt ook dat Hans goed zijn best heeft gedaan en dat het fort nu een stuk mooier is geworden.

Hij trekt de rugzak naar zich toe en vraagt of er iemand een boterham wil.

Tante Els heeft intussen verborgen onder de handdoek een ander broekje aan getrokken. Uit haar tas heeft ze die, een blauwe, tevoorschijn gehaald.

De oranje met witte strepen die ze onder het zwemmen aan heeft gehad, hangt ze over de handdoek van papa. Maar eerst staat ze op om het ding eens goed uit te wringen. Ze doet hetzelfde met het natte bovenstukje. Uit beiden druppelt een straal water op de zandwal.

Hans neemt haar de schade niet kwalijk.

Toen ze bezig was heeft hij gezien hoe ze nog kippenvel had. Het verbaast hem want juist de rest van haar borsten is mooi glad gebleven. Alleen het roze stukje voorop leek extra gebobbeld. Haar blauwe broek lijkt een flinke stuk groter dan het hele kleintje dat ze net nog aan had.

Deze lijkt precies op de onderbroeken die mama thuis aan de waslijn heeft hangen. Al zijn die gewoon wit. Doordat de stof erg dun is kan hij haar billen er doorheen zien schemeren. Hij durft er niet langer naar te blijven kijken en concentreert zich op het badlaken, het zand, het strand om hen heen. Hij wil zien of er nog andere mensen zijn die naar Els zitten te kijken.

Een mooie, jonge vrouw trekt altijd de aandacht. Dat weet hij zeker, dat moet zeker ook voor deze opgaan. Hij is misschien nog maar een jongetje, hij weet toch al dat zijn tante moet voldoen aan alle voorwaarden.

Papa heeft hem ooit zoiets verteld toen ze het over de foto's uit een tijdschrift over auto's hadden. Hans had hem gevraagd waarom ze alleen maar de auto's van mevrouwen in dat boekje hadden gezet. En of die foto's allemaal in een warm land waren genomen.

De vrouwen hadden namelijk altijd hele kleine jurkjes of een badpak aan.

Papa had hem uitgelegd dat die dames er 'bekoorlijk' uitzagen. Dat mannen daar graag naar kijken en dat de autofabrieken dat allemaal wisten. Met die foto's zouden ze mannen lokken om aandacht te krijgen voor die auto's.

Tenminste zo heeft ie het ongeveer begrepen en tante Els ziet er ook heel bekoorlijk uit. Maar hij kan niet uitmaken of ze de aandacht van de mannen om hen heen trekt. Dat controleert ie nu even.

"Ja doe mij er maar een, dan ga ik daarna gelijk door naar de bibliotheek.

Ik moet nog een heleboel studeren voor mijn school. Eind volgende week begint trouwens mijn stage, daar moet ik nog een hoop voor voorbereiden."

Papa reikt haar een boterham aan en geeft Hans er ook een.

Voor zichzelf kiest hij er eentje uit het andere plastic zakje. Bij Hans zit er gebakken ei op. Mama heeft er peper, een paar tomaatjes en zout doorheen geroerd, dat maakt het lekker hartig.

Zorgvuldig legt papa het plastic zakje op de punt van zijn badlaken. Er zit nog een stuk boterham in, maar zo kan er natuurlijk geen zand in komen. Hij heeft het open deel van het zakje omgeklapt. Voor de zekerheid waarschijnlijk.

"Heb je deze zelf gemaakt, of heb je dat door Loes laten doen?"

Tante Els praat met volle mond.

Ze zitten dichter bij elkaar dan net onder het koffiedrinken. Hans vindt haar stem leuk, ze klinkt heel vriendelijk en als ze echt zijn tante is, dan vindt hij het jammer dat hij haar nu pas heeft leren kennen. Ze lijkt erg aardig.

"Gisteravond heeft ze deze voor ons gemaakt. Ze vond dat Hans en ik niet op een lege maag konden blijven zitten.

Hij is vandaag trouwens op zijn eigen fietsje helemaal hier naartoe gereden.

Vind je dat niet knap"?

Papa had het al eerder tegen haar gezegd, maar dat ie blijkbaar heel erg trots op 'm is doet Hans goed. Papa leunt iets naar achteren, alsof hij wil dat Els hem eens wat beter bekijkt. Hij lijkt in ieder geval trots, dat maakt Hans verlegen.

Tegelijkertijd voelt hij zich heel sterk.

Het verwart hem. Om ze af te leiden vraagt ie of hij nog een boterham mag en omdat de koffie op is krijgt alleen hij nog wat limonade. Er zit nog minstens voor drie bekertjes in de fles, maar zowel papa als zijn tante hoeven niet.

"Ik ga straks wel een flesje drinken halen, dan loop even een stukje met je mee.

Ze heeft nogal veel zout in die omelet ei gedaan.

Of zou het van al dat zeewater komen dat ik opeens zo'n dorst heb?

Ik had er misschien niet zoveel van moeten inslikken."

Papa moet lachen om zijn eigen grapje en neemt nog een boterham. Hij kauwt telkens eerst zijn mond helemaal leeg voordat hij praat. Tante Els zit achter hem een witte bh aan te trekken. Ze doet het haakje dicht midden voor haar buik en draait vervolgens de sluiting op haar rug. Een voor een stopt ze er haar borsten in en trekt dan het bandje over haar schouder. Door aan de onderrand te trekken schikt ze de stof zo dat ze allebei goed opgeborgen zitten. Daarna doet ze de jurk weer over haar hoofd. Ze hoeft geen brood meer en geeft met een draaiend handgebaar voor haar buik aan dat ze genoeg gegeten heeft.

"Ik heb genoeg aan die ene, dank je".

Ze zegt iets over een lijn, maar Hans weet niet welke ze bedoelt. Hij heeft geen idee waar hij die zonet gezien zou kunnen hebben.

Papa pakt de laatste boterham en schudt allebei de zakjes leeg over de rand van hun vesting. Thuis in de tuin komen er dan vogeltjes om de kruimels op te pikken, maar of die er hier rondom het fort ook zijn, lijkt hem sterk.

Hans heeft vanmorgen, toen ze naar dit plekje toe liepen, alleen een paar meeuwen gezien. Maar zelfs voor die brutale vogels is het nu natuurlijk te druk op het strand.

23

En hij weet niet of ze kruimels lusten. Om heel eerlijk te zijn is het hem onbekend wat meeuwen het liefste eten.

Op het plein voor de school heeft ie weleens gezien dat de grote, witte vogels vuilniszakken open scheurden. Ze zullen dus graag afval eten, of ze houden gewoon van rommel op straat, maar of er dieren met die voorkeur bestaan weet hij natuurlijk nog niet zo goed.

Als hij vanavond thuis is zal hij het eens uitzoeken in zijn boek met plaatjes. Daar staat immers van alles en nog wat in. Mama leest hem eruit voor als hij er iets in heeft gevonden waar hij meer van wil weten.

Het boek heeft hij van opa en oma gekregen, maar niet de Hans en Agatha die hier in Katwijk wonen. De ouders van mama waren er speciaal voor uit de stad naar hun huis gekomen, met de bus. Een paar weken geleden, op de zondag na zijn echte verjaardag.

Tante Els is klaar met zich aankleden en heeft ook haar haren gekamd. Het zit nu niet meer zo door de war als toen ze met papa terugkwam van het zwemmen. Ze leek, met al die natte slierten om haar hoofd, wel een beetje op de zeemeermin uit een van de prentenboeken. Hij heeft speciaal nog even goed naar haar gezicht gekeken om te zien of hij haar misschien daarvan herkend heeft.

Toen is het 'm opgevallen, dat ze net zulke wenkbrauwen heeft als papa.

Ze kijkt soms ook net zoals hij. Om iets heel goed te zien doet ze namelijk haar ogen een stukje dicht. Hans heeft daarop besloten dat ze inderdaad een zus van papa zal zijn. Hij weet nu dat ie er nog een heeft, deze.

En ze is een heel stuk jonger dan papa.

Tante Marieke is ouder. Dat heeft haar altijd papa zijn grote zus gemaakt en die komt regelmatig op bezoek omdat ze de vriendin is van mama. Of ze gaan zo nu en dan naar haar toe, ze woont namelijk op hun oude woonboot.

Papa en tante Els zijn weg gelopen.

Papa gewoon in zijn zwembroek dus die komt wel weer terug.

Al liepen ze de kant op waar ze hun fietsen vanmorgen hebben neergezet.

Tante Marieke is ook op het feestje geweest toen hij onlangs jarig was. Hans is vergeten wat ie van haar als presentje heeft gekregen, maar dat komt vooral omdat 't toen nogal een drukte was. Er waren nog meer vrienden van papa en mama gekomen, allerlei kennissen van vroeger. De oudere zus van papa is de beste vriendin van mama, omdat ze samen op school hebben gezeten.

"In dezelfde klas." Had ze er indertijd aan toegevoegd.

Maar hij wist toen nog niet wat zoiets betekent. Het was hem een raadsel hoe lang je, als de school is afgelopen, daarna vriend of vriendin moet blijven.

Voor altijd je hele leven lang?

Het verbaast hem trouwens nogal dat ie nooit iets heeft horen zeggen over deze tante. En, nu hij erover nadenkt, binnen de familie van papa wordt eigenlijk nooit iets gezegd over dit andere zusje. Over deze tante Els.

De leuke tante waarmee hij zojuist kennis heeft gemaakt.

Papa heeft haar helemaal tot aan d'r fiets gebracht en op de terugweg heeft ie twee flesjes Cola gekocht. Voor Hans is het de eerste keer dat hij het drankje te proeven krijgt. Thuis doet mama niet aan frisdrank. Ze zet altijd een verse kan koffie of thee als er visite komt. En voor 's avonds heeft ze wijn of 'n paar flesjes bier in huis. Ze bewaart de flessen in de kast onder de trap.

Hans is er 's avonds nooit bij, maar hij krijgt meestal een glaasje limonade als ie dorst heeft. Mama heeft daar een fles van in de koelkast staan. Ze schenkt dan een laagje in een glas en doet er water bij. Eerst laat ze het water even doorlopen om het echt helemaal koud te krijgen. Meestal wordt het drankje dan oranje, maar soms heeft ze ook weleens rode of groene limonade.

Hans proeft nooit veel verschil, al zegt mama dat die rode naar aardbei of framboos moet smaken. Oranje heet altijd sinaasappel maar ook die smaakt niet naar een echte. Het smaakt namelijk heel anders dan als ze er een echte voor heeft uitgeperst. Dan heet het volgens haar trouwens sjudorangje.

Als limonade smaak 't voornamelijk naar suiker, maar hij vindt het ondanks dat wel heel erg lekker. Hooguit als er een verjaardag is of met Kerstmis heeft ze 'ns een fles van dat bruine, of gele schuimende spul in huis gehaald. Cola en Sisi, Hans weet hoe de drankjes heten en hij was er tot vanmiddag waarschijnlijk nog te klein voor om het met de grote mensen mee te mogen drinken. Nooit heeft ie dat een bezwaar gevonden, maar hij is blij dat papa hem nu groot genoeg vindt om er eindelijk aan mee te kunnen doen. Het zal wel komen omdat ie de fietstocht zo goed heeft volgehouden.

Het maakt hem trots en ondanks dat ie ervan moet boeren, vindt hij het drankje heel lekker. Alleen dat flesje heeft een enigszins rare vorm en past niet zo goed tussen z'n vingers. Zelfs niet aan de onderkant waar ie toch wat smaller is en ribbels heeft. Het lukt 'm zeker niet rond het buikje waar die letters staan, om de fles beet te houden. Zo noemt papa het bolle deel ervan, 'een buikje'.

De letters zijn van nog dikker glas, maar ook die bieden nauwelijks houvast. Hij moet het flesje onder het drinken met echt allebei zijn handen vasthouden.

Nog terwijl hij het bruine spul drinkt maakt papa een grote rol touw aan de vlieger vast. Het is ruw touw en volgens hem is het speciaal voor vliegers gemaakt. Het zou daarom 'vliegertouw' heten, maar het lijkt Hans sterk dat zoiets bestaat. Papa probeert 'm natuurlijk weer eens te foppen. Dat doet ie wel vaker en meestal wordt mama dan boos. Nu is ze er niet bij om het voor 'm op te kunnen nemen of dat ie het aan haar kan vragen.

De vlieger moest nog in elkaar worden gezet, maar gelukkig was dat niet moeilijk. Alleen de stokjes door de zijkanten schuiven en dan de langste door het midden. Met een stukje klittenband kon papa de hoesjes om de stokjes dichtmaken. Zodat ze er niet meer uit kunnen floepen. Waar het touw eraan vastgemaakt moest worden, zat al een gat in de stof en daar kruisen de stokje elkaar ook precies.

Volgens papa was het trouwens geen papier of gewoon stof, maar 'tijvek'. Misschien ook weer een grapje, maar 't was dus gemakkelijk om de vlieger gereed te maken 'voor de vlucht'. Zo heet het vliegeren.

Hans moest ervoor uit het kasteel klauteren en met de geprepareerde vlieger weglopen. Onderweg moest ie 'm stevig beethouden zodat hij kon voelen waar de wind hem naartoe duwt. Papa gaf 'm aan toen ie op het strand stond en zou roepen als het touw bijna op was. Dan, verderop, moest Hans de vlieger een stukje omhoog gooien. Zodat de wind 'er helemaal vat op kon krijgen'.

Papa heeft aangewezen in welke richting hij moest lopen om de meeste wind te kunnen 'vangen'. Dat is ook een woord dat bij het vliegeren hoort.

"Je moet maar naar de vlaggen kijken om de juiste richting aan te houden."

Het valt mee dat er rondom hun plekje nog niet zoveel mensen een eigen kuil gegraven hebben. Hans kan zodoende een heel eind lopen voordat hij bij de dichtstbijzijnde buren is aangeland. Vlak voordat ie er was, heeft papa geroepen dat hij moet blijven staan en het oplaten zou beginnen. Onder het lopen heeft Hans gemerkt dat er aan de vlieger getrokken wordt. Hij moet 'm dus inderdaad stevig beethouden, anders laat ie 'm misschien wel vallen. Dat trekken aan de vlieger komt vanzelfsprekend door de wind, want door snel de draad af te rollen heeft papa het touw losjes achter hem aan over de grond laten slepen. Het zand kan nooit zo hard trekken dat de vlieger ervan uit zijn vingers glipt.

Het kan alleen de wind zijn die dat doet.

Als Hans stilstaat, houdt ie exact volgens de aanwijzingen het ding even rechtop voor zijn buik en gooit 'm daarna omhoog. Met een flinke ruk aan het touw probeert papa de vlieger door de wind 'te laten oppakken', maar hij dwarrelt vrijwel meteen terug op het zand. Hans loopt er naartoe om 'm op te rapen.

Hij weet dat het oplaten van een vlieger niet een, twee, drie vanzelf gaat. Maar, als het goed is, dan zou papa met het touw boven zijn hoofd een stukje tegen de wind in moeten hollen.

Hans heeft het op het plaatje dat erbij zat zo gezien. Dan moet de vlieger volgens de tekeningetjes vanzelf steeds verder omhoog gaan. Als ie eenmaal boven is, dan blijft ie daar ook. Volgens alle plaatjes zorgt de wind daarvoor, die kan de vlieger gemakkelijk optillen. Het ding weegt bijna niks.

Na ongeveer vijf à acht keer opgooien is de vlieger nog steeds niet vanzelf in de lucht gebleven. Een meneer die een eindje verderop onder een parasol zit, komt aangelopen en vraagt of hij even zal helpen.

Die man is natuurlijk een stuk langer dan Hans, misschien lukt het hem wel om de vlieger hoog genoeg in de lucht te gooien. Hij zal proberen om 'm door de wind te laten oppakken. Zoiets zegt hij.

Hans doet een stap in de meneer z'n richting en overhandigt hem de vlieger. Dan stapt hij een stukje achteruit om niet in de weg te lopen tijdens het oplaten. Moet hij blijven wachten tot het gelukt is?

Of kan hij beter meteen teruglopen naar papa?

Kan ie het aan de meneer overlaten om de vlieger in de lucht te krijgen?

Inderdaad blijft de vlieger al na de eerste keer opgooien een tijdje in de lucht hangen en als papa een paar flinke rukken aan het touw geeft dan lijkt het of ie langzaamaan een beetje hoger en hoger klimt. Maar dan is de wind plotseling toch niet sterk genoeg en dwarrelt de vlieger alsnog terug naar het zand.

Hans haalt 'm op en reikt, voor een hernieuwde poging, het ding weer aan de meneer aan. Die is op hem blijven wachten. Hans bedenkt dat de man zelf toch ook even kan lopen om het ding op te rapen.

Een keer valt de vlieger nota bene vlak voor z'n voeten neer.

Nadat ie voor de zoveelste keer terug komt lopen met de vlieger, blijkt de meneer weer op zijn plekje te zitten. Het is voor hem duidelijk dat volwassen mannen niet te vertrouwen zijn. Als Hans ergens mee ophoudt of bijvoorbeeld juist aan iets wil beginnen, moet ie dat altijd netjes melden aan de andere kinderen uit de klas met wie hij zat te spelen, de juf of, als ie thuis is, aan mama.

Maar voor grote mensen gelden andere regels. Die gaan gewoon hun gang en hoeven daar niets over te zeggen. Hans legt de vlieger plat op zijn voorkant in het zand, hij laat het touw door zijn hand glijden en als hij een paar meter van de vlieger verwijderd is, loopt hij hard terug naar zijn vader.

Het touw houdt hij stevig vast.

Hij voelt aan het trekken van het touw hoe achter zich, de vlieger blijkbaar het luchtruim kiest. Dan, als hij even stilstaat om het touw wat te vieren blijkt ie inderdaad boven hem in de lucht te hangen. Naarmate hij het touw verder loslaat klimt ie ook steeds hoger. Hans ziet hoe de vlieger naar links van hem omhoog gaat. Trots blijft hij kijken hoe het ding steeds hoger klimt.

Als de vlieger weer naar beneden dreigt te dwarrelen rent hij een stukje verder. Het touw laat hij dan telkens een stukje losser. Zo loopt en rent - dan even voor zich kijkend maar voornamelijk half over zijn schouder de vlieger in de gaten houdend - terug naar het fort. Als hij voelt dat de vlieger nog hoger klimt, durft ie het touw helemaal los te laten.

Vol verbazing kijk Hans hoe de vlieger nog meer links van hem, verder opstijgt. Geen gedwarrel meer en heel langzaam klimt de vlieger in een rechte lijn omhoog en nog hoger. Hans kan het touw niet meer zien en beseft dat hij nu geen lijntje meer naar papa heeft. Hun verbinding heeft ie weg laten vliegen.

Hij voelt zich weer het kleine jongetje van vanmorgen en zou het liefst zijn vader willen roepen. Maar hij durft niet en draait zich om. Wanhopig zoekt hij tussen alle lichamen die zich rondom hem bevinden naar een aanknopingspunt waarop hij zich kan richten. Hij moet zijn ogen even laten wennen aan het licht. Door zojuist een hele tijd tegen de lucht in te kijken is hij verblind.

Hij weet ongeveer waar papa kan zijn, waar hun kasteel waarschijnlijk is en hoe ver hij ervandaan gelopen is om de vlieger op te laten. Hij zoekt naar de bunker bovenop het duin en weet dat er vlakbij hun kasteel een dikke vierkante paal met een nummer erop stond.

Hij kan zich niet herinneren wat voor nummer het is. Wat nou al er meer van die palen staan en hij helemaal naar de volgende is gerend?

Hans weet niet of hij misschien langs zijn vader is gelopen en dat ie dus eigenlijk beter achter zich kan zoeken. Wel valt het hem op dat de zee veel dichterbij is dan hij zich van zojuist kan herinneren. Het kan toch niet al vloed zijn?

De verwarring maakt dat hij moet plassen. Het zijn de zenuwen samen met al de cola en bekertjes limonade. Hij weet dat ie papa daarbij nodig heeft, want het is hem nog niet verteld waar hier een wc is. Hier midden op het zand kan hij het onmogelijk zomaar laten lopen!

Hans kan onder het wandelen in een bos al geeneens tegen een boom plassen. Dan moet mama of papa er heel breed voor gaan staan. Anders komt de plas gewoon niet. Hoe nodig hij even ervoor ook leek te moeten!

Zomaar hier midden op het strand kan hij het niet, dat weet ie zeker!

Dan ziet hij papa op het fort staan. Hij zoekt hem blijkbaar ook en als ie ziet dat Hans 'm opmerkt steekt ie allebei zijn armen omhoog. Papa blijft zwaaien tot Hans vlakbij is gekomen. Waarschijnlijk is ie bang dat ze elkaar nogmaals kwijtraken en weer wat tot rust gekomen loopt Hans terug naar zijn vader.

Intussen heeft papa het touw aan de schep vastgebonden. Als Hans even later snel over zijn schouder in de richting van de duinen kijkt, ziet hij de vrolijke kleuren van hun vlieger hoog door de lucht dansen. Dan klautert hij over de muren van hun fort en gaat op de handdoek zitten.

Pappa heeft zich, al meteen toen Hans vlakbij was, op het badlaken laten vallen. Hij heeft een boek tevoorschijn gehaald en zit er al in te lezen. Daarbij wil hij thuis als ie in zijn stoel zit nooit gestoord worden. Het lijkt Hans wat kinderachtig om 'm te vertellen dat ie zojuist een beetje bang geworden was. Het komt hem voor dat het niet stoer staat en het niet past bij de manier waarop papa even hiervoor nog zo trots op hem leek tegenover tante Els.

Nu hij weer rustig in het fort zit, hoeft ie trouwens ook niet meer te plassen.

Papa heeft het touw van de vlieger opgerold. Hij heeft er een van die flesjes voor genomen om de draad er omheen te wikkelen. Toen de vlieger vlakbij kwam, is ie weer terug gedwarreld naar de grond. Hans is 'm gaan pakken en heeft geduldig gewacht tot alle draad om het flesje zat. Papa heeft er daarna een stevige bos van gemaakt met het losse eind. Toen kon het in de tas. De vlieger heeft ie uit elkaar gehaald en er ook bij opgeborgen.

De handdoeken vouwde hij daarna netjes op.

Hoewel de zee nog een flink stuk van het fort verwijderd is en er zodoende nog geen sprake is van die aangekondigde vloed, stelt papa voor om er niet op te wachten tot hij het fort 'in zal nemen'. Volgens hem is dat 'onvermijdelijk' en kunnen ze beter terug naar huis gaan fietsen.

"Het is een heel eind, dus kunnen we beter op tijd vertrekken. Als je moe bent dan kunnen we onderweg nog even rust nemen."

Bovenop het duin aan de boulevard wilde papa hem trakteren op een ijsje, maar er stond een hele sliert mensen te wachten tot ze aan de beurt zouden zijn. Dat ging hem te lang duren, daarom zijn ze gelijk naar hun fietsen gewandeld.

Hans durfde het niet te zeggen, maar hij was eigenlijk tamelijk moe toen ze eenmaal onderweg waren. Onder het fietsen kreeg ie het idee dat hij deze dag niet helemaal zelf had meegemaakt. Alles was eigenlijk grotendeels buiten hem om gegaan daar had ie geen invloed op gehad.

Sjoerd

Gedurende zijn studie in den Haag heeft Martin vriendschap opgebouwd met een van zijn medestudenten. Ze liepen, zoals het heet, aan dezelfde faculteit en hebben een aantal keren samen in de 'bieb' van de school zitten studeren.

's Morgens kwamen ze samen tegelijk aan met de trein. Daarbij was de afspraak ontstaan dat ze ver voorin instapten en elkaar daar zouden treffen. Omdat Martin pas in Leiden meeging, zat Sjoerd, die al in Haarlem instapte, daar dan vaak op hem te wachten. Meestal konden ze vervolgens tegenover elkaar plaats nemen. Of Martin bleef in het gangpad staan om, in het kwartiertje dat ze onderweg waren, met zijn vriend wat nieuwtjes uit te wisselen.

Vrijwel tegelijkertijd hebben ze hun studie afgerond en allebei hebben ze daarna bij een middelgrote firma - en min of meer in een vergelijkbare positie - een functie opgedaan. De twee zaten daarover te praten toen Sjoerd die keer op bezoek was. Hij stak daarbij niet onder stoelen of banken dat ie jaloers was op zijn studiegenoot: "Jij hebt vier meiden voor je lopen.

Ik moet bij mij op de zaak alles alleen zien te klaren.

Mijn baas houdt me voor van alles en nog wat verantwoordelijk en ik heb daardoor helemaal niemand om ergens de schuld bij in de schoenen te schuiven als er soms eens wat misgaat."

Hans ving de opmerkingen op. Ook hoe zijn vaders' vriend om zijn eigen grap moest lachen. In de verte begreep hij wel waar het over ging, maar hij kon het een en ander pas plaatsen toen hij een paar weken later eens een middag bij papa op de zaak had doorgebracht. Dat kwam omdat zijn vader op hem moest oppassen, mama was namelijk naar de dokter op het ziekenhuis.

Hij zag toen met eigen ogen hoe die 'meiden' voor hem liepen.

In hoeverre dat met zoveel afgunst besproken moest worden, werd 'm helaas niet duidelijk. Hans was te klein voor mannenpraat.

Dat van die schoenen en wat een schuld inhield, begreep hij bijvoorbeeld pas veel later en dat het erop neerkwam dat je iemand ergens voor kon laten opdraaien, leerde hij min of meer in de vierde klas.

Al was de exacte context van de term hem - ook toen - nog grotendeels vreemd. Hij kon zich bij de juiste invulling pas veel later een beeld vormen en heeft die nooit toe hoeven, of weten te, passen.

Toen Sjoerd, die Hans bij zijn naam moest noemen omdat ie niet met 'oom Sjoerd' aangeduid wenste te worden, en hij in gesprek raakten kwam naar voren hoe ie in Rotterdam 'ver van enig plattelandsgewoel zoals hier bij jullie' opgegroeid was. Toch deed hij niet - zoals gebruikelijk - neerbuigend over de afgelegen ligging van hun woning. Noch sprak ie op een andere manier van tekortkomingen die hij misschien bij hun thuis waargenomen had.

Dit vormde voor Hans een prettige tegenstelling tot wat andere vrienden en kennissen normaal gesproken telkens op te merken bleken te hebben. Al het andere bezoek, ook de mensen die niet eens van zo ver hoefden te komen als deze meneer, vond het reizen naar de dijk immers een hele onderneming.

Men gaf telkens weer aan hoe ver van alles verwijderd zij daar aan de dijk woonden. Al had de tijd er dan min of meer stilgestaan, iedereen vond het huis zelf altijd heel erg benijdenswaardig. Men prees vooral de ruimte waarover Martin en Loes konden beschikken. Zelfs Hans kreeg vaak een complimentje over de mooie, grote kamer die hem er ten deel was gevallen.

"Hans kom je weleens aan de overkant van die weg hier?

Bij die boerderijen bijvoorbeeld.

En ga je daar in die velden dan ook weleens op jacht?"

Sjoerd boog zich naar hem toe. Het leek erop of hij hem in vertrouwen wilde nemen en Hans wist niet of hij gewoon 'nee' moest knikken of dat hij inderdaad vertrouwelijk: "Nee oom Sjoerd", kon zeggen.

Hij liet het bij een neutrale: "Hmmm."

Alle mensen in de leeftijd van zijn ouders of zelfs nog ouder, maar dan moesten ze wel dicht bij hen staan, moest ie altijd 'oom' of 'tante' noemen. Het was de manier waarop ze 'afstand' wisten te bewaren, maar deze tegelijkertijd toch enigszins beperkt bleef.

Niet formeel 'mevrouw of meneer' zeggen bracht de kennissen op de een of andere manier dichterbij. Het leek of ze daadwerkelijk tot een nauwe kring behoorden, maar wisten natuurlijk zelf wel dat ze geen familie waren.

Er viel even een stilte.

Het leek erop of Sjoerd verwachtte dat Hans meer te vertellen had en dat hij daarop nog wilde wachten. Maar Hans liet het erbij. Hij werd verlegen van de manier waarop deze meneer met hem sprak. Als ie eerlijk was, had hij oom Sjoerd maar een keer eerder gezien. Hij wist dat papa en hij samen op school gezeten hadden. En dat ie net zoiets deed als papa zelf, had hij begrepen uit wat mama hem er een paar avonden geleden over had verteld.

Overigens had die eerste ontmoeting plaats gevonden toen ze nog op de boot woonden. Dat moest daarom minstens een jaar of nog langer geleden zijn geweest en toen was Hans nog klein.

"Sjoerd heeft me opgebeld om te vertellen dat ie langs wil komen.

Hij heeft een auto gekocht en komt 'm even laten zien. Hij wil trouwens weleens weten hoe we er intussen bij zitten hier."

Nadat papa was uitgesproken vroeg Hans zich af of mama het bezoek net zo leuk leuk vond als zijn vader. Hij kreeg er geen hoogte van.

"Ik heb 'm niet speciaal uitgenodigd voor mijn verjaardag feestje van volgende week. Het leek me zo leuker dan dat ie weg zou vallen in de familiedrukte."

Het leek of papa zich ervoor wilde verontschuldigen dat hij zonder overleg zijn studievriend had gevraagd om op bezoek te komen. Het was hem kennelijk spontaan te binnen geschoten. Maar ook dat bleef onduidelijk.

Hans weet niet of deze meneer wellicht toch een hele goede vriend van zijn vader is. Het is hem dat tot nog toe eigenlijk ontgaan.

"Hij zei al dat we het contact toch een beetje zijn verloren.

Maar je kent Sjoerd. Hij was weer eens eens en al belangstelling en klonk vreselijk enthousiast om hier te komen kijken."

Martin was even voor zich uit blijven staren en leek erop te wachten dat zijn vrouw een reactie zou geven. Die zei echter niets.

"Je weet hoe ie is. Altijd leuke dingen zeggen en grapjes maken.

We hebben even over het een en ander bijgepraat en ik heb 'm ook verteld van hoe we hier nu, na de verhuizing terecht zijn gekomen."

Eindelijk maakte mama een nieuwe hap van haar eten. De hele tijd had ze met haar vork halverwege haar bord en mond naar papa zitten luisteren. Nu schoof ze er eindelijk weer wat voedsel op.

"Ik hoop dat je niet teveel hebt overdreven.

Je weet hoe mensen reageren als ze hier voor de deur staan.

Als ze het al kunnen vinden natuurlijk."

Toen stak ze de nieuwe hap in haar mond en begon te kauwen.

"Jullie wonen hier leuk hoor, weet je dat?

Toen ik een jongetje van jouw leeftijd was, kende ik alleen een landje aan het einde van de straat. Daar speelden we met vriendjes en vriendinnetjes.

Mijn zusjes en de buur kinderen deden namelijk ook vaak mee."

Hans is naast Sjoerd gaan zitten in papa's grote stoel. Met een paar klopjes op de zitting heeft ie duidelijk gemaakt dat hij dat graag wilde. Het leek hem leuk om even met deze aardige meneer te praten. Dus heeft ie er plaats genomen.

"Dan deden we of we indianen waren en bonden bijvoorbeeld een van de meisjes aan een boom. Daar stonden er een paar van aan de zijkant van dat veldje."

Sjoerd lijkt even na te moeten denken hoe het een en ander ook alweer verliep en kijkt even voor zich uit.

"En dan moesten de anderen, de cowboys dus als de indianen het allemaal op hun geweten hadden, ze bevrijden."

Hij moet glimlachen om zijn opmerking en kijkt Hans aan.

"Of juist weer die indianen onder ons. Het hing er natuurlijk vanaf wie de meisjes in eerste instantie gevangen hadden genomen."

Hans kent het spel niet.

Mama leest weleens een verhaal voor. En soms gaan die over cowboys en indianen, maar hij heeft nooit het idee opgevat dat je zoiets na kon spelen. Hans kan zich bij dat Wilde Westen geen voorstelling maken. Hij kent de kameraadschap, de saamhorigheid tussen al die personen niet uit ervaring.

Zoiets lijkt hem er toch wel onontbeerlijk bij. Voor hem zijn helden altijd hele goede vrienden van elkaar. Ze delen immers lief en leed en dat maakt ze kameraden die elkaar zonder nadere verklaring of afspraak weten te vinden.

Geen vijanden die elkaar bestrijden op leven dood.

Zoiets kent hij helemaal niet. Mensen die in verhalen een hoofdrol spelen moeten elkaar blindelings vertrouwen. Het zijn woorden die in verhalen heel vaak gebruikt worden immers. Vanuit de samenhang heeft ie er een betekenis aan weten te verbinden. Intussen ziet Sjoerd het allemaal weer voor zich. Hij kijkt bedachtzaam. Met z'n blik in zichzelf gekeerd, overziet ie zijn herinneringen.

"Het was niet zo'n groot veld hoor. Meer een verwaarloosd, verlaten stukje groen achter een bedrijf dat even verderop aan de straat stond.

Maar we konden er ongestoord onze gang gaan en dat vastbinden moet je niet te dramatisch zien. De meisjes speelden gewoon het spel mee.

Als ze zouden willen konden ze zich zomaar losrukken.

We hebben er vaak met een groepje gespeeld.

Ook als er geen echte vriendjes in de buurt waren omdat het bijvoorbeeld vakantie was en wij met ons gezin gewoon thuis bleven."

Hans kan zich hierbij voorstellen wat Sjoerd ermee bedoelt. Toen hij na de zomervakantie op school kwam, waren er klasgenoten die allerlei verhalen wisten te vertellen over wat hen was overkomen. De dagen net voor en ook tijdens de vakantie verschilden duidelijk met zijn eigen ervaringen. Die tijd had hij voornamelijk in of rond het nieuwe huis en op de dijk doorgebracht.

Ze hadden immers nog heel veel moeten doen aan de inrichten en het opknappen.

Mama was trouwens zwanger en wilde zoveel mogelijk 'thuisblijven'.

Eigenlijk was er alleen dat dagje naar het strand geweest.

In de klas was er Johann die volgens zeggen 'ieder jaar' naar een pension in Duitsland ging. Andere leerlingen hadden verhalen mogen vertellen over hun verblijf in Zwitserland, Oostenrijk of zelfs Italië. Een paar waren waren er naar Spanje geweest. Een paar waren met een vliegtuig gegaan!

Hij was daar niet jaloers op. Hans vond het leuk om naar die verhalen over tenten, rare hotels of wandelingen over hele hoge bergen en luieren aan een strand te luisteren. Hij kon er zich van alles bij voorstellen omdat ie er in zijn boeken plaatjes van had. Een aantal van de plaatsen uit die verhalen had ie er speciaal voor opgezocht toen hij weer thuis was.

Hij prees zich gelukkig dat ie voldoende tijd had gevonden om zijn eigen, nieuwe omgeving, te verkennen. Hij hoefde helemaal niet naar al die vreemde oorden af te reizen om iets nieuws te zien. Het huis had hem genoeg nieuwe dingen geboden en daarom begreep hij wat Sjoerd verteld had.

"De meesten van ons hadden van onze moeders verkleedkleren gekregen. Om ons in ons spel in te kunnen leven. Die van mij trok ik dan 's morgens, voordat ik naar buiten ging, aan. Dat spraken we niet van tevoren af en het was altijd een verrassing wat je die dag zou gaan spelen.

Met wie je dus in hetzelfde ´kamp´ terecht zou komen.

Ik had trouwens de keus, want mijn moeder had zowel een indianen- als een cowboypak voor me gemaakt. Ze vond het leuk om op haar naaimachine bezig te zijn en ging soms aan de ene verder verder als ik die andere aan had.

Ze naaide er dan van alles op en dat maakte mijn pak steeds echter."

Sjoerd heeft een stilte laten vallen in zijn verhaal. Hel lijkt alsof hij aan Hans vooral duidelijk wil maken hoe blij hij was met zijn moeder. Daar kijkt hij hem weer heel even net zo indringend bij aan als hiervoor.

Hans weet niet hoe hij moet reageren.

"Als we speelden, probeerden we de verhalen van bijvoorbeeld Karl May of die van Arendsoog na te spelen.

Bij slecht weer lazen we die boeken eigenlijk allemaal en noemden elkaar bij voorkeur Witte Veder of Winnetou als we een echte Indiaan bedoelden.

Zelf wilde ik altijd Old Shatterhand zijn. Dat was mijn held."

Weer lijkt het of hij wat tijd nodig heeft om zich het een en ander weer eens voor te stellen. Zijn herinnering te verplaatsen en aan te passen aan de jongen tegenover hem.

"Maar ook de verhalen van Rudyard Kipling kwamen wel eens aan de orde.

Die hoorden natuurlijk bij de scouting. Maar van die beweging mocht ik nooit lid worden. Mijn ouders vonden het teveel op militairen lijken. Met die uniformen en de verschillende rangen, die er dan met strepen en insignes op verduidelijkt werden.

Daar had mijn vader het in ieder geval altijd over als het al eens aan de orde kwam."

Sjoerd wil verder op het onderwerp ingaan, maar Hans weet er niets van af.

Hij houdt zich daarom stil, verliest zijn interesse. Op de een of ander manier heeft ie door dat dit allemaal boven zijn pet gaat. Hij kent die namen helemaal niet en weet dus niet wat ze te betekenen hebben of wat ie erbij moet bedenken.

"Heb je weleens wild gezien in die polder?"

Sjoerd heeft met een handgebaartje naar de andere kant van de weg gewezen en even een stilte laten vallen. Nogmaals is hij in gedachten verzonken en blijft voor zich uitkijken. Hans weet niet hoe hij die stilte kan of moet verbreken. Om heel eerlijk te zijn heeft ie er nog nooit op gelet. Hij wist niet eens dat er van dat zogenaamde wild zou kunnen voorkomen.

"Vosjes en hazen?

Of misschien een ree, dat vanuit de duinen op zoek is naar voedsel?"

Hoewel Hans regelmatig vanuit hun huiskamerraam naar de velden aan de overkant staat te kijken, er soms zelfs een tijdje naar staart, is het hem nog nooit opgevallen dat daar andere dieren rondlopen dan koeien of schapen.

Zelfs geen paard.

En varkens alleen in een stal, maar nu hij gedwongen wordt erover na te denken kan hij zich niets anders voor de geest halen of herinneren. Nooit heeft hij er zoiets als een stier, wild zwijn of een van de beesten die Sjoerd zojuist heeft opgenoemd zien lopen. Het komt hem voor dat echt wild zich niet bewust zal zijn van de mogelijkheid om aan de overkant te komen.

Het is trouwens ook de eerste keer dat de velden daar aan de andere kant van de weg, op die manier een aanduiding krijgen! Zomaar alle velden tegelijk en met alleen die ene naam. Hans weet niet zo goed wat er bedoeld wordt met de term polder. Dat Sjoerd er 'de overkant' mee bedoelt is hem echter duidelijk.

Alle voor hem herkenbare dieren zijn tam, hoewel hij heus wel weet dat koeien en schapen ook in het wild bestaan. Maar wild komt voor hem voornamelijk overeen met Afrika. Echte wilde beesten leven op de grote lege vlaktes daar en hij heeft zich er altijd eenvoudig bij kunnen voorstellen dat daar ook leeuwen en jachtluipaarden tussen rondlopen.

Hij weet immers dat die er moeten jagen om hun dagelijkse kostje bij elkaar te scharrelen. Wildebeesten, gnoes, zebra's en verschillende soorten antilopen en giraffen. Die dieren kent hij van de televisie en uit zijn boeken met plaatjes.

Maar de verbinding tussen een koe, zoals aan de overkant in de wei staat, en een Afrikaans exemplaar gaat hem te ver. Hans kan zich niet voorstellen dat er een verbinding bestaat, of dat de beesten uit te wisselen zouden zijn.

Hij ziet geen overeenkomst met de sullige beesten en hoe die een leven kunnen leiden dat gevuld is met angst en beven zoals in Afrika. Zou het zomaar mogelijk zijn dat de dieren van de boerderij zich, evenals het echte wild, bedreigd voelen door bijvoorbeeld een krokodil?

Van een schaap of geitje, die staan zo nu en dan ook weleens op de boerderij aan de overkant, begrijpt ie heel goed dat ze te vergelijken zijn met die antilopen of herten uit de filmpjes op de televisie. Dat beverige en kwetsbare herkent hij wel een beetje als hij ze bekijkt.

Vorige week zondag bijvoorbeeld is hij met zijn ouders naar de boerderij aan de overkant van de dijk geweest. Ze hebben er een heel groot varken gezien. Die wilde beesten waar oom Sjoerd het over heeft, zullen waarschijnlijk meer verwant zijn aan zebra's of olifanten. Maar die heeft Hans nog nooit in het echt gezien. Net zomin dus als wilde zwijnen, krokodillen of leeuwen, maar dat lijkt hem nogal logisch.

Dat veel van die beesten er vergelijkbaar met die van de boerderij uitzien, weet ie. Maar Hans kan zich niet voorstellen dat zo'n koe uit de weide tegenover hun huis, in Afrika zou kunnen leven.

Of dat een gnoe zich hier in die velden thuis zou voelen.

Landen in Zuid Amerika met lama's en andere schapen, China met yak's of inderdaad Afrika. Het dringt uitsluitend tot hem door dat de wereld veel groter is en dat hem aan de andere kant van de weg nog een heleboel te wachten staat.

Hij luistert niet meer naar Sjoerd.

Het lijkt 'm dat wat deze vriend van papa verder nog aan de orde stelt, buiten hem om gaat. Dat verhaal over jagen, of die zogenaamde avonturen en spellen die hij zou kunnen spelen of beleven. Het gaat hem te ver. Moet hij medeleven tonen en aan Sjoerd aanbieden dat hij wel een keertje met hem mee mag?

Hij is zelf nog nauwelijks aan die 'overkant' geweest.

Hans weet intussen wel dat de velden veel te bieden schijnen te hebben, het is hem tenslotte al verscheidene keren voorgehouden dat ie er 'van alles en nog wat' kan beleven. De vrienden van zijn ouders en niet alleen deze oom Sjoerd, komen er telkens op terug.

Maar nu deze meneer er zo duidelijk een beeld van heeft geschapen, is het lastig om daarin een rol voor hemzelf te kiezen. Met wie kan hij een indianen verhaal naspelen en wie kan er de cowboy zijn?

En waarom willen ze telkens dat hij het net zo zal beleven als zijzelf?

Hij moet dat toch zelf uitmaken en met wie kan hij daar spelen?

Marjolein is veel te klein, die kan nog amper lopen. Wat moet hij dus aan met zijn zusje?

Moet hij een indiaan zijn en haar als gevangene vastbinden aan een boom. Haar een uurtje later weer losmaken en in een rol als cowboy bevrijden?

Hans kan zich bij de verhalen van Sjoerd nauwelijks meer iets voorstellen.

Niets waarin hijzelf een rol kan spelen. Ook niet als hij nadenkt over andere sprookjes en verhalen. Kan hij aan Loes vragen of ze voor hem verkleedkleren wil maken?

Sessie

— Mijn ouders en ik zijn naar dat huis aan de dijk verhuisd, omdat mijn vader niet meer 'elke dag' kletsnat thuis of op de zaak aan wilde komen. Hij heeft me verschillende keren, ook nadat we er allang woonden, verteld dat ie het vreselijk vond om als een verzopen kat en met verregende kleren - waar volgens hem dan geen model meer in zat - te moeten werken. Mijn vader wilde er altijd netjes uitzien. Hij wilde een heer zijn.
En altijd had ie blijkbaar tegenwind! 's Morgens als ie heen ging waaide het vanaf de zee en moest ie daar tegenin ploeteren.
Terug, zeker als ie dacht dat hij snel zou gaan vanwege de wind van die ochtend, 'stormde het hem tegen vanuit de stad'.
Als hij doorweekt thuiskwam op de boot, dan kon ie natuurlijk even snel zijn pyjama, of een ander droog kledingstuk aantrekken. Maar op de zaak moest ie wachten tot ie was opgedroogd.
Hij wilde namelijk zeker geen regenpak aantrekken om min of meer droog over te komen. Dat noemde hij nogal negatief een 'arbeiderskostuum'.
Waarom weet ik niet, maar hij heeft me altijd voorgehouden dat hij ervan gruwde om 'zoiets' te kopen, 'er zó bij te lopen' of 'zo'n ding' aan te trekken.
Ik heb er zelf ook nooit een van 'm gekregen.
Mijn vader maakte telkens een duidelijk onderscheid tussen mensen die met hun handen werken en diegenen die, zoals hijzelf met hun hoofd hun geld verdienden.
Hij heeft me daarbij voorgehouden dat ik ervoor moest zorgen dat ik mijn best deed om 'zo hoog mogelijk' te kunnen beginnen.
Het betekende trouwens niet dat hij wilde dat ik een 'studie' ging doen aan de Universiteit, al zou dat in zijn opvatting wel 'meegenomen zijn'.
Hij zei altijd: "Je moest al je capaciteiten zoveel mogelijk benutten."
Achteraf gezien lijkt 't weleens of hij aan heeft voelen komen dat hij daar geen directe invloed op uit zou kunnen oefenen.

— Zoals ik al vertelde woonden we eerst op die woonboot en daar waren mijn ouders waarschijnlijk heel gelukkig. In ieder geval gelukkiger dan ze volgens mij ooit op de dijk zijn geweest.
Al was het huis veel groter en hadden we er dus aanzienlijk meer ruimte dan op de boot. We woonden er eigenlijk tamelijk riant, zeker in vergelijking met de vrienden of kennissen die op een flat of in een rijtjeshuis terecht waren gekomen. Dat was altijd nieuwbouw en zo'n woning had nog geen charme. Ik kan me herinneren dat we na de verhuizing allerlei vrienden en kennissen op bezoek kregen. En hoe die er dan werden rondgeleid en zoiets opmerkten.
Maar er was een ding dat altijd aan de orde kwam. Alle bezoekers lieten telkens doorschemeren dat we overal zo 'ver vandaan' woonden. Het bleek telkens een hele reis om bij ons te geraken. Ook als men met de bus kwam, had altijd het heel veel

moeite gekost om op tijd bij de halte te komen.

Soms kwam men aanzienlijk later dan oorspronkelijk was afgesproken.

Er was dan bijvoorbeeld een aansluiting niet helemaal goed verlopen, maar waarschijnlijk hadden ze gewoon het moment van vertrek of de juiste aansluiting gemist. Want ook bezoek dat met de fiets de tocht had gemaakt, viel het tegen hoe 'ver het eigenlijk toch wel was'.

Auto's waren indertijd duur en de kennissen van mijn ouders hadden, net zoals zijzelf, nog niet echt een carrière kunnen opbouwen. Daarom was men vooral aangewezen op eenvoudigere vormen van vervoer.

We hadden zelf ook nog geen auto trouwens, die is later pas gekomen.

Maar of het nou vrienden waren, kennissen of familie, iedere keer vertelde men dat het zo lastig was geweest om ons huis te bereiken. Terwijl men tegelijkertijd wel graag bij ons leek te komen!

We hadden indertijd ook nog geen telefoon. Die kregen we pas toen ik een jaar of negen was en de maatschappij blijkbaar een lijn had doorgetrokken langs ons huis. Daarvoor was het eerder onmogelijk om zo'n verbinding aan te vragen en die handige draadloze telefoontjes van tegenwoordig waren er nog niet. Dus even afbellen om een gemaakte afspraak aan te passen was niet mogelijk.

Ik denk dat die vrienden met als hun opmerkingen een beetje wraak namen op mijn ouders. Dat ze eigenlijk een beetje jaloers op ons waren.

– Ik zal trouwens iets vertellen over hoe het eruit zag. Ons huis stond niet meteen aan de weg. Over de hele dijk zat aan beide kanten langs de rijbaan een strook met wat groen en vervolgens nog een voetpad van negen à twaalf tegels breed. Omdat we niet gelijk 'aan de straat' woonden hadden we vlak voor ons huis we een strookje gras. Dat veldje lag nog voor het voortuintje en daar parkeerden mijn ouders later de auto.

Aan de 'overkant', dus aan de andere kant van de rijweg. was een fietspad, met erlangs nog een strook groen voordat je de eerste sloot kreeg. Daarin stonden bosjes stuiken en daar bouwde ik weleens een hut, maar erachter lagen die slootjes en die vormden het begin van de polder. Zo noemden ze de velden die er allemaal nog verder weg lagen. Daar ergens tussen waren er boerderijen.

Twee werden er bewoond en die ene bij ons recht aan de overkant bestond uit alleen maar stallen en een hooiberg.

Daar keken we min of meer recht op uit vanuit de huiskamer. Al lagen er tussen die sloot en de stallen vier van die velden met gras naast elkaar.

Er liep een laantje naar die stallen en verderop aan datzelfde laantje lag een van die twee bewoonde boerderijen. We hadden feitelijk een mooi uitzicht. Vooral links van de boerderij want daar waren alle velden leeg tot aan de spoorlijn naar den Haag en de Horsten. Het uitzicht was die kant op vrijwel onbeperkt.

Langs dat laantje, schuin tegenover ons huis, stonden bomen.

Maar zoals ik al zei, zag het er erg ruimtelijk uit want ook die kant op waren alle velden grotendeels leeg. Pas helemaal rechts achter die boerderij daar, stonden een paar plantenkassen en hoge bomen.

Daar keek je echter met gemak overheen en tussen die bomen door kon je ook heel ver kijken.

Bij min of meer helder weer kon je in de verte 's avonds het licht van de vuurtoren van Scheveningen over de laaghangende wolken zien scheren.

De snelweg naar Amsterdam lag daar ook rechts ergens helemaal achter, maar alleen bij wind van zee kon je er auto's horen. Uitsluitend als die toeterden of anderszins een soort kabaal maakten. We hadden er dus nauwelijks last van.

Het was meer de wetenschap dat de weg daar ergens lag, dan dat we er rechtstreeks mee werden geconfronteerd. Dat uitzicht aan de voorkant van het huis maakte op het bezoek telkens de meeste indruk.

Men merkte iedere keer op dat we zo mooi en rustig woonden.

– Bezoek was dan doorgelopen tot in de voorkamer en had vol verbazing door het raam gekeken. Daarmee verstomde gelijk hun oorspronkelijke kritiek, maar ik geloof niet dat dat weleens doordrong.

Bij ieder volgend bezoek herhaalden de aanmerkingen zich namelijk.

Ik kreeg weleens de indruk dat het soms nog sterker werd.

Dan leek het erop of er zwaardere argumenten werden aangevoerd.

Opeens was bijvoorbeeld de hele onderneming om bij ons te komen moeilijker geworden. Dat kwam dan niet omdat die vrienden nu ook een kinderwagen mee moesten nemen, maar de aansluiting met een volgende bus was dan plotseling helemaal anders.

Daar hadden papa en mama natuurlijk geen invloed op, maar het klonk altijd alsof zij er inderdaad schuld aan hadden en dat het door hen allemaal zo moeilijk was gemaakt. Maar vreemd genoeg werden de bezoekjes er niet minder op.

Zo kan ik me herinneren dat oom Henk, als ie naar ons toe kwam, eerst de bus naar het station in Leiden nam. Hij kwam niet vaak, dat niet, maar ik kan me die bezoekjes met mijn tante en hun kinderen erbij goed herinneren.

Ik denk dat ze zeker gedurende het eerste jaar dat we aan de dijk woonden, wel een keer of vier, vijf bij ons op bezoek zijn geweest.

Op het station namen ze pas de bus naar ons huis, maar die scheen niet prettig aan te sluiten. Daarom klaagden ze erover hoe lang de rit had geduurd en hoeveel moeite de hele reis ze had gekost.

Terwijl de meeste tijd waarschijnlijk was gaan zitten in dat wachten!

Toen het op een zondag mooi weer was, kwamen ze op de fiets. Maar die andere keren hadden ze dus de bus genomen.

Ik kan me trouwens herinneren dat wij, papa, mama en ik, een stukje verderop aan de dijk de bus rechtstreeks naar Katwijk namen. Daar aangekomen moesten we een kwartiertje lopen naar hun woning.

Of we namen bij de vuurtoren een volgende naar opa en oma. Mijn vaders' ouders woonden helemaal in een buitenwijk namelijk. Daarmee was er indertijd geen rechtstreekse verbinding.

Ik mocht 's avonds na het eten, op de kamer van mijn nichtje, alvast gaan slapen en vervolgens gingen we toen het donker was geworden weer naar huis. Met de lijnbus die bij ons over de dijk kwam en die bracht ons wèl bij ons huis.

Waarom wij niet over hoefden te stappen op het station, is me nooit helemaal duidelijk geworden.

Maar ook kennissen uit de stad beklaagden zich erover hoe ze allerlei moeite hadden moeten doen om bij ons te komen. Eigenlijk vertelde iedereen altijd over de inspanning die het ze had gekost om bij ons te komen.

Zelfs met de fiets uit de stad, de route die papa iedere dag had moeten afleggen toen we nog op de boot woonden, leek het veel meer moeite geweest dan ze 'normaal' vonden of van tevoren hadden ingepland. Daar kreeg ie dan natuurlijk wel weer complimenten over, maar die wuifde hij altijd weg.

– Als het bezoek er eenmaal was, maakten die moeilijke omstandigheden dat ze meestal ook wat langer dan gewoonlijk bleef. Voor zover ik me herinner bleven de kennissen, vrienden of die familieleden - en regelmatig allemaal tegelijk als mijn vader of moeder bijvoorbeeld jarig was - de hele middag in de tuin zitten.

Ondanks dat het zo'n enorme onderneming was om bij ons te komen, kostte het afscheid nemen blijkbaar evenveel, zo niet meer, inspanning.

Ik dacht weleens dat ze liever bij ons bleven wonen en niet meer naar huis wilden en Loes kookte dan een grote pan soep.

Samen met papa of iemand anders uit 't bezoek, maakte ze ook vaak 'iets te eten' klaar. Ze ging dan 'lekker kokkerellen' en ik weet bijna zeker dat de bezoekers dan vaak het een en ander hadden meegenomen voor erin of erbij.

Dat eten aten we dan met een bordje op ons schoot op.

Dat ging weliswaar tegen de huisregels in, eten deed je namelijk aan tafel van een stenen bord en met echt bestek, maar dan was het opeens 'feest' en dat maakte die improvisaties en het kamperen blijkbaar goed.

Als ik voor ons de tafel moest dekken, dan moesten er altijd dezelfde borden en gepast bestek neergezet worden. Dus niet het allegaartje van alles door elkaar waar we met een groter gezelschap van aten.

Mijn moeder maakte telkens een duidelijk onderscheid tussen het 'goede', 'keuken' en 'buiten' servies. Dat stond niet voor niets op aparte planken in de kast

Ik vond het improviseren meestal gezellig als we zo in een kringetje zaten, maar was het ook weleens zat. Ik was telkens het enige kind en werd daar vervolgens naar behandeld. Voor zover ik het indertijd ben gaan zien, gedroegen de mensen zich niet als 'gasten'. Ik vond dat ze na het eten maar weer eens op moesten krassen. Maar ik moest altijd eerste naar bed.

– Daar ga ik straks thuis ook maar meteen naartoe. Ik heb als ik bij U ben geweest, telkens een flinke hoofdpijn.

Hoort u dat weleens vaker en hoort dat erbij?

Is dat eigenlijk wel normaal en is er iets dat ik in kan nemen?

Martin en Loes

Tussen het water van de rivier - die van waar ze woonden natuurlijk niet ver meer hoefde naar de Noordzee - en het wegdek over de dijk die haar oorspronkelijk moest beteugelen, stonden huizen.

Eertijds waren die neergezet als woningen om er 'buiten de stad' te verblijven. De huizen onderscheidden zich onderling in maat en bouwstijl. Oorspronkelijk werd zo het verschil in welstand van de eigenaren geïllustreerd.

In de loop der tijd waren er wat zogenaamde rijtjeshuizen tussengekomen en er stonden ook een aantal 'fabrieken'. Dat wil zeggen, panden waar iets werd geproduceerd, behandeld of vervaardigd. Het ging hierbij meestal om een voormalige schuur of bijgebouw, een loods of werkplaats.

De kleinere huizen stonden in een paar rijen strak tegen elkaar gebouwd en er was ook een aantal wat grotere, waarvan een stel zelfs met een eigen voortuin.

Ze boden zo een invulling bij de ooit ruim opgezette bebouwing.

De totale aanblik werd afgewisseld met een enkel vrijstaand huis, dat breed of juist enigszins hoger opgetrokken was. Het maakte het wat rommelig, maar wel levendig.

Het huis waar Martin en Loes bijvoorbeeld in terecht gekomen waren, vormde de helft van een ruime twee onder een kap woning.

Los van de kruidenier aan het begin van de dijk, vlakbij de spoorwegovergang, was er ongeveer halverwege de winkel van de slager. Vanuit de stad gezien, helemaal aan het einde bij de brug van de snelweg, zat er nog een bakkerswinkeltje en vlak daarbij waren de twee pandjes van de fietsenmaker.

Een drietal andere winkelpanden waren er onderweg ook nog, maar daar werd geen negotie in gedreven. De dijk zag er eigenlijk even saai uit als elke willekeurige uitvalsweg aan de buitenrand van een stad dat doet.

Heel af en toe kwam er eens verkeer voorbij en de bestuurder van zo'n passerende auto moest er zowat per ongeluk terecht zijn gekomen.

Al was het eventueel mogelijk dat hij/zij onderweg was naar een bestemming in het westelijke deel van de stad. Of wellicht kwam ie er in de tegenovergestelde richting vandaan

Maar als men niet aan de dijk hoefde te zijn dan was iemand er hopeloos verdwaald terecht gekomen. Zulke passanten deden vervolgens hun best om er zo snel mogelijk weer vandaan te raken en gaven daarbij meestal zoveel mogelijk gas.

Er was gewoonweg geen reden om er te blijven.

Oorspronkelijk waren, vanuit de stad, de dorpen vlak achter de duinen via de weg over de dijk bereikbaar. Maar deze route vormde intussen niet meer de snelste verbinding omdat er ook een was die rechtstreeks vanaf de westelijk rondweg, min of meer over de provinciale weg, er naar toe leidde. Gebruik makend van die route kon je, ondanks tweemaal een met verkeerslichten beveiligde kruising, sneller opschieten om in die plaatsen te komen. Waardoor men als die ergens halverwege de stad en een van die kustplaatsen een bestemming had, zodoende deze weg nam.

Maar uitsluitend omdat het alternatief vervolgens een tijdrovende omweg vormde.

's Morgens kwamen er voornamelijk scholieren die zich in groepjes vanuit de regio over de dijk naar de stad repten, langs. Ook anderen die er bijvoorbeeld voor hun werk moesten zijn, maakten gebruik van de route.

's Middag na de laatste lessen of na gedane arbeid, voltrok de processie zich in tegenovergestelde richting. Al dan niet solo of gezamenlijk, reed men terug naar huis.

Eenmaal zestien mochten de jongelui een bromfiets besturen en op die dingen kwamen ze dan over het fietspad langs gereden.

Later of juist iets voeger dan de colonne fietsers.

Helaas was er door deze omstandigheden geen pijl op te trekken wanneer er zich verkeer zou aanbieden. Het was Hans daarom al van jongs af aan op het hart gedrukt dat ie uit de buurt van de weg diende te blijven.

Sowieso van het voor de auto's geasfalteerde deel.

Naar de overkant mocht hij wel, maar alleen als zijn moeder, vader of desnoods de hulp in de huishouding die twee keer per week zijn moeder behulpzaam was, hem begeleidde. Nooit mocht hij op eigen initiatief oversteken, zelfs niet als het er rustig genoeg voor leek en er niemand aan scheen te komen. Hij heeft aan zijn ouders plechtig moeten beloven altijd te wachten op begeleiding.

Om eerlijk te zijn bood het asfalt de aanblik van een racebaan.

Mede vanwege de ligging in dit stukje stad en de ogenschijnlijke ruimte die er buiten de bebouwde kom meestal heerst, werd er vaak hard over de weg gereden. Naast de ruime aanleg, vormde ook de 'landelijke omgeving' voor velen een uitnodiging om het gas eens flink in te trappen.

Het mogelijke tijdverlies dat een bochtige weg oplevert, laat zich op een kort stukje rechtdoor vanzelfsprekend compenseren door er wat harder te rijden.

Hier dus omdat de weg over een dijk gaat en er ruim zicht is.

In de tuin aan de achterkant van het huis was er speelruimte, zij het beperkt en met weinig mogelijkheden. Om het veilig te houden werd die plek gelijk vanaf de verhuizing voor Hans zo leeg mogelijk gehouden. Het buitenspelen werd verder beperkt tot het voortuintje, maar daar kwam het niet vaak van. Het was er meestal te warm en het grind maakte veel lawaai.

Loes vond dat ze er 'voor de buurt te koop zat' als ze er op haar zoon moest letten.

Op het plaveisel aan de voorkant kon Hans fietsen op z'n driewielertje of er steppen. Later speelde hij er met zijn skelter, want dat ging op het brede voetpad dat voor de huizen langsliep het beste.

Onder het toezicht houden noemden Martin en Loes dat stukje dijk afwisselend de stoep of, indien het ze zo uitkwam, het voetpad. Een enkele keer mocht Hans met zijn vader meerijden naar 'de zaak'.

Bijvoorbeeld na de lunch als hij er weer aan het werk ging.

Dan reed ie vlak naast hem of zelfs een stukje voor 'm uit als papa ernaar toeliep.

Helemaal alleen terug naar huis rijden mocht hij dan ook. Al bleef papa bij de ingang van het kantoor wachten tot zijn zoon bijna thuis was.

Hans zwaaide dan naar zijn vader om te bewijzen dat de expeditie goed was verlopen en als ie zag dat mama bij de voordeur op hem stond te wachten, stopte hij iets eerder om aan te geven dat het daarvandaan al veilig genoeg was.

Martin en Loes hadden zich om meerdere redenen aan de dijk gevestigd. Naast de extra ruimte zat het grootste voordeel 'm erin dat ie dichter bij zijn werk kwam te wonen. Hij hoefde niet elke ochtend tenminste een halfuur te fietsen en datzelfde gold natuurlijk 's avonds ook weer voor de weg terug.

Sinds zijn aanstelling had de ervaring geleerd dat het forenzen meestal door weer en wind over die vervelende dijk plaatsvond. Langs de weg in de stad stond er ter beschutting, maar alleen aan het begin, nog wat bebouwing. Naarmate hij dichterbij zijn bestemming en het platteland kwam, werd die schaarser.

De ruime opzet maakte dat de wind er nagenoeg vrij spel had. Het leek daardoor of die er harder waaide en de regendruppels groter als ze eenmaal begonnen te vallen.

Deze schijn werd versterkt doordat de dijk enigszins boven het omringende landschap, de lege velden, uit stak.

Het mopperen van Martin moest men trouwens symbolisch begrijpen. Een werknemer moet tenslotte iets te klagen hebben en dit was wat er bij hem opkwam.

Omdat het 'nieuwe huis' bij de bedrijfsgebouwen hoorde, hoefden Martin en Loes er geen vreselijk hoge huur voor neer te tellen. Alleen hier en daar 'een likje verf' en het stel kon er feitelijk zonder veel moeite of grote investeringen hun intrek nemen.

Martin zag het als een bonus en dus niet uitsluitend op zijn salaris.

De eigenlijke verhuizing van hun spullen werd op een zaterdagmiddag geregeld. Een vrachtwagenchauffeur van het bedrijf had de auto op vrijdag avond op de kade bij de woonboot neergezet. Zijn fiets en die van Martin stonden in de 'bak', zodat hijzelf terug naar de dijk kon rijden.

De volgende dag heeft ie alles na de lunch naar het nieuwe adres gebracht.

Zo kregen ze tot zondagavond de tijd om de wagen leeg te ruimen en was de verhuizing zonder kosten, eenvoudig en snel geregeld.

Indertijd had Martin de aanschaf van de woonboot kunnen bekostigen met het spaargeld dat ie verdiend had. Die financiën had ie tijdens zijn studie weten uit te breiden met administratieve klusjes bij diverse relaties van zijn vader en schoonouders.

Alleen 'n klein deel van die koopsom had hij daarom moeten lenen en ten tijde van de verhuizing was die lening al vrijwel volledig afgelost.

Met de L-vormige woon- en een tamelijk grote slaapkamer, het keukentje in het midden en de badkamer ernaast, hadden ze lange tijd meer dan voldoende ruimte en armslag op de boot gehad. Voor hun drieën was het er echter te krap aan het worden en toen Loes zwanger werd, hebben ze de knoop doorgehakt en zijn ze op het aanbod van zijn werkgever in gegaan.

Ze konden de boot trouwens eenvoudig verhuren.

Marieke, de beste vriendin van Loes en Martin z'n oudste zus, wilde er graag gaan wonen en dat ze er in trok was voor alle partijen aantrekkelijk.

De boot mocht van gemeentewege uitsluitend door de eigenaar of een 'direct familielid' bewoond worden. Vanzelfsprekend was het op de boot meer dan ruim genoeg om er haar studie binnen de kortste keren af te gaan ronden.

Vandaar Martin z'n opvatting dat hun nieuwe behuizing een extraatje vormde.

Anders dan in het studentenhuis met 'alleen maar meiden' kon zijn zus nu in alle vrijheid haar tijd doorbrengen. Op de boot hoefde ze geen gezamenlijke ruimte te delen of de eventuele troep van haar huisgenoten opruimen.

Zoals beschreven lag de dijk weliswaar binnen de gemeentegrenzen, maar voor Loes en Martin voelde de verhuizing naar de nieuwe omgeving al snel aan alsof ze naar een plaats 'van alles ver verwijderd' emigreerden.

In ieder geval woonden ze er niet meer midden in de stad.

Vandaar dat ze in het huis een mogelijkheid tot overnachting wilden bieden aan de bezoekers die ongetwijfeld zouden komen kijken naar hun nieuwe woonplek.

Zonder moeite kon de zolder daarvoor geschikt gemaakt worden en alleen al het idee dat ze iemand zo'n slaapplaats konden aanbieden, maakte dat ze al hun vrienden, kennissen en familieleden uit durfden te nodigen voor een bezoekje aan hun nieuwe stulp. Hoe eenvoudig de ruimte voorlopig ook werd aangekleed, het zou voor lange tijd aan al hun voorwaarden kunnen voldoen.

Zoals reeds gesteld boden zowel de weg als vanzelfsprekend ook het fietspad, de dijkbewoners de gelegenheid om erop uit te trekken. Praktisch gezien maakten ze daar echter nauwelijks gebruik van. Vooral de aversie om eens naar Leiden toe te gaan, tekende zich haarscherp af in gesprekken.

De regelrechte tegenzin kwam het duidelijkst aan het licht als 'de stad' ter sprake kwam. Meestal trok men er namelijk een vies gezicht bij en leek alles bruikbaar om de grondige afkeer van het niet dorpse te benadrukken.

Waarschijnlijk voortkomend uit het isolement en hun oorspronkelijke afkomst uit een van de omringende plaatsen, voelden de bewoners zich namelijk meer verbonden met die dorpjes. Al waren die intussen natuurlijk meegevaren op de koers der vooruitgang en welvaart.

Het merendeel van de dijkbewoners wist een uitgesproken hekel aan Leiden aan de dag te leggen en toonde die in alles wat ze ermee in verband konden brengen.

Er werd dan omstandig op teruggekomen hoe slecht het er *daar* aan toeging.

De stad scheen model te staan voor hel en verdoemenis. Alles dat maar enigszins negatief uit te leggen was, werd aan haar bestuur en bewoners toegeschreven.

Het onderscheid dat erdoor in stand werd gehouden vond onmiskenbaar ook een weerslag in het tempo van leven.

Op de dijk leek het wel of de tijd er achter liep.

Zo vond men het langs de huizen venten van de groenten door de boer heel gewoon.

Of de melkman en de bakker die nog vrijwel dagelijks langs de bebouwing trokken.

Eens in de maand belde er huis aan huis een zogenaamde olieboer met een grote auto, die had ook zeep en andere schoonmaakmiddelen bij zich.

En hoewel er redelijke prijzen werden gehanteerd, leek het Loes dat de meeste handel ondershands ging. Bij een brave middenstandsdochter zoals zij stak dat.

Zelfs bij de slager en in de winkel van de kruidenier aan het begin van de dijk, leek het wel of de tijd stil had gestaan.

Welke winkelier verkocht er bijvoorbeeld nog losse erwten, bonen, bloem of andere graanproducten vanuit grote zakken of een kast met diepe laden?

Producten die hij per stuk afwoog op een ouderwetse, rode weegschaal en vervolgens in een bruine papieren zak aan zijn klanten meegaf.

En de slager sneed alle vleeswaar volgens de afzonderlijke wensen van zijn clientèle in nog dunnere of juist iets dikkere plakjes dan in een supermarkt.

De gang van zaken liet zich legitimeren omdat Leiden een nieuwbouwwijk zou gaan realiseren in de polder en daar zou dan een modern winkelcentrum in komen.

Vanzelfsprekend versterkte dat vooruitzicht bij een aantal bewoners de afkeer nog eens aanzienlijk.

Hooguit eens voor een zogenaamd grotere boodschap en als 't niet anders kon, togen de dijkbewoners naar de stad. Voor het kleinere spul en de dagelijkse inkopen maakten ze dankbaar gebruik van de handelaren die aan de deur kwamen.

Overigens konden ze daar na sluitingstijd gewoon bij aankloppen door 'achterom te gaan' en desnoods koos men ervoor om hetgeen ze echt hard nodig hadden, te bestellen bij het kruidenierswinkeltje. Of bij een familielid die er toch naartoe moest.

Overigens vormde de slagerswinkel een ideale ontmoetingsplaats voor de bewoners. Steevast werden er de laatste roddels en 'ervaringen' uitgewisseld.

Door zijn functie bij de firma leek Martin na een poosje enigszins geaccepteerd te worden, maar bij Loes leek het erop dat de dijkers haar haar afkomst voor altijd kwalijk bleven nemen.

Meteen al die eerste zomer na hun verhuizing, toen hitte de stadsbewoners uit de straten wegdreef, werd duidelijk hoezeer de route over de dijk naar het koelere strand en het vertier van de kustplaatsen leidde.

Zodra het weer weer 'redelijk tot mooi' genoemd kon worden, trok er een stroom verkeer langs het huis. Natuurlijk vooral in het weekend, maar tijdens die schoolvakantie ook op doordeweekse dagen. De dagjesmensen zorgden voor drukte op de weg en 's avonds reden ze daarlangs ook weer terug.

Het vormde de aanleiding dat Martin zijn zoon op dat dagje strand trakteerde.

Op de hierboven beschreven situatie werd door de ijsboer uit het naburige Voorschoten gretig ingespeeld. In de voormiddag nam ie onder het viaduct van de snelweg een plekje in en daar hielp hij de passanten aan zijn verkoelende versnaperingen.

In de vooravond verlegde hij zijn nering naar de spoorwegovergang.

Na etenstijd reed hij daartoe over het fietspad en bood zo ook de dijkbewoners de gelegenheid om zijn koopwaar af te nemen.

Men hoefde er maar voor over te steken als hij bellend langs reed.

Aan het begin van het voorjaar en meestal op zondag in de namiddag, stond er zo nu en dan een echte file op de weg. De langzaam rijdende drukte werd veroorzaakt door de automobilisten die massaal waren gaan genieten van de bloeiende bloembollen in de nabijgelegen bollenstreek.

Toen Hans klein was waren dat nog vooral auto's de herkenbaar waren aan de witte nummerplaten. Voor 'de Duitsers' leek de bloemenpracht jaarlijks een openbaring.

Hij vroeg of papa wilde voorlezen waar ze vandaan kwamen en Martin bedacht de meest afgelegen plekken.

Daarmee kon hij zijn zoon niet imponeren.

Die wist immers nog niets van aardrijkskunde of de imaginaire afstanden die afgelegd waren om uiteindelijk bij hen voor de deur te belanden.

Hans vond het aardig om op een stoel in de voortuin of, als mama het er te koud voor vond, vanuit de voorkamer van het huis, naar de voortkruipende auto's te kijken. Papa zat meestal te lezen of deed wat 'administratiewerk' aan de huiskamertafel. Een enkele keer kwam ie naast hem staan en verzon hij de plaatsnamen.

Loes had zich dan meestal al in de keuken teruggetrokken. Ze aten evenals de toeristen op Hollandse tijden en zeker op zondag wanneer papa niet naar zijn werk hoefde, stond het diner om exact zes uur op tafel. Dat was de traditie.

Vanaf het begin dat hij wat zelfstandiger in zijn omgeving kwam te staan trok de zogenaamde 'overkant van de weg' Hans aan. Alle verboden en beperkingen hadden al vanaf het moment dat ze hem werden opgelegd zijn nieuwsgierigheid opgewekt.

Een bezoekje aan de zogenaamde 'polder' werd hierdoor aantrekkelijker.

Hem werd immers regelmatig verteld, bijvoorbeeld door het bezoek uit de stad, dat hij aan de overkant door de velden kon 'dwalen'.

Er zouden zich daar allerlei 'mogelijkheden' voordoen.

Soms werd er beeldend de nadruk gelegd op wat er zoal te doen zou zijn en dit varieerde van bloemen plukken voor je moeder of slootje springen, tot zoiets exotisch als avonturen beleven.

Al werd bij dat laatste nooit verteld wat dat precies inhield. Maar het liet zich uit de opmerkingen van de tantes en ooms opmaken dat er 'aan de overkant' veel moois in het verschiet lag. In ieder geval was er beduidend meer te doen dan er in en om een huis of straat te beleven viel.

Die mogelijkheden leken beperkt tot links- of rechtsaf en weer terug.

In de voorstellen van het bezoek stelde het aan de overkant veel meer voor.

Oom Rob bijvoorbeeld had een 'apotheek'. Waar dat voor stond wist Hans niet exact, maar die had hem verteld dat er langs de slootkanten en in de velden 'medicinale' planten te vinden zouden zijn.

Hans begreep dat die planten iets met pillen van doen hadden en hierdoor anders moesten zijn dan bloemen. Maar welke planten de oom erbij voor ogen had, is 'm nooit duidelijk gemaakt. Oom Rob kwam niet vaak genoeg om er dieper op in te gaan, of bijvoorbeeld gezamenlijk eens 'n expeditie te ondernemen.

Helaas bleven ook andere 'gegevens' bij navraag beperkt tot vaagheden.

Zijn fantasie werd er echter in hevige mate door geprikkeld.

Alle verhalen zorgden ervoor dat Hans steeds nieuwsgieriger raakte naar het reilen en zeilen op boerderij en de velden. De boekjes die ze erover hadden bekeken of die hij zelf had doorgebladerd, werden telkens opnieuw door hem opgepakt.

Eerst moesten die natuurlijk nog aan hem worden voorgelezen, maar eenmaal zelf die kunst machtig, bladerde hij ze met telkens nieuwe en almaar groeiende interesse door. Mama heeft er op de bibliotheek nog een aantal gehaald om het onderwerp nog beter te kunnen bestuderen.

In de stallen van de boerderij stonden koeien, kalfjes en wat varkens. Die laatsten stonden er voor het vlees. Dat zei papa tenminste. Al was het voor hem ook grotendeels gissen wat er daadwerkelijk in de stallen plaatsvond. In de stad of nog in de badplaats had hij nooit bij 'n boer zijn licht kunnen opsteken.

In zijn geboortedorp hield men zich voornamelijk bezig met vis.

De verwerking ervan, bijvoorbeeld tot allerlei conserven, bepaalde in grote mate het dorpsbeeld en Martin kende het door het werk van zijn oudere broer Henk.

In het vroege voorjaar, toen het nog bijna winter was, bleken er op de boerderij een aantal schapen te worden verzorgd. Volgens zeggen waren die 'van de kerk' en er werden verder niet veel woorden aan vuil gemaakt.

De dieren kregen vlakbij het hek een hok en liepen door dezelfde wei als het andere vee. Later, toen de koeien ook weer naar buiten mochten, wisselde de boer af in welk veld de schapen en in welke de de koeien mochten grazen.

Hans merkte hoe de koeien altijd een veld met het langste, blijkbaar meest smakelijke gras kregen en hoe de schapen dan - wat er van het groen was overgebleven - verder kaal mochten eten. Na verloop van tijd, toen ze lammetjes hadden gekregen en deze blijkbaar eveneens groot genoeg waren 'voor het vlees', waren de schapen opeens allemaal verdwenen.

Het spreekt voor zich dat in de ogen van Hans, zijn ouders uit de wereld van de grote mensen kwamen. Zij hadden hun jeugd in een gewoon huis, in een echte straat, een buurt, woonwijk of de binnenstad doorgebracht. Dat maakte voor zijn gevoel een aanzienlijk verschil met het dijkhuis waarin ze waren gaan wonen.

Zijn ouderlijke huis stond, als een aanhangsel van het iets grotere buurhuis, van alles in de hele wereld 'afgezonderd'. Daar maakten papa en mama vast niet voor niets grapjes over met hun vrienden, als die op bezoek waren.

Het werd hem vooral duidelijk wanneer z'n vader en moeder het over vroeger hadden, ze doelden dan op de tijd in de woonboot of nog eerder. Een heel enkele keer gingen de verhalen namelijk nog wel wat verder terug, maar toen woonden ze nog bij hun eigen ouders. Mama in de stad en papa in het dorp aan de kust.

Ze vertelden dan hoe ze in de buurt met andere kinderen hadden gespeeld.

Niet ver ervandaan was er dan het centrum of de hoofdstraat en daar was kennelijk nog veel meer te beleven.

Ze gingen met vriendjes en vriendinnen naar school en bleven vaak tot in de vooravond buitenspelen.

Voor Hans behoorde het allemaal tot de categorie 'écht wonen' en daarvan was op de dijk helaas geen sprake. Het scheve aan hun woning maakte zijn omstandigheden hooguit wat exotisch, zoiets had immers bijna niemand, maar de ligging die hen zo ver van alles verwijderd hield, legde een zwaar gewicht in de schaal bij zijn oordeel.

Allerlei details begonnen daar steeds zwaarder in mee te spreken.

Hij was niet negatief of zocht er een afwijzing in, maar de exclusiviteit - en het ontbreken van vergelijkingsmateriaal in zijn directe omgeving - bevestigden het uitzonderlijke van de situatie waarin hij verkeerde.

Voor zijn gevoel leefde hij toch heel anders dan zijn klasgenootjes, de kinderen uit boeken die hij las of waarover de verhaaltjes op de tv gingen.

Bij hem kwam het telkens naar voren, dat hij juist geen leeftijdgenootjes of vrienden had met wie hij zich kon meten.

Liefdevol spraken Loes en Martin vaak over 'het bootje'.

Die lag inderdaad zowat middenin het centrum en hoewel vaag kon Hans zich daar nog wel iets van herinneren. Een enkele keer kwamen ze er op de fiets langs.

Bijvoorbeeld op een mooie zomeravond, of als hij er met mama bij tante Marieke op bezoek ging.

Hij kon dan met eigen ogen controleren hoe de beide situaties met elkaar in contrast stonden. De aaneengesloten rij huizen aan de kade stelde hij tegenover de lange, vrijwel lege weg over de dijk.

Daar stonden alle huizen weliswaar ook aan een kant, maar het stedelijke en de huizen aan de andere kant van het water waar de boot in lag, het vormde allemaal toch een beslotenheid. Dit stond in tegenstelling tot hun scheve, zowat vrijstaande huis aan die malle smalle rijbaan en de lege polder er tegenover.

Al zou die boot wellicht eens schommelen op de golven, het leek hem opwindender dan thuis.

Toch zag hij aan de kade meer eenheid, de boot hoorde duidelijk bij die woningen er tegenover. Net zoals bij opa en oma bijvoorbeeld die winkel en de huizen in dezelfde straat en aan de overkant bij elkaar hoorden.

Of in Katwijk waar het huis van opa Hans en zijn vrouw, in een gewone straat stond. Daar leken de huizen trouwens heel sterk op elkaar en was het er geen allegaartje zoals bij hun thuis.

Hans zag door die samenhang dat er telkens sprake was van een buurt.

De overeenkomst tussen de straten en de huizen, was hem duidelijk.

Met de beste wil van de wereld kon hij zo'n samenhang op de dijk niet ontdekken.

Daar stonden voormalige boerderijen, een paar buitenhuizen en rijtjeshuizen - grote en kleine - kriskras door elkaar. En dan had je die twee hele grote fabrieksgebouwen waar bijna alle bewoners hun werk hadden.

Veel mensen hoefden nooit de dijk te verlaten om naar hun werk te gaan.

Het gebrek aan orde, de onregelmatigheid, het grote onderscheid begon Hans meer en meer te storen. De dijk begon bij de spoorlijn met haar overgang en hield op bij het viaduct onder de snelweg door. Dat bood geen variatie of vooruitzicht, zoals je die daarbuiten wèl kon meemaken door bijvoorbeeld een bocht om te slaan.

Door dit besloten karakter leerden ze van de meeste mensen de naam en wat omstandigheden kennen. Het viel hem op dat er kenmerken waren die zich bij meerdere, verschillende huizen hoorde.

En er woonden veel mensen die met hun hele familie bij dezelfde firma werkten.

In de buurt van de woonboot, waren er buren met wie mama en papa een praatje konden maken. Mensen zoals zijzelf, maar ook vreemden waarvan ze eigenlijk weinig wisten. Ook daar hadden de mensen op de een of andere manier met elkaar te maken, maar het was minder star.

En kende variatie.

Ondanks zijn leeftijd stelde Hans vast dat papa en mama uit een omgeving kwamen waarin ze zich 'thuis' hadden gevoeld. Ze hadden er mensen om zich heen gehad met wie ze 'om konden gaan'.

Aan de dijk hoorden ze nergens bij of wilden dat geeneens.

Ook voor hem ging dat op, want het inzicht versterkte zijn besef van hoe hun huis van alles en iedereen verwijderd lag.

Zo wilde mama die buren aan de dijk niet eens kennen en noemde ze vast niet voor niets 'de buren van rechts' of 'de mensen van links'. Terwijl ze die uit hun oude wijkje telkens bij hun naam noemde.

Dan waren het: "Annie en Gert, Jan-Peter en Wilma".

Of als ze ze niet zo goed kende noemde ze het: "Die mensen met dat leuke dochtertje".

Zoiets maakte het persoonlijker, gaf kleur, verschafte een identiteit.

Door over de huidige buren te spreken alsof ze op afstand gehouden dienden te worden, bleven de relaties voornamelijk vaag. Als er thuis over vroeger en met name de
stad werd gepraat, hoorde Hans er altijd een soort weemoed in doorklinken.
Het gaf de verhuizing naar de dijk, zoals ze het lange tijd bleven noemen, het stempel van een verbanning, alsof het een straf was geweest. Als zijn ouders spraken
over de verhuizing, leek het erop dat ze het ondergaan hadden als een emigratie naar
een ver, exotisch oord.
Ook na de geboorte van zijn zusje voelde hij zich daar schuldig over.
Hij was te klein om te zien hoe ze 'de tijd op de woonboot' idealiseerden.
En, omdat ze eraan verbonden dat ze voor hem en zijn zusje waren verhuisd, werd
dat schuldgevoel vergroot.
Het heeft lang geduurd voordat Hans begreep dat zijn ouders met hun verhuizing
niet alleen de stadse omstandigheden achter zich hadden gelaten.
Maar vooral hun jeugd.
Dat papa de boot had gekocht toen hij zich van zijn achtergrond los aan het woelen
was en zich zo wist te ontworstelen aan het dorp en de bemoeienissen van zijn fami-
lie, of dat er voor Loes soortgelijke opvattingen opgingen, al ging het haar meer om
de bewegingsvrijheid, drong veel later pas tot hem door.
Het duurde nog jaren voordat Hans enigszins inzag hoe de vork in de steel stak.
Aanvankelijk kon hij al doende genieten van de ruimte in het huis en de vele moge-
lijkheden die de omgeving ervan zou kunnen bieden.
De beloftes die er gereed leken te liggen, wekten verwachtingen op.
Wie weet zou ie zich er mettertijd kunnen bevrijden van het beklemmende gevoel
dat hem overviel als de afgelegen ligging ter sprake kwam.
Juist daaraan kon hij namelijk geen 'plaats geven'.

Toen het gezin uitgebreid was met zijn zusje, werd er minder op hem gelet en kon ie
min of meer zijn gang gaan als mama met de baby bezig was.
Hij hoefde dan alleen maar in het huis of er niet te ver vandaan te blijven.
Dat hij zich aan de regels moest houden was hem duidelijk.
De vrijheid stond evenwel toe dat hij op onderzoek uit kon gaan.
Ook omdat mama vaak moe was en ze regelmatig moest 'rusten'.
Dan durfde hij bijvoorbeeld weleens iets verder over het voetpad te gaan.
Hij liep dan naar de huizen die iets verderop stonden. Die waren even groot als die
van hun, maar stonden in twee rijtjes van vijf tegen elkaar aan. Ze hadden ook een
voortuin en erachter waren garages. Wie er woonden wist hij niet want juist die
mensen werkten niet bij papa op de zaak, maar bij de andere nog wat verderop aan
de dijk.
Er woonde een mevrouw die hem weleens goedendag zei.
Zulke vriendelijkheid kwam hij niet tegen als hij de andere kant opliep.
De kant waar de kleine huisjes dicht tegen elkaar aangepakt in drie rijen stonden.
In deze huisjes - dichtbij de fabriek van de baas van papa - woonden de mensen die
daar werkten of met de vrachtwagens reden.
Papa was er trouwens heel belangrijk.
De mensen uit die huizen groetten hem echter niet altijd even vriendelijk.

Er waren er die soms weleens aardig probeerden te zijn, maar een heleboel deden ronduit onvriendelijk. En hij werd ook een keer zomaar uitgescholden.

Hans was daardoor meestal een beetje bang als hij erlangs moest, bijvoorbeeld om even bij de slager een boodschap te doen. Of als hij op het voetpad naar school moest fietsen.

Waarmee hij de bejegening verdiend had, is hem nooit duidelijk geworden, al hielden papa en mama het erop dat het was omdat ze uit Leiden kwamen.

De slager en zijn vrouw waren wel heel aardig, altijd kreeg ie een plakje worst.

Hoe vaag de wereld voor kleine jongetjes nog was, Hans wilde op zoek naar de toekomst. Het stond voor hem vast dat er een tijd zou aanbreken waarin hij groot genoeg zou zijn om die vrijheid op te zoeken.

Hij had uit de verhalen van Martin en Loes opgemaakt dat er in een mensenleven een moment kwam dat je alleen aan jezelf verantwoording af hoefde te leggen.

Dan zou er geen juffrouw of meester zijn, geen buren, handelaren of winkeliers, niet meer je ouders en hun familie aan wie je allemaal moet kunnen uitleggen waarom je iets hebt gedaan.

En waarom je die dingen juist op jouw manier deed.

Naarmate de tijd vorderde en hij zich langzaamaan groter begon te voelen, verlangde ie ernaar om zich op de hoogte te stellen van de mogelijkheden die er in de velden, slootjes, bosjes, struiken en een enkel verlaten gebouw verscholen lagen.

Wat hem betreft kon ie het avontuur gaan zoeken.

En al was het evengoed mogelijk dat het tegen zou vallen - ook dat was hem weleens subtiel uitgelegd - het idee dat ie eerst zelf iets kon gaan uitzoeken en niet telkens alles wat ie zag of meemaakte door iedereen voorgekauwd zou krijgen, trok hem aan. Papa zei daarom een keer dat ie zijn horizon wilde opzoeken.

Later leerde hij dat er daar achter nog meer te vinden zou zijn.

Voorlopig leerde hij dat door het op te zoeken op de landkaart en in zijn atlas.

In het voorjaar - hij dus allang naar de 'grote school' was en zijn zusje hun gezin had verrijkt - de wolken een keer erg laag hingen, scheen er een licht dat van de duinenrij verderop rechts er weer achter over de bomen scheen in de richting van de stad en verder naar de spoorlijn ging en vervolgens naar die Horsten.

Het leek te draaien kwam ook telkens terug.

Voor Hans vormde dat het een bewijs dat ie ergens in die verte wat moest gaan zoeken. Hij zag het als een uitnodiging, het moest immers iets betekenen!

De boerderij

Aan de overkant van de strook asfalt over de dijk, verderop langs het laantje rechtsaf achter de boerderij en zelfs helemaal tot aan den Haag, lagen vele velden. Die werden stuk voor stuk doorsneden en omringd door slootjes. Het water daarvan werd hier en daar door middel van een windmolentje in een wat hoger gelegen, bredere sloot gepompt. Dit proces herhaalde zich overal verspreid in de polder.

Halverwege lag er een brede wetering die voor de afvoer van het overtollige water zorgde via een andere die tussen de kassen, achter die bewoonde boerderij, liep.

Duidelijk was dat hoe verderop je door de velden kwam, hoe dieper en breder die waterlopen en sloten werden. Het onderlinge hoogteverschil verschafte de aanblik van een vertekend perspectief en het versterkte de lege indruk van de polder.

Nooit zwom er eens een eend, zag je 'n vis of was er, los van het riet aan de kanten, geen andere teken van leven in of rond het water waar te nemen. Hooguit stond er een 'n reiger, maar die zag je nooit iets buit maken.

Zoals in de boekjes, waar ze kennelijk niets anders deden, wel werd verondersteld.

Er vlogen vogels boven de velden, maar die bleven hoog in de lucht of schoten heel soms eens laag over iemand heen, als die te dicht in de buurt van waarschijnlijk hun nest kwam.

Hans bezorgden ze meestal geen last want in de directe omgeving van de boerderij waren er zwaluwen en die waren schuw en kwamen nooit zo dichtbij.

Hij wist overigens welke vogels ie in de polder kon verwachten, maar nooit kon hij er een zien die precies op de plaatjes leek.

En overigens kwam hij er nooit die speciale planten van oom Rob tegen.

Hij had zich er desondanks wel van alles bij voorgesteld, zoals hele vreemde bloemen en speciaal gevormde stelen, net zoals ook de mooiste kleuren.

De velden waren niet allemaal begroeid met gras, stekelplanten of riet en er liep ook niet overal vee. Op een aantal verderop werden namelijk 'groenten' verbouwd.

Soms stonden er daarvoor, maar wel telkens vlakbij de wetering erachter, grote glazen kassen. Daar waren dan ook bakken met een hoge betonnen rand.

Een stukje verderop, achter 'n andere sloot met struiken op de oever, stonden rijen bomen. In die boomgaard zouden mettertijd appels en peren groeien.

Heel in de verte, aan die horizon dus, waren er nog meer zichtbaar. Daar moest bij elkaar een flink bos staan. Vanouds heette het daar 'de Horsten'.

Wat er exact mee bedoeld werd ontging Hans echter.

Vooralsnog waren het idee dat je in de velden over de slootjes kon springen, tussen de kassen van de tuinders kon struinen en er wilde tomaten kon plukken of er inderdaad op wild zou kunnen jagen, aantrekkelijk genoeg om er steeds dieper in te willen doordringen.

Her en der werden de velden verbonden door een bruggetje. Meestal was dat niet meer dan een brede plank, over zo'n slootje. Maar zo nu en dan was er een dammetje over een betonnen buis. Altijd met een hek erop in verband met het vee.

Daar kon je eenvoudig overheen klauteren, want nooit zaten die met meer dan alleen een ketting of een metalen schuif dicht. Om dat deel van de polder te verkennen was ie te klein. Hans moest erop wachten tot hij er zonder bemoeienis van een volwassene naartoe kon.

Zijn wereld hield voorlopig op bij de bocht in het laantje, bij de stallen van de boerderij met de hoge hooiberg. Die stond recht tegenover hun huis en was zichtbaar vanuit de huiskamer. Op een zondagmiddag na de eerste zomer in het nieuwe huis, was Hans er aan de hand van papa naartoe gewandeld.

Ze hadden er de koeien geaaid omdat die voor het melken in de stal waren.

Martin maakte een praatje met de boerenknecht en later mocht Hans er een keer alleen heen, nadat ze het met Freek hadden afgesproken.

De knecht had aangeboden dat Hans 'kwam helpen'.

Met het oog daarop leek natuurlijk het gemakkelijker als ie zelf naar de overkant van de weg zou mogen oversteken, maar voorlopig moest dat nog onder strikte begeleiding van de boer of mama. Alles vanwege het gevaar met het verkeer!

Het duurde daardoor nog een tijdje voordat hij in de gelegenheid kwam om eens verder langs het laantje te lopen. Feitelijk deed de mogelijkheid zich er pas voor toen hij iedere dag na school op de boerderij aan de slag was gegaan.

Na een paar weken mocht ie namelijk zelf de weg over gaan steken. Zo vlak na schooltijd bleek het daar eigenlijk rustig genoeg voor. Voorzichtig werd 't hem toegestaan, maar uitsluitend als hij 'heel goed' uitkeek en wachtte 'tot het kon'!

Omdat intussen Marjolein naar school moest worden gebracht en opgehaald, werd 't voor Loes lastiger om voor allebei haar kinderen en tegelijkertijd, de situatie leuk te laten. Het leek haar onmogelijk om het een en het ander binnen het gezinsleven met elkaar in overeenstemming te houden. En aan een buurvrouw vragen om een oogje in het zeil te houden was onmogelijk.

De complicatie maakte dat Hans toestemming kreeg om ook eens zelfstandig de weg te kruisen. Tegen de voorjaarsvakantie, toen hij bijna overging naar de op een na hoogste klas, kon hij zich daardoor die geheimzinnige, tot dan nog onbekende omgeving, eigen gaan maken.

Aanvankelijk had hij zich al wat meer vertrouwd gemaakt met het 'voorste stukje van de polder'. Dat ging eenvoudig onder het werken, want als hij klaar was met dat van hem, bleek Freek nog minstens een of twee koeien te moeten doen. Zoiets duurde een kwartiertje, want dat melken gebeurde met de hand.

Voor 't kleine aantal dieren zou de aanschaf van een machine te duur zijn.

Hans ging dan eerst op onderzoek in de velden die zojuist door de koeien verlaten waren. Als de boer ze even later weer terug liet gaan, dan kwam hij snel terug om hem te helpen met het wegbrengen van de melkbussen naar de dijk.

De wandeling samen met die kar vormde elke dag de afsluiting. Samen trokken ze die namelijk naar de berm van de weg over de dijk, zodat de wagen van de Coöperatieve Melkfabriek ze mee kon nemen op z'n route.

Het duurde nog een poosje totdat het moment aanbrak waarop Hans een keer helemaal tot het einde van het laantje durfde.

Er was die dag nog tijd genoeg voordat ie terug moest naar de boerderij, Freek had nog drie koeien te melken.

Daarom klom hij achteraan, aan de andere kant van de boerderij over het hek. Hij liep langs het slootje tot helemaal aan het einde van het volgende veld. Daar had hij een heel avontuurlijk bruggetje gezien dat over een wat bredere sloot liep.

Die sloot lag enigszins hoger dan die rond de velden waar hij al eerder was geweest en bij dat bruggetje stond ook zo'n hoge metalen driepoot met er bovenop die grote bladen van een windmolen.

Doordat die molen ook heen en weer kon draaien, richtte het ding zich altijd vanzelf op de wind. Daarvoor zat er immers een hele grote staalplaat achterop bevestigd, die zat daar speciaal om de wieken te richten en klapperde een beetje als de wind erg sterk was. Eigenlijk werkte dat net zoals je het met vliegeren moest doen.

Als de vier bladen ronddraaiden dan dreven ze door middel van twee schuine tandwieltjes een lange stalen as aan. Daaronder zat er een schroefblad dat het water in een betonnen bak pompte. Het water uit de sloot, liep dan over een van de twee staalplaten die hoger en lager gesteld konden worden, uit de verzamelbak. Zo raakte het kennelijk overtollige water in de hoger gelegen sloot, of het liep weer terug in de sloot over de andere plaat aan de lage kant.

Door het landschap verspreid stonden meer van die molentjes. Hoewel niet allemaal, deden ze al bij de geringste wind piepend en knarsend hun werk. Papa had hem verteld dat het hoogteverschil in die slootjes en weteringen, het kenmerk vormde van wat men een polder noemt.

Zo werd het Hans duidelijk dat zijn rimboe, de wildernis aan de overkant, aan datzelfde water haar naam dankte. En hij leerde gelijk welke onderlinge functie de molentjes hadden en waarom er zoveel stonden.

Papa wilde hem gelijk vertellen over hoe grote delen van West Nederland met dezelfde truc 'gewonnen waren op het water', maar Hans had dat van de meester op school al lang en breed begrepen. Hij vond het echter interessant om eens in het echt te zien hoe het een en ander in elkaar stak.

Het hoogteverschil was op sommige plaatsen namelijk heel duidelijk!

Dan moest ie klauteren om bij die hoger gelegen sloot te komen.

In de tijd dat hij nog naar de overkant geholpen moest worden om naar de boerderij te kunnen, wist mama altijd wat er aan de hand was. Ze kon immers aan de lege melkbussen zien of Freek ze al had mee genomen en op de boerderij was aangekomen. Ze hielp Hans dan bij het oversteken.

Als ze het laantje in de gaten hield was het duidelijk wanneer het werk erop zat en ze kwamen. Het werd de gewoonte om zo nu en dan te kijken of het al zover was.

Voor het werk bleef Hans vaak deur treuzelen tot de boer eraan kwam fietsen.

Op de boerderij vond ie het 't leukst om er de kalfjes te eten te geven.

Daar mocht ie een emmer water voor warm maken met een elektrische spiraal. Het ding leek op het gevalletje waarmee zijn moeder weleens in een mok wat water aan de kook bracht. Ze vond dat dan eenvoudiger dan een hele ketel vol laten lopen en deze op het gas zetten. Vervolgens maakte ze met het kokende water, thee of een instant soepje door er wat bouillonpoeder in op te lossen.

De spiraal van Freek was aanzienlijk groter en had een handvat dat Hans met twee handen beet moest houden. Dat deed ie tot het water in de emmer begon te borrelen rond het ijzer, dan was het warm genoeg en moest ie er 'melkeiwit poeder', zo heette het spul, doorheen roeren. Dat ging met een grote garde, veel grotere dan die ze thuis gebruikten om de slagroom mee op te stijven.

Stevig kloppend roerde Hans het mengsel om in de emmer. Hij moest ermee doorgaan tot alle klontjes eruit waren. Als hij de garde even stil hield, kwamen die vanzelf boven drijven. Hij wist dan of ie nog niet helemaal klaar was of wel.

Zo ontstond er een lauwe, op melk lijkende vloeistof.

Het poeder werd voor hem afgepast in een maatbeker, de boer wist in grote lijnen van ieder kalfje welk dieet het volgde en wat 'de beste hoeveelheid' was.

Later leerde Hans dat de dosering afhing van hun grootte en het vet op hun botten. Van de diertjes wegen kwam het natuurlijk niet, maar de boer kon met zijn geoefende oog redelijk inschatten waar de kalfjes behoefte aan hadden.

Dat dit niet zo heel erg moeilijk was, bleek toen Hans na een poosje zelf de dosering mocht inschatten. Een volle maatbeker van het poeder ging per ongeveer vijftien kilo kalf.

Door tegen de diertjes te duwen en te schatten hoeveel moeite het hem kostte om ze opzij te krijgen, kon hij hun gewicht al snel redelijk nauwkeurig inschatten.

Dat hij ook kon opletten of de beesten meer dan genoeg gedronken - of juist nog enorme trek - hadden, vertelde hem vanzelfsprekend ook iets.

Hans nam het allemaal mee in de bepaling van de hoeveelheid poeder en gaf de dieren die hij het liefst vond weleens een bekertje extra. Dat wil zeggen de kalfjes die niet vreselijk tegenwerkten tijdens het voeren.

Met de meegaande dieren wist hij een band op te bouwen.

Het ging in de hele procedure overigens voornamelijk om stiertjes en de pinken die niet 'afgefokt' werden voor de melk productie. Ze bleven een paar maanden op de boerderij tot ze verkocht werden. Ook in hun geval 'voor het vlees'.

De tien à twaalf koeien die er op de boerderij stonden werden iedere dag twee keer gemolken. Vandaar dat de kalveren het surrogaat kregen.

Het spul verving de moedermelk die ze onthouden werd.

Later, toen Hans wat meer ervaring had opgedaan met de verzorging, leerde hij dat er groeimiddelen in het voer zaten. De dieren zouden er sterk van worden.

De kunstmelk zou hierdoor beter voor ze zijn dan de echte, maar wat het allemaal inhield ging hem boven de pet. Indertijd was ie al een jaar of dertien.

In ieder geval waren de kalfjes dol op het goedje en Hans vond het spannend om ze met hun kop diep in de emmer gestoken te laten drinken. Vooral omdat de beesten soms zo enthousiast waren dat ze hem opzij probeerden te duwen.

Daarvan was met name sprake bij een bijna lege emmer.

Het kalfje probeerde dan gulzig de laatste druppels van de bodem te likken en soms liep de strijd tussen hem en het beest uit op een regelrechte krachtmeting.

Als ze daadwerkelijk sterker of handiger bleken dan hij en ze wisten door het deurtje, dat het nauwe hok afsloot en welke Hans met zijn knie of achterste tegen moest houden, te ontsnappen, waren de rapen gaar.

Freek moest dan namelijk vanonder een koe vandaan komen om met de weinige hulp die Hans hem wist te bieden, het los lopende kalf weer vangen.

Zo'n vluchteling maakte namelijk altijd woeste bokkensprongen in zijn herwonnen vrijheid.

52

Met een houten schot en veel geschreeuw moest het beest in een hoekje gedreven worden en het was lastig om 'm vervolgens weer op te sluiten. De boer leek boos, maar hij riep Hans nooit ter verantwoording of deed lang nukkig.

Zwijgend hervatte hij gewoon zijn bezigheid, maar de eerste keer leidde het ertoe dat Hans een paar dagen niet naar de boerderij durfde te komen.

Al snel, op de tweede dag na het voorval eigenlijk al, begon hij het contact met de beesten teveel te missen en hij nam, zij het schoorvoetend, zijn taken weer ter hand. Dat hij met zijn hulp de boer een hoop werk uit handen nam ontging hem.

Hans zag zijn activiteit voornamelijk als ontspanning en dacht er niet bij na dat, als hij het werk niet deed, de boer het allemaal zelf zou moeten opknappen.

Ondanks dat de emmers erg zwaar waren, was het vanzelfsprekend zaak om zo min mogelijk van de 'melk' te morsen en als ie de emmer eenmaal door een van de beestjes leeg had laten likken moest hij, zonder dat ze hem onder spetterden met de laatste druppels op hun bek, snel wegnemen.

Vol overgave werkte hij de kalfjes vervolgens weer terug in hun hok.

Soms had er een hem echter met emmer en al te ver vooruit weten te duwen. Dan moest ie die uit alle macht terugwerken en leverde dat zo'n hevig gevecht op dat ie weleens op moest geven.

Het belangrijkste bleef het om ze na het voeren weer netjes op te sluiten en of hij het nu won of verloor, op hem maakte de strijd die hij erbij moest leveren, indruk.

De procedure stelde hem in staat om de beesten, omdat ie ze er stevig bij beet moest pakken, aan te halen. Snel leerde hij dat de allerkleinsten die aanhankelijkheid leuk leken te vinden. En, omdat hij ze nog alleen de baas kon, liet hij toe dat ze zo nu en dan een loopje met hem namen.

Dan liet hij ze een stukje verder het hok uit komen.

Stevig met zijn armen om hun hals, liet ie ze over het erf uitkijken en deze verkennen. Hele kleintjes mochten ook een stukje loslopen. Als hij ze vasthield in hun nekvel, kon hij ze langs het hek leiden. Zo liet ie ze onderzoeken hoe het erf eruit zag.

Als Freek het niet merkte kon dat gemakkelijk. De kleintjes lieten zich daarna immers eenvoudig door hem overmeesteren en weer terugduwen in hun eigen hok.

De wat grotere, sterke exemplaren weerhield hij daar krampachtig van. Die moesten opgesloten blijven. Uit ervaring wist hij immers dat ie er hulp bij moest inroepen als die er vandoor wisten te gaan. Dat wilde hij uit alle macht voorkomen.

Die kleinsten kon hij aan en daarom stoeide hij graag met ze.

Als de boer in de schuur bezig was, kon dat ongestoord. Hans vond het leuk als ze aan zijn vingers sabbelden en zo hun afhankelijkheid toonden. Interessant was het trouwens hoe snel ze al tanden kregen, daar moest ie dus goed voor oppassen.

Nadat hij Freek een poosje had geholpen viel 't hem op hoe de kracht van de beesten in korte tijd enorm toe bleek te nemen.

Hij schreef dat toe aan het voer dat hij ze gaf. Maar het verbaasde hem dat ze altijd al heel snel veel sterker waren dan hij. Ondanks alles en diep in zijn hart bleef ie het leuk vinden als ze zich springend over het erf een heenkomen vonden.

Ook bij een speciale favoriet, een dier waarmee hij een band had weten op te bouwen, stond hij het weleens oogluikend toe dat ook zo'n groter kalf even een extra momentje de vrijheid kreeg.

Hij genoot er dan van hoe het dier eerst heel verbaasd zijn poten strekte en dan over het erf begon te dartelen, als de knecht er niets van merkte deed hij even mee.

Eventueel kon hij later, mocht het beest toch te sterk voor hem zijn of niet willen luisteren, beschuldigen dat het 'uit zichzelf' ontsnapt was.

Het spreekt overigens voor zich dat het de stiertjes waren die vet gemest werden en dat ie zodoende een stierengevecht met ze leverde, maakte hem trots.

Vooral als ie nog sterker bleek te zijn.

De jongens op school schamperden dat ie 'waarschijnlijk overdreef', na die eerste keer erover vertellen, heeft ie het er vervolgens bij gelaten. Met de meester besprak hij zijn verbazing over hoe snel de beesten van een tamelijk wankel op z'n poten staand, nog maar net geboren diertje, wisten te veranderen in een sterke spierbundel. En dat in nog geen vier tot vijf maanden!

Hij leerde dat ie de kalfjes na verloop van tijd pink of stier diende te noemen, maar dan waren deze nog wel hand tam. Helemaal volwassen werden de beesten namelijk vrijwel nooit. Als ze eenmaal 'op gewicht' waren moesten ze naar het slachthuis.

Gelukkig was Hans op fatale momenten nooit op de boerderij.

Slechts een heel enkele keer mocht een kalf gedekt worden.

Dan groeide ze uit tot vaars of volwassen koe. De titel hing ervan af of ze al eens eerder gedekt waren en genoeg uiervorming hadden.

Wat de overige criteria waren om een dier te behouden werd hem nooit helemaal uit-gelegd. Opeens was er de mededeling dat een pink naar de stal mocht.

Freek noemde het dier dan plotseling een dame of mevrouw en vervolgens zou er ie-mand van het KI komen om het beest te 'insemineren'.

Hans begreep in grote lijnen wat er aan de hand was, maar kon zich er geen beeld bij vormen. Vanwege zijn leeftijd ging veel nog buiten hem om. Bijvoorbeeld wat Freek vertelde over het 'melken van een stier' en wat erbij kwam kijken op 'dat KI'.

De afvoer van de slachtrijpe beesten naar de veemarkt vond, net zoals dat insemine-ren, plaats als hij op school zat. Maar hij wist ervan en meestal stemde het hem ver-drietig als hij van een 'kameraadje', een dier dat hem in de loop van zijn tijd op de boerderij dierbaar was geworden, afscheid moest nemen.

Toen hij er al een poosje werkte, ging het telkens toch om een kalf dat hij had leren kennen. Door 'm elke dag een emmer voer te geven, had hij het beest zowat eigen-handig laten uitgroeien tot een volwaardig, stoer dier.

Ondanks alle vreemde titels was er sprake van een, in zijn ogen echte stier of koe!

De boer kondigde, als het zover was, een paar dagen van tevoren aan dat 'ze opge-haald' zouden worden. Hij wees dan aan welke twee of drie er voldoende waren ge-groeid, al zag Hans zelf ook dat het eraan zat te komen.

Oogluikend stond Freek toe hoe ie ze die laatste keer wat extra aandacht schonk.

Ondanks dat hij eraan gewend moest zijn, scheen 't hem te vertederen als hij het joch in die dagen uiterst zorgzaam, extra liefdevol leek het wel, met de beesten in de weer zag.

Door dit toe te staan, liet ie merken dat het hem ook wat deed dat ze vertrokken.

Slechts een keer heeft Hans voordat hij naar school ging, de veewagen die de dieren op kwam halen het laantje naar de boerderij op zien rijden.

Het maakte tamelijk veel indruk en hij kon 't moeilijk loslaten onder de les.

Toch kon hij zich diezelfde middag al niet meer duidelijk voor de geest halen welke dieren er precies verdwenen waren. Twee hokken stonden in afwachting van de koeien die een van die dagen zouden gaan kalveren leeg.

Daar hield zijn waarneming eigenlijk mee op, want overdag had de boer de overgebleven kalfjes volgens een andere indeling over de hokken verdeeld. In verband met de dosering van het voer, moest Hans toch vooral daaraan wennen.

Als Hans en Freek klaar waren met het werk, sloten ze de hokken, hekken en stallen een voor een af. Samen reden ze daarna de kar met de volle melkbussen naar de weg. Hans was dan ruim op tijd thuis om zijn handen te wassen voordat papa kwam en ze aan tafel gingen.

Als mama er niet voor aan de rand van de weg klaar stond, kon Freek hem veilig naar de overkant helpen. Hij mocht dat weliswaar al een tijdje zelf, maar het was handig dat de boerenknecht in de middagspits nog even een oogje in het zeil hield.

De eerste keer dat Hans bij de geboorte van een lammetje aanwezig was, maakte dit zoveel indruk dat ie dagenlang nergens anders over bleek te kunnen spreken. Zo gauw als hij uit school kwam wilde hij naar de overkant om 'bij de schapen te zijn'.

Dat er een lammetje 'niet helemaal goed' was en dat Freek die meteen na de geboorte met een soort mond op mond beademing tot leven had moeten wekken, had nog wel de meeste indruk gemaakt.

Door in het neusje te blazen had de knecht het, als door een wonder, voor elkaar gekregen dat het lammetje opeens een kreet slaakte en uit zichzelf begon te ademen.

Toen Hans die dag op de boerderij kwam, was Freek al in het hok waarin de schapen stonden. Hij wist dat de dieren 'op bevallen' stonden, maar de gang van zaken op boerderij overdag ontging hem grotendeels.

Alleen op doordeweekse dagen en pas als de school uit was, kwam Hans er naartoe.

Hoewel normaal niet erg spraakzaam, had Freek het 'm gezegd.

"De schapen staan op bevallen.

Het zal morgen wel zo ver zijn."

Volgens de meester heette zoiets werpen, maar dat zei Freek dus niet.

Op het moment dat er onder het staartje een roze vlies tevoorschijn kwam, pakte hij het beet en met een paar forse rukken trok hij het lam naar buiten. Met zijn knie of klomp zette hij zich af tegen de heup van het schaap om kracht te kunnen zetten. Het schaap schreeuwde het intussen uit maar verzette zich niet.

Het moederdier leek te begrijpen dat de boer haar aan het helpen was en Hans werd stil van het vertrouwen dat er uit naar voren kwam.

Het imposante van een worp zat 'm niet uitsluitend in het bloederige en enigszins gewelddadige van het tafereel. Het maakte vooral indruk door de manier waarop de moeder gelijk al haar zorgzaamheid aan de dag legde.

Dat de geboorte op zich de nodige pijn moest doen, was duidelijk.

Maar hoe ze zich desondanks vrijwel onmiddellijk na de geboorte omdraaide om het lammetje te helpen opstaan, vervulde hem met ontzag.

Het kleintje zat onder het bloed en slijm, maar liet zich daar het volwassen dier vol vertrouwen helpen.

Hij twijfelde of ie zoiets zelf ook zou kunnen volbrengen.

Freek noemde het 'instinct' en daar wist Hans wel wat vanaf, maar hoe eenvoudig dat instinct de omstandigheden, zoals toch de angst voor het plotselinge licht en al het andere nieuwe wist te overwinnen maakte indruk.

Als de boer en het dier klaar waren met de eigenlijke bevalling, leek het of er een grote roze zak tevoorschijn was gekomen. Daar moest het lammetje vervolgens uitgepeld worden. Een enkele keer hoefde Freek alleen het kopje te doen.

Het moederdier knabbelde ongeduldig de rest er daarna snel zelf vanaf.

Door de bewegingen, het spartelen van het lam, scheurde de zak overigens meestal al vanzelf open en kwam het jonge diertje al grotendeels uit zichzelf vrij.

Maar zo nu en dan schoot de zak weer terug naar binnen en kwam dan met een felle schreeuw van het schaap weer tevoorschijn. Dan moest de boer heel vlug zijn en nog harder trekken dan de eerste keer.

Bij een andere bevalling moest Freek de zak helemaal terug naar binnen duwen, er was sprake van een 'stuitligging'. Hij probeerde zo het dier om te keren zodat de poten alsnog als eerste kwamen.

Het zweet stond op zijn voorhoofd door de inspanningen die hij erbij moest leveren en met een paar korte opmerkingen legde hij intussen zijn optreden uit.

Hans bleef kijken. Hij wist niet hoe en òf hij hulp kon bieden, maar vertrouwde erop dat de boer hem de juiste instructies zou geven als het nodig was.

Het andere werk op de boerderij, zoals bijvoorbeeld het melken in de vroege ochtend, had ie nog nooit bijgewoond. Vanzelfsprekend lag Hans dan nog in zijn bed, of hij was nog aan het opstaan om zich gereed te maken om naar school te gaan.

Toen het 's morgens nog donker in de velden was had hij al eens gezien dat er licht op de boerderij aan was. Op het erf en in de stallen was er een zwak schijnsel en hij zag hoe zich op de ramen schaduwen aftekenden als binnen iets bewoog.

Ook tijdens de schoolvakantie was hij er trouwens nooit toe gekomen om zo vroeg al naar de overkant te gaan om bij het werk te helpen.

De manier waarop een kalfje, maar vooral toch wel die lammetjes er plotseling waren en hoe ze er vanaf de eerste dag in hun boerderijleven volledig bij bleken te horen, maakte veel indruk.

Er kwam een zorgzaam gevoel bij hem naar boven als hij zag hoe de diertjes voorzichtig probeerden op te staan. Dat ze na een uurtje al konden lopen en zelfs op onderzoek uit leken te willen, verbaasde hem. Als een moederschaap gemerkt had dat het lam in orde was, nam ze pas de rust om uit te hijgen.

De kleintjes gingen dan vaak al meteen op zoek naar haar uier om te drinken.

Ook dat heette volgen Freek instinct.

Maar Hans werd overrompeld door hoe sterk de invloed ervan was. En dat hij er getuige van mocht zijn.

Voor de dieren op de boerderij groeide het besef van verantwoording. Dit gevoel telde natuurlijk vooral bij de tere wezentjes, maar ook voor de rest van de dieren zag hij in dat het draaide om leven en overleven.

En hoe hij daarin een rol kon spelen.

Hoe sterk een dier kon worden, merkte hij dagelijks aan de kalfjes, maar hoe ze heel zwak begonnen waren, dat was hij altijd tamelijk snel vergeten.

Vanaf het moment dat de lammetjes er waren, leek het echter tot hem door te dringen hoe hij hierbij betrokken was en invloed op hun bestaan uit kon oefenen.

Met wat moeite kon hij een lammetje oppakken en vervolgens bij de grote schapen brengen. Het verbaasde hem eigenlijk hoe de kleine dieren de eerste paar keer nogal stakerig aanvoelden, maar al na een paar dagen warm en wollig geworden waren.

Opvallend vond ie het dat ze hun eigen moeder zonder moeite wisten te vinden.

Juist bij haar gingen ze namelijk telkens drinken. Freek telde dat eveneens bij dat instinct, maar Hans meende gemerkt te hebben hoe de kleintjes aan het mekkeren konden afleiden wie hun eigen moeder was. De geluidjes die mama maakte, gaven immers duidelijk aan of het goed was.

Het besef dat hij in het hele proces een niet onbelangrijke rol speelde, maakte dat het hem een leuk idee begon te lijken om zijn klasgenoten ook eens zo'n spektakel van nabij mee te laten maken. Al waren alle lammetjes dan geboren, wie weet konden ze eens een kalf ter wereld zien komen.

Dat had hij zelf pas een keer van dichtbij mee gemaakt, maar het leek hem dat ze dat ook eens moesten zien. Dan zouden ze onmiskenbaar anders tegen een heleboel zaken aan leren kijken, want hij voorzag dat de jongens en meisjes er beslist net zo van onder de indruk zouden raken als hijzelf.

Met name 'de kracht van het instinct' wat hem zo verwonderde.

Als Hans op school over zijn ervaringen vertelde, leek zijn enthousiasme vaak onbegrijpelijk te blijven voor de klasgenoten.

Daarom bedacht ie dat ze, als zelf ook eens iets dergelijks meegemaakt zouden hebben, vast niet meer zo nonchalant wilden spreken over leven, dood en ziektes.

Het was hem opgevallen dat bij de jongens zelfs geen ontzag bestond voor het overlijden van een dierbare. Het gemak waarop ze immers elkaar of zichzelf zomaar dood verklaarden en hoe ze hun beste vrienden van 'het leven' beroofden door zogenaamd op elkaar te schieten, deed hem zeer.

Hans had van het werken met de dieren opgestoken dat respect belangrijk was.

In zijn ogen vatten zijn klasgenoten die kwesties rond dood en leven te licht op.

Zeker als ze opgingen in hun spel. Die spelletjes vond ie daarom vaak 'stom' en hij begreep niet wat voor plezier eraan te beleven was.

Maar dat ze vaak enge ziektes naar elkaar riepen, ergerde hem eigenlijk het meest.

Voor hem waren zulke zaken anders komen te liggen nu hij van nabij de eerste voorzichtige stapjes van een pasgeboren dier had meegemaakt.

Hij had ervan geleerd over de leven brengende kracht van dat instinct.

Graag wilde hij zijn klasgenoten, ook de meisjes, laten ondervinden hoe dieren van een kwetsbaar, afhankelijk en handelbaar beestje in korte tijd wist uit te groeien tot een kolos waar je rekening mee diende te houden.

Vooral de kalveren waren immers beesten waarmee hij zich kon meten.

Hoe lief en onzeker ze waren als kleintjes, al na korte tijd bleken ze vaak sterker dan hijzelf! Ze moesten dus ook sterker zijn dan de grootste jongens uit de klas. Misschien hadden ze nog meer kracht dan de meester.

In zijn stierengevechten zou die ook zijn beste beentje moeten voorzetten!

Zijn overtuiging had natuurlijk voornamelijk post gevat bij dat 'ene lammetje met moeilijkheden' en hoe die zich erdoor gevochten had.

Hij wilde aan de andere kinderen overbrengen hoe de kleinste diertjes zich lieten optillen, koesteren en 't verwonderde hem telkens weer hoe het moederdier dan altijd bezorgd op hem stond te letten.

De boer noemde dat dus instinct, maar leek zich erover te verbazen in hoeverre Hans een vertrouwensband in het hok op wist te bouwen.

Later toen de beesten eenmaal in de wei liepen, klom hij regelmatig over het hek en ook daar mocht hij de lammetjes benaderen zonder dat ze op de vlucht sloegen.

Een enkele keer leek het er zelfs op dat ze spontaan naar hem toe kwamen gehuppeld. De boer gaf hem het compliment: "Hoe goed hij met dieren om kon gaan."

Een paar dagen later herhaalde hij dit toen Hans helemaal alleen 'n koe het erf op had geleid.

Hij had begrepen, aangevoeld dat het dier op het punt stond om te kalveren, maar Freek was op dat moment nog in geen velden of wegen te bekennen. Tijd om thuis snel te gaan vragen wat ie het beste kon doen, zat er niet meer in.

Hans liet de koe aan een touw achter zich aanlopen naar het hek, bond het vast en nam erachter plaats. Het dier liet het gewillig toe en nu hij zelf geleid werd door een soort instinct, voelde hij aan dat ie ook bij dit dier de voorpoten van het kalf beet zou moet pakken om hulp te bieden bij het kalveren.

Toen het beestje geboren was en hij het omzichtig behulpzaam kon zijn bij haar eerste wankele stapjes, stelde Freek spontaan voor dat Hans er een naam voor moest bedenken. Normaal kregen koeien de naam van hun moeder en een nummer en deze zou volgens die traditie 'Berta drie' gaan heten.

"Noem dit kalfje maar Els."

Het was de eerste meisjesnaam die bij hem op kwam. Het leek hem namelijk niet gepast om die van een klasgenootje, Loes of Marjolein te gebruiken. En deze naam stond ook nog nergens in de stallen.

Freek schreef 'Els 1' met een krijtje op een bord.

Later, toen ze met de kar naar de weg liepen, realiseerde Hans zich pas hoe die naam bij de jongste zus van zijn vader hoorde. De enige keer dat ie haar had ontmoet was een flinke tijd geleden en viel in de zomer dat ie voor 't eerst naar school ging.

In de loop van de hoogste klas, ging Hans zowat iedere dag, maar altijd meteen als hij thuiskwam, naar de boerderij. Als hij vroeg was of bijvoorbeeld op woensdagmiddag en ze hem thuis niet konden vertellen of Freek er al zou zijn, ging hij er 'alvast' naar toe. Die keren durfde hij weleens wat verderop het laantje af te gaan.

Aan het einde ervan klom hij over het hek en zwierf over lege velden.

Of hij liep tussen de koeien en schapen door naar het volgende slootje.

Als hij het te ver lopen vond naar een volgend 'bruggetje', soms immers niet meer dan een brede plank, of een dam die de verbinding met het volgende veld vormde, dan waagde hij een sprong over het water. Hij liep ervoor door tot het hem er smal genoeg voor leek. Soms haalde hij net de overzijde niet en kreeg ie een natte voet.

En eenmaal dreigde hij aan de overkant van een sloot achterover te vallen, maar hij wist op het nippertje zijn evenwicht te hervinden. Toen realiseerde hij zich dat ie helemaal alleen was en dat er niemand naar hem toe gekomen zou zijn als hij om hulp had moeten roepen.

Geschrokken nam hij zich voor om voortaan geen waaghalzerij meer uit te halen.

Een stukje verderop langs het laantje, op een van de drie boerderijen die dieper in de polder stonden, woonde Arnold met zijn ouders. Het huis lag het meest verwijderd van de weg op de dijk en met de familie ging men ternauwernood om.

Ze waren van een andere kerk of zoiets en de jongen zat ergens ver weg op school.

Hans en hij maakten weleens een praatje. Meestal stonden ze dan aan weerskanten van het hek en moesten ze hard roepen om elkaar te verstaan. Arnold bleek iets ouder, maar ze gingen na de grote vakantie allebei naar een andere school.

Een enkele keer speelden ze in de hooiberg bij Freek of onder de bomen in de tuin voor hun huis. Arnold bleek graag te fantaseren over meisjes. Hans kende alleen die uit zijn klas en zijn zusje, daarom waren ze er telkens vlug over uitgepraat.

De vader van Arnold had, zoals mama het noemde, een tuinderij.

Ze moest aan hem uitleggen wat dit betekende. Hans wist namelijk uitsluitend dat ze er geen dieren op na hielden. Met als uitzondering een reusachtige hond die altijd voor het huis aan een ketting lag.

Daar stond ook het grote hok en hij sloeg steevast heel luidruchtig aan als er iemand over het laantje aangelopen kwam. Hans lette daarom altijd goed op of het beest vast lag, hij moest er niet aan denken dat ie door het monster verscheurd zou worden.

Arnold had 'm weliswaar laten zien dat ie de hond kon knuffelen en dat het dier dat leuk leek te vinden, maar of ie dat van Hans ook zou accepteren leek 'm onwaarschijnlijk. De hond kon zo hard blaffen dat het bij hun voordeur te horen was.

Hans herkende het geluid van de sint Bernard intussen.

Mama verteld hoe de vader van Anton in het stuk polder achter hun huis planten verzorgde. Voornamelijk waren dat groenten en als ze rijp waren bracht hij die in kisten op een platte boot naar de veiling in de stad.

Hans had 'm inderdaad weleens langs zien komen 's morgens vroeg op het water.

Achter de boerderij lagen nog meer velden. Die waren van een boer die ook nog bloemen teelde, maar dat was voor de hobby.

"Hij verdiende er wat mee bij", vertelde Martin en hij zei dat de man eveneens iets met groenten en fruit deed. Alleen had die niet zo'n bootje.

Hoe ie die zogenaamde producten naar de markt bracht is Hans nooit duidelijk geworden. Wel ging ie ervan uit dat die bomen achterin de polder eveneens van dezelfde boer moesten zijn.

Een keer is Hans met Arnold in de kassen van zijn vader geweest.

Hij heeft er gezien hoe er komkommers en tomaten aan planten hingen.

Die tomaten waren, op de bovenste exemplaren van de trosjes na, nog grotendeels groen en zouden volgens zeggen vanzelf rood worden.

Arnold noemde het dat ze dan 'klaar voor de handel' waren.

Het verbaasde Hans voornamelijk dat dat eten, al spraken zijn ouders over voedsel, met geld verhandeld werd. Groeien ging toch vanzelf en het enige dat de vader van Arnold hoefde te doen, was de planten water geven. Dat water kwam gewoon uit de sloot en dan kon hij eenvoudig de vruchten plukken en in kistjes doen.

Arnold had hem, laten zien welke machines en apparaten erbij nodig waren.

Het daadwerkelijke telen ging kennelijk om 'rooien en grondverzorging', maar Hans kon zich er niet veel bij voorstellen. Dat die houten kisten en kratten niet gratis waren leek hem duidelijk en de moeite van Arnolds' vader diende natuurlijk eveneens beloond te worden. Zoiets begreep hij allemaal wel, maar dat er tegenover die vruchten en groenten een geldwaarde stond, bleek moeilijk te bevatten.

Het idee rond de seizoenen, zaaitijd en oogst of de kwesties rond vraag en aanbod, marktprijzen en dat 'doordraaien' het ging hem nog boven de pet.

De nieuwsgierigheid naar het reilen en zeilen op een boerenbedrijf kwamen, door de kennis die hij er in de loop van de tijd over op had gedaan, in een ander daglicht te staan. Langzaamaan drong het tot hem door dat er, achter het verzorgen van de dieren en ook bij de gang van zaken rond de planten in die kassen, iets meer dan uitsluitend liefde voor de natuur aan de orde kwam.

Dit voedde zijn toenemende verantwoordelijkheidsbesef en maakte dat ie, ondanks zijn leeftijd, door begon te krijgen wat er met bijvoorbeeld handel werd bedoeld.

Het drong tot hem door toen de kalfjes rijp waren voor de slacht.

Het was niet zo dat hij al meteen doorhad dat er winst moest worden gemaakt.

Of hoe de vork in de steel stak rond omzet.

Langzamerhand wist hij echter, uit de gesprekken die papa onder het eten met zijn moeder voerde, op te maken waar de termen voor stonden. De betekenis van wat ze aan elkaar vertelden, of over hoe hard haar ouders moesten werken om 'brood op de plank' te hebben, drong erdoor bij hem door.

Hans leerde zo in de praktijk dat er een onderscheid bestond tussen de grote mensenwereld en die uit de sprookjes of verhaaltjes, waar alles min of meer vanzelf leek te gaan. Nog op de lagere school wist hij zodoende dat de maatschappij ingewikkelder in elkaar stak dan hem er werd voorgespiegeld.

Hoe kinderlijk hij ook werd behandeld of neerbuigend volwassenen deden!

Soms leek 't erop of de meester, net zoals papa deed toen ie klein was, hem iets op de mouw wilde spelden. Hans bleef dan telkens doorvragen tot ie begreep wat er verteld werd.

De jongens en meisjes vielen hem daar weleens op aan en want het kwam regelmatig voor dat ze gaandeweg hun interesse verloren. Het betoog van de meester werd dan ruw onderbroken omdat ze begonnen met keten. Vooral de jongens.

Gelukkig bleek hun onderwijzer hem dan later, na schooltijd en niet meer gestoord door het lawaai van zijn klasgenoten, nader in te willen lichten.

Hij leek er zelfs plezier in te hebben om Hans 'verder te helpen'.

Loes

Het oorspronkelijke voorstel van Martins' baas dat ie het huis aan de dijk kon betrekken overviel hem. Het kostte daardoor wat moeite om zijn vrouw er enthousiast voor te maken. Op de een of andere manier had de man waargenomen dat zijn medewerker er een hekel aan begon te krijgen om iedere keer helemaal naar het bedrijf aan de dijk te komen fietsen. Hoewel nog niet heel erg lang in dienst, voldeed Martin aan zijn eisen en daarom wilde hij hem niet missen.

De uiteindelijke beslissing om naar deze nieuwe woning te verhuizen kwam hierdoor tamelijk abrupt tot stand.

Voor Hans was er bijvoorbeeld van de ene op de andere dag het feit dat ze weg zouden gaan van de woonboot. En er werd verder niet veel meer over gesproken.

Voor hem leek het aantrekkelijk, dat ie bij het huis vrij zou kunnen spelen.

Dat was in de omgeving van de woonboot vrijwel onmogelijk.

Zelfs op de dagen met prachtig weer had hij uitsluitend onder streng toezicht op straat tussen de geparkeerde auto's zijn gang kunnen gaan en verder buitenspelen had zich tot dan beperkt tot het kleine balkonnetje of het stukje van de tuin waar Martin wat tegels had neergelegd bij wijze van terras.

Loes moest er altijd heel goed op haar zoontje letten.

Zwemmen kon ie nog niet en er viel vanzelfsprekend ook weleens een stukje speelgoed overboord. Dat moest dan worden gered voordat het was gezonken.

Alle ouders weten dat kleine jongetjes ondernemend zijn en Hans vormde daarop geen uitzondering.

De overgang naar het nieuwe huis werd met allerlei voordelen omkleed.

Hij zou er een grote kamer helemaal voor zichzelf krijgen en aan zowel de voor- als achterkant zou er een tuin zijn om in te spelen.

In de betrekkelijk korte tijd van de voorbereidingen werd de nieuwe omgeving zodoende aantrekkelijk voorgespiegeld.

Niets dan voordelen voor een ventje van zijn leeftijd, alleen moest papa of mama hem voortaan naar een school in de stad gaan brengen. In de nabijheid van de dijk was helaas geen alternatief voorhanden.

Na de zomer, na de verhuizing, zou ie er zelf naartoe kunnen.

Maar eerst was er het inpakken van alle spullen en natuurlijk ook weer het uitpakken op het nieuwe adres. Dat was op zichzelf al heel spannend en het sprak hem vooral aan dat al zijn speelgoed nu een eigen plekje zou krijgen op die slaapkamer.

Dat zou voortaan niet meer in de huiskamer of op die van papa, mama in de weg liggen zoals op de boot. In het huis hoefde hij niet meer elke dag 'zijn rommel op te ruimen' voordat ze uiteindelijk aan tafel konden!

Al snel na de verhuizing, bleek Loes zich moeilijk aan de veranderde omstandigheden aan te kunnen passen.

Het leven op het 'platte land' zoals ze het tegen haar vrienden en kennissen noemde, viel haar zwaar.

De dorpse sfeer die er in het buurtje rond hun nieuwe woning heerste, vond ze al vrijwel gelijk niet prettig. De stilte en vooral de rust op straat overvielen haar. Het kostte haar veel moeite om er zich 'enigszins thuis' te kunnen voelen.

Ze ergerde zich er bijvoorbeeld aan dat men elkaar altijd nogal formeel aansprak met meneer en mevrouw. Het ging trouwens meer uit gewoonte dan beleefdheid.

Zelfs als buren al jarenlang een paar meter van elkaar hadden gewoond, bleef het krampachtig gehandhaafd. Voor familieleden werd op deze regel wel eens een uitzondering gemaakt en gebruikte men, maar uitsluitend onder elkaar, een naam als men elkaar aansprak of ter sprake bracht.

Omdat er feitelijk slechts sprake was van twee uitgebreide takken met dezelfde familienaam - en de leden konden kennelijk niet zo goed met elkaar door dezelfde deur - werd het onderscheid door iedereen, ook door de mensen er buitenom waar mogelijk uitermate strikt in stand gehouden. Men sprak dan bijvoorbeeld over een lange, dikke of 'de jonge' Jan.

Dat was in beide families een populaire naam.

De hoofse manier van doen, schiep - en onderhield - een grote onderlinge afstand.

Noem het heel modern 'distantie', maar het voelde voor Loes aan alsof men elkaar niet als een gelijkwaardige wilde zien, of aanvaarden. Dit ondanks dat men er een afgesloten gemeenschap vormde. Men wist door de benauwde samenhang immers vrijwel alles van elkaar.

Die manier van doen was ze in de stad niet gewend.

Zo liet ze zich bij voorkeur bij haar voornaam noemen en verwachtte dit enige tijd later ook spontaan van de buren en de collega's van haar man. Ze meende een vorm van verwantschap, een soort collegialiteit of iets als solidariteit, te mogen verwachten. Niet gelijk al toen ze net in het huis waren getrokken, maar na een nadere kennismaking zoals bijvoorbeeld elkaar dagelijks 'op straat' ontmoeten, kon er toch wel wat meer informaliteit een meer persoonlijke houding vanaf?

In de eerste periode waarin ze aan de dijk woonden was het een aantal dagen heel mooi weer. De warmte en de zekerheid dat het niet zou gaan regenen, hadden ervoor kunnen zorgen dat men wat 'losser' met elkaar omging.

Wat Loes betreft golden er geen regels.

Daar was ze niet aan gewend en er was niets dat haar vanuit de kerk of een andere organisatie opgelegd werd qua kleding omgangsvormen en belangstelling.

Zo rekende ze op een beleefde vraag als: "Hoe gaat het met de verhuizing."

Ook dat men met het warme weer wat luchtiger gekleed ging, leek haar niet absurd.

Een buurvrouw vond het echter noodzakelijk om een opmerking te plaatsen nadat Loes in haar badpak in de tuin achter het huis op een stretcher een uurtje had liggen genieten van de eerste zonnestralen. Het dient benadrukt dat het 'voorval' plaatsvond in haar eigen tuin en aan de achterkant van de woning en dat het daardoor sowieso onmogelijk was dat ze vanaf de straat enige 'aanstoot' gaf.

En dan nog?

Het badpak zat misschien alleen wat strak vanwege haar zwangerschap!

Dat de buurdames gebloemde, veelal ruim vallende jurken droegen, hoorde gewoonweg bij hun leeftijd. Het zag er weliswaar vrolijk uit, maar Loes voelde zich voor die dracht nog te jeugdig.

Blijkbaar werd zij echter niet goed bevonden met dat - in haar ogen toch keurige - badpak. Ook nadat ze er wat langer over had nagedacht, werd het haar niet duidelijk wat er nou precies verkeerd aan was.

De andere opmerkingen begonnen niet lang na de verhuizing en de toon werd er wat haar betreft mee gezet. Niet alleen kreeg ze een steeds grotere hekel aan het overdreven beleefde en zogenaamd voorkomende gedoe van de buurdames.

Ze merkte op dat deze achter elkaars en haar rug om, onbegrijpelijke en vaak beduidend andere normen aanlegden.

Ook na overleg met Martin was het haar onmogelijk om de schijnheiligheid die erbij te pas kwam te accepteren. Er bestond geen echte belangstelling, men sprak óver maar nooit mèt elkaar.

Het onoprechte ging tegen haar gevoel in. Het gedrag was haar vreemd. Vanuit haar opvoeding was iedereen verantwoordelijk voor zichzelf. Waarom men aan de dijk dan deed of ze zo fijnzinnig waren? Men las elkaar immers slinks de les.

Vanuit een soort revanche verbeterde ze iedereen daarom graag: "Noemt u mij maar gewoon Loes hoor. Zo heet ik tenslotte."

In de stad had ze gedurende haar hele jeugd in het centrum gewoond en haar ouders dreven er nog steeds hun winkel. Allengs en mede door de met haar zwangerschap samenhangende immobiliteit, begon ze de dynamiek van die omgeving, te missen.

Ze had weliswaar bij haar ouders ook een zekere onderdanigheid ten opzichte van de omgeving gekend en ze was van huis uit tamelijk verlegen, maar dat liet zich eenvoudig afdoen als een middenstanders manier van doen.

Door de week waren buren immers ook potentiële klanten.

Naar haar ervaring ging men in de stad op een voet van gelijkheid met elkaar om.

Ze was eraan gewend en trad haar omgeving zo tegemoet. Waar zij vandaan kwam groetten de winkeliers én klanten elkaar vriendelijk in het voorbijgaan.

Men leefde min of meer op voet van gelijkheid en als iemand bijvoorbeeld zittend op een bankje genoot van het weer, of men elkaar op straat tegenkwam, maakte men over het algemeen opmerking of praatje.

Waar zij vandaan kwam leek iedereen oprecht en aardig tegen zijn buurtgenoten te doen, zelfs al waren ze vreemden. Op z'n minst groette men elkaar vriendelijk.

Onderweg van of naar familie, de kerk, synagoge of ander gebedshuis, iedereen leek aan elkaar gelijk en handelde daarnaar.

Aan de vreemde omgangsvormen rond de nieuwe woning kon ze niet wennen.

Op de dijk was er geen mogelijkheid om een straatje om te lopen of elkaar anderszins te ontwijken. Men kon de ene of de andere kant op en daarmee hielden de mogelijkheden op. De bewoners wisten deze beperking echter in te zetten om het onderscheid in de hand te houden.

Iedereen wist van iedereen uiteindelijk wie waar woonde en de grootte van de huizen bepaalde, naast dus de oorspronkelijke afkomst qua familie of geboorteplaats, de rangorde.

De stilte rondom het dijkhuis, de leegte van de polder er tegenover, maar vooral het lagere tempo waarop alles in het buurtje leek te verlopen, begon haar steeds meer te als een beklemming tegemoet te komen.

Wat stoorde was het ontbreken van een achtergrond.

Ze miste de schwung die ze meende in de stad opgemerkt te hebben. Al in de eerste week had ze het bijvoorbeeld aangedurfd om langs haar neus weg aan een buurvrouw te of er ooit een boek werd gelezen. Aan de kar van de melkman probeerde ze vervolgens om eens een titel aan de dames voor te leggen.

Wisten de dames dat er buiten de tv meer afleiding te vinden was?

Zoals een bezoekje aan het theater of een bioscoop.

Als men de moeite nam, zou zelfs het bijwonen van een sportwedstrijd als cultuur uitgelegd kunnen worden. Maar er was aan de dijk geen verenigingsleven.

Een enkeling voetbalde op zaterdagmiddag in zijn oorspronkelijke geboorteplaats, maar een band met zo'n club werd niet onderhouden.

Misschien dat de hormonen een rol begonnen te spelen in haar verwijten aan de buurvrouwen, maar de manier waarop ze zich telkens leken te bemoeien met haar zwangerschap deed Loes pijn. Ja ze werd dikker en inderdaad ze was in verwachting, maar dat gaf niemand zomaar een vrijbrief om haar te betuttelen: "Is dat wel goed voor de baby?"

Als ze om knoflook durfde te vragen bij de groentekar bijvoorbeeld.

Of: "Eet daar maar flink van. In jouw toestand is dat goed voor je."

In de wagen van de melkboer, toen ze er een hele fles volle yoghurt had gekocht. Kleine flessen of halfvolle yoghurt was er namelijk niet. Al had ze er al een paar keer om durven vragen, de handelaar vertelde dat ie er geen 'markt voor had'.

Nu moest ze er een paar dagen over doen, om het met haar gezin op te eten!

Het voortdurende gevoel dat ze in de gaten werd gehouden, daar kon ze moeilijk tegen. Loes wilde vrij zijn, zich op haar toestand concentreren.

Het idee om continu rekenschap af te moeten leggen aan mensen die zich feitelijk ternauwernood om haar bekommerden, viel haar steeds zwaarder.

Als er zich een gelegenheid voordeed én de omstandigheden het toelieten, reisde ze af naar de stad. Ze ging naar haar ouderlijk huis, een pas getrouwd nichtje of 'deed een bakkie' bij Marieke.

Al was het maar voor een paar uurtjes, ze wilde weg van de dijk.

Zo'n vlucht zou zich overigens aan de buurvrouwen laten legitimeren door er een verkoudheid of pijntje van haar moeder voor aan te voeren. Die was immers bijna even oud als zij. Dat hadden ze vlak na de verhuizing al zelf kunnen zien en ongetwijfeld uitgebreid met elkaar besproken.

Na de grote vakantie knoopte ze 's morgens aan het naar school brengen van Hans steeds langere omzwervingen vast. Al was 't ook daarvandaan nog een stukje voordat ze daadwerkelijk in het centrum kwam en natuurlijk nog te vroeg om al bij iemand aan te kunnen kloppen.

Volgens de afspraak gingen ze samen naar school, met de fiets.

Het sprak voor zich dat hij er op tijd moest zijn.

Loes werd er, alsof het de gewoonste zaak van de wereld was, op aangesproken bij de venters of onderweg naar de slager: "Of ze weer naar de stad was geweest?"

Het maakte duidelijk dat er scherp op elkaar maar vooral op haarzelf werd gelet.

"Hoe gaat het nou met uw moeder, knapt ze alweer wat op?"

Buiten zich zoveel mogelijk af te zonderen, zichzelf misschien te verschuilen, bleek er geen ontkomen aan.

Opvallend geel en oranje met groen geverfd, reed de streekbus elk uur over de dijk. Schuin tegenover hun huis was daarvoor de enige halte. Deze lag er, met alleen het schuilhokje aan het fietspad, nogal open en bloot bij. Toch had Loes het jachtige haasten dat een ritje met zich meebracht, er graag voor over.

Al moest ze dan rennen om exact op tijd op de halte te komen. Ze wilde er namelijk maar kort hoeven te wachten en bleef zo lang mogelijk 'uit het zicht'.

Het voor 'iedereen zichtbaar' op de halte staan schrok haar namelijk af.

Nog in de huiskamer op de uitkijk stond ze daarom al met haar jas aan, achter het raam, gespannen dat ze de bus zou missen. Het kostte bijna een uur om op de volgende te moeten wachten en dat maakte haar uitje gekkenwerk.

Vlak voordat ie volgens het rooster zou moeten komen, sloot ze de voordeur en bleef daar nog even staan. Pas als ze de bus daadwerkelijk zag of meende 'm te horen, rende ze zo snel ze kon naar de halte aan de overkant van de weg.

In stilte hoopte ze dat niet precies op zo'n moment een van de dames langs zou komen. Ze was bang dat die dan een praatje aan zou knopen.

Vast en zeker moest ze de bus dan op de achtergrond voorbij laten rijden.

Gelukkig bleek het zeldzaam dat een van de buurtgenoten eveneens meereed en verplicht samen reizen zat er daardoor niet in. Ook op de rit vanuit de stad terug naar het huis is haar zoiets nimmer overkomen.

Slechts eenmaal heeft ze van het tripje afgezien. Ze zag toen vanuit het huis al hoe er iemand van de op de halte stond te wachten. Weliswaar was het geen buurvrouw uit haar directe omgeving, maar de vrees voor het roddelcircuit weerhield haar ervan om de gok te wagen.

De busverbinding betekende zo een belangrijke levenslijn met de stad.

Door de bewoners van de dijk bleek de verbinding echter met hun gebruikelijke argwaan bekeken te worden. Haar noch Martin is het ooit duidelijk geworden of het vervoermiddel te modern bevonden werd of dat er iets anders sprak. De maatschappij die de bussen liet rijden was gevestigd in Haarlem en had daarom niets te maken met het verguisde Leiden.

De stad waartegen de bewoners zich zo graag afzetten.

Binnen in huis probeerde ze zich veilig te voelen.

De huiskamer bevond zich aan de achterkant en door het voortuintje was er vanaf het voetpad niet zoveel inkijk tot bijvoorbeeld aan de eettafel mogelijk. Tenzij men zich pontificaal voor het raam zou durven opstellen.

Doch dat ging zelfs de bewoners van de dijk te ver.

Trouwens men fietste aan 'de overkant' en over het voetpad langs de huizen werd nauwelijks gelopen. Eens toevallig bij elkaar naar binnen kunnen kijken zat er daardoor eigenlijk niet in. Maar op de een of andere manier bestond er blijkbaar een netwerk waarlangs de buurvrouwen elkaars gedrag bespraken.

Dat van Loes werd eveneens in de gaten gehouden en diende blijkbaar telkens geanalyseerd. Nog voordat ze op haar laatste dagen liep en eigenlijk wel wat hulp had kunnen gebruiken, begon ze zich steeds eenzamer te voelen onder alle aandacht.

Ze durfde niemand meer te vertrouwen of iets persoonlijks te vertellen, hoe wisten ze eigenlijk dat haar moeder ziek was?

En waarom sprak men haar erop aan dat ze naar de stad ging?

Alleen aan Martin had ze indertijd verteld dat ze haar moeder ging helpen in de winkel. Van hem verwachtte ze echter niet dat hij zoiets aan de grote klok zou hangen. Zeker niet omdat ze haar ergernis toch hadden besproken.

Voor zoiets onbenulligs als achterklap had ie toch helemaal geen tijd!

In het volgende jaar, eigenlijk al meteen nadat Marjolein mee kon in het kinderzitje achterop, ging Loes met de fiets op en neer. Het bood haar aanzienlijk meer armslag qua vertrek en aankomst, al was ze uiteindelijke langer onderweg.

De fysieke inspanning woog echter in ruime mate op tegen de extra vrijheid die ze zich ermee kon permitteren. Ze stelde zich overigens voor dat de lichamelijke oefening haar goed zou doen. Al kwam het hierdoor weleens voor dat ze, om op tijd terug te zijn, die keer wat harder moest trappen.

Voor alles ging het haar om de juiste manier van zorg voor haar man en het gezin.

Niet vanwege de druk van de dames, maar omdat ze ooit de taak op haar schouders had genomen. Al sprak de voortdurende controle en het commentaar dat dit opleverde er vanzelfsprekend aan bij hoe ze er op een zichtbare manier vorm aan gaf.

Onmiskenbaar bracht ze echter zoveel mogelijk tijd weg van het huis door.

Hans reed intussen 's morgens al zelfstandig naar school en kwam fietsend over de stoep, ook weer alleen thuis. Luid zingend gaf hij, bij de huizen die meteen aan de straat stonden, aan dat ie eraan kwam. Al waren de bewoners van die kleine huisjes eraan gewend om op te passen voordat ze hun deur uitliepen.

Later toen ze leerplichtig werd ging Marjolein samen met een ander meisje naar de school in het dorp verderop. Daar reed een busje voor op en neer en die haalde haar iedere dag vroeg in de ochtend op.

Het transport bracht haar 's middags weer tot pal voor de deur terug. Van gemeentewege was met ingang van haar eerste schooljaar het vervoer aangewezen om de kleintjes van en naar school te brengen. Hans bleek daarvoor al te oud.

Jammer was het dat ze ze aan het einde van de route woonden. Of aan het begin als je er andersom tegenaan keek. Ze werd daarom telkens als laatste thuis gebracht en moest heel vroeg klaarstaan om als eerste mee te kunnen.

Pas een paar jaar na hun verhuizing kregen ze een telefoon. Hierdoor konden ze privé over situaties met elkaar overleggen en hoefde dat niet meer bij de buren.

Loes belde Martin soms op om te vertellen dat ze de bus gemist had.

De drukte in de winkel stond het dan bijvoorbeeld niet toe om op de tijd waarop Marjolein thuiskwam, terug te zijn. Met liefde nam hij haar taken op zijn schouders.

Zijn functie en de sfeer op het werk stonden toe dat hij, of een van de meisjes, Hans opving als deze onderweg uit school langs kwam rijden.

Ze konden immers horen of ie er bijna was.

Dan maakte Martin snel af wat hem nog te doen stond en daarna liepen ze samen naar huis om er op Marjolein te wachten. Later ging Hans natuurlijk aan het werk op de boerderij. Door de route die het busje reed, kwam zijn zusje pas rond een uur of vijf in de namiddag aan.

Loes deed 'de inkopen' zoveel mogelijk in de stad. Het verschafte haar een extra reden om er naartoe te gaan en ze hoefde dan niet dagenlang te wachten tot de kruidenier haar wensen op voorraad had gekregen. Ze ging er naar de warenmarkt of haalde haar inkopen in de supermarkt waar ze onderweg naar huis langs kon gaan.

Als bijkomend voordeel onttrok ze zich zo aan die vreselijke controle.

Haar onafhankelijkheid van elke dinsdag en donderdag bij de wagen van die boer een paar ons groenten, fruit en aardappelen aanschaffen. Of de melkman die iedere ochtend behalve woensdag, aan de deur komt voor een flesje melk, yoghurt, een stuk kaas of zo nu en dan een halve liter vla.

Die had ie wel in kleine flesjes want behoorden volgens zeggen tot de luxe en daar kon niet elke dag sprake van zijn.

Loes controleerde daarna zorgvuldig de THT. Ze verbaasde zich vrijwel dagelijks over de bakker die 's morgens met een grote mand broden voor de deur stond en niet scheen te begrijpen dat dat wat vaak is voor hun kleine gezinnetje.

Het dwingende van de gang van zaken ging tegen haar gevoel in.

Als dochter van een middenstander zag ze het min of meer als een 'verplichting' om iets bij een leverancier af te nemen. Maar ze kon het daarentegen niet opbrengen om bij de venters bijvoorbeeld naar een ruimer assortiment te vragen.

Aanmerkingen op de versheid waren er nauwelijks te maken.

De groenten kwamen rechtstreeks van het veld. Kaas kwam van de boer en de bakker bakte 's nachts z'n brood. Maar ze vond het aanbod nogal schraal.

Er waren alleen de groenten van het seizoen en uit de streek.

Qua exotisch fruit waren er bijvoorbeeld uitsluitend sinaasappels of mandarijnen, die werden geïmporteerd en ook alleen leverbaar als het er de tijd voor was.

Het aanbod bij de melkboer was ronduit karig, hooguit was er eens graskaas in het voorjaar en later misschien een stukje belegen of oude. Maar dat kwam van dezelfde fabriek als die aan de supermarkt leverde en daar stond meer op het program.

Zo waren er nooit buitenlandse kaasjes als camembert, brie of die lekkere Belgisch die daar allemaal wel op voorraad waren. Laat staan een stuk oude Leidse komijnekaas. Dat was taboe! Hoe durfde ze erom te vragen?

De broodkeuze bleef beperkt tussen wit of bruin. Niets dat eens leek op wat anders of de fantasie prikkelde. Afwijkingen werden te buitenissig gevonden en alleen met de feestdagen waren er, naast de krentenbollen 'voor zondag' - dat weer wel - weleens croissants. Daar bleek de vraag dan echter zo groot naar, dat tegen de tijd dat de bakker aan hun deur verscheen, die extraatjes al grotendeels uitverkocht bleken. De dames stelde haar er later echter fijntjes van op de hoogte.

Daarnaast lagen de gehanteerde prijzen voor haar gevoel nogal hoog.

In ieder geval in vergelijking met de kooplui op de waren- of supermarkt.

Ze vergeleek ze ook met die haar ouders in hun winkel hanteerden, al was hun aanbod veel exclusiever. De prijzen leken er echter eerlijker tot stand gekomen, stonden op prijskaartjes en werden niet bepaald door de klant aan te kijken.

"Nee", zeggen ging haar niet zo goed af en ze voelde zich bezwaard als ze het toch eens moest doen. Bijvoorbeeld omdat er nog meer dan voldoende in huis was, ze veel meer keuze had gehad in de stad of er behoefte was aan producten die op dat moment niet voorhanden bleken. Daarom nam ze vrijwel altijd wel iets af, zij het dat het altijd op zeer spaarzame hoeveelheden uitdraaide.

Naast dit eenvoudige ongemak stoorde het haar dat de buurvrouwen aan de kar altijd weer zagen wat ze kocht en dat ze daar openlijk hun mening tegenover stelden vond ze sowieso ongepast.

Dan lieten ze, zogenaamd uitsluitend bestemd voor elkaars oren, doorschemeren dat er 'blijkbaar niet gezond' gegeten werd. Toch wel hardop werd er regelmatig vastgesteld dat: "De kleintjes wel wat wat meer echt eten op tafel mochten krijgen."

Meer, leek het belangrijkste, niet de variatie die Loes nastreefde.

Alleen al het idee dat je ter vervanging van de eeuwige aardappels, heel goed rijst of pasta klaar kon maken, had al eens het nodige commentaar opgeleverd.

In haar naïviteit had Loes zich de mogelijkheid eens laten ontvallen.

De opmerking leverde lange tijd veel gespreksstof op en kreeg ze zo nu en dan, met duidelijk gespeelde belangstelling maar telkens zogenaamd tussen neus en lippen door, de vraag gesteld of ze weer: "Iets oriëntaals ging kokkerellen."

De keer dat ze daar serieus op inging en zich bereid toonde een recept met die buur te willen delen, deed ze het af met de opmerking dat haar man: "Voor dat soort eten te hard werkte."

Waarmee in het midden bleef of die ooit iets anders op tafel gezet kreeg - of trek kon hebben in iets anders - dan een doorgekookte Hollandse Pot.

Bij Loes kwamen de steken onder water hard aan.

Als ze onder het eten of voor het slapen haar ongerief bij Martin ter sprake durfde te brengen, deed ie het steevast af als 'vrouwen praatjes'.

Maar er waren periodes waarin ze zich niet in zijn luchtigheid kon verplaatsen.

Loes zag het geroddel en de openlijke bemoeienissen vooral als aanvallen op haar persoon en het kwam haar voor dat ze in 'van alles en nog wat' tekort schoot.

Ze voelde zich dan niet goed genoeg als moeder, was blijkbaar geen echte huisvrouw en bij het gebrek aan solidariteit van haar man, stelde ze vast dat ze als echtgenote waarschijnlijk ook niet helemaal voldeed.

De buurvrouwen moeten gemerkt hebben dat ze haar met hun opmerkingen telkens 'diep in haar ziel' raakten. Wellicht kwetsten ze 'die stadse meid' wel met opzet.

Loes wist altijd pas later, veilig in de bescherming van haar huis, wat ze tegen de dames had moeten zeggen.

Hoe ze van zich af had kunnen bijten, zich had kunnen verweren.

Helaas zag ze dat iedere keer net te laat in, want het moment was dan natuurlijk alweer voorbij.

In hoeverre zou ze trouwens net zo vervelend moeten doen?

Moest of wilde ze eigenlijk wel tegen haar natuur ingaan?

In korte tijd groeide het besef dat ze nooit geaccepteerd zou worden. Ze zag het zelfs alsof ze er min of meer werd verstoten.

Er was in feite niets waarbij ze zich kon aansluiten.

Tegelijkertijd wist ze niet of ze dat, misschien diep in haar hart, wel zou willen.

De drukte en het rumoer, vooral de anonimiteit van de stad, leken haar meer en meer een gemis. Naar daarin opgaan ging haar voorkeur uit. Ze kon er gaan en staan waar ze wilde en daar waren geen mensen die de hele tijd er op haar zouden letten.

En er was zeker niemand die vervolgens met vervelende opmerkingen zou komen!

De perikelen in haar steeds kleiner wordende wereldje zorgden ervoor, dat ze op begon te zien tegen de verplichtingen die samenhingen met het werk van Martin.

Al kwam ze daar, gezien zijn positie helaas niet onderuit.

Ze was de jongste echtgenote behorende bij 'de staf'.

De vrouwen van de verschillende directieleden waren aanzienlijk ouder en konden zich daardoor gemakkelijk verontschuldigen voor de verplichtingen die nu grotendeels op haar schouders terecht kwamen.

Zo diende ze op het afsluitende feest van de jaarlijkse personeelsdag, 'verplicht' met alle mannelijke personeelsleden een dansje te wagen. Al was dat dansen in feite een pleziertje waar ze, buiten de firma om, nooit tegenop had gezien.

Vroeger, toen Martin en zij nog 'vrij en ongebonden' waren, gingen ze samen immers graag uit. Indertijd op de boot konden ze eenvoudig naar concerten of feestjes in de Stadsgehoorzaal of een andere gelegenheid in de binnenstad.

Het was jammer dat er zich, onder hun huidige omstandigheden, nog nauwelijks zoiets voordeed en het idee alleen al onmogelijk werd gemaakt doordat de 'buurtgenoten' zoiets zeer ongepast zouden vinden.

Er een avond speciaal voor vrij te maken was een 'mission impossible'.

Bijvoorbeeld een oppas vinden ging gewoonweg niet omdat er geen buurmeisjes beschikbaar waren en het vanuit de stad onbetaalbaar bleek.

Martin was met handen en voeten gebonden aan alles dat met de firma van doen had. Dat gold zeker met de mensen en de families die er werkten en hen op de dijk omringden. Heel soms durfde Loes bij haar moeder haar hart te luchten, maar bij vrienden en kennissen konden ze er niet voor uit te komen dat de verhuizing niet alleen maar voorspoed en weelde met zich mee had gebracht.

Zoals verteld woonden er verspreid over de dijk meerdere leden uit de verschillende takken van twee grote families. Ze gaven een van de firma's, de grootste werkgever, leiding en naam. Niet alle familieleden werkten er trouwens, maar het sprak voor zich dat er op de een of andere manier een onderlinge verbinding te leggen was.

Iedereen kende de naam van iedereen en kon eenvoudig thuisbrengen tot welke tak iemand behoorde. Wat iemand vervolgens deed was vanzelfsprekend ook bekend.

Over hoe men met elkaar omging op de werkvloer vertelde Martin weleens.

Bijvoorbeeld onder het avondeten deed ie verslag van hoe de broers, verschillende zonen en neven met elkaar omgingen, of juist niet.

De ene tak bleek zich namelijk totaal niets gelegen te willen laten liggen aan de andere en men ontliep elkaar zoveel mogelijk binnen het gebouw.

Dit gebeurde soms op het belachelijke af en daar deed hij dan vrolijk verslag van.

Het ging er vooral om dat de andere personeelsleden de familieleden eenvoudig tegen elkaar konden uitspelen of opzetten. Zo'n 'geintje' begon er dan bijvoorbeeld mee dat er verteld werd dat de ene Gerard op zoek was naar de andere.

Er waren er tenslotte drie, een vader, zoon en een neef uit 'die andere tak'.

Gezien de normale gang van zaken betrof zoiets een uitzondering, maar het was bedrijfstechnisch gezien niet onmogelijk dat ze met elkaar geconfronteerd werden.

Hoe de bedoelde mannen in de loop van de dag dan weer de ene, dan weer de andere collega uit begonnen te horen, leverde veel hilariteit op. Voornamelijk omdat men het verhaal vanzelf mee begon te spelen. Steeds meer medewerker kregen zo een rol in het complot en de verwarring die dit opleverde werd hilarisch gevonden.

Martin vertelde daar dan uitgebreid over, al had ie zich vanwege zijn positie aan de procedure weten te onttrekken.

De onderlinge verschillen werden ook voor Loes steeds duidelijker. Met eigen ogen had ze op de feestelijke dagen van Kerstmis kunnen waarnemen hoe men zich op het parkeerterrein voor de kerk opstelde, na het uitzitten van de dienst.

Vanzelfsprekend wilde men elkaar fijne feestdagen toewensen en zeker de mensen die op de fabriek werkten zagen er een gelegenheid in om ook hun chefs en bazen de hand te schudden. Daar kwam doordeweeks niet zoveel van omdat men dan gewoon aan het werk ging.

Er ontstonden, zonder dat er een duidelijk signaal voor uitging, twee groepen waarin de leden van beide familietakken zich openlijk van elkaar onderscheidden.

In hoeverre de pastor hier overigens een rolde in speelde werd haar niet helder.

Ze nam alleen waar dat hij er, ondanks de tijd van het jaar, geen moeite voor deed om de partijen dichter tot elkaar te brengen.

Hoewel men een gemeenschappelijke achternaam en soms aanmerkelijke zakelijke belangen deelde, kwam er van eensgezindheid, de vredesgedachte of zoiets voor de hand liggend als saamhorigheid niet veel terecht.

Soms keek men elkaar niet eens aan en deed zichtbaar of de anderen lucht waren.

Martin wist zich daarentegen zonder scrupules tussen de beide kampen heen en weer te bewegen. Het leek erop alsof hij met alle leden van de familie op gelijke voet omging. Al was de directeur natuurlijk een geval op zichzelf.

De man groette iedereen even vriendelijk en ook hij scheen zich niet zoveel van de verschillende 'partijen' aan te trekken. Zijn echtgenote hield zich zoveel mogelijk aan de zijlijn op, maar zij koos evenmin een duidelijke partij.

Martin viel op omdat hij, door zijn aandacht te verdelen, duidelijk deel uit bleek te maken van de directie. Hij liet zich evenmin leiden door kinnesinne en achterdocht.

Zelfs de andere leden van de kerk zagen hierdoor hoe hij boven de partijen was komen te staan. Loes kon de manier waarop zij behandeld werd door de dames, enigszins plaatsen.

Het was afgunst, maar er begrip voor opbrengen bleef wat haar betreft onmogelijk.

Ze zag zichzelf weliswaar als partner van haar man en die was op kantoor intussen blijkbaar heel wat waard, maar daar wilde zij zich niet op laten voorstaan.

Ze wilde beoordeeld worden op haar eigen inbreng.

Na die ene Kerst begreep ze echter plotseling dat Martin zich door zijn manier van doen binnen de firma onmisbaar had weten te maken.

Ze zag eveneens in dat daar het kwade bloed vandaan moest komen. Kennelijk sprak er mee dat Martin op kantoor al verschillende zaken op een efficiëntere manier had weten te organiseren dan onder zijn voorgangers.

Dat veroorzaakte kennelijk de afgunst die haar bij de echtgenotes ten deel viel!

Trouw

Al voordat hij in de laatste klas van de lagere school zat, leek het duidelijk dat Hans met gemak naar het hogere onderwijs door zou kunnen stromen. Het lag daarbij nogal voor de hand; dat werd niet 'de school in de stad'.
De school waar Martin oorspronkelijk zijn vervolgonderwijs had genoten.
Volgens hem, de hoofdmeester gaf trouwens een overeenkomstig advies, was er een betere school. Op die zou worden gelet welke mogelijkheden en verwachtingen er in een leerling zaten. Daar moest Hans naartoe!
Martin z'n carrière was indertijd eigenlijk wat moeizaam van start gegaan.
Het kwam doordat die zogenaamd hele goede school, hem niet de juiste begeleiding bleek te bieden. Al was zijn doel nogal vaag geweest, het blijft vanzelfsprekend de taak van zo'n instituut om haar leerlingen te ondersteunen.
Dat was bij Martin enigszins tegengevallen.
Weliswaar was ie een van de weinigen uit het dorp die naar de stad ging om er een vervolg opleiding te doen. Daar moet echter aan worden toegevoegd dat bij zijn ouders noch hemzelf enig idee bestond over welke richting hij het beste op kon of wilde gaan. Noch wisten ze waarin ie een carrière nastreefde.
In het vissersdorp waren de keuzes duidelijk, al golden er voor de hand liggende en vaak onontkoombare voorwaarden!
Martin was op de middelbare school een weinig opvallende leerling. Hij leek wel tamelijk eenvoudig mee te kunnen komen met de lessen. Braaf volgde hij wat er aan leerstof bij de diverse vakken aangeboden werd en maakte netjes zijn huiswerk.
Hoewel geen regelrechte uitblinker, ieder jaar ging ie gemakkelijk over naar een volgende klas. Dat leek allemaal vanzelf te gaan en hij hoefde er nooit voor te worden bijgespijkerd met bijlessen of andere vormen van ondersteuning.
Het zag er daardoor uit alsof hij de school zonder aanzienlijke problemen kon doorlopen. Weliswaar wist ie in geen enkel vak opvallende resultaten te behalen, maar hij liep in geen ervan tegen moeilijkheden aan.
Daarnaast week ie nauwelijks af van de andere jongens en meisjes.
Martin droeg nooit uitzonderlijke kleding en hij viel niet op door opruiend gedrag of het verkondigen van revolutionaire opvattingen.
Hij vestigde op geen enkele manier de aandacht op zich.
Niet van de leraren of de staf, noch van zijn medeleerlingen.
Later, meteen na de diploma uitreiking, begon hij zich af te vragen of ie de opleiding niet op een andere manier had kunnen of moeten volbrengen.
Dat wil zeggen op een ander niveau, want in ieder geval wenste hij dat er meer inhoud in had gezeten. Zoiets zou ertoe geleid hebben dat ie beter aan zijn verdere wensen had kunnen voldoen.
Het werd hem in de praktijk namelijk snel duidelijk dat als zijn opleiding met meer diepgang gepaard was gegaan, het hem meer opgeleverd zou hebben bij het aangaan van een vervolgopleiding. Hij wilde verder en hoewel natuurlijk blij met z'n diplo-

ma, was hij teleurgesteld dat ie er bij nader inzien maar weinig mee aan kon vangen. Voor z'n gevoel had ie wat meer uitgedaagd en voor grotere vraagstukken gesteld willen worden. Het leek duidelijk dat ie tot meer dan het 'alleen voor de hand liggende' in staat was geweest.

De leraren hadden hem dit waarschijnlijk niet voor niets laten doorschemeren.

Hij was weleens voor apart genomen. Er werd dan bijvoorbeeld opgemerkt: "Jongen jij zou er ook wiskunde bij kunnen doen."

Of ze begonnen hun betoog met: "Waarom ben je eigenlijk niet ingeschreven voor het economie pakket?"

Of: "Hoezo volg je maar zo weinig exacte vakken?"

Vaak werd eraan toegevoegd: "Die capaciteiten heb je!"

Na verloop van tijd, maar pas aan het einde van het derde jaar, was naar voren gekomen dat hij voor slechts het minimum aan vakken ingeschreven stond.

Dat waren uitsluitend vakken die hij zonder problemen kon volgen en waarvoor hij geen bijzondere inspanningen hoefde te leveren.

Het volgen van zulke lessen werd thuis trouwens afgedaan als overdreven.

Een zogenaamd lastig vak volgen gold aan de eettafel als uitsloverij: "Waarom zou je meer doen dan het noodzakelijke?"

Er werd nogal de nadruk gelegd op: "Voor ons soort mensen is jouw diploma al meer dan voldoende.

Al dat andere gedoe, was meer voor de jongens van de reders en rijke families."

Waarbij het woordje 'gedoe' altijd extra nadruk kreeg en wie er met de uitzonderingen op deze regel bedoeld werd was zo duidelijk, dat het voor de gezinsleden geen nadere uitleg behoefde. Vrijwel het hele dorp wist waar en onder welke omstandigheden de 'rijke en welgestelde mensen' woonden.

De huiskamertafel hoefde daarop geen uitzondering te vormen.

Martin bezat op de momenten van deze discussies niet de tegenwoordigheid van geest om de confrontatie aan te gaan. Voor hem leek 't een gelopen race omdat ook zijn oudere broer of zus hem niet met argumenten bijstonden. Ze wilden of konden dat niet, waarschijnlijk omdat de argumenten in hun tijd evenmin hadden gewerkt.

Henk was zoals bijna alle jongens van het dorp naar de 'zeevaartschool' geweest en Marieke zat indertijd nog op de plaatselijke 'spinazieacademie'. Beiden veilig binnen de bescherming en vanzelfsprekend onder het toezicht van het dorp.

Gedurende zijn verdere middelbare schooltijd bleef voor Martin de situatie, voor het behoud van de lieve vrede, zoveel mogelijk bij het oude. In stille berusting telde hij zijn zegeningen. Bijvoorbeeld dat hij geen dure bijlessen nodig had.

Het gelijk dat vader aan zijn eventueel falen zou verbinden, gunde Martin hem niet.

Papa hield zijn kinderen voor: "Wat in de maatschappij telt is een diploma en dat kun je met je huidige vakken ook heel goed halen.

De school staat, en heus niet alleen hier ter plaatse, uitstekend aangeschreven!

Menigeen zou willen dat ie er alleen al werd toegelaten."

Een heel enkele keer voegde hij eraan toe dat Martin met het stel hersens van hem later maar moest zien hoe hij verder, hogerop kwam.

Als hij het aandurfde om te vragen naar 'meer', kreeg Martin de vaste vraag voor geschoteld: "Wie denk je dat je bent.

Ben je beter dan ons, je eigen soort, mensen?"

Martin verbeterde hem dan en mompelde voorzichtig: "Beter dan wij."

Maar hij begreep dat er in extra lessen veel tijd zou gaan zitten. Die kon hij nu gebruiken om te lezen en zelf wat aan verdere studie te doen. Dit los van de vraag of zijn ouders er een budget voor konden - of zouden willen - openen.

Vanwege het gemak waarmee hij de school doorliep, kon ie her en der bijspringen om wat zakgeld bij te verdienen. Hij had al baantjes sinds de tweede klas!

Een op iedere vrijdagavond bij de slager, op zondagmiddag ging ie afwassen bij een restaurant in de stad en 's zomers werkte hij in de verhuur van parasols en stoelen bij een strandtent. Dan was het vakantie van school en had ie er tijd voor.

Martin leende intussen bij de bibliotheek boeken waarmee hij zich probeerde te verdiepen in vraagstukken die hem interessant leken. Inderdaad waren dat voornamelijk boeken over wiskunde en economie. Deze manier van studeren verliep in zijn eigen tempo, maar het werd niet getoetst op vorderingen en resultaten.

Daardoor kon 't niet al te diepgravend worden. Vragen die bij hem opkwamen werden niet beantwoord, omdat ie ze aan niemand voor kon leggen. De leerstof werd immers niet ondersteund door leraren of in lessen waar er daadwerkelijk over werd gesproken en op de stof werd ingegaan.

Martin zag navragen als een vorm van gezichtsverlies tegenover zijn leraren.

Die hadden hem ooit wel aangespoord om door te leren, maar daar had ie het vervolgens grotendeels bij gelaten. Tegelijkertijd wilde hij stoer zijn eer hooghouden tegenover zijn klasgenoten en volhouden dat hij 'al die extra inspanningen' helemaal niet de moeite waard vond.

Puberachtig zag hij het tekort liever als tegenwerking van zijn ouders al zag ie later in dat het ook onder een gebrek aan steun vanuit de school viel.

Aan zijn schooltijd hield Martin zodoende een enigszins teruggetrokken opstelling over. Tegenover zijn medeleerlingen voelde en behield hij een afstand.

Zo leerde hij zich gedurende de laatste schooljaren aan, om zich zo min mogelijk uit te spreken of van zich te laten horen. Hij reageerde nooit meteen als iemand eens iets deed, uithaalde of zoiets juist naliet.

Dit afwachten, wist hij in korte tijd te verheffen tot een 'kunst'. Zodat ie naarmate hij op school vorderde en zich ontwikkelde, steeds minder van zich liet horen. Dit in tegenspraak van de puberteit, de tijd waarin leerlingen er flink 'op los gingen'.

Zijn houding verschafte hem echter een aureool. Hij kwam altijd pas als een van de laatsten met kritiek, toonde zich betrokken, maar liep nooit voorop in het verkondigen van opvattingen. De klasgenoten zagen dat als 'wijsheid'.

Als er tijdens een les een discussie ontstond over een actueel onderwerp, dan liet hij zich met schijnbare tegenzin bij de argumentatie betrekken. Het leek er daardoor op of de deelname hem moeilijk viel, maar opvallend genoeg wist hij telkens exact te verwoorden waar de betreffende kwestie over ging.

Hij wist al snel de kernpunten te benoemen en vatte daarop voor- en tegenargumenten eenvoudig samen. Men bekeek hem met ontzag en hij werd door iedereen telkens graag bij gesprekken betrokken. Maar met zijn terughoudendheid schiep ie een afstand, al dwong die dus tegelijkertijd een heleboel respect af.

Gemakzuchtig werd die opstelling afgedaan als verlegenheid.

Het werd duidelijk dat ie met wat moeite naar de Hogeschool voor de Economie in den Haag kon en omdat het pakket van zijn vooropleiding weinig aansluiting bleek te bieden moest Martin alle zeilen bijzetten om zijn propedeuse te halen.

Hoewel hij qua carrière intussen toch redelijk goed terecht was gekomen, knaagde het bij hem hoe hij van huis uit met het minimum genoegen had moeten nemen.

En hoe er onmiskenbaar meer in had gezeten, als.....

In de tijd dat zijn zoon naar een middelbare school moest, kon Martin zich nog steeds boos maken over de teleurstelling die hij had opgedaan.

Eenzelfde behandeling wilde hij Hans niet aandoen!

De vroegere school van Loes, staat naast die waar Hans het advies voor kreeg. Zij heeft daar met uitsluitend meisjes gezeten. Hoewel er nu ook jongens werden toegelaten, leek het als alternatief voor Hans niet voor de hand te liggen.

Ze werden het erover eens dat hij het beste naar die ene kon gaan waar de hoofdmeester erg veel vertrouwen in leek te hebben. Hij wist haar en Martin er tamelijk snel van te overtuigen dat het er best in orde zou komen.

Tijdens de eerste weken naar de lagere school was Hans, volgens de afspraak die ze eerder tijdens de vakantie en als vervolg op de verhuizing gemaakt hadden, onderweg door z'n moeder begeleid. Ze hadden het tenslotte ook zo voorbereid en er een aantal keer voor geoefend.

Vooral in de ochtenddrukte bleek de route hier en daar echter aanzienlijk gevaarlijker dan de verwachting. Om eerlijk te zijn, durfden ze hem niet na een 'paar weekjes al' alleen te laten gaan op de tocht. Hans leek toch wel heel erg klein!

Het viel haar op als hij op z'n fietsje tussen al de andere wielrijders zijn weg moest zien te vinden. Loes keek soms met angst en beven naar zijn verrichtingen. In overleg met haar man en de juf durfde ze het nog niet aan om hem helemaal alleen te laten gaan. Zelfs niet als hij zowat de hele trip netjes op de stoep zou blijven!

Zo nu en dan nam Martin haar taak over.

Als het Loes niet uitkwam bracht hij hem, snel voordat ie naar kantoor ging. Hans was dan helaas wel heel vroeg bij de school. Toen het eenmaal tegen de bevalling aanliep, werd het steeds lastiger om Hans nog iedere rit te begeleiden. Toen bleek het beter om hem toch maar zelfstandig te laten gaan.

Zij het dat hij zich aan alle afspraken rond zijn veiligheid diende te houden.

Het bleef een kwestie van heel goed opletten en Hans beloofde met de hand op z'n hart geen verkeerde dingen te doen. Hij zou zich eerlijk aan alle regels houden!

Halverwege de tweede klas kreeg hij een grotere fiets. Het kleine fietsje was hij op dat moment echt helemaal ontgroeid en aan het einde van de vijfde was de tijd rijp om er een uit te kiezen die aan zijn wensen zou voldoen.

Later, op de middelbare school, zou die ook nog van pas komen. Het moest er een worden met tenminste vijf versnellingen. Hans was toen elf, bijna twaalf en de wekelijkse lekke banden van dat tussen modelletje meer dan beu.

Tamelijk vlug bleek hij de tocht dus solo aan te kunnen.

Braaf hield hij zich namelijk aan de voorwaarden en kwam iedere middag linea recta naar huis. Met de lunch kon hij overigens overblijven in een van de lokalen.

Er waren meer leerlingen die dat, zeker gedurende de wintermaanden, deden.

Als hij weer naar huis moest, hielp een van de overzetmoeders hem bij het oversteken. Die stonden er zowel voor als na de lessen speciaal voor klaar en onderweg netjes over de stoep fietsend, kon hij eigenlijk nauwelijks verzeild raken in situaties die gevaar opleverden.

Het bleef jammer dat er op de dijk geen jongen of meisje van zijn leeftijd woonde, daarmee zou hij samen kunnen rijden. Loes had er vanaf het begin tussen de andere weggebruikers op gelet of die mogelijkheid zich voordeed. Maar zoals te verwachten, diende de optie zich niet aan.

Zij en Martin waren op de dijk echt de enige ouders met een kind dat in de stad naar school ging. Helemaal vooraan, bij het spoor, woonde een stel met ook een zoon.

Die zag ze regelmatig fietsen, maar de jongen bleek al naar de middelbare school te gaan en moest dus een flink stuk ouder zijn dan Hans.

De voorbij komende scholieren uit de het dorp verderop langs de rivier durfde ze evenmin aan te spreken met het verzoek om op haar zoontje te letten. Het leek haar wat ver gaan en zou teveel verantwoording op de vreemde schouders leggen.

Op het moment dat Hans bij de school aankwam, was het meestal al bijna tijd om naar binnen te gaan. Als hij vroeg was en bijvoorbeeld onderweg mede scholieren had zien lopen, dan durfde hij het aan om zijn snelheid wat te verlagen.

Er zou nog voldoende speelruimte over zijn om alsnog op tijd te komen. De meester en juffen wisten van hoever weg hij moest komen.

Het belangrijkste was dat hij zijn fiets in de stalling gezet had voordat de hoofdmeester de deur sloot. En dan nog wilde die wel op hem wachten.

Het kwam door deze omstandigheden vrijwel niet voor dat Hans met zijn klasgenoten op het plein speelde voordat de lessen begonnen.

En na schooltijd had hij sowieso haast om op tijd weer thuis te zijn.

De juffen en later zijn meester zagen wel dat Hans voornamelijk alleen zijn gang ging, maar niemand nam er aanstoot aan. Men ondernam geen actie om hem eens bij een spel of activiteit te betrekken. Ook na het overblijven en hervatten van de lessen, hield hij zich meestal aan de zijkant van de speelplaats op.

Later in de hoogste klas, kon hij zich verontschuldigen met de mededeling dat ie naar de boerderij moest. En omdat ie daar boeiende verhalen over vertelde, zag men er een geldig excuus in dat hij zich aan vriendschappelijke ontwikkelingen onttrok.

Hans en Freek waren allebei op het erf toen ze over de dijk een ambulance aan hoorden komen. Het drietonige getoeter kwam steeds dichterbij, maar dat maakte niet dat ze ervoor naar het hek liepen. Een ambulance hoorden ze vaker langs rijden. Ze onderbraken hun werk omdat het lawaai tamelijk dichtbij bleek te stoppen.

De boer leunde met zijn ellebogen op de rand van het hek, Hans ging met een voet op de onderste plank staan. Samen keken ze toe hoe de wagen bij hen voor de deur tot stilstand kwam. Belangstellend bleven ze nog even toekijken naar wat er aan de hand was, de toedracht werd ze echter niet duidelijk.

Ze zagen de ziekenbroeders uitstappen en hoe die kennelijk ergens achter de auto aan de slag gingen. Een voor een liepen ze een aantal keren op en neer om spullen tevoorschijn te halen uit de gele wagen. Die auto hadden ze nogal dicht op de rijbaan laten staan, daardoor was 't niet zichtbaar wat erachter aan de hand was.

Hun nieuwsgierigheid konden ze beter laten varen. Hoewel toch een bijzondere belevenis, er stopte immers niet elke dag een ambulance, het werk was belangrijker. Freek stelde voor dat ze verder zouden gaan: "We horen later wel wat er gebeurd is. Het zag er uit dat er bij jullie voor de deur een aanrijding geweest is."

Als iemand wilde weten wat er op de dijk aan de hand was, dan werd dat via via beslist een keer rondverteld. Freek had Hans weleens vaker van nieuwtjes op de hoogte kunnen brengen. Dan had die ene mevrouw of meneer iets gedaan en dat had hij dan, bijvoorbeeld bij de slager, te horen gekregen als belangrijk informatie.

Of die keer dat er een vrouw uit een van die kleine huisjes was gaan scheiden van haar man. En hoe ze later met vreemde kerels gesignaleerd was in een café in het dorp verderop langs het spoor. De boerenknecht was geen roddelaar, maar binnen de besloten gemeenschap gebeurde eigenlijk niet zoveel.

Een nieuwtje raakte daardoor snel opgeblazen tot enorme proporties.

Toen Hans alle kalfjes had gevoerd en Freek gereed was met het melken, namen ze gewoontegetrouw samen de kar ter hand om de volle melkbussen aan de weg te zetten. De ambulance bleek alweer verder gereden en omdat er geen sirene aan te pas was gekomen, gingen ze ervan uit dat er niet zoveel aan de hand was geweest.

Om heel eerlijk te zijn was Hans het voorval zelfs al grotendeels vergeten toen Freek het ter sprake bracht: "Die ziekenwagen is alweer weg.

Zie je wel, niks bijzonders aan de hand natuurlijk."

Het viel op dat mama, net nu het zo'n mooie avond was, niet aan de weg stond voor het oversteken. Daar maakte ze nog steeds een gewoonte van. Onder het tafeldekken en redderen voor het avondeten kon ze immers heel goed in de gaten houden of ze er al aan kwamen.

Het korte praatje met Freek, dat ze onder het wachten bij het oversteken met hem aanknoopte, scheen haar telkens te bekoren. Ze bespraken weliswaar nooit iets bijzonders, maar hij meende dat zijn moeder het leuk vond om even snel wat nieuwtjes rond de dagelijkse gang van zaken met de boer uit te wisselen.

Ze hoorde dan niet alleen van hemzelf hoe het ervoor stond op de boerderij.

Freek kon haar uit de eerste hand vertellen of er bijvoorbeeld een kalfje geboren zou worden en wanneer de schapen weer zouden arriveren.

Hans is achterom gelopen.

Dat moet, want hij doet in de bijkeuken altijd meteen zijn laarzen uit omdat ze natuurlijk stinken. Als ie uit school komt, gaan die aan voordat hij naar de boerderij gaat. Zijn schoenen zet ie altijd vlak naast de deur zodat hij die daar kan laten staan 'voor later' en hij niet op z'n sokken door het huis hoeft te lopen.

Hij gaat trouwens lopend naar zijn 'werk' aan de overkant.

Het zou de wandeling met de kar, terug naar de weg immers een stuk lastiger maken, als ie zijn fiets ook nog eens aan de hand mee zou moeten voeren.

Tante Wilma staat in de keuken op hem te wachten. Ze is aan het koken.

Hans verbaast zich erover. Hij wist niet dat ze zou komen eten en trouwens de keuken is mama d'r domein, wat doet zij er dan?

Tante Wilma is de oudste dochter van de baas van Martin.

Hij moet haar tante noemen, ze is namelijk even oud als papa en mama en onderwijzeres op een school verderop in Valkenburg.

Volgens hem is ze niet getrouwd, maar het kan zijn dat ie dat niet weet. In ieder geval heeft hij haar nog nooit met een man gezien en ze komt ook telkens alleen op bezoek. Luisteren naar de gesprekken die ze met zijn ouders voert - voornamelijk mama overigens - is vanzelfsprekend onbeleefd.

Een paar jaar geleden heeft ze hem geholpen bij het leren van de tafels van vermenigvuldiging. Omdat ie meer dan een week griep had, waren de lessen op school aan hem voorbij gegaan. Samen met mama heeft ze hem geleerd hoe hij met hardop tellen de vermenigvuldigingen onder de knie kon krijgen.

Iedere keer als er een cijfer uit de reeks die hij aan het leren was voorbij kwam, moest hij in zijn handen klappen. Voor het gemak mocht hij er rondjes om de eetkamertafel bij lopen. Bij de tafel van een, twee, drie en ook vier was dat heel gemakkelijk. Het leek een leuk, enigszins kinderachtig spel.

Toen ie bij de andere cijfers eenmaal door had wat de bedoeling was, kreeg hij de kneep onder de knie en begon er lol in te krijgen. Vlak voordat hij ging slapen kon ie, zonder dat er nog bij hoefde te worden gestampt of klappen, de tafels tot en met die van dertien opdreunen.

Terwijl ze in de klas op school maar tot tien gingen!

Tante Wilma draait zich een kwartslag en zegt: "Je vader is met de ambulance naar het ziekenhuis gebracht.

Je moeder is met hem mee gegaan en ik let nu even op jou en je zusje.

Ga maar naar binnen en zet de televisie voor jullie twee aan.

Ik ben wat te eten aan het maken.

Zuurkool, dat had Loes al voor jullie gekocht bij de groenteboer."

Ze spreekt snel maar duidelijk.

Hans begrijpt meteen wat ze bedoelt en ziet in dat het een bijzondere situatie is

Hij glipt langs haar, snel gaat ie de huiskamer binnen.

Marjolein zit er in een van de grote stoelen. Twee kussens aan weerszijden bieden haar steun. De tv is nog uit maar ze zit alvast in de goede richting.

Hij heeft zijn handen niet gewassen, maar durft ook niet terug te gaan om het alsnog te doen. Omdat tante Wilma er staat is de keuken een onneembare vesting geworden. Hij loopt naar het apparaat en schakelt 'm in.

Niet wetend of er iets op komt dat geschikt is voor kleine meisjes, blijft ie erbij staan om in te kunnen grijpen. Hij wil vlug kunnen doorschakelen naar een ander kanaal, maar de afstandsbediening ligt niet op z'n plaats. Hans gaat, staand naast het apparaat, wat netten af tot ie een sprekende mevrouw aantreft.

Ze praat rustig en lijkt iets aardigs te vertellen.

Daar houdt Marjolein waarschijnlijk wel van en hij zet het geluid wat harder.

Aandachtig volgt zijn zusje wat er allemaal op het scherm beweegt. Het blijkt over een poes te gaan en die komt even later ook in beeld.

Hij durft er gerust op te zijn dat er geen enge dingen vertoond gaan worden.

Toch blijft ie nog even naast haar staan, kijkt met haar mee.

Tante Wilma komt de kamer binnen en gaat op de bank zitten.

Ze klopt met haar hand op de zitting naast zich om aan te geven dat ze wil dat ie er plaats neemt. Hans gehoorzaamt.

Als hij zit begint ze: "Jullie papa is vanmiddag niet lekker geworden op de zaak.

Toen is hij naar huis gekomen en omdat ie steeds erger ziek werd, heeft mama een ziekenwagen gebeld."

Hans wil haar niet vertellen dat hij die gezien heeft. Hij schaamt zich voor zijn nalatigheid en beseft plotseling dat hij heel wat ouder is dan zijn zusje.

Eigenlijk wat het heel duidelijk dat de wagen bij hen voor de deur was gestopt.

En omdat hij wel heeft kunnen zien dat die broeders uitstapten en ze niet ergens specifiek naar binnen gingen, moest dat wel bij hún thuis zijn geweest.

De wagen stond zo langs de weg, dat alleen hun voordeur erachter verborgen was gebleven. Zo heeft ie er echter nog niet over nagedacht. Het is gewoonweg niet bij 'm opgekomen dat ie er op de een of ander manier bij betrokken kon zijn.

Daarom weet ie niet wat hij moet zeggen.

Misschien is het beter om af te wachten wat tante Wilma nog meer te vertellen heeft. Hans schuift een beetje naar haar toe. Ze is erg aardig en hij vindt dat ze te weinig op bezoek komt.

Meestal heeft ze leuke verhalen over haar werk, en die vertelt ze graag.

"Mama is met hem mee gereden. Ik was toevallig bij mijn ouders op bezoek en daarom heeft ze me bij zich geroepen om even op te passen.

Als ze straks thuiskomt dan horen we wel wat er aan de hand is."

Tante zei 'we', dus ze zal heel zeker hier bij hun blijven, dat stelt hem gerust.

Hij weet niet hoe hij voor zijn zusje zou moeten zorgen als ze hen alleen zou laten. Hans is blij dat ze voor hen kookt, eigenlijk heeft ie namelijk wel trek.

De geuren uit de keuken ruiken veelbelovend.

Voor tante Wilma langs kijkt hij naar de tafel, ze heeft 'm al gedekt.

Hans staat op en kijkt of het goed is gedaan.

Tafeldekken is uiteindelijk zijn taak. Hij ziet dat er vijf borden staan.

Papa zal dus ook weer thuis komen om te eten!

Om kwart over zeven zijn papa en mama nog steeds niet terug.

Tante Wilma heeft het eten al een poosje ervoor 'lager gezet', anders zou het 'verpieteren'. Maar ze vindt het opeens te laat worden.

Marjolein heeft zojuist wat moeten huilen en de trek van Hans is ook alleen maar erger geworden. Toch heeft hij er niet op aan durven dringen dat ze aan tafel zouden gaan. Het leek hem dat ze inderdaad nog even op zijn ouders moesten wachten.

Tante Wilma heeft zojuist een paar minuten voor het raam staan wachten tot de bus langskwam. Maar die heeft niemand thuis gebracht.

Hans bleef even naast haar staan, maar had minder geduld.

"Ik denk dat we maar wat eten moeten bewaren.

Zullen wij alvast aan tafel gaan?"

Net als ze het gevraagd heeft gaat de telefoon. Tante Wilma neemt op en spreekt even met de andere kant dan richt ze zich tot hem: "Het was mama en die vertelde dat ze eraan komt.

Papa moet een nachtje in het ziekenhuis blijven."

Hans merkt op dat mama meer aan het woord was dan wat tante Wilma zojuist zei.

Het maakt hem zenuwachtig. Voor het eerst maakt hij zich zorgen om zijn vader.

Wat zou ie hebben en moet ie echt de hele nacht helemaal alleen in het ziekenhuis blijven?

Na het eten hebben hij en tante Wilma samen snel de tafel afgeruimd. Hans stelde voor dat hij de afwas kon doen: "Dan heeft u de tijd om Marjolein in bed te leggen." Een bord hebben ze op tafel laten staan.

Tante Wilma heeft het kleed half omgeslagen en het andere bord terug in de kast gezet. Het bestek voor papa heeft ze ook weer in de lade gedaan.

Hans verbaasde zich erover dat ze zo goed wist waar alles hoorde.

Daarna is hij de afwas gaan doen. Drie borden en wat bestek, dat is vanzelfsprekend een makkie. De pannen staan nog op het vuur, al zijn de gaspitten uit.

Ze hebben wat eten bewaard voor als mama straks weer thuis komt.

Tante Wilma heeft gezegd dat ze het dan voor haar 'zal opwarmen.'

Ruim drie kwartier later komt mama binnen. Marjolein ligt net in bed en die wil een nachtkus. Het ontgaat de kleine meid wat er aan de hand is.

Als ze beneden komt vertelt mama dat Martin iets heeft dat ze 'acuut' noemt.

Hans weet niet of dat ernstig is, moet ie zich nog meer zorgen maken?

Papa is toch reuze sterk!

Mama en haar vriendin zijn intussen op de bank gaan zitten en bespreken nu wat er is voorgevallen. Tante Wilma vond dat ze 'een klein glaasje sherry' mochten drinken. "Om de spanning te verminderen."

In de keuken heeft Hans de gaspitten onder de pannen weer aan gedaan. Zo nu en dan roert hij erin om het eten niet aan te laten branden. Gespannen loopt hij telkens de kamer binnen. Hij wil geen woord missen van wat mama te vertellen heeft, maar weet dat afluisteren niet hoort.

Het zou kinderachtig zijn en daar voelt ie zich nu opeens te groot voor.

Nu hij de kans heeft erover na te denken, weet ie dat het pas een keer eerder is voorgekomen dat papa ziek leek. Het was op een zondag en meer dan een half jaar geleden. De dag eraan voorafgaand waren ze met het personeel van de zaak een dagje uit geweest met een grote bus.

Mama had erover opgemerkt dat ie een 'vreselijke kater' had.

Ze leek toen voornamelijk boos en volgens papa was ze 'zo knorrig' omdat ze er zelf ook een zou hebben. Een dag later had ie dat tegen hem gezegd, nadat Hans aan hem had gevraagd: "Pap wat is een kater?"

Martin had die dag een paar keer moeten spugen en was de hele dag in bed blijven liggen. Eigenlijk net zoals hijzelf toen ie toen de griep had en van school thuis mocht blijven. Die griep had meer dan een week geduurd voordat het over was en papa was maandag alweer naar zijn werk gegaan.

Papa en mama waren allebei heel vaak bij hem op z'n kamer geweest, maar Marjolein hadden ze zorgvuldig bij hem weggehouden.

Griep is dus besmettelijker dan zo'n kater, wat zou papa nu mankeren?

Toen Hans ziek was had papa op een avond heel lang aan hem voorgelezen. Het was 'n verhaal over een indiaan, eindeloze wouden, hoge bergen en een prairie.

Tussendoor had ie uitgelegd wat dat allemaal was en verteld dat Hans als hij groot was, deze boeken van hem zou krijgen. Hij had ze zelf allemaal al helemaal uitgelezen: "Maar toen was ik al ouder dan jij nu bent."

Bij papa z'n katerziekte was het anders gegaan. Mama was maar een keer naar de slaapkamer gegaan om bij hem te kijken.

Hans had gehoord hoe ze even later ruzie aan het maken waren. Zoiets vond ie nogal raar. Hoe kun je nou kwaad op iemand zijn, omdat ie ziek was?
Later was ie er blij over dat er op hem, met die griep en dat braken, niemand kwaad was geworden.

Papa is in het ziekenhuis met spoed aan zijn 'dunne darm' geopereerd. Hij moest er meer dan een week voor blijven en mocht toen pas weer naar huis. Toen hij weer thuis was zei ie: "In een ziekenhuis lig je om ziek te zijn." en
"Beter worden doe je maar thuis." en
"In het weekend laten ze je niet gaan hoor, eerder ervoor!"
Daar gaf hij verder geen toelichting op.
In alle opluchting en weer veilig terug op zijn eigen slaapkamer, maakte Martin de grapjes iedere keer tegen het bezoek dat kwam kijken hoe het nu intussen weer met 'm ging. Hans bleek niet de enige die erg geschrokken was.
Om haar man uit het ziekenhuis op te halen, was Loes met de bus naar de stad gegaan. Samen zijn ze daarna met een taxi terug naar huis gekomen.
Hans en Marjolein waren op dat moment vanzelfsprekend naar school, maar blij verrast keken ze ervan op dat pappa er 's middags weer was.
Het verhaal van die taxi vonden ze ook zeer opwindend.
Geen van allen hadden ze ooit eerder in zo'n grote auto gezeten.
Een voor een heeft Hans de doosjes met medicijnen bekeken, die stonden op het nachtkastje naast zijn vaders bed. Hij las de namen een aantal keren, maar kon er geen verband in ontdekken of waar ze kennelijk voor bedoeld waren.
Later vertelde papa dat wat erop stond potjes Latijn heette. Als Hans volgend jaar naar het gymnasium ging, dan zou hij er die taal kunnen leren.
Om aan te sterken moest Martin een aantal weken thuisblijven.
Al hoefde hij niet de hele tijd in bed te liggen.
Hij vond het stilzitten vreselijk, maar Loes stond niet toe dat hij, al was het 'maar voor even', naar zijn werk ging. Het was het voorschrift van de dokter om helemaal uit te zieken. Hij moest 'zijn rust nemen'.
En trouwens die wond moest sowieso helemaal genezen zijn.
Op een avond bracht Martin ter sprake of het niet beter zou zijn om een auto aan te schaffen?
Het was niet zomaar een jeugdwens die hij ermee in vervulling wilde laten gaan.
En Loes had toch niet voor niets ooit haar rijbewijs gehaald?
Als er eenmaal een voor de deur stond, konden ze zich aanzienlijk meer vrijheid veroorloven. Nooit meer de afhankelijkheid van de bus die maar eens per uur reed.
Nu moesten ze voor alles en nog wat een hele planning maken!
Het bezit van een auto zou een aantrekkelijk alternatief bieden. Ze konden ermee op bezoek bij familie. Nu deden ze de hele tocht op de fiets en daardoor uitsluitend bij mooi weer. Iedereen was het weliswaar zo gewend geraakt, maar wat nou als hij weer opeens naar het ziekenhuis zou moeten?
Ook op controle en je kunt toch niet altijd een ambulance laten komen?
En ze waren met een heel gezin van bijna vier personen, dat was qua kosten toch ook niet mis, dus een auto zou ze drie buskaartjes per rit besparen!

Als Martin na zijn herstel meteen begon met het nemen van rijlessen, kon hij binnen de kortste keren ook zijn rijexamen doen. Nu hij zich hele dagen zat te vervelen kon ie mooi beginnen met studeren voor zijn theorie.

Het rijden leek hem trouwens helemaal niet moeilijk.

Vroeger als klein jongetje had hij een skelter gehad en daarmee kon ie altijd heel goed sturen. In het achteruit inparkeren was ie zelfs een kampioen geweest.

Daar had niemand hem in kunnen verbeteren.

Aanleiding tot de daadwerkelijke aanschaf werd de vakantie die ze met z'n allen zouden gaan maken. Hans ging na de zomer naar de middelbare school en het was misschien wat vreemd dat ie nog nooit in het buitenland was geweest.

Het kamperen in Brabant was ooit erg leuk geweest, maar het buitenland zou natuurlijk beduidend anders zijn. Een verrijking van zijn achtergrond!

Voor de vakantie met die auto mocht Martin vast de kampeerspullen van zijn broer wel lenen. Henk had al jaren een sta caravan en gebruikte zijn tent nog maar nauwelijks. Die caravan stond trouwens op de camping waar ze indertijd met zijn allen vakantie hadden gevierd.

Martin had er zijn broer geholpen met het inrichten van de plek en de aanleg van het tuintje er omheen, met hun fietsen in de trein waren ze er naartoe gereisd.

De ingewikkelde entourage had er overigens wel voor gezorgd dat het echte vakantiegevoel er grotendeels bij in het niet viel. Daar was de regen die er bijna elke dag naar beneden was gekomen niet uitsluitend verantwoordelijk voor.

Toen ie acht was is Hans een keer mee geweest op kamp met de scouting. Een van de meisjes op kantoor was daar leidster en had aangeboden dat ie meekon met de groep. Zij zou een oogje in het zeil houden en het was totaal geen bezwaar dat ie geeneens lid was van de padvinderij.

Martin hoefde alleen maar te zorgen voor een slaapzak en wat zakgeld.

Op wat planken als zitbank achterin de laadbak van een vrachtwagen van de firma, werden ze er met de hele troep naartoe gebracht.

Na drie dagen belde het collegaatje op naar kantoor en legde uit dat Hans heel erg veel heimwee had. Hij zou geen aansluiting kunnen vinden bij de andere jongens, de echte verkenners. Het kwam erop neer dat het haar verstandig leek als zijn vader hem kwam ophalen van de boerderij waar het kamp werd gehouden.

Met een van de vertegenwoordigers van hun bedrijf was Martin de volgende dag al meteen voor naar de Achterhoek gereden. Een snipperdag opnemen was in die tijd van het jaar gelukkig niet onmogelijk.

Hij maakte zich zorgen!

Dat de man overigens een oogje op hun collega had en de hele middag met haar naar het bos was verdwenen, deed er niet toe.

Martin kon echter niet zo goed doorgronden wat de doorslag had gegeven bij haar verzoek. Ze had bezorgd geklonken en dat had aanleiding gegeven tot zijn spoed.

Maar toen hij aankwam was Hans toch leuk met de andere jongens aan het spelen. En van 'heel erg veel heimwee' leek ook nauwelijks sprake. Al was ie natuurlijk blij om zijn papa te zien. In de namiddag heeft ie stil op de achterbank naar buiten zitten kijken tijdens de autorit terug naar Leiden.

De wond in Martin z'n buik heelde langzaam, maar na een krappe vier weken thuis door Loes en de kinderen verpleegd te zijn, achtte hij het weer de hoogste tijd om aan de slag te gaan. Hij vond dat ie voldoende hersteld was om zijn taken weer op de schouders te nemen.

Het werk stapelde zich trouwens zo op dat nog langer thuisblijven hem voornamelijk stress zou gaan opleveren.

Zijn baas had zoiets tijdens zijn bezoekje, vast niet voor niets laten doorschemeren en de verzekeringsarts vond; "Dat hij het wel mocht gaan proberen, als hij voorzichtig deed."

Hans begon zich af te vragen hoe het nu met die auto verder zou gaan, toen hij opeens allerlei folders en catalogussen op het tafeltje naast Martin z'n favoriete stoel in de huiskamer aantrof. Nieuwsgierig begon hij er een aantal door te bladeren.

Het speet hem dat helaas niet goed wist waarop hij precies moest letten.

Daarom concentreerde hij zich vooral op het verschil in de modellen.

Vanuit eigenbelang lette hij met nadruk op het aantal zitplaatsen.

En welke kleur hem het leukste leek, besprak hij met zijn zusje.

Die vond lichtblauw of geel erg aantrekkelijk, maar Hans ging meer voor donkerblauw, groen of een hele donkerrode. Zwart vonden ze allebei te somber en wit viel sowieso af omdat je daar teveel vlekken op kon zien.

Hans voorzag dat het wassen van de auto in toekomst zijn taak werd.

Merken en het verschil tussen de diverse modellen zeiden hem niets, want om heel eerlijk te zijn wist hij eigenlijk weinig van auto's. Alle verhalen die er tot nog toe over gingen, waren voornamelijk aan hem voorbij gegaan.

De jongens op school spraken er onderling weleens over, maar Hans luisterde ook daar nooit zo goed naar. Hij voelde zich er niet bij betrokken en durfde zich niet te mengen in de soms erg enthousiaste verhalen over dingen waar je kennelijk op moest letten. Natuurlijk zou ie van de jongens wel mogen meepraten, maar voor zijn gevoel kon hij niets toevoegen aan hun opmerkingen.

Daarom deed hij er voornamelijk het zwijgen toe.

Zijn klasgenoten hadden een bijdrage waarschijnlijk wel op prijs gesteld.

Hans was een van de beste leerlingen van de klas en de jongens keken min of meer tegen hem op. Als hij de beurt kreeg rekenden ze erop dat ie 't antwoord wist.

In de klas was 't intussen een niet uitgesproken afspraak dat de meester hem pas iets vroeg als bleek dat niemand anders het antwoord had kunnen geven.

Het maakte hem belangrijker dan ie wilde zijn, maar hij las nou eenmaal veel en vond het leuk om zich te informeren. Linksom of rechtsom, hij wist inderdaad heel vaak het antwoord.

Dat zei de meester dan altijd: "Hans stelt zich op de hoogte."

Vaak voegde hij eraan toe dat de andere jongens en meisjes dat ook zouden moeten doen. Ze mochten er de dikke opzoekboeken, die voorin de klas stonden immers voor oppakken om een onderwerp wat beter uit te zoeken.

Hans maakte daar graag gebruik van en het droeg eraan bij dat ie inderdaad vaak op de hoogte bleek te zijn.

Daardoor plaatsten niet alleen de extra lessen voor de slimmeriken van de klas hem op een voetstuk.

Met dit allemaal in het achterhoofd behoorde het tot de mogelijkheden dat ie desgevraagd over auto's ook wel het een en ander zou kunnen vertellen. Zijn ouders een onderbouwd advies geven zat er echter niet in.

Net zomin als hij iets begreep van de prijzen van een auto en hoe bijvoorbeeld het vermogen van de diverse motoren een rol speelde. Van paardenkrachten wist hij wel wat, maar wat het verband was met het vervoermiddel, ontging hem.

Die ene had er zestig en kon blijkbaar meer dan honderdvijftig kilometer per uur halen, terwijl een andere er bijna tachtig had - namelijk negenenzeventig en een halve - en die zou hooguit honderd dertig gaan.

Daar kon ie zich niets bij voorstellen. Allereerst natuurlijk hoe dat met die pk's in elkaar stak en dan ook nog eens maar een half paard, dat vond ie sowieso een raadsel.

De folders spiegelden hem bij het ene merk van alles voor, maar waar hij bij een andere op moest letten dat kwam er niet duidelijk uit naar voren.

Het leek hem uiteindelijk dat er uitsluitend een verschil naar voren kwam in de luxe waarin sommige auto's uitblonken. Bij de ene zaten bijvoorbeeld ook achterin asbakjes, terwijl een andere er nergens eentje had.

Daar was het een accessoire dat je erbij kon aanschaffen.

Het bleek overigens 'n knullig dingetje dat met zuignapjes aan het zij raampje moest worden vastgemaakt. Dat het raam dan natuurlijk niet meer kon worden opengedraaid, scheen er niet toe te doen.

Gelukkig rookten zijn ouders niet en leek het niet belangrijk, maar het onderscheid viel hem in al haar futiliteit op.

Er waren trouwens ook modellen waarbij de ramen blijkbaar 'elektrisch' waren.

Met het oog op die vakantie leek het hem vooral handig dat er voor alle bagage voldoende plaats in de auto aanwezig zou zijn. Al kon hij zich, vanwege dazelfde gebrek aan ervaring, ook daarbij niet helemaal voorstellen wat er allemaal meegenomen moest worden als het eenmaal zover was.

Natuurlijk was er de tent van oom Henk. Die was die vorige keer door hemzelf meegenomen in de caravan en leek toen tamelijk groot. Hij nam aan dat ze daar vanzelfsprekend terdege rekening mee moesten houden.

Ook gingen er natuurlijk stoeltjes mee en de klapstoelen voor de visite als ze in de tuin gingen zitten, konden ermee door.

Dan nog luchtbedden om op te slapen en wat pannen.

Dat kon ie allemaal bedenken, want waar ze ook naartoe gingen ze zouden er moeten eten.

Duitsland als bestemming bleef een vaag idee, sowieso bijna alles wat de gedachte aan 'n vakantie überhaupt in hield. Dat het er 'over de grens' anders aan toe zou gaan, leek hem logisch.

Maar in hoeverre je er iets van thuis bij nodig zou hebben of wat erbij kwam kijken om daadwerkelijk 'ergens anders' te zijn, het leek vooralsnog spannend.

Je had altijd jezelf bij je, maar in hoeverre was het in het buitenland allemaal vreemder dan thuis?

Spraken ze er alleen maar op een beetje rare manier bijvoorbeeld, of hadden ze echt voor van alles en nog wat een heel ander woord?

Gebruikten ze er dingen die je eerst moest leren gebruiken?

Aten ze er andere, misschien wel hele rare, dingen en in hoeverre moest hij daar eerst aan wennen of lustte hij dat wel?

Hans kende het buitenland uitsluitend uit de verhalen die hij las of van een documentaire op de televisie waar hij naar mocht kijken. Dan ging het meestal over de natuur met prachtige bossen en de dieren die daarin leefden.

Het maakte het vakantie vooruitzicht onzeker, wat stond hem daar te wachten?

Zijn ervaringen met de polder en wat hem daarover ooit was voorgesteld waren in de praktijk immers ook tegengevallen. De boerderij was natuurlijk leuk om er te werken en tot nog aan toe waren de velden erachter nog veelbelovend. Maar het was toch op minder uitgelopen dan hem oorspronkelijk was voorgespiegeld.

Van dat jagen bijvoorbeeld was nog niets terecht gekomen.

Heel af en toe sprong er inderdaad een haasje rond, maar hoe hij die moest vangen en opeten, het was hem nooit helemaal duidelijk geworden. Straks in Duitsland waren er wilde zwijnen. Die zijn ook eetbaar, dat stond niet voor niets in de boeken van Astérix. Maar was het niet veiliger om ze met een geweer te schieten?

En waar haalde je die vandaan, ze hadden er geeneen in huis?

Vlak nadat papa weer aan het werk was gegaan op het kantoor, zijn mama en hij op een zaterdag 's middags naar de stad gegaan. Pas met het avondeten kwamen ze weer thuis. Ze hadden chinees meegenomen en dat betekende dat er wat te vieren was, want dan aten ze dat altijd.

Trots lieten ze een folder zien van de auto waarnaar ze waren gaan kijken.

De keuze was gevallen op een donkerblauwe en papa wees de kleur achterop het boekje van het merk Citroën aan. Hij noemde de auto een moderne lelijke eend, maar dat bleek de naam te zijn als je 'm vertaalde.

Oorspronkelijk kwam de auto namelijk uit Frankrijk.

Toen Hans in de tweede klas van de middelbare school zat, kreeg Martin een wat onduidelijke last van zijn buik. Het was geen echte pijn of er was sprake van een beklemming, maar het begon telkens met misselijkheid en werd dan snel ondraaglijk.

Meestal volgde er krampaanvallen en daarbij moest ie vreselijk braken voordat de pijn weer een beetje wegtrok. Jammer genoeg begonnen de klachten bijna altijd onder het eten, zodat ie dan snel van tafel naar het toilet moest hollen.

Hij kon de plek die de pijn veroorzaakte nooit precies aanwijzen.

Dan weer zat het ergens bovenin zijn buik, maar het kon ook links, rechts of 'ongeveer onderaan' zitten, maar als ie er last van kreeg kon ie niets meer eten.

Het werd al snel duidelijk dat Martin voedsel niet binnen kon houden als hij zich zo naar voelde.

Juist omdat het altijd onder het eten begon, dachten ze eerst dat er misschien iets in zat dat bedorven was of hij niet kon verdragen. Maar Loes, Hans en Marjolein hadden nergens last van en dus moest het echt aan Martin liggen.

Vanzelfsprekend lette Loes er vervolgens tijdens het koken goed op wat ze er precies doorheen roerde. Tenslotte kon het ook heel modieus een 'allergie' zijn.

Maar waar hij dan allergisch voor was?

Teneinde de oorzaak van de klachten weg te nemen en de symptomen te bestrijden, vervoegde Martin zich bij zijn oude huisarts in de stad.

Die verwees hem naar een specialist toen een door haar voorgeschreven drankje tóch niet bleek te helpen. Na het volgende bezoek kwamen er nieuwe en - later - nog nieuwere middelen op het nachtkastje terecht.

Helaas bleken die dan vaak na een korte tijd slikken 'alweer niets' uit te richten en dan moest Martin weer naar dezelfde arts of een nieuwe specialist die misschien beter op de hoogte zou zijn.

Iedere keer als Martin medicijnen voorgeschreven kreeg, bestudeerde Hans de papieren die erbij hoorden en zoals het een jongen van zijn leeftijd betaamt, bewaarde hij die vervolgens netjes in een ordner.

Hij sorteerde de bijsluiters op naam van de werkzame stoffen in aparte mapjes en die voorzag hij vervolgens heel overzichtelijk van een kleurig tabje. Naarmate de tijd vorderde en de klachten van Martin niet verminderden, werd de map dikker.

Hans kon aan de hand van 'de stofjes' die erin zaten eenvoudig nakijken wat de werking van de nieuwe middelen was. Hij vergeleek het een en ander met die die Martin eerder had gekregen en vond 't leuk om uit te zoeken hoe dat ene tablet of drankje hun uitwerking moesten hebben volgens de beschrijvingen die de apotheek erbij had gedaan.

Interessant was bijvoorbeeld hoe een drankje het beter leek te doen dan pillen met hetzelfde middeltje erin.

Van verschillende bestanddelen probeerde hij uit te vinden wat hun natuurlijke, plantaardige naam was. Hij rekende na wat de dosis was en schatte grofweg in hoe sterk de werking van het ene of andere stofje vervolgens zou zijn.

De bibliotheek, een eenvoudige rekenmachine en het internet waren behulpzaam bij het nakijken wat er allemaal te vinden was aan informatie.

Hij vond het bijvoorbeeld boeiend hoe de ontdekking van een middel was gegaan.

Als het meezat met zo'n informatiebron, wist hij met zijn speurwerk een heleboel interessante gegevens boven water te halen. De aantekeningen die dit opleverde sloeg ie eveneens op in dezelfde map, samen met de uitwerking die het medicijn op zijn vader bleek te, of zou moeten, uitoefenen.

Als er naar voren kwam dat het middel niet helemaal paste bij wat Martin beschreef, ging papa met de gegevens van zijn zoon terug naar de arts.

En een aantal keren bleek ie gelijk te hebben.

"Zie je nou wel!

Ik had al in de gaten dat dit spul niet paste bij jouw klachten."

Hans wilde natuurlijk het liefst dat zijn vader weer snel helemaal de oude zou worden en probeerde zo mee te dokteren aan zijn behandeling.

Martin nam de opmerkingen van zijn zoon overigens niet altijd au serieus, maar vaak bleek dat de door hem aangevoerde argumenten in combinatie met zijn eigen vervelende ervaringen, wel degelijk ter harte werden genomen door de behandelende arts of specialist.

Als - soms al na korte tijd - bleek dat een bepaald medicijn ternauwernood invloed had op zijn klachten, dan ging men gezamenlijk op zoek naar een alternatief dat wel of meer verlichting zou brengen.

Het bleek daarbij een zogenaamd voordeel dat klachten in de maagstreek zich eenvoudig lieten analyseren.

In de loop der tijd bleven de restjes van drankjes, pillen en tabletten ongebruikt achter in een plastic tas. Die overtollige voorraad zouden ze ter zijner tijd naar de apotheek terugbrengen, maar eerst moest Martin weer de oude zijn.

De tas kwam onderin de linnenkast op hun slaapkamer terecht en, net zoals de map van Hans, werd langzamerhand steeds voller. Zij het dat dit onopgemerkt bleef omdat ie, verscholen tussen de schoenen, opgeborgen stond.

Soms met halfvolle doosjes, flessen of strips, maar het kwam menigmaal voor dat Martin het vertrouwen in een medicijn al zowat meteen verloor en er slechts een of anderhalve doordrukstrip aangebroken werd.

Het middel leek zijn klachten dan te versterken en dan hield hij het na een paar keer innemen al voor gezien. Of hij begon niet eens aan het vervolg en dan kon een vers gehaald voorraadje bijna onaangebroken worden opgeborgen. Al maakte hij een zogenaamd kuurtje vanzelfsprekend wel helemaal netjes tot de het laatste tablet af.

Zo gedisciplineerd was hij wel, al sloeg ook daarbij de wanhoop wel eens toe.

Na een rondgang langs allerlei artsen en specialisten kwam eruit dat hij voor een zogenaamde kijk operatie moest worden opgenomen in het ziekenhuis.

De ingreep hoefde niet langer te duren dan twee of ten hoogste drie nachtjes, dan wisten ze waarschijnlijk wel wat hem zou mankeren. De opname viel midden in de proefwerkweek van de paasvakantie op school. Een vreselijk belangrijke periode in het jaar. Zo niet de belangrijkste als je je cijfers op wil halen!

Hans vond het daarom jammer dat ie zich hierdoor niet wat meer bij de kwaal van zijn vader kon laten betrekken. Iedere dag moest hij twee keer naar school.

Daarna, tussendoor en 's avonds moest ie leren voor de proefwerken van de volgende dag. Hij stond voor alle vakken weliswaar voldoende, maar het studeren kwam niet uit met de bezoekuren waarop ie even naar zijn vader toe kon.

Ambitieus wilde hij voor alle vakken, behalve tekenen, maatschappijleer en gym, ten minste een zeven hebben en het scheelde soms wel drie tiende punt. Hij wilde daarom hoge ogen gooien bij de proefwerken.

Als de intense periode op school afgelopen was, dan moest papa terug zijn.

Hopelijk kon hij 'm dan alsnog steunen.

De band die ze intussen opgebouwd hadden was sterk. Martin en Hans bespraken de laatste tijd van alles samen. Het leek wel of Martin zijn zoon op alle fronten tegelijk wilde voorbereiden op de toekomst. Dat proces was begonnen tijdens die eerste vakantie samen met het hele gezin in het Sauerland.

Om te kijken of er inderdaad veel wild door de bossen zwierf, waren ze samen paar keer heel vroeg opgestaan om vanuit een van de vele wildzitjes uit te kijken naar wat er langs zou komen.

Martin had er van zijn broer speciaal een verrekijker voor geleend. Weliswaar een voor op zee, maar het ding moest vast en zeker ook voldoen in een bos.

Al op de derde dag hadden ze er voor Hans ook een gekocht.

Een van de winkeltjes aan de hoofdstraat van het stadje bleek een goede in de aanbieding te hebben. Het was geen super de luxe exemplaar, maar de winkelier had ze bezworen dat er heel goed mee naar het wild te kijken was. Hij had ze een aantal tips en voorbeelden gegeven van waar er in die periode iets te zien zou zijn.

Dat de wildzitjes daar uitermate handig voor waren had hij ze ook verteld. Heel logisch omdat ze er uiteindelijk voor waren neergezet, maar zelf waren ze daar onder het voorbij wandelen nog niet op gekomen. Het leek ze dat zij er als gasten niet in thuishoorden, die dingen waren immers voor de Duitse jagers.

Als Hans met Martin zat te wachten, kon ie hem vragen naar dingen waarmee hij zich de bezighield. Hoe het bijvoorbeeld zat met vrienden of vriendinnen

Waarom ze vroeger, toen ze pas aan de dijk woonden, vaak bezoek kregen en wat er de reden van was dat die mensen nu niet meer kwamen. Hans had laten doorschemeren dat ie de aanloop miste. Hij had de verhalen en anekdotes die het bezoek had opgehangen altijd leuk gevonden om naar te luisteren.

Het verbaasde Martin dat zijn zoon hem daar vaak een heel gedetailleerd verslag kon uitbrengen. Dan vertelde hij zomaar wie wat precies gezegd of opgemerkt had en bij welke gelegenheid dat was geweest.

Hans vroeg naar de hoed en de rand van dingen die Martin soms was vergeten.

Indertijd was ie nog een klein ventje, maar kennelijk had hij er, al spelend op de achtergrond, toch meer van meegekregen dan hijzelf en Loes hadden begrepen.

Omdat ze moesten fluisteren kon papa zijn reacties, antwoorden en uitleg doseren.

Wat hij niet wilde vertellen of waarop ie gewoonweg geen antwoord wist, kon hij bewaren tot later. Of hij kon een toelichting ook helemaal weglaten.

Desondanks bracht ie zijn zoon, zo goed en kwaad als dat ging op de hoogte.

Bijvoorbeeld dat die vrienden intussen zelf kinderen hadden en ze niet meer op bezoek kwamen omdat het ze met handen en voeten bond. Of dat zijzelf, na hun verhuizing, ook niet meer zo vaak als vroeger ergens heengingen. Hij moest 't maar van hem aannemen en Hans kreeg zodoende tussen neus en lippen nogmaals mee dat de dingen, toen ze nog op de woonboot woonden, anders waren geweest.

Hij hield er de indruk aan over dat het, voordat ie geboren was, op de boot een zoete inval was geweest. Al kende hij de term nog niet als zodanig.

Het kwam vooral omdat Papa vertelde hoe ze er met vrienden hele avonden hadden zitten praten. Of dat ze spelletjes deden en hij er samen met zijn jaargenoten vele uren gestudeerd had.

Het werd hem langzamerhand duidelijk dat er regelmatig iets te vieren was geweest. Hoe ze aan de eetkamertafel die ze nu nog steeds gebruikten, gezamenlijke dinertjes hadden gehouden en - omdat niemand over veel geld beschikte - iedereen daar een steentje aan bijdroeg door een gerechtje klaar te maken.

Wijselijk verzweeg ie dat ze er weleens erg veel bij hadden gedronken en meestal niet het beste spul. Zoiets kan een ventje van veertien immers nog niet ten volle inschatten of begrijpen. Toch liet Martin zich in de verhalen diverse keren meeslepen.

Dan vertelde hij in zijn enthousiasme bijvoorbeeld hoeveel ie van muziek hield en vroeger graag naar het optreden van bandjes ging.

Als hij indertijd een plaatje van zijn favoriete groepje wilde kopen, of er een concert ophanden was, dan werkte hij wat harder. Bijvoorbeeld een extra avond in het restaurant waar hij naast school werkte. Of hij waste de auto van zijn vader en de buren een keertje extra. Zowel van binnen als buiten, dat leverde meer op.

Zo had ie vaak als eerste de nieuwste platen kunnen aanschaffen of ging naar zaaltjes in de wijde omgeving.

Hij vertelde hoe graag ie blaadjes las waarin stond wat zijn favoriete artiesten zoal uitspookten. Hoe die tijdschriften er verslag van uitbrachten hoe muzikanten door het land toerden en welke ontberingen daarbij aan de orde kwamen.

Zoals slapen in goedkope hotels en dat sommige bands er een soort sport van maakten om daar van alles te slopen.

Over extremer wangedrag, het zogenaamde Rock 'n Roll leven en de groupies hield hij echter zijn mond.

"En altijd dat opbouwen en weer afbreken van 'de geluidsinstallatie'."

Het had hem voornamelijk aangetrokken hoe de leden van zulke bandjes, onder elkaar altijd veel plezier leken te hebben. Samen kenden ze immers saamhorigheid, vriendschap, hadden er blijkbaar lol in om soms zelfs dag en nacht, met elkaar op te trekken en de muziek, het verzorgen van een optreden voor mensen zoals hij.

Zoiets had Martin zelf ook wel gewild: "Alleen die vreselijke, strakke broeken, make-up en glitterkleren hoefden voor mij niet zo."

Hij vertelde dat ie ooit een gitaar van zijn vader had gekregen, maar dat erop spelen hem nooit is gelukt: "Wat ik ook deed, het klonk nooit ergens naar."

Samen met wat vrienden muziek maken is 'm daarom nooit ten deel gevallen.

Zelfs niet als drummer of zanger, waarschijnlijk toch de meest eenvoudige baantjes binnen een bandje en hij viel terug in zijn vaderrol door aan te geven dat ie nooit zijn verplichtingen verzaakt had. Er waren keuzes op zijn weg gekomen en daar bestond wat hem betreft geen spijt over.

De gitaar was trouwens een keer gebroken en had ie daarom weggegooid.

Onder het vertellen was het intussen licht geworden, of ze daadwerkelijk nog 'n stel reeën of ander wild te zien kregen zat er daarom niet meer in.

Ze gingen terug naar de tent.

Onder het wandelen voegde Martin eraan toe dat Loes aardig uit de voeten kon op de piano. Hij legde uit hoe het hem voor haar had ingenomen. Dat ie het idee om het kunstje later misschien eens van haar te leren, belangrijk had gevonden.

"Eigenlijk was dat het begin van onze relatie."

Hans kende die woorden en vond het interessant.

Papa vertelde dat ie Loes bij hun eerste ontmoeting mooi, lief en aardig had gevonden. Over dat pianospel, het gemak waarmee ze zomaar een stukje muziek ten gehore kon brengen en hoe van alles en nog wat een belangrijke rol had gespeeld tijdens hun verdere kennismaking. Vooral hoe hij haar vanaf dat moment niet meer gewoon een leuk meisje, maar 'heel bijzonder' had gevonden.

Hij had haar voor de eerste keer opgemerkt tijdens de verjaardag van een makker uit z'n diensttijd. Loes, die makker z'n buurmeisje, had samen met hem een stukje quatre-mains gespeeld en daarna een muziekboek van bovenop de piano gepakt.

Daaruit had ze zomaar een paar deuntjes gespeeld en een meisje uit het gezelschap kende daarvan een aantal teksten.

Ze hadden spontaan en niet eens onverdienstelijk, een tweetal liedjes samen ten gehore gebracht.

Ze hadden vervolgens allemaal op hun beurt meegezongen met een lied dat ze kenden en afgewisseld met die vriend had Loes zowat alles begeleid.

"Er was geen noot vals en het klonk allemaal fantastisch."

Martin vertelde dat ie zoiets nog nooit eerder had meegemaakt en dat gedurende de avond zijn waardering voor de muziek sterker was geworden. Na afloop van het feestje had hij er daarom op gestaan Loes naar huis te begeleiden en hoe haar dat een beetje overdreven leek. Ze woonde immers vlakbij!

Toch hadden, ze in de poort achter de huizen ongeveer een uur met elkaar staan praten en dat was het begin geweest van hun verkering.

Een dag later was hij Loes, meteen toen ze uit school zou komen, op gaan zoeken. Hij had maar een paar dagen verlof en moest het ijzer smeden toen het heet was.

In de kamer achter de winkel, mocht ie even wachten terwijl ze andere kleren aantrok. Daarna had ze hem naar het park in de buurt meegenomen.

Daar hadden ze, samen op een bank, hun gesprek van de avond ervoor voortgezet.

Van zoenen was het nog niet gekomen en enigszins verlegen tegenover zijn zoon, bekende hij dat ie dat bij zijn eerste afspraakje nog niet had aangedurfd.

Hans is stil naast zijn vader blijven lopen.

Hij kende Loes natuurlijk, maar had haar nooit anders gezien dan als 'moeder'. Het kostte hem moeite om zich bij haar een beeld te vormen als begeerlijk meisje.

Zo een waar je, net zoals papa vertelde, verliefd op zou kunnen worden.

Mama was toch vooral de moeder van hem en zijn zusje. Haar nu opeens anders zien vergde erg veel van zijn voorstellingsvermogen.

Toen hij nog klein was, was ze inderdaad een jonge vrouw.

Dat herinnerde hij zich natuurlijk nog, toch vond ie het lastig om daar een meisjes idee aan toe te voegen. Zoiets als die bij hem op school.

Dat waren immers kinderen zoals hij.

Nu was mama toch vooral een mevrouw, een moeder. Voor hem was ze meer een dame eigenlijk. Hij kon zich bij dat beeld van papa niet heel veel voorstellen en evenmin precies begrijpen hoe het een en ander verlopen moest zijn.

Bij hem op school zaten ook meisjes in de klas en hij wist dat ie daar verliefd op zou kunnen worden. Het hoorde erbij want meisjes wilden graag met jongens 'lopen'.

Dat wist ie wel, maar dat zijn moeder ook zo'n meisje geweest was, dat leek hem onvoorstelbaar. In zijn ogen was ze altijd zoals nu.

Hij raakte een stukje achterop, was teveel in gedachten verzonken.

Het kostte hem ontzettend veel moeite om zich iets voor te stellen bij termen als verkering. Hoe dat hoorde te verlopen wist ie niet.

Meisjes waren leuk en hij keek inderdaad weleens naar ze.

Vooral als ze 'stom liepen te doen' vond ie ze grappig.

Hij had echter nooit begrepen hoe je contact met een meisje kon leggen. Sowieso kostte hem dat al veel moeite, laat dus staan als een meisje zo leuk was dat je misschien zelfs met haar zou willen 'gaan'.

Meisjes hingen trouwens altijd met elkaar rond.

Nooit was hij eens 'alleen' met ze geweest en het idee boezemde hem angst in.

Wat zou hij moeten zeggen?

En zou ze hem dan niet 'stom' vinden?

In het voorlaatste jaar van de lagere school was 't Hans opgevallen hoe de meisjes aan het veranderen waren. Hij kon zich namelijk herinneren hoe ze in de laagste klassen met z'n allen op het veld verderop bij de school gespeeld hadden.

Het was toen erg warm en ze mochten er met de bal overgooien, ravotten of voetbal-
len. Vanwege de hitte hadden ze allemaal alleen een sportbroekje aan. Zoiets zou nu
bij een aantal meisjes niet meer kunnen. De meeste klasgenoten hadden al heel andere vormen.

Bij een aantal meisjes had ie al borsten gezien en gehoord dat ze een bh hadden.

Tijdens de laatste schoolreis had hij die van Marja zelfs gezien.

In het gebouw met het aquarium had ze haar shirtje omhoog gedaan om te laten zien
dat ze een mooie van haar moeder had gekregen. Maar ze was waarschijnlijk vergeten dat het glas weerspiegelde.

Min of meer verscholen in het donker had ie er pal achter gestaan toen het gebeurde.

Hij hoorde hoe ze tegen Clariet en Mirjam opschepte over het kledingstuk. Ze had
die nieuwe bustehouder speciaal voor de schoolreis gekregen.

Een beetje beschaamd had ie zich op de achtergrond gehouden.

Die Mirjam zat altijd op hem te vitten en het liefst was hij terug naar buiten gelopen
toen hij hen hoorde aankomen. Maar hij durfde niet omdat ie wist dat ze, als ze hem
eenmaal hadden opgemerkt, waarschijnlijk zouden gaan uitschelden.

Dat was immers vaste prik.

En die Clariet was trouwens niet te vertrouwen.

Het viel hem op dat Marja heel trots klonk. Daarom vond Hans het vervelend hoe
die andere twee zo schamper op haar reageerden. Hij vond eigenlijk dat ze ronduit
vervelend deden, want ze maakten geluidjes waardoor het leek of ze haar nadeden.

Het had geklonken of ze Marja uitjouwden, maar dan zachtjes.

Net toen hij zich afvroeg of ze misschien jaloers op haar waren en ie zich verplicht
voelde om haar te hulp te schieten, had Marja haar shirt heel hoog opgetrokken om
haar mooie, nieuwe ondergoed aan te laten zien.

Het afwijzende, vervelende gedrag van de meisjes had er blijkbaar voor gezorgd dat
Marja haar shirtje tamelijk lang omhoog had gehouden. Ze was zo blijven staan en
had zich langzaam een beetje heen en weer gedraaid. Het leek er hierdoor op dat ze
haar aanwinst zo lang mogelijk wilde laten bewonderen.

Hans was verschrikt nog verder achteruit gestapt en had er gelukkig geen geluid bij
gemaakt. Als ze hem opmerkten dan kon ie er zeker van zijn dat ze alle drie boos
gingen doen, niet uitsluitend die twee mispunten!

De borsten van zijn klasgenootje hadden geen indruk op hem gemaakt.

Hij had ze natuurlijk niet goed kunnen bekijken, maar realiseerde zich wel dat ze er
anders uitzagen dan die van tante Els. Niet omdat die in zijn herinnering groter of
kleiner waren geweest, ze waren 'anders'.

Voor zover het aan hem lag, hadden die van zijn tante natuurlijker geleken.

Maar daar zat indertijd natuurlijk geen bh omheen. Alleen toen ze met papa was
gaan zwemmen had ze immers even 't bovenstukje van haar bikini aangedaan.

Het spiegelbeeld van Marja was eigenlijk vooral onduidelijk. Hans had alleen kunnen bekijken dat die bh lichtblauw was en in het licht van de aquaria nogal afstak tegen haar witte buik. Dat was feitelijk alles wat hij ervan had waargenomen.

Het intieme van het moment had hem echter zenuwachtig gemaakt.

Misschien had ie daarom niet zo heel erg goed durven kijken.

Verlegen met de situatie had ie zijn ogen zelfs even neergeslagen.

Door de nieuwsgierigheid had ie ze echter weer snel open gedaan. Het was vooral tot hem doorgedrongen dat Marja haar shirtje tamelijk lang omhoog had gehouden. Ook nadat de andere meisjes al aan het weglopen waren, bleef ze zo nog even staan. Heel even dacht ie dat ze hem aankeek in de spiegeling van het glas.

Bang om betrapt te worden had ie zich nog stiller gehouden. Hij durfde niet meer te bewegen en wist dat ie zich geen houding zou weten te geven als het daadwerkelijk zover kwam.

Beduusd durfde hij er niet op te vertrouwen dat ze hem inderdaad had aangekeken en hij durfde er later niet stoer over te doen tegenover zijn klasgenoten.

Die schepten bijvoorbeeld graag op over 'een stijve' die ze hadden, of ze bespraken onderling de 'tieten' bij de meisjes.

Hans wilde de herinnering aan het moment tussen hem en Marja exclusief voor zichzelf houden en in de bus, terug naar school, begreep ie dat het moment eigenlijk heel bijzonder was geweest.

Omdat Martin en hij intussen vlakbij de tent waren aangekomen, durfde Hans niet aan zijn vader te vragen hoe het toch met zijn jongste zus ging. Sinds de verjaardag van opa, nu meer dan een jaar geleden, had hij haar niet meer gezien. Eigenlijk vreemd dat ie zomaar opeens weer aan zijn tante uit Engeland had moeten denken.

Een week nadat de herfstvakantie was afgelopen, moest Martin met spoed nogmaals naar het ziekenhuis. Hans was 's middag thuisgekomen uit school en tot zijn verbazing trof ie zijn vader, uitgevloerd in zijn stoel in de huiskamer, aan.

Overvallen door de pijn in zijn buik, was ie vanuit zijn werk naar huis gekomen.

Uit het veld geslagen en ingegeven door de gewoonte stelde hij voor om een kopje thee te zetten. Dat deed ie tenslotte al meer dan drie jaar als ie uit school kwam.

Eigenlijk al sinds ie naar deze was gegaan, was het de gewoonte. Zijn moeder en zusje dronken het dan op, want zelf vond ie 'het niet om te zuipen' en zette een kopje koffie voor zichzelf of nam een glaasje limonade. Hij veronderstelde dat papa het misschien op prijs stelde en de buikpijn ervan over zou gaan.

Die bleek echter zo erg dat zijn vader er zelfs duizelig van werd. Daarom ging hij liever naar boven, om er 'iets makkelijks' aantrekken.

Kleding die voor zijn gevoel minder strak zou zitten.

Hans moest: "Intussen maar zien wat ie deed."

Mama was Marjolein waarschijnlijk uit school aan het halen met de auto en hopelijk zou dat deze keer snel gaan. Hans wilde dat ze er niet heel erg lang zou blijven hangen. Zijn vader en hij noemden het kletsen, als ze er eindeloos met de andere moeders bleef staan praten.

In de verwachting dat thuis de last minder zou worden, had Martin zich drie kwartier geleden ziek gemeld op het kantoor. Veel werk kwam er op deze manier toch niet uit zijn handen en de meisjes wisten niet hoe ze hem hulp konden bieden.

De weg naar huis, nog geen halve kilometer wandelen maar onder deze omstandigheden waarschijnlijk te ver om te lopen, had ie mee mogen rijden met een van de vrachtwagens omdat die toch zijn kant op moest.

Hij was ervan uitgegaan dat de pijn vanzelf weer zou verdwijnen als ie even een paar uurtjes rust nam.

De rest van de middag en avond zouden waarschijnlijk voldoen. Het was vanwege 'de belasting' erg druk op de zaak en daardoor had ie zich teveel opgewonden.

Boven, op de slaapkamer, deed ie zijn pyjama aan. Maar hij kwam niet meer naar beneden om er weer in zijn luie stoel plaats te nemen. De inspanningen van het verkleden had hem: "Volledig uitgeput".

Martin was even gaan liggen op zijn bed en toen Hans kwam kijken waar zijn vader bleef, bleek die in slaap gevallen. Daarom heeft hij 'm voorzichtig toegedekt en is weer naar beneden geslopen. In de tussentijd kwam mama thuis.

Hans heeft zijn zusje nadrukkelijk verteld dat ze stil moest zijn.

Diezelfde avond was de last van papa z'n buik te erg om te kunnen zitten of lopen. Bewegen of zelfs maar heel even staan bleken onmogelijk.

Ze stelden het net na het eten vast, want daartoe was ie evenmin in staat geweest om ervoor naar beneden te komen. Na een kort telefonisch overleg met de huisarts is Loes met 'm naar het ziekenhuis gegaan.

Marjolein en Hans bleven verontrust achter.

Om kwart voor negen belde mama ze op om te vertellen dat Marjolein moest gaan slapen. Er was op de afdeling besloten dat papa een operatie moest ondergaan.

Hans moest haar maar even toestoppen.

Zelf bleef ze liever wachten tot de ingreep afgelopen was.

De hele verantwoording voor de gang van zaken in huis werd zo op zijn schouders gelegd en zijn moeder ging er klakkeloos vanuit dat hij zoiets wel aankon.

De vorige keer, intussen alweer meer dan een jaar geleden met tante Wilma erbij, had hij zich voldoende bewezen kennelijk. Al hing 't er vanaf of zijn zusje mee wilde werken, het was feitelijk de allereerste keer dat hij op haar moest oppassen.

De volgende dag kon Hans gelijk na de lessen naar het ziekenhuis om er zijn vader te bezoeken. Mama was weliswaar pas om bij enen weer thuis gekomen en hij had al die tijd op haar zitten wachten, maar na even een korte briefing was ie min of meer gerustgesteld gaan slapen.

Om heel eerlijk te zijn was ook Marjolein gewoon naar haar bedje gegaan.

Ze had er totaal geen last van dat papa die nacht niet thuis zou komen.

"Dat was toch vorige keer ook zo.

Waar zeur je nou eigenlijk over?"

Kleine meisjes eigen, leefde zijn zusje in haar afgezonderde wereldje.

Als Hans zich aan een van haar poppen of iets willekeurig anders op haar kamertje had vergrepen, dan waren de rapen gaar geweest. Nogal wiedes, maar de nieuwe toestand rond hun vaders' gezondheid deed haar niet zoveel.

Loes had er in het ziekenhuis op gewacht tot Martin weer 'naar zaal' mocht.

Toen hij van de uitslaapkamer werd gelaten, was ze vervolgens nog even met hem meegegaan. Hoewel natuurlijk nog versuft van de narcose, had Martin voornamelijk een nare indruk op haar gemaakt.

Ze was er niet gerust op geweest, wilde hem niet zomaar achterlaten en had het daarom niet over haar hart gekregen om meteen naar huis te gaan.

Ze was zelfs vergeten dat ze nog bijna niets gegeten had.

Zoals gebruikelijk in dit soort situaties had ze zich er evenmin rekenschap van gegeven, dat Hans zich thuis zorgen zat te maken.

Ze had het overzicht verloren van hoe laat het was en in een zijkamertje domweg op de uitslag van de operatie zitten wachten. Om niet ongeduldig te lijken, had ze zo min mogelijk op haar horloge of de wandklok gekeken.

Het was de vraag voor wie ze zich zo gedroeg, want ze zat er helemaal alleen.

Maar het voelde spannend, alsof ze ergens een voorgevoel van had.

In verband met het tijdstip mocht ze nog even mee naar de afdeling. Daar moesten ze, heel snel, een bed voor Martin arrangeren.

Vanwege het late uur had dat nogal wat voeten in de aarde.

Al leverde het de aardige bijkomstigheid op dat ie nu op een 'eigen kamer', dat wil zeggen helemaal alleen, kon gaan uitrusten. De nachtdienst vond het: "Niet verantwoord, om hem nu nog bij iemand anders neer te leggen."

Mede door de vermoeidheid van de avond ervoor leken de lessen die dag eindeloos lang te duren. Alles verliep te langzaam om er zich volledig op te kunnen concentreren en naarmate de dag vorderde merkte hij dat ie zowat om de twee à drie minuten op de klok zat te kijken.

Toen om kwart over drie eindelijk de bel ging, wist Hans niet hoe snel hij zijn tas moest inpakken om naar zijn fiets te lopen.

Weliswaar begon het bezoekuur pas om halfvier en lag het gebouw van het ziekenhuis op slechts een paar minuutjes lopen van de school, maar hij was te gespannen om zich de tijd te gunnen er op z'n gemak heen te wandelen.

Voor de klapdeuren naar de afdeling bleef ie staan wachten tot die eindelijk open gingen. Omdat ie zijn aandacht er toch niet zo heel goed bij kon houden, nam ie zich op school al voor om iedere dag meteen na de lessen naar het ziekenhuis te gaan.

Een korte blik op zijn rooster leerde dat zoiets eenvoudig bij de bezoektijd in te passen was. Als ie vroeg uit was kon hij eenvoudig in de wachtkamer die bij de afdeling hoorde, wat aan zijn huiswerk doen.

Op andere dagen sloot het keurig op elkaar aan, als hij gelijk na de bel naar het ziekenhuis vertrok.

Martin knapte redelijk snel op na de operatie. Die vreselijke pijn was als bij toverslag verdwenen. Dit overigens tot niet geringe verbazing van de artsen.

Tijdens het uitvoeren van hun ingreep hadden ze eigenlijk geen duidelijke oorzaak van de klachten gevonden. Het nadeel was dat ze er daardoor evenmin zeker van konden zijn dat de kwaal nu definitief was verholpen. De slotsom was dat het een en ander op een andere manier in z'n buik 'gerangschikt was'.

Er waren alleen: "Een tweetal dingetjes weg genomen."

Tot ieders geluk bleken die, bij het vervolgonderzoek in het laboratorium, geen van beiden kwaadaardig. Hooguit hadden ze waarschijnlijk die pijn veroorzaakt en daarom was het: "Dus maar goed dat ze eruit waren."

De medicatie tegen de klachten werd vanzelfsprekend aangepast.

Wellicht zouden die aanpassingen een rol kunnen spelen in het proces rond zijn genezing en het voorkomen van verdere klachten en het zou allemaal zorgvuldig onderzocht worden. Daarom moest Martin nog een poosje blijven.

Al snel bleek dat de verzameling aan voorgaande medicijnen niet helemaal was toegesneden op wat er 'kennelijk aan de hand' was geweest.

Hans had zoiets met zijn leken verstand en amateuristische onderzoekingen redelijk in weten te schatten. Het sterkte zijn voornemen om elke middag op bezoek te gaan, zodat hij in staat zou zijn een vinger aan de pols te houden.

Het regelmatige klaarzitten in de wachtkamer maakte blijkbaar indruk op de verpleging. De dames van de afdeling kwamen hem namelijk al na een paar dagen - telkens ruimschoots - van koffie of thee voorzien. Volgens zeggen gingen ze er vanuit dat hij zich zo een beetje bij de familie zou gaan voelen.

Overigens vond dit allemaal plaats zonder dat hij daarom had gevraagd.

En bij navraag bleek ook papa dat niet te hebben gedaan.

Het was evenmin duidelijk of ze niet sowieso die koffie en thee klaargezet zouden hebben! Hans had ze er eerder toch ook al eens mee zien lopen.

Om heel eerlijk te zijn vond hij dat ze eigenlijk een beetje overdreven en was zelfs bang dat ze 'm in de maling probeerden te nemen. Hij werd er verlegen van als niet de keukenzuster, maar de dames van de afdeling hem weer uitgelaten en joviaal van een natje en droogje kwamen voorzien.

"Hier Hans er zijn koekjes, neem er een.

Je hoeft je niet in te houden hoor, er zijn er genoeg."

Omdat Martin aan moest sterken, diende hij zich juist aan een dieet te houden.

Bij hem keken de zusters er streng op toe dat ie zich er volledig aan overgaf. Hij was de afgelopen dagen flink afgevallen en dat mocht 'zeker' niet verder gaan.

Alles wat hij voorgeschoteld kreeg werd telkens afgewogen en hij mocht van deze maaltijden niets laten staan. Op een speciale weegschaal, die tot op de tiende gram nauwkeurig mat, werd twee keer per dag gecontroleerd hoe het met hem ging. Ook wat ie pieste en vanzelfsprekend de rest werd nagewogen.

Na vijf weken en een dag mocht hij naar huis, zei het met de uitdrukkelijke opdracht om zich: "Nu toch echt wat rustiger te houden."

Met name in zijn werk.

Hij moest zich onderwerpen aan een regelmatige controle. Te beginnen twee weken na zijn ontslag. Dat brachten de aard van zijn klachten en 'die dingetjes' met zich mee. Al bleek ook zijn leeftijd een rol te spelen.

Zelf vond ie dat geen argument: "Ik ben nog maar net de veertig gepasseerd en ik voel me intussen weer fantastisch!"

Weer thuis bleek papa echter ternauwernood de puf te hebben om gelijk weer aan de slag te gaan. Dit in schrille tegenstelling tot het bezoekje van zijn baas indertijd.

De doorslag gaf de controlerende arts van de ziektewet, die het volmondig met zijn collega's eens bleek te zijn. Indertijd had het werken hem voldoende energie opgeleverd om zijn herstel te versnellen. Maar misschien had Martin de afgelopen maanden inderdaad iets teveel van zichzelf gevergd.

Door de lange opname was Martin gewend geraakt aan het ritme in het ziekenhuis.

Daar telden rituelen die op vaste tijden werden uitgevoerd. De regelmaat en rust hadden hem goed gedaan, maar eenmaal weer thuis bleek die lastig daar ook te handhaven.

Al met al leek 't hem beter om het een tijdje wat rustiger aan te doen.

Het seizoen met de grootste drukte was overigens net afgelopen en de jaarcijfers waren ook al grotendeels bekend.

Nu het tegen de kerstperiode aan liep, was het op de zaak eigenlijk helemaal niet druk of werd ie op wat voor manier dan ook opgejaagd. Men kon hem op kantoor dus gemakkelijk de rust schenken om weer helemaal 'de oude' te worden.

Helaas kroop het bloed binnen enkele weken alweer waar het niet moest gaan.

In de week voor de Kerst, wilde Martin perse even bij het kantoor langs.

"Alleen maar om iedereen gerust te stellen.

En ze goede kerstdagen toe te wensen."

Hij gaf aan alleen de collega's even te willen zien om van hen te horen hoe de vlag erbij hing. Zijn vertrek was toch enigszins abrupt gegaan en daar schaamde hij zich een beetje voor.

Of hij tegelijkertijd het circuit met praatjes voor wilde zijn door iedereen zelf op de hoogte te stellen, liet hij in het midden. Maar Loes bood vanzelfsprekend niet voor niets weinig weerstand tegen zijn voornemen.

De gang van zaken was haar maar al te goed bekend.

Speculaties over zijn kwaal en mogelijke remedies zouden naar alle waarschijnlijkheid al een hele poos de ronde doen. Als Martin de collega's zelf even op de hoogte bracht door naar ze toe te gaan, zou hij tenminste de vreselijkste roddelaars onder hen de wind uit de zeilen nemen.

Als een normaal mens weet hoe de vork in de steel steekt, dan zal ie niet meer hoeven te raden naar achtergronden en allerlei omstandigheden. Normaal gesproken.

Misschien omdat er in de liedjes die bij het seizoen horen, gesmeekt wordt om een White Christmas, begon het de middag van zijn bezoekje te sneeuwen.

In nog geen uur tijd viel er een laag van minstens 'n aantal centimeters.

Die bleef opgestuwd door de gure wind ook nog eens op de meest ongunstige plaatsen liggen en glibberend moest Martin na het samen een kopje theedrinken, weer naar huis zien te komen.

Hoewel het maar om een klein stukje ging, kwam hij er toch totaal doorweekt en verkleumd weer aan.

Zoals te verwachten had hij zijn kerstpakket bij zich, maar men had hem op het hart gedrukt dat ze die: "Ook heus wel zouden zijn komen brengen."

Omstandig had hij ertegenover gesteld dat hem: "Daar helemaal niet om was gegaan."

Al was het vanzelfsprekend spannend was om te kijken wat erin zat.

Tenslotte betrof het de eerste keer sinds jaren dat ie niet persoonlijk bij de samenstelling was betrokken. Gedurende de eerste voorbereidingen had hij er nog wel even de tijd voor gehad, maar toen was ie ziek geworden en had niet daadwerkelijk de bestellingen geplaatst.

Het maakte de verrassing aanzienlijk groter!

De kerstdagen verliepen in gezelligheid.

Geen witte Kerst want die sneeuw was dezelfde nacht alweer weg geregend.

Nee het werd gezellig omdat Loes een flinke boom had gekocht. Die hebben ze in de vooravond gezamenlijk mooi versierd met lichtjes en zilveren ballen.

Martin was weliswaar snipverkouden na die expeditie naar de zaak, maar weerde zich kranig: "Met een grog kom ik er wel overheen en het is overmorgen pas echt feest."

Daar had hij gelukkig gelijk in. Een tweetal paracetamol tabletjes hielpen hem er snel weer bovenop. Maar ook op kerstavond wilde hij: "Het uit voorzorg, toch maar niet al te laat maken.
Ik voel me een beetje gammel en wil er morgen wel bij zijn."
Loes heeft met de kinderen naast zich een mooie kerstfilm gekeken, op de tv.
Toen zijn ze gaan slapen, want op eerste kerstdag gingen ze gezamenlijk ontbijten.
Daar had ze van alles voor in huis gehaald en voordat ze naar bed gingen heeft Hans haar geholpen met tafeldekken en klaarzetten.
Na de kerstvakantie leek alles geleidelijk aan bij het oude te komen.
In de week tussen de kerstdagen en de oud en nieuw hebben ze eveneens rustig aan gedaan. Wat lezen en dan 's avonds een leuke film kijken op de tv.
Vervolgens op tijd naar bed en 'rust nemen'. Het kwam ze allemaal goed uit dat de feestdagen zo gunstig vielen. Na tweede kerstdag was er tot aan oud en nieuw nog bijna een hele week!

Hans en Marjolein gingen na de vakantie weer gewoon naar school. Martin dacht in-tussen zover opgeknapt te zijn dat ie het wel aankon om voor halve dagen aan de slag te gaan. Het leek de arts van het UWV, de man die de ziektewet moest toepas-sen, verstandig als hij langzaamaan weer aan het dagelijkse ritme ging wennen.
Hij vond dat Martin therapeutisch weer aan de slag kon.
Als vanouds zou hij bijtijds op moeten staan en dan 's morgens een paar uurtjes naar kantoor kunnen. Het leek die dokter de moeite waard om, als hij zich na een poosje weer wat beter voelde, ook 's middags een keer te proberen door te werken.
Overigens stelde hij die diagnose zonder zich in het dossier te verdiepen of nog-maals overleg te plegen met de specialisten uit het ziekenhuis.
Hoewel natuurlijk nog steeds winter, stond het weer het toe dat hij lopend naar de zaak ging. Toen het later een keer te koud was en het voetpad te glad leek om er vei-lig over te kunnen lopen, is Loes hem rustig lopend aan haar arm gaan brengen.
Rond de lunch heeft ze hem met de auto vervolgens weer opgehaald.
Dat hij er zelf naartoe zou rijden was onmogelijk.
Voor de deur bij het bedrijf was er trouwens niet eens voldoende plaats was om de auto er te laten staan. De enige parkeerplek voor de deur van het kantoor, was gere-serveerd voor de eigenaar van de firma, Martin zijn baas.
Dat was historisch zo gegroeid en daarom vanzelfsprekend.
Als Martin de auto nam zou het erop neerkomen dat hij, vanaf het parkeerterreintje aan de andere kant van het gebouw, toch ook een flink stuk zou moeten lopen om bij de voordeur van het kantoor te komen.
Onder die omstandigheden kon ie net zo goed de hele weg te voet gaan.
Dat ie eventueel mee zou kunnen rijden met een collega, of dat iemand hem voor het werk ophaalde en weer thuisbracht, kwam bij niemand op!

Sessie

– De afgelopen dagen heb ik een paar keer nagedacht over de vraag die u de vorige sessie stelde. Nou weet ik niet of ik me ervoor moet schamen, maar ben bang dat ik over mijn ouders maar heel weinig weet. Ik kan mijn moeder ter zijner tijd wel over het een en ander bevragen natuurlijk, maar is dat eigenlijk wel zo belangrijk?

Zoals u wel zult begrijpen ben ik de afgelopen tijd bijna niet thuis geweest

Mijn vader heeft weleens met me besproken hoe achterlijk het eraan toeging in het dorp waar hij vandaan kwam. Mijn oom Henk bijvoorbeeld, papa's oudere broer, was min of meer verplicht om naar de plaatselijke school te gaan. Hoewel hij volgens mijn vader erg goed kon leren en die school alleen maar een opleiding bood aan mensen die op een boot wilden gaan werken.

Die school heette overigens 'de school voor de zeevaart', dus dan weet u wel wat er te verwachten was.

Zijn zus Marieke is met haar vijftiende al van school gehaald.

Puur omdat dat de gewoonte was want: "Ze moest aan haar uitzet gaan werken."

Let op, dat was op haar 15e en ze had nog geeneens een toekomstige partner!

Mijn vader zei trouwens dat ze dat in het dorp een 'aanstaande' noemden.

Hij vond het al met al een belachelijk gegeven, dat liet ie duidelijk doorschemeren.

Op de een of andere manier was het blijkbaar de bedoeling dat ze een gezin zou gaan stichten en daarom moest ze lakens, slopen, ander beddengoed, handdoeken en theedoeken sparen. Ik geloof dat het ook allerlei keukenspulletjes ging.

Het heette een uitzet naar ik heb vernomen.

Mijn moeder heeft haar trouwens leren kennen toen ze na haar middelbare school een deeltijdopleiding is gaan doen in de stad. In verband met de winkel thuis zat zij daar en mijn tante was er twee jaar later naartoe gegaan om zich bij te scholen.

In die tijd zijn ze bevriend geraakt.

Ik weet dat ze mijn vader heeft ontmoet via een dienst makker van hem, maar of ze tante Marieke via hem heeft leren kennen is nooit aan de orde gekomen.

Dan was hij misschien al haar 'aanstaande'.

Papa studeerde indertijd in den Haag aan de Hogeschool en woonde bij Loes d'r ouders op kamers. Dat weet ik zeker, want daarover hebben ze - onafhankelijk van elkaar - wel eens wat anekdotes verteld.

Naar ik begrijp had hij die mogelijkheid, meteen toen ie zich voordeed, met beide handen aangegrepen. Misschien wel voornamelijk om weg te komen uit het burgerlijk sfeertje van dat dorp. Het ging er zeker niet alleen om dat ie dan dichter bij school terecht kwam. Of dat ie dan korter met het openbaar vervoer hoefde te reizen.

– Toen ie in het ziekenhuis lag vertelde papa weleens iets over vroeger. Als we samen waren bijvoorbeeld. Hij heeft me toen verteld waarom zijn zussen ruzie hadden. Naar het schijnt heeft de jongste een keer het zorgvuldig bij elkaar gespaarde textiel, die lakens en slopen waarover ik het net had, vernield.

Die lagen in een speciale kast op de zolder bij elkaar gepakt te wachten tot tante Marieke een vrijer had gevonden en het huis uit zou gaan om te trouwen.

Daarop was er kennelijk een regelrechte oorlog uitgebroken in het gezin en naar het schijnt durfde niemand partij te trekken.

Of de kleinste van de twee tegen haar grote zus in bescherming te nemen.

Ik heb uit het verhaal opgemaakt dat mijn tante Els toen een jaartje of twaalf, dertien geweest zal zijn. Misschien zelfs nog jonger.

In ieder geval werd ze na haar lagere school naar een internaat of kostschool gestuurd. Eerst een in België heb ik begrepen, maar later was het een school in Engeland. Daar woont ze trouwens nog steeds, maar ik weet helaas niet waar.

Mijn tante Marieke weet van zich af te bijten hoor. Ik vind haar reuze aardig, daar gaat het niet om. Maar ze kan nogal pinnig uit de hoek komen.

Ze zal zich nooit het kaas van de boterham laten pikken, daar ben ik zeker van.

Papa vertelde dus dat de mores in het dorp stelde dat de oudste zoon naar een plaatselijke school ging om er ter zijner tijd de lokale economie te gaan verrijken met het ter plaatse behaalde resultaat.

Waarom zijn ouders daar niet vanaf hadden kunnen wijken is nooit bij iemand opgekomen. En of het überhaupt tot de mogelijkheden behoorde, daarover werd blijkbaar al helemaal niet nagedacht.

In ieder geval niet toen het oom Henk zijn beurt was.

Volgens papa leverde het status op als de oudste zoon met goed gevolg en bij voorkeur zonder grote haperingen, die speciale vakopleiding af wist te ronden. Dit zou opgaan voor alle families, de uitzondering werd uitsluitend gevormd door de oudste jongens van de reders en rijkelui. Zo noemde men dat daar blijkbaar en mijn vader gebruikte die term met een vreemde blik in zijn ogen.

Dorpsjongens mochten zichzelf buiten de school om 'bewijzen', maar zoiets moest dan verlopen zonder dat het tot arrestaties of verwikkelingen leidde.

Er mochten zich per se geen vervelende omstandigheden voordoen. Geen incidenten die aanstoot gaven in een van de naburige dorpen of zelfs helemaal in Leiden.

Papa verzette zich daar nogal tegen en verbaasde zich over de onderlinge verbanden en intriges die hier en daar waren ontstaan of in stand werden gehouden.

Die toestanden, zoals hij ze keer op keer noemde, reikten trouwens niet veel verder dan de dorpsgrens. Hij sprak zijn verbazing er ooit over uit, hoe er een strikte scheiding werd aangehouden tussen 'aan zee', 'binnen' en 'aan de Rijn'.

Op het moment dat oom Henk klaar was met zijn visserij papieren, begon mijn vader net aan zijn eigen middelbare school. Dat kwam door het leeftijdsverschil.

Die bedroeg ruim 6½ jaar en Martin was ook nog eens gunstiger jarig.

In de praktijk wordt er in het dorp overigens niet meer zoveel gevist.

De bemanning van de schepen die nog wel onder de naam van het dorp varen, is door de uitgebreide familiebanden al voor vele jaren meer dan compleet.

De hele gang van zaken leek voornamelijk te worden bepaald door het idee dat je er in het dorp pas bij hoorde als je kon meepraten over - en iets deed in - de visserij.

Al was en is dat in de praktijk daar een nogal vaag begrip.

Oom Henk is trouwens met zeer veel plezier 'in de haring' gaan werken.

Achteraf gezien bleek de schoolkeuze daarom niet helemaal verkeerd.

Als bijkomend voordeel kwam hij door het doorlopen van de opleiding, die dus met de nadruk op die scheepvaart werd gegeven, in aanmerking voor vrijstelling van militaire dienst. Dat heette volgens mijn vader 'onmisbaarheid' en ook dat zei ie altijd alsof het hem pijn deed.

Zoals ik net al zei, was zijn zus Marieke al na drie jaar van school gehaald. In haar geval het voortgezet onderwijs en ook weer in het dorp. Het lag er evenmin aan dat ze niet kon leren of dom genoemd moest worden. Het draaide erom dat ze vanaf dat moment aan haar toekomst moest gaan werken.

De echte zogezegd en letterlijk, van de ene op de andere dag, kon ze daarmee aan de slag. Andere meisjes viel een soortgelijk lot ten deel.

Plaatselijk golden die drie jaar als een diploma en de middenstand kon zo een keuze maken uit het aanbod aan jongedames.

Weer een term van mijn vader trouwens.

Als een van de meisjes trouwens door had willen gaan met de opleiding dan moest ze naar de stad voor de hogere klassen. De school hield na 't derde jaar gewoon op.

– Mijn vader heeft me een keer uitgebreid verteld over hoe dat met die uitzet in elkaar stak, want Loes wilde daar nooit iets over zeggen. Ze kende het gebruik geloof ik niet en ze heeft er waarschijnlijk nooit aan hoeven meedoen.

Naar wat ik begrepen heb kocht een meisje, als ze voldoende had gespaard, of genoeg verdiend had met haar werk, of door het zakgeld dat ze van haar ouders kreeg als die daar rijk genoeg voor waren, textiel of glaswerk in pakketten van zes of acht stuks. Dat aantal was tevoren op de een of andere manier vastgelegd.

Het ging, volgens mijn vader namelijk op volgorde van een verlanglijstje dat ze van een winkel of fabriek hadden gekregen en als het bestelde binnen was gekomen werd alles in de grote kast op zolder bij elkaar gelegd.

Daar lag het vervolgens klaar voor als het zover was.

Maar ik denk dat daar op de leeftijd van mijn tante nog geen sprake van kon zijn.

Mocht Marieke eens een extraatje verdienen, door bijvoorbeeld over te werken in het 'seizoen', dan werd daar gezwind een pan of teil, een zogenaamde grote toevoeging, voor aangeschaft. Die spullen ging ze samen met haar moeder in de stad hier of in Haarlem kopen. Volgens Martin sprak het voor zich dat de buit in dezelfde kast werd opgeslagen. Daar stond immers de rest van de 'bruidsschat' ook al klaar.

Het is het woord dat hij ervoor gebruikte.

Ik geloof niet dat ie een voor- of afkeer had van het gebruik, maar hij deed er inderdaad een beetje meesmuilend over.

Hij vond het hilarisch hoe er op haar verjaardag of tijdens de feestdagen, trots aan de bezoekende tantes werd getoond hoe de voorraad gegroeid was sinds de vorige keer dat ze er waren en er hun bewondering over hadden uitgesproken.

Volgens mijn vader leek het wel of zijn zus, met het groeien van haar uitzet, door de volwassen dames steeds meer als een gelijke werd beschouwd.

Alsof ze door zich te schikken in de geldende gewoonte, groeide in achting.

Het ritueel wekte volgens hem de indruk dat ze langzamerhand binnen het dorp geaccepteerd raakte, maar het scheen - naar zijn idee - puur zo te gaan omdat het nu eenmaal de gewoonte was.

Alle respectabele, vrouwelijke dorpsbewoners onderwierpen zich eraan en weinig mensen schenen van deze gewoonte af te willen of durven wijken. Hooguit was er eens een gezin waarin de dochter zich eraan onttrok, maar dat werd dan al snel afgedaan alsof ze zich erboven verheven zouden voelen.

Of dat ze er domweg niets van wilde of kon begrijpen en in het ergste geval werd zo'n meisje dan oneerbaar genoemd. Het sprak voor zich dat ze het nog moeilijk zou krijgen. Blijkbaar werd ze ook bestempel als hoer.

Zo stond het immers in de Bijbel en van dat woord werd nauwelijks afgeweken.

De mensen werkten zich bijvoorbeeld kapot om het de toeristen zo gemakkelijk mogelijk te maken, maar op de dag des Heren was dat onmogelijk. Daarom de gewoonte om op zaterdagavond kwart voor twaalf af te rekenen als de badgasten op zondag wilden vertrekken. Zo bood het een maximum aan omzet en er werd niet tegen Gods woord gezondigd.

– Voor Martin was vooral duidelijk dat met elkaar mee kunnen praten, het roddelen was blijkbaar niet van de lucht in het dorp, belangrijker was dan daadwerkelijk iets presteren. Dat spel wilde hij niet meespelen en hij zei daarover telkens: "Prestaties leverde men uitsluitend binnen het dorp, want alleen daar telden ze."

Als men iets deed buiten die kring, onttrok dat zich aan de plaatselijke controle.

Iemand leek ermee vrijuit te gaan, zolang er in het dorp niet alsnog opmerkingen over te maken waren. Daarvan was echter uitsluitend sprake bij een duidelijk geval van criminaliteit en daar was God vanzelfsprekend ook streng op tegen.

Aan strafbare zaken deed men evenmin binnen het gezichtsveld van het dorp.

Of men nu Bijbelvast was of niet, de sociale structuur stond uitzonderingen niet toe.

Vanwege haar capaciteiten is tante Marieke een paar jaar later en in deeltijd tijdens de avonduren, een handelsopleiding in de stad gaan volgen. Dezelfde als waar mijn moeder op zat. Overdag werkte ze gewoon in die winkel uit de hoofdstraat.

Papa vertelde me telkens dat het zijn ouders uitdrukkelijk niet om het geld te doen was. Met eventueel kostgeld zou ze natuurlijk kunnen bijdragen, maar zij zette alle verdiensten vrijwel volledig op een spaarrekening bij de bank.

Dat droeg eraan bij dat iedereen via de achterklap min of meer kon bijhouden hoe het met die uitzet vorderde. Heel eenvoudig was immers na te tellen hoe de waarde daarvan steeg. Men ging in het dorp blijkbaar zo open met elkaar om dat eenieder elkaars' saldo eenvoudig kon narekenen.

Of de dames vroegen er onderling gewoon naar.

Het reilen en zeilen werd in de plaatselijke cafetaria, kapper of lunchroom van commentaar voorzien. Martin vertelde me weleens dat zo'n kopje koffie of thee 'uiteraard' vergezeld werd door een voorzichtig gebakje.

"Omdat het nou eenmaal kon en de lekkernij anders maar zou bederven."

Mijn vader maakte dat grapje vaak.

Trouwens ook als mijn oom en tante op visite waren, werd er onder elkaar zo luchtig over gesproken. Het idiote idee dat erachter verborgen zat, leek niemand te deren en daar verbaasde mijn vader zich later tegenover mij weleens over.

Hij vond het overduidelijk nogal opmerkelijk dat vrijwel iedereen zich in die malle regels leek te schikken.

– Het werd oogluikend aan 'de slimmeriken' voorbehouden om zich voor te bereiden op een ander soort toekomst en daar gebruikte hij datzelfde woord telkens voor en werd er nooit bij tegengesproken door zijn familieleden als ze bij ons waren en het toevallig ter sprake kwam.

Ik heb trouwens nog een mooi voorbeeld van zo'n rare gang van zaken.

Dit zal u dus wel willen horen. Ik ben zoals ik eerder heb verteld, vernoemd naar mijn opa en die had in het dorp 'n aanneem bedrijf. Dat de vader van mijn vader zich weleens opzij liet schuiven en niet voldoende voor zichzelf op leek te komen, was voor papa en zijn broer ooit als een paal boven water komen te staan.

Zo bleek ie bij zijn werk verschillende tarieven te hanteren en schikte zich daarmee in de regels. Papa noemde dat het onderscheid tussen de welgestelde families en die die het blijkbaar minder voor de wind was gegaan.

Als een rekening bijvoorbeeld niet op tijd betaald werd, hing het er sterk vanaf of opa er direct, dan wel via allerlei plaatselijke omwegen, actie tegenover stelde om het aan hem verschuldigde geld alsnog te ontvangen. Zo werkte dat daar.

In de ogen van mijn vader schoot die van hem, zakelijk gesproken, tekort.

Hij meende zelfs waargenomen te hebben dat er op die manier in het dorp misbruik van zijn diensten en bedrijf, zijn goedigheid werd gemaakt.

Het schijnt binnen de familie ook weleens de aanleiding te zijn geweest voor conflicten, maar heeft kennelijk nooit een probleem opgeleverd. Mijn opa bleek in het hanteren van zijn tarieven een onderscheid te maken tussen personen waar hij kennelijk respect aan wilde tonen en mensen zoals hemzelf.

Zulke klanten noemde hij dan 'gewoon' en deze trad hij aanzienlijk zakelijker tegemoet. Wonderlijk genoeg bleek het tarief voor de eerste categorie, toch aanzienlijk rijkere lui, vaak lager dan voor de wat minder welgestelden.

Oom Henk, maar ook mijn vader, verbaasden zich daar indertijd over.

Ik denk dat mijn vader toen al in den Haag op school zat en daar leerde hij natuurlijk over allerlei manieren van zakendoen.

Wat er bij mijn opa precies bij kwam kijken, of waardoor het onderscheid bepaald werd, is hem nooit helemaal duidelijk geworden. Het begon echter te storen dat zijn moeder haar man er klakkeloos in leek te volgen. Oma beklaagde zich weliswaar weleens over het uitblijven van betalingen, maar ondernam geen actie.

Mijn opa en oma woonden al enige jaren, eigenlijk vanaf vlak na hun huwelijk, in het dorp. Ze kenden de geschiedenis van de diverse families hierdoor uit de zogenaamde 'overlevering' en hoewel veel achtergronden door de oorlog verstoord zijn geraakt, kwam men daar regelmatig op terug.

Maar dat er intussen wat generaties overheen waren gegaan en die oude lijnen doorbroken waren, scheen veel mensen te ontgaan. Martin, maar ook zijn broer en zus konden vaak de aanleiding voor hun ouders' houding niet plaatsen.

Voornamelijk omdat ze er geen verklaring voor kregen als ze ernaar vroegen.

Opa gaf dan kennelijk de dooddoener: "De zaken liepen nou eenmaal zo",

Of zij zouden het niet begrijpen omdat: "Het al van voor de oorlog zo ging."

Mijn vader vertelde dat hij, zelfs als klein jongetje al, er alert op was dat zijn familie geen misstappen zou begaan.

Hij was zich dus al vroeg bewust van de geldende bekrompenheid.

Tot zijn ergernis bleek hij dit echter nooit ter sprake te kunnen brengen. Hij kon er namelijk blind op vertrouwen dat zijn ouders het gewoonweg zouden ontkennen als er zakelijk iets mis driegde te lopen. En mocht ie al bevestigd worden in zijn waarnemingen, wat zou hij er dan aan kunnen doen?

Kon hij mijn opa aanzetten om beter voor zijn belangen op te komen?

En ging dat dan omdat zijn jongste zoon hem ertoe had aangezet?

Voor z'n gevoel werd papa toch al met de nek aangekeken in het dorp. Zijn avondstudie en de aanvullende lessen die hem het begeerde colloquium hadden opgeleverd, waren ter plaatse voorbehouden aan volwassenen!

Sowieso wilde iedereen wel wat met zijn avonden doen. Er waren niet veel alternatieven voorhanden tenslotte. Veel, zoals vanaf de straat zichtbaar tv kijken, maar ook eens een theater bezoeken of - nog erger - naar de film gaan, werd door de kerk verboden. De sociale controle stond geen afwijkingen van 'de geldende normen' toe.

Alleen de meer vrijgevochten mensen, die vervolgens vaak heidenen of ongelovigen werden genoemd, konden zich anders gedragen.

Papa heeft nooit gehoord hoe de normen luidden of waar ze waren vastgelegd, maar studeren leek niet de juiste manier om iets nuttigs met je tijd te doen.

Papa dacht dat de dorpsbewoners daarom op hem neerkeken.

En, zoals hij tijdens zijn schooltijd al van zijn ouders had moeten horen, vroeg men weleens of hij: "Misschien dacht dat ie beter was dan de rest?"

Soms werd 't hem door de dorpsgenoten letterlijk voor de voeten geworpen!

Oorspronkelijk vonden z'n ouders - gesteund door de mentor van de middelbare school - het niet zo'n goed idee dat hij zich ervoor inschreef. Maar de leraren waren enthousiast dat ze een leerling hadden die daadwerkelijk verder wilde en niet alleen de tijd kwam passeren voor het aanzien van het dorp.

Het volgen van een vakopleiding als stap verder, de mogelijkheid om een carrière na te streven, werd zijn doel. Hij wilde net zoals zijn zus Marieke later hier in Leiden deed, naar de handelsschool. Zij het dat hij voor die speciale, hogere in Den Haag koos. Daar hoopte hij zich te bekwamen in economie.

Als bijvak deed hij er Engels. Dat vak was hem eerder op de middelbare school al tamelijk gemakkelijk afgegaan. Hij verwachtte er daarom geen overweldigende moeilijkheden bij te ondervinden.

Overigens had ie wel een stok achter de deur, zo noemde ie het altijd.

Als hij niet het vereiste aantal studie uren volgde of er te weinig succes wist te behalen, dus de opleiding niet op de van tevoren opgelegde manier volgde, zou het 'uitstel van eerste oefening' komen te vervallen.

In dat geval moest hij zich per omgaande, dat wil zeggen binnen maximaal 3 weken na uitschrijven van de opleiding, melden op de kazerne die in die eerste oproep vermeld stond. Daarom studeerde hij zo hard.

Overigens was een opleiding volgen, ook voor andere dorpsjongens een vluchtweg om daar onderuit te komen. Maar dan werd er meestal gekozen voor een richting die te maken had met die visserij en de erbij horende zeevaart.

Papa vertelde trouwens graag zijn grapje van de gouden regel: "Wie het goud heeft, maakt de regels."

– Over de geschiedenis van mijn moeder kan ik niet zoveel vertellen. Ik heb eerder al gezegd dat ze nogal op zichzelf is. Ik weet dat ze op school, ook op de lagere, telkens een voorbeeld voor de klas was. Maar dat ze met die rol veel moeite had, heeft ze me verscheidene keren verteld. Ook mijn vader maakte weleens een opmerking over deze eigenschap en noemde haar dan verlegen.

Ze kon zich als klein kind blijkbaar het beste verbergen in de muziek. Mijn oma vertelt dat namelijk vaak en dat ze er blijkbaar heel erg goed in was, komt er altijd gelijk achteraan.

Volgens haarzelf ging het aanvankelijk om blokfluitspelen met de rest van de klas. Maar het bleek dat het bespelen van een instrument tot de mogelijkheden behoorde en dat maakte de gang naar de muziekschool aan het Rapenburg logisch.

Daar kreeg ze les, die ze op de piano in de huiskamer boven de winkel, in praktijk kon brengen. Ze vertelt ook nu nog dat ze het heerlijk vond om er in alle rust te studeren. Er was geen dwang en haar ouders lieten haar begaan. Die hadden hun handen vol aan de winkel. Marjolein en ik mochten het later ook, maar de muzieklessen waren intussen te duur geworden.

En het was te ver van huis.

Loes had van haar moeder leren rekenen en lezen. Toen ze naar de kleuterschool ging, kon ze dat al. Op de lagere school lag ze daardoor al snel voor op de andere kinderen. Het zorgde ervoor dat ze de derde klas over mocht slaan.

Zelf zegt ze altijd dat ze: "Gewoon haar best deed."

Papa stelde ons vaak ten voorbeeld dat we: "Ons moesten gedragen zoals mama altijd heeft gedaan."

We moesten altijd goed onze best doen en netjes ons huiswerk maken.

Toen ik op de middelbare school zat heeft ze me weleens wat tips gegeven, dat heeft me geloof ik wel geholpen.

Zoals u weet hebben de ouders van mijn moeder, hier in het centrum van de stad, een winkel. Het was altijd een kruidenierswinkel, maar in de loop der tijd is de nadruk komen te liggen op delicatessen.

In de binnenstad is 't blijkbaar al lange tijd dé winkel waar de mensen olijfolie, blikjes met ingelegd fruit, fijne vleeswaren en speciale chocolade kopen. Ik bedoel die hele bittere uit België of van die lekkere chocolade die gezoet is met sinaasappelschillen. Intussen kun je dat overal in de supermarkt halen, maar men bezoekt hun winkel er nog speciaal voor. Oma noemt de klanten: "Het betere publiek."

– Dat haar ouders zo blij met haar waren, kwam voort uit het gegeven dat ze eigenlijk hun tweede kind was. Dat broertje heeft ze echter nooit gekend. Door een gebrek aan zijn hartje is ie overleden toen hij net een jaar oud was.

Mama zei indertijd dat het volgens de dokters de kritische leeftijd voor zijn kwaal zou zijn geweest. Met een jaar, hooguit twee, zou hij er misschien overheen gegroeid zijn.

Bij mijn oma en opa staat er een zwart/wit foto van een baby in een bedje op de kast in een zilveren lijstje. Loes, mijn moeder heeft een keer verteld dat het de enige herinnering was die ze aan hem hadden bewaard.

Ik had dus nog een oom kunnen hebben, maar het is anders gelopen.

103

Er schijnt nooit iets over gezegd te zijn, tot ze op haar zesde te horen kreeg van zijn bestaan. Een tante maakte tussen neus en lippen door de opmerking dat ze een broertje had: "Je moet je voorstellen dat Freddy nu al acht zou zijn.
Lijkt het je niet leuk als je een grote broer gehad zou hebben?"
Loes kon zich van die opmerking herinneren hoe haar vader met een boze blik naar zijn zuster heeft gekeken. Hij zou zomaar zijn opgestaan en was naar de keuken, naar haar moeder gelopen.
Mijn moeder had zich er nogal over verbaasd dat ze erg lang wegbleven.
En dat haar tante intussen stil naar buiten was blijven kijken.
Zoveel stilte was ze niet gewend en ze heeft verteld dat ze niet wist hoe ze die kon verbreken. Dat ze maar was maar opgestaan en haar rapport had gehaald om aan die tante te laten zien..
Nog steeds heerst er op het ter sprake brengen van mijn ome Fred een taboe.
Maar toen Loes een jaar of twaalf was is ze er blijkbaar toch nog met mijn oma op terug gekomen. De strijd die haar ouders hebben gevoerd om hem te behouden en het verdriet dat ze hebben om zijn verlies, is haar toen duidelijker gemaakt.
Maar het taboe is er niet door opgeheven.
Mama heeft later verteld dat haar ouders meer dan een half jaar lang iedere dag naar het universiteitsziekenhuis gingen. Hoe haar broertje een keer in het weekend mee naar huis mocht en dat die ene foto toen van hem gemaakt is.
Mijn opa had er speciaal een camera voor geleend van een kennis.
Ik kan me herinneren dat mama nog steeds onder de indruk was, toen ze er met Marjolein en mij over sprak. Ze vertrouwde ons toe hoe opa het verlies maar heel moeilijk kon verwerken en er nog meer moeite mee had dan zijn vrouw.
Schijnbaar had mijn oma voornamelijk geworsteld met die zwangere buik 'van haar', een verdrietige man en haar eigen verslagenheid. Mijn moeder herhaalde letterlijk wat oma indertijd tegen haar gezegd had: "Maar toen jij er eenmaal was en alles goed leek, waren we reuze blij met je.
We hebben besloten dat we de knop om zouden draaien.
We zouden Freddy in ons hart bewaren."
Ik heb nooit gehoord in hoeverre ze het verdriet van haar ouders kon begrijpen.
Ze heeft ons evenmin verteld hoe ze er haar eigen emoties tegenover wist te stellen.
Of hoe ze haar moeder heeft kunnen troosten.
Ze heeft zich wel laten ontvallen dat ze misschien een arm om haar heen had moeten slaan. Of dat ze samen even hadden moeten huilen.
Dat haar dat niet gelukt is, leek haar overigens logisch.
Ze was toen net een paar dagen twaalf en ik ben bang dat ze het er nooit meer over hebben gehad. Zo nu en dan heeft ze het weleens over een groot gezin, maar dan doet ze altijd zo dromerig. Daar kunnen mijn zus en ik niet zo goed tegen.
Ik denk dat u dat je gevoelens tonen noemt en dat zijn we niet zo goed gewend.

Anouk

De laatste les van deze dinsdag is uitgevallen. De wiskundeleraar werd plotseling naar huis weggeroepen. Er was iets aan de hand met een ongeluk of iets met zijn vrouw. Hals over kop heeft hij de de school verlaten om er naartoe te gaan.

Wie erna geen les meer had mocht weg van de rector. De andere leerlingen konden in de kantine wachten op de volgende.

Of op het schoolplein, als ze zich rustig zouden gedragen.

Als er een les uitvalt, vormt dat normaal een aardige bijkomstigheid.

Niemand had deze echter voorzien. Er waren daarom geen plannen gesmeed om de vrijgevallen tijd gezamenlijk in te vullen. Vrijwel iedereen is zo snel mogelijk naar huis gegaan. Hoewel ze in andere gevallen meestal in kleine groepjes naar een museum vertrekken, of gaan koffiedrinken bij het station. Deze keer bleek het voor vrijwel iedereen de laatst les van de dag.

Voor Hans vormde het naar huis gaan, geen aantrekkelijke optie.

Straks gaat ie nog naar het ziekenhuis voor het dagelijkse bezoekje aan zijn vader. Eerst naar huis fietsen en dan snel terug sprak hem niet aan.

Voor de vijf tot hooguit tien minuten die hij er zou kunnen doorbrengen, vond ie het niet de moeite waard. Het zou erop neerkomen dat ie alleen zijn tas thuisbracht of deze, door de krap beschikbare tijd, even snel neer kon zetten in de gang.

Buiten waait het flink en volgens het weerbericht staan er nog fikse regenbuien op het programma, al is het nu nog droog.

Om de tijd enigszins nuttig door te brengen, is hij in de kantine gaan zitten. Juffrouw Annie, die er overdag haar regime uitoefent, is allang naar huis. Hij is er daarom van uitgegaan er het rijk alleen te hebben en heeft het er zich comfortabel gemaakt door er aan een van de tafels achteraan te gaan zitten.

Hij kan er de tijd vullen door alvast wat huiswerk te maken voor het proefwerk natuurkunde van de volgende week. Voornamelijk in verband met het licht daar, is ie doorgelopen tot helemaal bij het raam.

Net nadat hij alles om aan de slag te kunnen uit z'n tas heeft gehaald, zijn boek en het schrift met kladpapier op de tafel heeft klaargelegd, betreedt zijn klasgenootje Anouk de ruimte. Aarzelend blijft ze even in de deuropening staan.

Ze lijkt aanstalten te maken om zich aan een van de tafels vlakbij de balie, waaraan in de pauze onder andere melk, spritsen en penny wafels worden verkocht, te nestelen. Dan merkt ze Hans op en loopt door naar waar hij is gaan zitten: "Vind je het erg als ik erbij kom?"

Zonder op een antwoord te wachten neemt ze op de stoel recht tegenover hem plaats. Haar tas zet ze op die ernaast.

Meteen staat ze weer op en doet ook haar jas uit. Die legt ze over de stoelleuning, half op de tafel bovenop haar tas.

Vervolgens werpt ze haar shawl er overheen en neemt weer plaats.

Zo te zien heeft ze het erg warm, ze lijkt zelfs een beetje te zweten.

Anouk is een van de meisjes uit zijn klas, maar ze hoort niet bij een van de kliekjes die de dames onder elkaar vormen. Meestal loopt ze in de pauze alleen over het plein, al heeft Hans ook weleens gezien hoe ze probeerde om met een van de meisjes uit de parallelklas een praatje aan te knopen.

Op de een of andere manier valt ze een beetje buiten de boot. Het is hem niet duidelijk waarom het zo is, maar het is iets waarvan ie kennis heeft genomen.

Waarschijnlijk heeft hij het bij haar vooral herkend omdat ie zichzelf ook nergens bij heeft laten inlijven. Hans moet iedere middag naar het ziekenhuis. Zo kan ie zich heel eenvoudig aan allerlei 'verplichtingen' onttrekken. Plichtplegingen die samenhangen met de sociale contacten op school, maar ook andere waarin hij geen zin heeft om eraan deel te nemen.

Het ontwijken gaat 'm gemakkelijk af.

Hem stoort het alleengaan en -staan niet, maar van Anouk heeft hij een aantal keren de indruk gekregen dat ze liever vrienden of een vriendin wil hebben. Hans kan niet zeggen waarom hij het denkt, maar hij heeft het idee dat ze misschien wat eenzaam is. Het lijkt hem dat zij wél heel graag bij een van de groepjes die er in de klas bestaan, zou willen horen. Hij dus niet.

Anouk is nogal mollig. Je kunt haar niet echt dik noemen, maar helaas voor haar is ze niet een van de slankste types uit de klas. Als hij ernaar zou worden gevraagd, zal ie vaststellen dat ze met haar figuur tamelijk opvalt in vergelijking met de andere meisjes. Die zijn allemaal nogal tenger of erg slank en ogenschijnlijk besteden de meesten erg veel tijd aan hun figuur en kleding.

Anouk doet daar duidelijk niet aan mee. Ze loopt altijd in een grote spijkerbroek met omgeslagen pijpen bij haar voeten en draagt daar wijde truien overeen. Door dit onderscheid maakt ze een een nogal lompe indruk, maar dat komt uitsluitend omdat die andere meisjes in vergelijking met haar zo frêle ogen.

Anouk heeft het streven naar elegantie waarschijnlijk opgegeven, want ze houdt zich niet bezig met praatjes over de diëten die je kunt volgen, leuke kleding en boetiekjes waar je die kunt kopen, nagellak of andere uiterlijkheden.

Het lijkt er vaak op dat die andere meisjes daar juist nooit over uitgepraat raken.

Hans heeft aan het begin van dit schooljaar van een klasgenoot gehoord dat ze op de lagere school, waar ze samen met zijn informant zat, Anoek heette.

Met een 'e' in plaats van die 'u'.

De jongen had het nogal 'overdreven' gevonden dat ze haar naam 'zo exotisch' had gemaakt, al was dat vanzelfsprekend alleen te merken als je het opschreef.

Hans heeft het daarbij gelaten. Er zijn volgens hem wel meer collega's, meisjes én jongens, die plotseling na aankomst op deze school hun naam aangepast hebben.

Het zou trouwens pas 'erg' zijn als ze er Anouque van had gemaakt.

Dat behoorde immers tot de mogelijkheden en zou haar naam inderdaad erg exotisch hebben gemaakt!

Zo weet hij zeker dat Gaby, wiens naam je net zo uit moet spreken als van dat Amerikaanse filmsterretje, eigenlijk Gabriëlle in haar paspoort heeft staan.

Al zou hij niet kunnen vertellen hoe hij aan die wetenschap is gekomen.

En heette John vroeger niet gewoon Johan op de lagere school?

Hoe zit het trouwens met Dave, Claire en Jamie?

De personen naar wie zij vernoemd zouden kunnen zijn, waren ten tijde van hun geboorte nog helemaal niet bekend. Hun namen werden anderhalf decennium geleden nog niet gebruikt als merk.

De mensen naar wie ze zijn vernoemd, zijn immers pas sinds kort beroemd.

Het leek hem niet de moeite waard om er nader op in te gaan en liet hem eigenlijk koud wat zijn klasgenoten met hun naam deden. Hij is altijd tevreden geweest met die van hemzelf. Als iemand zich beter voelt door die van hem of haar aan te passen dan moet je die keuze respecteren.

Hans schikt uitnodigend zijn spullen bij elkaar. Hij wil Anouk voldoende de ruimte geven om die van haar ook op de tafel te leggen.

Ze draait zich opzij, tilt met haar ene arm haar jas op, slaat met de andere de tas open. Door haar bewegingen kan hij de bandjes van de bustehouder binnenin haar trui zien. Dat ze eigenlijk reusachtige borsten heeft, valt 'm voor het eerst op.

"Ik ga me........."

Hans verstaat niet wat ze zegt omdat Anouk haar hoofd van hem afgedraaid houdt, zacht voor zich uit spreekt en half met haar gezicht achter die jas verdwijnt. Hij wil haar niet vragen om het te herhalen. Afgaande op haar toon was de mededeling niet belangrijk. Het leek erop dat ze de opmerking maakte om de stilte te verbreken.

Wat ze precies zei, doet er dan natuurlijk niet toe.

Hij buigt zich over het boek dat voor hem ligt. Het stoort 'm dat ie zojuist onbeschaamd naar haar bleekheid heeft kunnen kijken. Als zijn klasgenootje echter met hem wil praten dan kan dat. Nu wil hij verder met waar hij aan begonnen was.

Vlak voordat ze binnenkwam.

Onder het doornemen van de stof, kijkt hij toe hoe ze een voor een wat pennen uit een etui neemt en deze keurig naast elkaar voor zich neerlegt. Haar schrift legt ze erachter met daaraan zorgvuldig parallel een kladblok.

Als alles precies naar haar zin gerangschikt ligt, pakt ze hetzelfde boek als waar hij in zit te studeren uit haar tas.

"Jij ook?"

Ze blijkt hem vragend aan te kijken en Hans neemt aan dat ze zojuist toch iets aan hem gevraagd heeft. Ze zal dus een antwoord verwachten, maar waar ging haar vraag over?

Hij kijkt terug en blijft zwijgen.

Het meisje buigt zich voorover en slaat het boek open.

Hans vindt 't nu echt opvallend hoe wit ze eruit ziet.

Ze zoekt dezelfde bladzijde op als waar hij zit te werken en controleert dit door zich naar hem over te buigen om de pagina te kunnen bekijken. Hij stelt vast dat ze waarschijnlijk ook het proefwerk van volgende week voor zal willen bereiden.

Snel slaat ie zijn ogen neer om niet weer in haar te trui te hoeven kijken.

Hij vindt natuurkunde een leuk vak en heeft thuis al vaak uit belangstelling in het boek zitten bladeren. Voorwerken noemt hij dat. De interesse heeft er al een aantal keren toe geleid dat hij de stof die hun leraar nieuw aansneed al min of meer kende. Meneer Klapwijk heeft daarom al 'ns opgemerkt dat hij hem een ijverige leerling vindt.

Langs zijn neus weg, dus niet met zoveel nadruk dat Hans zich bezwaard voelde.

107

Weer draait ze zich van hem af en begint in haar tas te graven. Dan haalt ze met een triomfantelijke grijns een lichtblauwe rol met snoepjes tevoorschijn.

"Wil je er een of lust je deze niet?"

Hans pakt er een van haar aan.

Het blijken dropjes te zijn met een laagje pepermunt er omheen. Hij proeft het als ie 'm even later doorbijt. Hij kent ze niet en vindt de combinatie van de smaken lekker.

Toch durft ie geen tweede te vragen als ie de eerste heeft doorgeslikt.

Het rolletje ligt tussen hen in, maar de brutaliteit om er zomaar nog een uit te pakken kan ie niet opbrengen. Tevreden gaat hij verder in z'n boek.

"Heb jij dat ook weleens?"

Zijn klasgenoot kijkt hem aan en als ze ziet dat hij naar haar kijkt, vervolgt ze haar betoog. "Dat je je afvraagt waarom mensen doen wat ze doen.

Dat je eigenlijk vooral nieuwsgierig bent naar hun beweegredenen?"

Hans probeert verbaasd naar haar te kijken, hoezo vraagt ze zoiets?

"Ja natuurlijk. Dat is toch altijd de vraag die bij je opkomt als je iemand ergens mee in de weer ziet?

Volgens mij heet het belangstelling of misschien zelfs behulpzaamheid als je er een actie aan verbindt.

Er zal wel een officiële term voor zijn."

Hij kan niet kiezen of ie haar ontzettend dom moet vinden, of juist vreselijk slim.

Waarom komt ze trouwens met deze vraag op de proppen?

Hij bedenkt dat ze erover nagedacht moet hebben, maar tevens beseft ie dat de manier waarop ze het onderwerp aan hem voorlegt nogal obligaat klinkt.

Dit soort vragen verwacht je uitsluitend bij televisie programma's. Daar worden ook plompverloren dit soort zogenaamd 'diepzinnige kwesties' aan de orde gesteld.

Bij sommige van die programma's ligt het er volgens hem dik bovenop dat de vragen van tevoren zo zijn afgesproken. Dan kan er van spontaniteit natuurlijk geen sprake meer zijn. De rest van zo'n programma lijkt er dan omheen verzonnen en kan vervolgens beter een show heten.

Hij ziet het vooral in zogenaamde talkshows en haat het eigenlijk.

Vooral omdat het gevraag nooit iets toevoegt aan wat er nog ter sprake komt.

Hans vindt het kijken baar zulke programma's zonde van z'n tijd en heeft er telkens spijt van dat ie is blijven zitten om de rest toch helemaal te zien.

Nu haalt ie zijn schouders op en jokt.

"Nooit zo bij nagedacht eigenlijk."

Ze pakt het rolletje met snoepjes op, drukt er nog een stuk of vier uit en veegt ze bij elkaar tussen hen in.

"Als je er nog een wil, moet je die maar pakken."

Al sprekend steekt ze er eentje in haar mond. Ze kijkt even naar hem, maar lijkt meer gefocust op iets achter hem, buiten in de verte. Haar ogen houdt ze er een klein beetje bij dicht, alsof het allemaal wazig voor haar is en het toeknijpen helpt om toch duidelijkheid te verkrijgen. Hans weet niet meer of ze in de klas weleens een bril draagt. Zo een die het lezen van het bord eenvoudiger moet maken bijvoorbeeld. Van twee jongens weet hij dat ze er een gebruiken, maar of zij er weleens een op heeft kan ie zich opeens niet voor de geest halen. Ze gaan verder met studeren.

Het proefwerk zal over optica gaan. Volgens zeggen is dat onderwerp een stokpaardje van hun leraar en hij schijnt er hele lastige opgaven over te maken met allerlei ingewikkelde berekeningen erin.

Hans heeft zich voorgenomen om de formules en wetten rond brekingen en reflecties goed in z'n hoofd te stampen. Dat kan sowieso geen kwaad lijkt hem. Van wat ie er tot nog toe van begrepen heeft, zijn de tabellen waarin van diverse materialen de indexen vermeld staan, eenvoudig toe te passen met zelfs maar een eenvoudige rekenmachine. Het gaat om zogenaamde brekingsformules.

De theorie daarachter zitten ze nu te leren.

Hij begint voor de derde keer aan het hoofdstuk en 't valt 'm op dat Anouk al een hele tijd naar dezelfde bladzijde zit te loeren. Zou ze in slaap gevallen zijn of zit ze gewoon te suffen?

Ze heeft haar hoofd gebogen en lijkt rustig te zitten lezen.

Het valt hem weer op hoe blank haar huid is, ze ziet echt witjes!

Hij kan haar ogen niet zien en kan evenmin bekijken of ze die dicht heeft. Hans besluit nog even op te letten. Als ze merkt dat hij naar haar kijkt, dan zal ze haar blik wel even opslaan. Afgeleid door het wachten pakt ie het laatste snoepje.

Anouk kijkt hem plotseling aan, smekend lijkt het wel.

"Wil je even wat suiker voor me pakken?

Ik zit geloof ik een beetje laag."

Hans weet niet zo goed wat hij moet doen, hoezo laag?

Geïntimideerd door haar verzoek staat ie op en loopt naar de balie waar juffrouw Annie haar negotie voert. Hij vindt er een schaaltje met kokertjes waarin volgens de opdruk coffee-creamer en sugar zit. Hij ergert zich eraan dat het weer in dat namaak Engels moet. Volgens hem noemen ze het overzee Sweetener en gewoon Milk.

Ernaast staat een bekertje met plastic roer staafjes.

Die heeft hij niet nodig.

Daarom pakt ie alleen maar een paar van die papieren kokertjes met 'sugar' erop en loopt ermee terug naar hun zitplaats. Terwijl hij weer gaat zitten gooit hij ze voor haar neer. Op de een of andere manier voelt hij zich plotseling gespannen, het lijkt alsof ie haast heeft. Maar waarom?

Anouk's rechterhand lijkt te beven als ze een van de kokertjes van tafel grist.

Het ziet eruit alsof ze een soort 'trekkingen' heeft. Ze spant haar vingers, maar eenmaal tot een vuist aangetrokken ontspant haar hand zich onmiddellijk weer.

Haar andere hand heeft ze naast zich op de stoel laten vallen.

Ze beweegt haar schouder naar voor en achter, maar Hans kan niet goed zien of ze ook in die hand stuiptrekkingen heeft.

"Wat moet ik hier nou mee?

Had je niet even wat water voor me kunnen meebrengen?

Zo kan ik het toch niet innemen!"

Hans schrikt van haar heftige reactie.

Inderdaad is het niet bij hem opgekomen dat Anouk de suikerzakjes makkelijker met wat water in kan nemen. De bedoeling van dat innemen is hem sowieso ontgaan.

Toen ze om suiker vroeg, nam hij aan dat zo'n kokertje moest voldoen en dat ze die in haar mond zou kunnen leeg gieten.

Klakkeloos is ie ervan uitgegaan dat ze wel zou weten hoe ze het kon gebruiken, maar ziet in dat het blijkbaar anders zit.

Snel staat hij op om terug naar de balie te lopen. Hij kan eenvoudig dat bekertje leeggooien waar die staafjes in zitten. Die zal nog wel schoon genoeg zijn en hij kan 'm vol laten lopen onder de kraan.

Als ie er geen kopje of glas aantreft.

Weer teruglopend ziet hij hoe Anouk intussen nog twee van de kokertjes in haar mond leegstort. Haar hoofd houdt ze er zo ver mogelijk voor achterover. Met haar mond wijd open giet ze de opengescheurde zakjes een voor een leeg op haar tong.

Terug bij de tafel ziet hij dat ze er al vier heeft verslonden.

Ze moet het ook nog warmer dan zoeven hebben gekregen, want ziet er bezweet uit.

Hij reikt haar het bekertje met water aan. Gulzig giet ze intussen nog een suikerzakje leeg in haar mond, kauwt even op de korrels en drinkt een paar slokken.

Ze scheurt nog een kokertje open en houdt die voor zich.

"Als ik een hypo heb dan gaat het nogal snel, bedankt je dat me hebt geholpen."

Dan giet ze ook dat kokertje leeg in haar mond, leunt naar achteren en pakt het bekertje van tafel. In een teug slokt ze het restje water op.

Hans ziet hoe ze intussen weer wat kleur op haar wangen heeft gekregen.

Het stelt hem gerust want blijkbaar was ze niet in orde. Terwijl stoort 't hem dat ie niet weet wat er met haar aan de hand was.

Hij durft weer te gaan zitten en wacht af.

Ze zal hem zo meteen waarschijnlijk wel vertellen wat eraan mankeerde.

Eerst moet ze even bijkomen, dat kan ie aan haar zien.

Eventueel kan hij straks aan haar vragen hoe de vork in de staal steekt.

Normaal is Anouk een tamelijk rustig, misschien zelfs wel een stil, meisje.

Zo kortaf en snauwerig als ze daarnet was, heeft ie haar nog nooit meegemaakt.

"Zal ik nog wat water voor je halen?"

Met een knikje schuift ze de beker tussen de papiersnippers door naar zijn kant van de tafel. Met een lege blik kijkt ze hem aan.

"Ja graag.

En als er nog wat van die suiker dingetjes liggen, wil je er daar dan nog een paar van voor me mee nemen?"

Hans veegt de lege zakjes en afgescheurde snippers bij elkaar en knijpt ze in zijn vuist tot een propje. Dan loopt hij weer naar de andere kant van de kantine, om de beker opnieuw te vullen. Hij weet dat ie er nog twee of drie van die kokertjes heeft zien liggen. De prop gooit ie in de vuilnisbak die bij de balie staat.

Uit gewoonte spoelt ie zijn handen schoon onder de kraan.

Ook het bekertje laat ie een keer helemaal vollopen en giet 'm dan weer leeg. Het lijkt hem dat het water nu wat koeler zal zijn dan daarnet. Zelf heeft ie geen dorst.

Hij zakt op zijn hurken om onder de balie te zoeken naar een extra voorraad van die suiker. Er staat een doos met klonten, daar zijn er hooguit drie of vier uit. De rest ligt nog keurig in het gelid te wachten op gebruik.

Daar kan hij een stapeltje van meenemen.

Hij gooit er een stuk of tien in 'n kartonnen bekertje dat ie erachter vindt.

Hoeveel suiker zou Anouk nodig hebben om weer tot zichzelf te komen?

Ook de twee kokertjes van bovenop de balie doet hij erbij. Hij pakt het bekertje met water en dan gaat hij terug naar hun zitplaats.

"Ik vind het hartstikke lief van je dat je me zo helpt."

Ze kijkt hem aan.

Hij weet dat de manier waarop ze dat doet een warme blik genoemd wordt.

Die manier van kijken kent hij niet van haar. Overigens ook niet van iemand anders, zo heeft een meisje namelijk nog nooit naar hem gekeken.

Misschien ooit zijn moeder, hij neemt aan dat ze moederlijk naar hem kijkt.

Hij wordt er verlegen van, wat moet hij tegen haar zeggen?

Kan hij toegeven dat er eigenlijk geen keuze was.

Hoe hij zich door de situatie, haar hulpeloze maar dwingende manier van spreken, voor het blok gezet voelde?

"Heb je daar vaak last van?

Hoe noemde je het, laag zitten?

En in hoeverre helpen daar die suikerklontjes eigenlijk bij?"

Hans durft haar niet direct aan te kijken en doet of hij iets achter haar hoofd ziet waar hij onder het spreken goed op moet letten.

Anouk haalt haar schouders op. Ze wil het blijkbaar niet aan hem uitleggen.

Hans vermoedt dat het haar moeite kost en voelt zich dom. Had ie moeten weten wat er met haar aan de hand was?

Hij vraagt zich af in hoeverre hij haar deze gêne had kunnen besparen?

Hoeveel schuld moet ervan op z'n schouders nemen?

Wat was overigens zijn verantwoording?

Hij slaat zijn boek dicht en doet 'm in z'n tas.

"Ik moet gaan, het bezoekuur begint zo en het is nu nog droog.

Ik wil niet te laat bij m'n vader aankomen."

"Ik heb diabetes en soms zijn mijn bloedsuikers te laag. Dan moet ik wat suikertabletten nemen, maar die heb ik vanmorgen opgemaakt.

Ik wist niet dat er nog een hypo achteraan zat te komen.

Sorry voor de overlast en nogmaals bedankt dat je me hebt geholpen."

Ze leunt over de tafel naar hem toe en tuit haar mond.

Het lijkt erop dat ze hem een kus wil geven.

Omdat Hans net opstaat mist ze hem.

Ze stoten met hun hoofden tegen elkaar.

Anouk schiet in de lach en bukt zich iets verder voorover, dan lukt het haar om hem alsnog een kus op de wang te drukken. In een glimp ziet ie hoe haar borsten nog even opvallend wit zijn als hiervoor.

"Bedankt hoor, je bent heel lief."

Hans richt zich op en pakt zijn jas van de stoel naast hem. Hij doet een stap naar achter en begint 'm aan te trekken. Zijn wang, om precies te zijn de plek waar ze hem net gekust heeft, voelt warm aan.

Hij is bang dat ie staat te blozen en draait zich een beetje van haar weg.

Als hij zijn andere arm in de mouw steekt stoot ie tegen het glas van het raam er dat veroorzaakt een klap.

Hij schrikt ervan en kijkt naar het meisje of ze ook geschrokken is.

Anouk zit weer over haar boek gebogen en lijkt verdiept in de tekst. Toch ziet het er vreemd uit en Hans schrikt ervan. Wat moet ie doen als ze weer laag zit.

Moet hij hulp laten komen, een dokter roepen?

De conciërges zitten beneden in hun portiersloge.

Kan hij snel naar ze toe hollen en vragen of zij weten wat eraan te doen is?

Hij kijkt nog eens naar zijn klasgenootje. Blijkbaar heeft ze het opeens in de gaten en kijkt naar hem op: "Je moest toch weg?"

"Ja maar ik weet niet of ik je hier wel helemaal alleen achter kan laten.

Moet ik niet even iemand roepen om je in de gaten te houden?

Ik moet echt weg namelijk en maak me zorgen om je."

Hans vindt dat ie bemoeizuchtig klinkt, is toch helemaal niet verantwoordelijk voor haar. Zijn ze nu omdat ze hem daarnet lief genoemd heeft opeens vrienden?

Ze kijkt net zo vriendelijk naar hem als hiervoor.

Weer die lieve warme glimlach die hij zojuist zo moederlijk vond.

Hans weet niet wat 'm te doen staat en durft niet zomaar weg te lopen. Het lijkt hem dat het onpersoonlijk op haar zal overkomen. Misschien denkt ze wel dat ie op de vlucht slaat voor wat ze hem mee heeft laten maken!

Hij kan onmogelijk doen alsof er niets is gebeurd.

Alsof er helemaal niks is voorgevallen.

Hij staat nog steeds te twijfelen wat hem te doen staat als ze opeens een beetje omhoog komt. Ze buigt zich naar hem over en reikt naar zijn hand. Ze pakt 'm beet en gaat weer zitten, in de beweging trekt ze hem wat naar zich toe.

Terwijl ze het doet zegt ze: "Bedankt."

Ze laat hem weer los. Hans trekt z'n hand langzaam terug.

Haar vingertoppen voelen zacht aan als ze over zijn huid glijden.

"Ga nou maar naar je vader.

Ik red me heus wel."

Oom Ben

Zomaar op een zaterdagmiddag, net na de lunch kondigde papa het aan: "Oom Ben komt de komende week een paar dagen naar Leiden.
Misschien vind je hem wel aardig?"
Hans kende geen oom Ben.
Had papa nog een broer en mama was toch het enige kind bij haar thuis?
Hij begreep niet waar deze oom vandaan kwam. Nooit eerder was er van een 'oom Ben' sprake. Hij kende wel vrienden en kennissen van zijn ouders en die moest hij inderdaad aanspreken met oom en tante.
Daar had ie zich weleens over verbaasd, het was immers geen familie.
Maar later bleek zoiets helemaal niet vreemd te zijn. Andere kinderen uit de klas moesten namelijk hetzelfde doen. Dat had ie al een paar keer gehoord en had blijkbaar te maken met 'respect'.
De meester zei dat terwijl ze het over familiebanden en 'relaties' hadden. Van deze oom was tot nog aan toe - of die nou echt bij de familie hoorde of niet - nooit sprake geweest.
Voor Hans sprak op dat moment trouwens meer dat zijn schooljaar bijna ten einde zou zijn. Dan was hij immers jarig!
Elf werd ie en vrijwel zeker kreeg hij, omdat hij na de vakantie naar de hoogste klas school zou gaan, een nieuwe fiets. Een mooiere, betere dan welke ie nu had en zijn voorkeur ging vooralsnog uit naar eentje met handremmen!
Bij de fietsenmaker had hij die gezien met hele mooie, glimmende spaken en meerdere versnellingen. De pedalen zouden straks misschien iets te ver weg zitten, omdat de fiets een frame had voor volwassenen, maar het fietsje waarmee hij nu op en neer reed tussen huis en school begon echt te klein te worden.
Dat hadden papa en mama ook allang opgemerkt.
Hans had niet aan die fietsenmaker durven vragen of hij er even een proefrondje op mocht maken. Dan zou die meneer de fiets namelijk eerst helemaal tussen de andere exemplaren uit de winkel vandaan moeten halen.
En trouwens een fiets is toch iets anders dan een nieuwe broek, schoenen of jas. Die moet je altijd even 'passen', dat was logisch, maar ging dat ook op voor een fiets?
Hij wist het niet helemaal zeker en Hans wist ook niet of zijn ouders bij die ene fietsenmaker aan de dijk een fiets voor hem wilden kopen.
Waarschijnlijk wisten ze in de stad een betere en was deze man alleen goed genoeg om zo nu en dan een band te plakken.
Via haar vader kende mama allerlei mensen.
Daar zat waarschijnlijk ook iemand met een fietsenwinkel tussen en opa zou dan vast een mooi prijsje bij hem kunnen bedingen.
Dat gebeurde immers vaker als ze iets nodig hadden. Vooral als het een zogenaamde grote aanschaf was, die waren namelijk altijd nogal duur, dan hielp opa Ferdinand bij de onderhandelingen.

Hans had de laatste tijd trouwens vast niet voor niets heel vaak last van een lekke band. Eigenlijk steeds vaker en de fietsenmaker had hem al een aantal keren verteld dat een nieuwe fiets noodzakelijk werd: "Intussen ben je te groot aan het worden voor deze. Zeg dat maar tegen je vader en moeder."

Volgens zeggen was hij te zwaar aan het worden voor die kleine.

Hij zou hem aan het 'ontgroeien' zijn. Zo noemde papa dat. De opmerkingen hebben Hans aan het denken gezet en hij durft intussen op een nieuw exemplaar te rekenen.

Al is daar vanzelfsprekend wel een verjaardag voor nodig.

Papa deed de aankondiging over oom Ben tussen neus en lippen door.

Daarom durfde Hans niet meteen te informeren naar hoe het allemaal precies in elkaar stak. Hij vond het lastig om te doorgronden of papa het komende bezoekje leuk vond, of er misschien juist tegenop zag.

Om de een of andere reden leek het hem beter om even met zijn vragen te wachten tot mama thuiskwam uit de stad. Daar was ze, zoals tegenwoordig wel vaker, naar haar moeder gegaan. Oma voelt zich de laatste tijd regelmatig ziek en mama moet haar dan een beetje helpen met de klanten in de winkel.

Dan krijgt opa de gelegenheid om ritjes naar de andere klanten te maken.

Als ze vroeg klaar is met het werk, gaat ze soms voor de gezelligheid ook nog even bij tante Marieke op bezoek. Dan kookt papa zoals hij dat noemt: "Iets lekkers."

Of, als mama al iets heeft klaargezet, dan warmt ie dat op.

"Oom Ben heeft samen met papa in het leger gezeten.

Ze lagen toen in Duitsland. Dat heet zo. Toen zijn ze vrienden geworden.

Maar nu woont hij in Amerika.

Daar werkt ie bij een van de luchtvaart maatschappijen en is hij boordwerktuigkundige, dan moet hij in vliegtuigen aan knopjes draaien."

Mama leek afgeleid toen ze hem de informatie verschafte, maar Hans kon zich er desondanks van alles bij voorstellen. Hij herinnerde zich inderdaad foto's van zijn vader in een uniform. Of op een daarvan ook die ome Ben zou staan, wist ie niet.

Misschien kon hij dat nou juist beter aan hemzelf vragen.

De manier waarop mama over de vriend van zijn vader sprak, maakte 't onwaarschijnlijk dat ze het een aardige man vond.

Misschien had ze wel een hekel aan 'm, dat zou zo te horen heel goed kunnen.

Het leek de laatste tijd wel vaker dat mama met haar gedachten 'ergens anders' was.

Dan luisterde ze niet naar hem, z'n zusje of papa en moesten ze soms wel twee of drie keer hetzelfde zeggen. Ze maakte zich zorgen, zei papa.

Maar waarover dat wist ie zelf ook niet zo goed te vertellen.

Inderdaad moest er een foto zijn waar de hele groep op zou staan. Martin ging er meteen naar op zoek toen Hans hem naar oom Ben vroeg. Zeker niet in een album, want die kende hij van het zo nu en dan doorbladeren.

"Ergens moesten er nog wat losse foto's uit die tijd in een mapje zitten, verscholen tussen de paperassen.

Daar moet hij op kunnen staan, al weet ik het bijna zeker."

Vanzelfsprekend wist mama precies waar dat mapje lag. Ze toverde het even later zomaar van tussen de rommel uit de lade tevoorschijn.

Trots wees Martin vervolgens zijn dienst makkers aan.

Johan die nu in de Noordoostpolder woonde en waar ze soms zo om hadden gelachen. Vooral omdat ie nooit iets meteen begrepen zou hebben. Willem uit Scheveningen, met wie hij een keer mee was geweest om op zee te gaan vissen.

Gerard, John, Kees en Govert.

Allerlei namen en bij vrijwel allemaal had papa een opmerking of anekdote, maar oom Ben stond er nergens tussen. Op andere foto's uit 'dezelfde tijd' ook niet.

Terwijl hij met de paasdagen van het jaar dat Martin was afgezwaaid, bij hem in Katwijk op bezoek was geweest.

Dat was nota bene vlak voordat ook hij vrij was gekomen, maar niet lang daarna was hij naar de Verenigde Staten vertrokken. Daarna hadden ze alleen door middel van kaartjes of een incidentele brief het contact onderhouden.

Totdat Ben nu opeens had aangekondigd dat ie op bezoek wilde komen.

Toen bleek dat er nergens een afbeelding van hem te vinden was, leek het of papa boos werd op mama.

Hij wist zeker dat er een fotootje was waarop ze samen stonden: "Je hebt 'm vast en zeker ook weleens gezien.

Ben had daar zijn arm over mijn schouder geslagen.

We hadden allebei ons uniform aan.

Het fotootje was volgens mij in het dorp bij de legerplaats in Duitsland gemaakt."

Papa kon niet snel op de naam van het plaatsje komen, maar leek zeker van zijn zaak: "Ik weet zeker dat ik 'm nooit weg heb gegooid.

Ben moest toen nog ongeveer drie maanden dienen en ik zou enige weken later afzwaaien. Het was allemaal vlak na de kerst en 't kan ook dat we die foto indertijd hebben gemaakt in zo'n automaat op het station van Frankfurt.

Daar waren we naartoe gebracht met zo'n grote truck.

Ben was erbij omdat ie ons moest rijden. Hij ging daarna weer terug naar het kamp, maar was onze chauffeur die dag.

Het kan ook dat we vlak voordat de trein zou vertrekken snel dat fotootje hebben gemaakt, want later heb ik er in die fotozaak een grotere afdruk van laten maken. Volgens mij was het een van de laatste keren dat ik met verlof naar Nederland mocht.

Het moet dus vlak voor mijn afzwaaien zijn geweest.

Of het kan ook zijn dat het vlak voordat we op grote oefening gingen en we in het dorp die foto hebben laten maken."

Martin probeerde het zich allemaal zo goed mogelijk te herinneren, maar leek zich de juiste gegevens niet meer helemaal voor de geest te kunnen halen.

Hij boog zich iets naar Hans toe en vertelde dat ze voor zes weken 'op de heide' op kamp waren geweest. Hij moest geloven dat: "Een week regen nog wel gaat, maar drie weken achter elkaar regen, sneeuw en ijzel gaan heel erg vervelen."

Papa moest bij het ophalen van de herinnering een paar keer zuchten.

"Zeker als je de ene keer urenlang in een kuil 'op wacht' moet zitten.

En dan weer twee nachten in een tentje in de modder probeert te slapen.

En alles ook nog eens in die vreselijke kou!

Dat regen en smelt water moet ergens blijven natuurlijk.

Je snapt dat we in het veld lagen en onze spullen de allereerste eerste nacht meteen doorweekt waren geraakt. Die hebben we al gelijk moeten opgeven.

En je begrijpt ook wel dat we iedere keer de putjes leeg moesten hozen om onze voeten en kleren nog enigszins droog te houden.

Daarom heet zulke regen dus een hoosbui."

Een lachje kon hij bij zijn opmerking niet onderdrukken.

Hans maakte eruit op dat het met die ellende toch nog meegevallen was.

"Het kamp was in december weer afgelopen en een paar dagen later mocht ik daadwerkelijk uit dienst.

Die oefening en alle omstandigheden waaronder we op die heide moesten verkeren. Het kwam voornamelijk op ons over alsof het leger ons nog een keertje grondig wilde pesten.

Voor de laatste keer, want ik was niet de enige die kort erna is afgezwaaid."

Hans wist niet zeker waar de overdrijving van zijn vader ophield.

Dat hij het er ondanks alles leuk had gehad, was hem al eens eerder duidelijk geworden. Maar hij wist ook dat hij het zwaar had gevonden.

"Als afsluiting van de ontberingen tijdens onze diensttijd, is oom Ben daarna bij ons thuis gekomen. Om Pasen of Pinksteren te vieren, ik weet 't niet zeker meer."

Tijdens de beschrijving van papa z'n beproevingen, is mama opgestaan.

Ze hoorden even later hoe ze boven op de slaapkamer in de kast aan het rommelen was. Toen ze weer beneden kwam, legde ze een ingelijste foto op tafel.

Er zat een metalen, zilverkleurig frame omheen.

"Kijk hier is Ben, ik moest die foto toch van je opbergen?

Nou dat heb ik gedaan.

Maar als je 'm weer neer wilt zetten, heb ik daar geen bezwaren tegen hoor."

Loes deed een beetje kortaf, bleef onder het praten staan en liep, toen ze uitgesproken was, naar de keuken. Daar begon ze aan het klaarmaken van het avondeten.

Het was er nog wat vroeg voor, maar waarschijnlijk wilde ze iets speciaals klaarmaken. Een lekker gerecht waar veel voorbereidingen bij nodig waren.

Zoals een uitgebreide rijsttafel, bijvoorbeeld.

Daarbij maakte ze een duidelijk onderscheid tussen een Hollandse met kapucijners, of een gewone met nasi erbij. Bij allebei hoorden allerlei kleine liflafjes en hapjes.

Zoals bijvoorbeeld gebakken banaan of uitjes en ananas.

Die dingen maakte ze graag vers klaar, al mocht die ananas ook wel uit een blikje komen. Het vruchtvlees werd uiteindelijk in boter gebakken.

Toen Hans op woensdagmiddag thuiskwam van de boerderij, zat er een man op de bank. Papa was er ook al en zat met hem te praten.

Oom Ben was niet de reusachtige kerel waar Hans op had gerekend.

Dat dit hem moest zijn, leek echter nogal duidelijk.

Van de foto had Hans verwacht dat ie aanzienlijk groter zou zijn dan zijn vader. Niet ongeveer even lang, veel tengerder en zeker niet met dat rossige haar dat een beetje sprieterig bovenop zijn kop zat.

Het was natuurlijk maar een zwart wit fotootje dat ie gezien had, maar daarop afgaande had hij zich meer een grote, blonde persoon voorgesteld.

Uit wat zijn vader over hem had opgemerkt moest ie ook forser en hooguit wat grijzer en kaler geworden zijn.

Net zoals papa, maar zijn voorstelling betrof toch een andere persoon dan de man die hier voor hem is opgestaan.

Hij had een man met aanzienlijk meer spieren verwacht, want omdat ie uit hetzelfde land kwam, had Hans meer iemand met het postuur zoals Arnold Zwarzenegger voor zijn geest gehaald. Zij het minder overdreven breed.

Die filmster was immers ook Amerikaans geworden en naar wat papa zich de afgelopen dagen had laten ontvallen, leek het hem dat ie ongeveer even stoer had moeten zijn. Deze man stapte naar voren om hem joviaal een hand te geven: "Bernard uit Cincinatti, zeg jíj maar oom Ben."

Dat was dan weer wèl zoals hij het verwacht had.

Al viel 't tegen dat hij tamelijk zacht bleek te spreken. Oom Ben had ook nauwelijks een accent of een uitgesproken Amerikaanse tongval.

Daar had papa grapjes over lopen maken.

Met een overdreven knauw in zijn woorden had hij net gedaan of hij uit Amerika kwam. Hij had allerlei rare Engelse woorden voor van alles en nog wat gebruikt en die dan wat zangerig uitgesproken. Omdat ie het heel lang vol wist te houden, had ie zelfs mama aan het lachen gekregen. Marjolein en hem had hij al eerder met de grap naar z'n hand gezet.

Het had de aankomst van oom Ben voorbereid.

Op de een of andere manier had Loes zich de afgelopen dagen wat 'teruggetrokken' gedragen. Het leek soms of ze, meer dan anders in de afgelopen tijd, in gedachten verzonken was. Als Hans of zijn zusje iets aan haar vroegen, kregen ze niet meteen een antwoord en moesten ze hun vraag vaak een keer herhalen.

Het leek of mama aan andere dingen liep te denken, ergens door afgeleid was en zich telkens opnieuw moest concentreren.

Net zoals vaker in de afgelopen weken, was ze op dag dat oom Ben bij hen aankwam 's middags naar haar moeder in de stad gegaan. Oma was immers nog steeds niet helemaal opgeknapt en kon de hulp van haar dochter erg goed gebruiken.

Iets eerder dan de dagen ervoor en ondanks die drukte rond de winkel, was ze op tijd weer thuis.

Ze droeg een hele tas vol boodschappen bij zich en kondigde opgewekt aan een uitgebreide maaltijd klaar te willen maken. Ze begroette oom Ben zoals je een oude vriend welkom heet en gaf hem een zoen op allebei z'n wangen.

Daarna snelde ze naar de keuken: "De mannen moesten maar een biertje pakken."

Ze stuurde Hans ervoor naar de koelkast voor de flesjes.

Bij wijze van uitzondering mochten hij en Marjolein een glaasje cola inschenken.

Volgens de gewoonte was Hans na zijn thuiskomst uit school bij Freek aan het werk gegaan. Later had ie met de vriend van zijn vader kennis gemaakt.

Waar oom Ben en papa over hadden zitten praten wist hij niet en om heel eerlijk te zijn, interesseerde het hem weinig. Het ging hem immers niets aan.

Papa en die meneer waren vrienden, ze kenden elkaar van een tijd waarover papa nauwelijks iets aan hem of z'n zusje te vertellen leek te hebben. In ieder geval wist Hans niet zoveel van de tijd dat papa soldaat had moeten spelen.

Alleen dat het toen een plicht was en hij het allemaal niet zo leuk gevonden had.

Hij zei er altijd over dat ie: "Het zonde van zijn tijd vond."

En dat ze daarom waarschijnlijk alleen al en heel kort na zijn afzwaaien, de opkomstplicht hadden afgeschaft.

Freek heeft daar ook weleens iets over verteld.

Meestal kwamen de verhalen die ze over hun diensttijd vertelden, erop neer dat de maten en papa zelf bijvoorbeeld, iets ondeugends hadden uitgehaald.

Die voorvallen waren stoer en vooral papa sprak er leuk over.

Maar het liep er meestal snel op uit dat mama hem tot de orde riep.

Ze merkte dan op dat Hans en Marjolein nog maar kinderen waren.

Of ze schamperde: "Dat hij 'niet zo vreselijk' moest zitten te overdrijven."

En vooral dat hij: "Eerlijk moest zijn."

Wat papa als soldaat was overkomen, is 'm nooit helemaal duidelijk geworden en Freek was daar sowieso niet mededeelzaam over. Papa en hij schelen trouwens een paar jaar, dus Hans wist evenmin of de tijden intussen veranderd waren.

Hans dacht dat oom Ben en papa de hele tijd over hun diensttijd zouden praten en daarom wilde hij ze er niet bij storen. Voor zijn gevoel had ie daar niets mee te maken en hij wilde niet tegen zijn gewoonte ingaan.

Al had ie er vanzelfsprekend toch weleens iets meer over willen horen.

Bruine bonen én kapucijners met piccalilly, gebakken uien met een zelfgemaakte zoetzure saus van fijngesneden augurken en zilveruitjes, uitgebakken speklapjes, gebakken schijfjes aardappel, mayonaise, mosterd, ketchup uit een fles en ook nog een flinke gehaktbal met veel jus. Loes had inderdaad flink uitgepakt met haar Hollandse rijsttafel en daardoor kwam er onder het eten niet veel van een gesprek.

Ze hadden het allemaal te druk met smullen.

Hans en Marjolein wisten dat ze niet met een volle mond mochten praten. Mama en papa stonden er tenslotte altijd op dat ze 'netjes' aten. Het maken van taartjes bijvoorbeeld, zoals ze het opstapelen van eten op hun vork noemden, of blijkbaar nog veel erger het alles door elkaar prakken, ze wisten dat dit niet hoorde als je beschaafd als een volwassene wilde eten.

Het zou allemaal te maken hebben met beleefdheid, opvoeding, goede manieren en iets met zogenaamde etiketten. Het viel ze daarom een beetje tegen dat oom Ben hiervan blijkbaar niet op de hoogte was.

Als gast was hij natuurlijk als eerste aan de beurt om op te scheppen.

Vol verbazing keken de kinderen toe hoe hij zijn bord tot aan de rand vol schepte met wat er zoal op tafel stond. Niet voorzichtig van de diverse gerechten eerst een klein beetje - zogenaamd om te proeven - of om de anderen ook nog iets te gunnen.

Meteen pakte hij, in tegenstelling tot wat zij van hun ouders geleerd hadden, van alles een heleboel. Het leek erop alsof hij dagenlang niets te eten had gekregen, zo overvol laadde hij zijn bord. Het bleef er allemaal maar net aan op liggen!

Dat hij er daarna een grote berg van roerde, de grove stukken met grote halen van zijn mes kleiner sneed en die berg vervolgens ongegeneerd met alleen zijn lepel naar binnen begon te schuiven. Ze konden hun ogen er niet vanaf houden. Zou papa's vriend nooit geleerd hebben hoe je precies met een mes en vork moest omgaan?

En wist hij dat het eigenlijk netjes was om te wachten met het nemen van de eerste hap, tot iedereen klaar was met opscheppen?

In ieder geval de gastvrouw, in dit geval mama?

Of dat je met kleine hapjes diende te eten en eerst je mond moest leegkauwen voordat je de volgende hap erbij naar binnen werkte?

Met een boze blik maande Loes hem dat ie niet zo naar oom Ben moest zitten staren. Dat Marjolein haar eten nog grotendeels fijn geprakt of gemalen op haar bordje kreeg sprak voor zich, ze was nog klein en het was daarom ook logisch dat ze haar eten met een lepel at.

Het maakte echter nauwelijks onderscheid met de manier waarop oom Ben hier tegenover hem zat te schranzen.

Toen Hans laatst de macaroni erg lekker vond en inderdaad met grote happen zat te schrokken, noemde mama het ook al zo.

Oom Ben gebruikte er zelfs gewoon zijn toetjeslepel voor zag Hans tot zijn verbazing. Die lag toch klaar voor de vla of yoghurt die ze meestal als het feest was, na het eten kregen.

En hij rekende erop dat mama deze keer een extra lekker toetje gehaald, of misschien zelfs zelf gemaakt, zou hebben.

Omdat het door de aanwezigheid van oom Ben een beetje feest was.

Hans moest er binnenin een beetje om lachen.

Alleen de geluiden die de varkens bij het vreten in de stal aan de overkant maakten, ontbraken nog aan wat er zich hier aan tafel afspeelde. Eigenlijk vielen hem weinig verschillen op met wat er op de boerderij gebeurde. Al aten de dieren rechtstreeks uit een emmer, trog of bak en niet zoals oom Ben hier van een bord.

Vooral dat met een volle mond snuiven tussen de happen herkende hij.

In gedachten zag ie voor zich hoe de dieren in hun gulzigheid weleens met hun poten tussen het voer stapten. Dat zou hier aan tafel niet gaan gebeuren, maar heel opvallend had oom Ben zijn bord in een soort gezellige omarming genomen.

Wat voorovergebogen, leunend met zijn elleboog op de tafel, ook al tamelijk onbeleefd, hield ie zijn hoofd zo laag mogelijk.

Het maakte de weg die het voer naar zijn mond moest afleggen zichtbaar korter.

Hans begreep dat het niet de bedoeling was om een opmerking te maken over zijn observaties. Toch wist hij er wel een paar en verbaasde zich erover hoe volwassen mensen blijkbaar wel dingen zeggen, maar ze niet doen.

Heel verstandig nam ie zich voor om er misschien later eens met zijn vader en moeder op terug te komen. Hij beperkte zich tot de verbazing over het tafereel dat zich aan 'm voorschotelde en had er eigenlijk geen woorden voor.

Meteen na de laatste les gaat Hans naar het ziekenhuis. Als ie er vroeg is maakt hij in de wachtkamer alvast wat huiswerk. Elke dag zorgt ie ervoor dat hij gelijk bij de aanvang van het bezoekuur als eerste naar de kamer van zijn vader kan.

Telkens neemt hij zich voor iets leuks aan 'm te vertellen.

Dat mag over thuis gaan, bijvoorbeeld iets dat gisteravond onder het eten is voorgevallen of nog eerder.

Of hij vertelt iets over dat hem overdag op school is overkomen.

Maar zeker geen klachten over wat er tijdens de lessen of erna is gebeurd.

Zomaar een aardig of grappig voorval dat zich die dag heeft voorgedaan.

En 't moet vooral luchtig zijn.

Hans ziet zijn vader het liefst vrolijk en hoopt hem er tegelijkertijd mee op de hoogte te houden van zijn eigen reilen en zeilen. Papa lijkt er met genoegen naar te luisteren, maar soms wordt het hem kennelijk toch teveel.

Dan geeft hij door een veegbeweging met zijn hand in de lucht aan dat Hans beter even kan zwijgen. Zelf ziet ie dit nooit aankomen.

Hij is dan bijvoorbeeld druk een verhaal of anekdote aan het vertellen en overvalt het hem dat zijn vader hem plotseling tot rust maant.

Als er een andere patiënt in het bed naast zijn vader ligt prijst hij zich gelukkig als die dat niet ziet. Hij weet zich namelijk geen houding te geven als zijn vader het moeilijk heeft met ziek zijn en meer een patiënt, dan zijn vader is.

Tijdens het bezoekuur probeert ie daarom de tijd zo aangenaam mogelijk te vullen. Eigenlijk voor hen beiden, maar helaas lukt hem dat niet altijd. Hij voelt zich daardoor bezwaard en blijft met vragen zitten waarop hij geen antwoord heeft.

Moet hij bijvoorbeeld papa's bed even anders zetten?

Heeft ie een ander kussen nodig of wil hij wat drinken?

Het zijn lastige momenten omdat het bezoekuur dan eindeloos lang lijkt te duren en hij 't gevoel krijgt dat de klok langzamer loopt. Op die momenten zou ie op de vlucht willen slaan en heeft er spijt van dat hij niet met z'n klasgenoten is meegegaan om iets leuks te gaan doen.

Weliswaar vragen ze het hem vrijwel nooit mee, ze kennen tenslotte deze verplichting, maar hij durft ervan uit te gaan dat ie welkom is. Dat geldt immers toch ook zomaar voor de andere jongens!

Ze gaan na de lesuren bijvoorbeeld met een groepje naar het strand in Noordwijk of Katwijk. Soms brengen een paar jongens en meisjes gezamenlijk een bezoekje aan een van de plaatselijke musea. Alles naar gelang de afkomst, of juist de voorkeur van degene die de anderen erbij op sleeptouw wil nemen.

Een enkele keer is de verleiding groot, maar de verplichtingen die hij ten aanzien van zijn vader voelt is juist op zulke momenten groter. Mama kan 's middags immers niet naar papa toe omdat Marjolein rond die tijd uit school komt.

Voor hem is het maar een klein ommetje, het middagbezoekuur vormt een kort oponthoud op weg naar huis en het geeft hem de vrijheid om in het weekend alleen thuis te blijven als zijn moeder en zusje op hun beurt het bezoek afleggen.

Overigens is het wel handig als hij, in de tijd dat ie moet wachten, zijn huiswerk kan doen. Zijn vader er vervolgens bij om advies of hulp vragen, daar is het nog niet van gekomen.

Maar de mogelijkheid alleen al, biedt hem houvast.

Als bijkomend voordeel kan hij thuis vervolgens zeggen dat hij al klaar is, of nog maar een uurtje hoeft te werken. Omdat ie 's middags dus al zo fijn is opgeschoten.

Loes controleert het nooit, ze vertrouwt hem.

Zij gaat op de tijd dat hij eraan verder gaat, en alles netjes afmaakt, naar het ziekenhuis. De gang van zaken levert overigens het voordeel op dat hij 's avonds wat langer tv mag kijken.

Alleen het werken op de boerderij schiet er nu al een hele tijd bij in, dat vindt ie eigenlijk wel jammer. De verzorging van de kalfjes bood hem ontspanning en 't gevoel dat ie verantwoording voor de beesten droeg, deed hem goed.

Vandaag voelt papa zich blijkbaar wat beter want hij zit rechtop in bed. Als een oosterse vorst heeft ie allerlei kussens om zich heen. Ze zitten achter zijn hoofd en links en rechts naast zijn schouders. Zo houden ze hem overeind.

Hij heeft ook dat klaptafeltje voor zich. Er staat niets op maar hij kan erop steunen als dat nodig is. In afwachting van hem, of ander bezoek, zit hij ervoor klaar.

Overigens ligt ie alweer een paar dagen alleen op de kamer.

Hans is beduusd door deze ontvangst en weet niet of hij, net zoals gewoonlijk, meteen moet gaan zitten of zijn vader eerst een begroeting moet geven.

Hij loopt bedremmeld op het bed af en ze geven elkaar een hand.

Dan gaat hij snel zitten en wil losbarsten.

Zojuist heeft hij in de wachtruimte, die ze hier trouwens huiskamer noemen, een lastig hoofdstuk uit zijn boekhoudboek doorgenomen. Hij heeft nu een paar vragen die hij eindelijk eens aan zijn vader voor kan leggen voor een nadere uitleg.

Papa heeft echter andere bedoelingen en maant hem stil te zijn.

Enigszins uit het veld geslagen wacht Hans af wat er komt.

"Hans het gaat nu weer ietsje beter met me. Ze hebben medicijnen voor me gevonden waardoor ik eindelijk wat minder buikpijn heb.

Ik slaap er 's nachts ook beter door en kan dan enigszins uitrusten.

Nadeel van het spul is wel dat ik ervan ga snurken of lig te mompelen, maar dat is geen probleem want ze hebben hier natuurlijk bedden genoeg voor iedereen.

Daarom hebben ze me, zoals je gezien hebt, weer alleen gelegd."

Hans moet om het grapje lachen.

Eindelijk durft ie zich te ontspannen en laat zich tegen de rugleuning van de stoel zakken. De manier waarop zijn vader tegen hem spreekt gaat uit van een verstandhouding die hij niet zo vaak bij hem opmerkt. Hij spreekt alsof ze kameraden zijn en heeft niet die uitgesproken vaderlijke toon, waarop hij de laatste tijd meestal tegen hem of zijn zusje spreekt.

Het lijkt of hij hem vertrouwt, of liever gezegd, in vertrouwen neemt.

Hij kijkt naar zijn vader en het valt 'm op dat ie inderdaad weer wat kleur in zijn gezicht gekregen heeft.

Hij ziet er niet meer zo bleek uit als de afgelopen dagen.

De grauwe gloed die hij al een poosje over zijn gezicht had, is beduidend minder.

"Kun jij je oom Ben nog herinneren?

Hij is een jaar of vijf, zes geleden een keer bij ons op bezoek geweest."

Martin kijkt hem vragend aan.

Hans kan uit de blik niet opmaken of ie de vraag gelijk moet beantwoorden.

Misschien is het beter dat hij zich nog even op de vlakte houdt, want hij kan zich de man inderdaad herinneren en vond het nogal een rare snuiter.

Hij heeft er nooit hoogte van weten te krijgen wat papa en die man met elkaar gemeen hadden. Hoe ze los van die diensttijd samen, elkaar ook nog vrienden noemden en daar vaak op terug waren gevallen.

Na die ene keer dat oom Ben bij ze is blijven eten, heeft ie hem nooit meer gezien.

Al weet ie dat papa en mama een paar dagen later naar hem toe zijn geweest in het hotel waar oom Ben logeerde.

Tante Wilma heeft toen op hem en zijn zusje opgepast.

Ze waren met hem in een restaurant gaan eten en hadden het een afscheidsdiner genoemd. Hans heeft toen niet durven vragen of hij zich bij die gelegenheid net zo vreselijk had gedragen als tijdens die keer bij hun thuis.

Eigenlijk zijn ze nooit meer op de gebeurtenissen teruggekomen.

Niet op hoe laat ze pas heel laat gingen eten omdat oom Ben last zou hebben gehad van de Amerikaanse tijd en ook heel lang in het vliegtuig onderweg was geweest. Evenmin zijn ze ooit teruggekomen op die tafelmanieren.

Hoewel ze normaal gesproken, elke dag op dezelfde tijd aan tafel gaan en elkaar er zoveel mogelijk bij respecteren!

Na die bewuste maaltijd heeft Hans zich een poosje afgevraagd of de manier van doen specifiek Amerikaans was of dat oom Ben, tijdens hun diensttijd, ook al vrat als een zwijn.

Hij kon zich namelijk eenvoudig voorstellen hoe ie dan door de kameraden in de maling genomen werd en daarvan geleerd kon hebben hoe het eigenlijk hoort.

Maar evengoed kon ie het door zijn verblijf in Amerika vergeten zijn.

Hans begreep dat hij geen oordeel of mening mocht hebben over de vrienden of kennissen van zijn ouders. Het leek hem een beleefdheids- en leeftijdkwestie en hij wilde er zodoende niet al te diep op ingaan. Als hij vrienden had, dan zou hij ook niet willen dat zijn ouders zich met die keuze bemoeiden.

"Loes schijnt hem een brief geschreven te hebben.

Ze wilde hem blijkbaar vertellen over mijn ziekte en hoe het hier in Holland met ons gaat. Op de een of ander manier denkt ze dat Ben en ik erg op elkaar gesteld zijn.

In ieder geval lijkt het erop dat ze hem nog een keer wil uitnodigen.

Zoiets begrijp ik tenminste uit wat ze me erover verteld heeft."

Papa zit comfortabel achterover tegen zijn kussens, maar probeert toch iets naar voeren te leunen. Het is duidelijk dat hij wil dat Hans hem goed begrijpt.

"Alsof Ben zo dik in de slappe was zit en zomaar op afroep naar Nederland kan komen. Voor de gezelligheid, zei ze.

Alleen voor een bezoekje hier in het ziekenhuis?"

Papa last nogmaals een pauze in en kijkt hem nadrukkelijk aan.

Het lijkt erop of hij van Hans een antwoord, misschien zelfs een toelichting op de actie van zijn moeder verwacht. Hij doet het voor alsof ie er niets van begrijpt.

Maar Hans hoort er nu voor het eerst van, Loes heeft er niets met hem over besproken, of er wat over opgemerkt. Nu hij erover nadenkt, sinds het voorval van een paar dagen geleden bespreken ze nog erg weinig met elkaar en hebben ze het hooguit over de ziekte van zijn vader of: "Hoe goed hij er vandaag uitzag."

En: "Dat het zo lastig voor hem lijkt om met die pijn om te gaan."

Hans weet dat ie te jong is om een gewichtig onderwerp te bespreken. Tot voor kort hadden zijn ouders daar elkaar vanzelfsprekend voor. Samen konden ze alle zaken afhandelen en daar werd hij dan nauwelijks bij betrokken.

Dat verbaasde hem nooit.

Intussen is alles veranderd.

Papa is ziek geworden en al een hele poos niet meer thuis geweest.

Mama is langzamerhand, bijvoorbeeld onder het koken of na het eten - maar uitsluitend tegen hem als Marjolein er niet bij is - opmerkingen gaan maken.

Die draaien dan voornamelijk om hun financiën en hoe moeilijk het wordt om de eindjes nog aan elkaar te knopen. Ze maakt zich er druk over dat papa zichtbaar steeds zieker aan het worden is. Maar het komt er ook op neer dat het bijvoorbeeld te duur zou zijn om nog met de auto te kunnen blijven rijden.

Zo sprak ze er onlangs over hoe ze moesten rondkomen van alleen die ziektewet uitkering en dat Martin geen bonussen meer kreeg.

Soms klaagde ze hoe vervelend ze het vond dat de buurvrouwen haar telkens lastig vielen over Martins' wegblijven van z'n werk. Die dames zagen het als een soort van kostenpost voor de firma en toonden geen belangstelling voor haar.

Ze stelde bijna geen tijd meer vrij te kunnen maken om eens naar de stad te gaan en het bijspringen in de winkel van haar ouders liet zich niet meer combineren.

En ze is ook al een hele tijd niet meer naar haar vriendin geweest.

Naar het schijnt heeft tante Marieke sinds kort een vriend uit Tilburg, maar daarover konden ze uitsluitend over de telefoon praten.

Het was daarnaast een hele tijd geleden dat er eens iemand, een vriend, familielid of zomaar een kennis op bezoek kwam. Zodoende was er geen gesprekspartner van haar eigen leeftijd beschikbaar.

De mogelijkheid om eens ruggespraak te houden werd hierdoor extra lastig.

De toestand vreet haar duidelijk aan, maar Hans kan er weinig mee. Hij ziet het wel, maar is er er nog te jong voor om zijn moeder te hulp te schieten. Hooguit dat ie zo nu en dan naar haar luistert, dat schijnt haar op te luchten.

Hans moet het toegeven, het gezinsleven draait voornamelijk om het op tijd naar school gaan. Zowel van hem als van Marjolein.

De verantwoording zal zeker zwaar op haar schouders drukken.

Het kost haar steeds meer moeite om hen op tijd de deur uit krijgen.

En 's middags dient ze klaar te zijn om Marjolein uit school op te vangen.

Daarnaast moest ze ook nog zorgen voor het avondeten!

Papa had het er al eens iets over opgemerkt en Hans nam zich dan voor om eens wat liever voor zijn moeder te zijn. Regelmatig merkt ze op dat ze uitgeput is.

Vaak blijkt ze even uit te moeten rusten.

Voor zover Hans het in de gaten kan houden, slaapt ze onregelmatig. Al heeft ie eveneens opgemerkt dat ze, als zij naar school zijn, nog even in haar bed kruipt.

Meestal gaat ze 's avonds op tijd slapen, maar een heel enkele keer maakt ze het toch weer laat. Om kort te gaan draait het gezinsleven nog voornamelijk om de bezoektijden en alles dat er nodig is om het gezin normaal te laten functioneren.

Op een van de eerste avonden dat Martin in het ziekenhuis moest blijven, had Loes gewoontegetrouw een hele pot koffie gezet.

Spontaan stelde ze voor of Hans niet ook een bakje lustte.

"Voor de gezelligheid."

En: "Er is nu papa er niet bij kan zijn, toch genoeg.

Je bent er intussen oud genoeg voor om koffie te waarderen."

Ze heeft een kop voor hem op tafel gezet. Omdat het de eerste keer voor hem zou zijn had ze er een scheutje warm water bij gedaan. Hans proefde zoals ie op de tv gezien had hoe het hoorde, maar vond het niet om te drinken.

Beschaafd vroeg ie om een verse: "Er is nu toch genoeg.

Laat in ieder geval dat water maar weg, dat maakt er een vage troep van.

Zoals ik het nu heb gekregen, vind ik het nergens naar smaken."

Braaf is ze in de keuken een onverdund bakje gaan inschenken, als herkansing.

"Met wat suiker erin zul je het vast wel lekker vinden."

Zelf nam Loes altijd een half klontje. Dat brak ze eerst met de nodige moeite door-midden boven het schoteltje. Meestal gaf dat wat rommel omdat de suikerkorrels al-tijd overal naartoe leken te vliegen.

Hans probeerde de koffie zonder.

Puur vond ie het inderdaad lekkerder.

Voor hem had het zelfs nog wel wat bitterder, misschien sterker, gemogen.

Vorige week, toen ze weer samen van een bakje zaten te genieten en Marjolein al in bed lag, begon Loes zich nogmaals over de gang van zaken te beklagen.

Hans deed na het eten weliswaar de afwas en het stelde haar in staat om intussen met zijn zusje naar papa toe te gaan. Maar een rustige avond waarop ze zich weer eens had kunnen ontspannen had ze al een hele poos niet meer meegemaakt.

Hans werd er stil van, maar voelde dat ie boos werd.

Hij vroeg waarom ze: "Vergeten schijnt te zijn dat het om papa draait.

Voor nu in ieder geval!"

Maar ze had wel een beetje gelijk, dat moest ie toegeven. Martin stelde geen hoge eisen aan zijn gezin, maar geen van drieën wilden ze afzien van het dagelijkse be-zoek in het ziekenhuis. Dat legde een fikse druk op ze, dat was waar.

Papa keek er echter iedere dag reikhalzend naar uit. Alleen in het weekend, als ie-mand anders uit de familie- of kennissenkring in staat was om bij hem langs te gaan, durfden ze het aan om een bezoekuur over te slaan.

Doordeweeks ging Hans 's avonds vrijwel nooit. Zogenaamd in verband met zijn huiswerk. Maar dat had hij meestal dus al 's middags voor het grootste deel gemaakt in de wachtruimte op de gang van het ziekenhuis.

Het bezoekuur van de zondagavond liet hij zich echter nooit door de neus boren.

In de weken voor de opname was Martin al regelmatig ziek. Dan ging hij vroeg naar bed, want meteen na het eten al voelde hij zich ontzettend misselijk.

Wat er ook op tafel stond, het beviel hem niet.

Vaak kwam het eten er weer uit en wilde hij later op de avond: "Misschien een be-schuitje met wat rookvlees."

Zoiets bleek niet iedere dag in huis, maar Loes probeerde hem dan op een andere manier iets eetbaars voor te zetten. Op die manier hoefde hij in ieder geval niet met een lege maag te gaan slapen. Lastig genoeg werd hij dan namelijk middenin de nacht alsnog wakker en bleek dan 'enorme honger' te hebben.

Het lege gevoel in zijn buik stoorde hem vervolgens teveel om nog goed te kunnen liggen. Hoe hij zich ook draaide of keerde, geen enkele positie bood hem een kans op voldoende rust.

De last werd dan zo erg, dat verder slapen onmogelijk was. Om 't woelen en draaien te stoppen besloot zij dan om in de keuken iets voor hem klaar te gaan maken.

Door 's avonds rond een uurtje of elf iets te eten voor hem neer te zetten, wist ze de nachtelijke exercities te voorkomen. Zelf deed ze dan voor de gezelligheid mee met een klein stukje kaas, of wat Brie op een toastje.

Ondanks dat Martin zo'n nacht heel slecht geslapen had wilde hij de volgende ochtend weer op tijd naar z'n werk. Loes begreep dat niet en kon het moeilijk verkroppen dat hij niet op wilde bellen om te zeggen dat ie wat later kwam.

Ze heeft zelfs een paar keer aangeboden dit in zijn plaats te doen, dat had ze hem kunnen laten liggen als ie eenmaal in slaap gevallen was.

Daar wilde Martin perse niet van horen. Zich bij zijn baas ziek melden, leek totaal uit den boze en als de wekker ging dan moest hij aan de slag.

"Dat 'alles' zo op haar bordje terecht kwam, ontging iedereen toch maar mooi."

Dat zijn moeder zo zat te klagen, schoot bij Hans in het verkeerde keelgat.

Zoals wel vaker had mama iets voor bij de koffie op de tafel gezet.

Het was deze keer een porseleinen schaaltje met een aantal bonbons erin.

Hans wist dat ze het kleinood als geschenk voor hun huwelijk hadden gekregen van een oudtante die ver weg woont, maar dat was niet belangrijk. Hij was opeens heel erg kwaad en de woede leek buiten hem om te gaan!

Op de een of andere manier voelde hij zich vreselijk gekwetst.

Maar hij kon niet exact benoemen waardoor, dat maakte de spanning erger.

Van het ene op het andere moment maakte de situatie hem zelfs furieus!

Overmand door dit gevoel en de paniek die zich tegelijkertijd van hem meester maakte, pakte ie het schaaltje op en sloeg ermee op de tafel.

Daar kon het dingetje jammer genoeg niet tegen.

Het was opgebouwd uit dunne aardewerken slierten die kunstzinnig in elkaar gevlochten waren. Door deze constructie leek het meer op een uiterst fragiel mandje, dan op iets van degelijk en hard gebakken steen. Loes was er altijd erg voorzichtig mee, het kwam alleen tevoorschijn bij speciale gelegenheden en ze had er al menig compliment voor gekregen.

Door zijn actie brak het mandje precies doormidden.

De enige bonbon die er nog in zat stuiterde eruit en vloog tegen het kopje van Loes aan. Die viel om zodat de koffie over de tafel spatte. Ook het schoteltje eronder brak, maar niet zo netjes als de twee gelijke delen van het schaaltje.

De andere helft van het schaaltje stuiterde tegen de vaas aan, Daar brak ie nogmaals precies doormidden. Hans keek ernaar en verbaasde zich erover hoe het schouwspel zich voor zijn ogen voltrok. Niemand zou zoiets nog een keer exact net zo kunnen uitvoeren. Geen goochelaar was op de hoogte van de truc.

Hij kon niet verklaren wat hem overkwam en voelde zich een toeschouwer bij zijn eigen actie toen ie zich realiseerde wat er zojuist door hem was aangericht.

Het gedrag ging tegen z'n gevoel in, maar het was sterker geweest dan zijn bewustzijn en zelfbeheersing hem ervan hadden kunnen weerhouden.

Verbaasd bleef hij naar de ravage op tafel kijken.

Door de schrik ebde zijn woede even snel weg, als ie was opgekomen.

Het schaaltje lag in drie delen op het tafelkleed. Twee even grote kwarten en een halve. Als hij het niet zelf voor zich zag, zou ie niet geloven hoe exact de verdeling was uitgevallen. Het viel vooral op omdat, in vergelijking, de scherven van dat schoteltje nogal onregelmatig van vorm waren.

Het was hem niet gegaan om dat schaaltje, het chocolaatje of eigenlijk wat dan ook, maar hij besefte dat er 'iets' stuk had gemoeten.

Een kracht binnenin had hem dat laten doen, hoewel het iets was geweest waarvan ie van tevoren had geweten, dat hij zijn moeder er pijn mee deed!

Loes sprong meteen op om de in de keuken een doekje te pakken.

Haar kopje was nog tamelijk vol geweest en het was verbazingwekkend om te zien hoeveel koffie er opeens over de tafel liep. Het dreigde zelfs op de grond te druipen.

Verbijsterd zag Hans hoe het tafelkleed doordrenkt raakte.

Door haar opstaan en in actie te komen, was het voorval voorbij.

Loes ging niet meer door met haar geklaag.

Omdat ze hem verder geen verwijt meer maakte en zich hulde in stilte, was hij bang dat de boosheid weer terug zou komen. Terwijl ze bezig was de rommel met het doekje op te nemen en ze de scherven bij elkaar legde, stond Hans op.

Zonder iets te zeggen ging ie naar zijn kamer.

Eenmaal op de rand van zijn bed gezeten, bedaarde hij een beetje. Het drong tot hem door dat tijdens de woordenwisseling eigenlijk vooral naar voren was gekomen, hoe zijn vader ernstiger ziek was dan wat erover werd gezegd.

Hij had op dat moment echter niet geweten hoe hij het af had kunnen doen als overdrijving van zijn moeder. Het onmachtige gevoel had de controle over zijn handelingen overgenomen. Zijn bangheid was hem te sterk af geweest.

Dat besef leek zijn kwaadheid opnieuw te voeden.

Hij liep naar boven om aan zijn bureautje te gaan zitten en wilde niet nog iets breekbaars kapot maken. Diep in zijn hart werd het hem duidelijk dat ie de waarheid verdrong. Papa zag er immers telkens slechter uit en door de manier waarop ze onderling over hem spraken, hadden ze een groeiende afstand gecreëerd.

Het drong vooral tot hem door dat ze steeds vaker over 'hem' spraken, in plaats van dat ze hem liefdevol papa of bij zijn naam noemden.

Bij zijn vader op de kamer aan bed, realiseert hij zich dat zijn moeder en hij daarna nauwelijks meer met elkaar gesproken hebben. Zouden zijn ouders het voorval al met elkaar hebben doorgenomen?

En wat heeft zijn moeder over de woedeaanval gezegd?

Is die opmerking over oom Ben een opening die zijn vader zoekt om hem over het voorval te kapittelen?

Hij kijkt naar zijn vader en probeert zijn optimisme van een paar tellen geleden, terug te vinden. Ziet Martin er inderdaad minder slecht uit dan de dagen hiervoor?

Zojuist zei ie immers dat 't weer wat beter met 'm gaat.

Hans blijft naar hem kijken en ziet hoe sterk zijn vader vermagerd is, de opvallende en ongezonde, grauwe kleur die hij op zijn gelaat heeft.

Voor zover hij op heeft kunnen maken uit de berichten aan zijn bed, moet het steeds minder met hem gaan. En eigenlijk heeft ie dat zelf ook wel gezien.

Het is precies de reden waarom hij het afgelopen weekend niet mee naar het bezoekuur ging. Het was hem - voor even - teveel.

"Nou ja, ze doet maar.

Ik denk dat ze begrijpt dat ik niet zoveel kennissen en vrienden uit m'n jeugd over heb. Die Katwijkers daar voel ik me niet bij thuis, zoals je weet.

En over de collega's van de zaak kunnen we ook zwijgen.

Er zitten ertussen die misschien wat belangstelling hebben.

126

En er zal er heus weleens een zijn die op bezoek wil komen, maar ik reken nergens meer op. Ben is daarom inderdaad zowat de enige die over is.

Daar moet ik eerlijk in zijn."

Martin wijst over zijn linkerschouder en drukt tegelijkertijd op een knopje van het paneeltje naast zijn bed. De rugleuning komt iets verder omhoog.

Dan dreigt ie weg te zakken naar opzij en grijpt in een soort reflex naar de papegaai die schuin boven zijn hoofd hangt. Maar hij mist 'm.

Hans springt op om z'n vader te behoeden voor een onmiskenbare val uit het bed.

In een flits ziet ie de kaart waar zijn vader op probeerde te wijzen, die hing er gisteren nog niet.

Door de stof van de pyjama heen voelt Hans hoe weinig spieren zijn vader nog over heeft. Zijn arm is ontzettend mager geworden. Hij wordt er bang van en denkt dat ie z'n vader pijn doet door krampachtig in zijn schouder te knijpen.

De hele actie verloopt in een reflex, maar Hans heeft zich er niet op voorbereid hoe verzwakt zijn vader intussen is geraakt.

Nu hij wordt tegengehouden krijgt Martin de papegaai alsnog te pakken. Samen met de hulp van zijn zoon richt ie zich op. Als hij weer zit en nadat Hans hem met de kussens heeft verschanst tegen nog een keer onderuit gaan, staat het zweet op zijn voorhoofd. Martin heeft er een kleur van gekregen.

"Heb je het warm, papa, moet ik een zuster halen?"

Papa knikt dat het niet hoeft en met de schrik nog in z'n leden gaat Hans weer op de stoel zitten. Hij wil niet over die kaart beginnen en zou de hekken om het bed graag omhoog doen, maar helaas weet hij niet hoe die werken.

Vreemd dat ie daar nooit eerder aandacht aan heeft geschonken. Hij komt nu alweer een paar weken vrijwel dagelijks hier in het ziekenhuis, maar van zulke elementaire zaken heeft ie geen kaas gegeten.

Nu uitzoeken hoe het een en ander werkt vindt hij tegenover zijn vader niet passen.

In de gauwigheid ziet ie dat er een stickertje op geplakt zit. Daar staat vast op hoe het moet, maar hij wil het nu niet bestuderen. Op het eerste gezicht lijkt het er toch op dat je zoiets eerder gedaan moet hebben. Het ziet er altijd erg routineus en helemaal niet moeilijk uit, als de zusters de handelingen verrichten.

Hij hoopt dat er snel een zuster of broeder komt, dan kan hij het daaraan vragen.

En dan zal ie erop letten hoe hij het zelf kan doen.

Nu hij rustig zit krijgt Martin weer een wat normalere kleur in zijn gezicht.

Hij is niet meer zo rood aangelopen als daarstraks en drukt op de knopjes naast zich om de rugleuning wat comfortabeler te zetten. Iets omhoog en dan weer terug omlaag. Hij drukt ook op de alarmknop boven zijn hoofd: "De zuster moet maar even komen. Ik zit niet goed en straks lazer ik misschien weer om."

Hij werpt een blik op de kamer en zoekt een voorwerp om zijn gram op te richten.

Hans betwijfelt of hij de kaart nog met hem wil bespreken. De actie van zoeven was daar kennelijk voor bedoeld, maar in alle opwinding en schrik is papa het blijkbaar alweer vergeten.

"Het is tijd dat ik weer eens op huis aan ga.

Ik ben het hier langzamerhand een beetje zat aan het worden."

Hans hoort hoe op de gang piepend een signaal weerklinkt.

Het geluid galmt door de gang en overstemt het geroezemoes. Hij hoopt dat er iemand komt, vindt het vervelend dat zijn vader zo in de war lijkt. Dat kan ie niet in verband brengen met het oorspronkelijke onderwerp van hun gesprek.

Die ome Ben was toch een goede vriend?

Ze hebben het een paar jaar geleden toch gezellig gehad met elkaar?

Wat is er dan op tegen dat zijn moeder hem een brief heeft geschreven?

Terwijl de broeder met zijn vader bezig is loopt Hans om het bed en kijkt van wie de kaart afkomstig is. De kreet die er voorop staat is in het Engels, dat had ie al meteen gezien, maar dat is geen bijzonderheid.

Of het nou correct Engels is of er hooguit op lijkt, het Nederlands wordt steeds vaker ingeruild voor Engelstalige joligheid. Met zijn wijsvinger duwt hij de voorflap van de kaart naar links en leest wat er binnenin staat.

"Sorry to hear dat je ziek bent. I kom snel weer eens naar Nederland en ga je dan natuurlijk bezoeken."

Met zwierige letters staat eronder dat de kaart afkomstig is van "Bernard".

Net zoals die vorige keer 'n paar jaar geleden, zit hij op een stoel in de huiskamer. Even joviaal als toen begroet hij Hans als ie binnenkomt. Het valt 'm meteen op dat het haar van oom Ben niet meer rossig is. Het lijk nu meer grijs, zij het voornamelijk wittig. Hoewel flink wat dunner, zitten de haren ook nog steeds nogal sprieterig bovenop z'n hoofd. Kennelijk is dat aan de andere kant van de oceaan mode.

Of zou het de gewoonte van ome Ben z'n kapper daar zijn en kan ie het niet anders voor hem in model brengen.

Papa ligt boven in bed te rusten. Dat doet ie sinds zijn thuiskomst, iedere middag een poosje en mama speelt ditmaal daarom voor gastvrouw.

De komst van oom Ben hebben ze uitgebreid van tevoren besproken en Hans merkt op dat hij wat eerder in het land is aangekomen dan het oorspronkelijke plan was.

Hij werd pas met het avondeten verwacht.

Het is vandaag overigens Hans z'n beurt om te koken.

Hij heeft hamburgers met broodjes, zoetzuur én patat op het menu gezet en gaat ervan uit dat hij oom Ben zo een warm welkom bereidt. Tegelijkertijd wil hij eens bekijken hoe je op een 'echt Amerikaanse manier' een hamburger moet eten.

Aan het recept of de bereiding zal het niet liggen, want hij heeft de informatie allemaal van het internet gehaald en het zal daardoor heel authentiek worden.

Papa is al ruim 'n week thuis. Hij mocht, omdat ie in het ziekenhuis zo goed leek op te knappen, naar huis om er verder aan te sterken. Zo hadden ze het genoemd en op deze manier verliep het natuurlijk precies volgens zijn wens.

Omdat ie het ziek zijn, voornamelijk de discipline, het regime op de afdeling, of het telkens eindeloze wachten op weer een nieuw lichtpuntje, niet zo goed meer aankon had Martin vele keren aangegeven dat ie liever thuis wilde zijn.

Hoewel het niet in zijn aard ligt om zich opstandig te gedragen, liet zich uit de verhalen en opmerkingen opmaken dat ie een lastige patiënt aan het worden was.

Blijkbaar werd zoiets binnen de medische staf opgevat als een duidelijk teken van herstel en mocht ie daarom naar huis om er te genezen. Vorige week woensdag heeft Loes hem er met de auto opgehaald, want een taxi vonden ze zonde van het geld.

Helaas is hij nog erg snel moe en kan niet zonder zijn middagdutje. Het is nu de routine dat hij na de lunch even twee uur slaapt en dan een poosje op blijft.

Hans heeft zich afgevraagd of zijn dagelijkse bezoekjes in het ziekenhuis papa misschien ook weleens teveel belast hebben.

Hier thuis kan hij namelijk net aan een uurtje rechtop zitten.

Of hij scharrelt voorzichtig rond in de slaapkamer.

Gedurende de avond probeert hij 'tijd te rekken' en kan ie daarna 's nachts wat langer doorslapen. Eigenlijk alleen in de ochtend kan Martin zich enigszins roeren.

Dan leest hij in zijn stoel een poosje in de krant of verdiept zich in een boek.

Even uit zijn bed naar beneden komen heeft hij meteen zondag al geprobeerd.

Halverwege de lunch is hij echter snel weer naar boven gegaan, terug naar de rust van de slaapkamer. Uitgeput was ie!

Hij heeft vervolgens meer dan drie uur in diepe slaap doorgebracht.

Ze, papa natuurlijk zelf, maar ook mama, zijn zusje en Hans, hadden zich er allemaal op verheugd dat ze na al die weken ziekenhuis, weer een keer met z'n allen aan dezelfde tafel konden eten. Zo zouden ze weer een echt gezin gaan vormen.

Waarschijnlijk zou alles snel weer als vanouds worden.

Dat was tegen beter weten in, maar als experiment leek het zeker de moeite waard om het eens te proberen. Het bleek er alleen iets te vroeg voor.

Martin was nog niet helemaal op sterkte, dat werd helaas snel duidelijk.

Voor straks is het het plan dat ze papa zo lang mogelijk laten rusten.

Misschien kan hij dan met het eten naar beneden komen. Een verrassing voor als ome Ben aan zou komen en dat die er nu al is, doet aan het plan niets af.

Ze kunnen sowieso met hun allen eten, dat zal al wel gaan en dan neemt ie daarna nog een uurtje rust om vervolgens te proberen om naar beneden te komen.

Even maar om samen koffie te drinken.

Gisteravond is dat tamelijk goed gelukt tenslotte. Onder het journaal kijken hebben ze bijna een klein uur gezellig bij elkaar gezeten.

Martin wil weer graag een onderdeel van zijn gezin vormen. Hij heeft het dagelijkse, de routine van de huiselijke beslommeringen, enorm gemist.

Dat de slaapkamer geen gelegenheid biedt om er een gast te ontvangen, heeft meegesproken in de overwegingen om het straks, met oom Ben erbij, zo te doen.

Over de woede uitbarsting die Hans heeft gehad en het gebroken schaaltje is overigens niet meer gesproken.

De eerste dagen na het voorval hebben ze elkaar weliswaar zoveel mogelijk ontlopen, toch zagen ze allebei snel in dat ze gezamenlijk verder moesten.

Niet dat Loes en hij meteen weer hartelijk met elkaar optrokken of vriendelijk durfden te doen, maar de stiltes werden langzaamaan korter.

En nu haar man weer thuis is, heeft ze trouwens niet zoveel meer om over te klagen.

Of ze met Martin over het voorval heeft gesproken, is 'm overigens niet duidelijk.

Nu hij alweer ruim een week niet meer ieder dag naar het ziekenhuis hoeft, kan Hans als hij uit school komt kiezen hoe hij naar huis rijdt.

Twee alternatieven hebben intussen de voorkeur.

Hij kan eerst richting de stad fietsen en vervolgens de weg langs de Rijn nemen.

Hij volgt dan over een flink stuk dezelfde weg die hij vroeger ook naar de lagere school nam. Feitelijk is het dezelfde, de kortste, route en die nam ie ook altijd al vanuit het ziekenhuis.

Sinds hij erachter is dat er een aantal klasgenoten in de wijk aan de andere kant van het water achter hun huis woont, is hij al een paar keer achter dat groepje jongens en meisjes aan gereden.

Hiervoor volgt ie een tijdlang de singel en rijdt dan door een aantal straten in het wijkje dat daar weer achter ligt. De route is een stuk langer, maar hij neemt het omrijden, via de brug verderop, voor lief. Door namelijk dezelfde weg te nemen als zijn medeleerlingen ziet en hoort hij hetzelfde als zij.

Mochten ze er later, in de pauze op school bijvoorbeeld, met elkaar over willen spreken dan is hij een getuige en zou ie zijn visie erop kunnen loslaten.

De kans op wat aanspraak weegt voor hem op tegen het oponthoud.

Op aandringen van de mentor, heeft Hans zich voorgenomen om zich wat meer open te stellen. Doch ook als er nog maar twee of een mede scholier voor hem over is gebleven, heeft ie het nog niet aangedurfd om die aan te spreken door er mee op te gaan rijden naar hun bestemming. Het kost hem moeite om zich in de wereld van zijn klasgenoten te verplaatsen, ze weten te weinig van elkaar.

Hij weet bijvoorbeeld niet naar welke muziek hij zou moeten luisteren, maar heeft intussen begrepen dat iemand, als ie de nadruk legt op moeilijke, persoonlijke omstandigheden, een onderlinge afstand kan creëren.

Niet alleen hij dus met zijn vader!

Ook van sportclubs weet ie eigenlijk niets en hij heeft geen idee met welke bezigheden iemand als alternatief zijn weekend kan vullen.

Maar zijn wil om met anderen om te gaan toont ie met het omrijden aan!

Vandaag trapt ie het stuk dat ie alleen naar zijn eigen huis aflegt, hard door.

Het dreigt te gaan regenen en als hij doortrapt haalt ie het waarschijnlijk precies om nog droog thuis te komen. Eergisteren ging de brug vlak voor hem omhoog.

Toen zou hij onder dat wachten waarschijnlijk nat geregend zijn.

Hopelijk redt ie het nu als ie zich nu flink haast.

Iets verder dan de brug, maar nog wel aan het water, is een hotel.

Het restaurant dat erbij hoort heeft een groot terras aan de voorkant, maar daar is het nu geen weer voor. Ernaast is het parkeerterrein.

Als Hans er aan komt rijden, ziet ie er hun auto staan.

Onmiskenbaar is het die van hun want mama heeft drie weken geleden een deukje in het achterspatbord gereden. Hij ziet dezelfde beschadiging aan de auto bij het hotel.

Het moet daarom die van hun zijn.

Hij verbaast zich erover en neemt zich voor om vanavond bij mama te informeren naar de hoed en de rand.

De garage heeft immers gezegd dat ze pas over een week de tijd hebben om 'm te repareren. Niemand die daar werkt kan de auto vandaag dus al op die plek hebben neergezet en waarom zouden ze?

Loes is er trouwens veel te zuinig op.

Ze heeft niet voor niets al diverse keren opgemerkt niet meer zonder te kunnen.

"Zeker niet met Martin in het ziekenhuis."

Ze heeft haar mobiliteit door de auto ontdekt en kan er vanzelfsprekend snel mee naar de stad voor een boodschapje.

Blijkbaar moest ze vandaag hiernaartoe.

Hans stapt even af om nog eens nauwkeurig naar de wagen te kijken.

Hij wil de twijfel wegnemen en ziet dan zomaar z'n moeder door de uitgang van het hotel naar buiten komen met vlak erachter oom Ben.

Onderweg naar de auto slaat deze vriendschappelijk zijn arm om haar schouders.

Het valt hem op hoe ze elkaar daarbij even heel kort aankijken.

Hans vindt dat ze op zo'n stelletje lijken die hij bij de jongens en meisjes uit de andere klassen ook weleens waarneemt en 't valt hem op hoe meisjesachtig zijn moeder er eigenlijk uitziet.

Het lijkt wel of ze huppelt en daardoor ziet hij haar zoals zijn vader haar indertijd heeft beschreven in het Sauerland.

Ze merkt hem niet op, kennelijk omdat ze zich op haar begeleider concentreert..

Al is 't natuurlijk ook dat ze hem hier helemaal niet verwacht. Normaal komt hij rond deze tijd inderdaad uit school, maar altijd vanaf de andere kant en dus over de dijk, vanuit de richting van de stad.

Tot nog toe heeft hij zijn moeder niet verteld dat ie de afgelopen dagen weleens deze andere route nam. Het leek hem niet belangrijk en hij heeft haar ook niet verteld dat het op aandringen van de mentor was.

Zoiets mag hij toch zelf weten?

Plotseling voelt het alsof hij ergens bij betrapt wordt.

Op de een of ander manier lijkt het of ie in overtreding is door het maken van deze omweg en wil voorkomen dat zijn moeder hem ziet.

Zo snel mogelijk vervolgt ie zijn weg.

Gelukkig onttrekken de struiken tussen de weg en het fietspad hem aan het zicht als ie hoort hoe hun auto hem passeert. Hij herkent het geluid dat de uitlaat maakt.

Dat ie erdoor onopgemerkt gebleven zal zijn vervult hem met een veilig gevoel.

Als hij bijna thuis is, ziet hij hoe mama de auto aan het parkeren is.

Hans gaat wat langzamer fietsen en stopt even bij de bushalte. Hij wil de situatie rustig in zich opnemen en zien hoe zijn moeder thuiskomt. Hij wil op een afstand blijven, maar weet dat ze hem sowieso zal verwachten.

Misschien is ze daarom juist nu naar huis gekomen.

Al zal het eveneens meegespeeld hebben dat Marjolein dat straks ook doet.

De exacte reden waarom ze er nu is kent hij natuurlijk niet, maar het lijkt op deze manier overeen te komen met de dagelijkse gang van zaken.

Uit wat hij bij het hotel heeft gezien maakt het 't mogelijk dat ze er uren had kunnen zijn. Zoiets stelt de situatie in een verdacht licht, al kan hij niet bepalen hoe hij het een of ander moet interpreteren.

Als oom Ben en z'n moeder zijn uitgestapt, ze de auto op slot heeft gedaan en ze naar binnen zijn gelopen, rijdt hij verder. Hij fietst over het fietspad langs hun huis.

Een stukje verderop de dijk keert hij om en dan rijdt hij naar het paadje waarover hij met zijn fiets aan de hand naar de weg kan lopen om er over te steken.

Niets aan de hand, zo gaat het immers elke dag.

Het zal erop lijken of hij rechtstreeks vanuit school naar huis is gekomen.

131

Gedurende de korte omweg vanaf de bushalte, het voorbij rijden en omkeren tot het stukje pad dat hij gebruikt om thuis te komen, heeft Hans nagedacht of hij nu verlegen is met het gegeven dat ie vanaf de andere kant is gekomen en dat mama dat niet weet. Of ligt hij ermee overhoop dat ie zijn moeder betrapt lijkt te hebben bij iets dat ze voor hem verborgen zou willen houden.

Hij kan het niet overzien.

Was dat bezoekje aan oom Ben iets dat ze stil had willen houden, of is ze hem alleen maar op gaan halen en mag hij het gewoon weten.

Kan ie erover beginnen of laten doorschemeren dat hij ze gezien heeft, als hij straks binnen komt?

Hij had deze nieuwe route vanuit school op een andere manier en op een ander moment ter sprake willen brengen!

Zoals hij het ziet, kwam ze daadwerkelijk thuis met oom Ben.

Kennelijk is ze die op gaan halen bij dat hotel.

Het is immers dezelfde als waar hij de vorige keer heeft gelogeerd, want daar hebben papa en mama hem toen ook bezocht. Daarom moet ie er geen rare zaken bij bedenken. Alleen zit het 'm dwars dat ze zo overdreven aardig tegen elkaar deden.

Voor zover Hans het heeft waargenomen, was hun gedrag niet gewoon vriendelijk te noemen. Al weet ie niet zo goed hoe normaal eruit zou moeten zien.

Hij heeft nooit zo goed opgelet hoe volwassenen met elkaar omgaan.

Vroeger, toen er nog vaak vrienden en kennissen op bezoek waren, deed iedereen altijd erg vriendelijk. Dat was indertijd normaal, maar nu zijn ze een stuk verder en hij weet niet wat daarbij intussen passend of gewoon is.

Het gedrag van oom en Ben en zijn moeder kwam het op hem over dat ze aardiger tegen elkaar deden dan mensen onder normale omstandigheden tegen elkaar doen.

Zeker omdat ie meent te weten dat Loes sceptisch tegenover oom Ben staat.

Als je iemand een rare snuiter vindt, dan ga je toch niet gearmd met 'm over straat lopen of heel flirterig lopen doen?

Onder het oversteken neemt ie zich voor om straks de manier van doen tussen zijn moeder en die oom eens beter te beschouwen. Misschien moet hij zien uit te vinden of hij getrouwd is of dat ie in Amerika een eigen partner heeft.

Terwijl hij zijn fiets in de schuur zet en door de bijkeuken naar binnen loopt pijnigt hij zijn hersens of oom Ben, of misschien papa, daarover al eens iets heeft opgemerkt.

Wie weet is oom Ben daar aan de andere kant van de oceaan wel een hele brave, gewone huisvader. Het kan dat ie net zoals papa en mama een paar kinderen heeft.

Niet alle mensen in Amerika zullen immers zo gek doen als die lui uit tv series.

Hans kan zich met geen mogelijkheid herinneren of het ooit aan de orde is geweest en verbaast zich erover dat ie er nu opeens zo'n kwestie van maakt.

Hoe hij het onderwerp aan de orde zou kunnen stellen, weet ie ook niet zo goed.

Sessie

– In de periode waarin mijn vader in het ziekenhuis lag, waren de toestanden in huis anders dan eerder. Maar laat ik bij het begin beginnen.

Een dikke week, misschien twee weken nadat zijn vriend Ben weer naar huis vertrokken was, werd Martin vreselijk ziek. Het was rond een uur of half zeven in de avond en eigenlijk waren we net klaar met eten.

Plotseling kreeg hij het heel benauwd en het leek wel of hij bijna geen lucht meer kon krijgen. Letterlijk want hij moest telkens vreselijk hijgen en begon er dan al snel grauw uit te zien. Hij kon opeens niet meer op zijn benen staan.

Heel raar natuurlijk, want zoals ik al zei kwamen we net van tafel.

Ik weet zelfs niet helemaal zeker of mijn zusje al klaar met eten was.

Maar mijn moeder en ik dachten echt dat ie zou stikken.

Ze wilde 'als de sodemieter' de huisarts laten komen en die heeft vanuit haar eigen huis al gelijk een ambulance gebeld. Uit voorzorg.

Ze kwamen tegelijk bij ons aan.

Dat weet ik nog heel goed, want ik vond die timing heel verbazingwekkend.

Ze namen hem mee naar het ziekenhuis en het was maar goed dat mijn moeder zijn pyjama en wat verschoning bij zich had gestoken, want hij moest er meteen blijven.

Nog dezelfde avond zou hij weer aan zijn buik worden geopereerd.

Het rare was overigens dat niemand kon vertellen wat er nou precies met 'm aan de hand was. Of ze wilden dat niet, daar was ik niet bij.

Ik moest thuis op mijn zusje passen.

Mijn moeder had beloofd dat ze me zou bellen, maar er was dus niks te bespreken.

Het enige dat haar verteld werd, was dat er een verband was met de vorige operaties. Maar welke konden ze haar niet duidelijk maken.

Waar dat verband vandaan kwam wilde geen van de artsen vertellen: "Daar moest deze operatie duidelijkheid in verstrekken."

Ik denk trouwens dat er in zo'n groot ziekenhuis altijd wel ergens een verband te vinden moet zijn.

Dat is flauw ik weet het, sorry.

Laat, het was al over elven, kwam ze thuis en die nacht heeft ze niet geslapen omdat het allemaal heel erg spannend was. Als ze klaar waren met de operatie en nazorg zouden ze haar namelijk opbellen.

Ik heb met haar even zitten wachten, maar moest de volgende dag natuurlijk wel weer naar school. We zaten er in de voorbereidingen voor de proefwerk periode en ik kon het daarom niet té laat maken.

Om ongeveer half een ben ik uiteindelijk maar gaan slapen.

Na die operatie heeft mijn vader op de bewaking afdeling gelegen. Niet de intensive care, want daar mocht ie na het uitslapen al gelijk weg. Maar er was een afdeling waar ze patiënten nauwkeurig in de gaten houden.

Na school ben ik er geweest en schrok nogal van alle draden en slangen die ze aan hem hadden vastgemaakt. Ik moest toen ook in een speciaal pak aan en zo'n maskertje voor.

Mijn vader kreeg niet genoeg lucht binnen. Het 'kwam niet in zijn bloed', geloof ik dat ze het noemden. Maar hij mocht er na een paar dagen gelukkig weg en kwam terecht op een zaal. Fijn voor hem lag ie er alleen.

Papa kan niet goed tegen mensen om hem heen en ik kan me daar wel iets bij voorstellen. Telkens allerlei geluiden en bij alles wat je doet zijn er toeschouwers.

Ik zou het ook vreselijk vinden.

Gezien de eerdere ervaringen leek het de dokters trouwens verstandiger om niet weer met allerlei pillen, drankjes of andere medicijnen aan de slag te gaan.

Er was weliswaar geen uitsluitsel over wat hem exact mankeerde of wat precies wèl gedaan moest worden, maar er was onmiskenbaar iets aan de hand.

Ze wilden het overlaten aan de deskundigen. Die zijn ruimschoots voorhanden in een Universitair Ziekenhuis, dus volgens ons lag hij er op een goede plaats.

Door dat extra toezicht knapte hij overigens toch redelijk snel op, maar ze wilden hem niet laten gaan omdat zijn saturatie, dat is de opname van zuurstof in het bloed, niet in orde kwam. Dat had uiterlijk na die paar dagen vanzelf moeten gebeuren.

Bij mijn vader ging toen opeens niks meer vanzelf.

Nou ja, op een gegeven moment moest ie op minimaal 92 zitten.

Dat wil zeggen, na een kwartier zonder dat er extra lucht door een slangetje in zijn neus geblazen werd. Als dat eenmaal zo was, dan mocht ie weer aan naar huis gaan denken. Maar dat was pas toen ie er intussen al een paar weken lag!

Thuis zouden we hem overigens ook met een zuurstoffles kunnen helpen.

– Vlak voordat ie nogmaals in dat ziekenhuis opgenomen werd, was mijn moeder er net een beetje aan gewend dat de situatie in huis weer normaal was geworden. Ze kon zo nu en dan naar haar moeder toe en hoefde geen rekening meer te houden met de terreur van die bezoekuren.

Dat had ze die vorige keer echt vreselijk gevonden, zei ze telkens.

Net zoals ik wil ze nooit ergens te laat aankomen, maar stond daardoor soms meer dan 10 minuten te wachten tot ze eindelijk naar binnen mocht op die afdeling.

Wat ze thuis in die tijd had kunnen doen, speelde dan voortdurend door haar hoofd.

Zelf had ik daar nooit last van, omdat ik me 's middags gewoon welkom voelde.

Als ik er aan kwam mocht ik vaak al van tevoren doorlopen.

Die zusters waren echt heel aardig voor me eigenlijk.

Wat ons heel erg liet schrikken was de omslag die mijn vader doormaakte. Het leek echt weer goed met hem te gaan en hoewel hij wel wist dat ie niet zo snel weer aan het werk zou kunnen, dacht hij daar wel over na.

Totdat ie met gillende sirenes naar het ziekenhuis terug moest worden gereden.

Thuis wilden we natuurlijk dat hij gauw weer terug zou komen en we hebben ons voorgenomen dat we hem heel goed zouden gaan verzorgen.

Ik ben echter bang dat we te weinig hebben opgelet.

Het speelt weleens door mijn hoofd dat we voornamelijk wilden dat onze wensen vervuld werden en dat we in die periode niet genoeg in de gaten hebben gehouden of het daadwerkelijk weer beter met hem ging.

Zelf speelde hij daar natuurlijk ook wel heel stoer in mee, maar mijn moeder en ik hadden toch in de smiezen moeten hebben dat er ook nogal wat grootspraak aan te pas kwam.

Ik kan me bijvoorbeeld herinneren dat oom Ben, toen hij afscheid kwam nemen, zo-wel mijn moeder als mij persoonlijk op het hart drukte dat we 'goed op Martin moesten letten'. Opvallend genoeg voegde hij eraan toe: "Je moet je vooral niet door hem in de maling laten nemen!"

Ik vond dat nogal mysterieus en het heeft me achteraf aan het denken gezet.

Mijn vader maakte kennelijk een verandering door en zijn vriend had dat kennelijk opgemerkt. Natuurlijk hadden ze elkaar een hele tijd niet gezien, maar. papa bleek in zijn ogen dus zieker dan mijn moeder en ik zagen.

Overigens denk ik dat mijn vader zelf ook van de gebeurtenissen geschrokken was.

Van het ene op het andere moment lag ie weer in het ziekenhuis en was ie helemaal niet meer aan de beterende hand.

In ieder geval minder dan hij zich had voorgesteld na die vorige operatie.

Hij moet zich gerealiseerd hebben dat die operaties niet hadden voorkomen, dat ie nog eens, en misschien zelfs nog een keer, ziek kon worden.

En dat het ondanks alles, steeds erger met hem leek te gaan.

– Ik denk dat als mensen naar de dokter gaan, ze eigenlijk precies willen weten wan-neer ze dood gaan. Het zou het beste zijn als een arts, niet zo een als U maar een dokter die lichamelijke klachten en ziektes behandelt, een datum zou noemen.

Gewoon dat je bij de dokter komt en dat die dan zegt hoe oud je wordt en wat je sterfdag zal worden. Zou dat niet een oplossing zijn?

Nee ik meen het, maak geen grapje, kunt U zich zoiets niet voorstellen?

Ik weet natuurlijk wel dat het onmogelijk is, maar ik heb er vaak over zitten naden-ken en kom dan telkens met deze oplossing.

Het spreekt voor zich dat een arts dat niet kan. Maar stelt U zich eens voor dat ie in-derdaad een datum zou kunnen noemen. Laten we het een specialisatie noemen en dat het overtuigend genoeg gebracht zou worden.

Net zo overtuigend als die artsen die beweren dat we straks allemaal minstens 100 tot wel 130 jaar oud gaan worden.

Dat is toch eigenlijk hetzelfde.

Stel dat het gaat werken zoals ik het nu voorstel, dan hoef je tot die specifieke datum nooit meer uit te kijken bij het oversteken en kun je hele gevaarlijke dingen onder-nemen. Je gaat immers nog lang niet dood, of er is onder normale omstandigheden wel iemand die je kan repareren mocht er uiteindelijk toch iets misgaan.

Er zijn volgens mij meer mensen die er zo over denken.

De uitdrukking 'als het je tijd is' komt toch niet zomaar uit de lucht vallen?

U vindt het misschien belachelijk om zo te praten en denken, maar ik probeer het me voor te stellen wat het in zou houden.

Stel namelijk dat ik zou weten hoelang ik nog mee moet en dat een arts me daarover zekerheid zou geven.

Noem het, zo u wilt, een soort houdbaarheidsdatum.

Een waarbij ik ervan uit kan gaan die tijd nog mee te kunnen.

Ik denk overigens wel dat veel mensen het hele leven dan zinloos zouden gaan vinden omdat er geen verdere verrassing meer aan verbonden is. Ik in ieder geval zeker, want dan blijft er geen keuze en dat lijkt mij toch het belangrijkste in het leven!

– Toen mijn vader die laatste keer in het ziekenhuis lag, had hij het er telkens over dat het nooit meer zou worden zoals hij het zich ooit had voorgesteld.
Nou is dat vanzelfsprekend Uw vak, maar mijn vader deed er niet negatief of depressief over. Voor hem leek het eenvoudig vast te staan dat hij niet meer de oude zou worden. Daar kwamen in uw termen geen 'teleurstelling' of 'rouw' bij te pas.
Hij ging er gewoonweg akkoord mee dat zijn leven zich anders ontwikkelde dan hij gehoopt of verwacht had. Niet zo zwart wit als ik het hier vertel, maar met subtiele opmerkingen liet hij het weleens doorschemeren.
Niet over doodgaan trouwens, maar ik stelde me voor dat ie bedoelde dat ie bepaalde dingen nu niet meer zou kunnen.
Ik verwachtte overigens die ie daar dan 'voortaan' achter zou zeggen, maar heel bijzonder gebruikte hij dat woord nooit. Daar heb ik op gelet.
Eerst meende ik - het was nadat ik me voor het eerst realiseerde hoe mijn vader het een en ander blijkbaar 'anders' was gaan zien - dat het neerslachtige gevoel kwam omdat hij zijn vriend had wijsgemaakt dat het beter met hem ging.
Op een van de avonden dat oom Ben bij ons was, hadden ze namelijk heel uitgebreid plannen zitten maken over dat we een keer bij hem langs zouden gaan.
Niet hij alleen vanwege de hoge kosten, maar wij met ons hele gezin!
Dat zou na die laatste operatie trouwens niet meer kunnen omdat ie niet meer mocht vliegen.
Ik ging er vanuit dat mijn vader daarover na had liggen denken.
Hij verveelde zich nogal in het ziekenhuis, dus het zou toch kunnen?
Omdat ie ook wel eens aan het piekeren was, dacht ik dat het tot hem doorgedrongen zou zijn dat de bomen niet meer tot in de wolken groeiden. Of zoiets.
Hij is er diverse keren nog wel op terug gekomen en 't spijt me dat ik 'm nooit heb gevraagd hoe hij zich onder die ideetjes voelde.
Ik dacht daar altijd pas aan als ik alweer naar huis fietste.
Of dan zat ik 's avonds op mijn kamer en nam ik het me voor het de volgende middag te doen, maar om de een of andere reden vergat ik dat dan vervolgens weer.
Mijn bezorgdheid kwam door de dingen die hij zei zonder ze uit te spreken.
Begrijpt U wat ik bedoel?

– Natuurlijk heb ik er met mijn moeder nooit over gesproken. Dat was onmogelijk want ik dacht dat mijn vader uitsluitend zo tegen mij sprak en dat deed omdat ie me vertrouwde.
Het zal in uw vak waarschijnlijk een vader en zoon ding heten, maar zo voelde het voor mij. Ik durfde hem voortaan ook bij zijn naam te noemen en niet meer papa.

Martin

Blij met het vooruitzicht dat papa snel weer thuis zal komen, hebben Loes en Hans bij de kruisvereniging een zogenaamd ziekenhuisbed uitgezocht. Voor tijdelijk, als ie verzorgd moet worden tijdens het herstel van de zware operatie die hij heeft ondergaan. Het bed moet op de slaapkamer komen te staan.

Marjolein is voor belangrijke zaken nog te klein om erbij te betrekken, dus zijn ze er samen op uitgetrokken. Hans had een uitgevallen eerste les en kon daarom al meteen in de ochtend met z'n moeder mee om het bed te gaan kiezen.

Het is er een geworden met een papegaai en verstelbare poten.

Als ze weten wanneer Martin thuiskomt, hoeven ze maar te bellen en het ding wordt dan meteen de middag ervoor bij ze gebracht. Loes heeft al de mogelijkheden tevoren uitgezocht en eigenlijk hoefden ze alleen nog maar het meest geschikte exemplaar voor de omstandigheden in huis aan te wijzen.

Ze vond het leuk dat Hans even met haar mee kon.

Dat de rug van het bed, net zoals die in het ziekenhuis, omhoog versteld kan worden, moet met de hand gebeuren. Een veermechanisme maakt dat dat vrijwel moeiteloos gaat en 't hoeft in feite helemaal niet elektrisch. Ze hebben het in de showroom een keer mogen proberen.

Allebei zijn ze er even voor op het bed gekropen, om elkaar vervolgens in een comfortabele positie te kunnen leggen, of half omhoog te laten zitten.

De rugleuning ging eenvoudig omlaag als ze de deblokkeringsknop ervoor ingedrukt hielden. De medewerker van de kruisorganisatie deed het ze uitgebreid voor, zodat ze er straks ook Martin mee van dienst kunnen zijn.

Met een pedaal kan het bed in z'n geheel omhoog gepompt en als ze die een stukje optillen zakt ie vanzelf weer omlaag.

Vandaag is het zover. Het bed zal rond een uur of halfvijf bezorgd worden.

Hans heeft zijn moeder beloofd dat ie ervoor thuis zal zijn.

Dan kan hij helpen om de delen naar boven te dragen en bepalen waar het gevaarte het beste neergezet kan worden. Precies op de plaats waar Martin altijd slaapt of misschien toch beter tegen de muur zodat er nog een stoel naast kan.

Als de bezorgers het bed niet plaatsen, dan moet hij ze vragen hoe het 't beste in elkaar gezet wordt. Loes heeft gezegd dat ze hem er dan misschien bij willen helpen, als ie ze een fooitje belooft.

Ze heeft er twee biljetten van vijf voor klaargelegd in de lade van haar nachtkastje.

Zelf kon ze er niet bij zijn, omdat het haar beter leek om Marjolein persoonlijk uit school op te halen. Zijn zusje zal erop voorbereid moeten worden dat papa na al die tijd wachten weer thuiskomt.

Als definitieve voorbereiding hebben ze gisteravond de lits-jumeaux van IKEA uit elkaar gehaald en het bed van de logeerkamer ervoor in de plaats neergezet.

Of zij er ook poten onder wil om op gelijke hoogte met haar man te kunnen slapen heeft mama als optie opengelaten. Eerst moet Martin thuiskomen, letterlijk!

Meer dan zeven weken, maar voor zijn gevoel meer dan lang genoeg, heeft hij er gelegen. Nu mag ie weg omdat hij 'weer aardig' op lijkt te knappen. Zijn verzet, 't leek op smeken of hij eindelijk naar huis mocht, is voldoende geweest om de dokters te overtuigen. Ze wisten waarschijnlijk nog hoe hij de vorige keer op eenzelfde behandeling had aangedrongen.

Eerst moet zijn bloed nog wel in orde zijn, maar daar is waarschijnlijk een mouw aan te passen. Als de saturatie boven de vierennegentig blijft na een kwartiertje zonder extra zuurstof, dan vinden ze het goed dat ie naar huis gaat.

Het schijnt dan verantwoord te zijn om daar verder te herstellen.

Trouwens voor zo'n fles met lucht kunnen ze thuis ook wel zorgen en in geval van nood is er altijd iemand op de afdeling bereikbaar voor advies.

Z'n neusvleugels zijn intussen rondom beschadigd door dat slangetje en de verpleging peutert 's morgens de korsten met een wattenstaafje zoveel mogelijk weg.

Dat hoeft in huis geen problemen op te leveren, aan zijn eigen wastafel en op de eigen slaapkamer moet zoiets bijna vanzelf gaan.

Gisteren hebben de zusters het manchet van die meter twee keer over z'n vinger geschoven. De eerste keer uit routine, dat was 's morgens vroeg.

Later gebeurde het nog een keer op zijn eigen verzoek.

De eerste keer aarzelde het metertje tussen de 81,8 en 89, al bleef ie voornamelijk op de hoogste waarde steken. De tweede keer, 's middags bleef het ding wel keurig de hele tijd op 91,9 staan. De zaalarts bleef de volgende ochtend wachten om zelf te zien wat de meting uitwees, 93,6!

Als deze trend zich voortzette, vond ie het goed dat papa binnenkort weer aan naar huis gaan dacht.

Martin ging er hierbij vanuit dat de voorbank voldoende ruimte zou bieden.

"Zo lang ben ik namelijk niet en ik woon hier eigenlijk vlakbij!

Het is hooguit tien minuten rijden als 't verkeer een beetje meezit."

De dokter vroeg hem of hij misschien zelf ook al had willen sturen en heeft het daarbij gelaten. Martin mocht naar huis, maar uitsluitend als hij met de ambulance vervoerd zou worden. Uitzonderingen wilde men niet maken.

Rust en regelmaat zullen hem er weer bovenop gaan helpen. Dat moeten ze volhouden en ze zullen er eveneens op moeten letten, dat ie geen 'rare dingen' gaat doen.

De voorjaarsvakantie is afgelopen en de kinderen gaan weer elke ochtend op tijd naar school. Loes kan dan op haar gemak het reilen en zeilen bestieren en privé de zorg voor haar man op zich nemen. Hopelijk zal hij, als het binnenkort grote vakantie is, genoeg zijn opgeknapt om er eens op uit te trekken.

Daar gaan ze hard aan werken. Als papa rust nodig heeft dan houden ze zich stil.

En als hij iets te wensen heeft dan zorgen ze ervoor dat het in orde komt.

Zowel mama als Hans zijn oud en wijs genoeg om de zorg op zich te kunnen nemen.

Zelfs Marjolein zal begrijpen dat ze haar best moet doen. Voor papa.

Loes had aanvankelijk voorgesteld om het gehuurde bed in de huiskamer neer te zetten. Martin zou dan de hele dag beneden kunnen zijn en het leek haar ook beter voor als er visite kwam.

Dan kon het bezoek een beetje huiselijk en gezellig bij hem gaan zitten.

Voor de nodige momenten van rust kon hij vervolgens eenvoudig naar boven, naar de slaapkamer. Daar zou zijn eigen bed immers blijven staan. Haar oplossing zou hem privacy bieden en tegelijkertijd de gelegenheid scheppen om daadwerkelijk zo nu en dan de vereiste rust te nemen.

Martin wilde het echter per se niet hebben: "Voor visite kwam hij de trap wel af."

Dat bed zou alleen maar nodig zijn voor de rustperiodes.

En misschien als hij zo nu en dan eens verzorgd moest worden.

Hij noemde het zelfs een monsterlijk ding en deed er tot haar teleurstelling nogal smalend over. Het leek of hij niet wilde inzien dat hij nog een tijdlang patiënt zou zijn, er zou immers ook een zuster komen om hem te wassen en verzorgen.

Dat kon zíj onmogelijk alleen.

Martin vroeg alleen: "De douche is boven, die wil je toch ook niet ook naar beneden verplaatsen?"

De overgang van wekenlang in het ziekenhuis naar 'weer thuis', bleek in het begin wat moeilijk. Martin had weliswaar nooit veel noten op z'n zang, daar hadden de zusters hem telkens op gewezen en ook complimenten voor gemaakt, maar de zorg die hij thuis kreeg was vanzelfsprekend anders.

Het was er minder professioneel, minder georganiseerd er golden geen regels.

In huis was het niet druk, omdat er overdag weinig gebeurde of voorviel.

Er waren geen zusters die hun diensten zouden wisselen en nog even snel alle gegevens wilden doornemen of vastleggen.

Het artsenbezoek in de ochtend kwam er niet voor en voor de lunch en andere 'maaltijdmomenten' bestond er evenmin een vast protocol.

Als Loes hem z'n boterhammetje bracht dan ging dat vrijwel ongemerkt.

Ze hoefde er immers niet met een kar in de gang, waarop alle benodigdheden klaar stonden, naar hem toe te komen.

Heel eenvoudig besmeerde ze beneden in de keuken een boterham met waar ze van dacht dat hij er trek in zou hebben en dat bracht ze dan liefdevol naar hem toe.

En voor het avondeten kwam Martin naar de huiskamer beneden.

Eerst las hij even een stukje in de krant terwijl Marjolein de tafel dekte en Loes of Hans maakten de maaltijd klaar.

Ondanks alle rust bleek ie er vooral moeite mee te hebben om ergens op te moeten wachten: "Komt die mevrouw van de thuiszorg nu al?

Er zou toch iemand van kantoor op bezoek komen, waar blijft die dan?

Het is al tien over vijf en het is maar drie minuten lopen om hier te komen."

Op de zaterdag meteen na Martin z'n thuiskomst, heeft Hans in de stad een belletje dat op batterijen werkt aangeschaft.

Papa kon ermee duidelijk maken dat iemand hem ergens behulpzaam bij moest zijn.

De bel heeft ie opgehangen in de overloop van het trappenhuis en Martin kreeg een knopje naast zijn bed om 'm af te laten gaan.

Het was niet zo'n luxe zoals aan de papegaai in het ziekenhuis, maar een eenvoudige die Hans met wat plakband op het nachtkastje vastmaakte.

De terugkeer binnen de regelmaat van het gezinsleven, in tegenstelling tot de onrust rondom de bezoekuren, leverde al snel een heleboel vrije momenten op.

Feitelijk was 't opvallend, hoe ze zo snel weer in het opgelegde ritme van het ziekenhuis terug waren gevallen. Het bereiden en delen van de maaltijd en alles wat er tussendoor gedaan kon of moest worden, zoals het maken van huiswerk of het doen van de boodschappen.

Alles in het gezin was gaan draaien om vaste intervallen en de mogelijkheden die zich voor, tussen en na de bezoektijden voordeden.

Zo liet het rooster van Hans het vier keer per week toe dat hij na school 's middags naar het bezoekuur ging. De school en het ziekenhuis staan in dezelfde wijk en als hij eens een uurtje moest wachten, bleef hij achter in de kantine en deed er alvast wat aan zijn huiswerk.

Of hij ging naar die huiskamer op de afdeling om daar aan zijn huiswerk te werken. Maar als ie het vroeg aan de rector, dan vond die het geen bezwaar als hij ook op die andere dag iets eerder uit de les vertrok.

Dan kon hij: "Het laatst kwartier van het bezoekuur nog even bij zijn vader langs."

De rector: "Zo lang je schoolresultaten er niet onder lijden, vind ik het goed.

Maar ik wil van je leraren geen klachten horen."

Het laatste was bedoeld als grapje en leverde Hans een vriendschappelijke stomp tegen zijn schouder op.

Het regime had de gang van zaken binnen het gezin overgenomen.

Nu Martin weer thuis was, kon de normale gang van zaken weer de overhand krijgen. Hij probeerde het bellen te beperken, maar het duurde een paar dagen voordat het tot hem doordrong dat de situatie niet was zoals in het hospitaal.

Daar liep eigenlijk altijd wel een zuster over de gang langs.

Of er was een andere hulpkracht in de buurt die op z'n oproep afkwam.

Alleen als een zuster, bijvoorbeeld op zaal, met een van zijn collega patiënten in de weer was, duurde het even. Maar hij kon er altijd op rekenen dat er hulp onderweg was. Weer thuis moest hij soms wat meer geduld betrachten.

Dat viel hem, vooral de eerste paar dagen, tegen.

Iedereen was natuurlijk reuze blij met zijn thuiskomst en Loes moest de eerste belangstelling enigszins temperen, maar Martin wilde het liefste de draad gelijk weer oppakken. Bij voorkeur klauterde hij gewoon uit bed en ging als vanouds aan de slag. De teleurstelling dat dat niet zomaar ging en ook de stilte, stemden hem verdrietig. Was hij daar nou voor thuisgekomen?

Om de drie dagen - vier in het weekend - kwam iemand van de thuiszorg een nieuwe fles zuurstof brengen. De chauffeur nam dan de lege weer mee zodat ze altijd een volle in reserve hadden staan.

's Nachts moest het kraantje trouwens op vier of vijf worden gezet en overdag stond ie meestal op drie. Martin moest zoveel mogelijk bewegen.

Dan 'zakten zijn longen beter uit' en zou hij meer lucht binnen kunnen houden.

Als oefening mocht hij het slangetje weleens een poosje uit z'n neus laten, maar dat lukte nooit langer dan een uurtje of nog korter. Dan kreeg hij het te benauwd en moest ie er gauw weer in worden gedaan.

Zelfs als hij rustig tv zat te kijken zat de slang er vrijwel altijd in.

Meestal stond het bed overdag met de rug omhoog of probeerde hij eruit te komen om een poosje in een stoel te zitten.

Zijn gemakkelijke fauteuil hebben Hans en Loes, met de hulp van een collega die op bezoek was, vanuit de huiskamer de trap op gesjouwd.

Voornamelijk om de verveling te verdrijven las hij een uurtje de krant of een boek.

In de vooravond keek hij tv.

Het toestel hadden ze verwisseld met de nieuwe uit de huiskamer omdat deze een mooier beeld gaf. Het kleintje van de slaapkamer, die oorspronkelijk in de huiskamer stond, kon tijdelijk terug.

Belangrijke programma's keken ze immers gezamenlijk. Voor de gezelligheid verplaatsten ze een extra stoel naar de slaapkamer. Zo konden ze er bij elkaar zitten.

Al een paar dagen na Martin z'n thuiskomst, bleek het gemakkelijker voor Loes om op de logeerkamer te gaan slapen. Het iedere avond alle meubels verplaatsen of inklappen kostte haar teveel moeite en 's morgens alles dan weer bij het bed terugzetten duurde haar eveneens te lang.

Voor de tijd dat Martin aan het herstellen was leek het de beste optie.

De ruimte die het opleverde op hun slaapkamer kon zo heel mooi benut worden om het er overdag wat aangenamer te maken.

En het bood vanzelfsprekend de ruimte voor die extra stoelen en grotere tv.

Papa kon er eenvoudiger zijn gasten ontvangen en zich wat privacy veroorloven als het hem even teveel werd. Het gezin schikte zich in de nieuwe regels.

De aanpassing in de slaapplaatsen was er een van.

Nadat Martin twee weken thuis was, leek hij inderdaad op te knappen. Hij was met Loes in het ziekenhuis op controle geweest en de doktoren waren tevreden.

Weliswaar was de saturatie nog niet helemaal naar behoren, maar hij hoefde er niet opnieuw voor te worden opgenomen. Als hij rustig deed en zich de tijd gunde om te herstellen dan kwam het vanzelf allemaal weer goed.

Intussen kon hij al het grootste deel van de dag zonder de hulp van die fles.

"U mag eigenlijk weleens gaan denken aan een paar dagen vakantie. Dat zullen uw vrouw en kinderen ook wel leuk vinden.

Waarschijnlijk zijn jullie er allemaal aan toe."

De dokter stelde het voor alsof Martin het aan zou kunnen, maar weer thuis van het consult is hij even gaan slapen. Uit pure vermoeidheid kon hij niet meer op zijn benen staan. Meer dan anderhalf uur later, werd hij pas wakker.

Hij voelde zich katterig, zo goed als dat de dokters het voorgesteld hadden, ervoer hij 'zijn herstel' bij lange na nog niet. Om heel eerlijk te zijn leek het wel of dat opknappen trager verliep dan hem was voorgesteld.

De ene dag ging het weliswaar beter dan de andere, maar het was nooit gemakkelijk.

Het idee om op vakantie te gaan had echter aannemelijk geklonken.

De arts had trouwens ook voorgesteld om: "De zuurstof ondersteuning langzaamaan helemaal af te bouwen."

Daar durfden ze nog niet aan te denken.

De onregelmatige momenten waarop de benauwdheid zich manifesteerde, stonden het niet toe dat de fles al helemaal uit huis verbannen zou worden.

Overdag kon Martin een flinke tijd zonder het slangetje en het metertje stond nog maar op 1,5 of 2. Maar van de zekerheid dat ie erop terug zou kunnen vallen, durfde hij niet af te stappen.

Niet al in het ziekenhuis, maar toch wel sinds dat hij thuis was gekomen moest Martin 's nachts vaak op de rand van zijn bed gaan zitten. Hij had dan last van oprispingen en het brandende zuur vanuit zijn maag maakte dat hij het vreselijk benauwd kreeg. Hij zat dan te hoesten en moest telkens kokhalzen.

Geen aantrekkelijke geluiden en nogal onrustig voor iemand die naast je lag.

Hierdoor had ie het meteen begrepen en gestimuleerd dat zijn vrouw op de logeerkamer was gaan slapen. Zij had haar nachtrust nog veel harder nodig dan hij.

Overdag kon ze immers niet zoals hijzelf, even een uurtje gaan liggen.

Het gedoe vlak voor het inslapen wilde ie voorkomen. Het leek hem daarom beter om 's middags niet meer te rusten. Dan zou hij voortaan 's nachts misschien in een keer door kunnen slapen en niet eerst een hele poos liggen te woelen.

Tegen de klachten met zijn ingewanden had Martin overigens weer een arsenaal aan middeltjes op zijn nachtkastje gekregen.

Hoewel ze niet allemaal even goed hun werk deden en zodoende elkaar aan dienden te vullen, zouden ze dat zuur moeten bestrijden.

Er waren er ook bij om zijn darmen tot rust aan te zetten.

Daarnaast was er de pijnbestrijding en 'iets om wat beter van in slaap te vallen'.

Van dat middeltje mocht hij slechts met mate, hoogstens tweemaal per week als uiterste maximum, gebruikmaken. De eerste keer kreeg Loes er dan ook maar twee van mee en daarna is ze voor het vervolg recept telkens opnieuw naar de apotheek geweest. De pillen voldeden namelijk goed en brachten hem inderdaad de benodigde rust. Zij het slecht die twee maal in de week.

Toen de huisarts er onlangs was, heeft ze het hele arsenaal bekeken.

Plompverloren stelde ze voor dat hij ten minste een of twee van de medicijnen zou gaan afbouwen. Hij mocht niet meer van alles en nog wat naast elkaar gebruiken.

Ze wilde haar collega's vanzelfsprekend niet afvallen, maar liet doorschemeren dat ze het erg veel vond. Martin had zelf eveneens vastgesteld dat ie nogal wat slikte, maar wat hij af kon bouwen zonder er slechter van te worden, daar had hij geen inzicht in.

Daarin moest op haar aanwijzingen nu wat meer duidelijkheid komen.

Het overzichtje dat Hans in het verleden van alle bijsluiters gemaakt had, was niet meer helemaal up to date en toen zijn vader in het ziekenhuis lag heeft ie de informatie laten verslonzen.

De afgelopen weken ging het nogal snel qua aanbod aan nieuwe pillen.

Het overzicht duizelde hem intussen wat betreft de verschillende werkzame stoffen en in welke dosis deze een gewenste uitwerking zouden hebben.

Er was een flink aantal nieuwe stofjes aan de orde gekomen.

Wat deed een middel, of moest het precies doen?

Door het afbouwen van die verschillende medicijnen, werd het voor Hans interessant om zijn lijstjes weer eens bij te werken.

Net als vroeger zocht hij het een en ander uit en vroeg zijn vader naar welke uitwerking de middeltjes hadden.

Hij stelde er zo een hernieuwd belang in om te weten of een medicijn ergens behulpzaam bij was en met deze informatie, aangevuld door zijn zoektochten over het internet en navraag bij de apotheker, won het dossier weer aan waarde.

Het spreekt voor zich dat de toestand in huis het nog niet meteen toestond om va- kantieplannen te maken. Sowieso hadden ze al geen historie van uitjes of reizen, maar het leek ze leuk om er inderdaad eens 'n paar daagjes op uit te trekken.

Een tent bood naar hun idee alle vrijheid, een hotel vonden ze namelijk altijd al te duur en op een camping hadden ze al eens ervaring opgedaan.

Als alternatief hun intrek nemen in een pension was onmogelijk omdat Martin dan 's middags niet zou kunnen rusten en te gast bij mensen in huis, liggen de verhoudin- gen aanzienlijk anders, hoe Gastfreundlich sommigen ook zijn.

Loes of Martin wilden perse geen inbreuk gaan maken op iemands' gevoel van vrij- heid of beter gezegd gastvrijheid.

Daar zou gezien de omstandigheden al snel sprake van zijn en omdat de tijd begon te dringen zouden die persoonlijke wensen snel tot hoge gaan leiden.

Daar zagen ze tegenop.

Hun voorkeur ging sowieso uit naar Duitsland.

Allebei spraken ze de taal redelijk genoeg om er zich ter plaatse verstaanbaar te ma- ken en die vakantie in het Sauerland was eigenlijk erg leuk geweest.

De omgeving rond de Bodensee leek ze ook aantrekkelijk en na wat rekenwerk durf- den ze er vanuit te gaan dat er wel binnen een dag naartoe te rijden was.

Echter wijsheid en de onzekerheden rond Martin's conditie om misschien 'n uurtje het stuur van Loes over te kunnen nemen, maakten die bestemming onhaalbaar.

Het Zwarte Woud dat op minder ver rijden lag, kwam vervolgens naar voren, maar het kon evengoed de Mosel, het Rheinland of Ruhrgebiet worden.

Dat was allemaal aanzienlijk dichterbij.

Martin had op het internet allerlei foldertjes en reisgidsen besteld en had er nu ge- noeg tijd voor om ze nauwkeurig te bestuderen. Hoewel hij nog voornamelijk aan de hand van de plaatjes en hierdoor willekeurig zijn keuze bepaalde, leverde de bestu- dering van deze bestemmingen een hoop voorpret op.

De ene streek leek leuk qua landschap, zoals een riviertje of een tamelijk uitgestrekt dal en dan was er ook nog die andere met bijzondere stadjes en mooie natuur.

Hoewel hij geen man was die in allerlei dorpen en steden naar kerkjes of musea op zoek wilde. Toch toverden de foto's hem telkens mooie bestemming voor ogen.

Daar wilde hij dan wel over dagdromen en besteedde hij er veel aandacht aan.

Tegelijk moest ie toegeven dat de reis, de hele onderneming, hem benauwde.

Kon hij wel zo lang in de auto zitten?

Een ritje op en neer naar het ziekenhuis, uiteindelijk binnen de stad en maar tien mi- nuutjes heen of terug, vermoeiden hem al!

Wat nou als ze onderweg zouden moeten besluiten dat hij niet verder kon?

Praktisch gezien zou het mogelijk zijn om binnenkort, bijvoorbeeld op een avond na het eten, een ritje in de omgeving te maken. Als test en alleen maar om te bekijken of hij het volhield. Het was trouwens al meer dan een halfjaar geleden dat ie voor de laatste keer zelf het stuur in handen had.

Meestal voelde hij zich in de vooravond redelijk goed en die fles met zuurstof kon ie bij zijn voeten zetten.

Uitsluitend voor noodgevallen, als hij het toch weer benauwd kreeg en wie weet kon hij dan ook proberen of het rijden hem nog steeds goed afging.

Loes zag niet tegen de vakantie op. Doordat ze zo regelmatig met de auto naar het ziekenhuis was geweest en ook vaak andere ritjes had gemaakt, voelde ze zich sterk genoeg om een flinke reis aan te kunnen.

Dat Martin mogelijkerwijs een stukje zou rijden vond ze overigens te belachelijk voor woorden. Wat haar betreft kwam zijn voorstel totaal niet im Frage.

Naar gelang de school vakantie van de kinderen naderde, kwamen de mogelijke bestemmingen steeds dichter bij huis te liggen.

Zelfs het Sauerland viel af en ook Limburg en Brabant leken al snel te ver weg.

Het liefste zouden ze gekozen hebben voor een bestemming die ze kenden, een waar ze zich vertrouwd zouden voelen. Daarvoor schoot helaas de ervaring tekort.

Het een of ander leek in de brochures telkens aardig, maar Martin en Loes waren zich bewust dat de zaken daarin mooier voorgespiegeld werden dan de werkelijkheid zou toelaten.

Hoe zat het bijvoorbeeld met hun speciale wensen, want kon Martin aangekomen op een bestemming zelfstandig of zonder al teveel hulp naar de ingang komen?

Mochten ze de auto voor de tent of dichtbij het hotel neerzetten?

Bij hun vragen speelden naast die verlegen- en onderdanigheid waarvan ze allebei heel vaak last hadden, de onervarenheid een rol.

Zouden ze wat vaker op vakantie zijn geweest dan wisten ze misschien welke privileges geoorloofd waren, wat normaal werd gevonden.

Het was ze niet duidelijk welke eisen ze konden, durfden of gewoonweg mòchten stellen en 't zou gemakkelijk zijn, als ze wisten hoe ze zich de benodigde gastvrijheid konden verwerven, zonder dat het tot extra kosten zou leiden!

Het weer in de laatste schoolweek sloeg om in regen.

De nattigheid sprak niet tot de verbeelding en echt veel zin om erop uit te trekken werd er zodoende niet door veroorzaakt. Het was, wat dat betreft, goed dat ze hun vakantieplannen voor de kinderen verborgen hadden weten te houden.

Loes besloot om er, als alternatief, zo nu en dan eens 'een dagje' op uit te trekken.

Het feit dat ze pas een enkele keer zo'n echte vakantie hadden gemaakt, keerde zich nu om in een voordeel. Hans en Marjolein hadden de leeftijd waarop ze een pret- of attractiepark zeker ook op prijs zouden stellen.

Martin was de afgelopen weken vaker een poosje alleen thuis geweest.

Een paar keer zelfs ruim een hele middag.

Het plan leek eenvoudig te verwezenlijken, zeker als ze weer bijtijds terug zouden zijn. Hij hoefde zich alleen maar kalm te houden. En die zuurstof hoefde toch ook alweer een poosje helemaal niet meer zo dichtbij hem in de buurt te staan.

Om te beginnen konden ze naar het pretpark dat in de duinen, helemaal niet ver van hun huis lag. Het was hooguit een halfuurtje rijden en ze konden na het ontbijt vertrekken om ruim voor het avondeten weer terug te zijn.

Dat liet ruimschoots de mogelijkheid voor de dagelijkse gang van zaken thuis!

Vervolgens is het uitstapje heel goed bevallen.

Die dag was het weer gelukkig weer prachtig en ook de kosten waren reuze meegevallen. Inderdaad waren ze meteen na het ontbijt op weg gegaan en vlak voor het avondeten weer thuisgekomen.

De kinderen hadden zich er kostelijk vermaakt.

Maar het allerbelangrijkste was dat Martin zich de hele dag goed had gevoeld, redelijk had weten te vermaken en helemaal geen last van benauwdheid had gehad.

Zelf een boterhammetje maken was hem eigenlijk ook goed bekomen. Zij het dat ie die alleen maar tevoorschijn had hoeven halen uit de koelkast, omdat Loes de lunch 's morgens al volledig toebereid en onder folie voor hem had klaargezet.

Gesterkt door het succes van de test, besloten ze dat de kinderen ook een keer naar de Efteling zouden kunnen. Weliswaar zou het, wilden ze volledig profijt van de toegang hebben, niet lukken om bijtijds voor het avondeten weer thuis te zijn.

Maar ze kon nogmaals iets voor hem klaarzetten, dan hoefde hij dat slechts op te warmen in de magnetron en daarmee kon ie heus wel omgaan.

Ze rekenden erop dat het mogelijk moest zijn om bij een tijdig vertrek de hele dag in het sprookjespark te kunnen vertoeven. Wachten tot ze ook nog van de lichtjes konden genieten, zat er vanwege de zomertijd niet in, maar voor de rest van de attracties zouden ze meer dan genoeg gelegenheid hebben.

Aan de hand van de kaart schatten ze de reis erheen op anderhalf uur.

Voor de terugweg zou zoiets ook haalbaar moeten zijn en, als ze in de ochtend niet te laat van huis gingen, zouden ze voor het donker alweer thuis zijn.

Het bood ze voldoende tijd om zich te vermaken en betekende dat ze geen last zouden hebben van het spitsverkeer. Loes had weinig ervaring met het rijden op de snelweg en zag er tegenop om in grote drukte verzeild te raken. Of in een file!

Dat had ze uitsluitend tijdens haar rijlessen geoefend en dan ook nog 'droog' op een groot parkeerterrein in de duinen. Ze werden het er snel over eens dat ze beter op een doordeweekse dag kon gaan dan in het weekend.

Toen ze een paar dagen later de plannen uit gingen voeren, beloofde het nogmaals een prachtige dag te worden. De zon scheen uitbundig en het geluk leek helemaal aan hun kant te staan. Onder het rijden besprak ze met haar kinderen, dat dit bij nader inzien eigenlijk leuker was dan een paar dagen kamperen.

"Dan stond je daar op zo'n veldje, midden in de natuur.

En alles zonder te weten wat je allemaal te wachten staat."

Als ze eerlijk waren dan was het ook goed dat ze het tripje nog een paar dagen uitgesteld hadden. Nu het zulk fijn weer werd, was dat extra meegenomen.

En ze konden nu toch maar mooi alles waarvan ze maar enigszins gedacht hadden dat ze het nodig konden hebben, meenemen.

Hans zat naast zijn moeder op de voorbank.

Hij had de taak op zich genomen om haar vanaf de kaart de route naar Waalwijk te wijzen. Marjolein zat op de achterbank naast de rugtas met de picknick erin, die hadden ze de avond ervoor thuis al klaargemaakt.

Bij Den Haag raakte Hans, niet gewend aan het razen over de snelweg, de kluts even kwijt. Moesten ze nou rechtdoor via Rotterdam of was linksaf over die A12 de kortste weg?

Marjolein zat juist op dat moment te zeuren of ze er al bijna waren.

Geërgerd maakten ze haar in koor duidelijk dat het nog wel even zou gaan duren en of ze op wilde houden met hen af te leiden. Om de lieve vrede te bewaren beloofde Loes dat ze haar zou waarschuwen als ze halverwege de reis waren.

Het werd al doende de route via Utrecht.

Hans zag weliswaar dat ze nu een beetje omreden, maar met z'n vinger over de kaart glijdend, leek het hem dat het qua kilometers niet eens heel veel uit zou maken.

Intussen genoten ze van het uitzicht over het landschap.

Zoetermeer, Gouda, Reeuwijk Woerden het waren plaatsen die ze kenden vanuit het nieuws, tijdschriften of lessen op school en daar snelden ze nu heel gewoon langs.

Vlakbij Utrecht was het helemaal niet moeilijk om de juiste afslag te vinden.

Hans wist dat Den Bosch als 's-Hertogenbosch op de borden stond.

Hij hoefde Loes onderweg geen nadere aanwijzingen te geven, want de borden boden uitsluitsel. Kortom het reisje verliep voorbeeldig en ze waren al om vijf voor half elf bij het pretpark.

De hele dag hebben ze er in bijna alle attracties gereden en zijn, in een aantal andere, flink door elkaar geschud.

Waar ze - zo te zien - te bang voor waren sloegen ze vanzelfsprekend over, maar het leukste was toch wel de wandeling langs de diverse kastelen en huisjes van de sprookjesfiguren. Daarvan kende Loes er nog enkele uit haar eigen jeugd.

Ze stelde het op prijs dat de diorama's evenveel indruk maakten op haar eigen kinderen als indertijd op haar, toen ze er met haar oom en ouders was.

Op een van de bankjes hebben ze tussen de middag, de broodjes opgegeten en genoten van de limonade. Voor het avondeten, nadat ze ook de rest van het park waren doorgewandeld, mochten ze patat halen in een van de snackbars.

Tot besluit hebben ze nog één keer de belangrijkste route gelopen.

Ze wilden niks gemist hebben en toen uiteindelijk de dag echt voorbij was, hebben ze de auto opgezocht. Als de terugweg net zo voorspoedig verliep als de rit heen vanmorgen, dan zouden ze zonder probleem om een uur of half tien thuis zijn.

Tijdens het instappen voor de terugweg betrapte Hans zich erop dat ze alleen onder het eten over papa hadden gepraat.

Het was gekomen door de opmerking van mama, die zei dat hij nog niet zou slapen. Gisteravond had ze gezien dat er alleen in de vooravond iets leuks op de tv zou komen. Een programma waar zijn belangstelling wel naar uit zou gaan.

Ze stelde vast: "Als die afgelopen is, dan zal hij waarschijnlijk naar bed gaan.

Ik hoop dat we dan alweer veilig thuis zijn."

Hans heeft geantwoord dat het toch zijn gewoonte was.

"Sinds papa 's middags niet meer aan 'n uurtje rusten doet, gaat ie bijtijds naar bed. Hij heeft zijn nachtrust immers nodig."

Eerder die dag, onder het eten van de broodjes, had mama opgemerkt dat ze voor papa net zulke lekkere had klaargemaakt en dat ze die in de koelkast voor hem klaar had gelegd.

Daar is het bij gebleven omdat wat ze meegemaakt hadden, in combinatie met waar ze nog aan deel zouden gaan nemen, op dat moment het belangrijkste waren.

Dat begreep hij wel, maar het voelde voornamelijk alsof hij een soort verraad aan zijn vader had gepleegd.

Normaal dacht hij minstens een paar keer per dag aan hem.

Dan vroeg ie zich tijdens een les, of onder het fietsen bijvoorbeeld, af of papa wel goed geslapen had.

Of dat de pijn in zijn buik nou al minder aan het worden was.

Hans was zich bewust dat die gedachten voornamelijk bij hem opkwamen in zogenaamde verloren momenten en dat die vandaag niet zo vaak voorgekomen waren.

In het park werd ie de hele tijd afgeleid en had nauwelijks bij papa stilgestaan.

Hoewel hij zo nu en dan op zijn zusje had gelet en haar niet gedwongen had om in attracties te gaan die hem wel leuk leken, drong het tot hem door dat ie voornamelijk van zichzelf uit was gegaan.

Bij nader inzien schaamde hij zich daarvoor.

Het leek zowel Loes als Hans leuk als ze voor de terugweg een andere weg zouden nemen. Het lag daarom voor de hand dat ze nu via Rotterdam zouden rijden.

Het was een heel andere route dan vanmorgen en deze zou ze misschien een blik op de havens toestaan. Goed beschouwd hadden ze die dag dan een rondje door Zuid West Nederland gemaakt.

Misschien was de weg ook leerzaam voor Marjolein.

Martin zat op de rand van zijn bed op ze te wachten. Misselijk van de zenuwen had hij zich al meer dan een uur lopen opwinden. Op het journaal had ie gezien dat er vanmorgen een vrachtwagen gekanteld was op de snelweg tussen Rotterdam en Dordrecht. Het was gebeurd rond de tijd dat zij er gereden konden hebben.

Daar had hij zich vervolgens zorgen over lopen maken.

Loes merkte op dat hij, 'als ze al betrokken waren geweest bij dat ongeluk' beslist opgebeld zouden hebben. Misschien zouden ze dan zelfs de trip hebben afgeblazen en waren ze weer terug naar huis gekomen.

"Geen nieuws is goed nieuws."

Laconiek vervolgde ze dat: "De politie je heus wel was komen vertellen dat we bij de slachtoffers behoorden. Je hebt je voor niks van alles in je kop gehaald."

Hans heeft snel uitgelegd dat ze op de heenweg via Utrecht waren gereden en dat ze daardoor helemaal geeneens in de buurt van het ongeluk waren geweest.

Maar dat maakte geen indruk op zijn vader.

Martin was vooral blij dat ze een leuke dag hadden gehad.

Nadat Marjolein in bed was gelegd, hebben ze met hun drieën de dag nog eens doorgenomen. Het kind had van Ridderkerk tot aan huis op de achterbank liggen dutten en helaas was Rotterdam dus onopgemerkt aan haar voorbij gegaan.

Door het verhaal over dat ongeluk dat ze ontlopen hadden, kon Loes laten doorschemeren hoe trots ze erop was dat alles vlekkeloos was gegaan.

Het smaakte eigenlijk naar meer. Na het kopje koffie om van alle schrik te bekomen, schonk Martin iets te drinken voor ze in. Loes wilde sherry en Hans lustte wel een glaasje cola. Eenmaal gerustgesteld liet Martin zo aan ze doorschemeren hoe blij ie was dat ze er weer waren.

Toch bleef Hans moeite houden met het idee dat ie hem vergeten was.

Ze waren er immers klakkeloos vanuit gegaan dat papa zich alleen wel zou redden.

Dat hij nu zo actief was en blijkbaar geen last had van pijn of die ellendige benauwdheid, kon hij niet verklaren. Het week nogal af van de gang van zaken die de afgelopen tijd min of meer normaal geworden was.

Na ruim een halfuurtje nagenieten stelde Martin plotseling voor dat ze het komende weekend maar eens met z'n allen naar het strand moesten gaan.

Het succes van de dag zou het immers heel goed mogelijk maken.

"Als jij helemaal naar het oosten van Brabant op en neer kunt rijden, zonder dat er schrikbarende dingen gebeuren, dan kunnen we ook een keer met z'n allen naar het strand. Dat is toch in feite dicht in de buurt en het moet zeker goed gaan als jij blijkbaar intuïtief moeilijkheden uit de weg kunt blijven."

Daarbij gaf ie Hans een knipoogje.

Het voorstel klonk plausibel en ze waren zo overtuigd door het succes dat ze die dag behaald hadden, dat noch Loes noch Hans er iets tegenin kon brengen.

Mama en hij waren voornamelijk verheugd dat Martin zo opgetogen deed.

Het leek nu wel of hij inderdaad een flink stuk aan het opknappen was.

Ze zouden het best eens kunnen proberen!

Geheel vol weegt de fles met zuurstof iets meer dan twaalf kilo. Deze is lichter, want maar voor de helft gevuld en toen Hans zijn rugtas helemaal leeg had gemaakt paste ie er met wat persen precies in.

De slang mocht in het voorvak waar ie normaal zijn pennen in doet. Die neemt zo weinig plaats in. Hans kan er best een stuk mee lopen. Al zullen ze sowieso niet heel ver van zo'n duinovergang weg kunnen, papa is nog erg snel moe.

Loes heeft ze afgezet op de boulevard tegenover het witte kerkje. Ze is nu de auto aan het parkeren en komt dan naar ze toe. Een stuk verderop zal er wel een plaatsje vrij zijn. Ze zijn vroeg en het is zondag.

Hier ter plaatse toch nog steeds geëerd als de dag des Heren.

Martin wou het allemaal zo. Hij wilde zo lang mogelijk van het mooie weer en het strand genieten. Dat zal nu wel in orde komen, verwachten ze.

De vooruitzichten gisteravond op het journaal waren tamelijk goed en hooguit in de namiddag zou het heel misschien wat gaan waaien. De wind komt volgens het weerbericht uit het oosten. Dat betekent dat ze hier aan de kust er het laatst wat van zullen merken en dan waarschijnlijk alweer thuis zullen zijn.

Toen ze beneden op het zand kwamen, bleken alle witte huisjes al verhuurd aan de Duitse badgasten. Volgens de gewoonte dat er op zondag geen geld verdiend mocht worden, was dat allemaal de dag ervoor al dik in orde gemaakt.

Er waren nog wel stretchers beschikbaar en als ze er twee namen mochten 'de kinderen' er gratis bij zitten. Voor de gezelligheid en uit nostalgie wilde Martin er ook een windscherm bij. Het herinnerde hem aan zijn eigen carrière op het strand en dan kon hij daarachter een beetje in de schaduw blijven.

Ten slotte moesten ze op het open stuk tussen die huisjes en de zee gaan zitten.

Het wachten op zijn vrouw aan de straatkant in de volle zon zojuist aan de boulevard, maar vooral het onderhandelen met de uitbater van de huisjes hadden hem opgewonden. Hij was er weer benauwd door geraakt.

Volgens Loes: "Moest ie zich niet zo laten opfokken."

Dat rond het strandleven uit zijn jeugd een heleboel anders was geworden, was immers duidelijk! Ze moesten het de moderne tijd noemen.

"Maar hij moest zich daar niet zo boos over lopen te maken."

Dat je niet zomaar op het strand mocht gaan zitten leek Hans eigenlijk ook een beetje vreemd en het was goed dat ie de tegenwoordigheid van geest had om de fles van zijn rug te halen.

Papa dreigde weer grauw weg te trekken.

Terwijl Loes samen met de verhuurder het scherm zo vlug mogelijk neerzette, maakte hij de slang eraan vast en gaf die aan zijn vader. Op een van de twee stretchers kwam hij weer wat tot zichzelf en snel kreeg ie zijn normale kleur terug.

Nadat het scherm stond, leek het of de baas van de huisjes, stoelen en dat schermpje niet wist hoe snel hij weg moest lopen. Of het dus toegestaan was om op dit plekje te blijven zitten werd ze niet duidelijk.

De omstandigheden lieten 't echter niet anders toe.

Later vertelde Martin dat hij de man nog kende van de lagere school in het dorp.

Zijn vader had indertijd ook al een tent op het strand gehad en daar eveneens huisjes, schermen en stoelen verhuurd. Zijn moeder verkocht in een keet ernaast, koffie en frisdrank.

Hans had al vastgesteld dat de mannen ongeveer even oud konden zijn.

Loes is met Marjolein gaan zwemmen. Verscholen onder een grote badhanddoek heeft ze zich er omstandig voor verkleed. Zo'n huisje was er vanzelfsprekend makkelijk voor geweest, maar daar konden ze helaas nu niet over beschikken.

Marjolein had thuis haar badpak al aangedaan en in haar zenuwen was ze er vaak bij op en neer gelopen tussen haar kamertje en die van haar ouders.

Hans is naast zijn vader op de andere stretcher gaan zitten.

Als de 'meisjes' straks terugkomen zullen ze gezamenlijk de boterhammen opeten.

In de veronderstelling dat er op deze dag geen handel gedreven mag worden, hebben ze die van thuis meegenomen.

Nu kijken de mannen samen naar de zee.

Martin heeft de slang uit zijn neus gehaald, maar naast zich op de stoel neergelegd.

Daar ligt ie binnen handbereik voor het geval hij het opeens weer benauwd krijgt en hoewel het een automatisch werkend kraantje is, heeft Hans die dicht gedraaid.

Hij voelde zich wat bedremmeld toen hij op zijn vaders' uitnodiging - 'n paar bemoedigende klopjes bij op de vrije stretcher - naast hem heeft plaats genomen.

Nog voordat hij goed en wel zijn draai vond, viel papa met de deur in huis: "Hans je weet toch dat het een aflopende zaak met me is?"

Hij heeft dat inderdaad begrepen, maar durft het niet te beamen.

Geen mens takelt in korte tijd zo ver af, als er niet iets ernstigs aan de hand is.

Maar hij beseft dat hij die waarneming zoveel mogelijk heeft verdrongen.

Zijn moeder en hij hebben nog niet durven aanvaarden dat het met papa misschien slechter zou kunnen gaan.

Hij humt een oppervlakkige reactie, durft geen antwoord te geven.

Hij weet niet of hij hem tegen kan spreken.

Als hij nu gaat zitten zeggen dat het allemaal wel weer goed gaat komen dan gaat ie teveel tegen de waarheid in en het zou overigens nogal dom staan als hij dat deed.

"Mama weet het geloof ik nog niet.

In ieder geval heb ik haar nog niets verteld, dus ik wil dat je erover zwijgt.

Maar de dokters hebben me verteld dat ik nog maar kort te gaan heb."

Hans zou willen vragen hoelang zijn vader dan nog heeft, bestaat er nog een kansje op genezing en over welke ziekte hebben ze het eigenlijk?

Hij kent niet eens de naam van papa z'n kwaal en weet niet waarvan ie telkens zoveel last heeft.

Ondanks alle documenten die hij de afgelopen weken heeft verzameld, is het hem niet duidelijk geworden. Hij onderkent dat ie de vragen nu niet kan stellen. Zijn leeftijd en de luchtige omstandigheden hier op het strand maken zoiets onmogelijk.

Hij voelt dat zijn vader hem in vertrouwen neemt, iets persoonlijks wil delen.

Op zijn arm is er van dat kippenvel gekomen. De plotse mededeling overweldigt hem, het maakt hem onzeker. Hij weet niet wat ie moet doen.

Het zou het beste zijn als er nu een mogelijkheid was om weg te lopen.

Hij zoekt naar een smoesje om dat daadwerkelijk te doen.

Komt mama er al aan en kan hij haar tegemoet lopen met een handdoek?

Koortsachtig staart hij naar de zwemmers in de branding.

Hij wil niet luisteren naar wat papa nog meer te zeggen heeft, dat durft ie niet.

In zijn achterhoofd lijkt ie wel te weten wat er nog zal komen, toch blijft hij zitten.

Hij grijpt naar het hoopje kleren dat naast hem ligt en haalt er zijn T-shirt uit.

Opeens heeft hij het koud. Als hij naar zijn arm kijkt ziet hij dat het kippenvel er nog steeds op staat. Met zijn rug naar zijn vader gedraaid, doet ie het shirtje aan.

Hij gaat weer met zijn rug tegen de leuning zitten.

Hans ziet hoe papa de hele tijd voor zich uit is blijven kijken.

Zijn vader bekijkt hoe hij zoon het shirt om zich heen trekt en het koud heeft.

Dan kijkt ie weer naar de zee, lijkt te staren.

Hans kan niet bepalen waarnaar hij precies uitkijkt en zoekt nogmaals naar zijn moeder en zusje tussen de mensen die in de golven spartelen.

Marjolein kan toch helemaal niet zwemmen?

Krijgt ze nu privéles van haar moeder?

Dat heeft hij nooit van haar gehad!

"Ik wilde het even aan je vertellen.

Ik hoop dat je niet geschrokken bent, maar vind je oud genoeg om het te weten.

Dat het zo meteen niet opeens een verrassing is, als je het van een ander hoort.

En als je denkt dat je het aankunt wil ik binnenkort graag wat afspraken met je maken. Zodat je je moeder straks behulpzaam kunt zijn met het afscheid en dergelijke.

Daar heb ik al wat ideeën over.

Die zal ik graag met je bespreken.

Er is geen haast bij hoor, het kan nog wel een jaartje duren voordat het zover is.

Het hangt een beetje af van de medicijnen en dergelijke."

Hans luistert met een half oor.

Hij wil het niet horen, maar is ook gevleid door het vertrouwen dat zijn vader hem schenkt. Tegelijkertijd lucht die laatste toevoeging hem op en durft hij zich af te vragen hij of het allemaal waar is.

Al slaat zijn vader een luchtige toon aan, is hij niet een beetje negatief?

Het gaat de laatste dagen toch juist beter met hem!

De manier waarop papa hier met hem over zijn overlijden zit te praten, lijkt alsof hij zich ermee heeft verzoend. Hans heeft hem nooit gezien als een strijdbare persoon, maar hij wil hem ook niet neerslachtig noemen. Het verwart hem.

Hans ziet dat zijn moeder eraan komt, Marjolein loopt er vlak achteraan.

"Mag ik er niks over zeggen?

Over wat je net verteld hebt."

Papa strekt zijn hand naar hem uit en legt die op zijn been, die is het dichtste bij hem: "Liever niet.

Ik weet nog niet zo goed hoe ik het allemaal aan mama moet vertellen en hoop natuurlijk dat je 't me niet kwalijk neemt dat ik je in vertrouwen genomen heb."

Loes en Marjolein zijn nog een stukje verwijderd, maar hebben hen opgemerkt.

"Er is niemand anders die het nog weet. Het is nog een beetje vers voor me."

"Het ziet er wel heel koud uit maar als je er eenmaal in bent is het water heerlijk. Ik wou dat jullie ook met ons mee hadden kunnen zwemmen.

Het is echt heerlijk."

Loes klinkt enthousiast, ze lijkt opgewonden.

Hans moet denken aan wat zijn vader hem in het Sauerland verteld heeft.

Het valt hem plotseling op hoe aantrekkelijk zijn moeder er inderdaad uitziet.

Dat komt niet alleen omdat ze zich zo aan hem bloot geeft in haar badpak. Het zal komen door haar manier van doen, ze lijkt heel meisjesachtig.

Hoewel ze ook heel duidelijk een vrouw is, ze is zijn moeder.

Zo te zien moet haar badpak uit de tijd stammen dat ze nog op school zat.

Of misschien van toen ze nog studeerde.

Haar figuur heeft ze echter nog niet verloren.

Hij staat op van de stretcher.

"Hier mam, ga zitten. Zal ik koffie voor jullie halen?"

Martin leunt een stukje naar links om zijn portemonnee uit z'n broek te halen.

"Hier neem voor je zusje en jou ook iets te drinken mee."

Hij geeft Hans een tientje.

"Hans, ze zal wel cola willen, of sinas."

Mama wijst op Marjolein die een meter verderop een kuil aan het graven is.

Nadat ze er eerst een badlaken overheen heeft gedrapeerd, neemt mama op het andere strandmeubel plaats. Het lijkt of zijn ouders de zorg voor hun gezin op zijn schouders leggen. Daar wordt ie trots van, hij voelt zich volwassen.

Als hij aankomt bij het strandtentje ziet ie de exploitant rommelen in een soort magazijn dat erachter is ingericht. Hij weet dat ie uit een soort beleefdheid naar hem toe zou moeten lopen en vragen of hij zich papa nog herinnert.

Hij weet alleen niet in hoeverre Martin nog lijkt op zijn vroegere zelf.

Om eerlijk te zijn ziet hij nooit zoveel overeenkomsten tussen papa en zijn opa.

Omdat die nog in het dorp woont zal zijn gezicht wellicht wel herinneringen oproepen. Oom Henk lijkt wel op zijn vader, maar niet op papa. Omdat Martin al zo lang vertrokken is, zal ie in het dorp grotendeels vergeten zijn.

Als grapje heeft oom Henk weleens opgemerkt: "Martin is van de melkboer, kan ook de bakker zijn, maar die kwam niet elke dag."

Daar moesten ze dan vreselijk om lachen, maar Hans voelde voornamelijk schaamte.

Hij wist de eerste keer nog niet wat zijn oom bedoelde, maar ergens voelde hij toen al aan dat het fout was om zo over je familie te spreken.

De man loopt verder naar de achterkant van het paviljoen.

Hans gaat naar binnen.

Het heeft geen zin om de hele boel uit te gaan leggen.

Wat zou hij trouwens over zijn vader moeten vertellen?

Hans realiseert zich, zeker op dit moment, dat hij niet zoveel over de geschiedenis van zijn vader weet te zeggen. Hij heeft eigenlijk nooit zoveel verteld over zijn jeugd en schooltijd hier in het dorp.

"Je mag het blaadje even meenemen, maar breng 'm wel meteen terug.

Ik heb er maar een paar."

Het meisje heeft een dienblad op de balie gelegd en staat nu met haar rug naar hem toe de koffie in te schenken. Ze zei het meteen nadat Hans zijn bestelling had geplaatst. Het is duidelijk niet haar opzet om een conversatie te beginnen.

Haar vraag klinkt voornamelijk als een bevel. Onder het wachten legt hij er een roerhoutje en drie zakjes Sugar op. Weer dat Engels!

Mama en papa hoeven allebei geen melk of dus 'creamer', maar ze wil er wel altijd wat suiker in. Van zijn vader weet ie het eigenlijk niet. Hij weet niet hoe sterk de koffie zal zijn, maar twee van die tuutjes per persoon lijken hem voldoende.

Voor zichzelf heeft hij een flesje 7-up besteld, Marjolein krijgt sinas.

Als het meisje klaar is met de bestelling legt ze een paar rietjes op het blaadje en rekent met hem af. Hans frummelt het wisselgeld in het zakje van zijn zwembroek, trekt het ritsje zorgvuldig dicht en loopt terug naar zijn ouders.

"Niet vergeten hè!

Ik ben er al een heleboel kwijt, dus alsjeblieft."

De laatste toevoeging maakt dat het bevel toch vriendelijker klinkt.

Hans blijft op het vlonder bij de uitgang staan en oriënteert zich waar zijn ouders ook alweer zitten. Dan loopt hij over het plankier naar waar de huisjes ophouden.

Er tussendoor laverend komt hij bij zijn familie aan.

Mama heeft de broodjes voor de picknick al uit de tas gehaald.

Marjolein is bij hun ouders op het zand gaan zitten.

Onder het naderbij lopen vindt Hans dat het er huiselijk uitziet.

Voor hem mogen ze de tijd stilzetten, zoals het nu is, zou het altijd moeten blijven.

Hij weet dat het onzin is, maar zou het gevoel voor altijd vast willen houden.

Zou dit nou dat beroemde geluk zijn?

Na zijn eerste broodje realiseert hij zich opeens dat hij het dienblad nog naast zich heeft liggen. Hij staat op om 'm weg te brengen: "Ik ben zo terug."

Mama en Marjolein zijn niet nog een keer gaan zwemmen.

Loes heeft wel haar natte badpak uitgedaan. Ze is ervoor naar het kleedhokje in het strandpaviljoen gelopen en kwam terug in haar bikini.

Het is dezelfde als indertijd tijdens het kamperen in Duitsland.

"Zo nu kan ik ook weer eens lekker bruin worden."

Om ongeveer half vier leek het opeens koeler te worden. Mama had haar vestje intussen al aangetrokken, maar het werd inderdaad misschien wat koud om nog langer op het strand te blijven. Toen Hans zich omdraaide viel het 'm op dat er boven de duinen donkere wolken hingen.

"Moet je kijken, er komt geloof ik een fikse bui aan."

Papa en mama keken naar wat hij aanwees en kregen plotseling haast.

"Kom op, als we snel zijn kunnen we voor de bui losbarst misschien thuis zijn.

Ik heb het raam van de slaapkamer open laten staan.

En er hangt buiten nog wasgoed aan de lijn."

Het is verbazingwekkend hoe snel ze hun kamp op weten te breken en ook de mensen om hun heen slaan een voor een op de vlucht voor de donkere luchten die eraan gewaaid komen.

Boven de zee schijnt nog altijd de zon, maar niemand wil zich laten beetnemen door de grillen van het weer. In hun haast laten ze de stretchers en dat windschermpje midden op het strand staan.

Martin vond: "Als die gozer van Guijt er zoveel voor rekent, dan kan ie voor dezelfde centen de boel ook wel voor ons opruimen.

Je hoeft het niet achter hem aan te sjouwen."

Hans was er inderdaad mee begonnen om de stoelen netjes in te vouwen.

Hij werd er door zijn moeder bij tegengehouden: "Het is de wraak van je vader."

Met een hand op zijn rug gaf ze aan alles te laten staan.

Alle handdoeken had ze al in de tas gedaan en Hans deed snel de rugzak om.

Omdat ze onder de dreiging van de wolken niet de enige strandgangers waren die zo snel mogelijk naar huis wilden, duurde het even voordat Loes de auto weer tevoorschijn had gehaald.

Er gezamenlijk helemaal naartoe lopen leek ze geen goed idee, maar nu moesten ze nogmaals op de boulevard blijven wachten. Nu tot ze voor kon komen rijden.

Net toen ze Katwijk uitreden barstte het noodweer los. Grote druppels sloegen tegen de voorruit.

Een lange, felle bliksem die zich scherp aftekenden tegen de donkere wolken ter hoogte van Rijnsburg en een luide knal maakten de hel in een slag compleet.

Het was goed dat ze intussen beschut zaten.

De ruiten besloegen omdat het afgekoeld was. Hierdoor was er weinig zicht op de weg want aan de binnenkant van het glas zaten vanzelfsprekend geen ruitenwissers.

Papa veegde telkens met een doekje de ramen schoon, maar hij kon het nauwelijks bijhouden. Hans en Marjolein zaten wat bedremmeld op de achterbank.

De ruzieachtige manier waarop hun moeder aan papa haar bevelen zat te snauwen kenden ze niet.

Hans dacht dat ze bang was, misschien was ze er niet zeker van of ze op papa een goede indruk zou maken als chauffeur.

Het bleef gelukkig bij die ene lichtflits, de paar grote druppels en wat gerommel in de verte. Vreemd genoeg bleek het thuis aan de dijk nog helemaal niet geregend te hebben. De stenen op straat waren droog en het moest onderweg dus een heel 'plaatselijke bui' zijn geweest.

Pas nadat Loes de was binnen had gehaald en de ramen boven allemaal veilig dicht waren, begon het ook aan de dijk te regenen.

Hans zijn nieuwe lesrooster blijkt heel erg anders dan dat van het afgelopen. vorige schooljaren. Om de een of andere reden heeft ie nog maar nauwelijks tussenuren en kan hij iedere dag op een redelijke tijd weer naar huis.

Kennelijk hoort dit erbij als je in een van de examen klassen terecht bent gekomen.

Hij is het rooster en de nieuwe klassenindeling die ochtend op gaan halen.

Officieel rekent men dat als de eerste schooldag en daardoor geldt het as werk voor de leraren, die waren er dus zowat allemaal.

Op zijn kamer zat ie het schema in zijn agenda uit te werken, toen papa hem plotseling riep: "Hans wil jij de dokter bellen.
Ik voel me beroerd en wil dat ze zo gauw mogelijk komt."
Papa zag heel bleek en zat in elkaar gedoken op de rand van zijn bed.
Hans wilde er naar toelopen om hem te helpen bij het weer gaan liggen.
Martin stak afwerend zijn hand op: "Doe het nu alsjeblieft."
Hij draaide zich om en liet zich toen achterover vallen op de lakens, trok zijn benen op en sloeg met een grote zwaai het dekbed over zich heen: "Sorry, maar ik voel me echt vreselijk, alvast bedankt."
Binnen een halfuurtje was de dokter er.
Hans wist overigens niet waar zijn moeder uithing. Ze was er al niet toen hij uit school kwam en eerst was ie ervan uitgegaan dat ze Marjolein aan het halen was.
Tegelijkertijd drong het echter tot hem door dat ze dat niet meer deed.
Sinds vorige week, haar eerste schooldag, fietste ze alleen op en neer. Marjolein had trouwens gewoon tot vier uur les, het klopte niet met hoe laat het echt was.
Bij zijn thuiskomst at ie in de keuken een boterham en op zijn vraag of ie er ook een wilde en naar beneden kwam, had papa geroepen dat ie al geluncht had.
Toen de huisarts kwam, stelde ze voor: "Het nog even een poosje aan te kijken.
Het is nu woensdag en er gebeurt natuurlijk momenteel een hele hoop aan veranderingen in uw gezin.
Ik kom morgenochtend vroeg bij u kijken. Neemt u deze middag wat rust.
Hier van deze pillen kunt u er wel een extra innemen.
Als u een tijdje geslapen heeft zult u merken dat het beter gaat.
Neem er vanavond dan nog maar een, dat kan wel voor een keertje.
Ik kom morgenochtend weer en dan kijken we of we meer moeten doen."
Hans is de hele tijd aan het voeteneind blijven staan en wil de huisarts net voorgaan naar de kamerdeur teneinde haar uit te laten, als ze zich omdraait.
"U moet straks - als u wat geslapen heeft - maar even met uw vrouw overleggen wat voor plannen we moeten uitwerken."
In de deuropening, draait ze zich naar hem om.
"Help jij je vader maar even met het innemen van die tabletten.
Ik vind de deur wel."
In het voorbijlopen geeft ze hem een tikje op z'n schouder.
Hans doet wat de dokter hem opgedragen heeft en schenkt bij de wastafel een glas water voor zijn vader in. Zelf heeft papa het tabletje al uit de strip gehaald.
De voorraad in te nemen medicijnen staan gesorteerd op zijn nachtkastje, dagelijkse en 'in geval van nood' exemplaren in twee verschillende stapeltjes.
Zijn thuiskomst na de eerste echte schooldag de volgende middag, valt een beetje tegen. Heeft ie zich net voorgenomen om eindelijk eens enthousiast te gaan vertellen wat hem allemaal is overkomen, blijkt het huis leeg.
Hans loopt naar de kamer van zijn vader.
Hij treft het bed er keurig opgemaakt aan. Het verbaast hem daarom dat ie op de huiskamertafel of het boodschappenbord in de keuken geen briefje heeft gevonden.
Daaraan had ie misschien duidelijkheid kunnen ontlenen.
Er had op kunnen staan wat er aan de hand is.

Hij loopt naar de beneden om te zien of hij er misschien overheen gekeken heeft. Er hangt of ligt nergens iets voor hem klaar. Ook niet onder de tafel, omdat het eraf gewaaid is bijvoorbeeld.

Hans kijkt op zijn horloge. Het is half drie. Als hij nu naar het ziekenhuis fietst, dan kan hij nog op tijd zijn voor het bezoekuur. Jammer natuurlijk dat ie net die hele weg al een keer heeft afgelegd, maar hij gaat ervan uit dat ze er de bezoektijden heus niet zomaar veranderd zullen hebben.

Toch gaat hij aan de tafel zitten.

Hij kijkt om zich heen of er wellicht ergens anders een aanwijzing te vinden is waaruit naar voren komt waar z'n ouders heen kunnen zijn gegaan. Kan ie de huisarts bellen, om het aan haar of een assistente te vragen?

Hij loopt naar de keuken, kijkt nogmaals op het boodschappenbord dat ze er speciaal voor dit soort mededelingen hebben opgehangen. Gisteravond heeft hij zijn oude lesrooster eraf gehaald en die van dit jaar ervoor in de plaats gehangen. Mama had er op kunnen zien dat hij rond deze tijd thuis zou komen.

Ze heeft nota bene staan kijken hoe ie de lijst ophing.

Ongerust omdat ze misschien in grote haast zijn vertrokken, gaat hij naar de huiskamer. Hij neemt er weer plaats aan de tafel.

Als ze haast hadden, dan was het bed toch niet zo netjes opgemaakt?

Hij staat op en gaat de trap op.

Het zou ook kunnen dat ze op de logeerkamer, op haar eigen bed, iets voor hem heeft achtergelaten.

Misschien vindt hij er een aanwijzing, die hem vertelt wat er aan de hand is.

Alles ziet er ook daar keurig opgeruimd uit. Het bed is hier eveneens opgemaakt en er hangen of liggen nergens kleren. Niet over de stoel of aan de deur van de kast.

Hij kijkt uit het raam of de auto er staat, die staat er niet, dus ze zullen daarin weg zijn gegaan. Maar waar hangen zijn ouders uit?

Hans gaat naar zijn eigen kamer.

Het heeft geen zin om op de bonnefooi naar het bezoekuur te fietsen. Hij weet geeneens of zijn vader terug in het ziekenhuis is. En op welke kamer zou ie dan liggen?

Al kan ie het natuurlijk wel aan de verpleegsters vragen.

Ze kennen hem vast nog wel.

Hij stormt de trap af om in de huiskamer de telefoon aan te nemen, die op de kamer van papa is net iets verder weg, het is zijn moeder.

"Papa ondergaat nu een paar onderzoekjes, maar waarschijnlijk komt ie weer mee naar huis. Wil jij wat boodschappen doen en voor het eten zorgen.

Vergeet niet dat Marjolein over een halfuurtje uit school komt."

Hans wil vragen wat er allemaal aan de hand is.

Gistermiddag heeft papa, op advies van de dokter, inderdaad een uurtje geslapen.

Beneden aan de huiskamertafel hebben ze daarna met elkaar gegeten en Hans heeft samen met hem naar het journaal en later een interessante documentaire zitten kijken. Het was immers de laatste avond van zijn laatste schoolvakantie.

Heel grappig noemden zijn ouders het een aantal keren zo en eigenlijk hadden ze het gezellig gehad samen. Zijn vader leek na dat middagdutje weer een beetje opgeknapt en wilde alleen vroeger dan anders gaan slapen.

Volgens hem had papa nergens last meer van, geen buikpijn of benauwdheid.
Die zuurstoffles hebben ze immers ook al meer dan een week niet meer nodig.
"Wat wil je dat ik klaarmaak, of zal ik gewoon spaghetti maken?
Daar staat nog een pak van. Uien en een blik gepelde tomaten zijn er ook nog wel.
Mag ik Marjolein naar de slager laten gaan?"
Hans weet dat een pond gehakt voldoende moet zijn en dat ze dat er 'op kan laten schrijven'. Een blikje tomatenpuree moet ook nog wel in de kast onder de trap staan.
Met wat oregano erdoor zal het best lekker worden, zo heeft ie 't vaker gemaakt.
Mama geeft geen antwoord en hij begrijpt eruit dat ze het aan hem overlaat.
Voor de zekerheid zal ie kijken of er misschien nog een winterpeen ligt.
En of er inderdaad nog uien zijn, anders moet Marjolein die ook maar gaan halen.
Ze komt toch zowat langs de groenteboer.
Er is vast nog wel wat kleingeld in huis, want daar kan opschrijven niet meer.
Voor de vakantie, nog in het afgelopen schooljaar, heeft ie ook al een paar keer voor het avondeten gezorgd. Het bewijs dat ie dat aankan heeft ie dus al geleverd.
Hij ziet de verantwoording trouwens niet als last, maar wordt er ook niet meer trots op, het hoort er intussen bij. Hij vindt het leuk als ze zijn eten lekker vinden.
Na het telefoongesprek loopt ie naar boven en maakt de kast op zijn ouders' slaapkamer open. Daar staan de twee tasjes met medicijnen die Martin niet meer gebruikt.
Eerder, heeft Hans daar dat dossier over samengesteld.
Met veel belangstelling heeft hij er telkens allerlei informatie bij opgezocht.
Papa vond dat indertijd leuk en daarom hebben ze die pillen, capsules en drankjes nog niet teruggebracht naar de apotheek. Als Martin ergens last van kreeg, heeft Hans hem weleens van een onderbouwd advies kunnen voorzien en papa heeft er vervolgens de artsen mee weten te imponeren.
Dat heeft ie al een paar keer in geuren en kleuren aan bezoekers verteld.
Hans propt een van de tasjes helemaal vol. Hij laat die met een paar recentere verpakkingen erin, staan en een fles en die grote doos hoeven ook nog niet mee.
Op zijn kamer pakt hij de map waarin hij zijn informatie bij elkaar heeft gedaan van de plank. Hij schudt het tasje leeg en sorteert wat er op zijn bed neerploft.
Het is nogal een aanzienlijke collectie en hij schrikt ervan.
Van een aantal middelen kan ie zich niet herinneren dat hij er al iets over heeft opgeschreven. Hij gunt zich geen tijd om het na te kijken in de map. Daarin heeft ie telkens de bijsluiters en wat ie ervan opgezocht heeft, bij elkaar gehouden.
Ook de vervolgrecepten zitten erin.
Raar eigenlijk dat het een recept heet, maar dat er alleen de naam van dat ene stofje en een hoeveelheid vermeld worden.
Bij een recept stelt Hans zich toch iets ander voor. Als hij in een kookboek bladert, staat er altijd een hele lijst met ingrediënten en niet alleen maar 1 kilo aardappels en een paar gram zout. Eenmaal daags te bereiden!
De gedachte maakt dat ie moet glimlachen.
Hij legt zoveel mogelijk de gelijksoortige doordrukstrips en de losse busjes met pillen bij elkaar. Er zijn medicijnen die soms alleen qua sterkte anders blijken.
Die strips hoeven niet apart, de ene keer zitten er 10 en van die andere dosering maar 8 of 6 bij elkaar op zo'n doordruk strip.

Tenslotte sorteert ie alles op naam en legt ze bij elkaar. Als een product 'het wel - maar niet genoeg deed', werd er vaak gelijk 'n andere concentratie voorgeschreven.

Papa ging die dan meteen gebruiken en zo zijn er vanzelfsprekend die verschillende sterktes van meerdere pillen, in het tasje terecht gekomen.

Uiteindelijk draait het om de werkzame stof en dosering.

De pillen met hetzelfde spul erin mogen bij elkaar. Leeg gekomen doosjes stapelt hij op en met de elastiekjes die er door de apotheek ooit omheen zijn gedaan, maakt hij er nieuwe bundeltjes van. Die lege verpakkingen kunnen bij het oud papier beneden in de kast onder de trap.

De gedachte dat papa een aantal van de medicijnen waarschijnlijk nooit heeft ingenomen verdrijft hij naar de achtergrond. Meestal heeft ie zelf gezien hoe zijn vader de pillen - voor of na het eten - innam. Maar niet elke dag was hij erbij en vanzelfsprekend heeft ie nooit de voorschrijving van het receptje gecontroleerd.

De verzameling benauwt hem een beetje.

Zoveel verschillen!

Hij moet binnenkort eens beter nakijken waar de pillen voor bedoeld zijn.

Misschien dat hij dan eindelijk leert wat papa nou eigenlijk precies mankeert.

Dat is nog nooit uitgesproken!

De tas is ondanks het opruimen nog steeds voor meer dan de helft vol. Hij twijfelt of hij ook de rest, dat andere tasje, van de slaapkamer moet halen.

Overigens is het hem niet duidelijk waarom hij het nu opeens staat te doen.

Al heeft Loes hem een poosje geleden gevraagd of hij: "De oude rommel van die medicijnen eens terug naar de apotheek wil brengen."

Daar is het onder andere door de drukte aan het einde van het laatste schooljaar niet van gekomen, maar intussen staat ie toch maar mooi de boel op te ruimen!

Als hij hoort hoe zijn zusje door de achterdeur thuiskomt, doet hij de tas en de map in zijn kast. Onderin, ergens achter zijn schoenen, is er nog genoeg plaats voor.

Dan gaat hij naar beneden.

Hij wil dat ze zo snel mogelijk de boodschappen voor hem haalt. Als hij de saus even kan laten doorsudderen wordt die daar lekkerder van. Een pond gehakt en een blikje gepelde tomaten is alles dat hij nog nodig heeft.

Dat kan ze wel voor hem halen, het is uiteindelijk niet veel en ze kan het gemakkelijk onthouden. Desnoods kan hij het wel voor haar opschrijven, maar dat lijkt hem vooralsnog niet nodig. Als zijn zusje even later aangeeft er geen zin te hebben om de boodschapjes te doen, maant hij haar dat ze het 'voor ons allemaal' doet.

Hij maakt een briefje.

Hans z'n schooljaar was nog geen drie weken oud, toen Martin tijdens een ogenschijnlijk eenvoudig vervolgonderzoekje plotseling toch weer opgenomen bleek te moeten worden. De opname was daardoor onvoorzien, maar kende om de een of andere reden geen uitstel.

Al de volgende dag was er plaats om hem met de benodigde spoed te opereren.

Het was daarom beter als Loes zijn pyjama, sloffen en wat andere benodigdheden voor de opname thuis op ging halen.

De verpleging kreeg dan de tijd om hem voor te bereiden op de ingreep.

Zijn darmen moesten er namelijk leeg bij zijn en omdat ie voor dit onderzoekje ook nuchter had moeten aantreden kon dat nu in een moeite door worden bereikt.

Net toen mama terugkwam bij het ziekenhuis, zag ze Hans fietsen.

Hij kwam op haar toeteren af en werd zo door het inderhaast open gedraaide zijraam op de hoogte gesteld. Samen zijn ze daarna naar papa gegaan en deze samenloop van omstandigheden vormde vanzelfsprekend een verrassing.

Martin vond het vervelend dat ie opgenomen moest worden.

Iedere afleiding was hem welkom en al pratend werden ze het er tamelijk snel over eens dat het helemaal zo slecht niet met hem ging.

Over de laatste tijd gesproken dan, maar nu moest ie waarschijnlijk weer een hele week blijven en hoewel meestal nogal lijdzaam als de dokters iets voor of over hem beslisten, gedroeg hij zich plotseling ronduit opstandig.

Of Hans z'n aanwezigheid daaraan bijdroeg kon ie niet beoordelen, maar Martin kwam in verzet tegen de zuster die hem kennelijk pijn deed bij het aanleggen van het infuus. Daarna stond het bed te hoog toen ie erin moest stappen.

En mama had de verkeerde pyjama mee genomen.

De plotselinge pietluttigheid van zijn vader verbaasde Hans.

Daar heeft ie het later met zijn moeder over gehad: "Zo ken ik papa helemaal niet."

Loes was een stukje met hem mee gelopen naar de ruimte bij de liften.

Ogenschijnlijk om nog wat laatste instructies te geven voor thuis, maar het kon ook zijn dat ze even uit de buurt van haar echtgenoot wilde zijn.

Het was niet erg duidelijk, maar Hans zag dat ze gespannen was.

Door er langzaam samen naar toe te lopen hoopte hij dat ze de ruimte kon vinden om haar hart te luchten.

"Hij zat wel heel erg stoer te doen en deed bijna net zoals de jongens zich in de klas ook weleens tegenover de meisjes gedragen.

Het leek wel of hij, net zoals Jochem altijd doet, ruzie zat te zoeken.

Die doet dat met de leraren en wordt daarom vaak de les uitgestuurd."

Normaal sprak Hans niet zoveel over school en het verbaasde Loes dat ie opeens zo openhartig deed.

Ze liet het erbij, nam aan dat hij volwassen aan het worden was en dit erbij hoorde.

Toen de lift arriveerde en met een "ping" aangaf dat er ingestapt kon worden, is Hans snel naar huis gegaan. De taak om zijn zusje op te vangen ligt nogmaals op zijn schouders en hij wil er ook meteen aan zijn huiswerk beginnen.

Ze mag weliswaar groot genoeg zijn om alleen op en neer te fietsen tussen thuis en school. Maar ze durven het niet aan om haar helemaal alleen in het huis te laten.

Daarvoor is ze toch nog veel te jong.

Vader en zoon

Net zoals toen zijn vader voor de schoolvakantie in het ziekenhuis lag, loopt Hans elke dag even bij hem op de afdeling naar binnen. Dat betekent in de middag telkens na de laatste les. In het weekend gaat hij een keer met zijn moeder en zusje mee.

Maar er weer aan 'zijn huiswerk beginnen', daar is ie nog niet toegekomen.

Voorlopig zoekt hij daarvoor liever de rust van de kantine op school.

In verband met die vervelende complicatie en omdat Hans erop hoopte om er met een van de artsen wat dieper op in te kunnen gaan, heeft ie alle informatie rond die medicijnen uit de tas nog eens zorgvuldig bekeken.

Aan de lerares klassieke talen heeft hij ook een paar termen die herhaaldelijk voor bleken te komen, voorgelegd. Die deed het, net zoals zijn vader al eerder had gedaan, af als: "Potjeslatijn."

Daar liet ze het verder bij en Hans durfde niet aan te dringen op uitleg.

Tot zijn teleurstelling heeft het vertrouwelijke moment van indertijd op het strand zich ook niet meer voorgedaan. Het komt niet doordat papa niet iedere keer alleen op de kamer ligt, ook met anderen erbij doen zich genoeg momenten voor dat ze de koppen bij elkaar kunnen steken.

Maar telkens als het eventueel mogelijk was om een vraagstuk aan de orde te stellen, is het toch 'te gezellig' om het onderwerp dat zijn gedachten is gaan beheersen, bij zijn vader ter sprake te brengen.

Hans weet dan niet hoe hij zal beginnen en kan de juiste woorden niet vinden.

Dat papa indertijd wat zware termen heeft gebruikt, kwam waarschijnlijk doordat hij somber was. Misschien had hij zich iets raars voorgesteld bij een opmerking die een van de dokters had gemaakt. Hans heeft intussen bedacht dat zijn vader een medische benaming niet helemaal goed begrepen zal hebben.

Want - als ze eerlijk zijn - 't gaat toch geleidelijk aan beter met 'm!

Als afleiding had ie zich al eens voorgenomen om papa bijvoorbeeld eens te vragen hoe het met zijn zusje Els ging.

Of hoe in zijn jeugd het leven daar in die badplaats was verlopen.

Voor Hans zijn het vragen die hem sinds Martins' ontboezeming bezig zijn gaan houden. Hij ziet in dat ze daarover, mocht Martin toch gelijk hebben, nooit meer met elkaar van gedachten kunnen wisselen.

Ze ontgroeien elkaar nu zienderogen en juist deze onderwerpen zijn bij Loes taboe.

Alleen al omdat zijn vader hem verteld heeft dat ie er straks niet meer zal zijn, maakt dat het onmogelijk wordt om ze ooit nog aan 'm voor te kunnen leggen.

Of dat moment binnenkort zover is of hopelijk nog in een verre toekomst besloten ligt, dat doet er niet toe.

Martin zegt altijd: "Dat je het ijzer moest smeden als het heet is."

Heter van de naald dan onder de omstandigheden hier in het ziekenhuis en zo kort nadat ie de opmerkingen gemaakt heeft, zal het niet worden. Maar Hans vindt het heel jammer dat ie er nog niet verder met zijn vader op in heeft kunnen gaan.

Het zou hem gerust stellen als ie zijn vragen een keer aan hem voor kon leggen, al krijgt Martin langzamerhand weer kleur op zijn gezicht en wordt volgens hemzelf de pijn ook steeds minder. Die benauwdheid is overigens toch ook over?

Hoe kon ie dan zo zeker stellen dat het met 'm 'af zou lopen?'

Die dokters hadden waarschijnlijk iets heel anders bedoeld of papa had het gewoon niet goed opgevangen.

Gemakshalve gaat Hans er tegenwoordig vanuit dat Martin toen op het strand een beetje gedeprimeerd was. Hij wil er trouwens ook niet aan denken dat ze straks een uitvaart moeten organiseren!

Toch houden de mogelijkheden hem bezig.

Voor zijn gevoel liet papa op het strand doorschemeren dat híj straks z'n laatste wil uit moet gaan voeren. In hoeverre kan of moet hij daarbij rekening houden met de wensen van zijn moeder?

Hoe hij zich het een en ander voorstelt, heeft deze weken al een paar keer door zijn gedachten gespeeld. Bijvoorbeeld als de les saai is zit hij erover te piekeren.

Een klasgenootje d'r vader is onlangs namelijk omgekomen bij een ongeluk op zijn werk. Daarom is het een paar keer ter sprake gekomen hoe zij heeft geworsteld met deze zaken. Zij mocht erover vertellen tijdens de les maatschappijleer.

Dat uurtje wordt niet voor niets de wekelijkse bezinning genoemd en iedereen kon toen merken dat de gedachtewisseling met de klasgenoten haar opluchtte.

Vooral de manier waarop ze naar voren bracht hoe de uitvaart en begrafenis niet conform de wensen van de familie waren uitgevoerd, heeft een diepe indruk bij Hans achtergelaten.

Al waren er, vanwege het plotselinge karakter van dat ongeluk, natuurlijk geen voorbeelden of overleg aan de orde geweest. De onvrede omtrent hoe de uiteindelijke ceremonie was verlopen, hadden haar ontevreden achtergelaten.

Hans verbond er de conclusie aan, dat het beter was geweest als zij en haar familieleden er meer eer bij hadden kunnen inleggen en begreep dat ze het heel onpersoonlijk en vervelend vond hoe het afscheid georganiseerd was door mensen van buiten haar eigen kringetje.

Als het aan de orde komt, wil hij zoiets bij hemzelf zien te voorkomen.

Door de verhalen is bij Hans de vraag gegroeid wat hij voor zijn vader zou kunnen arrangeren. Het is hem duidelijk dat muziek en bijvoorbeeld bloemen - of misschien sommige juist niet - belangrijk voor hem waren.

Maar waar ging zijn uiteindelijke voorkeur naar uit?

Hij weet dat papa ooit de ambitie heeft gehad om in een bandje te spelen.

Martin heeft zeker niet voor niets verteld hoe leuk het hem leek om samen onderweg te zijn, te repeteren en kunnen spelen en na die vakantie in Duitsland is het zelfs een regelmatig weerkerend grapje geworden.

Als ze het over muziek hadden, dan zei hij: "Je moeder kan piano spelen. Niet zomaar een beetje maar heel verdienstelijk.

Daartoe ben ik nooit in staat geweest."

Hans moest toegeven dat inderdaad alleen mama weleens op de oude piano in de huiskamer in de weer was.

Niemand anders nam er ooit eens achter plaats.

160

Het instrument hoorde oorspronkelijk bij het huis en was de afgelopen jaren hooguit een paar keer gestemd. Meestal was het resultaat van haar inspanningen zodoende niet om aan te horen. Zelfs niet als ze haar best deed.

Hijzelf noch zijn zusje zijn ooit op muziekles geweest, de lessen vonden plaats in de stad en waren dus te ver weg. Al mochten ze hierdoor dan geen muzikale scholing genoten hebben, iedereen kon horen dat de piano niet mooi klonk.

Volgens mama lag het eraan dat het maar een goedkoop exemplaar betrof.

Doch dat het soms te vreselijk was om aan te horen, moest ook zij toegeven.

Zo nu en dan, maar niet elke keer, werd een bevriende stemmer gebeld met de vraag of hij even: "Wilde komen kijken."

Hans heeft klasgenoten die op de piano in de kleine kantine de vlooiermars of een stukje van für Elise ten gehore kunnen brengen.

Er is zelfs een meisje dat, net zoals Loes, van bladmuziek kan spelen.

Maar het zijn uitzonderingen.

Het hoort er bij hem en de klasgenoten gewoonweg niet bij, zo lijkt het wel.

Welke muziek er bij Martin ten gehore gebracht moet worden, is hem niet duidelijk. Papa heeft wat platen en CD's waaraan hij blijkbaar goede herinneringen bewaart. Misschien staat er een mooi stukje op.

Ook weet Hans zeker dat hij, ook toen ie al samen was met mama, een paar favoriete bands en liedjes had waar ze graag naar luisterden. Daar kan hij zijn moeder weleens naar vragen, maar het staat voor hem vast dat het voornamelijk papa z'n 'pakkie an' is om uitsluitsel te bieden.

Al wil hij het er met hem over hebben, daar is het nog niet van gekomen.

Hans gaat ervan uit dat er, als er zo'n afscheid moet worden genomen, het niet anders kan dan dat dit over persoonlijke keuzes gaat.

Hij wil straks niet hetzelfde probleem hebben als dat meisje uit zijn klas.

Dan zal ie daar immers, net zoals zij, voor altijd spijt aan overhouden en bij hem zal het dan meespelen dat ie het zèlf niet goed heeft gedaan!

Maar als hij eens samen met zijn vader zat en er zich een mogelijkheid voor leek te doen om een opmerking over zo'n uitvaart te maken, dan was er telkens iets anders dat toch belangrijker was.

Hans wilde dan het moment niet verprutsen, want het was uiteindelijk geen halszaak. Uit beleefdheid had ie het idee dat ze het onderwerp dienden te bespreken. Er sprak echter ook een dosis eigenbelang in mee.

Een noodzaak deed zich niet voor zolang het beter met Martin leek te gaan.

Over die toestand waren zowel zijn moeder als zusje 't met hem eens en ook andere familieleden en kennissen spraken zich er telkens over uit, dat ie opknapte.

Niet tegen beter weten in of om elkaar een hart onder de riem te steken, maar Martin zag er telkens echt weer wat beter uit dan een dag ervoor.

Heel voorzichtig stelde Hans zich voor hoe het zou zijn als ie weer thuis zou komen, hoewel het duidelijk was dat de oude vertrouwde papa zich niet meer liet zien.

Het was eenvoudig op te merken dat het nog wel eens een hele tijd kon gaan duren voor de boel weer enigszins op orde kon komen.

En niemand was trouwens al begonnen over het opnieuw bestellen van dat ziekenhuisbed bij de kruisvereniging.

Onder de behandelingen is Martin onmiskenbaar aan het veranderen, in bepaalde opzichten aan het verbeteren zelfs. Al van voor de opname heeft ie geen ondersteuning meer nodig bij het ademen en de pijn in zijn buik schijnt ook steeds verder af te nemen. Of loopt men elkaar te foppen?

Dan zijn de doktoren daar schuldig aan.

Die schrijven iedere keer in de status dat meneer vooruitgang boekt.

Slechts een hoogst enkele keer staat er dat de zaken minder goed verlopen. En dan is dat vervolgens te wijten aan iets dat fout ging met de medicijnen of die keer dat het eten niet was aangepast aan zijn dieet.

Toen papa de vorige keer terug zou komen uit het ziekenhuis, had ie weerstand getoond toen mama en hij dat ziekenhuisbed hadden laten komen.

Heel stoer wilde ie geen uitzondering zijn.

Alle aanpassingen die ze voorstelden om zijn verblijf thuis zo aangenaam mogelijk te maken, waren volgens hem overbodig en ze hadden daarop vastgesteld dat Martin, niet ziek wilde zijn.

Onder de huidige omstandigheden speelt het omgekeerde.

Als ter sprake komt dat ie weer aan het opknappen is, dan gaat hij daar tegenin.

Papa vertelt dan dat die nieuwe medicijnen nog niet goed zijn ingesteld.

Of dat de 'medicijnmannen' nog een ander kuurtje willen proberen.

Steevast eindigt hij met de opmerking, dat hij nog lang niet uitbehandeld is.

Loes heeft een paar dagen geleden voorgesteld weer zo'n speciaal bed te laten komen, maar toen leek er niet een goed genoeg. De papegaai heeft ie indertijd weliswaar nooit gebruikt, maar die kan er vanzelfsprekend opgezet worden.

En er is er nu ook een leverbaar met een elektrisch verstelbare rugleuning.

Overigens is die functie de vorige keer met die veren, net als die papegaai, grotendeels ongebruikt gebleven. Ze hebben het boekje bij hem achtergelaten, waarin hij alle faciliteiten en eventuele extra wensen aan kan kruisen.

Op die ene is echter dit en op een andere dat, aan te merken.

Hans heeft voorgesteld om een andere thuis zorg organisatie te zoeken die ze kan helpen, maar ook daar wil papa niet aan beginnen: "Ik ben toch jaren lid geweest van deze vereniging?

Waarom zou ik dan opeens moeten veranderen?"

Hij wil niet eens vragen of iemand met ervaring uit het ziekenhuis, hem een advies kan uitbrengen.

Daarnaast blijken er in huis plotseling meer aanpassingen nodig dan er mogelijk zijn. Zo voldoet de douche bij lange na niet meer aan zijn eisen.

Papa zegt zich voor een juiste behandeling in een ligbad te moeten wassen.

Dat hebben ze niet in huis, omdat er geeneens plaats voor is!

Bij Hans is langzamerhand het idee aan het groeien dat papa misschien helemaal niet meer naar huis wil. Dit aan de orde stellen kan hij echter niet zolang het hem niet duidelijk wordt waar de onwil vandaan komt.

Heeft mama iets verkeerd gedaan?

Hijzelf, of zijn zusje wellicht?

Vanmiddag heeft Hans voorgesteld om, voor als u weer thuis komt, de verlichting in de slaapkamer aan te passen.

Op school heeft hij van een klasgenoot gehoord dat zijn vader dit voor hem kan aanleggen. Het onderwerp kwam toevallig ter sprake en die jongen heeft vanmorgen gezegd dat zijn vader hem wel wil komen assisteren.

Of dat hij het zelfs even voor hem zal doen.

Het hoeft helemaal niet zoveel te gaan kosten.

Alleen het materiaal en dat is hooguit een paar tientjes. Dan krijgt papa een goede sterke lamp boven zijn hoofdeind en kan hij eindelijk in bed ook lezen.

Dat was de vorige keer maar behelpen, met een bureaulamp op een plantentafeltje.

Maar het voorstel valt niet in goede aarde.

Wat er precies fout aan is en waarom papa het uiteindelijk niet wil, blijft onduidelijk.

Botweg stelt hij vast: "Het is zonde van de moeite en kosten."

Het doet Hans verdriet dat zijn goede bedoeling verkeerd blijkt te vallen.

Om de emoties niet te laten zien, haalt ie zijn schoolwerk van het tafeltje en gaat naar huis.

Martin heeft 'm niet tegengehouden of er iets aan toegevoegd en is in bed blijven liggen, blijkbaar kwaad. Maar wat zit hem dwars?

Oorspronkelijk hadden ze toch afgesproken dat ie behulpzaam zou zijn bij het leren van het natuurkunde proefwerk van morgenmiddag.

Om zijn gedachten weer op een rij te krijgen loopt Hans alle negen verdiepingen naar beneden. Hij wilde niemand spreken en is buiten de lift gebleven.

Tegen de gewoonte in, heeft ie op de afdeling de verpleging ook al niet gedag gezegd. Vandaag geen: "Hoi, tot morgen."

Hij roept het de dames van de verpleging altijd toe als hij langs de balie komt.

Na het bezoekuur 's avonds komt Loes naar hem toe.

Hans zit op zijn kamer te studeren voor dat proefwerk, maar bij dit vak kan hij zijn moeder niet gebruiken. Ze heeft het nooit gehad tijdens haar eigen schooltijd.

Hans moet het nu alleen uitzoeken en is nog teleurgesteld door de ontwikkelingen van die middag. Hoewel hij beduidend vroeger thuiskwam dan anders, heeft ie er niets over tegen zijn moeder gezegd. Hij is gelijk naar zijn kamer gegaan.

"Ik heb met papa gesproken over de lamp die je op de slaapkamer voor hem wil installeren. En dat je het niet alleen hoeft te doen heeft ie ook verteld.

Maar hij wil het niet."

"Volgens mij wil hij helemaal niks meer."

Het klinkt harder dan hij bedoelt, maar mama stoort hem erg bij het leren.

Dit is een belangrijk vak en hij heeft vorige week een deel van de les gemist.

Er is helaas ook niemand aan wie hij even een dictaat heeft kunnen vragen en of hij er morgen nog tijd voor heeft om tussen de lessen wat extra dingen door te nemen, is maar helemaal de vraag. Als hij bij dit tentamen niet minimaal een 5,9 scoort dan zakt zijn cijfer onder de 7,4 en dat wil hij niet.

Loes gaat op de rand van zijn bed zitten en zucht.

Hans voelt dat ie zich kwaad zit te maken, maar het is niet zo erg als een poosje geleden met dat breekbare schaaltje. Als hij zich concentreert op zijn natuurkunde, hoeft er niks stuk en komt het wel weer goed.

Hij besluit zijn moeder te negeren.

Wat doet het er immers toe dat ze bij hem wil zitten?

Onder normale omstandigheden zou ie het immers gezellig vinden.

"Ja dat heb ik ook gemerkt. Hij doet dat al een tijdje zo eigenlijk.

Ik vind het allemaal nogal negatief, maar hoe denk jij daarover?"

Hans haalt zijn schouders op, hij heeft er geen zin in om nu met zijn moeder de toestand van papa te bespreken en humt een geluidje.

Het is normaal 't teken waarmee hij aangeeft dat ie is uitgesproken.

Demonstratief houdt hij zijn boek half omhoog en leunt achterover in zijn stoel.

Ze moet zo toch heel eenvoudig kunnen zien dat ie verder wil met leren, dat ie zich concentreert op school.

Mama draait haar achterste nog wat comfortabeler op het bed en pakt het boek dat op zijn nachtkastje ligt. Het is er een die hij aan het lezen is voor zijn boekenlijst.

Zij kent het vast en zeker, maar zijn hoofd staat er niet naar om nu dieper met haar op de inhoud in te gaan.

Met haar rug tegen de muur achter zijn bed, gaat ze zitten lezen.

Al snapt hijzelf het verhaal nog niet helemaal en heeft ie zich voorgenomen om er met haar over te praten, geldt dat niet voor dit moment.

Ze zegt niets en gaat stil verder met lezen, lijkt hem niet te willen storen.

Hans laat het zo, hij heeft geen zin in verdere omhaal. Al is 't natuurlijk een goed moment om met haar te bespreken wat papa op het strand aan hem heeft verteld.

Ze kunnen er op ingaan zonder dat hij het vertrouwen meteen beschaamt.

Hij hoeft er niet dezelfde woorden van zijn vader bij te gebruiken en kan beginnen met op haar algemene opmerking van zojuist in te gaan, om te toetsen of ze al iets in die geest te horen heeft gekregen, want dat Martin er niet meer op is teruggekomen stoort hem. Een gelegenheid daartoe heeft zich tijdens zijn bezoeken aan het ziekenhuis toch meerdere keren voorgedaan!

Maar noch hijzelf noch zijn vader heeft het onderwerp weer aan de orde gesteld.

Hans wil graag weten of zijn moeder intussen op de hoogte is, papa heeft toch gezegd dat ie het 'nog niet' met haar had besproken.

Hans kent de termen rond zijn vader z'n gezondheidstoestand niet.

Hij wil wel meer weten, maar moet zijn kennis baseren op eigen waarnemingen en wat ie in die status heeft zien staan. Hoewel het niet verboden is, vindt ie het niet zijn taak om daar dagelijks in te neuzen.

Of dat hij de zaalarts aanspreekt over eventuele prognoses en vorderingen.

In die map staan trouwens uitsluitend algemene zaken genoteerd.

Dingen rond zijn vochtopname en bijvoorbeeld zijn temperatuur of bloeddruk.

Dat was de vorige keer tenminste zo en daarom heeft ie zich de moeite bespaard er wijs uit te worden.

Voor hem telt vooral wat papa aan hem duidelijk heeft willen maken en of zijn moeder daarover al iets is opgevallen.

Hij houdt de indruk dat ze er nu over zouden kunnen praten. Mama staat er op dit moment voor open om haar opvattingen met hem te delen.

Maar hij weet niet hoe hij erover moet beginnen.

Welke woorden kan hij gebruiken om een gesprek op gang te brengen?

Of te forceren, want om de een of andere reden heeft ie het idee dat ze zijn waarneming kinderachtig zal vinden.

Hij kent de taal rond 'afscheid nemen' onvoldoende om te bepalen wat ie erover kan of moet zeggen. Hoe moet hij er trouwens op reageren, als ze botweg zegt dat ie iets begrijpt?

Eergistermiddag heeft hij een gesprek gehad met zijn mentor, meneer Oud die hem ook Nederlandse les geeft. Het was tijd voor de 'kwartaalbespreking'.

Het is op school de gewoonte dat ze eenmaal per periode in zo'n gesprekje, hun vorderingen en eventuele moeilijkheden aan de orde mogen stellen.

Het is geen verplichting, maar vrijwel alle leerlingen onderwerpen zich eraan.

De enkeling die durft te weigeren, wordt immers niet voor vol aangezien.

Vanzelfsprekend wilde Hans niet uit de toon vallen en is er naartoe gegaan.

Aan de orde kwamen vanzelfsprekend zijn vorderingen en cijfers.

Hans staat er echter goed genoeg voor en hoeft zich daarover geen zorgen te maken.

Hij heeft geen enkele onvoldoende, zelfs niet voor lichamelijke oefeningen of maatschappijleer. Voor zijn belangrijke vakken zoals natuurkunde, wiskunde en ook biologie staat ie gemiddeld meer dan een 7,2 en ging het gesprek aan in de veronderstelling dat ie binnen een paar minuten weer buiten op de gang zou staan.

Hij wist immers dat er niets op hem of zijn gedrag aan te merken was!

Maar meneer Oud viel met de deur in huis: "Ik begrijp dat je vader nog in het ziekenhuis ligt. Hoe gaat het eigenlijk met hem?"

De vraag overviel 'm en daarom wist ie niet hoe hij precies moest reageren.

Kon hij aan deze vreemde meneer zomaar vertellen dat zijn vader denkt dat ie aan het doodgaan is?

Als hij afgaat op wat er op die lijstjes aan zijn vaders' bed staat, dan zou er een verbetering zichtbaar zijn, medisch gesproken dus.

Hij heeft echter ook gezien hoe papa, ondanks alles, steeds magerder wordt.

Mama steekt die waarneming evenmin onder stoelen of banken.

De bezoekuren zijn altijd leuk, Martin helpt hem immers graag bij z'n huiswerk.

Kon hij zijn mentor vertellen dat zijn vader het schijnbaar zo leuk vindt, dat ie er zo nu en dan zelfs speciaal voor naar de naar de huiskamer aan de gang kwam?

Vorige week zelfs een keer veel vroeger dan het bezoekuur was begonnen!

De verpleging noemt de afdelingskamer waar de patiënten koffie en thee kunnen pakken zo. Sinds Martin van een van de zusters heeft gehoord dat zijn zoon er vaak al van tevoren zit om zijn huiswerk te maken, gaat hij hem er zo nu en dan zoeken.

Maar het is opvallend hoe terneergeslagen papa soms kan doen.

Een keer leek het er zelfs op dat hij de moed aan het opgeven was.

Hans wist niet wat hij erover tegen zijn leraar kon zeggen en raakte vooral geëmotioneerd. De directheid van de vraag overviel hem en hij moest er daardoor moeite voor doen om zich te beheersen, zwakte mocht ie natuurlijk niet laten zien.

Hij gunde het de leraar niet dat ie hem zomaar uit het veld kon slaan.

Dat doet hij in de les ook nooit en Hans mag 'm juist zo graag omdat de man heel integer optreedt.

Toch had ie op dat moment het gevoel dat hij onder de gordel' werd aangevallen.

Bozer dan hij wilde, merkte ie op: "Dat weet ik allemaal niet."

Om aan te geven dat het gesprek wat hem betreft was afgelopen stond ie op, griste zijn jas van de stoel naast 'm en stapte op de deur af.

Daar drong het tot 'm door dat zijn tas er nog stond. Onder het teruglopen om 'm op te pakken merkt ie hoe de leraar blijkbaar geïnteresseerd leek naar zijn antwoord. Hij zat 'm met een afwachtende gezichtsuitdrukking te bekijken.

Hans is weer gaan zitten: "Sorry, we weten niet hoe het met 'm gaat.

Kennelijk boekt hij vooruitgang, maar zelf denkt ie dat hij dood gaat.

We moeten natuurlijk zijn waarnemingen, zijn gevoel voor de waarheid, van hem aannemen, maar mijn moeder en ik weten niet wat we ermee aan moeten."

Hans stond nogmaals op, pakte zijn tas en met een korte groet verliet ie de kamer.

Meneer Oud zei niets, maar door de snelheid waarmee het allemaal verliep, heeft ie daar de kans niet voor gekregen. Hij maakte alleen een geluidje waaruit Hans opgemaakt heeft dat ie het kennelijk begreep.

Nu bedenkt ie dat hij het voorval wel aan zijn moeder kan vertellen. Het zal hem misschien de mogelijkheid bieden om duidelijkheid te verkrijgen over haar eigen bevindingen of opvatting.

Tegelijkertijd realiseert ie zich dat zijn moeder misschien helemaal niet weet hoe papa er zelf over denkt, of wat ze er over hebben besproken.

Hij blijft zwijgen en doet alsof ie zijn natuurkundeboek nog altijd het allerbelangrijkste vindt. Loes is ogenschijnlijk verdiept geraakt in het leesboek en zegt niets.

Na ongeveer een uur bij elkaar gezeten te hebben, staat ze op: "Wil je iets hebben? Een toastje met wat Brie of een plakje leverworst of allebei?

Kom je straks beneden, dan zorg ik dat er wat te drinken voor je klaar staat."

Intussen gekalmeerd antwoordt hij automatisch: "Ik ben zo klaar. Dit hoofdstuk neem ik nu al voor de derde keer door, maar ik snap er nog steeds weinig van.

Ik doe het nog een keer en dan kom ik.

Het zou handig zijn als ik iemand wist aan wie ik de stof kon voorleggen.

Ik wil eigenlijk wel een biertje."

Hans weet dat er in de voorraadkast onder de trap nog een half kratje staat.

Normaal gesproken drinkt hij hooguit in het weekend eens een flesje, maar nu heeft hij een enorme dorst. Hij heeft het eruit geflapt voordat ie zich realiseert dat het dinsdag is en verwacht eigenlijk dat zijn moeder zal protesteren.

Ze loopt naar beneden zonder iets te zeggen.

De volgende dag verloopt het proefwerk goed. Gelukkig gingen de meeste vragen over onderwerpen waar Hans wel iets van begrepen heeft en hij had in de pauze in een dictaat van 'n klasgenoot mogen opzoeken waar ie niet zeker van was.

Hij heeft een goed gevoel aan de toets overgehouden en rekent erop dat ie er een goed cijfer voor gehaald heeft.

Martin moet vandaag een onderzoek ondergaan en zal daarom niet tijdens het bezoekuur op de kamer zijn. Hans fietst meteen uit school naar huis. Hij neemt weer eens de route over de brug. Daar is het de laatste tijd niet meer van gekomen.

Papa is in bed blijven liggen, terwijl hij de afgelopen dagen telkens klaar zat in de stoel bij het raam, zodat ze gelijk samen aan tafel z'n huiswerk kunnen bekijken.

Nu ligt hij helemaal alleen op de kamer en ziet er ondanks de witheid van de lakens, zelf nog bleker uit. Ter begroeting heeft ie even zijn linkerhand opgestoken, maar niets gezegd. Het lijkt wel alsof ie alle fut kwijt is.

166

Hans schrikt ervan en weet niet of hij nu zijn excuses moet maken of gewoon kan doen alsof er eergisteren niets is voorgevallen. Tussen de lessen heeft ie lopen nadenken over wat hem te doen staat, maar kon geen besluit nemen.

Hij zet zijn tas onder de tafel en schuift een stoel naar het bed. Er is bijna geen huiswerk dat ie vandaag hoeft te maken en kan met zijn vader gaan zitten praten.

Misschien is dat, gezien zijn toestand, wel beter.

Als hij gaat zitten valt het 'm nogmaals op hoe witjes zijn vader er uitziet en hoe hij verslapt tegen zijn kussen aanligt. Komt het door dat onderzoek van gisteren?

Hij durft het niet te vragen, weet niet hoe hij een 'openingetje' moet maken.

Van zijn moeder heeft ie geen opmerkingen gekregen over deze toestand.

Was papa er gisteravond al net zo vreselijk aan toe?

Eergisteravond hebben zijn moeder en hij samen wat gedronken. Mama had voor hem inderdaad een biertje klaar gezet. Ze hebben er wat toastjes bij zitten knabbelen en 't is precies verlopen zoals ze het aan hem had voorgesteld

Maar van het gesprek waar ie op gehoopt had, is 't niet gekomen.

Net als Hans wat wil gaan zeggen, pakt Martin het bedieningspaneeltje van het bed en doet zijn ruggensteun iets hoger.

"Hans ik wil even terugkomen op wat ik al met je wilde bespreken."

Hans neemt aan dat dit een opening biedt.

"Toen op het strand bedoel je?"

Papa knikt en kijkt hem aan, zegt niets, kijkt alleen maar.

Hans slaat zijn ogen neer.

Hij voelt dat papa er moeite mee heeft om te zeggen wat ie zeggen wil, maar kan niet beslissen wat hij er zelf aan bij kan dragen. Dan kijkt hij zijn vader weer aan.

Er glinstert een traan in zijn ogen, Hans schrikt ervan.

"Ik heb je al verteld dat ik dood ga. Ik heb dit met mama nog niet besproken, maar wil jij er voor zorgen dat ik gecremeerd word?"

Papa kijkt recht voor zich uit. Niet naar hem of iets anders in de kamer.

Hij is in zichzelf gekeerd, Hans begrijpt dat.

"Ik wil ook geen uitvaart of zoiets en een dure kist is ook flauwekul.

Mensen die alleen maar voor het plakje cake en zichzelf komen, mogen wegblijven.

Ik denk dat er alleen maar naaste familie moet komen.

Als ze dat al willen."

Martin probeert er vrolijk bij te kijken.

Hans ziet dat het hem moeite kost, zijn gezicht vertoont meer een grimas dan de hartelijke glimlach die zijn vader kennelijk bedoelt en hijzelf nu graag wil herkennen.

"Ik ben niet verzekerd, jullie moeten daarom het kastje maar zoveel mogelijk bij de muur laten. Mama zal trouwens vinden dat ik begraven moet worden.

Maar dat wil ik zeker niet.

Mijn ouders zijn ook tegenstanders van cremeren, dus ik waarschuw je.

Je zal je poot stijf moeten houden want dit is wat ik wil."

Weer dezelfde blik.

Hans ziet er een soort wanhoop in en wordt er onrustig van.

"Cremeren en dan de as verstrooien.

Dat mag op zee, maar kan ook op een veld heb ik ergens eens gelezen.

167

Ik laat dat aan jullie over, maar maak in ieder geval zo min mogelijk poespas."

Hans is stil en voelt opeens de verantwoording op zijn schouders drukken.

Kan hij snel een blaadje uit zijn tas pakken om het een en ander op te schrijven?

Aantekeningen maken, zodat ie het niet vergeet?

En hoe kan hij zijn vaders' wil uitvoeren als er niets is vastgelegd?

Hans overweegt om inderdaad een papiertje te pakken.

Moeten er trouwens geen getuigen bij zijn als papa hem deze opdracht geeft?

Van de lessen die over recht gaan, kan hij zich herinneren dat zulke omstandigheden noodzakelijk zijn om ze juridisch te onderbouwen. Hij staat op en weet opnieuw niet wat hij moet zeggen, zou hij zijn vader niet beter kunnen troosten?

De opmerkingen afdoen als neerslachtigheid en iets vrolijks vertellen?

Hij durft niet tegen zijn vader te zeggen dat: "Het allemaal wel weer goed komt."

Of: "Dat hij niet zo bij de pakken neer moet zitten."

Al hoopt hij dat het inderdaad overgaat en Martin alleen maar een beetje last heeft van negatieve gedachten.

Hij zou het aan de vermoeidheid willen wijten, maar weet eigenlijk beter.

Zijn vader heeft hem er een poos geleden al op voorbereid, het is beslist geen plotselinge bevlieging.

Hij kijkt naar buiten en hoopt erop dat er nu achter hem iemand met een kopje thee binnenkomt. Het gebeurt nooit tijdens de bezoekuren, maar opeens rekent ie erop dat zich een uitzondering zal voltrekken. Al lust hij het spul eigenlijk niet.

Hij blijft naar buiten kijken, spreekt tegen het glas.

"Ik weet niet zo goed wat ik moet zeggen.

Afgelopen zomer op het strand wist ik dat ook niet, maar ik heb er de laatste tijd een paar keer over nagedacht.

Als u wil dat ik dit allemaal ga regelen, dan moeten we toch aan mama vertellen hoe we het hebben afgesproken en dat je het aan mij over laat.

Ik denk dat u zelf ook wel weet dat ze me nog te jong zal vinden.

Zeker om belangrijke beslissingen te nemen en deze uit te voeren.

Daar moeten we toch rekening mee houden."

Hij loopt terug naar de stoel, gaat weer zitten en kijkt naar zijn vader.

Wonder boven wonder lijkt het wel of die onder het spreken weer wat kleur in zijn gezicht heeft gekregen en zich blijkbaar ontspant.

Hans schuift de stoel wat dichter naar het bed.

"Daar heb ik natuurlijk ook over nagedacht en daarom heb ik er in grote lijnen wat over opgeschreven. Je moet maar even hier naast me in de la kijken.

Daar ligt een envelop."

"Als het allemaal al vastligt, dan komt het toch wel een keer om daarnaar te kijken.

Ik reken erop dat u erover heeft nagedacht en als alles beschreven staat zoals u het hebben wil, dan zien we het wel als het zo ver is."

Hans zou willen dat ie de moed had om luchtig te klinken, nu klinkt hij veel te zakelijk. Het zal erop lijken dat hij er afstand van wil nemen, de taak niet wil aangaan.

Dat is niet zo, maar hij weet niet wat de juiste toon dan wel is.

Papa kijkt hem aan. Zijn ogen staan verdrietig.

"Pak die envelop nou maar even.

Ik wil dat we samen controleren of ik niets ben vergeten."

Papa drukt op het knopje om de leuning nog iets verder omhoog te laten komen. Dan trekt hij zich op aan de papegaai.

Hans heeft intussen een grote envelop uit het kastje gehaald, maakt 'm open en haalt er een vel papier uit. Snel neemt ie door wat er staat.

In de paar regels staat beschreven dat hem de opdracht is gegeven dat papa gecremeerd wil worden. En dat de as verstrooid moet.

Hij herkent het handschrift van zijn vader. Zij het dat die er hier wat bibberig uitziet en de robuuste uithalen die er normaal tussen stonden, missen.

Hij weet niet wat ie met het papier aan moet.

Papa heeft er zijn naam, geboortedatum en een handtekening onder gezet, met bovenaan een datum van vorige week en Leiden onderstreept.

Of het nu helemaal legaal is, doet hem niets, het gaat erom dat papa dit blijkbaar allemaal zorgvuldig heeft voorbereid. Dat hij er al langer mee bezig is geweest om deze taak aan hem toe te vertrouwen lijkt duidelijk.

Maar hoe hij de opdracht uit moet voeren, daar kan hij zich geen beeld bij vormen.

Hans overweegt om het papier in de envelop terug te schuiven.

Hij kan het dan in de la terugleggen of in zijn tas mee naar huis nemen.

"Zet onderaan de datum van vandaag er maar op, en dan je naam en handtekening. Het is nodig om aan te geven dat ik je het papier zelf gegeven heb en we het besproken hebben. Dan reken ik erop dat het in orde komt."

Papa slaakt een diepe zucht en laat de rugleuning weer iets naar achteren terug zakken. Hij heeft nu zelfs rode wangen en lijkt opgewonden.

Hans loopt naar de tafel om een pen uit zijn tas te pakken.

Hij legt het papier op tafel, gaat op een stoel zitten en zet er dan ook Leiden en de datum op. Plechtig ondertekent hij de brief met zijn mooiste handtekening: "Kijk, zo is het geworden."

Hij loopt terug naar het bed van zijn vader en laat het papier aan hem zien.

Vluchtig kijkt die er even naar.

Dan loopt Hans terug naar de tafel, schuift het velletje weer in de envelop en bergt het op in zijn tas. Hij kijkt naar buiten en weet niet of hij nu opgelucht, verdrietig of op een andere manier emotioneel moet zijn.

Het dringt niet tot hem door of het achter het raam warm of koud is en kan zich niet meer herinneren hoe het was toen hij naar het ziekenhuis toe kwam.

Voor deze gelegenheid is 't weer buiten een te luchtig onderwerp.

Al zal het een deel van de spanning die in de kamer is ontstaan weg kunnen nemen. Het is allemaal nogal vers.

Kan hij vragen of ie de ceremonie met zijn moeder mag bespreken?

Mag hij aan haar vertellen dat zijn vader het aan hem heeft gevraagd?

Het lijkt wel of Hans verdoofd is, zich niet kan concentreren.

Hij is verward.

Kan ie nu aan zijn vader vragen welke muziek hij wil laten horen, of dat er iemand een toespraak mag houden?

Dat doen ze toch altijd bij zulke gelegenheden.

Het lijkt hem dat hij de invulling van die uitvaart met zijn vader moet bespreken.

Zeker nu ie de verantwoording bij hem neergelegd heeft, mag Hans toch vragen welke ideeën zijn vader erbij voor ogen staan.

Maar kan dat op ditzelfde moment, of moet ie er nog een paar dagen mee wachten? En kan dat, of is er haast geboden?

Hans staat te twijfelen, ziet in dat deze zaken belangrijk voor hem zullen worden, maar begrijpt papa dat ook?

Als hij afgaat op de manier waarop die zojuist half onderuitgezakt in dat bed tegen hem lag te praten, bedenkt ie dat zijn vader het voornamelijk koud zal laten.

Het gaat nu niet over details of om een praktische invulling van de ceremonie.

Hans neemt aan dat het uitgangspunt voorlopig duidelijk genoeg moet zijn.

Op vrijdagochtend de laatste dag voor de herfstvakantie kwam hun mentor het eerste lesuur binnen gelopen. De leraar economie, meneer Augustus en hij spraken even met elkaar en toen liep meneer Oud het pad tussen hun bankjes in.

Zonder dat er iets over gezegd hoefde te worden, wist Hans dat ie voor hem kwam.

Vreemd natuurlijk, want nooit voelde hij zich op de voorgrond staan, maar nu kon het eigenlijk niet anders. In afwachting van wat 'm zou overkomen, ging ie alvast rechtop zitten. Strak met zijn rug tegen het leuninkje van de bank.

Door de storing zijn een aantal andere klasgenoten ook alert geworden en iedereen let op wat er staat te gebeuren. Het is nogal uitzonderlijk als een les verstoord wordt, zoiets gebeurt toch niet zomaar.

En zeker niet die van meneer Augustus, de leraar staat bij iedereen bekend als een uitzonderlijk geval en handelt 'verstoringen' altijd met bijtend cynisme af.

Als de mentor bij zijn tafel komt, is Hans al klaar met het dichtslaan van z'n boek.

Zijn pen en potlood zitten nog in het etui.

"Hans ik wil dat je even met me mee loopt.

Neem je spullen inderdaad maar mee."

Zonder iemand van zijn klasgenoten aan te kijken staat Hans op.

Intussen heeft meneer Oud zich alweer omgedraaid en loopt voor hem uit naar de deur van het lokaal. Daar stopt hij om 'm voor hem open te houden.

Hans glipt de gang op en wacht daar tot ze samen zijn. Zijn leraar doet de deur weer dicht: "Ga maar naar mijn kamer.

Ik heb je iets te vertellen, maar laten we even wachten tot we daar zijn."

Onder het lopen groeit zijn voorgevoel.

Het wordt bevestigd als hij bij het binnenlopen van de werkkamer Loes op een van de twee stoelen ziet zitten. Een kleine maand geleden zat ie met zijn mentor in dezelfde lage, zogenaamd gemakkelijke stoeltjes. Dat was toen ze spraken over de toestand van zijn vader.

Hij kijkt vluchtig naar z'n moeder, maar kan niets aflezen van haar gezicht.

Hij vergeet op te letten of ze boos is, of dat ze wellicht gehuild heeft en neemt plaats in de stoel naast haar.

De zeteltjes staan naast elkaar en met de ruggen naar de deur.

Zo kijken ze naar de werktafel van zijn mentor, die gaat op zijn eigen stoel zitten, met zijn rug naar het raam.

Achter hen gaat de deur open.

Hans ziet over zijn schouder hoe juffrouw Annie met een kopje koffie op een dienblaadje naar binnen komt. Ze zet het voor zijn moeder neer en loopt dan achteruit terug naar waar ze vandaan kwam.

Het lijkt erop of ze ervan uitgaat dat mama veranderd is in een vorstin.

Net voordat ze de gang op schiet vraagt meneer Oud of hij misschien een glaasje water wil. Hans steekt zijn hand op om aan te geven dat het niet nodig is.

Hij kijkt hoe juffrouw Annie heel zachtjes de deur achter zich sluit en durft dan pas weer naar zijn moeder te kijken.

"Het ziekenhuis heeft ongeveer een uur geleden naar huis gebeld.

Papa is vanmorgen vroeg overleden, of eigenlijk vannacht in zijn slaap.

Ik ga nu naar hem toe en wil graag dat je met me meegaat."

Hans weet niet wat hij moet zeggen.

Verwachten ze van hem dat hij nu meteen een reactie geeft, boos wordt, verdrietig doet, of juist gelaten?

Hij gaat rechtop zitten, kijkt naar zijn voeten en die van zijn leraar onder het bureau en dan naar die van zijn moeder.

"Als meneer Oud het goed vindt lijkt het me het beste."

Loes roert haar melk door de koffie en lijkt daar volledig in op te gaan.

Hans pakt zijn tas en zet die op z'n schoot.

Het lijkt hem het beste om hier, met zijn mentor erbij, de brief die hij al bijna een week in zijn tas met zich meedraagt, aan de orde te stellen en pakt de envelop eruit.

"Papa heeft me een paar dagen geleden een brief gegeven.

Die wil ik graag met je bespreken."

Hij tutoyeert zijn leraar nooit, doch hoopt door de toon waarop hij nu spreekt. duidelijk te maken dat hij hem, maar voornamelijk zijn moeder in vertrouwen neemt.

Het duurt even voordat hij de envelop te pakken heeft.

Normaal is hij heel ordelijk met zijn spullen, maar zojuist is ie natuurlijk nogal overhaast uit de les vertrokken.

De envelop zit in het andere vakje en daar had ie 'm inderdaad in gedaan. Hij verwijt zichzelf dat ie het kennelijk even vergeten was. Omzichtig, het lijkt wel met eerbied, haalt hij het bericht van zijn vader uit de envelop en vouwt 'm open.

Het ziet er nog netjes uit, dat lucht hem op, het bewijst dat ie toch wat minder nonchalant met z'n spullen omgaat, dan dat ie zojuist misschien als indruk gaf.

Hans houdt de brief op maar lijkt niet meteen te weten aan wie hij hem als eerste zal geven. Het wordt zijn moeder.

Verbaasd pakt ze het papier van hem aan.

Er staan in feite maar een paar regels op en ze is snel klaar met lezen.

In een soort automatisme reikt ze de brief over het bureau aan aan zijn leraar.

Ook die leest wat erin staat en vouwt 'm dan weer netjes op.

Hij geeft de brief terug aan Hans.

Niemand heeft intussen een woord gezegd.

Loes leunt achterover in haar stoel en zwijgt.

Ze heeft het kopje in haar hand genomen en drinkt er nu wat uit.

Een voorzichtig slokje, alsof de koffie van juffrouw Annie ooit snoeiheet geserveerd wordt.

"Ik weet niet of papa met je heeft besproken dat ie dit wilde. Maar hij heeft me op het hart gedrukt dat ik ervoor moest zorgen dat het zo zou gaan gebeuren."

Hans durft nu ook weer achterover te leunen en zet zijn tas terug op de grond.

De envelop heeft ie er in de tussentijd weer netjes in gedaan.

Heeft ie 'nog' gezegd? '*Heeft papa het* nog *met je besproken*' of heeft ie dat nou juist weg gelaten?

"Als je wil kun je de rest van de dag vrij nemen.

Ik heb begrepen dat je naar het ziekenhuis hier vlakbij moet.

Ga met je moeder mee en laat je fiets maar hier in de stalling staan.

Dan kunnen jullie samen gaan lopen.

Of vindt je dat te ver?"

Hij kijkt mama aan, meneer Oud stelt de vraag aan haar.

Dan kijkt de leraar naar hem.

"Ik wens je veel sterkte en hoop dat je vanmiddag even de tijd hebt om me op de hoogte te stellen. Ga nu maar met je moeder mee.

Die zit hier al de hele tijd op je te wachten, dus jullie kunnen nu beter meteen naar je vader toe gaan."

Meneer Oud staat op, hij geeft ermee aan dat ie het goed bedoelt, maar Hans verbaast zich erover dat ie zijn moeder zomaar tutoyeert. De leraar geeft haar een hand en mompelt iets dat klinkt als 'gecondoleerd', dan geeft hij ook hem een hand.

Het gaat allemaal wat ongemakkelijk.

Dat ze inderdaad beter voort kunnen maken lijkt hem duidelijk.

Moet hij straks trouwens inderdaad even bij zijn mentor binnenlopen?

Hans weet niet of dat nou zo'n uitstekend plan is en neemt zich voor, het nog even aan te zien. Hij kan goed met de man opschieten, beter dan menig klasgenoot, maar wat moet hij hem gaan vertellen?

Denkt ie dat Hans hem opeens in vertrouwen zal nemen, dat was vorige keer toch ook duidelijk geen eenvoudige opgaaf. Toen was hij bijna weg gelopen omdat het hem teveel leek te worden.

Hans realiseert zich dat ie zich nu 'goed' heeft weten te houden.

Nadat ze Martin geïdentificeerd hadden. Dat scheen ondanks het niet verwisselbare armbandje dat ie tijdens zijn opname hier altijd om moest hebben - en de diverse papieren die er altijd aan zijn bed hingen - toch noodzakelijk.

Hoewel op de paperassen alle essentiële gegevens, zoals zijn naam en geboortedatum toch vermeld staan.

Papa was trouwens in zijn slaap overleden. Zou een evenbeeld die nacht voor hem in de plaats in het bed gekropen zijn en waar was ie dan zelf gebleven?

Het stoorde Hans kortom dat de verpleging zich zo formeel opstelde.

Plotseling deed men of ze zijn vader, of Loes en ook hem, niet kenden.

Mama zei later wel dat ze niet anders mochten, maar Hans was de afgelopen tijd met dezelfde zuster die de zaak nu met hen afhandelde, in gesprek geraakt.

Ze had hem daardoor spontaan bij zijn naam genoemd.

Weliswaar hadden ze oppervlakkige praatjes over school en zijn huiswerk uitgewisseld, maar nu deed ze net of - ook hij - een vreemde was.

172

Loes zei, terwijl ze op de intussen leeg geruimde kamer hun koffie dronken, dat het een onderdeel van het protocol was en hoe ze dat moesten volgen. Het zou distantie scheppen zodat de zusters hun werk professioneel konden afhandelen.

Hans vond het verloop er echter tamelijk onpersoonlijk door geworden.

Al kon ie ook niet zeggen wat hij er oorspronkelijk over had bedacht.

De optie om in een aparte ruimte met de uitvaart ondernemer te overleggen, wezen ze af. Als onderdeel van het protocol bleek die namelijk al gewaarschuwd en stond kennelijk op afroep ergens klaar in het gebouw.

Ze pakten snel de spullen van Martin in en zouden meteen naar huis gaan.

Als de kraai, zoals mama hem noemde, kwam wilde ze de boel op orde hebben.

Hans wilde niet langer wachten en is naar school terug gelopen voor zijn fiets.

De grote pauze moet er al bijna afgelopen zijn en hij loopt op het luider wordende lawaai af. Hij ziet hoe leerlingen die 'al uit zijn' hem tegemoet komen.

Door een enkeling, die van de dependance komt bijvoorbeeld, wordt hij ingehaald.

Dan barst hij zomaar in tranen uit. Het lijkt of het op dat moment pas helemaal tot hem doordringt wat hem is overkomen; Martin is er niet meer, nooit meer!

"Gaat het met je?"

Hans hoort de stem van zijn biologie leraar, die woont hier in de straat van het ziekenhuis.

Hij versnelt zijn pas, maar door de tranen kan ie niet goed zien waar hij loopt.

Struikelend pakt hij zich beet aan een hek, dat herkent ie van de leraar z'n voortuin.

Die komt het pad afgelopen en als ie dichterbij is, blijft ie naast hem staan. De man houdt voldoende afstand om Hans niet in z'n gezicht te hoeven kijken.

Die piept een geluidje, maar breekt weer door de plotselinge aandacht.

Hans bukt zich, grijpt het hek nogmaals beet en laat nu zijn tranen de vrije loop.

Hij durft erop te vertrouwen dat de leraar discreet genoeg zal zijn om niet te gaan rondbazuinen wat er met hem gebeurt.

"Laat u mij alstublieft even meneer.

Mijn excuses, maar ik heb zojuist afscheid genomen van mijn vader.

Sorry, het wordt me even teveel."

Hij recht zijn rug, doet een klein stapje achteruit en kijkt zijn leraar snel even aan.

Die geeft hem een klopje op zijn rug: "Loop maar met me mee.

We gaan we door de zijingang de school in.

Dan hoef je niemand tegen te komen en kun je je wat opfrissen op het toilet."

Hij gaat Hans voor en loopt tussen de huizen en het gebouw van 't klooster dat naast de school ligt door. Ze lopen over een paadje dat naar een zij ingang van het grote gebouw leidt. Met een sleutel die hij kennelijk in zijn jas had, maakt hij de deur open en laat Hans naar binnen. Nogmaals geeft hij hem een klopje op z'n rug in het langslopen: "Ga maar verder, het beste met je."

De leraar aarzelt even en blijft in de deuropening staan.

Hans loopt langs hem en wacht dan tot zijn leraar ook naar binnen komt.

"Oh ja, mijn condoleances."

Tamelijk formeel geeft ie Hans een hand en loopt dan verder.

Op de gang zijn er geen andere leerlingen. Het is verboden om tijdens de pauze in de gang te zijn, maar deze is al bijna voorbij.

Zojuist zag Hans een groepje leerlingen klaarstaan bij de deur. Blijkbaar eerste klassers, die zijn nog nieuwsgierig. Hij loopt achter zijn leraar aan naar het toilet om zich inderdaad een beetje op te frissen.

Vanzelfsprekend gaat hij niet naar de les.

Straks, om vier uur komt de begrafenisondernemer naar hun huis.

Die kraai zoals ie blijkbaar heet.

Hij is enigszins opgeknapt nadat ie zijn gezicht heeft gewassen.

Daarna heeft ie er gewacht tot de lessen weer begonnen zijn. De bel ging juist op het moment dat ie zijn wangen nat had gemaakt en weer afgedroogd.

De paar minuten alleen hebben hem terug bij zinnen gebracht.

Inderdaad heeft ie nu geen vader meer.

Al sinds vanmorgen vroeg eigenlijk, al wist ie dat niet.

Die eigenwijze Martin heeft ze er niet bij willen hebben toen ie stierf.

Vreemd genoeg heeft Hans gistermiddag met eigen ogen gezien dat papa zich beter leek te voelen. Beter dan de dag ervoor in ieder geval.

Als iemand hem er op dat moment naar gevraagd zou hebben, dan had hij onomwonden toegegeven dat het inderdaad een aflopende zaak leek.

Zowel hij en zijn moeder hadden dit waargenomen en ze waren elkaar toen al zoveel mogelijk uit de buurt gebleven. Ze wilden beiden kennelijk voorkomen dat ze tegen elkaar zouden beginnen over papa's toestand.

Hij wist niet wat ie erover kon opmerken en als ze in de buurt van Marjolein waren dan kwam zijn toestand sowieso niet aan de orde.

Zijn zusje kan er niet tegen als ze over papa spreken.

Niet in de verleden of tegenwoordige tijd. Ondanks haar leeftijd voelt ze blijkbaar aan hoe de vork in de steel steekt.

Erover zwijgen bleek de afgelopen tijd gemakkelijker dan de smart delen.

Aan het einde van het bezoekuur gistermiddag had Martin zich opeens opgericht.

Dat wilde in zijn geval zeggen dat hij de rugleuning van het bed door middel van het motortje wat meer naar boven liet komen.

Hij ging met behulp van de papegaai ook wat beter rechtpop zitten.

Het leek erop of hij een toespraak wilde gaan houden.

Hans had net zijn jas weer aan gedaan. Hij stond klaar om zijn vader een hand te geven. Sinds het overhandigen van die brief bewandelden ze de formele weg.

"Ik ben blij dat we elkaar hebben leren kennen.

Ik ben heel trots op je."

Het laatste had papa met een soort snik in zijn stem eraan toegevoegd.

Hans en hij bleven even hand in hand staan. Ze wisten allebei niet wat ze moesten zeggen of hoe ze het initiatief moesten nemen.

De opmerking had voornamelijk nogal vreemd geklonken.

Met een beweging in zijn pols gaf Martin aan dat ie kon gaan.

In de deuropening heeft Hans zich omgedraaid en overdreven joviaal gezwaaid.

Dat was de laatste keer waarop zijn vader en hij elkaar aangekeken hebben.

Omdat ie het beloofd had, nou ja het was hem eigenlijk min of meer afgedwongen vanmorgen, is Hans even naar meneer Oud z'n kamer gelopen. Hij wist wel dat ie op

174

dat moment les aan het geven was, maar wilde daar niet naar binnen lopen. Het had wel gekund, want het waren zijn eigen klasgenoten die er nu zaten.

De secretaresse, die ook de mentor ten dienst staat, heeft hem te woord gestaan.

Dat nieuwtjes snel gaan werd hem meteen duidelijk. Nog voordat hij haar kamer helemaal binnen is gelopen, pakt ze zijn hand en condoleert hem: "Ga even zitten, wil je misschien een kopje koffie?"

"Nee bedankt, wil jij tegen meneer Oud zeggen dat ik geweest ben?

We hebben alles op 't ziekenhuis afgehandeld en ik ga nu naar mijn moeder.

Ik wil naar huis want wil niet dat ze alles helemaal alleen met de kraai moet regelen. Bedank hem maar van me.

Ik denk dat ie het allemaal wel zal begrijpen."

Ze maakt er een aantekening van en Hans ziet dat ze de term omtrent die zwarte vogels heeft overgenomen, dan hoort ie hoe ze hem sterkte wens.

Hij heeft zich snel omgedraaid.

Beneden gaat ie door de hoofdingang naar buiten. De les vindt plaats in de zijvleugel en als ie vlakbij het gebouw blijft lopen dan zal niemand uit de klas hem weg zien fietsen. Ook zijn leraar niet als die toevallig naar buiten kijkt.

Hans neemt de langste route die hij kan bedenken naar huis. Hij wil pas om ongeveer kwart voor vier thuis zijn en heeft die tijd nodig om tot zichzelf te komen.

Op woensdag heeft Hans het kortste rooster van de week. Gisteren was de langste, maar toen was ie niet aanwezig. Nadat mama en hij het gesprek met de begrafenisondernemer hebben gevoerd, is Marjolein thuisgekomen.

De man reed toen net weg en daarom hebben ze hun bevindingen niet met elkaar kunnen delen. Misschien was dat ook beter, want het bleek eigenlijk dat die meneer niet helemaal wilde begrijpen wat hun exacte wensen waren. Precies zoals Martin had voorspeld, ging het om een 'mooie kist' en dat die dan 'wat duurder was' moesten ze zien vanuit het 'respect voor de overledene'.

Dat papa nou juist expliciet wilde dat het op een 'koopje' zou verlopen, de ondernemer durfde de term letterlijk een paar keer in de mond te nemen, leek de man te ontgaan. De prijsverschillen logen er namelijk telkens niet om.

Met een door zijn lessen boekhouden geoefend oog, rekent Hans iedere keer uit dat een verschil van meer dan 100%, dus meer dan een verdubbeling van het oorspronkelijke voorstel, geen uitzondering vormt. Het is hem opgevallen dat de man telkens begon met een zogenaamd 'middenklasse' voorstel.

Letterlijk zijn woorden!

Maar dat deed ie dan al gauw af als minderwaardig en de term volks. Telkens stelde de kraai vast dat: "Martin zoiets niet voor ogen gehad zou hebben."

Hans had 'm vervolgens gevraagd wanneer hij en zijn vader samen in de klas gezeten hadden en elkaar zo goed had leren kennen.

En ook hoe de man zo zeker wist wat papa precies voor ogen had gehad.

Volgen hem lagen de zaken immers anders.

Maar dat zou Hans 'waarschijnlijk verblind door verdriet' verkeerd zien.

Zelfs de brief waarover ze het die ochtend eens waren dat daar papa's laatste wensen in verwoord werden, scheen er niet toe te doen.

Al heeft Hans niet de moeite genomen die er daadwerkelijk bij te pakken. Hij wist immers dat papa er geen duidelijke omschrijving van zijn wensen in had neergelegd en wilde de ondernemer het vertrouwen niet schenken.

Hans vond het document te privé.

Ook Loes zag na korte tijd in dat het ene voorstel niet in verhouding stond ten opzichte van het andere. Helaas leek ze er desondanks niet voor te kunnen kiezen om aan de meest betaalbare variant de voorkeur te geven.

Hans merkte dat ze dreigde te bezwijken voor de gladde praatjes en het leek wel of de ondernemer heel vakbekwaam een wig tussen hem en zijn moeder dreef.

Daarop voelde hij dat een agressie zich langzaamaan meester van hem maakte.

Net zoals een poosje geleden met dat schaaltje, moest er plotseling iets stuk.

Het werd het opschrijfboek van de ondernemer.

Hans greep het ding van de tafel en smeet die met volle kracht door de deuropening de gang in: "En nu gaat u weg!

Hoe haalt u het in uw hoofd om zo over mijn vader te spreken."

Diezelfde avond nog hebben Loes en hij een concurrent van die eerste begrafenisondernemer laten komen. Het werd ze overigens al snel duidelijk hoe vlug nieuws zich in dat blijkbaar speciale wereldje verspreidt. Deze persoon bleek namelijk opvallend goed op de hoogte van Hans z'n woede uitbarsting die middag en ging bijna onderdanig in op bijna al hun wensen!

Ook bleek ie over eenzelfde opschrijfblok te te beschikken om er hun wensen in vast te leggen. Hans zag dat het boek stevig genoeg leek om zijn furie van die middag te kunnen doorstaan.

Het was jammer dat er zich geen gelegenheid had voorgedaan om bij zijn moeder de kwesties rond de muziek en bloemen ter sprake te brengen, maar desondanks kwamen ze overeen hoe het een en ander zich zou gaan voltrekken.

En over het kostenaspect werden ze het ook opvallend snel eens!

De man wist of durfde niet in te spelen op hun gemoed met referenties aan respect, of wat de dierbare overledene al dan niet gewenst zou hebben.

Zijn plotselinge vertrek uit de les, maakte dat de klasgenoten eenvoudig hadden kunnen afleiden wat er gebeurd kon zijn. Het vormde natuurlijk geen geheim dat zijn vader in het ziekenhuis lag.

En dat die er niet zo best aan toe was, was eveneens duidelijk geworden.

Dat er iets 'ergs' aan de hand moest zijn, nam men voetstoots aan.

En dat ie niet in de les terug was gekomen, had de laatste twijfel weggenomen.

De volgende ochtend had hij het eerste uur gym en de jongens gedroegen zich opvallend afstandelijk. De sfeer in de kleedkamer leek wel sacraal.

Tegen de gewoonte in, maakt niemand een grap of grove opmerking.

De jongens wilden zich blijkbaar van hun netste, meest beschaafde kant laten zien.

Geen van de klasgenoten wilde zich direct naast Hans omkleden. Daardoor kreeg ie dus zonder aandringen alle privacy, maar hoe uitzonderlijk dat was viel hem pas op toen ze voor hem uit de zaal waren ingelopen.

Tegen de ervaringen in werd Hans bij het vormen van de teams, aan het einde van de les voor het afsluitende spel, als een van de eersten gekozen.

Onder normale omstandigheden was daar nooit sprake van, normaliter werd hij immers gezien als een sluitstuk. Hans werd altijd als laatste of voorlaatste opgenoemd om bij een elftal te komen meedoen. Daar was ie intussen aan gewend, maar nu vond ie de 'belangstelling' vervelend, want het maakte hem bedeesd.

In de les Engels die erop volgde viel hem eenzelfde merkwaardige behandeling ten deel. Hans was normaal in dit vak een van de beste leerlingen, maar het leek wel of hij nu helemaal niets fout kon doen. De vertalingen die hij bedacht waren 'briljant' en dat opstel van hem was buiten mededinging 'de beste'.

Al had ie het de week ervoor in feite al ingeleverd en dat was natuurlijk lang voordat Martin was overleden. Het werd hem daardoor teveel en in de ochtendpauze liep hij binnen bij meneer Oud: "Vindt u het goed als ik naar huis ga?

En dat ik de rest van vandaag vrijaf neem?"

Door met de deur in huis te vallen hoopte hij zijn mentor voor een voldongen feit te stellen. En gezien het vertrouwen dat zijn leraar hem eerder schonk, durfde hij de brutaliteit aan.

Hoewel ie tijdens zijn verzoek was blijven staan, dwongen de ogen van meneer Oud hem te gaan zitten. Weer dat stoeltje.

"Hoe is het afgelopen met de begrafenisondernemer?

Hebben je moeder en jij overeenstemming bereikt over de ceremonie?"

Hans weet niet wat hij hierop moet antwoorden, is confuus onder de belangstelling. Loes en hijzelf hebben er verder geen woorden aan gewijd.

"Ja, ik geloof het wel.

We hebben een eenvoudige kist voor hem besteld en komen bij elkaar in het crematorium om afscheid te nemen.

We hebben tot gisteravond laat samen aan een adressen lijst gewerkt."

"Ik hoop dat je het schrijfwerk ervoor aan je moeder hebt overgelaten.

Jouw handschrift is vreselijk."

Hans schiet in de lach over het grapje. Hij weet het en zegt dat die enveloppen en kaarten vanmiddag pas komen: "Ik zal eraan denken.

Het komt me natuurlijk ook beter uit met m'n huiswerk."

Ze kijken elkaar aan.

Zijn mentor glimlacht.

"Gaat je moeder ermee akkoord?"

"Die crematie bedoelt U?"

"Ja. Als ik de achtergrond van je familie bekijk, ben ik bang dat die het een vreemde beslissing zullen vinden. Ik vind het moedig van je vader dat hij jou die taak op je schouders heeft willen leggen en ik twijfel er overigens niet aan dat die brief, echt door hem aan je is gegeven."

Hans maakt een pfioe-achtig geluid en leunt achterover in de stoel.

Meneer Oud pakt een papier van een stapel op zijn bureau.

Hij gaat 'm zitten lezen. Hans neemt aan dat het gesprek over is en staat op.

"Je kunt wat mij betreft wel naar huis gaan hoor, maar zou je het niet beter vinden om je klasgenoten op de hoogte te brengen. Ze leven erg met je mee.

Wij hebben ze niets verteld en zijn ervan uitgegaan dat je dat het beste zelf kunt doen. Wil je dat ik erbij ben?

Dan loop ik nu met je mee. Je hebt nu toch wiskunde?"

Op de gang gaat de bel ten teken dat de pauze is afgelopen.

Meneer Oud staat op. Hans wacht op hem tot hij bij de deur is.

Samen lopen ze een stukje de gang af naar het lokaal waar de leraar al staat te wachten. Deze geeft Hans een hand. "Gecondoleerd met het verlies van je vader joh."

Hoewel Hans weet dat hij nu zeer timide zou moeten doen, misschien zelfs in tranen uit zou moeten barsten onder alle warmte en medeleven, verbaast het hem dat ie er niets bij voelt.

Nooit zag iemand hem ooit staan of werd er rekening met hem gehouden.

Opeens lijkt het erop of niemand weet hoe ie zich tegenover hem moet gedragen.

Deze wiskunde leraar bijvoorbeeld is meestal een erg uitgelaten man.

Hij maakt altijd grapjes tegen ze, ook als die weleens niet in de juiste aarde vallen.

Nu doet hij ronduit ingetogen en lijkt 't wel of hij verlegen is.

Het ziet eruit of ie zich geen houding weet te geven.

Hans zoekt een plekje op een van de eerste rijen. Terwijl komen ook zijn klasgenoten binnen. Hij haalt zijn boeken uit z'n tas en let niet op ze.

Hij wil voorkomen dat ze hem eveneens komen condoleren. Met een aantal heeft hij al eerder vandaag les gehad, toen hebben ze toch ook geen handen geschud.

Als de tweede bel klinkt zit iedereen.

Meneer Oud stapt naar voren en neemt het woord.

Nadat ie heeft uitgelegd waarom ie in de klas is, staat Hans op.

"Zoals je weet ben ik de afgelopen tijd vaak meteen uit school naar het ziekenhuis hier vlakbij gegaan. Dat was om er mijn vader te bezoeken.

Hij heeft me vaak geholpen bij mijn huiswerk. Zijn ziekte heeft jammer genoeg een hele tijd geduurd en daarom kon ik vaak niet met jullie meedoen.

Gisterochtend hebben ze hem dood aangetroffen in zijn bed.

Het ging weliswaar slechter met hem, maar dat het zo snel zou gaan had niemand voorzien. Vandaar dat meneer Oud me gister uit de les is komen halen."

Hans wijst even met zijn hand over zijn schouder naar de mentor.

Het blijft doodstil in de klas, niemand zit te draaien of klieren.

"Ik ben gistermiddag niet meer op school gekomen omdat mijn moeder en ik een aantal zaken moesten regelen.

Mijn vader had dat namelijk aan me gevraagd."

Hij wacht even met spreken, durft niet naar zijn klasgenoten te kijken, voelt dat zijn ogen vochtig worden. Krampachtig verzet hij zich ertegen.

"Hans is door zijn vader in vertrouwen genomen en ik vind dat ie daar respect voor verdient. Hij is er vandaag wel en zo kennen we hem natuurlijk.

Ik reken erop dat jullie hem de ruimte willen geven om zijn verdriet te verwerken."

Meneer Oud heeft zijn aarzeling gevuld.

"Wil je nog even zeggen wanneer de uitvaart is Hans?

Of is het de bedoeling dat het privé blijft en willen jullie uitsluitend binnen de familie afscheid nemen?"

Hans knikt en herneemt zich.

"Het is vrijdagmiddag om kwart voor vijf.

Mijn vader wordt gecremeerd en het afscheid is daar."

Hij loopt terug naar zijn tafeltje en gaat zitten. Meneer Oud loopt langs hem naar de deur en gaat de gang op.

Een raar koud gevoel, maar ook van kalmte, maakt zich van hem meester.

Door het ingrijpen van meneer Oud is hij niet in huilen uitgebarsten.

De klas houdt zich muisstil en dan neemt de wiskunde leraar het over. Hij maant ze om net zoals Hans hun boeken te pakken en begint met de les.

Als alles volgens plan verloopt, dan worden de kaarten en enveloppen straks om ongeveer vier uur thuis afgeleverd. Dat geeft ze tot ongeveer zes uur om de adressen erop te schrijven, dan zal de uitvaartondernemer ze namelijk komen ophalen.

Die zal het pakket vervolgens naar het postkantoor brengen om ervoor te zorgen dat ze meteen worden gesorteerd en verzonden. De man heeft gezegd dat dit behoort tot zijn exclusieve service en heeft dat volgens zeggen bedongen bij de posterijen.

Hierdoor leek het er even op dat ie inderdaad wat minder in tarieven en prijzen dacht en meer in service dan zijn concurrent. Op het lijstje met bedragen dat hij achter heeft gelaten staat echter duidelijk vermeld, dat ze voor al die exclusiviteit en zogenaamd speciale service nog flink in de buidel zullen moeten tasten.

Hans is meteen uit school naar huis gekomen.

Oom Henk en zijn echtgenote, samen met opa en oma uit Katwijk zitten er op de bank. Mama is in de keuken koffie voor ze aan het zetten.

Hij geeft iedereen een hand, dan doet ie zijn jas uit en loopt even de trap op om z'n tas naar zijn kamer te brengen. Weer terug beneden loopt hij naar zijn moeder.

"Oom Henk belde om te condoleren.

Vanmorgen leek het me al een goed idee dat niet wij met z'n drieën de kaarten zouden schrijven en ik had er daarom tante Marieke voor gevraagd.

Die stelde voor dat ik opa en oma ook liet komen.

Je weet dat oma heel mooi kan schrijven, het is bijna kalligraferen en zij moet de speciale adressen maar voor haar rekening nemen.

We zijn nu met meer, dus zal het lekker snel gaan."

Hans loopt nogmaals naar zijn kamer en pakt er een paar nieuwe pennen uit een la van zijn bureau. Dan loopt ie weer terug.

Op de tafel in de huiskamer heeft hij de dozen met kaarten en enveloppen klaar zien staan. Als ze inderdaad met hun zessen de enveloppen gaan schrijven, kunnen Marjolein en hij de kaarten er vervolgens in doen.

Hans gaat naar de eetkamer en haalt het kleed van tafel, een harde ondergrond is tenslotte het prettigst om netjes op te schrijven.

Hij ziet hoe Loes in de huiskamer de visite van koffie voorziet.

Ze heeft er koekjes bij gehaald. Het verbaast hem.

Tante Marieke arriveert en loopt achterom.

Het gezelschap raakt zo compleet.

Hans neemt haar jas aan en vraagt of ze ook koffie wil.

Om iets om handen te hebben haalt hij een van de kaarten uit de doos en bekijkt deze. Hij controleert of er geen fouten in staan.

Bijvoorbeeld of al hun namen juist gespeld zijn en de data kloppen.

Snel rekent hij uit dat papa net iets ouder is geworden dan twee en veertig jaar.

Alles lijkt te kloppen vervolgens pakt ie uit de andere doos een envelop om er zo'n kaart in te doen. De open kant onder het couvert, de bedrukte kant komt dan naar voren, zodat de geadresseerde meteen kan beginnen met lezen.

De kraai heeft het ze zo verteld. Waarschijnlijk omdat ie dacht dat mama zoiets niet zelf wist. Hij maakt zes even hoge stapeltjes van de enveloppen en laat de kaarten nog even in de andere doos. Die zet hij op de stoel in de hoek.

Als het goed gaat dan kan hij ze er daar gemakkelijk inschuiven.

Dat schrijven zal heus niet zo vreselijk snel gaan. Mama en hij hebben gisteravond alle adressen nagelopen aan de hand van de adresboekjes en diverse telefoonklappers die er in huis waren. Ze bleken gedurende de afgelopen weken en onafhankelijk van elkaar al een lijst met namen te hebben gemaakt van mensen die ze niet mochten vergeten. Niemand hoeft af te vallen, uiteindelijk hebben ze zeventig kaarten en enveloppen besteld.

Vreemd genoeg stonden er op het tarievenlijstje ronde aantallen.

Het begon bij vijftig - dat was kennelijk het minimum - dan telkens twintig meer voor een eventueel vervolg.

Hans en oom Henk verbazen zich erover.

Hoe kan iemand nou exact zulke aantallen familieleden, kennissen en vrienden hebben?

Zijzelf zullen straks misschien twee reserve exemplaren overhouden.

Na het schrijven van die enveloppen, ze waren er om bij halfzes mee klaar, stelde opa voor om iets bij de chinees te gaan halen.

Mama had toen de begrafenisondernemer al opgebeld om te melden dat haar zwager die enveloppen wel even af zou gaan geven op het postkantoor.

Ze waren het er, aan de hand van de tarievenlijst, over eens geworden dat de besparing groter was dan de kosten van het ritje op en neer naar de stad.

En oom Henk kon dan natuurlijk meteen dat eten ophalen.

Hans verbaasde zich erover dat er noch aan tafel, of erna tijdens de koffie een rouwstemming of -sfeer heerste. Geen moment waarin men bedrukt deed en eigenlijk werd het zelfs reuze gezellig.

Men wisselde allerlei verhalen over Martin uit.

Daarbij konden zijn familieleden vanzelfsprekend de grootste duit in het zakje doen.

Om kwart over negen kreeg men toch haast om te vertrekken en bleven mama met Hans en tante Marieke achter om na te praten.

Terwijl Loes zijn zusje in bed ging doen liep ie naar de keuken om aan de afwas te beginnen. Zijn tante kwam helpen. Ze vertelde dat ze een vriend had en dat die in Tilburg woonde. In het weekend ging ze vaak naar hem toe.

Ze dacht dat ze binnenkort misschien wel bij hem zou gaan wonen.

Sessie

– U vroeg me onlangs of ik eens op een rijtje wilde zetten wat er met mijn vader aan de hand was. Dat ie ziek was is natuurlijk geen geheim, maar hij was aanzienlijk zieker dan we, dat wil zeggen mijn moeder en ik, maar ook zijn broer, ouders en zus blijkbaar doorhadden. Mijn zusje Marjolein kunnen we daar trouwens buiten houden. Die is te jong om te beseffen wat er aan de hand was.

Maar intussen moeten we accepteren dat het verloop sneller is gegaan dan hij en wij konden overzien of begrijpen.

Daar hadden de artsen en de verpleging trouwens niks mee te maken.

Mijn moeder ging elke dag 's avonds naar hem toe en ik doordeweeks meteen 's middags uit school. De eerdere keren dat ie in het ziekenhuis lag was die gewoonte als vanzelf ontstaan. Die laatste keer ging het dus net zo.

De school en dat gebouw liggen trouwens vlakbij elkaar en ik vond het vanzelfsprekend leuk dat ik er weleens wat eerder voor uit de les weg kon. Bijvoorbeeld als een vak me niet aanstond of ik voor mijn gevoel die les eigenlijk wel kon missen.

De andere keren, als ik bijvoorbeeld vroeg uit was in verband met mijn rooster, bleef ik in de kantine wachten tot het tijd was om erheen te gaan.

Soms hielp papa me met mijn huiswerk en ik bracht hem telkens op de hoogte van wat er thuis, op school en aan de dijk omging. Of zoiets dergelijks.

We hielden het bezoekuur zoveel mogelijk gezellig.

In 't weekend ging ik op zaterdag of zondagavond met mijn moeder mee.

Overigens vond ik het hartstikke leuk als ie me inderdaad kon helpen bij mijn huiswerk. Met economie bijvoorbeeld en ook een paar keer met een ander vak.

Ik vond het verbazingwekkend hoeveel hij nog van zijn eigen schooltijd wist, al had ie tijdens zijn studie in den Haag natuurlijk heel veel over dat ene vak te horen gekregen. In ieder geval meer dan ik in de klas eigenlijk nodig had!

Daar kon ik mijn leraar Augustus, een vreselijke man eigenlijk, weleens mee onder de tafel kletsen.

Maar toen kwam vervolgens die ochtend vlak na de herfst vakantie.

Ik denk dat ik toen in dat beroemde gat van u viel. Opeens hoefde ik immers niet meer naar het ziekenhuis. Waarom zou ik nog, er was geen reden meer voor aan te voeren en ik kon na de lessen voortaan iets anders gaan doen.

Dingen waaraan ik me meer dan twee en een halfjaar, met een paar tussenpozen bijna de hele middelbare schooltijd eigenlijk, had kunnen onttrekken.

– In het crematorium was het de middag van de uitvaart niet heel erg druk. We hadden er een zijzaaltje en er konden ongeveer vijftig mensen in. Mijn vader z'n kist stond er tegen een wand en omdat we maar met een goede twintig mensen in totaal waren, leek het er vooral leeg.

Aan weerszijden van hem, links en rechts, waren er kaarsen neergezet.

Die brandden trouwens op gas en zouden dus nooit opraken.

Als ze maar tijdig bij werden gevuld. Ik heb thuis op de lijst voor de aardigheid even nagekeken hoeveel we ervoor betaalden. Nou dat bleek nog duur gas!

– Doordat ie zo plotseling overleden is, heb ik nooit duidelijk gekregen hoe mijn vader het zichzelf allemaal voorgesteld had.
Ik had bedacht dat het een mooie ceremonie moest worden en wilde dat we er zijn 'eer' zouden laten zien aan de familie en gasten.
Maar wat ie nou mooie muziek vond of welke bloemen we neer moesten zetten, dat wist ik niet. Met mijn moeder heb ik daar helemaal over niet kunnen overleggen.
Misschien niet eens omdat ze dat niet wilde, maar het kwam er gewoonweg niet van omdat er opeens zo veel tegelijk geregeld moest worden.
Ik moest helaas afgaan op wat de begrafenis ondernemer voorstelde en heb wel in zijn CD's gezocht naar wat wellicht passend kon zijn, maar ik wilde niet de DJ gaan uithangen. En....... ik kende die muziek alleen maar omdat hij het wel eens opzette als er gasten waren. Dan was er altijd iets leuks aan de hand en dat maakte de liedjes en muziekstukken ongeschikt voor zijn uitvaart.
Toen de kist werd weggedragen speelde er uiteindelijk een liedje. Daar scheen hij verzot op geweest te zijn, want ik herkende het omdat ie het vaak opzette.
Daarvoor heb ik een korte toespraak voorgelezen, die hadden mijn moeder en ik samen geschreven. Vervolgens vertelde mijn oom Henk iets over hoe hij vroeger was en de baas van papa zei wat over tegenwoordig en ook over tot voor kort.
Dat waren de sleutelwoorden die er telkens in terug kwamen.

– Die lange Johan uit mijn klas was er en ook twee meisjes uit de les Engels.
Een van hen had een zwart rokje en een gestreken witte blouse aan. Ze leek zo de enige die zich speciaal voor de gelegenheid had aangekleed in rouwkleding.
Het zag er 'tamelijk gereformeerd' uit maar ik weet niet of ze het daarom aangetrokken had. Op school valt ze er niet door op.
Wijzelf, de andere gasten en familie, droegen nette maar donkere kleding.
Papa had uiteindelijk gevraagd of we er geen 'poespas' van zouden maken.
Dat is precies zoals ie het zelf genoemd had.
Op de achterste rij zag ik meneer Oud zitten en ook pater rector zat erbij.
Er werd geen gebed of zoiets opgezegd, maar misschien dat ie daarvoor toch speciaal was gekomen. Onder het voorlezen heb ik het gezelschap niet nader kunnen bestuderen. Mama had me voorgehouden dat ik tijdens de koffie met gebak na de ceremonie, wel even tussen de mensen kon rondlopen om een praatje te maken.
Maar het kwam er niet van, omdat er toch nog tamelijk veel mensen naartoe gekomen waren. Iedereen wilde mij of mama of Marjolein iets persoonlijks toevoegen en dat duurde dan telkens nogal lang.
Ik kon ze natuurlijk niet opeens zomaar alleen laten.
Wat had ik trouwens moeten bespreken en met wie?
Ook mijn opa's en oma's waren er. En natuurlijk tante Marieke, oom Henk en z'n vrouw tante Gerda. Die hadden ook mijn neefjes en nichtje bij zich.
Iedereen wilde tijdens de koffie iets zeggen of aan ons vertellen en dat maakte het onmogelijk om even tussen de mensen te gaan.

Loes heeft me gezegd dat ik Johan en die meisjes moest zeggen dat ik het leuk vond dat ze waren gekomen. Ik vond dat trouwens zelf ook heel aardig van ze.

Met meneer Oud en de rector heb ik ook maar even kunnen praten. Toen was het plotseling afgelopen.

De zaal moest leeg, er was een volgend gezelschap, dat kwam de begrafenisonder-nemer ons plompverloren meedelen.

Gezien de omgeving klonk de opmerking omineus: "Dames en heren, het is tijd."

– Ik heb onlangs een stukje in de krant gelezen. Dat ging onder andere over uitvaar-ten en er werd nadrukkelijk in beschreven wat u me een poosje geleden zelf verteld hebt over hoe mensen zich inleven.

Het kwam er eigenlijk op neer dat een mens zich verplaatst, of liever gezegd kán verplaatsen in het leven van een ander.

U heeft me er toen eens op gewezen dat ik zoiets niet zou kunnen.

Daar heb ik de afgelopen tijd, vanzelfsprekend ook naar aanleiding van dat stukje, een paar keer over zitten nadenken. U klonk weliswaar overtuigend, maar ik ben het er niet mee eens.

Zeker dat woordje empathie van u heeft me bezig gehouden. Al geef ik toe dat ik het in een woordenboek heb opgezocht om precies te weten waar het exact voor staat en wat er zoal mee samenhangt.

Voor mijn gevoel zie ik namelijk heel goed hoe andere mensen denken en zich voe-len en ik ben intussen tot de conclusie gekomen dat ik het misschien zelfs té goed en te vaak doe.

Omdat ik het zo goed kan, weet ik echter niet zo goed hoe ik met die waarnemingen om moet gaan. Ik voel erg snel met mensen mee, maar kan dat gevoel vervolgens niet meteen met ze delen. Is dat die empathie van U?

Uit dat krantenstukje maak ik op dat mensen naar een uitvaart zouden gaan om er hun eigen afscheid in te zien, of zich die erbij voor te stellen. Dat was namelijk de aanleiding voor dat stukje en het maakte dat ik het wel twee of drie keer heb moeten lezen. Misschien zou het goed geweest zijn als ik het had uitgeknipt.

Er stond overigens ook dat 'als iemand iets emotioneels meemaakt', die daar dan on-mogelijk volledig afstand van kan nemen. Iemand zou de boel niet zomaar als een toeschouwer over zich heen kunnen laten komen.

Dan zou er geen sprake kunnen zijn van emotie en het gevoel komt kennelijk omdat iemand zich laat meevoeren in gevoelens. Het werd meeleven genoemd.

Tenminste zo heb ik het begrepen.

Ik kan me trouwens onmogelijk voorstellen dat je, terwijl je ergens door wordt ge-raakt, je je eigen ideeën en ervaringen buiten spel kunt laten.

Dan ben je toch juist niét betrokken en als je nog heel erg jong bent, is er geen ach-tergrond waarop je kunt terugvallen. Laten we eerlijk zijn, men zegt toch niet voor niets: "Ervaring komt met de jaren".

Dus als je voor de eerste keer een ingrijpende ervaring opdoet, zul je daar allerlei gevoelens aan verbinden om ze je eigen te maken.

Een uitvaart is iets dat je niet elke dag meemaakt.

Zeker niet als het een van je ouders betreft.

Het is misschien flauw om het te zeggen, maar je hebt er toch maar twee en alleen van je opa en oma heb je er vier. Statistisch gezien, maak je daar dan ook weer eerder een uitvaart van mee dan van je eigen vader of moeder.

– Ik weet niet waarom mijn klasgenoten er waren. Ze hebben alle drie hun eigen ouders nog en ik heb niet kunnen achterhalen of ze misschien kort ervoor een belangrijk verlies te verwerken hebben gehad.

Dat zou het idee dat ze er feitelijk zaten voor zichzelf onderstreept hebben en daarom heb ik het ze voorzichtig gevraagd.

Ik weet zeker dat ze er ook niet waren om mij, zeg maar, te ondersteunen.

Dat stond namelijk ook in dat stukje: "Mensen gingen naar een gelegenheid om hun betrokkenheid met een speciale persoon te tonen."

Het zou volgens de journalisten de belangrijkste reden zijn waarom mensen belangstelling hebben.

En volgens de deskundigen die ze aanhaalden, misschien wel collega's van u, ging het niet alleen zo bij een uitvaart. Het draaide er telkens om dat er gevoelens, zoals blijkbaar die empathie van u, spelen.

Maar ook andere emotionele toestanden, zoals bijvoorbeeld een huwelijk of de geboorte van een baby, werden door de omgeving - al noemden ze die in dat stukje opeens betrokkenen - worden bijgewoond om de eigen emoties te delen.

Ik heb daar overigens ook nog lopen nadenken en bedacht dat mijn mentor en de rector vanuit hun functie waren gekomen.

Bij het motief van die meisjes en lange Johan kan ik me niets voorstellen.

We zijn geen vrienden of spreken ooit met elkaar.

Niet tijdens de les, of erna en ervoor.

Ik bespreek eigenlijk nooit iets met mijn klasgenoten, niet zomaar en zeker niet als tijdvulling, omdat er niks anders te bespreken zou zijn.

We onderhouden onderling geen belangstelling voor elkaar en waarom ze er opeens bleken te zijn is me nog steeds niet duidelijk.

Ik heb dat stukje in de krant goed bestudeerd en hoopte er een verklaring in te vinden. De kop die ze erboven hadden gezet suggereerde zoiets en ik kan me nog goed herinneren, dat ik het juist daardoor ben gaan lezen.

Op school had ik natuurlijk weleens door laten schemeren dat mijn vader ziek was en dat ik daardoor vlug weg moest.

En dat ik 's middags naar het ziekenhuis ging zal ook aan de orde zijn gekomen.

Ik kan wel meedoen met de klas, maar ik ken er niemand die ik in vertrouwen zou kunnen of willen nemen. Zoiets zou ik niet durven, er is immers niemand die weet over wie ik het in zo'n geval heb.

U had daarom wel gelijk dat er een afstand bestaat, maar die is voornamelijk gestuurd door de omstandigheden en niet vanuit een gebrek bij mij.

Het is eigenlijk jammer dat ik dat stukje niet heb bewaard.

Jolanda

In de brugklas en het jaar erop ook in de tweede, was Jolanda een leerling die gemakkelijk mee bleek te kunnen komen met de rest van de klas. Net zoals vroeger, toen ze op de lagere school zat, leek ze graag deel te nemen aan de lessen. Ze toonde namelijk meer dan de benodigde interesse voor de stof die werd aangeboden en de leerkrachten vonden haar daarom een leuk meisje.

Want met dat enthousiasme motiveerde ze ook de andere leerlingen. Daar houden onderwijzers en leraren van en het maakte haar zodoende 'n populaire leerling bij de staf. Een echte uitblinker durfde men haar echter nooit te noemen. Niet in een speciaal vak in ieder geval. Haar interesse was 'breed', zoals dat in die kringen gewoonlijk wordt genoemd.

Vlak voor de overgang naar het derde jaar kwam er geen vak aan bod dat haar aandacht vast wist te houden, of ten minste langer leek te vangen dan de les en het thema van de periode duurde. Ze deed gewoon mee met de rest van de klas en daardoor viel ze jammer genoeg ternauwernood op. Ze maakte d'r huiswerk naar behoren, leerde voor de proefwerken en de werkstukken waren netjes. Ze zag er verzorgd uit en dankzij dit alles was ze een onopvallende leerling.

Zoals opgemerkt ging de opleiding haar gemakkelijk af, maar omdat ze nergens een speciale belangstelling of interesse voor aan de dag legde, was er geen speciale richting of pakket dat ze in de toekomst wilde of kon gaan uitbouwen tot een vervolgstudie. Ze kwam hierdoor niet in aanmerking voor buitenschoolse excursies of extra weekendlessen. Tenzij ze daar door haar ouders of een vakleraar toe werd aangespoord. Maar die mogelijkheid moest dan specifiek onder haar aandacht worden gebracht. Dat ontbrak er vaak aan.

Door deze opstelling raakte ze geleidelijk 'lager' binnen de hiërarchie van de school. Onmiskenbaar waren de leerlingen in de "a" klassen beter dan die in de "b", "c" of "d" parallelklassen. De norm was; hoe beter de leerling, hoe hoger die in het register van het alfabet geclassificeerd werd in het volgende jaar'.

Jolanda was ooit begonnen in de 'b' klasse en in het erop volgende jaar was ze daarin gehandhaafd. In 't derde jaar werd ze helaas terug gebracht naar de 'c categorie'. De indeling werd kennelijk onderbouwd door twijfels die ze opwekte en haar prestaties in zogenaamd 'belangrijke' vakken. Ze leek zich hooguit te 'kunnen handhaven' en dat was klaarblijkelijk te min voor de schoolleiding.

De kwalificatie gold niet ronduit als slecht, te weinig of minimaal, maar was qua indeling 'minder' dan waar ze oorspronkelijk vandaan leek te komen en ambitieus als ze was, stoorde het haar toen ze dit besefte. Hoewel ze haar 'niveau' dus ongeveer gehandhaafd had, zag ze de nieuwe, derde klas toch als een degradatie. Hoewel het wel de eerste keer was dat ze in een groep zat waarin de verhouding tussen de jongens en de meisjes 'eerlijker' genoemd kon worden.

Het idee wist haar gelukkig af te leiden van de kwestie!

In haar eerste en ook het tweede jaar, waren de meisjes aanzienlijk in de minderheid geweest. Zo zaten er in die 1b slechts vier dames tegenover vijfentwintig heren en in 2b was dat aantal slechts uitgegroeid naar zeven.

In die derde zat ze met dertien 'meiden' op veertien jongens en dat vormde vanzelfsprekend een betere verdeling. Geen van die jongens had trouwens belangstelling voor haar en zij legde evenmin zoiets aan de dag voor een specifiek exemplaar uit de nieuwe groep. De leerlingen deden elkaar niet zoveel omdat er geen een tussen tussen bleek te zitten die de andere, zowel letterlijk als figuurlijk aansprak. Pas het jaar later zag ze er pas een die haar 'leuk' leek!

In het begin van haar vierde jaar, vlak na de zomervakantie, werd het in het buurtje rond hun woning de gewoonte om op het plein halverwege de straat met een aantal vrienden en vriendinnen, de vorderingen op school, nieuwtjes uit de omgeving of de gebeurtenissen uit de straten, met elkaar door te nemen.

De dagen werden al korter, maar het was er nog warm genoeg voor om gezamenlijk het een en ander uit te wisselen. Er had zich geen aanleiding voorgedaan dat het daadwerkelijke begin vormde van hun samenkomsten.

Opeens werd het de gewoonte om 's avonds na het eten met een groepje bij elkaar te komen en wat met elkaar rond te hangen. Vanzelfsprekend waren ze te oud om nog gezamenlijk spelletjes op de stoep met elkaar te spelen, al was dat vroeger nog de gewoonte.

Intussen waren ze een groepje jongelui, dat met elkaar stond te praten. Ze konden erbij op de geparkeerde auto's gaan zitten en op een tuinhek was zoiets eigenlijk ook heel goed te doen. Er was namelijk geen vaste plek waar ze telkens stonden, maar het was meestal op het kleine pleintje halverwege de straat.

Ongeveer ter hoogte van de parkeerplaats met de steekhavens.

Allengs werd het groepje groter en hoewel Jolanda zich wel kon herinneren dat haar ouders ooit schamper deden over 'die hangjongeren op het pleintje', had ze er nooit bij stil gestaan wie ze ermee bedoelden. Dat ze er nu zelf bij hoorde was voor haar echter belangrijker dan de ergernis die haar ouders er kennelijk aan ontleenden.

Vooral de aandacht die ze wist te genereren bij een jongen die twee deuren verder woonde, wond haar op. Nog nooit had ze gemerkt dat iemand haar aardig vond of bedacht dat ze leuk kon zijn, maar onomwonden bekende hij haar zijn belangstelling op een van de avonden. Het gebeurde toen ze naar huis liep.

Ze had gezegd: "Ik moet verder met mijn huiswerk. Ik ga nu maar weer eens."

Die buurjongen, Kees, was haar achterop gelopen en hoewel het maar een paar tellen was naar hun voordeur, stond hij erop om haar te vergezellen. Verlegen met de situatie, die totaal nieuw voor haar was, nam ze met alleen een 'dag, tot morgen' afscheid bij het hekje. Een beetje gehaast en nog voordat ze de voordeur open had kunnen maken, riep hij haar na dat ze er leuk uitzag.

Onder het lopen had ie al opgemerkt: "Ik mag je erg graag zien."

Binnen, in de huiskamer, zag ze dat hij voor deur bleef staan. Het speet haar daarom dat ze niet wat vriendelijker had gedaan. Een keertje thuisgebracht worden was haar nog nooit eerder overkomen. Ze wist dus niet wat de beste manier was om erop te reageren.

Had ie het misschien leuk gevonden om koffie te komen drinken?

Haar ouders waren daar rond deze tijd altijd heel erg aan toe. Ze waren er nu niet en, al had ze het zelf weleens gedronken, ze wilde zich geen liefhebber van het drankje noemen.

Het idee om 'een bakkie' te zetten en drinken, zat daarom niet 'in haar systeem'. Dat kon natuurlijk altijd nog komen en ze nam zich ter plaatse voor om binnenkort weer eens aan de ceremonie deel te nemen.

De avond erop was Kees weer van de partij.

Jolanda riep om acht uur: "Ik ga huiswerk maken en een kopje koffie drinken."

Ze ging er klakkeloos vanuit dat hij weer met haar mee zou willen lopen, maar tot haar teleurstelling bleef ie met een van de andere jongens staan praten. Daarop is ze zo langzaam als maar mogelijk was helemaal alleen naar hun voordeur gelopen. Had ze het niet luid genoeg gezegd en heeft ie haar niet gehoord?

Of was zijn aandacht alweer over?

Zelf vond ze dat ze er in haar rokje en dat blauwe T-shirt eigenlijk aantrekkelijker uitzag dan toen hij haar de avond ervoor dat complimentje maakte. Ze had de kleren er nota bene speciaal voor aangetrokken voordat ze naar buiten ging!

Maar misschien zagen jongens zoiets anders?

Ze vond het eigenlijk jammer dat ze niet zomaar aan haar moeder kon vragen hoe je de aandacht op jezelf kunt vestigen.

Om eerlijk te zijn, wist ze niemand anders om het vraagstuk aan voor te leggen.

Haar klasgenootjes waren allemaal even oud als zij en afgaande op de gesprekken die ze onder elkaar voerden, zouden die niet veel meer ervaring hebben met deze lastige kwestie.

Jolanda wilde niet naïef of wellicht wereldvreemd op ze over komen.

Jongens waren interessant en Kees was natuurlijk een leuk exemplaar, maar ze durfde nooit eerder op aandacht te rekenen. De belangstelling van jongens ging toch meer uit naar meisjes die op plaatjes stonden. Ze wist dat die meiden lekkere stukken werden genoemd en dat ze meestal op de tv waren geweest.

Ze waren beroemd als zangeres of model en zagen er altijd ouder uit dan zij.

Jolanda zag zichzelf met haar 15 jaar toch nog voornamelijk als een meisje.

En, aantrekkelijke dames hadden bijna altijd leuke kleren aan.

Dat wil zeggen strakkere truitjes en jeans dan Jolanda in haar kast had. Of aanzienlijk kortere rokjes, maar volgens haar moeder had zij daar het figuur niet voor.

Zelf vond ze dat ze best al wat had.

Meer dan een week regende het vervolgens iedere avond.

Van rondhangen, Kees weer zien of even bijkletsen met haar nieuwe vriendinnen en vrienden, kwam daardoor weinig terecht. Overigens vond ze het vreemd dat zij Kees overdag nooit eens tegen was gekomen of eerder had gezien.

Ze nam zich voor om uit te zoeken waar hij op school zat en hoe lang ze al buren waren. Zoals gezegd kwam er van dit plan, de eerstvolgende avonden niet veel terecht. Niemand waagde het om met al die nattigheid op het pleintje rond te hangen.

Er alleen naartoe gaan en zo het initiatief nemen, ging haar te ver.

Ze rekende erop dat ze er voor gek zou staan en zag het als een 'afgang' om onverrichter zake weer terug te moeten lopen naar huis. Zouden ze bijvoorbeeld een hond hebben dan had ze kunnen voorwenden het dier uit te moeten laten.

Maar papa was allergisch voor huisdieren.

Pas op een woensdagavond deed zich de eerstvolgende gelegenheid voor om Kees misschien te spreken te krijgen. Vanuit haar kamer kon ze met wat moeite door een zijraam het pleintje in de gaten houden.

Jolanda zag dus hoe het eerste meisje, die woonde om de hoek ongeveer halverwege de straat, op het hek ging zitten en er direct weer afsprong omdat het kennelijk te koud was aan haar billen. Ze besloot daarop dat een vestje noodzakelijk zou zijn en ging ook naar buiten.

Wie weet wist deze Els waar de buurjongen op school zat en misschien kon ze nog meer over hem vertellen. De mogelijkheid tot het verkrijgen van een antwoord op die vragen, gaf de gang naar het pleintje een doel.

Al wilde ze niet dat haar belangstelling er al te dik bovenop kwam liggen.

Ze wist nu eigenlijk alleen dat hij Kees de Wit heette. Die achternaam had ze op het naamplaatje naast hun voordeur gelezen en onthouden toen ze haar folders liep.

Overigens hadden haar ouders bezworen dat ze met dat baantje op moest houden als ze eenmaal in de examen klas zat: "Er was geen tijd meer te verliezen".

En. "Al haar inspanningen waren nodig voor de studie."

Die was nu belangrijker: "Dan die paar extra centen."

Uit de onderhandelingen had ze iets meer zakgeld weten te slepen, maar helaas schoten de euro's van dat baantje, er binnenkort dus bij in.

Buurmeisje Els wist niet op welke school Kees z'n lessen volgde.

Ze wist alleen dat het een VMBO was, maar welke kon ze niet vertellen. Zelf legde ze er de nadruk op dat ze op 'het Stedelijk Lyceum' zat. Ze merkte het wel vier keer op en kennelijk moest Jolanda er van onder indruk zijn, daarom vertelde ze niet waar ze zelf op school ging. Het leek haar een passende bestraffing voor de aanmatigende toon waarvan Els zich bediende.

Het kind zat nogal uit de hoogte te doen en vond kennelijk dat ze neerbuigend diende te spreken over de scholen waarop zij niet zelf zat.

"Hij wordt geloof ik automonteur, of elektricien."

Dat was alles dat ze over Kees te melden bleek te hebben en helaas konden ook de aangekomen kennissen haar niet uit de brand helpen. Om niet te opvallend iets aan de weet te willen komen, liet ze het onderwerp verder met rust.

Volgende week vrijdag was er bij haar op school weer een soos avond en als ze hem straks zag, wilde ze vragen of hij zin had om er met haar mee naartoe te gaan. Zelf was ze er al twee keer geweest, eind vorig jaar en een paar weken geleden samen met wat meisjes uit haar nieuwe klas. Maar ze wist vrijwel zeker dat introducés van een andere school toegestaan waren.

Gasten hoefden eigenlijk niet in een parallelklas te zitten.

De enige voorwaarde leek dat er geen erg groot leeftijdsverschil zou zijn.

Kees had een scooter en daarom was hij minstens zestien, maar 't scheelde niet veel met haar. Jolanda was uiteindelijk ook al bijna zo oud. Een paar weken geleden, vlak na oud en nieuw, was het haar verjaardag en 't leek haar een goed idee om Kees eens te kunnen vergelijken met de knulletjes op haar school.

Helaas regende het de rest van die week weer iedere avond.

Ook kwam Kees niet opdagen toen het op dinsdag - nog maar een paar dagen voor de soosavond! - wel een uurtje droog bleef.

Volgens Henkie, een vriend of klasgenoot van hem, 'zat ie vast' en wat dat inhield of hoe dat zo gekomen was, wilde ze niet aan hem vragen. Jolanda ging er vanuit dat ze het beter een keer aan hemzelf voor kon leggen.

Het leek haar niet gepast om er open en bloot, zo midden op straat naar te informeren, want iets binnenin haar zei dat 'dat vast zitten' een te lastig onderwerp was om zomaar in het openbaar te bespreken. Ze besloot om er thuis, zo er al iets ter sprake mocht komen over Kees, evenmin wat over te melden.

De tijd moest maar leren hoe de vork precies in de steel stak.

Hij zou haar er zèlf het beste over kunnen inlichten, verdere bemoeienissen van buitenstaanders waren totaal overbodig.

Donderdags' zag ze Kees 's middags thuiskomen. Hij reed op zijn brommer door de poort. Vanuit de keuken zag ze 'm langs schieten en maakte zich zorgen over hoe hard ie reed. Kennelijk viel dat vast zitten van 'm dus nogal mee.

Jolanda had bedacht dat iemand voor minstens een paar maanden in de gevangenis opgesloten werd. Toen ze het snel uitrekende, had ze hem twee of hooguit twee en een halve week geleden voor het laatst gezien.

Ze stelde vast dat hij onmogelijk erg veel kwaad op zijn geweten kon hebben.

De berekening had haar zorgen grotendeels gesust.

Die opmerking van Henkie en zijn afwezigheid op het pleintje hadden haar inderdaad verontrust. De eerste avonden was hij er telkens bij geweest en ze wilde niet dat hij nu voor enige maanden niet aanwezig kon zijn.

Stel nou dat precies dit vriendje niet leek te deugen!

Ze wist wel dat ze niet echt verkering hadden. Daar hadden ze nog helemaal niets over afgesproken, maar sinds die ene avond had ze de gedachte aan hem en zijn charmante opmerking niet los kunnen laten.

Zoiets had ie toch vast niet voor niets of zomaar tegen haar gezegd en moest er iets van gemeend hebben!

Dus zelfs al mocht het nog nooit ter sprake gekomen zijn, voor haar bestond er iéts tussen hen twee. Uit gemak maar voor zichzelf, noemde ze het verkering.

Soms meende ze het geluid van zijn brommertje te horen.

Het overkwam haar ook een paar keer in de klas. Als de les haar weinig kon boeien, staarde ze naar buiten om de zien of hij er misschien op langs kwam rijden.

Hetzij toevallig, maar eigenlijk liever expres.

De brommer stond die avond in de tuin.

Ze had het nagekeken vanaf het balkon aan de slaapkamer van haar ouders, voordat ze naar haar vrienden ging en toen ze langs zijn huis liep, brandde er licht.

Maar ook later kwam Kees er op het pleintje niet bij staan.

Jammer natuurlijk want het was er eindelijk weer eens warm genoeg voor.

Steels hield ze zijn voordeur in de gaten, onder het kletsen.

Ze genoten van de restjes avondzon in de frisse buitenlucht. Het werd duidelijk al najaar en dat miste hij nu helaas.

Jolanda vond het onmogelijk om te bedenken dat hij misschien geen interesse meer voor haar zou hebben.

Of dat hij zich opeens te oud zou voelen voor hun kennissen kringetje.

Er moest daarom iets spelen dat buiten haar en hun vriendenkring om ging.

Toen ze naar huis liep zag ze hem op de bank in de huiskamer zitten. Hij stak z'n hand op nadat hij haar zag en in een impuls besloot ze om bij hem aan te bellen.

Nog voordat ze het knopje had kunnen indrukken deed ie de voordeur al open.

Hij droeg een korte broek en daarom leek het of hij naar de voetbal moest, erboven droeg ie een wijd vallend shirt waar negentien op geprint stond.

Dat kon toch niet zijn leeftijd zijn.

"Je had naar me gevraagd hè?"

Terwijl hij het zei, deed ie een stapje naar achter.

"Zal ik een kopje koffie voor je zetten?"

Ze wilde in de deuropening, op het stoepje, met hem blijven praten.

Maar als ie zo met zijn blote benen op de tocht bleef staan, werd het wellicht te fris. Of hij zou kou kunnen vatten.

Aarzelend, niet wetend wat ze tegen zijn ouders zou moeten zeggen als ze zich voor moest stellen, volgde ze hem naar binnen. Een tv bleek ergens in hun huis loeihard aan te staan. Op goed geluk liep ze op de geluiden af.

Kees liep tot de deur achter haar aan en ging toen verder naar de keuken.

Blijkbaar had hij in de huiskamer voorin in het huis waar het apparaat bij haarzelf thuis ook staat, naar een film zitten kijken. Ook hier waren de kamers niet doorgeslagen, zag ze. Net zoals bij hun thuis, zaten de schuifdeuren er nog met aan weerskanten die schuine kasten.

In de kamer kwam het geluid nadrukkelijk vanuit alle hoeken.

Jolanda zag dat er daarvoor op verschillende plekken kleine boxjes aan de muren hingen. Links en rechts van het scherm stonden er nog twee, ze waren groter en staken bovenop een soort paal. Daaruit kwam het meeste lawaai, terwijl er ook bonkgeluiden en gerommel uit een kist achter het beeldscherm klonk.

Gelukkig bleek er niemand in de kamer aanwezig.

Ze nam plaats op de bank en probeerde te doorgronden waar de film wellicht over ging. Er was iets met auto's aan de hand en die raasden zo snel mogelijk door allerlei straten. Het leek erop dat ze een race hielden. Het speelde zich af in een stad en daar reden ook andere auto's op straat, al gingen die aanzienlijk minder hard zodat de sportwagens er met een heleboel moeite omheen en tussendoor moesten rijden.

Ze meende een van de acteurs ergens van te herkennen, maar kon niet op zijn naam komen. Zijn eigen naam of die van zijn rol. In ieder geval had ze die kale kop laatst in een tijdschrift zien staan. Of misschien stond ie op een poster die ze ergens in de stad had zien hangen. Er speelden ook een aantal actrices mee.

Jolanda maakte aan de zelfingenomen manier van hun spel op dat ze beroemd moesten zijn. Of dat ze beroemdheden stonden uit te beelden.

Ze zag waarom haar vader de dames altijd 'rondborstige typetjes' noemde.

De rokjes, truitjes en shorts pasten maar net.

Eigenlijk zou ze zich wat meer met films en filmsterren moeten bezighouden.

Thuis volgden ze wel het nieuws, maar eigenlijk keken ze nooit eens naar de nieuwtjes. Haar vader schakelde altijd onmiddellijk over naar een ander kanaal, als er iets over de showbizz aan de orde werd gesteld.

Kees zette een kop koffie op de tafel en schoof een bakje met suikerzakjes en tuitjes creamer, in haar richting.

Hij ging naast haar zitten en zette met een afstandsbediening de film stil. Het beeld bevroor op het moment waarop een van de auto's juist slippend een bocht in schoot.

De plotselinge stilte, het wegvallen van de bij alle actie horende geluiden, zoals het lawaai van gierende banden en piepende remmen, was overweldigend. Het geluid had feitelijk wel heel erg hard gestaan en het was verbazingwekkend dat Kees haar onder al dat geweld nog waargenomen had toen ze voorbij kwam.

Ze begreep waarom hij er niet bij was komen staan.

Dit, de snelle auto's en die aantrekkelijke meisjes, vonden jongens natuurlijk leuker dan zomaar effe bijkletsen met een paar leeftijdgenoten. Ze stelde vast dat hij moeilijke vragen, die hij waarschijnlijk voorgeworpen zou krijgen over dat 'vast zitten', uit de weg had willen blijven.

Tenminste zou hij toch hebben moeten uitleggen wat daaraan vooraf was gegaan.

Al wist ze dat zij hem er niet als eerste op aangevallen zou hebben.

Zoiets durfde ze gewoonweg niet, zelfs niet als het hem een mooie kans geboden zou hebben om er stoer over te doen.

Misschien net zo stoer als die jongens uit deze film.

Ze pakt haar kopje en sipt er voorzichtig aan.

Koffie is altijd gloeiend heet zodat ze er nu maar een heel klein slokje van durft te nemen. Thuis maakt haar moeder altijd espresso in zo'n speciale pot, die moet ze ervoor op de kleinste pit van het fornuis zetten.

Jolanda weet dat die koffie bitter en vreselijk sterk hoort te zijn, deze valt reuze mee, ze vind 'm eigenlijk wel lekker. Er hoeft zeker geen room in en suiker is ook niet nodig, zo lust ze het wel: "Lekker, zo heb ik mijn koffie nog nooit gedronken."

Hemelsbreed is dit misschien de derde of vierde keer dat ze er een kopje van drinkt, maar dat wil ze er niet aan toevoegen. Van deze geniet ze.

Ze neemt zich voor om wat vaker ja te zeggen, als ze ervoor wordt uitgenodigd.

"Wil je misschien ergens anders naar kijken?"

Kees staat op en loopt naar een apparaat dat onder het tv-scherm is opgesteld.

Het moet zo'n DVD speler zijn want hij laat een laatje opengaan en haalt er een schijfje uit: "Heb je zin in iets spannends?"

Terwijl hij het plaatje in een doosje doet, maakt hij de kast open die naast de bank staat. Hij zet er het doosje in terug, bukt zich en haalt een aantal andere tevoorschijn.

"We hebben hier een paar hele leuke.

Als je er zin in hebt kunnen we samen naar eentje kijken.

Of naar meer als je daar zin in hebt."

Jolanda wil nog wat aan haar huiswerk doen, maar ze vind de manier waarop Kees zijn attentie op haar richt aantrekkelijk. Het is best spannend om samen met hem in het huis te zijn. Ze wonen vrijwel naast elkaar, maar nooit hebben ze zo kennis gemaakt. Sinds hij hier twee jaar geleden is komen wonen was ie altijd die iets oudere jongen van even verderop.

"Kijk deze is wel leuk, er zitten goede grappen in en zo.

Maar deze is ook aardig hoor, ze doen er allerlei standjes in voor."

Kees is schuin naast haar op de bank gaan zitten en houdt een van de doosjes voor haar omhoog. Jolanda ziet de blote billen van een man die half voorover gebogen tussen de eveneens blote benen van een vrouw zit.

Die heeft zich achterover op een bank gevleid. De man zit voorover en de vrouw rust met haar achterwerk op zijn bovenbenen, ze heeft opvallend grote borsten.

Zonder het naadje van de kous te kennen, weet Jolanda dat Kees een porno film voor haar gezicht houdt. Ze schrikt ervan. Zou hij niet weten hoe oud ze pas is? Vertrouwt ie erop dat ze hier al ervaring mee heeft?

"Nou, ik drink m'n koffie op en dan ga ik verder met m'n huiswerk.

Ik heb morgen een belangrijk proefwerk en wil mijn dictaat nog doornemen."

Dat van het proefwerk is niet waar, maar over dat dictaat liegt ze niet.

"Een ander keertje dan?

Of ben je soms nog maagd, daar wil ik je wel vanaf helpen hoor."

Hij lacht om zijn eigen grap, maar Jolanda verslikt zich bijna in het laatste slokje van haar koffie. Ze verbrandt haar keel aan de nog veel te hete drank.

"Ik zie wel, moet nu echt aan m'n huiswerk.

Mijn vader en moeder weten helemaal niet waar ik uithang.

Ik had allang thuis moeten zijn."

Terwijl ze het zegt schrikt ze van haar openhartigheid.

Niemand weet inderdaad dat ze hier bij deze jongen zit, als hij nou maar geen kwade dingen van zin is.

Ze staat op en wil naar de voordeur lopen. Opeens wil ze zo snel mogelijk naar huis. Al twijfelt ze er ook aan of ze toch niet voor een keertje naar zo'n film zou willen kijken. Vanzelfsprekend alleen maar uit nieuwsgierigheid.

Ze wist trouwens niet eens dat mensen zulke films in huis hadden.

Die worden toch uitsluitend in speciale bioscoopjes vertoond?

Terwijl ze naar de gang lopen bedenkt ze dat ze hem nog helemaal niet heeft gevraagd naar de praatjes over dat 'zitten'. Er is niets van terecht gekomen om het gesprek er spontaan op uit te laten komen.

Dat ze hem voor een soos avond uit wilde nodigen, is wel tot haar doorgedrongen.

Maar ze weet niet of hij er zich thuis zal voelen.

Hij zal de kinderen op haar school vast erg saai vinden.

"Krijg ik een kus?"

Kees is achter haar aangelopen. In de hal houdt hij met zijn linkerhand de voordeur tegen, met de andere pakt hij haar schouder beet. Overdonderd laat ze toe dat hij haar tegen zich aandrukt. Hij kust haar op een wang en probeert, gelukkig een beetje onhandig, ook haar mond te bereiken.

Met een ruk trekt ze zich los en wurmt zich onder zijn arm door om de deur ver genoeg open te trekken. Met een soort sprong komt ze op het stoepje en snelt met een paar passen het tuintje uit.

In haar haast raakt ze bijna de spiegel van een auto, die staat strak tegen de stoeprand geparkeerd. Met een elegante beweging, weet ze die te ontwijken.

De volgende ochtend, nog voor de lessen zijn begonnen bespreekt ze met haar vriendinnen Elly en Bettina haar avontuur van de vorige avond. Ze laat het deel over die rare films weg en overdrijft een beetje over de kus die ze van Kees kreeg. Het lijkt haar dat ze de onhandigheid waarmee het allemaal verliep, beter kan verzwijgen.

Elly is de oudste van hun drie, die wordt eind oktober al 17.

Maar als ze eerlijk zijn heeft ze nog maar weinig in huis.

Ze draagt nog steeds haar eerste Bh's, die waren op de groei gekocht maar de cup-maat voldoet nog ruimschoots. Ze heeft er een in het donkerblauw en een witte.

Bettina is veel groter, die heeft nu al cup C en wordt volgend jaar pas 15.

Volgens haar komt het doordat ze in verband met haar menstruatie pillen slikt. Daar zouden haar borsten ook aanzienlijk groter door geworden zijn. Als het zo doorgaat moet ze binnenkort misschien al overstappen op cup D, of zelfs E!

Zelf heeft Jolanda genoeg aan 75B. Haar moeder heeft diezelfde maat trouwens ook, die merkte ooit op dat haar borsten alleen tijdens haar zwangerschap wat groter waren: "En natuurlijk toen ik jou zoogde."

Het stoort Jolanda als haar moeder zulke termen gebruikt: "Ze kan toch gewoon zeggen dat ze me vroeger de borst heeft gegeven."

Zo nu en dan trekt Jolanda een mooie Bh van haar moeder aan.

Als die van haarzelf allemaal in de was zitten bijvoorbeeld. Mama heeft een hele-boel verschillende in de kast hangen. Ze zal de ene die ze geleend heeft dus niet meteen missen, al zou ze daar ook geen bezwaar tegen hebben.

Het ruime aanbod komt omdat ze natuurlijk al jaren dezelfde maat gebruikt.

Zo nu en dan koopt ze er eens een bij. Voor een speciale gelegenheid, zoals ze het dan noemt. Ze zou dan: "Niks hebben om aan te trekken."

Er zitten trouwens ook een aantal hele dure tussen.

Als ze eens 'n feestje heeft mag Jolanda best eens een mooie pakken om te dragen.

Onlangs, tijdens de bruiloft van haar opa en oma bijvoorbeeld, heeft haar moeder 'm zelf aan 'r gegeven: "Omdat het haar 'goed zou staan'."

Jolanda heeft 'm toen nog wat langer gedragen.

Ze voelde zich namelijk een echte dame en het was natuurlijk niet zo'n goedkoop dingetje zoals haar klasgenoten en zij meestal dragen.

Vanzelfsprekend kon niemand het onder haar kleding zien, maar voor haar gevoel valt het op als een vrouw mooi ondergoed, zogenaamde 'lingerie', draagt.

Het zou iets te maken hebben met het zelfvertrouwen dat een vrouw uitstraalt als ze 'fijne stoffen draagt'. Ze heeft dat ergens gelezen, maar het kan ook als reclame in een tekst hebben gestaan.

Nancy heeft zich even later bij hen gevoegd. Zij is al zowat 18 en wordt daardoor door iedereen gezien als de oudste van de klas.

Een van de jongens had overigens weleens opgemerkt: "Op Akkevelt na."

Meneer Akkevelt is hun leraar Duits en die wordt door zijn jeugdige voorkomen soms niet als volwaardige collega door de andere leraren herkend. Vaak wordt hij versleten voor een leerling en is al eens tot de orde geroepen omdat ie op het plein stond te roken.

Ook op ouderavonden levert dat verwarring op omdat hij er vaak jonger uitziet dan de meeste vaders en moeders. Die herkennen zijn kwalificaties dan niet direct.

Met vijfentwintig is hij bij lange na de jongste uit het hele corps.

Op de lagere school en ook hier is Nancy een keer blijven zitten. Eerst vanwege een ziekte die ze opgelopen heeft tijdens een verblijf met haar ouders in de tropen en in het afgelopen jaar omdat ze niet genoeg voor haar schoolwerk uitvoerde.

Zelf hield ze het erop ongunstig jarig te zijn, maar ze is de oudste van hun klas.

Van alle parallelklassen trouwens.

Ze vertelt vaak dat ze verkering heeft met een jongen die begin dit jaar naar de Pabo is gegaan. Kwade tongen beweren dat hij eind vorig jaar van school is getrapt en dat ie daardoor niet mee heeft kunnen doen aan het eindexamen.

Via een toelatingsexamen is hij blijkbaar toch op die school terecht gekomen.

Dat zij om de een of andere reden het jaar ook over moest doen, zou iets met fraude te maken hebben gehad.

Niemand vond het tot nog toe nodig om uit te zoeken wat er allemaal precies van waar is. Ze heeft overigens al eens laten doorschemeren dat ze HET hebben gedaan.

Ze praat er ook regelmatig over dat ze zich met seks Bezig Houden.

Het leek Jolanda daarom beter om het onderwerp Kees te laten rusten tot Nancy weer wat uit de buurt was. Al kon het vanzelfsprekend dat zij iets wist te vertellen over die films. Bijvoorbeeld dat ze ervaring had met ernaar te kijken.

Het vele huiswerk en het teruggekeerde slechte weer, hebben het 'hangen op 't pleintje' al een hele tijd onmogelijk gemaakt. Intussen is zelfs de kerstvakantie voorbij en alleen in de tweede week van januari hebben ze met z'n allen een keer 'n soort sneeuwpop gemaakt.

Eigenlijk lag er maar een paar millimeter, maar het was ontzettend lollig om er samen mee bezig te zijn. Net als vroeger leek het erop dat ze speelden. Kees was daar niet bij, maar met deze jongens en meisjes was het eigenlijk wel zo leuk.

Jolanda wilde niet terugkomen op die ene avond bij hem thuis en ze vond het best dat ze hem al die tijd nauwelijks heeft gezien. Ze wilde 'm niet ontlopen, er was immers niets voorgevallen waarvoor zij zich zou hoeven schamen.

Maar tegelijkertijd voelde ze er geen behoefte toe om zijn gezelschap opnieuw te zoeken. Wat haar betreft deden er zich geen aanleidingen voor om hun 'relatie' voort te zetten, of er een vervolg aan te geven.

De uitnodiging voor die soosavond op school heeft ze voor zich gehouden.

Als ze langs zijn huis komt kijkt ze nog wel even naar binnen, maar kennelijk is ie er nooit. Een keer heeft ze hem erbij zien staan in de straat, maar toen moest ze een proefwerk voorbereiden.

Het weer werkte er vervolgens niet aan mee om het nog eens net zo gezellig te maken als vlak na die vakantie in de herfst, toen het buiten zo mooi was.

Haar verjaardag heeft Jolanda met niemand uit de straat willen delen.

De afgelopen weken heeft ze het overigens te druk gehad met haar schoolwerk.

Ze moest twee onvoldoendes wegwerken en er was daardoor ook niet veel tijd om rond te hangen. Het kwam er gewoonweg niet van en 't interesseert haar niet meer zo. De anderen ziet ze er ook bijna nooit meer staan trouwens.

Zelfs niet als het wel weer eens zou kunnen qua temperatuur en de regen.

Sinds de meivakantie heeft ze op zaterdagmiddag een baantje in een schoenenwinkel aangenomen. Haar ouders hebben haar weliswaar op het hart gedrukt dat ze alle tijd aan school moet besteden, maar haar cijfers waren weer redelijk en ze kon het extra geld goed gebruiken.

Zeker nadat ze eerder die krantenwijk op had moeten zeggen.

Een klasgenootje had gevraagd of Jolanda kon komen helpen bij de voorjaarsuitverkoop bij haar vader in die winkel.

Die was op zoek naar een betrouwbare hulp en het meisje zou ervoor zorgen dat Jolanda terdege werd ingewerkt. Het was trouwens voor tijdelijk, maar het bleek nogal goed te betalen.

Zwart, maar het vormde een leuke aanvulling op haar zakgeld en de toezegging dat ze met het werk op kon houden wanneer ze haar tijd nodig had voor school, overtuigde haar ouders.

Jolanda bleek het erg goed te doen in de winkel. Ze bleek de klanten eenvoudig te kunnen overtuigen van wat hen 'aardig stond' en of het nieuwe paar schoenen de aanblik 'nog leuker' maakte.

De winkelier bood haar daardoor steeds meer uren aan en het was dat haar ouders het verboden, anders had ze er ook de koopavonden en op de koopzondag haar diensten aan kunnen bieden.

Gelukkig bleek haar paasrapport weer helemaal vrij van onvoldoendes. Jolanda was daar uitermate trots op en voor de eerste drie weken van de grote vakantie vond ze een baantje als reisleidster op de rondvaartboot die uit Katwijk vertrok.

Zo mocht ze het van de reder overigens niet noemen.

Ze moest zeggen: "Een passagiersschip voor uitstapjes op het water."

Zij was er dan de 'Hostess'.

Wat er fout was aan de ene, of hoe die zogenaamd betere beschrijving iets aan het idee toevoegde, had hij niet duidelijk weten te maken. Jolanda hield het erop dat ze op een rondvaartboot ging werken, maar desgevraagd zou ze het 'een passagiersschip' noemen en de tripjes mochten van haar ook 'een uitstapje' heten.

Tweemaal per dag voeren ze door het Oegstgeester kanaal - via Rijnsburg en de Leede dwars door Warmond - naar de Kager plassen.

Daar werd een rondje gevaren en dan gingen ze weer terug. 's Morgens heette het 'de Merentocht' en in de middag werd het 'een Molentocht' genoemd.

Het was daardoor net geen 'Cruise'.

Ze voeren beide keren overigens dezelfde route en eenmaal op de Kaag was er ternauwernood verschil in waar ze op af koersten.

Voornamelijk omdat ze van de verschillende plassen er maar een of hooguit twee aandeden. Soms was het er namelijk zo druk met recreanten, dat ze aangekomen bij het Kaag eiland, al gelijk rechtsomkeert moesten maken.

Al heette dat in de termen van de reder natuurlijk dat ze: "Over stuurboord aan de thuisvaart begonnen."

Of over 'bakboord' al naar gelang de kapitein rechts- of linksom de boot om liet draaien tijdens; 'Het vrije rondje van de kapitein'.

Jolanda had voor beide uitstapjes dezelfde tekst die ze, naargelang de gasten die aan boord waren, in vier verschillende talen voor moest lezen.

Toen ze de kapitein later een keer vroeg naar het daadwerkelijke verschil, vertelde hij onomwonden: "Dat ze nog nooit hadden meegemaakt dat iemand beide tochten wilde maken."

En: "Dat mensen er nou eenmaal een voorkeur op na houden.

Ze willen kunnen kiezen."

Door ze de keuze te bieden, voorzag de rederij in die behoefte.

Zelfs bij aanhoudend slecht weer, zou het nimmer voorgevallen zijn dat de badgasten zowel de ene als de andere toeristische tocht maakten. Ondanks dat een bezoek aan het strand, uiteindelijk de hoofdattractie van de badplaats, op zo'n moment onmogelijk was. Het kwam kennelijk niet bij iemand op dat het ene uitstapje boeiender zou zijn dan de andere.

De tocht in de middag was trouwens wel twee euro duurder en zou officieel een half uur langer duren dan die in de ochtend. Dat laatste was vanzelfsprekend te verwezenlijken door op het kanaal iets minder snel te varen.

Op de terugweg, omdat ze er dan ruimschoots rekening mee konden houden hoe druk het was geweest op de plassen. Alles hing er namelijk vanaf of ze oponthoud hadden opgelopen door bijvoorbeeld toch eens naar een volgend deel van de plassen door te varen.

Of dat ze wat langer waren blijven dobberen tijdens dat 'rondje van de kapitein'.

Ter introductie van de tochten was het Jolanda's taak om, voor de afvaart, ijsjes aan de passagiers te verkopen. De reder had haar voorgedaan hoe ze een blad vol met hoorntjes, in verschillende uitvoeringen en smaken, onder de mensen hun neus kon duwen. Als de gast er een vanaf pakte, al was het maar uit nieuwsgierigheid, moest zij de prijs zeggen en meteen afrekenen of de keuze terugnemen.

Men zou de haast begrijpen omdat anders, immers nog voordat ze helemaal de boot rond was geweest, de overige ijsjes zouden smelten. Voor het gemak kostten de kleine twee en de andere vier euro. Dat eenheidsbedrag zou het afrekenen bespoedigen.

En de aanzienlijk hogere prijs dan wat zulke ijsjes aan de wal kostten, zou om dezelfde reden eveneens begrepen worden.

Eenmaal onderweg moest ze vertellen wat de bezienswaardigheden waren waaraan ze aan bak- of stuurboordzijde voorbij kwamen. Met een beetje pech, bij meerdere nationaliteiten aan boord, moest dat dus in die vier talen.

Al kon ze vanzelfsprekend het verhaal afwisselen tussen de heen en terug vaart.

Uiteindelijk passeerden ze twee keer dezelfde bezienswaardigheden en hoefde ze alleen links en rechts van de boot te verwisselen.

Nou ja, bak- en stuurboord in de terminologie te blijven.

Weer of geen weer, tijdens het korte tochtje over de plassen moest de kapitein de boot uiteindelijk een keer op een rustig plekje op zijn koers laten omkeren.

Jolanda had dan in de tussentijd en omdat er op de plassen toch heel weinig te melden was, vanuit een paar koelboxen in het vooronder, een dienblad vol flesjes frisdrank, limonade en water neergezet.

Ze moest, als ze bijna stil lagen, opmerken dat dit het 'vrije rondje' van de kapitein was en vanzelf begonnen de passagiers dan een bestelling te roepen.

Als ze er dan een aantal doppen van de flesjes had gehaald, kon ze met het volle blad door het middenpad naar achteren lopen. De kapitein was haar daar behulpzaam bij, zodat er zo min mogelijk tijd verloren zou gaan met dobberen.

Nogmaals was het zaak om de gasten er een flesje vanaf te laten pakken en deze dan meteen met ze af te rekenen.

De drankjes kostten, ongeacht de smaak, allemaal drie Euro en dat stond ook met grote letters op het blad vermeld en nogmaals was de prijsstelling ingegeven door de beoogde snelheid tijdens het afrekenen, hetgeen zich alleen bij warm weer en felle zonneschijn enigszins liet verklaren.

Door het deels weggesleten opschrift, was overigens de prijs van het vorige seizoen te ontcijferen. Indertijd bedroeg die blijkbaar twee Euro vijftig en dat vormde een aanzienlijke prijsstijging in zo'n korte tijd.

Na terugkomst van iedere tocht telden de kapitein en de reder gezamenlijk de lege flesjes. Ze waren telkens heel erg benieuwd naar het behaalde resultaat van de verkopen en konden niet wachten tot iedereen de kajuit had verlaten of op de kade was weggelopen. Vervolgens was het de taak van de laatste, om de voorraden benedendeks weer aan te vullen.

Intussen moest Jolanda de afvalbakken leeg kiepen in een container op de wal en nam ze ook de tafeltjes af met een natte doek.

Alles vanzelfsprekend met het doel de boot, excuses 'het schip', weer helemaal gereed te maken voor de volgende afvaart. Uit zichzelf had Jolanda vastgesteld dat de handgrepen aan weerszijden van de trap ook regelmatig schoongemaakt moesten.

Per tochtje kreeg ze twaalf euro en tegenover ieder verkocht flesje stond een 'provisie' van tien cent. Vanzelfsprekend moest ze de fooien met de kapitein delen.

Speciaal hiervoor vertelde ze aan het einde van iedere tocht dat ze een 'student' uit de naburige Universiteitsstad Leiden was. De kapitein was dan tijdens het naar buiten klauteren iedereen behulpzaam en wees duidelijk aan waar de passagiers in het klompje hun fooi konden werpen.

Meteen als iedereen de boot verlaten had keerden ze die om, deden er drie € 2,- , vijf € 1,- en nog eens drie € 0,50 munten in terug. Dan telden ze de buit.

Soms met de zojuist uitgestapte gasten nog op de wal, maar daar schaamde alleen Jolanda zich voor en ze bleek niet zo goed te zijn in het leuren met die ijsjes.

De eerste dag vond de reder nog dat dit aan haar nieuwigheid lag, maar de dag erop deed hij ronduit knorrig toen ze er maar zeven op een 'vrijwel vol schip' had weten te slijten: "Dat was toch geen doen?"

En. "Z'n dochter deed dat in het weekend aanzienlijk beter."

Maar een extra provisie boven de € ,05 per verkocht exemplaar wilde hij haar niet beloven: "We verdienen toch al vrijwel niks op dat ijs."

Jolanda kende de juiste inkoopprijs niet, maar als eenzelfde ijsje bij een snackbar bij haar in de stad ongeveer de helft kostte, leek het haar duidelijk dat er gesjoemeld werd. Zelf vond ze dat het aansmeren van de drankjes haar beter afging.

Vooral als het tamelijk warm was en de gasten aan boord dus dorstig waren.

Samen met de fooien betekende het dat ze dagelijks meer overhield dan ze normaal in een hele week voor het lopen van die folders opstreek.

In het weekend was ze echter vrij, dan werkte de dochter van de reder op het schip.

En ze scheen er aanzienlijk meer aan over te houden dan Jolanda.

Op de dinsdag van haar derde week aan boord was het vreselijk warm.

Omdat ze zich voorgenomen had om na het varen even naar het strand te gaan, had Jolanda thuis al een bikini onder haar kleren aangedaan. Volgens de reder zou het vervolgens 'helemaal geen bezwaar zijn' als ze met dat warme weer, haar bloesje uit zou trekken. Volgens hem zouden de passagiers er vast en zeker een aanmoediging in zien om ter afkoeling meer ijsjes en drank te kopen.

Dat ze dezelfde toch opvallend gele bikini de dag ervoor ook al aan had, was hem blijkbaar ontgaan.

Maar toen was het weer slechts 'redelijk' te noemen en bestond er geen aanleiding om in slechts een topje haar werk te doen. De kapitein had immers ook gewoon zijn pet opgehouden. Terwijl hij die in de week ervoor al eens had afgezet.

Het was hem toen te warm achter de voorruit van de boot.

Jolanda was tijdens haar explicaties tussen de bankjes van de voorste rijen gaan staan en had daar in de schaduw van de raamstijlen de brandende zon grotendeels weten te ontwijken.

De warmte was trouwens precies de reden geweest waarom ze het had aangedurfd om dat gele dingetje aan te trekken. Haar moeder was bang geweest dat de felle kleur teveel door haar bloesje zou schijnen, maar zelf had ze daar geen bezwaar in gezien.

Dit afgaande op de ervaringen van de twee weken ervoor en ongevraagd had de reder haar gelijk gegeven in deze opvatting.

Tijdens de Molentocht werd het moordend heet achter de grote ramen die de brug van het schip afschermden van de buitenwereld. De gasten konden zich verschuilen achter het houtwerk, maar die waren er vooraan in de boot niet.

Daar was er alleen die enorme voorruit.

De bolle zijramen boden ook nauwelijks bescherming tegen de zon en toen de kapitein zijn jas uit deed, durfde Jolanda het te wagen om haar bloesje los te knopen.

Zijn pet hing al sinds halverwege de tocht aan de deur naar het vooronder.

Dat was de plek waar hij 'm telkens ophing als ie het warm kreeg.

Na het vrije rondje van de kapitein werd het een drukte van belang met bestellingen en omdat de los achter haar rug fladderende panden van het bloesje haar hinderden tijdens het heen en weer lopen, deed ze het kledingstuk uit.

Terug in de haven, aan het einde van de tocht, was zowat alle frisdrank uitverkocht. Er waren alleen nog een paar flesjes plat water en twee Cola over van de oorspronkelijk aan boord genomen voorraad.

Bovenop deze verkoop ontvingen ze een flinke fooi. Met alleen Duitsers en Nederlanders aan boord had Jolanda, tussen haar toelichtingen, de kinderen allemaal een liedje laten zingen door de microfoon.

Het festijn was uitgelopen op een soort Karaoke en gezien de opbrengst bleek men daar uitermate tevreden over te zijn. Bedroeg op goede dagen de extra bijdrage van de gasten iets tussen de twintig en dertig euro totaal, dit keer viel er aanzienlijk meer te verdelen.

Met de opbrengst van die ochtend erbij bleek ze bijna tachtig euro in haar zak te mogen steken. Niet gering voor 'n scholier op een doordeweekse dag.

Zelfs de reder vond de opbrengst goed en voor het eerst leek hij zelfs tevreden met haar inzet: "Als het zo doorgaat kun je misschien de volgende week ook een paar dagen komen."

Toen Jolanda die dag klaar was met haar werk, had ze er geen zin meer in om nog een uurtje op het strand te gaan liggen. Daarom fietste ze meteen naar huis.

Ze nam de weg langs het kanaal, niet de kortste maar ze kende 'm van overdag met de boot en het ging qua verkeer sneller dan de rit dwars door Rijnsburg en Oegstgeest met al z'n stoplichten.

198

Voordat ze met het werk begon, was het al tot haar doorgedrongen dat de fietstocht goed zou zijn om haar conditie op peil te brengen. Dagelijks naar Katwijk op en neer bood een goede oefening en spaarde tevens 'n sportschoolbezoekje uit!

En de training moest haar in staat stellen om gemakkelijker mee te kunnen doen met de olympische week op de camping. Die vindt altijd plaats als ze er in de herfstvakantie met haar ouders naartoe gaat.

Volgens de gewoonte gaan ze dan namelijk een weekje naar hun vaste stek in Brabant. Ze hebben er namelijk ook huisjes in de verhuur en voor hen wordt er altijd een vrijgehouden. Of haar vader reserveert die, maar dat weet ze niet zeker.

Ze gaan er ieder jaar naartoe, dat staat vast.

Om even over zeven uur is ze weer thuisgekomen.

Haar vader zit in allerlei besturen en op dinsdag is het de avond waarop hij vergadert, hem treft ze dus niet aan en haar moeder zal zich vanwege het mooie weer op de tennisvereniging bevinden.

Bovenop de magnetron vindt Jolanda een platte schaal met nasi.

Er ligt ook een pakje met drie stokjes saté in pindasaus. Naast 't apparaat staan een potje geroosterde kokos met nootjes en een een met zoetzure groenten.

Mama heeft op het deurtje een geel papiertje geplakt.

Jolanda herkent het handschrift. Er staat; "6 à 8 minuten en bak er een eitje bij, liefs mam."

Dat eitje heeft ze er eveneens naast voor klaargelegd en Jolanda kan het succes van die dag zodoende met niemand delen, maar ze is de gang van zaken gewend.

Haar ouders zijn altijd heel druk in de weer met allerlei activiteiten en uit een wederzijds respect laten ze elkaar hun gang gaan.

Ze zet de schaal in het apparaat, alvast voor straks.

Nu heeft ze nog geen trek in de maaltijd, eerst wil ze even rustig in de zon zitten.

Ze lust nu ook nog wel een glas cola van het huis, pakt de fles uit de koelkast en zet 'm klaar op het aanrecht.

Nu eerst verkleden en daarom loopt ze de trap op naar haar kamer.

Ze doet er haar gympen en spijkerbroek uit en trekt platte schoentjes aan, die lopen wat gemakkelijker. Weer beneden pakt ze een glas, neemt de fles en gaat de tuin in.

Helemaal achterin, tegen het schuurtje aan, staat een bankje. Daar moet ze nog wat van de zon kunnen genieten voordat die achter de huizen verdwijnt.

Het eten opeten komt daarna wel.

Ze gaat zitten en bedenkt dat ze eigenlijk het kussen uit de schuur had moeten pakken, maar het is haar teveel moeite. Ze moet er eerst voor naar de keuken om de sleutel van het schuurtje te pakken, daarvoor is ze nu opeens te moe.

Het hout is ruw en schuurt langs haar broekje, maar als ze stilzit hoeft ze er geen last van te krijgen. Ze trekt haar benen op en stelt vast dat alleen haar voeten in de schaduw blijven. Hier achterin de tuin vallen de laatste zonnestralen van de dag.

Ze zou eventueel in de voortuin kunnen gaan zitten, maar daar heeft ze zo met alleen dat losse bloesje over die bikini, geen zin in.

Ze wil even helemaal privé van de rust in de tuin genieten.

De straat aan de voorkant is haar daarvoor toch te druk en nogal openbaar.

Ze laat het bloesje van haar schouders glijden en draait zich richting de zon.

Boven op haar kamer heeft ze zojuist haar geld geteld. Ze heeft al bijna zeshonderd en vijfendertig euro bij elkaar, maar vandaag was het een uitzonderlijke dag!

Ze doet haar ogen dicht en wendt haar gezicht naar de zon. De warmte doet haar goed. Ze wordt er rozig van. Op de tast vindt ze haar glas, ze heeft 'm naast de poot van de bank op de grond gezet.

Ze neemt een slokje en zet het glas weer terug op de grond en heeft er haar ogen niet voor open hoeven doen. Ze geniet van de zon. Eigenlijk had ze een boekje mee moeten nemen, of een paar tijdschriften. Dan had ze gewoon even rustig een poosje kunnen bladeren, plaatjes kijken of iets aardigs kunnen lezen.

Om ervoor naar binnen te lopen heeft ze, net zoals al met dat kussen, geen zin.

Haar blouse trekt ze vanachter haar rug, anders kreukelt ie zo en legt 'm naast zich neer. Als ze zo een poosje blijft zitten zal ze misschien nog wat bruiner worden.

Ze moet glimlachen om de combinatie tussen het drankje en de kleur die ze wil krijgen, neemt nog een slokje.

Ergens klinkt muziek. Niet die waar zij van houdt, maar onmiskenbaar iets waar je bij mee kunt brullen. Het lijkt er namelijk op of iemand probeert mee te zingen.

Ze doet haar ogen open en speurt langs de achtergevels.

Er is iets dat ze herkent, maar weet niet meteen wat.

Dan dringt het tot haar door dat het zingen uit een van de ramen schuin tegenover haar komt. Ze luistert beter en stelt vast dat het uit het huis van Kees is.

Ze herkent nu ook zijn stem, al heeft ze hem nog nooit zo horen galmen.

Hij schreeuwt met de muziek mee, maar kent kennelijk de tekst niet.

Zelf kent ze het betreffende liedje evenmin, maar ze hoort hoe Kees probeert om steeds de laatste klanken van een nieuwe regel mee te zingen.

Ze moet erom glimlachen. Het klinkt allemaal zo vaag dat ze niet kan opmaken of hij Engels, Frans of Duits probeert te klinken. Nederlands is het niet, dan zou ze meer woorden uit de klanken moeten kunnen ontcijferen.

Na die ene kus in de hal van zijn huis, heeft ze hem nog slechts een enkele keer gesproken, op het pleintje.

Daar heeft ze hem gevraagd wat Henkie bedoelde met zijn opmerking over dat 'vast zitten' en het bleek een term die ze bij hun op hun school hanteerden.

Als ze na moesten blijven of ergens huisarrest voor opgelegd hadden gekregen bijvoorbeeld. Het hing allemaal samen met de prestaties die ze leverden en 't kwam erop neer dat ie er geen woorden aan vuil wilde maken.

Ze heeft het dus zo gelaten. Feitelijk was ze erdoor 'gerust gesteld', al deed de verkering en ook het bijkletsen, haar niet zoveel meer als eerst. Zo nu en dan loopt er nog wel eens iemand van het vroegere vriendenclubje voorbij, maar ze laten het tegenwoordig bij zwaaien of: "Hallo."

Jolanda had het de afgelopen weken trouwens druk genoeg met haar schoolwerk.

Los van de dikke onvoldoende voor economie die ze nog even snel weg had moeten werken, liep ze flink achter met haar literatuurlijst.

Ook een aantal andere vakken waren trouwens 'kantje boord' en het was aanpoten om over te mogen gaan naar de examenklas. Het niveau van haar Paasrapport had ze helaas niet weten te handhaven. Voor zowel Engels als Nederlands moet ze nog minimaal twee boeken lezen en er een verslag van maken.

De zon is intussen zo ver opgeschoven dat ze alleen vanaf de onderste helft van haar buik nog de stralen kan vangen. Ze gaat iets meer rechtop zitten, langzamerhand is ze al helemaal tegen de leuning van het bankje aan gekropen en hoopt ze nog zoveel mogelijk plekjes en haar gezicht bruin te kunnen laten worden.

De zon brandt nog fel genoeg want ze kan precies voelen tot waar de warme stralen op haar lichaam komen.

Ze hoort iemand haar naam roepen en kijkt omhoog naar het raam van Kees.

Hij hangt er tamelijk ver uit naar buiten, zwaait naar haar als ze hem gevonden heeft: "Kom je even bij me?"

Ze vindt het gênant dat de hele buurt zomaar mee kan genieten van hun ge-schreeuwd gesprek. "Oké, even. Ik moet nog eten."

Ze slaat het bloesje om haar schouders en drinkt de laatste slok uit haar glas.

Zonder de achterkant van het huis af te sluiten, ze trekt de keukendeur alleen maar dicht loopt ze door de voordeur naar buiten. Ze hoeft niet bij hem aan te bellen want Kees houdt die van hun al voor haar open. Achter 'm aan loopt ze de trap op.

In tegenstelling tot de vorige keer is het doodstil in het huis.

Er komt zelfs geen geluid uit de huiskamer.

Hij heeft weer zo'n raar voetbal broekje aan en ook net zo'n ruim vallend, glimmend shirt. Op straat draagt hij meestal een spijkerbroek en een t-shirt.

Waarom hij binnenshuis deze vreemde kleren draagt, zal ze mettertijd eens aan hem moeten vragen. Nu loopt ze zwijgend achter hem aan de trap op.

De noodzaak om zo te sluipen is haar niet bekend.

Ze wil echter de rust niet als eerste verbreken, bang om hem te schofferen.

Zijn kamer is op de zolder, de deur staat er wagenwijd open.

Het valt haar op dat het er een enorme rotzooi is. Ze ziet ten minste twee borden met etensresten erop en bovenop allebei de stoelen liggen stapeltjes kleren. Zo te zien pas gewassen en al gedragen, vuile exemplaren door elkaar.

Het stoort haar en ze zou er een opmerking over willen maken.

"Let maar niet op de rommel.

Ik was aan het opruimen toen ik je opeens zag zitten.

Waar was je al die tijd, ik dacht je nog wel eens te zien, maar ze zeiden dat je het te druk had met je school?"

Omdat hij zich plotseling middenin de kamer omdraait, is ze vlak bij hem komen te staan. Ze durft vanwege de rommel niet zonder om te kijken achteruit te stappen, maar buigt iets achterover om hem voldoende ruimte te geven zich in haar richting te kunnen draaien.

Zonder iets te zeggen trekt hij haar bloesje helemaal open en maakt de strik in haar hals los, voorzichtig streelt hij haar linkerborst als die vrij komt uit het gele textiel.

Hij pakt 'm op met zijn hand, tilt 'm iets omhoog en t lijkt of ie wil wegen hoe zwaar de borst is. Zijn duim beweegt hij draaiend over haar tepel. Ze voelt hoe die strakker wordt en probeert alsnog een stapje naar achter te maken.

Rillingen gaan door haar buik, wat zou er gaan gebeuren?

Kan ze dit prettig vinden?

Langzaam trekt hij haar bloes over haar schouders en werpt het kledingstuk bovenop de stapel kleren die op de stoel naast hem ligt.

201

Met zijn andere hand trekt hij ook de strik van het bandje op haar rug los. Ze vangt haar bovenstukje op en houdt 'm in haar hand. Ze zou ook haar bloesje willen pakken, maar dan moet ze dichter naar hem toe stappen.

Ze wil hem niet aanmoedigen, al vindt ze zijn strelingen wel prettig.

"Wil je banaan of aardbei?"

Kees draait zich een beetje om en trekt de la van het nachtkastje naast zijn bed open. Zijn linkerhand houdt hij in haar hals en als hij zich terug draait pakt hij met beiden handen haar borsten even beet.

"Baarnei, nee doe maar aarnaan."

Ze kan niet uit haar woorden komen, dat het allemaal zo snel zou gaan heeft ze zich nooit gerealiseerd. Ze weet niet zo goed wat hij van haar verwacht en wat ze van zichzelf verwacht, weet ze nog minder.

Terwijl ze haar antwoord stamelt dringt het pas tot haar door waar hij het over heeft. Ze schrikt ervan dat hij zomaar zijn broek laat zakken. Het vod valt rond zijn enkels op de grond en met een boogje schopt ie het textiel op z'n bed.

Hij schuift z'n onderbroek eveneens omlaag. Intussen tovert hij een vierkant plastic zakje met een rose doorschijnende ring erin tevoorschijn. Hij scheurt het plastic open en frommelt het dunne rubber om zijn erectie.

Jolanda weet dat een stijve penis zo heet, maar heeft er nog nooit een in het echt gezien. Ze aarzelt tussen weglopen en nieuwsgierig zijn.

Ze blijft kijken wat Kees doet.

Zijn ding komt schuin omhoog te staan terwijl hij ermee bezig is.

"Hier proef maar. Ik geloof dat het aardbei is geworden."

Hij draait zijn onderlichaam in haar richting en kantelt uitnodigend zijn bekken iets omhoog.

Ze bukt zich en likt er voorzichtig aan.

Het smaakt inderdaad naar aardbei, maar het geluidje dat Kees maakt als ze hem met haar tong aanraakt windt haar op.

Ze besluit het voorste, wat dikkere deel iets beter te proeven.

Het smaakt zoet en inderdaad naar aardbei, het is ongeveer de smaak die goedkope kauwgum heeft. In ieder geval bij de eerste paar keer kauwen.

Terwijl ze nog een keer zijn pik in haar mond neemt, trekt Kees het condoom verder naar achteren. Om beter te proeven draait ze er met haar tong omheen, maar schrikt dan als ze iets in haar mond voelt bewegen. Ze deinst terug en ziet hoe er vooraan aan het rubber een klein tuitje bungelt. Ze recht haar rug.

Het lijkt wel of Kees probeert om het condoom nog verder te schuiven.

Met zijn hele hand heeft hij het ding beetgepakt en dan ziet ze hoe hij aan zichzelf staat te sjorren, dit moet dus aftrekken zijn bedenkt ze.

Hij heeft haar helemaal niet nodig en er is helemaal geen sprake van tederheid.

Laat staan van genegenheid of zoiets als liefde, daar had ze toch enigszins op gehoopt. Ze had eigenlijk niet anders verwacht.

Zo staat het toch altijd beschreven in de boeken?

Ze pakt haar bloes van de stapel, ziet hoe hij het condoom terug rolt over zijn nog steeds stijve penis en loopt de kamer uit. Op de overloop houdt ze even in om het bandje van haar bovenstukje weer vast te knopen.

202

Als ze de driehoekige stukjes stof over haar borsten heeft gedaan maakt ze ook een strik in het bandje dat om haar hals gaat, dan loopt ze snel de trap af. Intussen trekt ze ook het bloesje weer aan en knoopt die meteen tot helemaal bovenaan dicht.

Op de eerste verdieping heerst diepe stilte, maar onderaan de trap hoort ze weer dat de tv op orkaansterkte staat te razen. Ze hoort de journaallezer iets vertellen over een ongeluk met een bus. Het gaat over een plaats in het buitenland.

Sluipend gaat ze de gang door naar de keuken. Daar stapt ze de tuin in en loopt zo snel ze kan naar de poort. Tegen het schuurtje ziet ze drie deels gedemonteerde brommers liggen. Ervoor staat die van Kees op de standaard.

Ze weet hoe ze vanuit de doorgang tussen de huizen hun poort met het schuifje open kan doen. Raar eigenlijk dat haar vader, die toch op vrijwel ieder raam en alle deuren sloten heeft gemaakt, deze poort min of meer vrij heeft gelaten.

Nu komt dat goed uit, want de voordeursleutel zit in haar broek en die hangt binnen over de stoel op haar kamer.

Ze doet de keukendeur zorgvuldig achter zich dicht, komt dan weer tot rust en schenkt een nieuw glas cola in. De aardbeien smaak die ze in haar mond heeft is niet lekker, die is voornamelijk synthetisch.

Ze stelt de magnetron in op zes minuten maar start het programma nog niet.

Uit een kastje onder het aanrecht vandaan haalt ze een koekenpan tevoorschijn.

De Olympische week op de camping mag ze een succes noemen.

Jolanda heeft er bijkans aan alle spellen meegedaan en drie medailles gewonnen.

Aan de heel erg kinderachtige deed ze vanzelfsprekend niet mee, maar 't was prachtig weer en daarom leuk om aan het afsluitende waterballet mee te doen.

Voor de kinderspelen had ze zich trouwens opgegeven als vrijwilliger, dus daar was ze ook bij betrokken, maar dan als begeleidster. Ze heeft met de heel erg kleine kinderen een aantal keren op en neer gelopen tussen de caravans van hun ouders en het strijdperk op het grote veld bij het zwembad.

Voornamelijk omdat ze 'n bloedende knie of enorm verdriet diende te begeleiden.

De ellende moest dan vanzelfsprekend door hun mama gestelpt worden.

Als afsluiting van het feest is er na het avondeten telkens een speurtocht.

Jolanda, Gerda en Mary zijn door meneer Janssen geïnstrueerd wat hem erbij voor ogen staat. De campingbaas heeft ze na deze briefing de tas met materiaal en voorts de vrije hand gegeven.

De meisjes dienen de deelnemers een spannende en onderhoudende wandeling voor te schotelen. De bedoeling is dat de jongelui pas om half tien weer op de parkeerplaats terug zullen zijn en dat er daar dan een groot kampvuur is aangelegd.

Als bekroning mag het team dat er als eerste is aangekomen - samen met de deelnemer die de meeste punten heeft verzameld bij de opdrachten - er na aankomst van de laatsten, vervolgens de vlam in steken.

Gerda d'r familie heeft al jaren een sta caravan op een vaste plek achterop het terrein. Ze staan er, net zoals Jolanda met haar ouders, vaker. Ze kennen elkaar nog van vorig jaar, maar Mary is er nu pas voor de tweede keer.

De afgelopen zomer heeft ze er anderhalve week met haar ouders in een tent gelogeerd. Zij in die van zichzelf en haar ouders in een grote samen met haar broertje.

Nu huren ze een van de huisjes.

Jolanda heeft als klein meisje al een aantal keren met de speurtocht meegedaan en kent de klappen van de zweep, al is dit de eerste keer dat ze aan de organisatie is toegevoegd.

Met rode lintjes wordt aangegeven wat de route is die de speurders moeten volgen.

Bij een blauw lintje is er een opdracht, die zit in een ballon die ze ergens tussen de struiken moeten verbergen.

Op een papiertje heeft meneer Janssen verschillende taakjes en puzzels opgeschreven. Zo'n briefje moeten de kinderen, tegelijk met hun uitwerking van de opdracht, aan hem laten zien als ze terug komen.

Samenwerken is toegestaan, maar niet noodzakelijk.

De taken bestaan eruit dat ze bijvoorbeeld vijf even lange, rechte takken of, naarmate ze dichter bij de camping terugkomen, een droge stronk van een bepaalde boomsoort moeten verzamelen. Dat hout komt dan later bij het aansteken en branden van het kampvuur, uiteraard van pas.

Meneer Janssen probeert er altijd een leerzaam idee aan te verbinden en heeft hen in grote lijnen verteld waar ze het beste zo'n opdracht kunnen verstoppen.

Ook hoe ver ze in de omgeving kunnen gaan is aan ze duidelijk gemaakt.

"Niet te dicht bij de boerderijen in verband met het lawaai en vanwege het gevaar met het verkeer zoveel mogelijk aan deze kant van de weg blijven."

De campingbaas kent de manier van autorijden van zijn buurtgenoten.

Hij heeft ze nadrukkelijk gewaarschuwd: "De maximum snelheid wordt hier vaak overschreden, dus let op!"

Om een uur of vijf zijn de meisjes vanaf de camping vertrokken.

"Eerst het grote pad een tijdje volgen, dan kun je het bos in voor de opdrachten."

De taakjes zijn duidelijk en niet al te moeilijk uit te voeren.

Telkens als ze zien dat er ergens een stapel hout ligt kunnen ze er een verstoppen.

Bijvoorbeeld erachter of met zo'n lintje aan een tak boven hun hoofd.

Een tak kun je eenvoudig neerbuigen en dan binden ze er zo'n ballon aan vast.

Die hoeft natuurlijk niet helemaal vol geblazen, als 't briefje maar droog blijft als het mocht gaan regenen en dat zit er overigens niet in.

Gaandeweg krijgen ze er steeds meer lol in om hun taak te volbrengen.

"Ik wil die ballonnen niet meer opblazen.

Die vieze rubbersmaak doet me teveel aan condooms denken."

Met een vies gezicht heeft Mary het zakje met ballonnen in Jolanda d'r handen gedrukt, die weet niet wat ze erop moet zeggen. Volgens haar smaken die dingen immers naar goedkope kauwgum, maar ze wil de ervaring niet met ze delen.

Het voorval met Kees heeft ze naar de achtergrond verdrongen.

Ze heeft het ook niet meer met haar vriendinnen uit de klas besproken.

Het komt voornamelijk omdat ze niet kan beslissen of ze zich moet schamen voor wat er is voorgevallen. Eerst was ze er trots op dat die grote jongen belangstelling voor haar toonde en daar wilde ze graag wat over bespreken. Maar zijn vrijpostigheid lijkt haar toch iets te groot. Brutaal heeft hij haar betast, bepoteld.

Dat zou ze nooit hebben toegestaan.

Zelfs niet als hij er desnoods heel lief eerst om gevraagd had!

Het is allemaal nogal privé.

Ze weet nog steeds niet of het misschien ook een beetje aan haarzelf lag. Zij is naar hem toegegaan, het idee was opwindend en zoveel kleren heeft ze er niet bij aan gehad. Al kwam dat door door het warme weer.

Dat hij haar uitgekleed heeft, mag ze hem daarom misschien niet al te kwalijk nemen. Maar als hij wat liever tegen haar had gedaan, was het er misschien van gekomen dat ze verder waren gegaan.

In hoeverre zou ze hem dan tegen hebben kunnen houden?

Ze weet dat Gerda de oudste van hun drie is. Mary zal iets jonger zijn. Ze heeft weliswaar verteld dat ze net zoals zij over is naar de vijfde, maar Jolanda heeft het gevoel dat zijzelf een paar maanden ouder is.

"Wie van jullie heeft er eigenlijk een vriendje?"

Gerda is stil blijven staan op het pad en kijkt Mary of Jolanda er niet bij aan.

Maar ze kunnen niet verder lopen zonder een antwoord te geven, dat staat het vertrouwelijke van de omstandigheden en de indringende stilte van het bos niet toe.

Mary kijkt naar Jolanda.

"Ik niet. Maar ik ben geen maagd meer hoor."

Het laatste voegt ze er gehaast aan toe. Dan kijken Gerda en Mary naar Jolanda. Ze wachten duidelijk op een antwoord. Er is geen ontkomen aan.

"Mijn vriend en ik hebben het een poosje geleden uitgemaakt.

Hij wilde verder met me gaan dan ik wilde. Hij is namelijk iets ouder dan ik, maar het ging me te ver. Ik wilde niet met hem naar bed."

Jolanda voelt hoe ze een kleur krijgt.

Komt dat omdat ze staat te jokken of schaamt ze zich voor haar eerlijkheid?

Vooral de toevoeging die Mary zoeven aan haar antwoord toevoegde brengen haar in verwarring. Ze weet het eigenlijk zeker.

Nu ze het zichzelf hoort zeggen dringt het tot haar door dat Kees niet de juiste vriend voor haar was. Ze heeft hem na die ene keer op de koffie uiteindelijk ook niet meer opgezocht.

Het lijkt haar duidelijk dat ze eigenlijk nooit zoiets als een relatie of verkering hebben gehad en 't is haar intussen duidelijk dat ze naïef is geweest.

En ook dat hij heeft geprobeerd daar misbruik van te maken.

Daar heeft ze vanzelfsprekend nu die kleur van.

Ze lopen verder.

Onder het lopen vraagt Jolanda zich nog eens af of ze ooit daadwerkelijk verliefd op Kees is geweest. Hij is zoveel anders dan de jongens uit haar klas.

Het komt niet alleen door het leeftijdsverschil, maar voornamelijk door zijn achtergrond. Van de jongens uit de klas en ook die uit de parallelklassen, weet ze min of meer hoe ze in het leven staan. Ze weet dat ze met een aantal van die klasgenoten overeenkomsten heeft.

Met Kees waren die er eigenlijk nauwelijks, het verschil met hem is aanzienlijk.

Met hem heeft ze nooit kunnen spreken over zaken waar ze het onder elkaar op school over hebben. Niet eens zozeer tijdens het uurtje maatschappijleer of godsdienst, maar gewoon voor of tijdens de les, op de gang of op het plein.

Het niveau, hoe vreselijk ze dit woord opeens ook vindt, is beduidend anders.

"En jij?

Je zit ons nou wel uit te horen, maar hebt zelf niet gezegd of jij al iemand hebt.

Ben jij dan wel eens met je vriend naar bed geweest?"

Gerda draait zich om.

Het lijkt of ze boos kijkt, dan loopt ze zwijgend verder, versnelt haar pas.

Mary valt Jolanda bij, ze staat ook stil en roept dat Gerda niet eerlijk is.

Dan draait die zich om: "Ik ben zwanger geweest, maar heb het kindje weg laten halen. Mijn ouders weten het niet en dat moeten we zo houden."

De meisjes weten allebei niet wat ze daarop moeten zeggen.

Jolanda's gevoel zegt dat Gerda loopt te liegen.

Mensen praten niet op zo'n oppervlakkige toon over zulke ingrijpende zaken.

In ieder geval niet op deze harde, confronterende manier.

Het lijkt haar dat Gerda loopt te bluffen, waarschijnlijk wil ze niet onder doen voor haar en Mary zodat ze daarom het onvoorstelbare aan de orde stelt.

Ze zal ze zo van zich af willen houden.

Ook Mary zegt niets en ze lopen aarzelend achter hun vriendin aan.

Die is een stukje verder gelopen om weer een lintje aan een boom te maken.

Als ze ermee klaar is draait ze zich weer in hun richting en zegt: "We moeten verder, want anders wordt het te laat.

Volgens mij vertrekken de spoorzoekers nu van de camping en als we niet doorlopen dan halen ze ons straks in."

Het tumult op de verre achtergrond wekt de indruk dat ze gelijk kan hebben.

Jolanda schuift een van de laatste raadseltjes in een ballon en blaast 'm op.

Er valt haar niets op qua smaak of luchtje, het is een ballon en verder is er niets bijzonders aan. Door het oponthoud zijn ze weer vlak bij elkaar terecht gekomen.

Jolanda kijkt oplettend naar Gerda d'r gezicht.

Ze meent rode ogen te zien en denkt dat ze misschien gehuild heeft.

Dan zal ze dus niet hebben gelogen, maar waarom dan die vreemde woordkeus?

Ze vindt het allemaal nogal verwarrend en ze gaat naast haar lopen, maar zegt niets.

Misschien dat Gerda zo merkt dat ze haar in vertrouwen kan te nemen.

Mary slentert op een afstandje achter hen aan. Ze heeft de briefjes van Jolanda over genomen en doet de laatsten in een ballon voor bij de volgende opdrachtpunten.

Ze hebben afgesproken dat de slotopdracht in een rode ballon moet.

Voor alle andere hebben ze tot nog toe blauwe of groene gebruikt.

"Hoe komt het dat je ouders het niet weten?

Hadden ze niets aan je gezien?

Had je nergens last van?"

Gerda kijkt naar haar maar geeft geen antwoord.

Ze lopen naar het einde van het pad.

Daar kunnen ze rechtsaf slaan en is het nog hooguit een paar minuten lopen naar het parkeer terrein. Daar ergens moet het laatste taakje komen.

Jolanda voelt voornamelijk hoe haar maag knort.

"Ik hoop dat meneer Janssen iets te eten voor ons heeft bewaard.

Ik lust wel wat namelijk."

"Ik was eerst wel misselijk en voelde me beroerd en alles. Precies zoals je het altijd hoort, maar had niet zo goed uitgerekend dat ik mijn menstruatie had overgeslagen.

Die komt natuurlijk wel vaker een paar dagen later. Maar toen ik dat wel deed, wist ik al wat er aan de hand was.

Bij de drogist heb ik toen zo'n test gekocht en die liet zien dat het raak was."

Gerda praat voor zich uit, ze kijkt haar niet aan.

"Over zulke dingen kan ik niet met mijn moeder praten.

Ze lijkt wel heel modern of vlot, maar over vrouwen dingen spreekt ze nooit.

Daarom noemt ze ze ook zo. Vrouwen Dingen."

Ze spreekt de woorden afzonderlijk uit en legt er zo nog extra nadruk op.

Jolanda kan niet opmaken wat voor gezicht ze erbij trekt.

Ze lopen weer naast elkaar.

Heel even lijken ze te zijn ze vergeten, dat Mary er ook nog is.

"Ik heb bijvoorbeeld van een tante moeten horen wat het betekent als je eenmaal ongesteld wordt. Kun je je dat voorstellen?

En ook mijn eerste BH kreeg ik van haar.

Daar wil mijn moeder het gewoon niet over hebben."

Jolanda durft even vluchtig opzij te kijken. Vanuit haar ooghoek ziet ze dat Mary flink achterop is geraakt.

Bij een bocht in het pad blijven ze even op haar wachten.

Gerda pakt haar hand. "Je bent de eerste aan wie ik het durf te vertellen."

Jolanda zou willen vragen hoe haar vriend, die aanstaande vader erover dacht.

En waarom ze die tante niet in vertrouwen heeft durven nemen.

Maar Mary is bij hen komen staan, ze laat het daarom nog even rusten.

Samen verstoppen ze nog een ballon, de voorlaatste, en gaan weer op pad.

Nog een klein stukje en dan zullen ze op de parkeerplaats komen. Ze kunnen nu al horen hoe er op het kampeerterrein kinderen lopen te joelen.

Het geluid lijkt zich te verplaatsen naar waar de ingang van de camping zal zijn, het beginpunt van hun spoor.

Ze horen hoe er iemand in een megafoon loopt te schreeuwen, maar kunnen niet verstaan wat er precies omgeroepen wordt. Vlakbij de achteringang van de camping heeft meneer Janssen een stapel hout langs het pad gelegd.

Daar wil hij dat de laatste ballon wordt verstopt.

De opdracht is dat de spoorzoekers - voor extra punten - zoveel mogelijk van die blokken meenemen. Mary wil het verstoppen graag op zich nemen en klautert in een boom. Vlak boven de houtstapel bindt ze die rode ballon aan een tak van de boom die Gerda en Jolanda samen naar beneden houden.

Als ze die loslaten zien ze dat het flink wat moeite zal kosten om erbij te kunnen.

Dan lopen ze met, Mary in het midden verder. Het tasje waar de opdrachten en ballonnen in gezeten hebben draagt ze ook.

"Wat vond je vriend er eigenlijk van dat je zwanger was?

Had je dat aan hem verteld, of niet?"

Mary valt met de deur in huis.

Verschrikt kijkt Jolanda naar Gerda, zal die weten wat ze moet zeggen?

"Ik was eigenlijk verkracht.

Zo kun je het wel noemen eigenlijk."

Gerda kijkt in hun richting.

207

Jolanda kan uit haar gezichtsuitdrukking niet opmaken wat er door haar heengaat. Ze vraagt zich af of ze nog steeds eerlijk wil zijn en of ze ook Mary in vertrouwen durft te nemen. Ze wacht af.

Ze zijn alle drie steeds langzamer gaan lopen, staan bijna stil en nu alle opdrachten verstopt zijn hebben ze helemaal geen haast meer. Het lijkt duidelijk dat Mary er geen genoegen mee neemt dat ze niet volledig op de hoogte wordt gebracht.

Jolanda vindt de situatie te lastig om zich een houding te kunnen geven. Zojuist heeft Gerda haar haar vertrouwen geschonken.

Maar ze kunnen Mary niet buiten blijven sluiten natuurlijk.

Toch zeggen ze geen van allen iets om de stilte te verbreken.

De meisjes zijn intussen bij de achteringang van de camping aangekomen. De doorgang, een tourniquet zoals er ook weleens in een weide staat, is slechts breed genoeg voor maar een persoon tegelijk.

Ze zullen er achter elkaar aan doorheen moeten lopen, wie gaat er eerst?

Gerda loopt voorop en draait zich dan middenin het poortje om.

"Ik heb jullie in de maling lopen nemen. Ik heb helemaal geen vriend en ben ook nooit zwanger geweest. Ik val namelijk op meisjes.

Maar niet op jullie hoor.

Jullie zijn me allebei veel te naïef."

Ze gaat verder en loopt voor Jolanda en Mary uit naar de kantine.

Meneer Janssen heeft voor hen een groot bord patat gemaakt. Ze zijn keurig op tijd terug en hij is blij dat ze het: "Voor elkaar gekregen hebben."

Hij heeft er een frikandel bij gedaan, maar als ze nog trek hebben wil hij er ook nog wel wat kroketten in de frituur gooien.

Een paar van de vaders zitten klaar aan de bar om straks het vuur op te gaan stoken. Ter voorbereiding drinken ze nu een biertje.

De kinderen zijn met hun moeders en de andere vaders aan de speurtocht begonnen.

"Ik hoop dat jullie het niet te moeilijk hebben gemaakt."

Klaagt een van hen.

Jolanda heeft het te druk met de patat om erop in te gaan.

De man heeft telkens allerlei complot theorieën als hij wat over de camping op te merken heeft. Die staat ie dan op een van de paadjes te verkondigen.

Meneer Janssen steunt hem daar nooit in en er zijn maar weinig mensen op de camping die hem wel volmondig willen bijvallen. Het is haar al diverse keren opgevallen dat hij het telkens probeert om medestanders te vinden.

Ook bij de passanten, die maar een of twee nachtjes blijven.

Ze is trouwens nog teveel onder de indruk van wat Gerda allemaal heeft gezegd.

Mag ze ervan uitgaan dat ze de waarheid sprak, want de oorspronkelijke twijfel over haar oprechtheid heeft het eigenlijk weer gewonnen.

Volgens haar was Gerda er vooral op uit om 'interessant' te doen.

Jolanda vertrouwt haar niet.

Tante Els

Hans is, ondanks zijn verrassing rond de uitnodiging, toch onderweg gegaan naar het café. Hij veronderstelt dat zijn klasgenootje vast niet zomaar aan hem gevraagd heeft of hij daar meteen na de les: "Iets met haar wilde gaan drinken".
Eigenlijk vanuit een impuls en naar de gewoonte heeft hij geantwoord: "Ik moet direct uit school naar huis."
Maar tijdens de les heeft ie er nog even over nagedacht en kreeg er toen spijt van.
Toch durfde ie het niet aan, om er gelijk na de bel op terug te komen. Al was hij gewoon uit het veld geslagen, ze had 'm immers met haar voorstel overvallen.
Langzaam heeft ie zojuist, het is hun laatste les van de dag, zijn jas aangetrokken.
In de tussentijd lette ie goed op hoe ze naar buiten liep en haar fiets pakte.
Pas toen had ie genoeg moed verzameld om achter haar aan te rijden.
Zoals verwacht ging ze op weg naar de binnenstad.
Hij volgde haar, maar behield zorgvuldig een afstand, want wilde niet dat ze hem in de gaten kreeg. Hij wilde zolang mogelijk 'buiten beeld' blijven. Het zou immers opvallen als ie dezelfde route volgde als zij.
Onderweg naar huis komt ie nooit in het centrum.
Mocht ze dus toevallig achterom kijken, dan wilde hij perse niet door haar opgemerkt kunnen worden.
Vandaag hebben ze op hetzelfde uur Nederlands. Helemaal aan het begin van die les deed ze haar voorstel.
Op dat moment was hij nog aan het zoeken naar een geschikte plek. De uitnodiging vond plaats voordat meneer Oud met de les had kunnen beginnen.
Plompverloren vroeg ze of hij zin had om met haar 'mee te gaan'.
Ze merkte het ogenschijnlijk langs haar neus weg, zomaar spontaan, op toen zijzelf het lokaal binnenkwam. Een beetje verschrikt heeft ie de boot afgehouden.
"Nou, ik denk dat dat vandaag niet kan.
Ik maar moet straks direct uit school naar huis."
Toen pas is hij een stapje naar voren gekomen: :Ik moet meteen naar mijn moeder."
Het is alleen vandaag, uitsluitend op dinsdag, dat ze na het laatste uur tegelijkertijd klaar zijn met hun lessen. Alle andere dagen van de week is hijzelf of Jolanda, al veel eerder of aanzienlijk later uit.
Onmiskenbaar vindt Hans haar erg leuk.
Hij heeft zich er al een paar keer op betrapt dat ie tijdens de les naar haar zat te kijken. Toch durfde ie niet gelijk ja te zeggen op haar voorstel.
Het leek 'm dat ie er de juiste intonatie niet voor paraat had.
Toen ze het vroeg werd ie er onzeker van omdat hij er waarschijnlijk te graag bij zou staan te kijken, zich overenthousiast zou gedragen nu ze belangstelling voor hem toonde. Hij zou er dan zeker zijn interesse voor haar mee verraden.
Dat ging hem vluchtig voor het begin van de les te ver.
Immers het zou dan misschien ook door andere klasgenoten worden opgemerkt.

Dat wilde hij niet, daarom koos hij voor de meest gemakkelijke uitweg, namelijk het smoesje. Hij had haar beter pas na de les uitsluitsel gegeven, maar zijn mond was hem weer eens te snel af geweest en hij moest weer zo nodig eerlijk doen!

Jolanda en Hans hebben dit jaar alleen Nederlands en Economie gedurende dezelfde uren en van dezelfde leraren, maar voor Hans is dat laatste een minor vak.

Hij kan er daarom eenvoudig eens een les bij overslaan en hoeft niet alle proefwerken die ze ervoor voorgeschoteld krijgen, mee te maken. Ondanks de assistentie van Martin is hij jammer genoeg achterop geraakt met de stof.

Maar als hij er flink zijn best op doet, moet hij de achterstand en, belangrijker natuurlijk, alsnog de extra studiepunten kunnen behalen. Zijn oorspronkelijke cijfers waren er hoog genoeg voor om het vol te houden.

Hooguit vier maal per week heeft hij door deze omstandigheden de kans om Jolanda in de les te zien. Dat is vandaag en op vrijdag tijdens Nederlands en ook nog als de economielessen samenvallen op maandagochtend en woensdagmiddag.

Nederlands mogen ze allebei niet missen.

Aan het einde van de week moet Hans daarna echter nog naar Wiskunde 2 en Engels. Beide vakken kan hij, wil ie na zijn examen verder kunnen studeren in een vak waar zijn belangstelling naar uitgaat, niet mislopen.

Die bofferd van een Jolanda kan op vrijdag met de lunch al aan haar weekend beginnen. Het maakt haar rooster aanzienlijk gunstiger dan dat van hem.

Zelf heeft Hans haar, of welk ander meisje eigenlijk, nooit durven vragen of zij eens met hem uit wil. Door de gang van zaken rond de ziekte van Martin, waarvan het een en ander bij zijn klasgenoten natuurlijk bekend was, werd hij zelf ook nergens voor uitgenodigd of ergens bij meegevraagd.

Hans moest op tijd thuis zijn, of hij had dus verplichtingen rond het bezoekuur.

Daarachter kon ie zich eenvoudig verschuilen als hem iets minder leuk leek te worden, maar zijn omstandigheden maakten het ook in werkelijkheid vrijwel onmogelijk om eens met de klasgenoten mee te doen. Zoals bijvoorbeeld bij de soosavonden die eenmaal in de veertien dagen gehouden werden.

Heel eenvoudig kon ie telkens z'n beurt voorbij laten gaan, of moest dat omdat het anders niet uitkwam. Alleen de schoolconcerten eenmaal per kwartaal in de Stadsgehoorzaal heeft hij allemaal bezocht.

Maar dan waren ook van de andere middelbare scholen leerlingen aanwezig en was het eenvoudig om op te gaan in de massa. En het kwam vooral omdat Loes er nadrukkelijk op stond dat ie er naartoe ging.

Het programma stond al maanden tevoren vast en zij had 'm ervoor opgegeven.

Toen Jolanda opeens vroeg of hij met haar wat wilde gaan drinken, heeft ze hem er dus mee overvallen. Bot door de verlegenheid die hem altijd parten speelt en de bijbehorende paniek, heeft hij haar op een afstand gehouden.

Gedurende een groot deel van de les heeft hij zitten prakkiseren hoe ie zich wat charmanter had kunnen opstellen. Hij vroeg zich af hoe ie zich op een meer volwassen manier had kunnen gedragen.

Kon hij haar zomaar te woord staan en hoe doe je zoiets?

Geen moment heeft ie ook maar bedacht dat hij gewoonweg op haar uitnodiging in had kunnen gaan. "Ja", had kunnen zonder daar direct "graag" aan toe te voegen.

210

Hij worstelde met zijn schaamte en hoe hij zijn belangstelling voor haar, tot betere omstandigheden had willen bewaren. En.... op welk moment zouden die zich voor gaan doen als hij altijd zo bedremmeld deed?

Vervolgens - en omdat ie bang was dat ze hem onzeker zou vinden - had hij ook na afloop van de les, bijvoorbeeld onder het verlaten van het lokaal, niet plotseling op zijn afwijzing terug durven komen.

Uit alle macht wilde hij voorkomen dat ze verkeerd over hem zou gaan denken.

Want eigenlijk is ie nooit in staat om eens een uitvlucht of smoesje te bedenken. Een waarvan men voetstoots aanneemt dat het de waarheid is en hij niet staat te liegen.

Voor praatjes voor de leuk mist ie nou eenmaal de tegenwoordigheid van geest en, als iemand iets voor zichzelf al niet geloofwaardig kan maken, hoe moet ie dan een aardig meisje waar zijn belangstelling naar uitgaat overtuigen?

Thuis onder het huiswerk maken denkt hij daar ook weleens over na.

Het gevoel dat ie wat vriendelijker zou moeten zijn, is hem dan al snel duidelijk.

Het geldt niet alleen zijn klasgenoten, maar in de praktijk ontgaat het hem te vaak wat er precies aan de hand is. Dingen lijken zo meestal aan hem voorbij te gaan.

Vanzelfsprekend wil hij best eens 'aardig' tegen iemand doen, bijvoorbeeld door op te merken dat een klasgenootje er leuk uitziet. Maar zoiets moet dan zonder dat het bij iemand anders dan de aangesprokene opvalt en zeker niet klinken dat het verkeerd zal worden opgevat.

Hans zou willen dat ie terug kon vallen op een wat lossere manier van doen.

Altijd wordt hij echter teruggehouden door zijn verlegenheid en dat ie in alles eerlijk en oprecht wil overkomen. Als ie diep in zijn hart kijkt wil ie eigenlijk een aardige vent gevonden worden, iemand die niet altijd alleen maar serieus doet.

De laatste tijd wil hij vooral voor meisjes de moeite waard zijn, soms bekruipt hem echter het idee dat die angstig naar hem kijken.

Buiten de belangstelling die hij heeft vastgesteld voor Jolanda, is ie trouwens nog nooit lastig gevallen door diepere gedachten of ideeën bij een speciale persoon.

Of hij zijn interesse voor haar juist opvat, weet ie niet.

Volgens de pater hoorden gevoelens wel degelijk bij hun leeftijd.

Hij had het vorig jaar al zo ter sprake gebracht tijdens de les die met voorlichting was aangekondigd en kwam er telkens op terug dat zoiets: "Heel normaal was."

Ook het onderwerp verliefdheid stelde hij erin aan de orde, maar Hans weet niet of daarvan bij hem wel sprake is.

Volgens zeggen, zou ie zijn gevoelens eens met een leeftijdgenoot moeten delen om zo te vergelijken en nagaan of die daar ook mee worstelt en over nadenkt.

Samen zouden ze er dan uitkomen of ze hetzelfde voelen en kunnen overleggen hoe ze er het beste mee om kunnen gaan.

Er werd opgemerkt dat 't geen kwaad kon als speciale gevoelens niet gelijkwaardig tegemoet getreden werden. Volgens de pater - ook Loes heeft het trouwens weleens opgemerkt - zou het zelfs gezond zijn om zo nu en dan 'een blauwtje' te lopen.

De man merkte het op alsof ie er veel ervaring mee had opgedaan en door het woord gezond wel drie keer nadrukkelijk te herhalen probeerde hij er extra gewicht aan toe te kennen. Daarom leek 't zelfs of ie het letterlijk zo bedoelde en dat 'afgewezen worden' dus goed voor je was.

Zijn moeder en hij hebben daar hartelijk om gelachen. Geestelijken als hij kennen immers het celibaat en mama drukte hem vervolgens op het hart dat het er helemaal niet toe deed of een meisje wellicht een speciaal meisje was die hij aardig vond.

Hans vond het daarop niet nodig iets te vertellen over zijn belangstelling voor Jolanda. Alleen al het idee dat je jezelf bloot gaf bij het tonen van je gevoelens, of dat je mogelijkerwijs door iemand werd afgewezen!

Hans weet intussen dus wel dat ie wat meer spontaan met bijvoorbeeld zijn klasgenoten om moet gaan. Maar daartoe ontbreekt hem helaas de moed.

Soms zou hij willen doen zoals ie het ziet bij andere jongens uit zijn klas.

Of nog beter zoals het eraan toegaat in een boek of film.

Al weet ie heus wel dat daarin geacteerd of geromantiseerd wordt en spelers een scène mogen overdoen tot het helemaal goed is gegaan. Een schrijver kan elke situatie eenvoudig naar z'n hand zetten.

In het echt is er altijd maar één keer een eerste indruk en hij weet daarom heel goed dat het leven er in boeken en films gemakkelijker uitziet. Toch voelt ie aan dat ie over een gemakkelijkere manier van doen zou moeten beschikken.

Heus niet alleen met de meisjes, al ziet hij die toch het liefst.

Onder elkaar doen de klasgenoten altijd stoer en Hans vindt hun opmerkingen vaak aan de grove kant, te brutaal. Het overkomt hem overigens regelmatig dat hij, wat ze onder elkaar bespreken niet begrijpt.

Blijkbaar zou hij het onderwerp en de toon waarop ze erover praten wel moeten kennen, maar het ontgaat hem dan in welke richting de opmerkingen gaan. Hij heeft dan de indruk dat ze het over geslachtsdelen of andere nog veel intiemere dingen spreken, maar dan blijkt 't toch over iets anders te gaan.

Hij vraagt zich daarom steeds vaker af of ie gefrustreerd is, of naïef.

In ieder geval wordt onbegrip onder elkaar al snel zo benoemd en het is kennelijk zwart of wit, in de klas kun je meepraten en je hoort erbij of niet.

Daarom houdt hij zich, in de dagelijkse zaken op de gang zoals voor de les of tijdens de pauze, zoveel mogelijk op de vlakte en durft niet te vragen naar de werkelijke bedoeling van de jongens.

Zeker als er meisjes bij zijn - die soms trouwens moeiteloos meedoen met de malle praatjes - weet ie zich geen houding te geven.

Met Martin had hij die zaken misschien kunnen bespreken.

Hans vindt het vervelend als ie, al is het maar voor zijn gevoel, wordt uitgelachen.

Vaak kan hij namelijk niet snel genoeg iets 'zinnigs' aan opmerkingen toevoegen.

Hij weet nooit eens net zo gevat doen als de rest van de jongens dat kunnen.

Het lukt hem bijvoorbeeld niet in de kleedkamer bij de gymles, als daar volgens de gewoonte allerlei grappen over afwijkingen in het rond vliegen. Bij voorkeur overdrijvingen over verschijningsvormen van meisjes en vrouwen komen er aan de orde. Zeer verbazingwekkend blaast de gymleraar daarin zelfs een danig partijtje mee.

Hans begrijpt veel leuke opmerkingen wel, maar het kost hem moeite om even stoer te doen.

Kennelijk kunnen zijn klasgenoten dat immers moeiteloos en hoeven ze er nooit bij na te denken. Bij hen lijken zulke grappige opmerkingen zomaar op het puntje van hun tong te liggen.

Hij kan zich overigens niet voorstellen dat de grapjassen thuis al, hun geestigheden of schuine mopjes voorbereiden en dat ze al onder het huiswerk maken bedenken waar ze hun opmerkingen over zullen laten gaan. Al is het onderwerp beperkt.

De manier waarop klasgenoten over een alledaags voorval met elkaar praten en iets kunnen bespreken dat hun thuis of ergens anders is overkomen, het gaat ze moeiteloos af, maar Hans kan zich er geen houding bij aanmeten.

Hij stelt zich telkens voor dat alles daadwerkelijk zoals gesteld is voorgevallen en probeert zich in te beelden hoe ie zelf in een soortgelijke situatie, hoe absurd soms ook, beland zou kunnen zijn.

En dat het weleens minder serieus bedoeld wordt, kost 'm te lang om te beseffen.

Zelf moet hij telkens eerlijk zijn en daarom weet ie - het soms irreële - niet in de pas te krijgen met zijn eigen ervaring.

Het kost hem gewoon teveel moeite om zich in te leven in het meestal toch aardig bedoelde beeld, dat de jongens al vertellend oproepen.

Als hij zelf al eens een anekdote of een grappig voorval weet, dan is ie dat de dag erop vergeten of hij weet niet hoe ie het ter sprake zou kunnen brengen.

Doordat ie er de laatste tijd regelmatig bij stil heeft gestaan, is 't tot hem doorgedrongen dat ie zijn afzijdigheid grotendeels zelf in stand weet te houden.

Door bijvoorbeeld de toestand van zijn vader wat 'moeilijker' voor te doen, weet hij met de aanpassing een nieuwe situatie te creëren. Zo kan ie zijn omgeving manipuleren, als iets hem lastig lijkt, kan hij er zo immers onderuit komen.

Al moet het verhaal in grote lijnen wel kloppen.

Bij zijn klasgenoten leeft van oudsher de verwachting, dat hij altijd de waarheid zal spreken, niet overdrijft en daardoor nooit 'grappen' maakt.

Die schijn heeft ie heel goed in stand kunnen houden, maar onmiskenbaar ook een aantal keren weten te doorbreken. Hij heeft nog niet vastgesteld of hij er tevreden over mag zijn of dat ie zichzelf er eigenlijk mee tekort doet.

Met Jolanda heeft hij eerder dit jaar zijn gedachten eens kunnen delen. Een goede twee maanden geleden intussen, is hij spontaan naast haar terecht gekomen in de klas. Dat was onder dezelfde les Nederlands als vandaag.

Samen hebben ze toen wat zitten filosoferen en dat moest fluisterend, heel gezellig met hun hoofden naar elkaar toegebogen, om de les zo min mogelijk te verstoren.

Hij heeft haar in het kort op de hoogte gebracht van de nieuwste opname en operatie van zijn vader en ze moest hartelijk lachen om zijn verslagje van het vreemde gedrag van oom Ben.

Die was in de week ervoor weer terug naar de VS vertrokken.

Met 't gesprek werd er een band geschapen en Hans heeft daar later weleens een vervolg aan willen geven, maar telkens als zich een gelegenheid voordeed, werden ze onderbroken door een van haar vriendinnen.

Of het lokaal ging open en ze moesten er zo snel mogelijk naar binnen. Beleefd liet hij dan de andere klasgenoten voorgaan, maar vervolgens was het plekje naast haar natuurlijk alweer door iemand anders bezet.

Zeker onder drukke omstandigheden weet ie met zijn figuur geen raad.

Gespannen loopt hij dan liever door en laat de gelegenheid aan zich voorbij gaan.

Vanmiddag liep het anders, want in de deuropening, voordat ze het lokaal ingingen, wist ze hem min of meer klem te zetten. Ze liepen samen met andere leerlingen gang naar de les. Terwijl ze naar binnen stapten, wachtte Jolanda even en versperde zo zijn doorgang. Alsof het terloops gebeurde deed ze het voorstel voor deze middag.

De actie bracht hem zo van zijn stuk en dat ie vergat te kijken of hij, eenmaal in het lokaal, weer naast haar kon gaan zitten.

Of dat ie met haar mee kon lopen naar een open plek.

Alleen het tafeltje voor de leraar z'n bureau bleef over en daar kwam ie dus terecht.

Het is langzamerhand zowat zijn vaste plek omdat die altijd als laatste overblijft.

Samen met het tafeltje helemaal achterin, vlakbij de deur.

Vanzelfsprekend is 't hem bekend dat meisjes er geen bezwaar tegen hebben als je ze eens een complimentje maakt. Als hij Jolanda echter iets wil zeggen, dan wil hij dat het exclusief tegen haar is en wil hij niet vervallen in van die flauwe, algemene opmerkingen als: "Wat zie je er leuk uit."

Of nog oppervlakkiger: "Wat een lekker geurtje heb je op."

Hij durft helemaal niet dichtbij haar te komen zodat ie het zou kunnen waarnemen, maar weet dat ze zulke opmerkingen zeker op prijs zal stellen. Hij heeft zich daarom al voorgenomen om beter op dat soort dingen te letten.

Daar hebben die pater en Loes trouwens niet voor niets de nadruk op gelegd.

Maar hij realiseert zich pas een paar tellen later, dat er een gelegenheid was om iets aardigs op te merken, dan heeft ie het moment aan zijn neus voorbij laten gaan.

Hij weet dat een meisje, hem gewoon kan laten staan. Maar kan ze oprecht zijn als ze omringd wordt door allerlei vriendinnen, zoals Jolanda vrijwel altijd?

En het is de vraag of zij het dan wel aandurft om eerlijk te zijn.

Hij weet niet of ie erop kan rekenen dat ze er dan nog voor zal uitkomen hem vervelend of juist leuk te vinden. Tegen Jolanda wil ie zeker opmerken dat hij haar aardig vindt. Dat zou trouwens het beste kunnen tijdens de Nederlandse les die ze samen hebben. Onder economie komt het er zeker niet van.

Helaas heeft de juiste gelegenheid zich de laatste maanden niet meer voorgedaan en heeft ie het eerder vandaag gewoon verprutst.

Nooit, bij niemand ooit, heeft ie het aangedurfd om uit zichzelf zijn gevoelens te tonen en hij kent geen klasgenoot of goede vriend met wie hij opvattingen of gevoelens kan delen. Bij voorkeur gaan die dan over iemand waar hij iets bij voelt.

Inmiddels heeft ie bedacht dat zo'n vertrouweling hem erbij zou kunnen helpen, al was 't maar omdat die dan misschien een goed woordje voor hem zou doen.

Als hij echter eerlijk moet zijn, kent ie zelf niemand die hem eveneens een soortgelijk vertrouwen zou willen schenken.

Vandaag is hij na de les weg geslopen en heeft Jolanda niet op de hoogte gebracht van dat hij er toch zin in had om met haar naar dat café te gaan. Door nu domweg achter haar aan te fietsen, hoopt ie er haar alsnog te spreken te krijgen.

Of er ook klasgenoten mee zullen gaan weet ie niet, maar voorlopig ziet ie alleen Jolanda voor zich uit rijden. Dat stemt 'm hoopvol dat ze eindelijk weer eens een keer samen kunnen zijn.

Hij weet alleen nog niet wat ie tegen haar zal gaan zeggen of wat ie moet doen als ze bij het café zijn aangekomen.

214

Desnoods kan hij natuurlijk verder rijden en het erbij laten dat ie naar haar zwaait in het voorbijgaan. Alsof het toeval hem er slechts gebracht heeft, want het is hem nog onduidelijk hoe hij zijn aanwezigheid zal verklaren.

Het maakt alles eenvoudiger als ie haar weet te vertellen dat ie zijn zogenaamde afspraak op de een of andere manier kon afzeggen. Maar hoe?

Zoals het er uitziet zullen ze samen bij het café aanwezig zijn. Dan is er dus niemand die zal merken dat hij misschien een stomme opmerking tegen haar maakt.

En hopelijk zal Jolanda weten dat ie 'een beetje verlegen' is?

Rijdend over de Breestraat neemt ie zich voor om - straks vlakbij hun bestemming - naast haar te gaan fietsen. Toen hij nog eens achterom keek, zag ie dat geen andere leerlingen van hun school aankomen. Hij is daardoor blij dat ze helemaal alleen op de straat rijden en 't maakt dat ie de stoute schoenen wel aan durft te trekken.

Vooralsnog blijft 't alleen nog de vraag of Jolanda niet gewoon door zal fietsen naar waar ze woont. Ze zal er immers vanuit gaan dat hij niet mee wilde en misschien gaat ze al helemaal niet meer naar dat café. Hij heeft zich daarom voorgenomen om, net zoals ze vanmiddag bij hem heeft gedaan, haar met zijn actie te overvallen.

Als hij bij het café opeens naast haar gaat rijden, kan ie 't met een vrijblijvend praatje laten voorkomen alsof het toevallig zo is gegaan en zo'n gesprek kunnen ze dan eenmaal binnen voortzetten.

Hij wil geen obligaat gezeur over het vele of juist meevallende huiswerk, of roddelen over klasgenoten die hij helemaal niet goed kent.

Hij rekent erop dat hun ontmoeting zal verlopen zoals normale mensen met elkaar omgaan, dus zonder hakkelen of met een rode kop en stille zuchten op zoek zijn naar de juiste woorden en heeft nogmaals - en tot zijn blijdschap - gezien dat ze niet weer een hele stoet vriendinnen achter zich aan heeft.

Die zouden zijn initiatieven totaal onmogelijk maken.

Overigens kent ie zichzelf goed genoeg om ervan uit te gaan dat hij, als ie eenmaal een besluit heeft genomen, daar lastig vanaf te brengen is en daarom durft ie erop te hopen dat hij Jolanda daadwerkelijk te spreken zal krijgen.

Ze zijn intussen niet ver meer van het zaakje dat ze eerder bedoeld moet hebben. Hij is er nu ook nieuwsgierig naar hoe het er uit zal zien.

Het is vast niet voor niets dat het voor allerlei gelegenheden gefrequenteerd wordt door allerlei klasgenoten, die heeft ie er vaak over horen praten.

Met schrik realiseert ie zich nu opeens dat 't daardoor nog steeds mogelijk is dat hij er niet alleen Jolanda aan zal treffen. Nu terugkrabbelen wil hij echter niet.

Vlakbij het café ziet hij kans om dichterbij haar te gaan fietsen.

Zal hij wat naar haar roepen, of kan hij beter wachten tot ze er zijn aangekomen?

Het lijkt hem het beste om nog een poosje op wat afstand, een paar meter achter haar met een mede fietser tussen hen in, te blijven volgen. Voorlopig is ie vooral blij dat ze alleen zijn. Hij kan niet meer afzien van hun ontmoeting want moet het ijzer smeden als het heet is.

Dichter bij een gelegenheid als deze, is hij nog nooit geweest.

In de les van vanmiddag las een van hun klasgenoten een verslag voor dat hij gemaakt had over een schrijver die ze zouden bespreken.

Aan de orde kwam dat zo'n persoon zijn eigen drink plaats zou hebben.

Het was de woordkeus van hun leraar en Hans had de ironie die hij ermee probeerde aan te duiden begrepen. Even had ie zelfs het idee dat meneer Oud misschien gehoord had hoe Jolanda hem in de deuropening van de klas uitgenodigd had en dat ie daarom deze woorden gebruikte.

Maar hoe hij het ook reconstrueerde in zijn geheugen, dat kon niet het geval zijn.

Het stemde hem blij, toen ie vervolgens merkte hoe Jolanda de woordkeus evenzo leek aan te voelen. Uit haar brede glimlach op het grapje van meneer Oud meende hij - hij zat juist naar haar te kijken - op te maken, hoe ze blijkbaar eveneens wist dat het literaire leven zich op een ander niveau afspeelt.

Ze behoorden zodoende bij de weinigen die het grapje kennelijk doorzagen.

De klas werd het er vervolgens trouwens snel over eens dat de hele wereld er anders uitziet dan hoe de 'werkelijkheid' beschreven staat in een boek en 't zou gekund hebben dat hun leraar juist dat onder de aandacht wilde brengen.

Nogmaals meende Hans bij die conclusie een soort enthousiasme bij Jolanda op te merken, dat sprak hem aan en gaf de doorslag om de uitnodiging toch maar niet aan zich voorbij te laten gaan.

Door dit soort waarnemingen is, wat ie al sinds het begin van dit jaar voor haar voelt, sterker aan het worden. Hans meent te kunnen zien dat ze bijvoorbeeld tijdens de groepsgesprekken in de klas, aan hem laat merken het met hem eens te zijn.

Klassendiscussies komen er meestal op uit hoe de leerlingen met elkaar kunnen of zouden moeten omgaan en Hans z'n idee omtrent een ideale wereld mag dan niet helemaal uitgekristalliseerd zijn, het vormt in de les maatschappijleer een uitgangspunt dat hij weet te verdedigen als hij erop wordt aangevallen.

Maar zeker als hij in de les Nederlands zijn standpunt durft in te nemen en verdedigen, lijkt het erop dat Jolanda deze, zij het soms aarzelend, met hem wil delen.

Voor zijn gevoel reageert de rest van de klas vaak heel onvolwassen, want ze noemen zijn standpunten vaak controversieel of zelfs extreem. Vooral omdat op school de waarden die men van huis uit mee heeft meegekregen tellen, hoe Christelijk of juist werelds deze ook beïnvloed mogen zijn.

Maar de andere leerlingen spreken zich over het algemeen minder uit dan hij.

Hans laat zich blijkbaar nogal eenvoudig uit z'n tent lokken.

Meestal blijkt ie met zijn argumenten een deel van de klas in de discussies mee te krijgen, maar een andere keer veroorzaken ze strubbelingen, want als tegenwicht verdedigt hun leraar ouderwetse, zo niet ronduit behoudende ideeën.

Volgens Hans doet hij dat overigens 'for the sake of argument'.

Hij heeft de leraar leren kennen als een beminnelijke, zachtaardige man en niet zozeer als advocaat van de duivel.

Jolanda heeft het trouwens nooit echt voor hem opgenomen als een gesprek oplaaide, bijvoorbeeld toen de discussie op een regelrechte ruzie uit leek te lopen.

Een aantal jongens bleek namelijk nog reactionairder dan hun leraar in zijn rol had durven te spelen en daar moest Hans helaas wel op reageren.

Gedurende de laatste meters tot hun bestemming, haalt hij zich een voor een de vriendinnen van Jolanda voor de geest en gaat ervan uit dat hij deze meisjes met zijn uitgesproken mening zal vervelen.

In ieder geval bij onderwerpen die hem en Jolanda lijken te boeien.

Het verschaft hem de zekerheid dat ie straks met haar op hun eigen niveau zal kunnen praten. Vrijwel zonder moeite moet ie een onderwerp aan kunnen snijden waarover ze in het verleden al eens overeenstemming hebben bereikt.

Maar eerst moet hij haar zien te verleiden tot zo'n écht gesprek.

In het algemeen vindt Hans het vervelend dat veel van wat iemand op school doet, langs een soort meetlat lijkt te worden gelegd. Zo wordt er binnen die beperkte kring aan van alles en nog wat een eigen gewicht toegekend.

Die jongen uit de klas hoger bijvoorbeeld, 'Boudewijn met de Duitse Boeken raam' wordt ie gekscherend genoemd.

Die gaat bij de 'VMBO School' naast die van hun, in de kantine lunchen om er het klasseloze en zijn betrokkenheid met minder bedeelden mee aan te tonen.

Het zou samenhangen met zijn vaders' functie als ambtenaar bij de Sociale dienst in hun dorp en hij doet daar dan heel nichterig verslag van. Zoals heel onbeschaamd in zichzelf lovende stukjes in de schoolkrant.

Door tussen de leerlingen van die heel andere school aan te schuiven, zou hij namelijk laten zien dat iedereen gelijk is. Toch durfde ie zich desgevraagd geen socialist of een gematigd communist te noemen. Dat zou te ver gaan, want uiteindelijk komt hij natuurlijk wel uit Wassenaar.

Hans heeft zich daar nooit over uitgesproken, maar in zijn ogen wil die jongen er uitsluitend een soort superioriteit, mee aantonen.

Weliswaar krijgt Boudewijn zo nu en dan wat getrouwen mee, maar een geweldig succes kan je toch niet aan zijn acties toeschrijven.

Iedereen kan heel eenvoudig zien hoe hij door de provocatie voornamelijk zichzelf op een platform lijkt te zetten. Het een en ander gaat namelijk niet onopgemerkt aan de schoolleiding voorbij, maar voor zichzelf kan Hans er zich er geen houding bij voorstellen. Moet hij meedoen, erachter staan of mag hij het veroordelen?

"Hallo, wat leuk. Treffen we elkaar toch."

Vlak voordat ze aan het tentje voorbij kan fietsen, is hij inderdaad haar naast haar gaan rijden. Hij heeft getreuzeld om er het juiste moment voor te vinden.

Zonder haar te laten schrikken blijkt dit de juiste, want ze lijkt oprecht verrast.

Zijn fiets zet ie iets verderop tegen een muur en blijft kijken hoe ze die van haar tegen een boompje op slot zet. Ze neemt haar tas van de lastdrager en dan blijven ze tegenover elkaar staan. Ze lijken allebei niet te weten wat ze moeten zeggen.

Wie zal het gesprek openen?

In een plotselinge bui van besluitvaardigheid draait Hans zich om en gaat haar voor naar de ingang van het café. Vlakbij de deur vraagt ie over zijn schouder of ze meegaat om er iets te drinken.

Hij imiteert er de toon bij waarop ze het vanmiddag aan hem heeft gevraagd, maar kan niet zien of hij succes met zijn grapje heeft.

Ze komt naast hem lopen en hij laat haar voorgaan terwijl ie behulpzaam de toegang voor haar open houdt. Dat het stil is in de nog lege zaak, lucht op.

Als ze langs hem loopt ziet hij hoe ze glimlacht.

Achter hen valt het dikke gordijn, dat niet alleen de tocht maar vooral het geluid van de straat tegenhoudt, weer terug voor de hal.

Ze zoeken een tafeltje.

217

Jolanda wil op de lange bank aan de wand zitten.

Haar tas gooit ze nonchalant op een van de stoelen er tegenover.

Hans wil haar voorbeeld volgen maar kent de rituelen in het zaakje niet.

Moet hij eerst vragen wat ze wil drinken of is er bediening?

Hij kijkt om zich heen, er staat een meisje achter de toog.

Ze kan nauwelijks ouder zijn dan zij en met een verveeld gezicht staat ze de glazen te poetsen. Hans neemt aan dat het café net open is gegaan en dat ze de dochter van de baas zal zijn, kijkt naar Jolanda en vraagt wat ze wil gebruiken.

Expres gebruikt hij de ouderwetse term. Door formeel te doen wil hij haar laten zien dat ie een man van de wereld is, aantonen dat ie 'daar de weg' kent.

Ze schiet in de lach en bestelt een kopje thee.

Langzaam knoopt ze haar jas los.

Voordat hij zich omdraait om de bestelling te gaan plaatsen, blijft hij even staan kijken hoe Jolanda haar jas onder zich vandaan trekt en vervolgens over de stoel waarop ze zojuist haar tas heeft geworpen, schikt.

Het verschaft hem de tijd om voor zichzelf te besluiten waar zijn voorkeur naar uitgaat en ook zijn jas uit te doen. Hij drapeert die eveneens over een stoel.

Jolanda is zo gaan zitten dat ze de zaak overziet en intussen in de gaten kan houden wat er in de gelagkamer gebeurt.

Voetstoots neemt ie aan dat ze net zoals hij, liever een toeschouwer is dan een deelnemer. De waarneming stelt hem gerust en door hun handelingen kan hij straks naast haar plaats nemen.

Hans lust bier, maar wil zichzelf geen liefhebber noemen.

Thuis haalde zijn moeder voor hem en zijn vader het drankje in huis, maar meer dan een paar flesjes gingen er niet doorheen in een week. Dat wil zeggen voordat papa ziek werd. En Martin vond het hooguit lekker als ie erge dorst had. Samen met mama dronk hij liever een glaasje wijn.

Op vrijdagavond en in het weekend dronken ze er eentje voor het eten en soms zomaar na de koffie nog een à twee voor het slapengaan. Sinds kort drinkt Loes voor het eten overigens een glas sherry.

Niet uitsluitend zoals vroeger in het weekend, maar gewoon iedere dag.

Het zou er volgens haar voor zorgen dat ze: "Enigszins tot rust komt."

Hans verafschuwt het drankje.

"Niet om te zuipen", noemde ie het toen ze het hem een slokje liet proeven.

Het is drie stappen naar de bar en er is geen omweg tussen de tafeltjes, dus als hij bij het meisje aankomt bestelt hij: "Twee kopjes thee, alsjeblieft."

Terug bij het tafeltje ziet hij hoe Jolanda net bezig is om van tussen de boeken en schriften iets uit haar tas te halen. Ze heeft het ding ervoor op schoot genomen.

Hij schuif zijn jas weer goed terug op de rug van de stoel.

In de bocht, naast haar op de bank, gaat hij zitten, er is aan het tafeltje plaats genoeg voor meerdere personen en zo kunnen ze wat afstand bewaren.

Als Jolanda en hij, zo allebei aan een kant van de bank blijven zitten, kunnen ze heel gemakkelijk de hele ruimte overzien.

Dat wil zeggen, zonder dat ze er reikhalzend hun nek voor moeten draaien.

En ze kunnen elkaar ook eenvoudig aankijken.

Het is in de zaak overigens stil genoeg om zonder stemverheffing met elkaar te kunnen praten. Hans leunt achterover, maar schrikt van een tamelijk luid, sissend geluid links van hem.

Het meisje achter de bar verwarmt een kan water met stoom uit de espresso machine. Als het blijkbaar heet genoeg is, giet ze er twee glazen mee vol, die heeft ze al op een dienblad klaargezet op de bar.

Als ze ermee klaar is klapt ze een deel ervan omhoog, loopt er omheen, pakt het blaadje en komt ermee naar ze toe.

Jolanda heeft intussen gevonden waarnaar ze blijkbaar in haar paperassen op zoek was en zet haar tas terug op de stoel. Als ze bij hen is aangekomen begroet het meisje haar hartelijk. Hans gaat er vanuit dat ze elkaar kennen.

Zelf herkent hij haar nergens van, dus het meisje zal niet bij hen op school zitten. Ze loopt zonder verder plichtplegingen terug naar de bar en legt het dienblaadje erop.

Dan komt ze weer naar hun tafel terug met een grote, houten doos waarin allerlei vakjes verschillende theezakjes zitten. Hans wacht tot Jolanda haar keuze heeft bepaald en neemt voor zichzelf een oranje.

Hij drinkt het goedje bij hem thuis nooit omdat het smerig vindt en weet daarom niet naar welke kleur zijn voorkeur uit zal gaan, of voor welke smaak die staat.

Het maakt iedere bereiding voor hem een verrassing.

Terwijl ze het theezakje in haar kopje laat zinken, bladert Jolanda door het schriftje dat ze gepakt heeft. Na een paar keer heen en weer rommelen, komt ze aan op de pagina waarnaar ze blijkbaar zoekt.

Intussen roert ze met het lepeltje in haar rechterhand door het hete water en met haar andere houdt ze het schrift vast. Geroutineerd slaat ze de bladzijden om met haar duim. Opeens kijkt ze hem aan.

Hans begrijpt niet wat ze van hem zal willen en blijft achterover geleund zitten wachten op wat er komt. Hij heeft net zoals zij het zakje uit de enveloppe gehaald en in het hete water laten zakken. Is het haar wens dat hij iets zal vragen?

Moet ie nieuwsgierig doen naar wat ze in haar hand houdt?

Of kan ie beter gewoon afwachten?

Hij heeft begrepen dat het water erg heet zal zijn. Het kopje nu al meteen oppakken lijkt hem daarom niet verstandig. Jolanda legt het schrift met de rug naar boven op de tafel naast haar kopje, dus opengeslagen. Verschrikkelijk!

Het zakje haalt ze eruit en legt deze op het schoteltje ernaast.

Ze giet er een tuitje suiker bij en tilt het kopje op aan het oortje. Dan begint ze er overheen te blazen om de drank wat af te laten koelen.

Met allebei haar handen, alsof ze zich er aan wil warmen, omklemt ze vervolgens het kopje. Hans maakt zijn thee eveneens klaar.

De procedure duurt even en hij kijkt daarna om zich heen.

Het meisje is verdwenen, maar achter de bar hoort hij rinkelgeluiden en daarom verdenkt hij haar ervan dat ze de voorraden aan het aanvullen zal zijn.

Zo nu en dan ziet hij de bovenkant van haar hoofd, maar uitsluitend haar haren, tussen de stapels glaswerk boven de toog uitkomen.

Als hij Jolanda weer aankijkt, pakt ze het schrift op en begint eruit voor te lezen.

Ze spreekt te zacht om te kunnen verstaan wat ze zegt.

219

Toch wacht hij ermee om te vragen of ze wat harder kan praten tot ze een momentje pauzeert om adem te halen. Er is trouwens ook muziek aangezet, niet vreselijk hard maar het volume grijpt hij aan om te zeggen dat hij haar niet verstaan heeft: "Kun je herhalen wat je zojuist op las, ik heb het helaas niet kunnen verstaan."

Hij kijkt Jolanda aan om te zien of ze misschien beledigd is en leunt intussen iets naar haar over om zijn punt duidelijker te maken.

Hij wijst op zijn oren en daarna wuift ie om zich heen.

Ze ziet er een aansporing in om over de bank wat dichter naar hem toe te schuiven en begint opnieuw met voorlezen: "Als een schrijver iets opschrijft, dan heeft ie altijd een doel voor ogen. Daar legt hij of zij de nadruk op.

Uitsluitend wat er daadwerkelijk opgeschreven staat kan hij maar laten lezen.

Daarom kan de rest van een verhaal of misschien wel het hele verdere boek, als overbodig worden beschouwd.

Als iets goed opgeschreven staat heeft ie z'n punt gemaakt."

Met een vragende blik kijkt ze hem aan en kennelijk verwacht ze dat hij erop zal reageren.

Vaag kan ie zich herinneren dat ze dit, een paar weken geleden tijdens de les literatuur besproken hebben. Maar wat ze van 'm verwacht, kan hij zich niet voorstellen.

In grote lijnen is hij het ermee eens.

Hij besluit te wachten op wat ze er verder over op te merken heeft.

In de tussentijd bladert ze verder. Waarschijnlijk zijn het aantekeningen die ze gemaakt heeft en wil ze die met hem delen.

Eenmaal per vier weken hebben ze een les over literatuur en dan komen ze, net zoals vandaag weer, meestal te spreken over eigenaardigheden van schrijvers en dichters.

Of over zaken die met het leven van een specifieke auteur te maken hebben.

Hun leraar probeert er een verhaal of uitgave mee te verlevendigen.

Hij rekent er blijkbaar op dat ze het dan gaan lezen en poogt er hun belangstelling mee op te wekken. Bijvoorbeeld door ze er een werkstuk over te laten maken.

Ze kijkt hem aan als ze klaar is met bladeren.

"Het kernpunt van een boek hoeft niet altijd samen te vallen met het verhaal dat erin beschreven wordt. Het verhaal, plot noemde je het toen, dient volgen jou slechts als vehikel om de essentie van wat de schrijver wil vertellen te dragen."

Ze pauzeert even en kijkt hem nogmaals aan.

"Ik weet niet meer precies wat je er allemaal nog meer over op te merken had.

Dit zijn slechts aantekeningen en daarom moet je ze niet te letterlijk nemen.

Maar jij hebt blijkbaar een duidelijk afgetekend beeld over wat een schrijver te vertellen heeft of wil vertellen.

Ben je trouwens al klaar met het lezen voor de verplichte literatuurlijst?"

Nog steeds die vragende blik, maar Hans heeft zijn antwoord klaar.

"Ja al een hele tijd. Ik heb nu voor Nederlands bijna dertig boeken gelezen, die heb ik ook samengevat.

Ik heb ze allemaal uitgewerkt in een uittreksel en er overzichtjes bij gemaakt.

Straks kan ik dus kiezen welke boeken ik daadwerkelijk op mijn lijst wil zetten en bij een aantal heb ik ook krantenknipsels verzameld.

Van tenminste negen schrijvers zitten er zodoende ook interviews of recensies bij.

Daarop kan ik tijdens een mondelinge bespreking terugvallen. Ik maak er trouwens altijd een soort plakboek van en ben daar drie jaar geleden al mee begonnen."

Hij wil haar niet triomfantelijk aankijken, maar de verbazing op haar gezicht staat 'm niet anders toe, want het lijkt wel of ze uit het veld geslagen is door wat ie zegt.

Op haar gezicht leest ie een soort verbijstering.

Hans glimlacht. Zijn moeder, Loes heeft hem al vanaf dat hij naar de middelbare school ging uitgelegd, dat hij voor zijn eindexamen een flinke reeks boeken op een boekenlijst zou moeten verzamelen. Ze heeft hem actief gestimuleerd om uitgaven die in het nieuws waren of waarover informatie in de krant, zoals die interviews en recensies te vinden waren, te lezen.

Ze heeft 'm geleerd hoe hij er tegelijkertijd - voor zijn 'studie' - het beste die plakboekjes en aantekeningen over kon maken.

Dat het hem een voorsprong heeft verschaft op de andere leerlingen, is hem intussen duidelijk geworden uit de opmerkingen die meneer Oud er een aantal keren over gemaakt heeft tegenover de klas.

Zelf ziet ie het overigens niet als een verworvenheid.

Het is uitsluitend bedoeld om in de eindexamenklas tijd te hebben voor de vakken waar hij wat meer moeite mee heeft. En....... hij vindt lezen nou eenmaal leuk.

"Ik moet je dus te vriend houden om al die informatie misschien ooit eens een keertje in te mogen zien?"

Ze kijkt hem lachend aan en pakt haar kopje weer op.

Hans vermoedt dat de thee intussen op drinktemperatuur zal zijn en pakt ook de zijne van de tafel. Jolanda moet vuurvaste vingers hebben want hij brandt die van hem zowat! Door de schrik zet hij snel het kopje terug op de tafel.

Ze schiet in de lach en legt haar hand op zijn arm.

"Wat ben je toch een onhandige kluns, niet alleen verlegen, maar ook dat.

Je moet er even in roeren, dat koelt je thee af."

Hij haalt zijn schouders op en weet niet hoe hij naar haar moet kijken. Kan hij eigenlijk wel een verongelijkte blik trekken?

Ter compensatie steekt hij de verbrande vinger in zijn mond.

"Je moet ermee door je haren wrijven.

Het talg bij de haarwortels zorg ervoor dat je geen blaar krijgt."

Braaf doet hij wat ze zegt en haalt zijn vingers een paar keer op en neer door zijn kuif. Wonder boven wonder trekt de pijn, het brandende gevoel, inderdaad zomaar weg. Als hij naar de vinger kijkt zit er alleen nog een rode plek.

Het pijnlijke trekken aan zijn huid, waardoor het er toch meestal op uitdraait dat er zich een blaar aan het vormen was, is inderdaad zomaar verdwenen.

Hans betwijfelt of het desondanks later toch niet zo'n zwelling zal opleveren.

Jolanda is hem de hele actie door aan blijven kijken. Het valt hem op dat ze een moederlijke trek in haar blik heeft. Ze is zorgzaam, lijkt het wel.

Knus schuift ze nog iets dichter naar hem toe!

Nu hij haar zo van dichtbij wat beter aan kan kijken, valt 't hem op hoe knap ze eigenlijk is. Ze heeft mooie ogen en hoewel ze er wat make-up op heeft zitten, zouden ze zonder ook heel prachtig zijn.

Hij weet niet of ze het op prijs zal stellen als hij het tegen haar zegt.

Waarschijnlijk zal ze het zien als kritiek en niet meteen doorhebben dat hij het als een compliment bedoelt. Andere woorden heeft hij er echter niet voor en het liefst zou hij haar even willen aanraken, contact met haar maken.

Daarvoor zit ze net te ver van hem vandaan.

Hij kan het er onmogelijk uit laten zien alsof ie haar per ongeluk even streelt.

Het liefst zou ie haar over haar haren willen strijken of haar wang.

Toch kan hij haar alleen maar aan blijven kijken.

De omstandigheden en die verlegenheid verlammen hem.

Als ze lacht krijgt ze kleine rimpeltjes op haar voorhoofd. Hij weet dat omdat 't hem eerder op school is opgevallen. Maar nu wil hij ook daarover graag wat tegen haar zeggen, kijken of ze dan weer tevoorschijn komen.

Bijvoorbeeld als hij er een voorzichtig grapje over maakt.

Jolanda weet kennelijk ook niet zo goed wat ze voor actie moet ondernemen en pakt haar kopje nogmaals op. Die van haar is al voor meer dan de helft leeg, ziet ie.

Zal hij het wagen om zijn eigen kopje ook nog eens van tafel te pakken?

Of moet hij er eerst inderdaad nog even een poosje in roeren?

"Was dat wat je me wilde vragen vanmiddag?"

Ze kijkt hem niet begrijpend aan.

"Hoe bedoel je, wat zou ik aan je hebben willen vragen en wanneer dan?"

"Nou ja, je vroeg me vanmiddag of we samen wat konden gaan drinken. En dan vertel je nu dat je mijn vriendschap zoekt in verband met mijn boekenlijst.

Wist je daar dan al vanaf?

Zojuist leek het je nog te verrassen dat ik al die titels had gelezen."

"Oud heeft me inderdaad getipt over jouw literatuur lijst.

Hij heeft me verteld dat je van alle boeken die je las meteen een uittreksel maakt en heeft me ook aangeraden om daar eens over met je te spreken.

Hij is niet tevreden over mijn vorderingen met zo'n zelfde lijst.

Je weet dat we tenminste tien literatuurboeken gelezen moeten hebben, helaas heb ik er pas een paar gedaan en niet van allemaal een bruikbaar uittreksel.

Die uit de speciale boekjes van school of bibliotheek zijn vaak erg droog en getuigen er niet van dat ze door iemand als ik zijn gemaakt."

Ze kijkt hem met een hulpeloze blik aan.

"Ik bedoel dat ze vooral tonen hoe iemand, professioneel zo'n boek heeft gelezen. Het verslag is echter duidelijk merkbaar niet door een leerling als ik gemaakt en dat moet natuurlijk wel.

Het is daarom nooit genoeg om er later nog wat mee te kunnen.

Ik heb daardoor geen aanknopingspunten als er een bespreking volgt."

Jolanda heeft onder het spreken een kleurtje gekregen.

Het onderwerp windt haar kennelijk op.

Hans weet niet hoe hij erop moet reageren.

Het is hem nooit verteld dat zijn uittreksels goed zouden zijn.

Loes heeft hem uitsluitend geleerd waarop hij moet letten en wat er in moet staan.

Of dat ze ook bruikbaar maakt voor Jolanda, kan hij niet beoordelen. Pas een keer heeft meneer Oud aan hem gevraagd of hij zo'n uittreksel aan de klas wilde voorlezen. Toen leek ie niet onverdeeld gelukkig met het resultaat.

Ze zijn er in het kringgesprek weliswaar nader op ingegaan, maar toen had hij nogal wat op- en aanmerkingen. Het uittreksel zouden te persoonlijk zijn en nogal veel aannames bevatten. Hans had toen helaas de rest van zijn aantekeningen en knipsels er niet bij kunnen pakken om het een en ander te onderbouwen.

Evenmin had hij het boek bij zich om het nader te illustreren.

Volgen de leraar zou het plakboek er niet toe doen.

Al had meneer Oud er niet naar gekeken en had Hans er nog veel informatie over het specifieke boek uit naar voren kunnen halen.

Hij tekent immers, telkens als hij iets over een schrijver leest of hoort en dat uitknipt, netjes op waar hij dit heeft opgedaan. Eigenlijk net zoals hij dat dossier over de medicijnen van Martin altijd heeft bijgehouden, realiseert ie zich opeens.

Soms voegt hij bij er zijn interpretatie aan toe, maar zo heeft Loes het hem geleerd.

Bij zijn vader deed ie dat als deze hem iets uitgebreider over de werking van die pillen of drankjes had weten te vertellen.

Jolanda neemt nog een klein slokje thee en staat dan op.

"Ik moet even naar het toilet."

In een elegante beweging plukt ze haar tas van de stoel en loopt vervolgens langs de bar naar het gangetje erachter. Hans bedenkt dat ze hier vaker geweest zal zijn, want ziet nergens een bordje waaruit je op kunt maken dat daarachter het toilet is.

Hijzelf had het zeker even aan dat meisje moeten vragen als ie had gemoeten.

Zij is intussen verder gegaan met het poetsen van de glazen. Volgens hem had ze die ene stapel al klaar, maar blijkbaar moest die nog een keer.

Zelf roert ie in zijn thee.

Dan komt Jolanda terug bij hun tafeltje.

In de tijd dat ze weg was is er niemand binnen gekomen. Ze zijn zodoende nog steeds de enige gasten in de zaak.

Ze neemt weer plaats, maar blijft op het voorste randje van de bank zitten en pakt haar kopje op. Onder het drinken kijkt ze over het randje naar hem.

Hij neemt de zijne ook op en drinkt hem nu bijna helemaal leeg.

Het goedje smaakt naar sinaasappel en is een beetje zurig. Hij vindt het niet echt lekker, toch vraagt ie: "Wil je nog een kopje?"

Ze zet haar glas op tafel en kijkt hem aan, ze probeert een peinzend gezicht te trekken maar moet dan glimlachen. Het lijkt erop of ze zich een grapje voor de geest haalt, maar ze laat hem niet delen in de pret.

"Oma is op bezoek gekomen, ik wil eigenlijk naar huis want heb niets bij me."

Ze staat op en neemt haar jas van de stoel.

Hans neemt snel de laatste slok uit z'n kopje en staat dan eveneens op om 'm nog snel aan haar aan te reiken. Hij houdt de jas zo op dat ze er gemakkelijk in kan en pakt daarna die van hem van de stoel. Hij trekt 'm eveneens aan.

Tegelijk pakken ze hun tassen op.

"Heb je zin om met me mee te gaan, dan zal ik voor je koken.

Ik ben een goede kok hoor."

Ze trekt er een verleidelijke blik bij en houdt haar hoofd een beetje scheef.

Haar ogen houdt ze tot smalle spleetjes gesloten.

Zo ziet ze er ontzettend leuk uit en Hans moet erom glimlachen.

223

Hoe graag hij ook nog even bij haar wil blijven, haar vriendelijke aanbod brengt hem aan het twijfelen. Hij heeft er geen goede ervaringen mee om bij een klasgenoot te blijven eten.

Vorig jaar had de jongen waar hij onder algebra naast zat, erop gestaan dat hij bij hem huiswerk kwam maken. De moeder van die Johan, was na een poosje bij hen aan de huiskamertafel komen zitten, vroeg langs haar neus weg wat Hans graag at en deed alsof de vraag spontaan bij haar opkwam.

In een opwelling vertelde hij dat ie nasi erg lekker vond en dat daarna bami als twee-de keuze gold. Terwijl hij het zei realiseerde hij zich pas dat de moeder er onmisken-baar 'van Indische afkomst' uitzag. Onmiddellijk kreeg hij spijt van z'n eerlijkheid.

Als antwoord op zijn opmerking, stelde ze meteen voor om die avond - en dus feite-lijk speciaal voor hem - een nasi schotel te maken.

Ze zei het 'uitermate op prijs te stellen' als hij wilde blijven eten.

Daar had hij vanzelfsprekend niet tegenop gekund, maar het voorstel kwam als een verplichting op hem over. Uit het veld geslagen durfde ie niet te zeggen dat hij ei-genlijk liever naar huis ging.

Hij wilde niet bekennen dat ie bij voorkeur thuis aan tafel at.

Braaf heeft hij vervolgens naar Loes opgebeld om te vertellen dat ze na het eten nog een poosje door moesten gaan met hun sommen en dat ie daarom mee moest eten bij zijn klasgenoot.

Het stelde hem teleur dat zijn moeder dit zonder tegenpruttelen accepteerde.

Ze wist toch hoe hij over op bezoek gaan dacht en had erop gerekend dat ie zich achter haar bezwaren zou kunnen verbergen. Later, toen hij van het huiswerk maken thuiskwam, merkte ze ten overvloede zelfs op dat hij eens wat vaker onder de men-sen zou moeten zijn.

Hans concludeerde dat ze het waarschijnlijk goed bedoelde.

Jolanda vat zijn aarzeling op als een bevestiging, want dringt verder niet aan op een antwoord. Ze vraagt het nog een keer en gaat hem voor naar de deur.

Daar roept ze het meisje goedendag en wacht tot hij achter haar aan komt.

Hans rekent de thee af en durft niet te vragen waar het meisje Jolanda van kent.

Tijdens de vier stappen naar hun fietsen pakt Jolanda z'n arm.

Onder het lopen drukt ze haar hoofd even kort tegen zijn schouder.

"Leuk joh dat je meegaat.

Ik zal wat lekkers voor je klaarmaken.

Lust je eigenlijk wel pasta of heb je liever een pizza.

Ik kook graag Italiaans namelijk."

Ze kijkt hem vragend aan, maar heeft duidelijk een hoopvolle blik in haar ogen.

"Als je liever Hollandse kost eet dan kan ik dat ook voor je klaarmaken hoor."

Ze zijn bij haar fiets aangekomen, waardoor ze hem los moet laten.

Hij verwacht even dat ze hem een heel menu aan mogelijkheden voor gaat schote-len, maar ze bukt zich om haar fiets van het slot te halen.

Blijkbaar heeft ze, weer aangekomen in de wijde wereld, opeens haast.

Hans loopt naar die van hem en vraagt zich nog steeds af of hij er daadwerkelijk zin in heeft om met haar mee te gaan.

Hij weet dat ie inderdaad wat vaker, onder de mensen zou moeten zijn.

Het heeft hem daarentegen nooit gehinderd om zomaar helemaal alleen op zichzelf te zitten. Al vormt Jolanda daarop natuurlijk een uitzondering.

Hij vindt haar heel aardig en zonet heeft hij gemerkt dat hij haar gezelschap erg op prijs stelt. Ze beweegt weliswaar veel en is daardoor nogal nadrukkelijk aanwezig, maar bij haar stoort het hem niet.

De hele manier van doen hoort bij haar en hij vindt het charmant.

Ze biedt hem er namelijk de ruimte mee om ook zichzelf te zijn en lijkt het geen probleem te vinden dat hij liever even nadenkt alvorens een antwoord te geven.

Dat ze meer dan een belangstelling samen delen, trekt hem sterk in haar aan.

Zoals het heet is hij in de korte tijd die ze in het café samen hebben doorgebracht, als een blok voor haar gevallen. Extra gevallen!

Want dat hij haar leuk vond, stond al eerder voor hem vast.

Als ze straks bij haar thuis zijn, kan hij altijd nog overwegen om 'toch maar' naar huis te gaan. Het spreekt namelijk voor zich dat hij zijn moeder even moet opbellen om zijn afwezigheid aan tafel te verklaren. Onder het fietsen kan ie iets bedenken om eventueel alsnog op de afspraak terug te komen.

De eerdere ervaring bij Johan heeft hem weliswaar geleerd dat Loes er waarschijnlijk geen bezwaren tegenin zal brengen, maar als hij erover nadenkt kan hij desgewenst een reden bedenken.

Op de een of andere manier voelt hij zich daarvoor bij allebei vertrouwd genoeg.

Indertijd bij Johan was die maaltijd overigens niet tegen gevallen. Het eten was weliswaar heel anders dan thuis, maar het smaakte verrukkelijk. Zo moest dat Indische eten blijkbaar qua traditie worden klaargemaakt!

Hij stapt op zijn fiets en rijdt naar Jolanda toe.

Ze staat aan de stoeprand op hem te wachten. Als hij vlak bij haar is ziet hij dat het meisje van de bar, achter het raam is gaan staan. Hij steekt een hand op ter begroeting, maar ze lijkt het niet te merken.

Ze kijkt wel hun kant op, maar blijkbaar ziet ze iets achter hen dat haar meer boeit.

Hans laat het zo.

Op de straat is het te druk om naast elkaar te kunnen fietsen. Ze rijden dus zoals op de heenweg, maar deze keer weet ze dat ie achter haar aankomt.

Het is hem bekend dat Jolanda in de zogenaamde 'professoren wijk' woont.

Die ligt net buiten het centrum en hij verwacht dat ie wel naast haar kan gaan rijden als ze straks op de Lammenschansweg aangekomen zijn.

Bij het verkeerslicht op de Korevaarstraat lijkt het al te kunnen, maar net als hij zich naast haar heeft gemanoeuvreerd springt het licht op groen. Jolanda rijdt stug door, ze lijkt nog steeds haast te hebben. Zo snel trapt ze.

Hans bedenkt opeens dat ze het er in 't café over had dat haar oma op bezoek was gekomen. Zijn moeder en zusje gebruiken de term ook weleens, maar dan bedoelen ze dat ze ongesteld geworden zijn.

Van zijn zusje Marjolein, die hij sinds kort om te plagen 'majoraan' of 'wilde oregano' noemt al naar gelang of ze weer eens erg druk doet, weet hij dat ze het onlangs voor de eerste keer is geworden.

Loes en zij deden er eerst nogal geheimzinnig over.

Toch leek ze er trots op om het aan hem door te laten schemeren.

Vervolgens bleek ze overigens nogal beledigd toen ie liet merken dat hij haar toestand had geraden. Voor Hans is het daarom een meiden ding en hij weet niet waarom Jolanda zoiets aan hem wil vertellen.

Zal hij straks aan haar vragen of zij een broer heeft?

En of ze dat soort zaken dan even gemakkelijk met hem bespreekt?

Als hij haar voorlegt dat zijn zusje er nogal raar over doet, kan zij misschien uitleggen waar dat vandaan komt.

Op de ventweg kan hij eindelijk naast haar gaan fietsen.

Hij moet nog flink doortrappen om haar bij te halen en naast haar te kunnen blijven.

Het komt er daardoor niet van om met elkaar te spreken.

Bij de de Sitterlaan slaat ze linksaf en omdat hij haar niet goed bij kan houden, volgt hij haar nogmaals op een afstandje. Ergens tussen de huizen gaat ze een poort in en houdt dan plotseling stil bij een hekje. Hij moet nog tamelijk hard remmen om niet pardoes tegen haar op te botsen. Zo abrupt gaat het eraan toe.

Natuurlijk weet zij de weg en het zal niet bij haar opkomen dat die voor hem helemaal nieuw is, maar het is hem intussen wel duidelijk dat ze haast heeft.

Hij stapt af en volgt haar door de poort hun tuin in.

Ze zijn achterom bij een van de huizen die aan die laan staan aangekomen.

Hans weet dat dat boven en benedenhuizen zijn. De woningen recht voor hem zijn zogenaamde rijtjeshuizen. Hij weet dat de woningen van Jolanda en haar buren qua opbouw heel ruim zijn, aan de straatkant hebben ze een voortuintje.

In de bijkeuken gebaart ze dat hij zijn tas daar ergens neer kan zetten.

Die van haar laat ze van haar schouder glijden, het hengsel houdt ze in haar hand.

Hans doet zijn jas uit en hangt 'm over een van de stoelen die er staat.

Ze is hem voorgegaan de keuken in en blijft wachten tot hij ook komt.

Hij sluit de deur achter zich tegen de kou.

"Ik ga boven even wat anders aantrekken.

Ga maar in de huiskamer zitten.

Ik kom zo terug. Dan drinken we samen iets.

Wil je nog een kopje thee?"

Onder het praten gaat ze hem voor en doet de deur naar een kamer open.

Braaf loopt Hans er naar binnen en komt terecht in wat kennelijk de huiskamer zal zijn. Jolanda wacht in de gang op een antwoord, maar ze heeft waarschijnlijk door dat hij die thee niet zo'n aantrekkelijke optie vindt.

Hij mompelt dat ze wel zullen zien en is de kamer binnen gegaan.

Vervolgens hoort ie niet of ze toch naar de keuken loopt en er een ketel water opzet.

Hopelijk zal dat van die thee wel goed komen, maar voor vandaag heeft ie er toch wel een beetje zijn bekomst van.

In de kamer staat een lage kast langs de wand.

Het is een soort dressoir en erop staan een aantal foto's in houten en zilveren lijstjes, een groot beschilderd bord dient als decoratie en staat er bovenop tegen de muur.

Als hij vluchtig de foto's bekijkt ziet hij er geen een waarop Jolanda herkenbaar voorkomt. Het zijn voornamelijk wat oudere zwart-wit foto's van mensen.

Waar de indeling en samenhang op gebaseerd is kan ie niet opmaken.

Het zullen haar opa's en oma's zijn.

Boven het dressoir hangt een schilderij met een landschap erop. Hij loopt er dichter naartoe om beter te kunnen zien wat het voorstelt. Boven zich hoort hij hoe Jolanda aan het rommelen is.

De afbeelding moet iets met het verre Oosten, waarschijnlijk Indonesië, te maken hebben. Hij onderscheidt namelijk palmbomen en huizen op palen.

Na wat beter kijken ziet hij er ook een aantal personen op afgebeeld staan, die hebben een soort jurk aan. Voor zover hij het kan opmaken zijn 't lichtbruine mannen maar ook een aantal vrouwen. Tussen de palen onder de huizen ziet hij iets dat eruit ziet als varkens en kippen, die lopen er te scharrelen.

Het lijkt hem dat het schilderij naar een foto gemaakt is.

In het lokaal waar hij Aardrijkskunde krijgt hangt net zo'n plaat met soortgelijke huizen op palen.

Dit schilderij is een 'olieverf op doek', die op school is een prent uit de serie die ze ook al op de lagere school aan een muur in de gang hadden hangen.

Daar waren het voornamelijk historische prenten, maar onmiskenbaar in dezelfde stijl geschilderd. Er stonden bijvoorbeeld de martelaren van Gorkum op. Of Jan van Schaffelaer die ooit van een toren was gesprongen.

In de vijfde hadden ze een plaat met het ontzet van Leiden erop. Vanzelfsprekend met burgemeester van der Werf die zijn arm aan de burgers aanbiedt en er omheen mensen die zo te zien leden onder de vreselijkste honger.

Omdat hij achter zich wat hoort draait Hans zich om.

Hij is niet verschrikt, maar het vreemde van dit huis en de plaat hebben hem afgeleid. Terug in de realiteit ziet ie hoe Jolanda een soort jurkje aan heeft getrokken.

Eigenlijk is het meer een groot overhemd.

Het kledingstuk heeft lange mouwen en valt ruim, een beetje flodderig maar heel elegant om haar heen, als een jurkje.

Ze heeft er blote benen onder, met aan haar voeten slippers van badstof.

Bij de aanblikt valt 't hem op hoe warm het in de woning is.

Natuurlijk is het oktober, toch realiseert hij zich dat er zeker al een verwarming in het huis moet branden. Het is hier namelijk beduidend warmer dan buiten en de zon heeft vandaag niet lang genoeg geschenen om deze temperatuur op een andere manier te rechtvaardigen.

Omdat ie met zijn figuur geen raad weet, hij voelt zich betrapt maar waarop weet ie niet, kijkt ie op z'n horloge: "Mag ik even mijn moeder opbellen?

Ik moet haar vertellen waar ik zit, anders maakt ze zich zorgen."

"Je moet je zeker ook afmelden voor het avondeten?"

Jolanda draait zich om en wenkt hem mee terug de gang in.

"Hier hangt ie, doe je best."

Ze is hem voorgegaan, blijft echter meteen achter de deuropening staan en wijst met een gebaartje van haar rechterhand waar het apparaat zich ongeveer moet bevinden.

Onderaan de trap ziet hij 't toestel aan de muur. Het is zo'n ouderwetse zwarte met een zilverkleurige draaischijf. Hij weet niet of die het nog wel doen.

Hij moet langs haar lopen, min of meer om haar heen draaien en zowat aanraken in de deuropening, om er ongehinderd naartoe te kunnen lopen.

En passant ruikt ie dat ze een luchtje heeft opgedaan.

Het is geen gewone geur van zeep, maar het moet een soort parfum zijn. Het is niet opdringerig en ruikt naar kruiden en bloemen. Het doet hem denken aan de doosjes waar zijn opa altijd sigaren, de speciale die hij alleen op verjaardagen of met kerstmis rookt, koopt en bewaart.

Het zal dus de lucht van cederhout zijn, maar met een frisse vleug van bloemen.

Als hij naar de telefoon loopt hoort hij hoe ze achter hem de kamer weer binnen gaat. Hij neemt de hoorn van de haak en draait het nummer van thuis. Als moeder nu maar opneemt en niet z'n zusje.

Hans heeft er geen zin in om haar nieuwsgierige opmerkingen te moeten weerstaan.

Nadat hij de verbinding weer verbroken heeft, loopt hij de kamer binnen. Hij wil Jolanda vragen wat dat schilderij boven het dressoir betekent.

Hij kan zich niet voorstellen dat iemand zomaar zo'n afbeelding, die volgens hem iets speciaals uitbeeldt, ophangt.

Het schilderij is namelijk niet uitgesproken mooi of kunstzinnig en dat men zo'n voorstelling aan de muur hangt 'voor de sier' gaat er wat hem betreft niet in.

Hij verwacht dat er een soort binding moet meespelen. Zou een van haar ouders uit het voormalige Nederlands Indië afkomstig zijn?

Hans heeft bij Jolanda nooit een andere dan 'n blanke kleur waargenomen.

Hij zou niet kunnen vertellen wat haar exacte huidskleur is, maar haar ogen zijn 'grijzig/blauw' en niet bruin dat weet ie zeker.

Ook na de afgelopen zomervakantie was ze niet extreem bruin of had ze een kleur die mensen met een niet Nederlandse afkomst vaak hebben.

Ze heeft wel donkere haren, is dus niet Noord-Europees blond, maar die van haar zijn niet zo diep zwart als bijvoorbeeld bij dat oriëntaalse meisje uit zijn wiskunde les. Die komt duidelijk zichtbaar uit niet Westerse streken. Haar huid is het hele jaar enigszins getint en die haren diepzwart.

Volgens hem komt ze trouwens uit Iran en zodoende zal ze geen voorouders hebben die uit voormalig Nederlandse koloniën stammen.

Hij moet glimlachen om zijn overwegingen en loopt de kamer binnen.

Jolanda is intussen naar de andere, die aan de voorkant van het huis, gegaan.

Daar heeft ze het zich behaaglijk gemaakt in een van de reusachtige stoelen die er blijken te staan. Hij ziet haar pas als hij door de schuifdeuren naar binnen loopt.

Voor haar stoel, op de vloer, staan haar badstoffen slippertjes.

Ze zit er met opgetrokken knieën, dwars in. Haar gewaad heeft ze strak om haar achterwerk getrokken. Het textiel valt nu tot halverwege haar dijen.

Zo benadrukt het, waarschijnlijk onopzettelijk, de ronding van haar bips.

Zojuist heeft hij deze kamer wel gezien, maar durfde daar toen niet naar binnen te lopen. Vooral omdat Jolanda hem expliciet naar die huiskamer had gestuurd.

Het leek hem toen dat de kamer waar ze nu plaats heeft genomen, een zogenaamde 'opkamer' of 'mooie kamer' moest zijn. In zijn idee zou de kamer daarom alleen op zon- en feestdagen betreden mogen worden.

Hans weet niet wat er bij haar in huis normaal is.

Hij kan zich voorstellen wat haar achtergrond zal zijn, ze zitten tenslotte bij elkaar op school, maar wil haar niet in verlegenheid brengen door tegen hun huisregels te zondigen. In ieder geval is het hier aanzienlijk anders dan bij hem thuis.

228

Ook in deze kamer hangt een schilderij met een tafereel erop dat iets met oosterse sferen, Indonesië dus waarschijnlijk, te maken moet hebben.

Net voordat hij in een stoel durft te gaan zitten ziet hij dat er midden op de schoorsteen eveneens 'n landschapje hangt. Hij kijkt om zich heen of er nog meer van dit soort afbeeldingen of kleine schilderijtjes zijn.

Het blijft bij deze twee en die ene in de huiskamer.

Toen hij zojuist met zijn moeder aan de telefoon was, is hem niets opgevallen dat hij met iets oriëntaals in verband kon brengen.

Hij weet dat er dan vaak krissen of maskers opgehangen zijn namelijk.

Of batikdoeken, al weet ie niet precies hoe die eruit zien.

Zijn kennis komt uitsluitend uit boeken.

Op het tafeltje tussen de stoelen heeft Jolanda twee glazen neergezet.

"Wil je cola of heb je liever Sinas?"

Naast haar stoel staan twee flessen op de grond, beide doorzichtig.

In de een zit gele en die andere bevat de bruine vloeistof. Allebei zijn ze vrijwel helemaal vol, hij brengt haar dus niet in verlegenheid als hij een voorkeur uitspreekt.

Hans kiest voor de Cola omdat Jolanda dat gezien het bruine laagje in haar glas ook zit te drinken. Dan gaat hij in de andere stoel zitten..

Op het tafeltje er tussenin ligt een boek.

Ergens bij het midden, steekt er een boekenlegger uit, precies zoals het hoort!

Hans heeft een hekel aan de gewoonte een boek opengeslagen neer te leggen.

Hij ziet graag ongeschonden, niet gekraakte ruggen. Zelf is ie er namelijk altijd erg zuinig op, dat beschouwt ie als respect tegenover de auteur en uitgever.

Hij kijkt om zich heen om te controleren of er een boekenkast in de kamer staat, dan kan ie bekijken of alle ruggen daarin eveneens ongeschonden zijn.

Het staat wat hem betreft voor cultuurbesef.

Jolanda zet het volle glas voor hem op het tafeltje. De stoelen staan met hun rug naar het raam. Omdat er aan de voorkant van het huis een soort uitgebouwde erker zit, kunnen ze als ze dat willen en zonder zich eerst helemaal te hoeven omdraaien, naar buiten, de straat kijken.

Hans kijkt toe hoe ze de fles weer naast haar stoel zet en wacht tot ze zich weer in zijn richting draait. Zijn blik wordt in de tussentijd nogmaals naar het schilderij getrokken. Op de een of ander manier vindt hij de voorstelling levendig.

Het lijkt of de afgebeelde personen straks opeens weer verder zullen gaan met wat ze volgens de voorstelling aan het doen zijn. Als hij weer naar zijn klasgenootje kijkt, heeft ze zijn blik gevolgd. Ze kijkt ook aandachtig naar het schilderij.

"Komt jouw vader of moeder uit die streek?

Of is het louter toeval dat er meer schilderijen met dit oosterse thema hangen?'

Hij probeert haar aan te kijken, maar het lijkt wel of ze zojuist voor het eerst op dit schilderij is gewezen, of ze het nu pas voor de allereerste keer wat beter bekijkt.

Na een paar tellen kijkt ze hem vol verbazing aan.

"Hoezo, Oosters?"

Ze laat een stilte vallen en kijkt aandachtig naar het schilderij en dan naar hem.

Uit de tamelijk verbaasde toon waarop ze de vraag gesteld heeft, maakt hij geen verwachting op naar een antwoord. Hij blijft haar aankijken.

"Volgens mij is dit een schilderij dat iets uit de middeleeuwen uitbeeldt.
Hoe kom je erop dat het iets met het Verre Oosten te maken zou hebben?"
Weer wendt ze haar blik naar de afbeelding, als om nogmaals te bekijken hoe hij op zijn veronderstelling is gekomen.
Hans is opgestaan om het schilderij eveneens beter, maar dan van wat dichterbij, in zich op te nemen.
"Ik ga ervan uit dat dit Palmen zijn en die huizen op palen komen volgens mij alleen maar voor in een moerasgebied. Daarom dacht ik oorspronkelijk aan Indonesië."
Met zijn vinger heeft ie haar aangewezen wat hij bedoelt.
"Ik moest denken aan een van de eilanden uit de 'gordel van smaragd'.
Maar ik kan het natuurlijk mis hebben.
Het kunnen ook de Filippijnen zijn, maar daar weet ik niks vanaf.
Voor mij liggen bij dit tafereel onze voormalige koloniën het meest voor de hand."
Het lijkt er door zijn opmerking op of hij al bij heel veel mensen thuis geweest is en zelf heeft waargenomen dat deze tafereeltjes - zoals hij ze noemde - daar aangetroffen kunnen worden.
Een beetje beschaamd neemt ie weer plaats in de stoel.
Hans vindt het vreemd dat ze niet eerder heeft gezien dat de afbeelding onmogelijk iets te maken kan hebben met Europa. Of dat het landschap zelfs maar Europees of middeleeuws genoemd zou kunnen worden.
De afgebeelde bomen zijn door hun weelderige groei overduidelijk afkomstig uit de tropen of hooguit sub tropische gebieden.
De afgebeelde personen zijn trouwens ook allemaal 'niet Westers'.
Het valt hem tegen dat ze dit kennelijk niet eerder heeft opgemerkt.
Hij kijkt ook nog eens naar het andere schilderijtje.
Hoewel daar ook palmbomen op staan zou er inderdaad een meer Europees landschap uit te halen zijn. Misschien is daar inderdaad sprake van het Middellandse zeeg gebied. Hij gunt haar het voordeel van de twijfel.
Als Jolanda nu aan hem zou vragen wat voor schilderijen er bij hun thuis aan de wand hangen, dan zou hij haar het antwoord trouwens schuldig moeten blijven.
Iets met een boerderij in de huiskamer en in de eetkamer nog een 'vergezicht op Leiden'. Die laatste hebben zijn ouders ooit door een kennis laten schilderen aan de hand van een foto die zijn opa ooit gemaakt schijnt te hebben.
Een beetje verlegen met de situatie, de stilte die er is gevallen geneert hem, neemt hij het boek dat naast hem op het tafeltje ligt in handen.
Het is een van de boeken van de Amerikaanse schrijver Konsalik.
"Ben jij dit aan het lezen of je moeder?"
In afwachting van een antwoord kijkt ie naar haar, ze zit nog steeds het schilderij te bestuderen. Dan draait ze zich naar hem om, vraagt wat hij zojuist gevraagd heeft, verontschuldigt zich dat ze was afgeleid en niet naar hem heeft geluisterd.
"Ik zat dat schilderij nog eens te bekijken, maar ik zie werkelijk niet waarom dat nou een afbeelding van een 'tropen landschap' moet zijn.
Ik zie die palmen wel en ook dat die huizen op palen staan, maar volgens mij hebben mijn ouders dat schilderij gekocht toen ze aan de Bodensee op huwelijksreis waren.
Ik ben er altijd vanuit gegaan dat het Mainau voorstelde.

Daar zijn we intussen al een paar keer geweest tijdens de zomervakantie. maar het is me nooit opgevallen dat het daar misschien niet op sloeg."

Hans kent de omgeving van de Bodensee niet en wil er verder niet op ingaan.

Het doet er tenslotte helemaal niet toe wat er precies op een schilderij staat en draait erom dat je als toeschouwer iets bij de voorstelling kunt bedenken.

Hij dacht aan Indonesië en Jolanda aan de grens tussen Zuid Duitsland en Zwitserland. Volgens hem kunnen ze allebei tevreden zijn.

"Tja, we zullen het allebei wel goed hebben gezien.

Allebei op onze eigen manier."

Jolanda gaat rechtop zitten, ze zet haar voeten op de grond en draait zich in zijn richting. Nogal onlogisch doet ze niet meteen de slippers aan, maar recht eerst omstandig haar rug.

Het lijkt alsof ze, ondanks de gemakkelijk houding van zoeven verkrampt is geraakt. Hij kijkt naar haar, ziet nogmaals dat ze er erg aantrekkelijk uitziet en bewondert haar vormen in de strakke kleding.

Het lijkt of ze hem vanuit haar ooghoek in de gaten houdt en dat ze met haar bewegingen zijn aandacht nog even vast wil houden.

Dan staat ze kwiek op, gaat voor hem staan en schiet alsnog de slippers aan.

Omdat ze er een klein beetje bij voorover moet bukken kan hij zien dat ze onder haar jurk een donker rood broekje, volgen hem heet dat een slipje, aan heeft.

Beschaamd wendt hij snel zijn blik af en legt het boek weer terug.

Hij draait het exact zoals het eerder op het tafeltje lag.

"Ik ga even in de keuken het een en ander voorbereiden, dan kunnen we straks nog een glaasje cola drinken.

En natuurlijk even over die boekenlijst van je praten."

Onder het spreken is ze naar de schuifdeuren die de overgang tussen de twee kamers vormen, gelopen. Daar draait ze zich halfom, over haar schouder en zegt: "Je kunt dat boek van mijn moeder wel even lezen. Anders staan er hier nog wel een paar.

Mijn vader leest graag die vijflingen van Agatha Christie, misschien vind je daar iets van je gading tussen."

Ze doet een stap verder en wuift met haar rechterhand naar waar hij die boeken kennelijk kan aantreffen. Dan verdwijnt ze uit zijn blikveld.

Hans neemt een slokje cola, hij vindt het jammer dat ze hem alleen heeft gelaten en kijkt wat voor zich uit.

Zal hij haar gaan helpen in de keuken, of vindt ze dat niet prettig.

Misschien wil ze liever alleen zijn en zich concentreren op haar bezigheden?

Hij bedenkt dat ze het vervelend zal vinden om met hem over onbenulligheden, zoals een decoratie aan de wand, te praten.

Hij kijkt nog eens naar het schilderij, maar kan er niets anders van maken dan dat de personen die erop staan een sarong aan hebben en volgens hem dragen de mensen rond de Bodensee hele andere kleren. Die lopen niet in zulke witte jurken en of ze nou Duits of Zwitsers zijn, ze hebben er ook andere hoofddeksels.

Hans wil het boek dat naast hem ligt niet lezen of doorbladeren.

Zijn eigen moeder heeft ook weleens iets van die schrijver onder handen gehad, maar hij kan zich herinneren dat ze er niet veel aan vond.

231

Loes leest meestal meerdere boeken tegelijk, maar in die ene van deze is ze nooit erg veel verder gekomen dan tot vlak na het begin. Vervolgens is het boek langzamerhand steeds verder omlaag gezakt in de stapel boeken waarmee ze 'bezig' was.

Hij staat op en loopt naar de andere kamer.

Meteen rechts naast de schuifdeuren zit inderdaad een boekenkast.

Omdat hij even hiervoor meteen naar dat schilderij is doorgelopen, was het hem niet opgevallen. Op ooghoogte staat er een reeks kleurige boeken in, ze dragen allemaal dezelfde titel en het zijn die vijflingen waar Jolanda het zojuist over had.

Er staan meer boeken van dezelfde schrijfster en ook een serie van sir Arthur Conan Doyle, die gaan over Sherlock Holmes weet ie.

Hans bestudeert wat er nog meer staat en ziet hoe er nog veel meer boeken staan, de meeste zijn detective verhalen.

De vader van Jolanda moet een regelrechte liefhebber zijn, als ie er zoveel heeft.

Onder in de kast staat de Grote Winkler Prins encyclopedie, compleet met de drie syllabes van de afgelopen jaren.

Ernaast bevinden zich een aantal woordenboeken. Niet de eenvoudige pocket uitgaven zoals ze bij hem thuis hebben, maar mooie banden met een bewerkte, sommige zelfs een ogenschijnlijk lederen rug. Ze staan keurig in het gelid.

Engels, Frans, Duits, Spaans, Italiaans en twee delen Dikke van Dale.

De hele onderste plank en een deel van die erboven blijken met naslagwerken gevuld, want hij treft er ook een paar series met beschrijvingen van streken en landen aan. Zowel over Nederland als plekken elders in Europa, ziet ie.

De gouden L op de rug wekt 't vermoeden dat het plaatjes of foto boeken zijn.

Hans weet dat de boeken van deze uitgeverij niet veel tekst bevatten. Thuis hebben ze er ook een paar van in de kast en ze bevatten voornamelijk illustraties en bijschriften bij mooie foto's.

Dat maakt ze aardig genoeg om er - bijvoorbeeld als je je verveelt - in te bladeren.

Jolanda heeft de kamerdeur naar de gang open laten staan.

Hij hoort hoe ze in de keuken neuriënd ergens mee bezig is. Afgaande op het geluid staat ze dingen klein te snijden. Hij herkent namelijk het geluid van een mes dat over een snijplank schraapt.

Hans pakt een van de delen van de encyclopedie van de plank en begint er in te bladeren. Van het ene woord komt hij vanzelf op een andere, maar als er in het lemma verwezen wordt naar een deel dat nog op de plank staat, wil hij die niet pakken.

Na een paar minuten schuift ie het boek terug op zijn plaats.

Zorgvuldig ordent hij de ruggen tot ze weer keurig naast elkaar staan, aarzelt een moment en gaat dan de gang in. Jolanda staat met haar rug naar hem toe.

Ze heeft hem blijkbaar door de kamer horen lopen, want zonder zich om te draaien roept ze dat de 'wc' links naast de keukendeur zit.

Schuin tegenover de huiskamer zitten inderdaad twee deuren.

Hans vermoedt dat een ervan net zoals bij hun thuis naar een kelder of kast onder de trap zal leiden.

Dat de andere van het toilet is kan hij zien aan het ovaaltje boven de deurknop.

Er staat 'vrij' achter het venstertje, maar hij hoeft er nu geen gebruik van te maken.

Hans blijft in de deuropening staan.

Hij heeft nog niet besloten of hij naar haar toe zal lopen of beter terug kan gaan naar de kamers. Ze heeft hem vast niet voor niks duidelijk gemaakt dat hij zich een poosje zelf zal moeten vermaken. Dat zal ze immers vast en zeker bedoeld hebben met haar opmerking dat hij 'maar even' wat moest gaan zitten lezen.

Maar hij wil haar ook behulpzaam zijn.

Thuis helpt hij zijn moeder ook graag met het treffen van de voorbereidingen op het koken. Loes noemt het altijd de 'mise en place bereiden'.

Hij kan haar er meestal bij helpen door het snijden en schoonmaken van de groenten of aardappelschillen, al heeft ze dat meestal als eerste zelf al gedaan.

Vaak staan ze heel gezellig samen aan het aanrecht te werken.

"Ik kom zo, hoor.

Ik moet nog even een paar tomaten klein maken en dan kom ik weer bij je.

Lust je eigenlijk knoflook?"

Met haar handen enigszins omhoog, ter hoogte van haar buik, draait ze zich naar hem om. In de rechter heeft ze een mes en in de andere een halve ui.

Hans bromt dat ie het heel lekker vindt: "Tenzij het teveel is."

Dan draait hij zich om en loopt terug de kamer in.

Hij heeft gezien dat ze al bijna klaar is met het snijwerk en neemt aan dat ze het niet prettig zal vinden als hij haar voor de voeten komt lopen.

Binnen onderwerpt ie het schilderij nogmaals aan een onderzoek.

Om zeker te weten of de afgebeelde personen inderdaad een sarong dragen gaat ie er vlakbij staan. Als hij zou willen is er in een van van de boeken vast wel iets met foto's van dat eilandje in de Bodensee te vinden.

Hij is vergeten hoe ze het precies noemde, maar kan het er natuurlijk eveneens in opzoeken. Uit de andere delen is vast nog veel meer informatie te halen.

Het is hem teveel moeite.

Wellicht had hij aan Jolanda kunnen laten zien dat het er daar heel anders uitziet dan in Nederlands Indië. Ook daarover zag hij immers een paar uitgaven tussen de plaatjes boeken. Nu hij het beter bekijkt heeft ie zich echt niet vergist.

Het moeten oosterlingen zijn die op het schilderij afgebeeld staan en 't verbaast hem eens temeer dat het haar nooit is opgevallen.

Tomaten snijden gaat tamelijk snel en even een teentje knoflook schoonmaken hoeft ook niet vreselijk lang te duren, het verbaast hem daarom dat Jolanda nog zo lang in de keuken bezig blijft.

Ongeduldig loopt hij naar haar toe om te kijken waar ze blijft.

Hij kan natuurlijk zelf nog wel een nieuw glaasje cola inschenken, maar hij vraagt zich af waarom ze hem zo lang alleen in kamer achterlaat.

Heeft ze er misschien spijt van dat ie mee is gegaan?

Ze heeft er de warmwaterkraan open gedraaid en staat het aanrecht schoon te maken met een vaatdoek. Waarschijnlijk kan ze door het lawaai van de geiser niet horen hoe hij naar haar toeloopt.

Net als hij vlak achter haar staat, draait ze de kraan weer dicht.

"Ik vroeg me af waar je zo lang bleef.

Je bent wel een keurige huisvrouw hoor."

Geschrokken draait ze zich naar hem om en keert 'm dan gelijk weer haar rug toe.

233

Ze wringt de vaatdoek uit en legt 'm op het aanrecht.

"Je laat me schrikken!

Waarom ben je zo ongeduldig?"

"Ik wilde je komen helpen."

Hans heeft met zijn rechterhand haar zitvlak aangeraakt. Per ongeluk, omdat ze zich in een andere richting naar hem omdraaide dan hij verwachtte.

In plaats van een ontwijkende sprong of verontwaardigde opmerking over zijn handtastelijkheid, blijft ze staan.

Ze lijkt haar bips in zijn richting te duwen om de aanraking te verlengen.

Het spoort hem aan om ook zijn andere hand ertegenaan te duwen en hij durft haar billen te omvatten. Ze draait zich nog wat rechter voor hem en vindt het goed dat hij haar onder de jurk bij haar heupen beetpakt en naar zich toetrekt.

Op de overgang van het broekje voelt hij hoe warm haar blote huid is.

Meteen als hij zijn handen beter op haar heupen legt drukt ze haar billen naar achter. Ze duwt haar hele zitvlak tegen zijn kruis en moet voelen dat zich daar het een en ander aan het oprichten is. In een impuls trekt hij haar steviger tegen zich aan en beweegt zijn handen onder het jurkje naar boven.

Langs haar zij, waarvan de huid zacht en fluweelachtig aanvoelt, laat ie ze naar haar ribben glijden. Daar aangekomen beweegt hij zijn vingers voorwaarts, hij reikt naar haar borsten.

Verrast merkt ie dat ze geen bh aanheeft en hij ze zomaar kan beetpakken.

Hans heeft nooit geweten dat vrouwenborsten zo duidelijk voor hun ribben uitsteken of dat ze zelfs een beetje vrij komen te hangen als een meisje zich iets voorover buigt. Net zoals Jolanda hier doet voor het aanrecht.

Indertijd bij tante Els stonden haar borsten stevig vooruit en ze leken min of meer onafhankelijk van haar lichaam, recht naar voren te priemen.

Die van Jolanda hangen hier als een soort zachte zakjes voor haar ribben.

Hij omvat ze met zijn handen en voelt hoe haar tepels naar voren steken.

Door ze een beetje te kneden merkt hij hoe ze zijn handpalm vullen, dat kriebelt.

Hij opent zijn handen iets en pakt haar tepels, nu ze groter worden, tussen zijn vingers beet. Hij draait ermee en merkt dat ze een soort landschapje beginnen te vormen voorop de bolling van haar borsten, voelt hoe kleine bobbeltjes die ene stevige voorop omringen en de huid er omheen zich spant.

Het windt hem op, zeker omdat Jolanda intussen met haar billen tegen zijn kruis aan is beginnen te draaien.

Ze leunt voorover en droogt haar handen af aan haar jurkje.

Overmoedig laat Hans zijn rechterhand naar beneden, over haar buik, gaan en streelt onderweg naar haar broekrand haar navel. Ze legt haar hand om die van hem, vlak voordat hij zijn bestemming heeft kunnen bereiken, duwt ze haar buik tegen de rand van het aanrecht en doet haar hoofd naar achteren. Ze drukt haar schouders tegen hem aan.

Met haar hoofd tegen zijn wang zegt ze: "Het kan nu niet.

Ik ben ongesteld geworden. Dat zei ik je toch al?"

Ze spreekt snel, gejaagd lijkt het wel en intussen spant ze haar billen, drukt zich nog wat dichter tegen zijn kruis.

Door langzaam met haar achterwerk omhoog en omlaag te bewegen langs zijn gulp, kneedt ze zijn harde penis, tegelijkertijd kantelt ze haar heupen. Daarmee weet ze de druk aan te passen.

Hans kan niet anders dan zich steviger tegen haar aanduwen.

Het gaat niet verder omdat ze tegen de rand van het aanrecht staan en als hij nog meer tegen haar aan stoot, zal ie haar pijn doen. Dat wil hij niet.

Het voelt prettig als hij haar borsten wat steviger beetpakt en hij trekt haar strak tegen zich aan. Vervolgens drukt hij voorzichtig haar heupen tegen het aanrecht. Zo probeert hij haar bewegingen enigszins te beletten. Het wordt hem teveel.

Als ze zo blijft schuiven zal hij beslist een zaadlozing krijgen!

Ze duwt haar hoofd achterover tegen zijn nek en probeert hem te kussen.

Het lukt niet, hij is er niet op verdacht en heeft zijn hoofd eveneens naar achteren gebogen. De hartstochtelijke kus heeft ie niet aan zien komen.

Snel herstelt hij de fout.

Ze belandt met haar lippen op zijn oor en steekt haar tong erin.

Hij kan daardoor niet anders dan haar nog steviger tegen zich aantrekken en laat zijn kruis mee bewegen met het draaien van haar heupen. Met zijn handen wrijft ie tussen haar borsten, laat ze naar haar buik afglijden en pakt haar heupen weer beet.

Dan draait ze zich abrupt om.

Het jurkje moet ze helemaal los geknoopt hebben want hij merkt geen belemmeringen van de stof als hij haar plotseling tegen zich aan voelt. Hij kan haar borsten nu ongehinderd beetpakken en gaat met zijn handen op en neer over haar blote zij en buik. Ze kust hem nu vol op zijn mond en drukt haar onderlichaam tegen hem aan.

Hij leunt naar voren om de bewegingen die ze erbij maakt wat te beperken.

Hans weet uit de natte dromen die hij half doorwaakt heeft meegemaakt, dat ie 'op klappen staat'.

Jolanda duwt hem iets van haar weg en begint aan zijn broek te sjorren.

Als ze de knoop los heeft en de rits naar beneden heeft geschoven, trekt ze zijn lul uit de onderbroek naar voren en begint 'm te kneden.

Met haar linkerhand reikt ze tot helemaal onderaan tussen zijn benen.

Dan kriebelt ze met haar vingers onder zijn zak.

Intussen beweegt ze zijn eikel heen en weer over haar warme buik.

Nog voordat hij heeft kunnen reageren merkt hij hoe ie ejaculeert.

Ze merkt het ook want wrijft het vocht met haar hand uit over haar buik.

Hij merkt hoe ze de band van haar broekje over het bovenste deel van zijn penis heen trekt. Het doet geen pijn of is hinderlijk maar het textiel wordt onder haar wrijven wel steeds natter. Als er niets meer komt stopt ie met tegen haar aan te rijden.

Jolanda drukt nog even haar kruis tegen hem aan, maar komt dan ook tot rust.

Ze laat hem los en veegt haar hand schoon aan haar jurkje.

Dan wipt ze met haar heupen omhoog zodat ze op de rand van het aanrecht komt te zitten.

Haar benen slaat ze om hem heen en met haar handen over zijn schouders hangend, kijkt ze hem aan.

Ze trekt zijn hoofd tegen de hare en drukt een kus op zijn mond.

Het lijkt of ze een beetje buiten adem is.

Dan legt ze haar haren in zijn hals en verzucht: "Jeetje Hans, wat heb ik hier vreselijk naar verlangd. Heb je dan nooit eerder gemerkt dat ik verliefd op je ben?"

Hij voelt zich uit het veld geslagen.

Inderdaad heeft hij nooit gemerkt dat juist Jolanda - of ook maar een van de andere meisjes - belangstelling voor hem had. Het is niet bij hem opgekomen dat zoiets kon. Ze lieten het dus nooit genoeg aan hem blijken als het inderdaad zo was.

Dat nu allemaal aan haar vertellen lijkt hem niet passend.

Welke woorden moet hij daarvoor gebruiken en hoe zeg je zoiets trouwens zonder dat het als een verwijt klinkt?

Hij weet zeker dat ie haar tot in d'r ziel zal kwetsen als hij botweg zijn onkunde bekent. Voorlopig komt hij niet verder dan zijn schouders op te halen.

Hij houdt haar zo dicht mogelijk tegen zich aan en streelt zachtjes over haar rug.

Als hij ervoor kan zorgen dat ze zo dicht tegen hem aan blijft, dan hoeft hij haar niet onder ogen te komen. Het zal hem de tijd verschaffen om erover na te denken.

Intussen kan hij dan een plausibel antwoord op het vraagstuk verzinnen.

Jolanda blijft tegen hem aanhangen.

Het voelt alsof ze zich zich aan hem overgeeft, hem haar vertrouwen schenkt en zich laat gaan. Voorzichtig begint hij haar heen en weer te wiegen.

Het lijkt haar te ontspannen, zoekt meer steun en laat zich volledig tegen hem aanzakken. Hans hoeft het niet te sturen, het gaat vanzelf.

Hij geniet van haar warmte.

Los van die zwarte Piet op de kleuterschool, heeft ie nog nooit zo dicht tegen een meisje aan geleund, deze duidelijk vrouwelijke vormen tegen zich aangevoeld.

Terwijl hij van de genegenheid staat te genieten, realiseert ie zich dat hij eigenlijk nooit over meisjes praat. Meestal vindt hij de jongens tamelijk grof als het onderwerp ter sprake komt en Hans wil liever niet naar stoer bedoelde praatjes luisteren als ze worden opgehangen.

Het stoot hem af als er 'tieten', die al dan niet gigantisch groot of juist miezerig klein blijken en 'lekkere kontjes' besproken worden. De termen staan hem tegen en hij vindt ze niet passen bij de personen waarover ze kennelijk gaan.

Het duidt volgens hem op een gebrek aan respect en 't lijkt wel of ze een meisje, hun leraressen, een vrouw in het algemeen, uitsluitend beoordeelden op kenmerken die hij niet meteen opmerkt.

Als hij al eens met zulke ogen probeert te kijken en 't gaat er dan niet om of dat nou een klasgenootje is of iemand van de tv is, telkens moet je - in 'n oogopslag - zien over welke fysieke eigenschappen de besproken dame beschikt.

Daar is ie nooit op voorbereid.

Hij let er voornamelijk op of iemand vriendelijk doet en z'n belangstelling gaat ernaar uit of hij een persoon aardig zou kunnen vinden.

Daar doen de cupmaat of strakke kleding niet toe.

Hij bedenkt opeens dat zijn klasgenoten waarschijnlijk nog nooit in een vergelijkbare situatie als deze nu hebben verkeerd.

Het verklaart hun gedrag en het zal dus uit onkunde voortkomen.

Hans kan vanzelfsprekend wel waarnemen of een vrouw er al of niet aantrekkelijk uitziet, maar in zijn idee kan dat evengoed per moment verschillen.

Hij weet bijvoorbeeld dat Loes zich voor speciale gelegenheden op een gepaste manier aankleedt. Dan trekt ze bijvoorbeeld een mooie japon aan en maakt haar ogen op. Zo ziet ze er in haar dagelijkse doen nooit uit en hoewel ze natuurlijk nog steeds dezelfde persoon is, bemerkt hij in beide gedaantes een ander voorkomen.

Ze straalt dan een andere aantrekkingskracht uit.

Naar zulke verschillen in het voorkomen is hij benieuwd, want hij weet dat omstandigheden niet altijd voor iedereen optimaal zijn, maar hij heeft nog nooit kunnen besluiten naar welke van de twee gedaanten van zijn moeder zijn voorkeur uitgaat.

Ze zijn hem allemaal even lief.

In zijn ogen is 't telkens zijn moeder en pas onlangs heeft hij haar leren bekijken met de ogen zoals papa haar aan hem in Duitsland beschreven heeft.

Maar daar werd ze niet wezenlijk anders door dan normaal. Hooguit was ze leuker, meisjesachtiger, liever, aantrekkelijker zoals zijn vader zei, maar nog altijd gewoon zijn moeder.

Hij is er overigens van geschrokken dat hij net, toen hij Jolanda kuste en haar streelde, aan zijn tante moest denken. Het is toch al meer dan tien jaar geleden dat hij haar in al haar glorie op dat strand heeft kunnen bewonderen.

Daarna heeft hij haar nog slechts een keer gezien.

Dat was tijdens het feest van zijn opa Hans waarop ze gezamenlijk zijn 65e verjaardag vierden. De hele familie was er met partners en kinderen, voor bijeengekomen in een restaurant aan de boulevard in Katwijk aan Zee.

Eerder op die dag hadden ze een ritje met een bus gemaakt, maar toen was hij wagenziek geworden en mocht voorin blijven zitten.

Hans herinnert zich niet dat hij haar toen heeft gesproken, alleen dat hij haar met papa een hand is gaan geven.

Tante Els is indertijd naar Engeland verhuisd. Naar hij weet ooit voor stage van haar school en later in verband met een vriendin waarmee ze er nu samenwoont.

Op de uitvaart van zijn vader is ze overigens niet gekomen, Loes heeft om haar te weren de kaart pas dezelfde dag op de bus gedaan.

Mama heeft hem overigens nooit willen vertellen waarom ze een hekel aan haar jongste schoonzus heeft. Alleen dat ze die aversie deelt met haar vriendin tante Marieke, papa's andere zus.

Het is evenmin ooit uit de doeken gedaan, wat eraan vooraf is gegaan of hoe de vork in de steel steekt. Er werd nogal krampachtig gedaan als hij erover begon.

Allebei zijn tantes lijken hem trouwens even aardig, dit voor zover hij in staat is om erover te oordelen.

Of Loes uit solidariteit met haar vriendin die afkeer van tante Els koestert, of dat er iets tussen hen beiden is voorgevallen, is in raadselen verhuld gebleven.

Hans legt zijn handen op Jolanda d'r schouders en duwt haar wat van zich af.

Hij beweegt zijn handen naar haar wangen, pakt haar bij haar kin en tilt haar hoofd een stukje op.

Zo dwingt hij haar om hem recht in zijn ogen te kijken.

"Ik wist het niet.

Maar ik ben blij dat je me het hebt willen zeggen.

Dat je me je liefde hebt willen tonen. Bedankt."

237

Met een hartstochtelijke kus op haar mond hoopt hij verdere vragen, haar eventuele verwijten, te omzeilen. Hij wil vooral zijn genegenheid met haar delen.

Gretig beantwoordt ze zijn kus en verstevigt hun omhelzing weer.

Vol van verliefdheid blijven ze staan, dan duwt ze hem plotseling van zich af en springt van de rand van het aanrecht.

"Au, kramp."

Van schrik doet hij een stap naar achteren, struikelt over haar slippertjes en doordat zijn broek nog om zijn onderbenen hangt, valt ie bijna om.

Hij moet zich beetpakken aan de rand van het aanrecht om zich staande te houden en kijkt toe naar wat haar bezielt.

Ze is rechtop gaan staan en strekt haar blijkbaar pijnlijke been. Dan, als de ergste kramp over lijkt en ze weer normaal blijkt te kunnen staan, kijkt ze hem met een verschrikte, bijna schuldige blik in haar ogen aan: "Ik probeer al meer dan een half jaar aan je duidelijk te maken dat ik je heel graag mag.

Els en Marjo trouwens ook hoor.

De hele vakantie heb ik er bijvoorbeeld over getwijfeld of ik je misschien een kaart kon sturen en vroeg me af of je het leuk zou vinden als ik je een brief schreef.

Nou ja, je weet wel.

Ik zou erin uit willen leggen hoe ik met je meeleef en zo.

We mogen je heel erg graag, maar je doet altijd zo verlegen, bent nogal op jezelf en we weten geen van allen hoe we je kunnen bereiken.

Ik hoop dat je niet boos wordt als ik het zo plompverloren zeg, maar ik wilde je zo graag troosten.

Ik hou echt heel veel van je."

Jolanda is onder het praten een paar stapjes naar achteren gegaan en heeft de panden van het jurkje om zich heengeslagen. Ze verbergt haar naaktheid.

Ze lijkt opeens verlegen en is ook zachter gaan praten, fluistert bijna.

Hans pakt de rol met keukenpapier die links van hem staat. Hij scheurt er twee velletjes vanaf en geeft die aan haar. Dan doet hij hetzelfde voor zichzelf.

Zonder elkaar aan te kijken vegen ze allebei hun buik droog, halen met een extra velletje de laatste vlekken van hun kleding.

Hij ziet dat er een donkere plek op de rand van haar broekje achterblijft.

Zelf heeft hij er twee op zijn t-shirt.

Moet hij ze gewoon op laten drogen of kan hij een schone aan haar vragen?

Hij besluit erop te vertrouwen dat de boel zichzelf zal oplossen.

Vanavond als hij thuis komt kan hij andere kleren aantrekken.

Nu sjort hij zijn broek weer omhoog.

Tante Marieke

Voor zover Hans het kan waarnemen. gaat zijn moeder de afgelopen weken heel erg vaak naar haar ouders. Ze is ook al een aantal keren 's avonds bij haar vriendin, tante Marieke geweest en hij meent intussen vast te durven stellen dat ze zowat elke dag onderweg is.

Al kan hij natuurlijk niet waarnemen hoe laat ze overdag daadwerkelijk vertrekt en of ze – misschien nog voordat hij uit school komt - thuis is gekomen.

Alleen heeft ze intussen al een paar keer rond een uurtje of vijf opgebeld om te vragen of hij voor haar wil waarnemen: "Hans, je moet maar wat te eten maken voor jezelf en je zusje."

Zoals ze het noemt is ze dan: "In de stad."

Braaf kon ze vervolgens opsommen wat hij waar in huis konden vinden en wat er nog aanwezig moest zijn in de koelkast of kelder. Vreemd genoeg wist ze dan ook exact hoeveel er nog aan geld in de huishoudportemonnee zat.

Beschikbaar voor aanvullende boodschapjes als hij die nodig zou hebben.

Een paar keer kwam ze daarna tamelijk laat weer thuis.

Maar vorige week spande de kroon. Hans maakte zich in de loop van die avond echt zorgen, want wist niet wie hij om kwart over elf nog kon opbellen om te vragen of zijn moeder misschien daar op visite was.

Opa en oma sliepen natuurlijk allang en waar ze verder naartoe kon zijn gegaan was hem niet bekend. Zijn tante had weliswaar telefoon maar kon ie haar zo laat bellen?

En moest, of kon hij zijn moeder erover aanspreken als ze straks thuiskwam?

Daar heeft ie op lopen broeden, maar hoe pak je zoiets aan?

Hans begreep wel dat ze het verlies van haar man en de veranderingen in haar gezin moest zien te verwerken. Daar was hij tenslotte uitgebreid over ingelicht door de maatschappelijk werkster van de school.

De mevrouw had hem in de week na de crematie van zijn vader, op haar kamertje uitgenodigd. Ze wilde een gesprekje en maakte wat algemene opmerkingen.

Hij zat bij haar in een stoel en moest zich wel vier keer op het hart laten drukken dat hij: "Bij haar langs mocht komen als hij er behoefte aan had."

Hans was er vooral van onder de indruk dat iemand zich druk om 'm maakte.

Hij liet vriendelijk doorschemeren er geen behoefte aan te hebben om: "Zijn ziel op tafel te leggen."

Die vakterm had hij geleerd uit een foldertje dat hem op het crematorium of zoiets wat uitgereikt over het 'verwerken van rouw'. Daarom durfde hij er bij de maatschappelijk werkster gebruik van te maken.

Het leek hem dat de beeldspraak op dat moment goed bij zijn gevoel paste.

Die ene avond had ie zijn pyjama alvast aangetrokken want hij wilde eigenlijk gaan slapen. Toen hij Loes eindelijk thuis hoorde komen ging hij gauw naar beneden.

Het was natuurlijk een beetje vreemd dat hij haar op het matje zou roepen, maar een andere houding wist hij zich niet te aan te meten.

Tenslotte is het veel normaler dat een moeder zich zorgen maakt over het late thuis-komen van haar zoon, in plaats van dat die zoiets voor haar doet.

Feitelijk was er sprake van de omgekeerde wereld, maar het kon helaas niet anders en tot zijn verbazing begon Loes zich, al tijdens uitdoen van haar jas, uitgebreid te verontschuldigen.

Hij had min of meer verwacht op zijn donder te krijgen, omdat ie nog niet was gaan slapen en nog zo laat op haar was blijven wachten.

"Ik ben even bij tante Marieke geweest.

We hebben een glaasje sherry gedronken en zijn de tijd een beetje vergeten.

Ik heb er maar eentje op hoor."

Hans had al aan haar adem geroken dat ze iets gedronken had, maar het luchtje wist ie vooralsnog niet helemaal thuis te brengen. Het alcohol gebruik drong dus pas tot hem door toen ze zich ervoor verontschuldigde.

Hij haalde zijn schouders erover op en is, zonder nog iets te zeggen naar zijn kamer gegaan. Zijn tanden had ie al gepoetst, dus hij hoefde alleen nog maar in zijn bed te kruipen en het licht uit te schakelen.

Wel is ie blijven luisteren naar wat er beneden allemaal aan de hand was. Door de opwinding kon ie niet meteen aan slapen denken.

Hij daarom luistert naar de geluiden die zijn moeder beneden voortbrengt.

Loes rommelde er pal onder hem in de hoekkast van de huiskamer en maakte daar nogal wat lawaai bij.

Zo viel er iets om en hij hoorde haar een krachtterm vloeken.

Nogal luid dus blijkbaar was ze nog steeds de tijd vergeten.

Hij stelt vast dat ze van dat ene glaasje ook gejokt moet hebben.

Kennelijk is ie toch in slaap gesukkeld, zojuist is hij namelijk ergens wakker van ge-schrokken. Automatisch richt ie zich wat op en luistert waar het lawaai dat hem ge-wekt heeft, vandaan komt. Het komt van beneden uit de huiskamer.

Op zijn wekker ziet ie dat het zowat half vier is.

Hij richt zich wat op en probeert te horen wat er speelt. Hij vreest dat zijn moeder al die tijd in de spullen heeft lopen rommelen. Het lijkt er daarom op dat ze ergens naar op zoek is. Nieuwsgierig gaat hij helemaal rechtop zitten.

Als hij hoort dat ze inderdaad allerlei dingen aan het verplaatsen is, draait hij zich een kwartslag en zet zijn voeten op de vloer.

Moet hij naar beneden gaan en haar tot stilte manen, of zal hij gaan helpen bij wat ze aan het doen is?

Hij neemt aan dat ze inderdaad iets zoekt en dat ze daarom van alles overhoop loopt te halen.

Hij kan nu toch niet meer slapen, dus gaat ie naar haar toe.

"Kan ik je ergens mee helpen?"

Loes staat midden in de kamer. Ze heeft trommels, borden, schalen, kopjes, bekers en glazen uit de kast gehaald. Ze heeft ze op de tafel en de stoelen neergezet. Hans ziet dat er ook twee stapels spullen op de grond staan.

Op zijn vraag draait ze zich naar hem toe.

"Ik red me wel, ga maar slapen.

Sorry dat ik je wakker heb gemaakt."

Hans doet een stap naar binnen en gaat dan op het puntje van de stoel waarop ze nog weinig heeft neergezet, zitten. Loes is in de deuropening van kast blijven staan.

"Waar ben je naar op zoek. Ik wil je wel even helpen hoor."

"Papa heeft ergens in deze kast ooit wat papieren van de boot weg gelegd.

Daar hebben we nooit meer naar gekeken, maar ik heb ze nodig.

Ga nou maar slapen, je moet morgen naar school.

Ik zal wel wat stiller doen, geen lawaai meer maken."

Hans wil opstaan, maar iets vertelt hem dat hij zijn moeder beter kan helpen.

Mama lijkt opgewonden, doet zenuwachtig. Hij hoort nu trouwens voor het eerst van papieren, waarvoor zou ze ze nodig hebben?

En hoezo nu opeens, midden in de nacht?

"Kan het niet tot morgen wachten?

Dan heb je misschien wat meer rust dan nu.

Ik zie dat je een beetje gehaast, nogal gejaagd, doet."

Op het dressoir ziet hij een halfvol glas staan, er staat een sherryfles naast.

Die is in huis voor speciale momenten, dat zal het nu waarschijnlijk dus zijn.

"Waar zijn die papieren voor en wat staat er in?

En waarom moet je ze juist nu hebben?"

Loes draait zich naar hem toe en kijkt hem aan. Het lijkt of ze naar woorden zoekt, het hem wil vertellen, maar niet weet hoe ze het moet zeggen: "Hans ga slapen en laat me met rust. Er zijn dingen die een mens moet doen, die ík moet doen en daar kan ik je nu niet zo goed bij gebruiken.

Ik vind het lief dat je me behulpzaam wil zijn, maar laat me maar met rust."

Ze klinkt beslist.

Hij neemt aan dat ze perse niet wil dat hij haar helpt en staat op.

"Heus ik vind het lief dat je me wil helpen.

Ik vertel je morgen wel wat tante Marieke en ik besproken hebben en begrijp overigens ook dat ze je een heleboel verteld heeft van haar nieuwe vriend."

"Ja, maar ik weet alleen dat ie uit Tilburg komt.

En dat ze misschien bij hem wil gaan wonen.

Of dat hij hier bij haar intrekt, meer weet ik ook niet hoor.

Ik weet niet eens hoe hij heet of wat voor werk hij doet."

Dan loopt hij verder en gaat de trap op. Achter hem hoort hij hoe zijn moeder nog een plank uitruimt en een voor een de spullen ergens in de kamer neerzet.

Ze is nog steeds bezig met die hoekkast en inderdaad zou daar een loze ruimte achter kunnen zitten. De achterkant loopt parallel aan de deur.

Nu hij erover nadenkt heeft papa inderdaad weleens verteld dat daar een brandkast achter zit. Hij heeft er echter nooit opgelet of dat zo is en er nooit een toegang een deurtje of zoiets, voor gezien.

Maar het zou wellicht kunnen dat er iets zit waarin wat geheim te houden is

Maar een brandkastje zit er zeker niet.

Als hij 's morgens voor zijn ontbijt naar beneden komt, loopt hij de kamer in om er een bakje voor zijn muesli uit de kast te halen.

Die kast is nog niet ingeruimd.

Alle planken heeft Loes leeg gehaald en de spullen staan nog steeds verspreid over de tafel en stoelen. Hij bukt om te kijken waar de toegang van die brandkast zich eventueel toch nog kan bevinden.

Een voor een licht hij de planken een stukje op om te kijken of daar een naad zit die de aanwezigheid van een verborgen luik of deurtje verraadt. Om zijn evenwicht niet te verliezen houdt hij een hand midden voor zich op de grond als hij bij de onderste plank is gekomen en terwijl hij zich iets verder voorover bukt om ook daar te kunnen kijken, voelt ie hoe de vloer een beetje meegeeft.

Voorzichtig peutert ie de vloerbedekking van de kast in een hoekje los. Het gaat al snel gemakkelijker, dan tilt ie het losgekomen stuk op en ziet dat de planken eronder los liggen. Als hij er eentje opzij drukt kan ie deze optillen.

Dan kan hij ook die andere twee ernaast wegnemen.

In de ruimte die vrijkomt, ligt een aantal mappen.

Hij haalt ze tevoorschijn en hoort dan hoe, achter hem, Marjolein de trap af komt.

Nu wil hij de buit niet meer triomfantelijk aan Loes, die vanzelfsprekend nog boven op haar kamer is, gaan geven en snel legt hij de planken terug.

Zorgvuldig herstelt ie wat hij heeft aangericht door ook de vloerbedekking weer netjes te schikken. Hij drukt het weer vast in het plakband waar het eerder door werd vastgehouden. De mappen, het zijn er drie, doet ie in de schooltas die achter hem tegen de tafelpoot staat.

Om zijn moeder toch enigszins behulpzaam te zijn ruimt hij twee van de kastplanken in met de borden.

Hij stelt zich voor dat ie zijn vondst beter even geheim kan houden.

Nieuwsgierig geworden wil hij ze zelf eerst bekijken.

Daar komt het trouwens niet alleen door, doordat zijn moeder er vannacht een soort geheimzinnigheid om leek te willen bewaren, lijkt het hem nu dat ie ze eerst maar eens zelf moet onderzoeken.

Onder het opstaan pakt hij van de bijna lege tafel het bakje en de lepel waarvoor hij oorspronkelijk de kamer ingelopen is. Dan gaat ie naar de keuken om er het graan- en vruchtenmengsel in te strooien.

Uit de koelkast pakt hij melk en gaat met gespeelde aandacht voor een papiertje dat er ligt, op een kruk zitten eten. Zijn zusje schenkt hem geen aandacht.

Als zijn ontbijt op is, gaat hij terug naar de kamer, zet nog een paar schalen terug in de kast, sluit zijn tas en trekt zijn jas aan in de gang.

"Dag, ik ga naar school."

Het is het vaste ritueel dat hij volgt als zijn moeder niet beneden is. Hij roept naar haar van onderaan de trap, om te vertellen dat ie weggaat.

Als hij vanmiddag thuis komt kan hij de mappen alsnog aan haar geven.

Door de haast om naar school te gaan heeft hij geen tijd gehad om zijn vondst even te bekijken en eventueel de inhoud gelijk met haar te delen. De mappen voor haar op tafel achterlaten behoorde tot de mogelijkheden, maar met zijn nieuwsgierige zusje in de buurt deed ie dat liever niet.

Op de een of andere manier vindt Hans dat ie het recht heeft om er als eerste een blik in te werpen. Hij wil de inhoud op de juiste manier met zijn moeder delen.

Hij heeft ze tenslotte gevonden.

Loes had zich trouwens alle moeite van vannacht kunnen besparen, als ze even had nagedacht. Ze moet er immers bij zijn geweest toen papa die papieren heeft opgeborgen. Volgens hem, hebben zijn ouders nooit geheimen voor elkaar.
Al was het z'n vaste grapje dat ze: "Onder huwelijkse voorwaarden getrouwd zijn."
Het zit hem niet lekker dat ze er niet even samen naar hebben kunnen kijken. Al kan ie het verklaren door de haast die hij iedere ochtend heeft om op tijd naar school te gaan. Dat ze er de tijd voor moeten nemen, lijkt 'm logisch.
Mama zal het waarschijnlijk wel begrijpen als hij het straks zo aan haar uitlegt.

Hoewel de mappen bij ieder begin van de les weer tevoorschijn zijn gekomen en hij misschien een snelle blik op de inhoud had kunnen werpen, is dat er niet van gekomen. Heel even heeft hij slechts kunnen zien dat er een is waar brieven en bankboekjes in zitten.
Aan de andere twee is hij niet toegekomen, de les stond telkens al op beginnen en hij wilde niet het risico lopen dat ze werden afgepakt.
Dan had hij de papieren namelijk via de rector weer moeten opeisen.
Jolanda heeft vandaag gymles als laatste uur. Zoals ze het al zowat de eerste dag na hun kennismaking hebben afgesproken zal Hans in de kantine op haar wachten.
Dan werken ze daarna samen nog 'n uurtje aan hun huiswerk.
Ze hoeven allebei pas tegen etenstijd thuis te komen.
Loes verwacht hem niet eerder, ook vandaag niet en ze verwacht hem zeker niet met deze papieren. Tenzij ze vandaag ook de geheime bergplaats vindt, maar zal ze dan vermoeden dat hij er al iets gevonden heeft?
Vannacht wist ze immers helemaal niet waarnaar ze op zoek was.
Hij heeft een kopje koffie uit de automaat getrokken en is aan zijn vaste tafel helemaal achterin gaan zitten. Het is dezelfde tafel als indertijd met Anouk.
De afgelopen tijd is het uitgegroeid tot zijn favoriete plek. Vandaar kan ie de hele kantine overzien. Maar hij zit er toch zo ver van de ingang, dat het andere leerlingen die binnen komen lopen, de gelegenheid geeft ergens anders plaats te nemen.
En de plek biedt hem tegelijkertijd ook de mogelijkheid om zich voor te bereiden op iemand onverhoopt toch bij hem wil komen zitten.
Dat heeft ie onthouden van dat voorval met Anouk.
In de eerst map die hij pakt zitten de brieven en bankboekjes die hij vanmorgen al in de gauwigheid heeft gezien. Door de boekjes is een grote ster gestanst.
Hij slaat er een open en ziet dat er ook een stempel in staat met in kapitalen VERVALLEN erop. Allebei de boekjes hebben datzelfde stempel en dezelfde ster.
Die is er zonder respect voor de inhoud, midden op de pagina's, dwars doorheen geslagen en zijn saldoboekjes van spaarrekeningen.
Hij ziet dat ze allebei op naam van Martin staan.
Zijn geboortedatum en naam staan op de eerste pagina. Hans kijkt er even naar en weet niet of hij verder zal bladeren. Het gaat hem toch eigenlijk niet aan.
Waarom Loes ernaar op zoek kon zijn maakt hem echter toch benieuwd.
Vluchtig slaat hij de bladzijden om. Het ene boekje staat op het huisadres van opa en oma uit Katwijk, daar staat een rood stempel op de eerste bladzijde gelijk na het midden. REKENING OPGEHEVEN.

Hans ziet dat het eindsaldo van dat ene boekje waarschijnlijk het beginsaldo van de andere is. Er staan, voor zover hij ondanks die ster kan ontcijferen, flinke bedragen in. Zowel als bijschrijving als saldo.

Papa heeft de rekening blijkbaar gebruikt om er op te sparen.

Hij bladert verder naar de laatste pagina met getallen. Ook deze rekening is vervallen bewijst het stempel. Helaas zit er dwars door het eindbedrag weer die ster.

Hans pakt zijn rekenmachine uit z'n tas en begint de bedragen die hij nog wel kan ontcijferen, bij elkaar op te tellen. Hij komt na wat heen en weer bladeren uit op een saldo van ongeveer een en dertig duizend.

Weliswaar in guldens, maar even goed nog een aanzienlijk bedrag.

Uit de datum bij het stempel maakt hij op dat papa het bedrag in zijn geheel opgenomen heeft. Aan die datum ziet ie dat Martin toen nog studeerde.

Waarschijnlijk heeft ie een tijdlang zijn salaris op deze rekening gezet.

Hans weet dat Martin gedurende zijn studie diverse baantje had en dat hij daar soms aanzienlijke bedragen mee verdiend heeft.

Hier staat duidelijk dat ie niet heeft overdreven.

Hij moet er even van bijkomen en realiseert zich dat hij in het verleden van zijn vader zit te roeren. Hij kan zich niet voorstellen dat mama niets geweten heeft van dat spaargeld. Waar zou papa het anders gelaten hebben?

En het verklaart nu ook die huwelijkse voorwaarden.

Dat was dus geen écht grapje.

En dat Martin het geld voor haar verborgen heeft gehouden, lijkt hem te onmogelijk om voor te stellen. Hans kijkt nog eens naar de datum die bij het opheffen van de rekening staat. Toen moeten ze al verkering hebben gehad.

Als hij het nogmaals na rekent trekt hij de conclusie dat papa het geld ervan afgehaald moet hebben in de tijd dat ie op de boot is gaan wonen.

Hij wil de brief pakken, het zou kunnen dat die hem wijzer maakt.

Het papier zit in een plastic mapje, er blijken er een paar achter elkaar te zitten, ziet hij nu. Hij neemt de bovenste.

Het is een brief die opa, de vader van mama, aan Martin heeft geschreven.

Hans is nieuwsgierig naar de inhoud. De vader van Loes is geen prater en dat hij zelfs brieven geschreven heeft, is daarom opzienbarend.

Hans leest niet alleen die ene brief maar ook die erop volgen.

Ze liggen gesorteerd op volgorde in het mapje.

Hij leest ook telkens het antwoord van Martin, want herkent eenvoudig zijn handschrift. Het moet de hele correspondentie zijn, want het vormt alles bij elkaar een afgesloten verhaal.

Dat Loes hiernaar op zoek geweest zal zijn, ligt niet voor de hand.

Alleen al uit de brieven van zijn vader kan hij opmaken dat ze van de hele briefwisseling op de hoogte moet zijn geweest.

Het verklaart namelijk in ieder geval een van de meest recente die hij aantreft.

Die is van meer dan vijftien jaar terug en daarin stelt opa voor dat hij 'bij wijze van pensioen' de zaak van de hand zal doen. Hij zal zijn dochter dan de opbrengst, de 'goodwill' schenken. De winkel kan ze vervolgens verhuren en oma en hijzelf willen er 'nog een paar jaartjes' boven blijven wonen.

Ze zullen vervolgens iedere maand een bedragje terug lenen om van te leven. Er staat geen datum, alleen een jaartal waarin het uiterlijk plaats moet gaan vinden. Dat is over twee jaar, als opa 65 is!

In de brief beschrijft opa het als zijn '*oude dag reserve*'. Ze zijn het er blijkbaar over eens geworden, dat het de draagkracht van Martin en Loes niet te boven zal gaan.

Het winkelpand is blijkbaar helemaal betaald en ze hebben niet veel nodig.

Opa schrijft ook dat ie erop vertrouwt dat Martin en Loes er verstandig mee om zullen gaan. Hans is onder de indruk en moet er even van bijkomen.

Door de correspondentie nog een keer aandachtig door te nemen, kan ie zich er een beeld bij vormen. Als hij iets niet begrijpt kijkt ie het nog eens door.

Maar het staat er allemaal heel duidelijk in beschreven!

In een van de eerste brieven heeft Opa zijn ouders de voorwaarde opgelegd dat ze op een bepaalde leeftijd getrouwd moeten zijn. Hij weet wanneer de trouwdag van zijn ouders was en die komt overeen met die wens.

Gewichtig heeft ie eraan toegevoegd dat hij daarbij de zorg voor z'n dochter overdraagt op Martin, dat komt op Hans wat overdreven over. Al begrijpt hij dat mensen van die leeftijd toen blijkbaar op zo'n manier afspraken met elkaar maakten en omdat het allemaal uitgebreid in de brieven staat, kost 't hem niet veel moeite om te begrijpen hoe het een en ander tussen de beide mannen tot stand is gekomen.

Hij heeft nagelezen of ze er een exacte datum waarop alles geregeld moest zijn, in hebben gezet. Die heeft ie niet gevonden.

Hij vraagt zich af of Loes naar deze overeenkomst op zoek kan zijn geweest.

Omdat ie dat niet kan bepalen, neemt ie zich voor de andere mappen ook eerst aan een onderzoek te onderwerpen.

Dan dringt het tot hem door dat zijn moeder geen eigen inkomen heeft en dat dat van Martin met zijn overlijden vanzelfsprekend is weggevallen.

Hans realiseert zich dat de constructie, door deze omstandigheden, niet volgens het plan van zijn vader en opa door kan gaan.

Hierdoor zal er geen pensioen meer zijn om naar uit te kijken!

Het idee stemt hem somber. Hans komt graag bij zijn opa en oma, maar ziet in dat er nauwelijks een hechte familieband bestaat. Zouden opa en mama de overeenkomst alsnog op de een of andere manier kunnen realiseren?

Misschien kan mama de zaak van haar ouders voortzetten en kan opa dan binnenkort al stoppen.

Zou ze de laatste tijd daarom zo vaak in de stad zijn?

De materie gaat hem boven de pet, hij kan zich rond de alternatieven en mogelijkheden niet veel voorstellen. Zeker niet hoe het nu binnenkort verder zal gaan.

Hij doet de map dicht en wacht even met de volgende.

Jolanda zal zo komen, maar nieuwsgierig naar wat ie nog meer aan zal treffen slaat hij dan ook de tweede open.

Er zitten papieren in die er nogal 'officieel' uit zien, ze staan vol met stempels van een notaris, ze heten AKTE. Dat staat er bij alle drie voorop, in kapitalen.

Als hij er een open slaat ziet hij dat ze met een ouderwetse typemachine gemaakt moeten zijn. De lettertjes zijn niet allemaal even dik geïnkt en de 'k' staat ietsje scheef. Omdat het zo duidelijk te zien is, valt 't 'm op.

Alle regels zijn trouwens tot het einde toe opgevuld met sterren, het teken voor ver- menigvuldigen op de computer, en puntjes. Het is kennelijk de bedoeling dat er niets aan het document veranderd kan worden.

Hij stopt de aktes terug in hun hoesjes en slaat de map weer dicht.

Later moet hij er maar eens samen met Loes naar kijken. Deze map zal degene zijn waar ze naar op zoek was. Maar waarom papa haar niet verteld heeft dat ie ze daar onderin de kast heeft gelegd, is hem nog steeds niet duidelijk.

Hans pakt de derde map.

Het is de dikste en dat heeft ertoe bijgedragen dat ie deze pas als laatste ter hand neemt. Nu slaat ie 'm open en ziet dat er allerlei brieven en papieren met bedragen erop tevoorschijn komen.

De meeste paperassen zijn met de hand geschreven.

Hij kijkt er snel naar.

Ze zitten allemaal nog in hun enveloppe en er zit ook net zo'n akte bij als hij in die vorige map heeft aangetroffen. Deze heeft geen kartonnen kaft, en zit niet in zo'n speciaal hoesje, maar al ziet ie eruit als een fotokopie, dan nog lijkt het stuk heel erg op die uit de andere map.

Het komt door de sterretjes en punten.

Jolanda komt de kantine binnen gewandeld en slaakt een kreet om zijn aandacht te trekken. Ze zal nog opgewonden zijn van de gymles, want ziet er nogal verhit uit, maar is gelukkig alleen. Er zijn geen vriendinnen met haar meegelopen.

Hans is nog overdonderd door de inhoud van de mappen en doet de laatste gauw dicht.

Hij weet niet zo goed hoe hij het een en ander aan zijn vriendin uit moet leggen.

Om eerlijk te zijn is hij vandaag nog niet in de gelegenheid geweest om zijn vondst met haar te bespreken. Alleen in de pauze hebben ze even een korte wandeling door de buurt gemaakt.

Toen hebben ze het uitsluitend over zaken gehad die de school aan gaan. Er waren twee vriendinnen bij, daarom is het er niet van gekomen over iets anders te spreken.

Niets over de rare avond en nacht die Hans thuis heeft meegemaakt met zijn moeder, of de vondst vanmorgen van deze mappen.

Dat zou het veel te persoonlijk gemaakt hebben tegenover de andere meisjes.

Hans schuift alles in zijn tas en pakt er het huiswerk uit.

Vanmiddag gaan ze samen wat aan algebra doen en dat is nu het belangrijkste.

Zoals de gewoonte is, wil hij bij thuiskomst meteen naar zijn kamer. Hoewel hij bij- tijds is, staat Loes al in de keuken te koken. Hij glipt langs haar.

"Hallo, ik ga even mijn tas boven brengen."

Onder het langslopen tilt hij de deksel van een van de pannen op.

"Wat eten we en wie komt er op bezoek?"

Hij heeft gezien dat ze voor meer dan henzelf aan het klaarmaken is.

"Tante Marieke komt straks hier. Het leek me leuk als ze ook eens bij ons komt eten en ik niet alleen bij haar aanschuif.

Je kunt dan misschien weer wat met haar praten.

Bijvoorbeeld over jullie verkering, of gewoon iets vertellen over school.

Ze vertelde dat ze het de vorige keer heel leuk vond dat je zoveel belangstelling voor haar toonde."

Hans loopt de trap op en is een beetje teleurgesteld.

Hij had zich voorgenomen om met zijn moeder, straks na de koffie en als zijn zusje naar bed is, die papieren door te nemen. Ook de geheimzinnige map waar hij nog niet naar heeft gekeken.

Als zijn tante er is, kan dat natuurlijk niet.

Hij haalt de mappen uit zijn tas en blijft er even besluiteloos mee in zijn handen staan. Kan hij ze in de la van zijn bureautje opbergen?

Als hij ze vandaag niet met mama kan bespreken, dan moeten ze wel ergens op een veilige plaats liggen. Hij wil niet dat Marjolein ermee rond gaat sjouwen.

Zijn zusje is tegenwoordig nogal nieuwsgierig en hij heeft de indruk dat ze, als hij er niet is, in zijn spullen rommelt. Volgens mama heeft het te maken met haar toekomstige schoolkeuze en het idee dat hij haar grote broer is.

Maar Hans ergert zich eraan.

Afgelopen zondag begon ze zomaar een kattebelletjes dat hij van Jolanda had gekregen voor te lezen. Ze had het op zijn bureautje gevonden en domweg mee naar beneden genomen. Er stond weliswaar niets belangrijks in, maar Hans zou intussen wel een slot op zijn deur willen hebben.

Dat zou nu met deze papieren ook handig zijn.

Hij legt de mappen bovenop zijn klerenkast.

Helemaal tegen de achterkant zodat niemand kan zien dat er iets ligt.

Tenzij je het weet natuurlijk, maar zijn zusje is niet zo dat ze overal zal gaan zoeken naar contrabande. Voor haar is de kast te hoog, al groeit ze de laatste tijd als kool.

Na het eten is mama Marjolein naar bed gaan brengen.

 Er was iets dat de volgende dag heel belangrijk was op haar school.

Daarvoor moest ze goed uitgerust zijn en op tijd naar bed.

Hans is de laatste tijd te weinig thuis om zich bezig te kunnen houden met het wel en wee van zijn zusje. Het maken van zijn huiswerk kost 'm erg veel tijd en het is hem een raadsel wat dat belangrijke voor haar zal zijn.

Iets met de Cito-toets misschien?

Volgens het journaal is het er de tijd van het jaar voor, maar is zij al zo oud?

Samen met tante Marieke heeft hij na het eten de tafel afgeruimd, koffie gezet en toen hij daarmee klaar was kwam Loes alweer naar beneden.

Hij heeft hierdoor slechts heel even wat nieuwtjes met zijn tante kunnen bespreken.

Ze is na het afruimen overigens meteen in de huiskamer gaan zitten.

In Martin z'n stoel!

Haar vriend blijkt Pjotr te heten en woont in een buitenwijk van Tilburg.

Binnenkort begint ie daar als journalist bij een krant.

Tante klinkt erg enthousiast over de gezelligheid in die stad.

Ze zinspeelt er nogmaals op dat ze er binnenkort waarschijnlijk naar toe verhuist.

Pjotr heeft blijkbaar gevraagd of ze bij hem in wil trekken. Ze vertelt dat ie er een hele mooie flat huurt: "Vlak ervoor is een park en dat geeft een prachtig uitzicht.

In de verte kun je Eindhoven trouwens zien liggen.

Bij helder weer dan, er staan daar namelijk een paar hele hoge flats."

Hans heeft later samen met Loes de koffie ingeschonken en onder het praten is hem opgevallen hoezeer tante Marieke op zijn vader lijkt.

Niet alsof het de spreekwoordelijke twee druppels water zijn, maar ze heeft bijvoorbeeld dezelfde manier van zitten.

Ze maakt ook hetzelfde gebaartje met haar hand, dat Martin altijd maakte als hij iets zat te vertellen. Als hij ergens enthousiast over was, deed ie het zelfs aldoor.

Zoals ze daar in zijn stoel zit, moeten het onmiskenbaar broer en zus zijn.

Door de opvallende overeenkomsten is hij stil geworden.

Intussen rekent hij uit hoeveel leeftijdverschil er tussen hen zat.

Dan heeft mama iets tegen hem gezegd, maar het is niet tot hem doorgedrongen.

De vriendinnen moeten om zijn afwezigheid lachen.

"Ik vroeg of je vanmiddag nog met Jolanda huiswerk hebt gemaakt."

Hij humt een bevestiging, maar wil er niet op in gaan.

Ze weet immers dat hij 's middags altijd in de kantine huiswerk maakt en dat ze hem daar tegenwoordig gezelschap bij houdt. Dat heeft ze nota bene van zijn mentor te horen gekregen en dat door die samenwerking hun vooruitzichten voor het examen zo zijn verbeterd!

Vorige week was ze daar zo trots op toen ze thuiskwam van de ouderavond.

Hans neemt aan dat ze een aanleiding zoekt om over verkeringen te praten.

Ze heeft zich er tenslotte over beklaagd dat tante Marieke zo weinig loslaat over die man uit Tilburg. Toen ze die opmerking plaatste, leek het er zelfs op dat ze jaloers op hem was, omdat hij wel door zijn tante op de hoogte was gebracht.

"Zij, als beste vriendin, wist nog helemaal nergens van."

Marieke drinkt haar koffie zwijgend op. Op het moment dat ze haar lege kopje terug zet op tafel, staat Loes op en stelt voor dat ze een tweede kopje in gaat schenken.

Hans wil niet meer: "Deze was sterk genoeg voor twee.

Ik ga trouwens verder met m'n huiswerk."

Hij geeft zijn tante een hand en loopt dan de kamer uit.

De sfeer staat hem niet aan.

Zijn moeder is veel te uitgelaten en omdat zijn tante terughoudender doet dan normaal al, weet ie niet welke functie hij in hun gezelschap kan vervullen.

Moet hij allerlei anekdotes over school en Jolanda gaan zitten opdissen?

Verwacht zijn moeder dat misschien van 'm?

Hij hoort hoe ze achter hem een conversatie beginnen.

Loes vraagt of Marieke iets wil drinken.

Hij loopt naar z'n kamer, inderdaad moet hij nog wat aan zijn huiswerk voor morgen doen, maar het is niet zoveel. Als het gezelliger geweest was in de huiskamer, dan had hij best even bij ze kunnen blijven.

Loes komt achter hem aangelopen, maar uitsluitend om in de kelderkast onder de trap iets te zoeken. Als hij bijna boven is hoort ie hoe ze er een fles pakt.

Ze loopt ermee terug de kamer in.

Blijkbaar zijn ze hem alweer vergeten.

Op zijn kamer pakt hij de spullen voor morgenochtend in zijn tas, alleen voor Engels laat hij zijn boek eruit. Daar moet hij nog even dat huiswerk uit maken.

Hij gaat zitten, slaat het open en luistert hoe het er beneden aan toegaat.

Loes heeft muziek opgezet. Hij kan niet horen wat het is, maar het klinkt hoe papa en mama het vroeger altijd gezellig noemden.

Na een poosje hoort ie hoe er in de eetkamer iets omvalt.

Hij wil er er geen aandacht aan schenken, dat Engelse lesje is nu belangrijker.

Als ie 'm doorgenomen heeft gaat ie naar bed. Normaal zou hij zijn moeder en tante even goedenacht gaan wensen, maar nu slaat ie het over.

Loes is vandaag naar tante Marieke. Samen zullen ze in de stad een nieuwe jurk gaan kopen. Dat is tenminste het plan want er schijnt iets in de lucht te hangen.

Ze heeft er al een paar dagen een voorgevoel van en vandaar dit uitje.

Het lijkt trouwens of de band tussen haar en haar vriendin zich weer aan het herstellen is. Marieke heeft haar die ene avond laten delen in de vriendschap met Pjotr.

Hans heeft gehoord hoe ze als een stel bakvissen hebben zitten giechelen.

Was dat ook om de dingen die hij gezegd of gedaan heeft, dat ie zo stuurs deed?

"Hallo, je spreekt met Marieke.

Ik wil je wat vragen, heb je even tijd voor me?"

Hans heeft de telefoon opgenomen. Het zou heel goed kunnen dat Loes weer belt om te vragen of hij wil koken.

"Ja, sorry. Ik zal even de muziek wat zachter zetten."

Als hij weer aan het toestel komt hoort hij hoe zijn moeder en tante vrolijk met elkaar een gesprekje voeren. Hij kucht om aan de kondigen dat ie er weer is.

"Ik wil je vragen of je me wil komen helpen met verhuizen.

Zoals je weet heeft mijn vriend me gevraagd of ik bij hem kom wonen.

Als we mijn spullen de komende week in dozen stoppen, dan kan ik in het weekend over en morgen ga ik al bij hem kijken wat de mogelijkheden zijn.

Pjotr kan volgende week een busje huren en met wat geluk past alles erin.

Ik heb bedacht dat als je maandag meteen uit school hier naartoe komt, we meteen kunnen beginnen.

Ik ben 's middags vrij en wil dan gelijk gaan inpakken.

Als jij me kunt helpen zou dat heel erg fijn zijn.

Je bent sterk en je moet maar rekenen dat je over een goede week de boot dan helemaal voor jezelf hebt.

Natuurlijk zou ik het leuk vinden als je ook kunt helpen met uitpakken, maar daar moeten we het nog maar even over hebben.

Hopelijk lukt het verhuizen in een keer, maar als we vroeg naar Tilburg rijden kan er misschien ook en tweede ritje achteraan.

Ik hoop namelijk dat het in een dag gaat lukken, want die auto moet zondag alweer terug naar de verhuurder."

Hans luistert geduldig. Het gegeven dat tante Marieke naar Tilburg gaat verhuizen speelt natuurlijk al een paar dagen. Nu ze zo om zijn hulp zit te bedelen kan hij niet anders dan een instemmend geluidje voortbrengen. Hij herstelt zich.

"Ja natuurlijk kom ik helpen. Graag zelfs."

"Als we een beetje opschieten dan kunnen we maandag samen iets lekkers te eten maken en kun je daarna op tijd naar huis om aan je huiswerk te werken.

Ik zie ernaar uit hoor.

Dan doen we samen eerst nog wat boodschappen en kan ik je meteen de buurt hier een beetje laten zien."

Tante Marieke klinkt enthousiast.

Hans hoort op de achtergrond hoe Loes haar zit te souffleren over zijn huiswerk.

Zo zijn moeders, maar waarom kan zij overigens niet helpen bij dat inpakken?

Zo heel erg veel zware dingen zal zijn tante niet hebben en volgende week zaterdag is die vriend van haar er toch ook bij.

Ze verbreken de verbinding.

Dan vraagt hij zich af of mama thuis komt eten.

Onder het weer naar boven lopen realiseert ie zich dat die mappen nog boven op de kast liggen. Hij besluit ze eindelijk door te kijken.

Zolang Marjolein nog op haar sportvereniging is en Loes bij haar vriendin, kan dat ongestoord en op z'n gemak. Hij gaat op z'n stoel staan en pakt ze.

Dan besluit hij dat ie eerst nog even een glas cola wil.

Daarvoor moet hij naar beneden, de fles staat er in de koelkast.

De bovenste map is die met de brieven van zijn opa en vader.

Hij leest ze nog eens door en let deze keer nadrukkelijk op de datum. De eerste brief gaat erover dat opa vraagt of Martin goed voor zijn dochter wil zorgen als ze samen op die boot gaan wonen. Hij wenst ze er veel geluk toe.

Maar Hans leest er ook in dat ie verwacht dat papa zijn dochter gelukkig zal maken.

De tweede brief dateert van iets meer dan een jaar later en kennelijk is opa tevreden met de manier waarop het een en ander is verlopen.

Deze heeft ie de vorige keer niet helemaal willen lezen, maar nu durft hij het aan.

Het leek hem eerst dat de correspondentie hem niet aanging. Intussen is het hem duidelijk dat het verleden van zijn ouders, wel degelijk belangrijk is.

Hij heeft geen vader meer en die kan hem dus niet op de hoogte brengen van hun wel en wee. En dat mama weinig mededeelzaam is over hun gezamenlijk geschiedenis, is hem eveneens duidelijk.

Hiermee zal hij het moeten doen.

Een aantal dingen kunnen hem nu duidelijk worden.

Hij pakt de tweede map, de andere met brieven en ziet dat hierin ook een paar van die doorzichtige mapjes zitten. Ogenschijnlijk wilde papa die correspondenties bij elkaar wilde houden.

Hans haalt de brieven uit de bovenste zichtmap en leest als eerste de datum.

Na enig hoofdrekenen komt hij erop dat het de periode was waarin ze naar de dijk verhuisd zijn.

Een brief is afkomstig van tante Marieke.

Daarin feliciteert ze haar broer met de zwangerschap van zijn echtgenote, haar vriendin en stelt blij te zijn dat ze een huis hebben gevonden.

Verder refereert ze aan een overeenkomst en dat ze zich daarin kan vinden.

Hans leest ook de volgende brieven en gaat zodoende terug in de tijd.

De onderste blijkt te dateren uit dezelfde tijd als waarin Martin zijn bankrekening heeft opgeheven. Hans controleert het aan de hand van de stempels in de boekjes uit de map die hij eerder op school heeft doorgenomen.

Hij leest de brieven nog eens, maar nu in chronologische volgorde.

Eruit blijkt dat tante Marieke haar broer ooit een som geld heeft geleend en klaarblijkelijk nog een keer om het huis te kunnen inrichten.

Er staat dat ze zijn overeengekomen dat hij het geld aan haar terug betaalt als zijn situatie het toestaat. Vervolgens ook dat zij zolang het duurt in de boot mag wonen.

Ze heeft er het bedrag van de maandelijkse besparing op de huur die ze moest betalen aan haar huisbaas, ingezet.

Hans bladert terug om het startbedrag plus het beginbedrag van de tweede lening, nog eens te bekijken en schrijft dit op. Dan telt hij de bedragen op zijn rekenmachientje bij elkaar, zet daar het huurbedrag tegenover en vermenigvuldigt dit met de periode waarin ze op de boot heeft gewoond.

Het saldo rekent hij wel twee keer na en controleert of hij het goed heeft gedaan.

Hij kan zijn ogen niet geloven.

Misschien moet hij aan meneer Augustus hun economieleraar vragen of die het eens met hem na wil rekenen, want zelf is ie niet zo thuis in de materie van samengestelde rente en lopende leningen.

Hans weet niet of dit de papieren zijn waarnaar zijn moeder zocht.

Ze was die bewuste avond bij tante Marieke op bezoek geweest.

Was er iets voorgevallen waardoor ze plotseling gewezen werd op de spaarpot?

Nieuwsgierig geworden opent hij nu ook de andere map met papieren.

Er zitten drie Aktes in. Voorop staat een datum. Hij begint met de oudste, die ligt onderaan het stapeltje.

Precies zoals in die eerste, waar hij eerder even vluchtig een blik in had geworpen, zijn alle regels vol gemaakt tot aan de rechterkant van de bladzijde.

Hier met sterren en streepjes, om en om zijn de leestekens van elkaar gescheiden door spaties.

Voor zover hij het officiële taalgebruik kan begrijpen gaat het over de boot.

Keurig staat er genummerd per regel omschreven aan welke voorwaarden de hoofdbewoner moet voldoen. Daarin staat Martin z'n naam telkens voluit vermeld.

Er staat welke rechten hij kan laten gelden 'ten aanzien van zijn verblijf'.

Maar het lijstje met verplichtingen, dat zowat drie bladzijden beslaat, is aanzienlijk langer. Als Hans alles heeft doorgenomen, slaat ie de akte dicht.

Voorop ziet hij dat het niet zo'n akte van die notaris is maar van de gemeente.

Er staat 'Akte van huisvesting en voorwaarden der Gemeente Leiden'.

Niet het adres van de boot staat er trouwens voorop, maar een zogenaamd kadastraal nummer en tegenover welk huisnummer de boot z'n ligplaats heeft.

De volgende is wel een akte van een notaris.

Deze staat op dezelfde datum als die van de gemeente. Het opschrift luidt 'Akte van Eigendom'. Het onderscheid met die andere is dat hier de regels volgemaakt zijn met punten en sterretjes.

Hij moet erom glimlachen, want ook hier zitten er telkens spaties tussen.

Hij vindt het maar malligheid, er bestaat immers toch zoiets als tipp-ex of hoe zit dat dan met een fotokopieer machine als je een akte wil vervalsen?

Hans maakt uit de inhoud op dat Martin de boot contant heeft betaald. Er staat namelijk iets over 'vrij van hypotheek' en een 'somma' die 'heden voldaan' is. Hij durft ervan uit te gaan dat zijn vader over voldoende geld kon beschikken bij de aanschaf.

251

Weer staat er in de akte alleen Martin zíjn naam, niet die van Loes en ook geen verwijzing naar een lening. Hans controleert nogmaals de data uit de andere stukken en slaat er dan ook de oudste brief van zijn tante op na.

Dan pakt ie de laatste akte.

Dit is eveneens een 'Akte van Eigendom' en dateert van iets meer dan drie jaar terug.

Hoewel weer voorzien van die sterren en punten zijn deze papieren wel heel modern op een printer vervaardigd. Dat ziet hij aan de gelijkmatigheid van de letters en variatie in gebruikte fonts waarmee de tekst op papier staat.

Tot zijn verbazing treft hij er zijn eigen voorletters en volledige naam in aan.

Hij leest dat het eigendom van de boot door zijn vader Martin, op hem Hans is overgeschreven. De datum die genoemd wordt is die van zijn verjaardag.

Er staat geen jaar bij, maar als hij het goed begrijpt laat papa de boot aan hem na laat bij zijn overlijden.

Hans realiseert zich dat mama dit document gezocht zal hebben.

Hij slaat 'm dicht, maar doet het papier gelijk weer open.

Nogmaals leest hij alles zorgvuldig door, er staan namen onder van 'mede ondertekenaars'. Dat zullen de getuigen zijn die erboven genoemd worden.

Hans weet niet welke personen erbij horen, maar er is geen andere conclusie mogelijk; Op zijn verjaardag, halverwege dit jaar waarschijnlijk al, is de boot van hem.

Papa is afgelopen najaar dus na zijn verjaardag overleden en die datum staat dat de overdracht bekrachtigd moet worden.

Hij begrijpt opeens de opmerkingen die zijn tante 's middags tegen hem maakte.

Nogmaals wil ie alles nalezen en het duurt even voordat alles goed en wel tot hem doordringt.

Hans begrijpt wat Martin bedoeld moet hebben met de termen bij 'leven en welzijn' en 'gezond van geest', die in die documenten genoemd worden.

Zijn vader moet geweten hebben dat hij zo ziek was dat ie eraan dood zou gaan!

Hans vouwt de papieren netjes op en sluit de mappen.

Hij durft ze niet weer op zijn kast te leggen.

Plotseling zijn ze daarvoor te gewichtig geworden!

Waar hij ze beter op kan bergen staat hem echter niet voor ogen.

Moet hij ze vanavond aan Loes geven en zal zij de inhoud willen bespreken?

Door al het lezen en doorgronden van wat er precies staat, is de tijd voorbij gevlogen. Het is intussen al bijna etenstijd!

Gehaast, al weet ie niet waarom doet hij de mappen onderin zijn kast bij de tasjes met pillen.

Hij vraagt zich af wat er klaargemaakt moet worden, in de kelder- en koelkast kijkt ie wat er daar op voorraad staat. Het wordt hem er niet duidelijk wat de plannen voor het avondeten zijn.

Sinds het nauwgezette doornemen van de papieren, is er een soort onrust dat hem plotseling niet meer loslaat. Hij kan zich niet goed door concentreren en het lijkt daarom de hele tijd of hij 'ergens' door wordt afgeleid.

Kan hij Loes opbellen om te vragen of ze thuis komt eten?

Neemt zij de boodschappen mee?

Maar vooral, hoe moet hij haar benaderen als ze thuiskomt?

Hij kan er niet over uit of ze hem nog als een gelijkwaardige, gewoon haar zoon zal behandelen. Op de een of andere manier voorvoelt hij dat ze op de hoogte is van de inhoud van al die aktes en brieven.

Tante Marieke blijkt het immers ook te weten van de boot.

Hans probeert een beeld op te bouwen van hoe ze tot een oplossing gekomen kunnen zijn.

Zijn tante zal ongetwijfeld weten wat ze ongeveer uitgespaard heeft door al die tijd gratis op de boot te wonen. Hij durft ervan uit te gaan dat zijn berekening er niet ver naast zal zitten en dat ze geweten moet hebben wanneer de lening helemaal verrekend was.

Ook zal ze begrepen hebben in welke mate er vervolgens een soort huurschuld is ontstaan, het staat allemaal immers beschreven in haar brieven.

Waarschijnlijk zal ze, net zoals hij, nagerekend hebben hoe de lening tegen de opgebouwde huurschuld een saldo oplevert en zal op ongeveer hetzelfde bedrag uitgekomen zijn. Tenminste, als hij niet iets over het hoofd heeft gezien.

Als zijn tante die schuld aan hen inlost zullen ze de komende maanden wat gemakkelijker rond kunnen komen.

De vriendinnen moeten er vast en zeker die ene avond over gesproken hebben.

Hans kan zich trouwens niet voorstellen dat zijn vader het daar nooit over gehad heeft met zijn zus, of met zijn echtgenote.

Ondanks de manier waarop ze de laatste weken over geld en juist het nijpende tekort eraan gesproken heeft.

En hoe ze met elkaar hebben moet wikken en wegen over uitgaven die noodzakelijk waren. Hij stelt zich voor dat zijn moeder en haar vriendin er een overeenkomst over gesloten zullen hebben.

Het viel hem al op dat zijn moeder de afgelopen dagen een stuk rustiger was, als het over de huishouding ging. Opeens klaagde ze immers niet meer over hoge kosten en dat alles de laatste tijd zo duur was. Misschien dat Loes alleen nog even de papieren wilde inzien, om bijvoorbeeld zelf ook het exacte bedrag uit de kunnen rekenen.

Hij heeft de mappen onderin zijn kast, netjes tussen een paar dozen, verstopt. Vervolgens heeft ie uit een soort balorigheid de rest van de medicijnen uit de klerenkast op de slaapkamer van zijn ouders gepakt.

Meteen deed ie de strips, losse potjes met pillen gesorteerd op werkzame stof en samen met de notities die hij erover verzameld heeft in een grote tas.

De lege doosjes heeft hij daarna in de papierbak die een stukje verderop aan de dijk staat, weg gegooid.

Even had ie de hoop dat hij zijn moeder tegen zou komen maar toen hij erlangs reed, zag ie dat de slager allang gesloten was.

De ramen waren beslagen, ze waren dus aan het schoonmaken.

Dat de winkels in de stad nog tot acht uur open blijven, voedt zijn aanname dat Loes de boodschappen daar zal doen.

Maar hij kan er niet zeker van zijn, omdat ze het niet zo hebben afgesproken.

Ze heeft nergens een briefje neergelegd, daar heeft ie namelijk nog uitgebreid naar gezocht in de keuken en huiskamer.

Gelukkig bleek ze toen ze thuiskwam, inderdaad een grote tas met boodschappen bij zich te hebben. Verse groenten en een grote zak met gemarineerde kippenvleugeltjes, allemaal van de markt. Het nam zijn zorgen echter niet weg.

Mama deed weliswaar heel opgewekt, maar ze liep meteen naar de kast om er een glaasje sherry voor zichzelf in te schenken.

Hans had geroken dat ze er eerder kennelijk al van genoten had en werd kwaad dat ze met drank op in de auto gereden heeft: "Mam, je moet als je met de auto bent niet drinken. Ook één glaasje is vaak al teveel.

Als je wordt aangehouden laten ze je bij de minste verdenking blazen en dan ben je zomaar je rijbewijs kwijt."

Hij wilde het zorgzaam laten klinken en was oprecht bezorgd, maar hoorde dat ie voornamelijk boos klonk.

De manier van kijken die Marjolein er tijdens zijn vermaning op nahield werkte niet mee. Ze leek partij te kiezen voor haar moeder, maar wist natuurlijk helemaal niet hoe de vork in de steel stak.

De situatie maakt dat Hans niet meer zo goed weet wat ie moet doen.

Enerzijds wil hij zijn bezorgdheid tonen, maar aan de andere kant vindt ie zijn boosheid gerechtvaardigd. Hij weet zich met het dilemma geen raad en loopt de trap op.

Boven, op zijn kamer probeert hij wat tot rust te komen.

In een impuls wil hij de mappen uit de kast halen, dan kan hij zijn moeder ermee confronteren en vragen wat ze ermee aan moeten, wat ze te doen staat.

De tas waar ie ze in heeft gedaan, zit helemaal onderaan in de kast.

Als hij de deur eenmaal open heeft, is het idee om ze te delen alweer overgewaaid.

Onder de aanwezigheid van zijn kleine zusje, wordt het onmogelijk om zijn vragen aan haar voor te leggen. En die drank zal ook zijn invloed hebben.

Hij besluit een geschikter moment af te wachten.

Misschien kan hij het vanavond met zijn vriendin bespreken.

Wellicht weet zij een bruikbare oplossing.

Die avond blijkt Loes al naar bed als hij thuiskomt en helaas doen bijna de hele verdere week geschikte omstandigheden zich niet voor.

Op maandag en dinsdag niet als hij klaar is met zijn huiswerk en zijn moeder goedenacht komt wensen.

Of onder het koken op woensdag, toen hij tante Marieke niet hoefde te helpen omdat ze nog een laatste keer naar dansles wilde: "Nu we zo opgeschoten zijn wil ik toch nog even afscheid gaan nemen van mijn kennissen daar.

Ik heb er vorige week al getrakteerd, maar toen waren er vanwege de voetbal op tv een aantal leden niet.

Nu zullen ze er allemaal wel zijn, denk ik."

Hans heeft haar gevraagd of ze nog een keer ging trakteren, maar ze had nu geen tijd om nogmaals een taart te bakken: "Daarvoor heb ik het te druk.

Dat zullen ze wel begrijpen."

Iedere keer als hij zich voorstelde dat ie hun financiële situatie bij zijn moeder aan de orde kon stellen, of dat ie de omstandigheden rond de boot ter sprake kon brengen, liep het alsof ze iets anders aan haar hoofd had.

Mama was dan veel te vrolijk of leek juist een beetje neerslachtig.

Dat was dan niet de juiste stemming voor wat ie met haar wilde bespreken en zonder duidelijkheid over de eventuele veranderingen, breekt de dag aan dat hij tante Marieke gaat helpen met het inladen van de dozen.

Die moeten in de auto waarmee haar vriend Pjotr voor de deur zal komen en om nog wat laatste spullen in te kunnen pakken gaat hij zich al om zeven uur 's morgens bij haar melden.

Voor dat inpakken, hebben zijn tante en hij trouwens iedere dag tijdens het boodschappen doen, nieuwe dozen bij de supermarkt meegenomen.

En afgelopen zaterdag hadden zijn moeder en tante er al een stuk of drie ingepikt.

Zoals algemeen bekend zijn die grote, waarin bananen of sinaasappels worden verpakt, voor verhuizingen en surprises uitermate handig.

Ze hadden bijna alles trouwens al op vrijdagavond klaargezet. Daar mogen ze trots op zijn, want het is uiteindelijk toch wel een heleboel dat mee moet.

Niet alleen in de hoek van de slaapkamer staat een hele stapel, ook in de huiskamer, hal en keuken bevinden zich allerlei dozen, zakken en pakken die in de auto geladen moeten worden.

Tante Marieke heeft zich op donderdagavond nogmaals afgevraagd of het niet handiger zou zijn als Hans een keer mee zou rijden naar Tilburg.

Voor de zekerheid belde ze Pjotr erover op en kwamen ze overeen dat ie een uur eerder naar Leiden komt: "Dan zullen ze het wel zien hoe het loopt."

Om half negen is ook het laatste van het 'kleine spul' ingepakt.

Op de bank in de kamer staan nog drie lege dozen, maar die hebben ze over.

Tante Marieke stelt voor dat ze nog even een kopje koffie samen drinken: "Met een lekker gebakje erbij."

Hans hoefde op dat moment alleen de stereo apparatuur nog los te koppelen en de platte tv uit de slaapkamer in bubbeltjes plastic te wikkelen.

De grote beeldbuis uit de huiskamer zal ze laten staan, maar het tafeltje eronder moet mee.

Het leek 'm dat ie er hooguit een halfuurtje voor nodig zou hebben en gromde dat ie inderdaad ook wel trek in wat lekkers had gekregen.

Pjotr is pas rond een uur of half tien besteld en ze zullen genoeg tijd overhouden om zoals ze zich hebben voorgenomen, de plannen uit te voeren.

Omdat het nogal wat concentratie kostte om alle draden en snoeren netjes te ordenen en bij elkaar te binden, had Hans niet in de gaten dat zijn tante naar buiten was gegaan. Keurig plakte hij overal een papiertje op zodat ze in Tilburg alles weer op de juiste manier konden aansluiten.

Volgens hem was tante Marieke bezig in de slaapkamer, maar ze bleek er niet te zijn toen hij daar de apparaten netjes in het plastic kwam wikkelen.

Hij kijkt later ook in de badkamer, maar ze is weg.

Onder het rondlopen door de lege kamers laat het zich, zo leeg met alle spullen in dozen, voorstellen hoeveel ruimte er in totaal voor hem beschikbaar komt.

Tante Marieke laat ook de gaskachels voor hem achter.

Ze hebben daar in die flat immers centrale verwarming.

Ook het grote bed, een laag kastje met planken en een tweetal boekenkasten uit de huiskamer neemt ze niet mee.

Samen met de linnenkast op de slaapkamer zal Hans er dus een heel goede start kunnen maken. Zijn bureautje kan er nog gemakkelijk ergens bij.

Hij gaat aan de tafel in de huiskamer zitten.

Tante Marieke komt een paar tellen later binnen gehold.

Ze heeft niet alleen gebakjes gehaald, maar ook het een en ander aan brood en beleg voor de lunch: "Als jullie straks in de auto zitten, dan zul je wel wat lusten.

Ik ga nu even wat broodjes maken en koffie zetten.

Pjotr zal trouwens zo ook wel komen.

Het zal op de weg best meevallen qua drukte, het is zaterdag moet je rekenen."

Intussen heeft ze wel twee keer op haar horloge gekeken.

Hans kent zijn tante niet zoals ze nu doet. Meestal is ze zeer georganiseerd en weet altijd tamelijk goed van wanten. Zeker gezien de manier waarop hij haar de afgelopen dagen heeft leren kennen, lijkt ze nu toch enigszins uit haar doen.

Ze gedraagt zich onzeker, lijkt zelfs nerveus.

"Ik ben klaar met inpakken. Is er nog iets dat in een doos moet?

We hebben er nog een paar, zeg het maar."

Ze lacht naar hem, vindt het rijmpje blijkbaar leuk.

"Blijf maar even in de kamer zitten.

Van die stoelen daar hoef ik er maar twee mee.

Van de rest laat ik hier nog meer voor je achter, de eetkamertafel en wat spullen uit de keuken die Pjotr natuurlijk al heeft. Die zouden in Tilburg alleen maar in de weg staan en komen bij jou misschien heel goed van pas."

Ze praat gejaagd, wijst vaag wat om zich heen en kijkt hem aan.

Maar lijkt niet te wachten op een reactie: "Pjotr heeft alles daar al bijna helemaal ingericht.

En het is er niet zo groot dat we de rest van mijn spullen allemaal kunnen opslaan.

We hebben er vier kamers, maar die zijn niet zo heel erg groot.

Meer ruimte dan hier, dat wel.

En de grote slaapkamer is in ieder geval een flink stuk ruimer dan deze.

Overigens staan hier ook nog spullen die je ouders ooit hebben laten staan."

Ze kijkt hem aan en probeert er een ondeugende oogopslag bij te laten zien.

Hans vindt zijn tante leuk als ze zo doet en glimlacht naar haar.

Zoals dat heet, zijn ze de afgelopen dagen naar elkaar toe gegroeid.

Samen hebben ze lopen zwoegen om een zware kast eerst leeg te halen en toen moest ie helemaal uit elkaar worden gehaald.

Op het advies van hem hebben ze alle delen met stukjes plakband en nummertjes gemerkt, zodat ze in Tilburg moeiteloos de kast weer exact zoals ie hier stond, in elkaar kunnen zetten.

Bij het uitruimen van de boekenkast heeft ze hem over diverse boeken verteld wat erin staat en de boeken die hij ook gelezen heeft, besproken onder het inpakken.

Zo is het is iedere avond erg gezellig geworden, maar ze hebben al doende bergen werk verzet. Tante Marieke zei telkens dat ze de boot keurig netjes wilde achterlaten, maar zo ziet het er nu met alle rommeligheid niet meer uit.

Uit een van de dozen heeft ze een plank en keukenspullen gepakt.

Daarmee maakt ze nu de broodjes klaar.

Van de visboer op de Herenstraat heeft ze haringen meegenomen. Als ze de broodjes klaar heeft, rolt ze ze een voor een in folie. Op de andere legt ze een paar plakjes vlees. Ze wil hen kennelijk verwennen.

Ook die broodjes worden daarna ingepakt voor onderweg.

Intussen is de koffie doorgelopen.

Ze doet een van de kastdeurtjes open maar realiseert zich dan opeens dat de kopjes natuurlijk ingepakt zitten. Ook de suiker is ergens verstopt, maar ze weet alles wat ze nodig heeft, toch te vinden. Uit voorzorg schuift ze de nu halflege doos op het aanrecht, daar kan de vaat straks weer bij.

Hans is aan de tafel blijven zitten en heeft daar vandaan haar acties gade geslagen.

Deze stoelen en de tafel blijven blijkbaar dus ook achter.

Hij kijkt om zich heen en probeert zich een voorstelling te maken van wat hem te wachten staat. Hij heeft van zijn kamertje thuis nauwelijks spullen om erbij te zetten. En wanneer zal hij hiernaartoe overgaan?

Tante Marieke kijkt naar hem, het lijkt of ze zijn gedachten raadt.

"Je moeder is het er niet mee eens dat de boot leeg blijft staan.

Maar ze wil 'm evenmin verhuren.

Hier in de stad heb je natuurlijk altijd studenten of mensen die een woonruimte zoeken. Ik heb hier ook met veel plezier gewoond tijdens mijn studie.

Nog steeds wel eigenlijk."

Zijn tante kijkt om zich heen.

Ze ziet, zo te zien voor zich, hoeveel plezier ze hier beleefd heeft.

Hans zegt niets. Het heeft hem overvallen dat tante Marieke er schijnbaar klakkeloos vanuit gaat dat hij al binnenkort zijn intrek op de boot gaat nemen.

Niet in de een of andere toekomst maar kennelijk gelijk al.

Ze heeft er de afgelopen dagen diverse keren op gezinspeeld dat hij meteen zijn spulletjes hier naartoe over zal brengen.

Net zoals zijzelf vandaag doet met haar spullen hier vandaan naar Tilburg.

Ze schijnt uit het oog verloren te zijn hoe oud hij pas is en nog op school zit.

Haar idee maakt echter dat ie zich ook een beetje trots voelt.

Blijkbaar denkt ze dat ie de verantwoording aan kan, maar hij weet niet goed hoe en of hij haar niet beter op andere gedachten kan brengen.

Hij vraagt zich af of mama en zij er iets over bekokstoofd hebben?

Zelf kan ie er zich niet zo goed iets bij voorstellen.

Zijn moeder ziet hem als haar zoon, haar kind en niet als de student die hij toch al bijna is. Het lijkt hem een aantrekkelijk idee om op zichzelf te staan, maar het gaat opeens wel erg snel.

Buiten toetert er een auto. Het is een hele grote rode.

Er staat met levensgrote, zwarte letters op wat ie per dag kost om te huren.

Het zal Pjotr zijn.

Tante Marieke holt naar buiten om hem welkom te heten.

Hans staat op en schenkt de koffie in, pakt er uit de doos drie extra schoteltjes bij en schuift er de gebakjes op.

Hij vindt die met de vruchtjes erop er lekker uitzien, zet alles op tafel en gaat zitten.

Pjotr is geen hele grote vent.

Als tante Marieke de mannen aan elkaar voorstelt, valt het Hans op dat hij iets korter is dan hij. Hans is niet vreselijk lang, maar hij kan met wat moeite zo over Pjotr heen kijken.

Het verkeer is inderdaad meegevallen, geen file bij Rotterdam en alleen vlakbij den Haag heeft ie een stukje traag moeten rijden in verband met een ongeluk.

"Ik heb intussen wel trek in een bakske."

Ook het gebakje gaat er bij hem in als koek.

Vervolgens zijn ze begonnen met het inladen van de auto.

De dozen en zakken lieten zich met wat beleid gemakkelijk opstapelen.

De zware met boeken en andere gewichtige spullen mochten als eerste tussen de tafelpoten. De tafel moest namelijk toch mee, want die van hemzelf is: "Een stukske minder groot."

Door 'm op z'n kop neer te leggen kon er van alles bovenop.

Die bananendozen vooral, zaten strak vol en ook daarop mocht daardoor nog heel wat gestapeld worden. Het lichte en meer breekbare spul kwam dus daar bovenop terecht en de losse delen van de kast gingen er eenvoudig tussen.

Het bleek prettig dat ze van zulke stevige dozen gepakt hadden.

Ze hebben allemaal dezelfde maat en dat maakt het stapelen gemakkelijker.

Kortom omdat vrijwel alles in de dozen verpakt zit, verloopt het laden voorspoedig.

Al om kwart voor een zit alles in de auto en kunnen ze eigenlijk vertrekken.

Het blijkt niet noodzakelijk dat Hans meegaat naar Tilburg.

Tegen de verwachting in zitten alle spullen in de auto en daarom hoeven ze dat extra ritje later vandaag helemaal niet te maken.

Als het goed is zal er op de plaats van bestemming een vriend van Pjotr klaarstaan om hem te helpen met het uitladen en sjouwen: "Het moet allemaal nog twee trappen op ook hoor."

Ze besluiten om de broodjes in de keuken op te eten en kunnen tante Marieke en Pjotr daarna naar haar nieuwe woonplaats vertrekken.

Ze worden het er snel over eens dat Hans inderdaad niet meer mee hoeft.

Dat spaart zijn treinreis terug ook uit.

De auto kunnen ze nu trouwens ook alweer voor vijf uur terugbrengen.

Allemaal voordelen omdat ze zo zorgvuldig hebben ingepakt en secuur gestapeld!

"Bedankt voor de hulp joh.

Door jou is het allemaal veel sneller gegaan dan Marieke eigenlijk had verwacht."

Hans luistert naar het accent en vindt dat leuk klinken.

Hij weet wel dat Brabanders een zachte 'g' hebben, maar het dialect van Pjotr lijkt wat platter. Wat ie zegt klinkt meer rollend, een beetje zangerig.

Hans gaat ervan uit dat het Tilburgs is en neemt zich voor om er eens met zijn tante op terug te komen. Met een stevige handdruk nemen ze afscheid.

Vervolgens is ie naar de auto gelopen en er de achterdeuren te controleren.

Het geeft tante Marieke de kans om hem apart te nemen.

Ze overhandigt hem de sleutels en geeft 'm een kus.

Daar is hij niet op bedacht zodat ze onhandig met hun hoofden tegen elkaar botsen.

"Dag, bedankt voor je hulp.

Ik kom volgende week bij je moeder en jou eten.

258

Dan hoor je wel hoe het is afgelopen met uitpakken en inrichten van de flat."
Ze trekt hem naar zich toe. Omarmt hem nog eens stevig en geeft hem dan alsnog een hartelijke kus op z'n wangen.
De voordeur heeft ze open laten staan.
Hans loopt terug over de loopplank naar de deur en hoort hoe de auto start.
Vanuit de deuropening zwaait hij naar ze.
Het is niet duidelijk of ze hem ook zien. Dan gaat hij naar binnen om na te kijken welke sleutel er op welk slot past.
Ook die van de balkondeur, het schuurtje en de voordeur.
Buiten rijden ze achter zijn rug weg.
Hans vergeet om nogmaals naar zijn tante en haar vriend te zwaaien.
Hij zet zijn fiets in de schuur en doet die op slot.
Als hij klaar is met het uitzoeken van de andere sleutels, doet hij de voordeur pas dicht. Hij gaat binnen op een van de twee stoelen zitten.
De extra sleutel van de voordeur doet ie in een laatje in de keuken.
Er is een broodje met rosbief op het aanrecht achter gebleven en in de kan zit een restje koffie. De kopjes heeft tante Marieke meegenomen, maar hij kan het zo rechtstreeks langs het tuitje opdrinken. Het broodje lust ie ook nog wel.
Als alles op is, gaat ie weer zitten.
Hij kijkt nog eens goed om zich heen. De keuken, de twee stoelen, het lage tafeltje staan midden in de kamer. Hij probeert zich voor te stellen hoe hij het er gezellig kan maken. Er zitten ongeveer vier Euro in zijn portemonnee.
Hij weet waarom op het aanrechtblad de vierpitter dwars geschoven staat.
De koelkast waar ie op stond hebben Pjotr en hij vanmiddag over de loopplank naar de auto gesleept. Het was zowat het eerste dat erin moest.
Gelukkig wilde tante Marieke later dat ie toch op de boot bleef.
"Als we er een extra koelkast nodig blijken te hebben, dan kopen we in Tilburg wel een nieuwe, deze kan hier blijven voor Hans.
Zijn ouders hebben er voor mij ooit ook een laten staan."
Nu staat ie in de hal en straks zal hij hem terug slepen.
Als de koelkast weer op z'n plaats staat dan kan ie morgen pas worden aangezet.
Dat heeft Pjotr gezegd.
Er is dus geen haast bij, want er is niets dat hij erin kan zetten.
Hij loopt nog eens helemaal door de boot en ziet in de slaapkamer nog wat snippers en gruis liggen. Hij haalt het stoffer en blik uit een keukenkastje, die zijn eveneens achtergebleven, en begint het op te vegen.
Door de vloerbedekking lukt 't niet helemaal, maar het ruimt toch op.
Het lampje boven de televisie is blijven hangen en het kastje eronder vond Pjotr niet mooi.
In de keuken hangt een kaal peertje aan het plafond, in de hal is de verlichting ook mee en daar moet dus ook zo'n lamp komen. Gistermiddag heeft ie beide plafonnières in een doos gedaan en die staat nu bovenin de bestelwagen.
In de badkamer hoefden het buislampje boven de spiegel en de bol lamp aan het plafond evenmin mee.
Hij staat op en doet het wandlichtje aan.

Hans verbaast zich erover hoe schemerig het opeens aan het worden is. Een van de gordijnen voor het raam van het balkon is inderdaad dicht, maar dat kan er onmogelijk voor zorgen dat het al zo donker lijkt. Hij kijkt op zijn horloge.

Als het goed is, is Jolanda bijna klaar op haar werk. Ze heeft hem verteld dat ze meestal om een uurtje of drie, soms zelfs al een halfuur eerder, uitverkocht zijn.

Dan hoeven ze alleen nog maar op te ruimen.

Hans staat op en trekt bij de kapstok, die hoefde evenmin mee, zijn jas aan.

Dan doet hij de voordeur open en stapt op de loopplank. Zorgvuldig doet hij de deur achter zich op het nachtslot. Het regent een beetje maar hij besluit dat het hem niet hindert als hij dicht tegen de huizen aan blijft lopen.

In de winkel zijn er alleen nog maar een bruine pistolet en twee croissants te koop. Verder zijn alle rekken helemaal leeg. Jolanda is er niet.

Hij rekent af bij een meisje dat haar collega zal zijn. Terwijl zij hem het wisselgeld overhandigt komt zijn vriendin de winkel in gelopen. Jolanda verwacht hem er niet en ziet pas als ie haar begroet, dat hij het is.

Enthousiast komt ze naar hem toe en kust hem ter begroeting: "Zijn jullie al klaar met verhuizen?"

Hij hoeft geen antwoord te geven. Ze loopt alweer naar de ruimte achter de winkel. Kennelijk is ze alleen binnen gekomen om er twee rekken te pakken.

Die zet ze ergens achter de deur neer en komt dan weer gelijk terug.

De mevrouw die blijkbaar de leiding in de winkel heeft, spreekt haar aan: "Dit is blijkbaar Hans."

Ze draait zich naar hem om en geeft 'm een hand.

Hij stamelt iets om zich te verontschuldigen dat ie zich niet heeft voorgesteld.

De vrouw lacht naar hem en lijkt het hem of Jolanda niet kwalijk te nemen dat ze zo vergeetachtig waren: "Als je achter klaar bent dan mag je wel weg hoor.

Wij doen de winkel wel.

Het is hier tenslotte ook al bijna klaar."

Ze pakt wat geld uit de kassa en geeft dit aan Jolanda, die loopt nogmaals naar de ruimte achter de winkel en komt dan terug met haar jas al half aan: "Heel erg bedankt, Hans en ik gaan vanavond naar de film.

We kunnen nu waarschijnlijk wel naar de vroege voorstelling."

Hans weet nergens van en loopt achter haar aan naar buiten.

Over zijn schouder wenst hij de collega's van zijn vriendin goedenavond.

Ze heeft haar fiets al van het slot gehaald en staat op 'm te wachten.

Hij merkt dat ze eigenlijk verwacht dat hij die van hem ook ergens vandaan zal toveren en loopt op haar af.

Ze kust hem tederder dan zojuist binnen op zijn wang en duwt hem dan het stuur in zijn handen, begrijpt blijkbaar dat ze bij hem achterop zal gaan.

De regen is niet erger geworden, maar als ze stil blijven staan worden ze nat.

Hans loopt daarom naar de stoeprand en stapt op.

Hij fietst langzaam weg zodat ze bij hem achterop kan springen.

Als ze eenmaal op gang zijn, trapt ie wat sneller door en fietst dan de straat uit.

Bij de hoek op de singel slaat hij rechtsaf.

Jolanda leunde wat naar achteren om hem de bocht naar links, de kortste weg naar haar huis gemakkelijker te maken. Zijn stuuractie gaat hierdoor tegen haar verwachting in, maar ze protesteert niet.

Hij moet nu tegen de wind in fietsen dus om te schuilen drukt ze haar hoofd tegen zijn rug. Een stukje verder draait hij het Schelpenpad op.

Als hij bij de boot stopt, blijft ze zitten. De fiets wiebelt.

"We zijn er. Ik moet je wat laten zien."

Ze stapt af en kijkt hem verbaasd aan.

Hij rijdt de fiets door het hekje en zet 'm tegen de paal die naast de loopplank in de grond steekt. Jolanda is op de straat blijven staan, maar komt nu naar hem toe.

Intussen doet hij de fiets op slot.

Hij reikt haar het sleuteltje aan, maar ze staat nog om zich heen te kijken.

Hans ziet ondanks de schemering de verbazing in haar ogen.

Ze pakt het sleuteltje van hem aan en geeft hem in ruil het zakje met het broodje en de croissants.

Hij gaat haar voor naar de de deur en opent die, de loopplank is te smal om dames eerst naar binnen te laten gaan en hij gaat haar dus voor.

Jolanda blijft op de drempel staan en kijkt naar de ruimte.

Hans loopt de keuken in, doet daar het peertje aan en loopt dan verder door naar de huiskamer. Het wandlichtje is er de enige verlichting, die had hij aan gelaten.

Als hij door de deuropening de hal binnen komt, is ze eindelijk naar binnen gestapt.

Ze doet de deur achter zich dicht en begint haar natte jas uit te doen: "Kan ik hier even plassen?"

Hans wijst naar de deur achter haar. Hij weet dat er in de badkamer nog verlichting hangt, is alleen niet zeker of er ook papier zal zijn. Hij kijkt op zijn horloge en hoort intussen hoe Jolanda inderdaad heel nodig moest. Het kletterende geluid weergalmt door de lege ruimte.

Gegeneerd gaat hij de keuken in en schuift daar, volkomen overbodig het gastoestel iets naar achteren. Hij weet dat de kast eronder leeg is en dat er ook achter de andere deurtjes onder het aanrecht niets meer staat.

Tante Marieke en hij hebben het voor haar vertrek nog snel nagelopen.

Alleen in de kast op de slaapkamer moeten nog een handdoekje en een theedoek liggen, die had ze klaargelegd om in de keuken op te hangen.

Zo te zien is ze dat vergeten. Het werd allemaal nogal onduidelijk voor d'r, toen Pjotr en hij alles in een keer in de auto bleken te krijgen.

Hij doet de deur van de hoge kast een stukje open.

Buiten een mapje met papieren is ie helemaal leeg.

Hij weet dat het de gebruiksaanwijzingen en garantie bewijzen, verlopen maar toch, van de broodrooster, tv en dat gasapparaat zijn.

Marieke heeft ze voor hem bij elkaar gedaan en ze nadrukkelijk daar neergelegd.

Hij pakt het mapje en ziet dat hij zich niet vergist.

Jolanda heeft doorgetrokken en komt de hal weer in.

Ze blijft in de deuropening van de keuken staan en kijkt naar hem.

Ze zoekt naar woorden, is voorlopig sprakeloos: "Mag jij zolang de sleutel hebben? En wanneer moet je die terug geven?"

Hans aarzelt, kan hij vertellen wat ie aan de weet is gekomen uit die mappen?

Hij heeft ze eerder slechts heel even ter sprake gebracht, maar zijn er niet meer op terug gekomen. Telkens waren er klasgenoten bij, die maken een persoonlijk gesprek onmogelijk. Of ze hadden het te druk met hun schoolwerk.

Het spijt hem dat ie nu met zijn mond vol tanden staat.

"Nou ja, daar moeten we het nog over hebben."

Hij draait zich om en loopt de huiskamer in.

Jolanda doet hetzelfde, maar neemt de voor haar kortere route rechtstreeks vanuit de hal. Hij gaat op een van de twee stoelen zitten en wenkt haar om plaats te nemen op de andere: "Ik heb je nog niet zoveel verteld over die mappen.

Die had ik gevonden omdat mijn moeder ze blijkbaar 's nachts had lopen zoeken.

Dat weet je nog wel want ik heb dat aan je verteld.

Het spijt me maar er kwam telkens iets tussen en dan wist ik niet wat ik er nog meer over moest zeggen.

We moeten ze binnenkort maar eens samen doornemen. Ik ben namelijk nogal geschrokken van wat er allemaal in staat. Nou ja niet echt geschrokken, maar er staan allerlei dingen in die ik niet helemaal begrijp.

Dingen van mijn vader, maar het zijn ook zakelijke papieren.

Daar begrijp ik een aantal dingen niet van.

Ik denk dat ik Augustus maar eens moet vragen of hij er met me naar wil kijken.

Met ons samen misschien, maar dan wil ik weten wat ie ervan denkt.

Hij is zakelijker dan ik en wie weet heeft hij ervaring met wat er instaat.

In die papieren bedoel ik.

Ik heb alle mappen en brieven nu al een paar keer doorgenomen en heb alles dat erin staat op verschillende manieren aan elkaar geprobeerd te koppelen.

Maar ik kom er niet helemaal uit.

Het lijkt me duidelijk dat er een groter verband in zit en denk er min of meer iets bij gevonden te hebben. Maar ik ben er een beetje door overdonderd en heb ze daardoor nog niet met mijn moeder besproken.

Als jij ze binnenkort ook eens door wil lezen, dan zul je me wel begrijpen."

Hij wil niet op voorhand allerlei details toelichten en hoopt erop dat Jolanda er zodoende een frisse, onbevangen kijk door zal behouden. Dat ze niet door zijn opvattingen of voorgevoelens wordt beïnvloed. Alleen zo kan ze hem van advies dienen.

"Voorlopig ga ik ervan uit dat deze boot van mij is.

Of dat ie dat gaat worden."

Hans herstelt zich snel en ziet hoe Jolanda hem vol verbazing aan zit te kijken.

Ze zegt niets maar kijkt, als hij uitgesproken is, om zich heen.

Dan staat ze op en loopt naar de keuken. Het felle licht van dat kale peertje wordt verduisterd als ze door de deuropening loopt.

Hans blijft op de stoel zitten, wacht af wat haar reactie zal zijn.

De boot

Martin zal een jaar of achttien zijn geweest, toen hij voor de allereerste keer bij de zaak van zijn vader betrokken werd. Hij was uiteindelijk niet de oudste zoon, zijn broer Henk leerde voor een ander vak en ze kregen eigenlijk nooit zoveel te maken met hun vaders z'n bouw- en onderhoudsbedrijf.

Toen kwam het uitzicht op die grote order en moest hij zijn moeder helpen met het uitwerken van de offerte. Vanuit huis hield zij namelijk de dagelijkse gang van zaken, zoals het aannemen van de telefoon of bestellingen en dat typewerk, voor haar man in de gaten.

Samen hebben ze de cijfers waarop zijn vader de offerte uitbracht, drie keer helemaal doorgerekend want het bedrag was aanzienlijk en het zou voor bijna een jaar aan werk kunnen opleveren.

Een binnenkomer als de keuze op papa Hans zou vallen.

Het was een openbaar geheim binnen het gezin dat zijn vader doorgaans niet zo fanatiek omging met de betalingen van zijn klanten. Desgevraagd liet ie ze bijvoorbeeld in termijnen aflossen voor een door hem geleverde prestatie.

Ook als hij daardoor bijvoorbeeld zelf een betalingsachterstand dreigde op te lopen bij zijn leveranciers, bleek ie geen moeite met wat uitstel te hebben.

Telkens ging hij er in vertrouwen vanuit dat het allemaal wel goed zou komen en daarin was hij niet teleurgesteld, want had er nog nooit ongelijk in gekregen.

Uiteraard had zijn handelswijze de band met potentiële clientèle versterkt.

En door of misschien juist ondanks deze weinig zakelijke opstelling, verwierf hij eenvoudig vervolgorders. Als 'import Katwijker' moest hij namelijk blij zijn met iedere opdracht die aan iemand van buiten die kring werd gegund.

Daar speelden overigens niet uitsluitend geloofskwesties bij mee.

De naam van de familie, een reputatie en allerlei onderlinge banden stonden voorop.

Voor een ondernemer als zijn vader was er vaak geen pijl op te trekken hoe hij voor een klus in aanmerking kwam.

Soms leek het om de prijs te gaan, maar voorspraak bij de notabelen vanuit de gemeenschap, onderling uitgewisselde ervaringen bij de uitgang van de kerk, een aanbeveling van een familielid of een uitgesproken mening van de dominee, het scheen allemaal evenveel gewicht in de schaal te leggen.

Maar dat maakte het telkens ondoorgrondelijk welk argument de doorslag gaf.

Nu lag er een offerteaanvraag voor een tamelijk uitgebreide klus bij de provincie, al liep de aanbesteding via de gemeente.

Vader had langs wat omwegen de tip gekregen dat hij door allerlei Europese regelingen, een mooie offerte aan de opdracht kon wagen.

De wethouder zou hem welgevallig willen zijn en zich niet uitsluitend op het vaste aanbod aan plaatselijke aannemers willen verlaten. Het werk zou over een langere periode in etappes uitgevoerd moeten worden en dat was ideaal, omdat ie dan tussendoor zijn andere klantjes en clientèle kon blijven bedienen.

Na zijn eerste ruwe begroting was ie zich een hoedje geschrokken over de hoogte van het uiteindelijke bedrag. Daarom had hij Martin, die immers een studie in deze materie ging volgen, gevraagd de cijfers ook eens door te nemen.

Na de middelbare school zou hij gaan studeren aan de HEAO in den Haag.

Ze kwamen vervolgens allebei, zich baserend op dezelfde cijfers maar onafhankelijk van elkaar, op een vergelijkbaar bedrag uit.

Inderdaad bleek dat astronomisch hoog en hoe ze het - ook samen - narekenden en bekeken, het verschil tussen hen beiden was ten hoogste drieduizend gulden.

Het uiteindelijke bedrag overschreed echter iedere keer ruimschoots de tweehonderd vijftien duizend. Ook als ze de stelposten verlaagden tot een niveau waarop dat eigenlijk niet helemaal verantwoord was.

Het kwam voornamelijk door de materialen die ervoor nodig waren, maar de offerte was al met al nogal aanzienlijk te noemen.

Vader Hans won vervolgens de opdracht omdat ie zich heel flexibel kon opstellen en bereid was om ook in de weekenden te werken.

Zij het dat de zondag vanzelfsprekend taboe bleef.

Maar door deze aanpak mocht hij zijn offerte dus gaan uitvoeren.

Zoals dat officieel heet: "Won hij de aanbesteding."

Om het financiële reilen en zeilen van zijn bedrijfje in de gaten te houden ging papa maandelijks met een stapeltje papieren naar zijn administrateur.

Die stelde hem dan op de hoogte van hoe de vlag erbij hing, schetste wat er te factureren was en hield de binnenkomende en uitgaande bedragen bij.

Zoals het gebruikelijk was, liet vader het een en ander van tevoren bij elkaar zoeken en uittypen door zijn vrouw.

De administrateur gaf op de plaatselijke school boekhouden en vertelde vader Hans iedere maand of er voldoende omgezet was. Dat hij door zijn functie een heleboel vertrouwen genoot en tegelijkertijd klanten kon werven onder de bevolking, spreekt voor zich.

Toen Martin in het tweede jaar op de school in den Haag zat, het was niet zo lang na de jaarwisseling, kwam zijn vader op vrijdag nogal over z'n toeren thuis. Zoals al eerder opgemerkt hield hij ervan om op een nogal persoonlijke manier met zijn klanten te communiceren.

De boekhouder was weliswaar verantwoordelijk voor de administratieve afwikkelingen, maar het was gebruikelijk dat een half woord van vader Hans voldoende was om een krediet op te rekken of betalingen uit te stellen.

Nooit werd er echter van een oorspronkelijk overeengekomen prijs afgeweken.

Om de een of andere reden was het hem die dag ter oren gekomen dat het voorkwam dat ook de boekhouder afweek van gemaakte afspraken.

Een klant had zijn vader daarover, overigens tussen neus en lippen door, verteld.

Het allerergste was echter dat men ervan wist.

Hierdoor kon hij geen keuze maken tussen verbolgenheid en regelrechte kwaadheid.

Zijn zaak droeg immers zíjn naam!

Hoewel Martin nog maar aan het begin van zijn studie stond, durfde zijn vader hem te vragen of hij de diverse jaarstukken eens wilde nalopen.

Het was tot hem doorgedrongen dat de boekhouding misschien wat 'foutjes', of in ieder geval dus een aantal afwijkingen bevatte: "Al ging er beslist geen beschuldiging uit aan het adres van zijn administrateur."

Martin begreep dat vooral het vertrouwen was geschonden.

Zijn vader hield van alles dat hij deed een zakboekje bij. Daarin maakte en bewaarde hij zijn aantekeningen en daarop waren zijn offertes gebaseerd.

Zo ook die ene grote aan de gemeente en die was door de gemeentelijk accountantsdienst zorgvuldig nagerekend.

En geaccepteerd, dus daar zaten beslist geen fouten in!

In het boekje schreef vader de wijzigingen in berekeningen of de verschillende aanpassingen in gemaakte afspraken en maatvoeringen op. Zo hield hij intussen eveneens bij wat er, - zij het ongeveer - nog uitstond bij zijn klanten.

Omdat hij de boekhouder zijn vertrouwen had geschonken, leek het hem nooit dat hij de cijfers nog eens beter zou hoeven te vergelijken.

Nu was er twijfel gerezen of alles inderdaad wel volledig uit zijn naam verliep.

Al wilde vader misschien ook weten of hij de administratie eventueel al aan zijn zoon kon overdragen.

In ieder geval was er iets voorgevallen dat de aanleiding vormde om hem daadwerkelijk te hulp te vragen en helaas bleek het dat er inderdaad een aantal afwijkingen aan te wijzen waren.

Bedragen die in het boek als volledig voldaan vermeld stonden, bleken soms nergens in de bankafschriften als zodanig te herleiden. Weliswaar ging er natuurlijk ook weleens contant geld om, maar zijn vader hield alles zo strikt bij dat het Martin onmogelijk leek dat hij sjoemelde.

Zijn vader had de administrateur echter jarenlang zijn onverminderde vertrouwen geschonken en dat was nu beschaamd. Martin schrok ervan toen er allerlei 'verschilletjes' in de boeken bleken te zitten.

Nog voordat hij zijn vader ermee lastig wilde vallen, sprak ie er met zijn broer over. Begrijpelijkerwijs werd die ontzettend kwaad.

Hun vader belazeren was voor hen allebei lastig te verteren en Henk is meer van de actie dan het berusten. Hij wilde meteen verhaal gaan halen!

Het was maar goed dat Martin onzekerheid kon veinzen, teneinde hem daarvan per omgaande te weerhouden.

"Hoe haalt die idioot het in zijn harses."

Was wel de minste krachtterm die Henk ervoor op tafel smeet.

Martin zat omhoog met het verhaal. Hij kende de administrateur alleen van naam en had nooit bij hem in de klas gezeten.

Vaag kon hij zich herinneren eens met zijn dochter, of in ieder geval een klasgenootje met dezelfde achternaam, gesproken te hebben. Voor zover hij de beschikking had over de boekhouding van zijn vader, was dat tot slechts een paar jaar terug.

De huidige cijfers lagen allemaal op het kantoor van de boekhouder en hij kon verder uitsluitend beschikken over de boekjes met aantekeningen.

De exacte cijfers had hij nodig bij de lopende afwikkelingen en het maken van de maandelijkse overzichtjes.

Een paar dagen later heeft ie de stoute schoenen aangetrokken.

Met het verhaal dat hij voor zijn opleiding over een bestaande boekhouding moest kunnen beschikken, is hij naar het kantoor van de administrateur gegaan.

Hij heeft er gevraagd of ie voor deze schoolopdracht bijvoorbeeld de gegevens van zijn vaders' bedrijf mocht inzien en met referenties aan het adres van zijn oud klas- genootje hoopte hij wat meer gewicht in de schaal te leggen.

De man was allervriendelijkst en stemde erin toe dat Martin binnenkort over de boe- ken zou mogen beschikken. Die had de tegenwoordigheid van geest om meteen te willen beginnen: "Mijn excuses voor de haast, maar ik heb eigenlijk een beetje te lang gewacht met het uitvoeren van deze opdracht.

Het is lastig om te voorzien hoeveel werk er ergens in gaat zitten.

En ik heb natuurlijk nog meer vakken waar ik heel veel huiswerk voor heb."

Martin verbaasde zich over zijn eigen manier van spreken.

Het leek hem dat zijn smoesje erg doorzichtig zou zijn en betrapte zich erop dat ie het huiswerk genoemd had.

Hij deed nu toch een studie.

Daar had ie zich nota bene op beroepen bij de vraag omtrent zijn vaders' boeken.

De boekhouder viel het niet op en stelde voor dat hij dan gelijk deze middag in een kamertje naast die van hem aan de slag zou gaan. Als hij vragen had dan kon hij deze komen stellen: "Ik geef zelf ook les zoals je weet.

Dus ik ben bekend met de klappen van de zweep."

Martin is er aan de lange vergadertafel gaan zitten en maakte zijn calculaties.

Het was goed dat hij thuis de oudere boeken al had doorgenomen.

Nu hoefde hij zich de manier van berekenen en boekingen niet helemaal uit het niets eigen te maken, maar al snel kwam er boven water dat het regelmatig voorkwam dat bepaalde dorpsgenoten aanzienlijke kortingen genoten hadden.

Als hij het tenminste zo mocht noemen.

De gehanteerde constructie was dat een betaling die de klant deed, eerder die dag werd opgenomen in de rekening van zijn vaders' bedrijf.

De bedragen klopten dan, vader kreeg de indruk dat er was voldaan, streepte de be- dragen vervolgens weg in zijn boekje en daarmee leek de kous af.

Het ging telkens om kleine bedragen.

Telkens niet meer dan een paar tientjes tot een goede honderd gulden, hooguit.

Martin had thuis al van ieder twijfelgeval een notitie gemaakt.

Zijn vader en hij konden zich vergissen tenslotte. Maar hij bedacht ook dat het mis- schien aardig was om eens uit te zoeken wanneer ermee was begonnen.

Het leek hem dat er een lijn in de kortingen en misrekeningen te herkennen moest zijn. Kennelijke vrienden, kennissen en familieleden van de administrateur bleken inderdaad vrolijk mee te delen in de naïviteit van vader Hans!

De jongens kenden in grote lijnen de structuren binnen het dorp. Henk het beste, omdat hij bij collega's, of de kennissen daar weer van, enige navraag kon doen.

Op een zondagmiddag hebben ze hun bevindingen vergeleken en waren ronduit uit het veld geslagen.

Maar ze wisten niet hoe ze hun ouders op de hoogte moesten stellen.

Geïntimideerd door de resultaten spraken ze af dat Martin er een rapportje over zou opstellen en dat hij dat de leraar/administrateur voor de voeten zou werpen.

Eventueel kon hij met een van de leraren op zijn huidige opleiding nog wat rugge-spraak houden, maar als ie op z'n eerste indrukken afging dan zouden er in het dorp ongetwijfeld slachtoffers gaan vallen.

Want al was het telkens maar om kleine bedragen gegaan, alles bij elkaar opgeteld betrof het toch een aanzienlijke som die hun vader links en rechts kon gaan navorde-ren. Overigens viel ook bij de uitvoering van de grote opdracht, die hij bij de ge-meente had weten te verwerven, wat aan te merken op de financiële afhandeling.

Hoe vaak Martin het ook narekende, ten minste twintig- maar wellicht zelfs meer dan vijftigduizend gulden was weliswaar betaald, maar vervolgens onnavolgbaar uit de administratie verdwenen.

Naarmate hij beter in de boekhouding thuisraakte, groeide de som aanzienlijk.

Op de een of andere manier kwam het erop neer dat de verdwenen bedragen steeds hoger werden. Kennelijk omdat de boekhouder, ongestoord maar allengs inhaliger, steeds grotere sommen achterover had weten te drukken.

Zijn gloednieuwe luxe auto vormde daarvoor een eenvoudig bewijs.

Zoals in meer besloten gemeenschappen kende Martin - net zoals die dochter van de boekhouder - de dochter en twee zoons van de wethouder. Het meisje en hij hadden drie jaar geleden voor het laatst bij elkaar in de klas gezeten, maar toen hij haar op-belde, konden ze een privé onderhoud regelen met haar vader.

Voorzichtig voor de achterklap in het dorp durfde hij zijn bevindingen namelijk uit-sluitend buiten de officiële wegen om aan hem voor te leggen. De gemeente had weliswaar keurig aan haar verplichtingen voldaan en ook papa deed zoals gebruike-lijk zijn uiterste best, maar hij wilde zekerheid in zijn zaak.

Dezelfde week nog stond er een artikeltje in het plaatselijk krantje.

Daarin werd beschreven dat de gemeente aan haar verplichtingen had voldaan, maar dat er waarschijnlijk fraude was gepleegd. Er werden geen namen genoemd, maar door de uitgebreide beschrijving van het project, wist het hele dorp natuurlijk met-een waar het over ging.

Wie die administratieve fouten had gemaakt, werd door de journalist zodanig be-schreven dat de mogelijkheid tot malversaties door zowel de vader van Martin als de wethouder uitgesloten werden en hoewel hij de administrateur niet met name noem-de bleef alleen hij over. De man had in deze functie voor iedereen zichtbaar op de borden die ze langs de weg hadden neergezet, gestaan.

Handig wist hij immers altijd iemand te vinden om zijn naam te vergroten.

In zijn weerwoord, een week later in het regionale dagblad, noemde hij Martin een 'studentje', die niet van wanten zou weten en bij nader inzien zelfs volledig buiten zijn boekje was gegaan.

De man kondigde aan dat hij er persoonlijk zorg voor zou dragen dat Martin nooit af kon studeren: "De accountancy kan die jongeman voor altijd vergeten.

Hijzelf ging zijn autoriteit in de weegschaal leggen om dit te bewerkstelligen."

Helaas wist de journalist vervolgens aan het licht te brengen dat 'de leraar economie' daarvoor helemaal geen lesbevoegdheid had. De beste man bleek geeneens zijn ei-gen studie volledig te hebben afgerond. Aan het licht kwam dat hij, hoewel ie zich erop beriep een alumni te zijn van dezelfde school als die die Martin volgde, daar helemaal nooit ingeschreven had gestaan.

267

Papa Hans was zwaar onder de indruk van de prestaties van zijn zonen. Vooral Martin werd natuurlijk overladen met lof en als dank schonk hij zijn kinderen een deel van het verschil in de betalingen: "Zonder jou had ik dat geld nooit gemist.
Of ervan geweten dat het verduisterd was."
De strafzaak die tegen de administrateur wegens de fraude en uit naam van de gemeente werd aangespannen, bleek ook nog een schadeloosstelling op te leveren.
Opgelucht deelde vader Hans ook deze. Met Martin ter compensatie van de moeite die hij zich getroost had, Henk voor het bedwingen van zijn woede en met zijn dochters uit solidariteit. Ze hadden er alle vier een goede bestemming voor.
Martin opende er een spaarrekening mee, Henk was net getrouwd en kon het geld goed gebruiken, Marieke begon aan haar studie en Els bleef 'op stage' in het Verenigd Koninkrijk.
Het is trouwens eerlijk om te vermelden, dat een flink aantal van de personen die ten onrechte die zogenaamde kortingen hadden gekregen, de verschillen alsnog met papa Hans kwamen verrekenen. Zijn boekje met aantekeningen en de oorspronkelijke berekeningen van Martin, stelden iedereen in staat de boel volledig te vereffenen.

De reis tussen Katwijk en den Haag maar altijd via Leiden, begon Martin na verloop van tijd op te breken. Niet dat het allemaal vreselijk ver was, maar de afhankelijkheid van het openbaar vervoer werd hem teveel.
De afwisseling van de uren, die dan eens op een avond, in de middag of juist 's morgens vroeg vielen, maar vaak verspreid over de dag, maakten dat er wat hem betreft te veel tijd in zijn studie verloren ging aan het in de bus of trein zitten.
Bij mooi weer was het vanzelfsprekend te doen om eens op de fiets te gaan en hij ging dan via het vliegveld, dwars door Wassenaar.
Maar of het nou regende, waaide, gevroren had of er sneeuw dreigde, het OV bleek dan al heel snel niet meer betrouwbaar.
Met name de bus, maar voornamelijk de aansluiting met de trein en tram vormden te vaak een hindernis. Eenmaal miste hij door de vertragingen zelfs een belangrijk tentamen, dat hij daardoor pas op het einde van het jaar kon inhalen.
Daarnaast kwam het regelmatig voor dat hij het begin van een hoorcollege moest missen of te laat thuiskwam voor het avondeten. Alle oponthoud werd telkens veroorzaakt door die vermaledijde aansluitingen.
Eerder van huis vertrekken behoorde vanzelfsprekend tot de mogelijkheden, maar om nou ongeveer een heel uur te vroeg ergens aan de komen en dan de hele tijd te moeten wachten, dat vond ie nogal wat.
Vooral omdat die eerdere vertrektijd nooit een garantie bood. Ook dan kwam het immers voor dat door uitvallende treinen er geen verbinding voorhanden was.
Maar meestal bleek dat er juist op zulke dagen, 'niets aan de hand was' en hij voor niks moest zitten wachten voor aanvang van de lessen en colleges.
Voor zijn gevoel kon hij op school die tijd niet zinvol doorbrengen.
Een studieruimte zou daartoe een gelegenheid geboden hebben, maar daarvan was helaas geen sprake. Hij moest op de gang wachten tot het college begon en met wat geluk stond daar een koffie automaat die het deed.
Geen tafels om aan te werken en alleen een rommelige zithoek.

Het aanbod van de ouders van Loes dat hij 's avonds ook bij hen kon aanschuiven, sloeg hij uiteraard niet af. Oorspronkelijk ging het om de maandag, dan was hij namelijk nogal laat klaar op school en bleek zijn woonplaats zowat onbereikbaar om met etenstijd thuis te zijn.

Zijn eigen moeder wilde wel iets voor hem bewaren, maar opgewarmd eten was natuurlijk niet zijn eerste keuze. Niet na vele uren ingespannen studeren en alle beslommeringen rond die reistijd. En sowieso niet omdat die van zijn vriendin hele lekkere gerechten op tafel wist te toveren.

Bij de geringste vertraging van die trein was de bus naar Katwijk telkens al ruimschoots vertrokken. Het duurde vervolgens minimaal een uur voordat de volgende aansluiting vertrok. Martin kon zich dan opvreten op het station, maar daarmee werd een verpieterde maaltijd thuis niet beter te verteren.

Bij Loes gingen ze vanzelfsprekend pas laat aan tafel, alleen al omdat de winkel tot zes uur open bleef, kon dat niet anders.

Haar moeder begon voor die tijd meestal al wat te kokkerellen, maar tegen de tijd ze daadwerkelijk aan tafel konden was het toch meestal al zeven uur of zelfs nog een kwartiertje later. Loes vond het ritme heel gewoon en noemde het later in hun relatie altijd haar 'Spaanse inslag'.

Deze afkomst zou feitelijk nergens in haar genen of die van haar ouders getraceerd kunnen worden. De Leidenaren hadden met de hulp van die geuzen de Spanjaarden immers op 3 oktober 1574 uit de omgeving van de stad weggeschopt.

Al vanaf het beging van hun verkering bestond de gewoonte dat hij op maandag meteen uit school naar haar toe ging. Niet lang erna deed haar vader hem het voorstel dat hij - al was het maar voor door de week - de vrije kamer op de bovenste verdieping zou gaan huren.

Loes was tot spijt van haar ouders hun enige kind gebleven, maar nu sloegen zij meerdere vliegen in een klap. Ze hielpen hun schoonzoon, kregen er een huisgenoot bij die ze aardig vonden en maakten tegelijkertijd hun dochter blij.

Doordat het juist een strenge winter was en dit de perikelen van het heen en weer reizen bijna iedere dag nog onoverkomelijker maakte, werd de keuze voor Martin hierdoor extra gemakkelijk.

Net zoals thuis intussen voor zijn eigen vader, was ie ermee begonnen om ook de boekhouding voor zijn schoonvader bij te houden en hij had ook kennissen die vervolgens van die diensten gebruik wilden maken.

Martin kon uit dit aanbod elk werk aannemen dat hij wilde en wist zo iedere maand een aardig bedragje bij elkaar te garen. Natuurlijk kon ie er vervolgens zijn huur mee voldoen, maar hij bleek er telkens ook nog wat aan over te houden.

Zo werd het saldo, dat ie had opgebouwd met de premie van zijn vader en eerder vakantiewerk, niet aangetast.

Een paar maanden voor zijn afstuderen in den Haag overleed een van de goede klanten van het winkeltje. De man had altijd wat afgezonderd, grotendeels op zichzelf aangewezen, op een woonbootje geleefd.

De vader van Loes had aanvankelijk als winkelier nog maar een van de weinige contacten gevormd die hij met de buitenwereld onderhield.

Niet de pastoor, die had hij jaren geleden al heel boos weggestuurd,

Geen familie en met de buren lag hij te vaak overhoop om het gezellig te houden.

Op een dag deed de man zijn voordeur niet open voor het aannemen van zijn bestelling en bleek hij even later overleden op een stoel te zitten.

Als een passant nieuwsgierig geweest was, had die bijvoorbeeld door de ramen bij de balkondeuren of die aan de waterkant naar binnen kunnen kijken. Maar dat deed vrijwel niemand en dan nog zou het eruit gezien hebben alsof hij er zat te lezen of een dutje deed.

De vader van Loes had vanuit een voorgevoel de politie gebeld, toen hem bij het afleveren van de boodschappen niet werd opengedaan.

Samen met een agent troffen ze de man zittend aan zijn tafel aan.

Blijkbaar was hij de vorige middag of nog vroeg in de vooravond overleden.

Er brandde in de boot namelijk geen verlichting, zoiets zou het moment van overlijden kunnen verklaren.

Er bleek vervolgens geen testament te zijn en omdat niemand anders zich meldde die de verantwoording op zich wilde nemen regelde de vader van Loes, in zijn hoedanigheid van meest betrokken relatie, de begrafenis.

Overigens bleek hij, samen met een verzekeringsman die de volgende dag toevallig de polisgelden kwam innen, de enige schuldeiser.

Het ging wat hem betreft slechts om een paar tientjes, want de zonderlinge man had keurig iedere week zijn boodschappen afgerekend. Het was eigenlijk opvallend hoezeer de man zich in zijn eenzaamheid had weten af te sluiten.

Na het verstrijken van de wettelijke tijd om het een en ander te laten verjaren, kwam het op de schouders van de winkelier te liggen om de afhandeling van de nalatenschap te regelen. Hij verdiepte zich er in wat een redelijke prijs voor de boot zou zijn. Niemand mocht immers tekort worden gedaan.

En met de notaris kwam hij overeen waar de opbrengst naartoe moest.

Alles na aftrek van de gemaakte kosten en een redelijke vergoeding voor de afwikkeling van de zaken.

Kennelijk wilde het toeval dat Martin over bijna voldoende middelen beschikte, om de woonboot van de kluizenaar aan te schaffen.

Jolanda en Hans hebben in het tuintje voor de boot met een snelle kus afscheid genomen. Zij moet die avond naar een verjaardag met een paar vriendinnen en er bestaat geen afspraak om na het eten samen iets te ondernemen.

Ondanks het leugentje tegenover haar bazin dat ze naar de bioscoop gaan.

Het tweetal gaat nu een aantal weken met elkaar om, maar hun verkering speelt zich nog voornamelijk op school en in de schoolse sfeer af.

Sinds het begin zijn ze op zaterdagavond inderdaad een keer naar de bioscoop geweest, maar ze hebben daar geen gewoonte van gemaakt.

De verplichtingen rond de aanvangstijd van een film stoorden Hans.

Hij maakt er altijd een erekwestie van om ergens op tijd aan te komen voor een afspraak. En eerst helemaal van de dijk naar Jolanda fietsen, daar met haar vader en moeder een beleefd gesprekje voeren, om zich vervolgens te moeten haasten om op tijd bij het theater aan te komen.

Het kost hem teveel moeite.

Al dat soort verplichtingen brengen het eventuele plezier van het kijken naar een mooie film naar zijn idee teveel in onbalans. Dat kijken kan thuis voor de televisie toch ook goed, er zijn genoeg goede films die worden uitgezonden.

Daar hoef je niet perse voor naar de bioscoop.

Aan de opmerking van Jolanda tegenover haar bazin, zaten geen verplichtingen verbonden. Nog los van het idee dat ze al met die vriendinnen weg zou gaan, voelde Hans zich te vermoeid vanwege de inspanningen van die dag.

Hij is na het afscheid dus zo snel mogelijk naar huis gefietst.

Als hij aankomt op de dijk heeft ie nog steeds niet beslist hoe hij de kwestie van de sleutels of die papieren op zal lossen. Voor zijn gevoel heeft ie de mappen intussen te lang laten liggen om Loes nog te kunnen verrassen met zijn vondst.

Ze zal onmiskenbaar vermoeden dat hij ze intussen doorgenomen heeft. Maar hij is er ook nog steeds niet zeker van hoe hij het een en ander moet interpreteren.

Daarom heeft ie immers ook niet weten te beslissen wat de beste aanpak is.

Het wordt langzamerhand steeds moeilijker om er op de juiste manier mee om te gaan. Hij heeft er nu al een hele tijd over lopen piekeren, de fietstocht van zojuist tenslotte ook weer, maar hij heeft geen besluit kunnen nemen.

In ieder geval geen waarmee hij vrede heeft.

Hans is geen goede acteur en staat er op dat mensen zo eerlijk mogelijk tegen hem doen. Zo probeert hij immers zelf de mensen tegemoet te treden.

Gevoelsmatig schiet ie in dit geval tekort omdat hij zijn rol niet kent. Hij weet totaal niet wat zijn moeder van hem zal verwachten en hij kan zich zich niet voorstellen hoe ie een aannemelijk draai aan het overhandigen van de papieren moet geven.

Hij weet niets te improviseren!

Er is niemand thuis. Marjolein zou terug moeten zijn van haar middag training op de sportvereniging en Loes is met de auto weg.

Hans doet een lichtje aan in de huiskamer en gaat dan naar zijn kamer.

Hij gaat er op de rand van zijn bed zitten en probeert zich voor te stellen wat hij hiervandaan allemaal mee zou willen nemen. Tegelijk vraagt is zich af hoe hij het transport van de spullen moet regelen.

Kent hij iemand met een bestelwagen en zal hij het dan durven te vragen?

Nu hij erover nadenkt dringt het plotseling tot hem door dat de vader van Jolanda jurist is. Hij werkt nota bene op een groot advocaten kantoor.

Dat heeft ie 'm laatst zelf zitten vertellen.

En wat voor auto ze hebben weet hij niet, maar misschien kan daar zo'n karretje achter. Opgelucht hoort ie dat Loes er aankomt, het geluid van hun auto herkent ie intussen uit wel duizenden

Hij gaat weer terug naar de huiskamer, onder het erlangs lopen, zet ie alvast de voordeur voor haar open.

"Jullie hebben alles keurig opgeruimd.

Ik zag in ieder geval dat er nergens rommel is blijven staan die nog moet worden opgeruimd. Ik kwam even kijken of jullie mijn hulp nodig hadden, maar dat leek me niet nodig.

Ik heb even mijn hoofd om de deur gestoken en alles zag er zo netjes uit dat ik niet verder naar binnen ben gegaan dan het halletje.

Ik dacht dat je met Marieke mee was naar Tilburg, maar zag je fiets nergens staan.

Daarom had ik ook het idee dat je al naar huis was.

Vertel eens, hoe het is gegaan?"

Nu hij daarover wat duidelijkheid heeft, weet Hans wat hij met de sleutels van zijn tante aan kan. Als Loes al een set heeft hoeft hij die van hem natuurlijk niet nu al meteen aan haar te geven. Hij kan het in het midden laten dat ie ze al van haar gekregen heeft. Als tante Marieke komende week bij hun komt eten, kan hij altijd zien wat hem het beste lijkt.

"Ik ga me boven even verkleden. Iets schoons aandoen.

Ik ben trouwens net thuis hoor dus ik weet eigenlijk niet waar je het over hebt.

Daar komen we straks nog wel op terug.

Nu ga ik eerst even een schoon shirtje aan doen. Misschien ga ik ook douchen."

Marjolein heeft intussen een tas met boodschappen naar binnen gedragen.

Hans loopt de trap weer op.

Hij zou weleens met iemand over de kwestie willen spreken. Bij voorkeur met Jolanda, maar het idee om haar vader advies te vragen is helemaal zo gek nog niet.

Eigenlijk is het nu wel jammer dat ze voor vanavond andere plannen heeft.

Het is natuurlijk het mooiste als hij de kwestie rond die aktes zo snel mogelijk op kan lossen. Nu hij erover nadenkt, wil hij haar heel graag weer zien.

Misschien had hij vanmiddag wat vriendelijker tegen haar moeten doen en meer moeten laten merken dat hij haar gezelschap op prijs stelt. Ze hadden nota bene alle privacy van de wereld, hij wist immers niet dat zijn moeder over toegang tot de boot beschikte. Of dat ze er überhaupt langs zou komen.

Op alleen die ene kus in de tuin na, is er helemaal niets voorgevallen waarmee hij heeft kunnen aantonen hoeveel hij om haar geeft. Normaal gesproken zit ze graag zo dicht mogelijk tegen hem aan.

Volgens een klasgenoot zitten ze dan te 'flikvlooien', maar die jongen is gewoon jaloers. Waarschijnlijk omdat ie zelf niemand heeft om aan te frunniken, 'n andere term die hij regelmatig hanteert.

Hans vindt het juist leuk dat Jolanda zo aanhankelijk is.

Nadat ie zich heeft gedoucht en schone kleren aangetrokken, gaat hij naar beneden.

Hij heeft vanaf boven gehoord dat Loes in de keuken bezig is. Zoals te doen gebruikelijk wil hij zijn moeder helpen met het klaarmaken van het eten.

Ze heeft karbonades gehaald.

Een regelrechte verrassing want ze hebben die al minstens een halfjaar niet meer gegeten. Het was het lievelingskostje van pappa, maar de laatste twee keer kon hij het niet meer verdragen.

Ook niet toen hij erna een paar van zijn pillen tegen de vervelende pijn innam.

Het vlees komt trouwens van die slager op de Hogewoerd. Hans ziet het op het papiertje. Dat was volgens Martin altijd de allerbeste!

Hans heeft ze met een halve citroen in flinterdunne schijfjes, en twee geperste teentjes knoflook, gebakken in roomboter. Het is niet de meest gezonde manier van bereiden, maar nu - bij wijze van uitzondering - te vergoelijken.

Intussen maakte Loes een salade van witlof, mandarijntjes, appels en een dressing van citroen met ketjap. Dit allemaal met de aardappels erbij wordt het een feestmaal.

272

Onder het eten hebben ze nauwelijks gesproken. Iedereen genoot van wat er op zijn bordje lag en Hans wist niet hoe of wat hij over die dag moest vertellen.

Er werd hem trouwens ook niets gevraagd.

Pas bij het toetje, een bakje vanillevla dat ook alweer zo'n verrassing vormde, begon Marjolein erover hoe ze die middag met haar moeder 'naar de stad' was geweest.

Hij wilde er geen vragen tegenover stellen, maar zijn zusje vertelde uit zichzelf hoe ze even bij de boot van tante Marieke waren gaan kijken.

Zoals mama al had verteld, troffen ze er niemand aan.

Loes had daarom alleen maar even binnen rondgekeken en had toen de deur weer dicht gedaan.

Hans vertelde niet dat zijn fiets in het schuurtje stond.

Of dat hij op dat moment waarschijnlijk bij Jolanda in de bakkerswinkel was.

Mama had immers niets gezegd over broodjes die er op de aanrecht lagen.

Die was hij toen kennelijk aan het halen!

Hans voelt zich opeens 'volwassen'.

Zo gaan grote mensen immers met elkaar om. Hij heeft iets gedaan dat buiten de waarnemingen van zijn moeder is gebleven. Al gebeurt zoiets natuurlijk vaker.

Maar het treft hem dat ze nu van elkaar totaal geen notie hebben gehad.

Niet qua verwachting, noch afspraak.

Ze hoeven er geen verantwoording over af te leggen, kunnen volstaan verslag uitbrengen. Het verbaast hem dat hij zich dat plotseling zo duidelijk realiseert.

Na het eten is het de beurt van Marjolein om de afwas te doen.

Hans wil in de huiskamer gaan zitten, maar mama is moe en wil op de bank liggen.

Hij gaat naar zijn kamer. Het is te vroeg om al koffie te zetten.

Hij maakt zijn rugzak leeg, alle boeken legt hij op zijn bureautje. Dan neemt hij de tas met medicijnen en de mappen uit zijn klerenkast en doet ze erin. Het past allemaal maar net en 't kost moeite om de bovenklep goed af te sluiten.

Het lukt.

Met het lusje van de rugzak om zijn hand gaat hij weer op de rand van zijn bed zitten. De rugzak laat hij tussen zijn voeten zakken.

Het ding is niet zwaar, maar hij wil 'm niet loslaten.

Beneden gaat de telefoon.

Hij kan naar de slaapkamer van zijn moeder lopen, om het toestel daar op te nemen maar aarzelt. Dan hoeft 't al niet meer, hij hoort dat iemand in de eetkamer beneden antwoordt. Zijn moeder voert er een gesprekje.

Marjolein is gewoon doorgegaan met afwassen.

"Het was Marieke, ik moest je bedanken voor je hulp en handigheid.

Doordat jullie alles zo netjes in de auto hadden gezet, kon er veel meer in dan ze van tevoren dachten.

Ze zijn net klaar met uitpakken en hebben zelfs al zowat alles op een plekje in de flat kunnen zetten.

De auto was op tijd terug en ze hebben daardoor veel bespaard door je hulp.

Daar moest ik je even een knuffel voor geven, maar dat wil je natuurlijk niet."

Mama is speciaal voor de nieuwtjes naar boven komen lopen.

Onder het spreken leunt ze met haar bips tegen de rand van zijn bureautje.

273

Hans zou het heel leuk vinden als zijn moeder hem nu wel even zou knuffelen. Hij wil graag het onrustige gevoel dat ie al sinds vanmiddag, misschien zelfs al een paar dagen voelt, oplossen. Kon zijn moeder die vervelende nervositeit maar wegnemen, hem het gevoel geven dat ie begrepen wordt.

Ze richt zich op en gaat weer naar beneden.

Hans mompelt 'bedankt', maar dat kan ze vanzelfsprekend helemaal niet horen, ze is al halverwege de trap: "Kom je zo koffie drinken?

Ik heb er vanmiddag wat lekkers bij gehaald."

Ze roept het als ze onderaan is gekomen.

Weer mompelt hij een bevestiging.

Hans schuift de rugzak onder zijn bed. Daar ligt ie vaker en loopt hij vervolgens niet meteen het risico dat z'n zusje erin zal gaan snuffelen. Maar hij legt 'm wel zo dat ie niet gelijk in het oog springt.

Je kunt immers maar nooit weten met dat kind.

In de schuur, tussen het gereedschap van Martin weet hij dat er nog een of twee fittingen moeten liggen. Daar zitten ook peertjes bij hoopt ie.

Hans gaat de trap af en loopt door de keuken de tuin in. Hij heeft geluk, er is ook nog een bol lamp.

Die kan straks voor zolang hij geen andere heeft, in de woonkamer aan het plafond komen op de plaats van die plafonnière.

Hij heeft zojuist ook nog bekeken of het bureautje uit elkaar kan, maar helaas zag ie daar geen mogelijkheid toe. Het ding past onmogelijk in de auto en hoe ie 'm op het Schelpenpad moet krijgen blijft vooralsnog een raadsel.

Vanuit het schuurtje heeft ie de keuken in de gaten kunnen houden.

Zijn zusje stond er niet meer, dus kan hij ongezien de doos met verlichting spullen naar zijn kamer smokkelen.

Heel even heeft ie overwogen om ze alvast achterop zijn fiets te doen, maar het miezert nog steeds en hij wil niet dat de doos slap wordt van het vocht.

Vanzelfsprekend kan ie er wel een plastic tas omheen doen, maar op zijn kamer staat het veiliger. Hij weet trouwens nog helemaal niet wanneer hij de spullen mee zal kunnen nemen.

Marjolein wil graag een programma op de tv kijken.

Het gaat over mensen die naar het buitenland verhuizen en zou erg interessant moeten zijn. Ze hebben het toestel op dat net gezet, maar Hans is er niet zo in geïnteresseerd. Het draait inderdaad om een middelbaar echtpaar dat hun huis hier in Nederland verkocht heeft en nu naar een van de landen ergens op de Balkan vertrekt.

Ze willen er in een tamelijk afgelegen, klein dorp een camping beginnen.

Helaas blijken ze nauwelijks op de hoogte van de regels ter plaatse.

Onder het reclameblok schenkt Loes een tweede kopje koffie in.

Daar heeft ze geen gebakje meer bij.

De reclame gaat over auto's, make-up, kleding, eten, een warenhuis, speelgoed en nog een keer over auto's en voedingswaren. Deze keer van een ander merk.

Hans trekt de conclusie dat het allemaal bedoeld is als ontspanning en waarschijnlijk voor het hele gezin, gezien de grote overeenkomsten tussen de filmpjes.

Het steekt hem hoe onbenullig die mensen uit dat verhuis programma zijn.

Ze blijken de taal niet te spreken, zijn inderdaad totaal niet op de hoogte van de regels waaraan ze zich in dat nieuwe land moeten gaan houden en hebben geen idee hoe de voorschriften rond het bereiden van eten luiden.

Daar krijgen ze straks met die camping toch mee te maken?

Hij verwacht dat er uit de coulissen straks een kudde hulpverleners tevoorschijn zal springen. Die zullen de stakkers vast gaan vertellen waar het op aankomt en ze zo verlossen uit hun ellende.

Hij rekent dat zoiets tot de verantwoording van de makers van dit soort programma's hoort. Je kunt mensen immers toch vertellen dat er overal ambassades zijn waar deskundigen bereid zijn avonturiers zoals hen wegwijs te maken.

Dat moet zelfs Marjolein al weten, daarom wil hij het zijn zusje even wijsmaken.

Zijn moeder en zij manen hem tot stilte, schijnen niet te begrijpen waar het allemaal om draait.

Het zal zo wel goed komen, want dat doet het altijd. Maar Hans vindt het voornamelijk flauw hoe die filmploeg op alle rampen, narigheid en tegenslagen die de verhuizers overkomen, in gaat. Het lullige commentaar dat er in de voice-over op geleverd wordt, begint hem tegen te staan.

Hij wil er net de brui aan geven, als de telefoon gaat, het apparaat ligt naast Loes en zij neemt daarom op: "Hier joh, het is Jolanda."

Nu gelijk opstaan en met het toestel aan zijn oor naar de gang lopen is onmogelijk, dat heeft een eerdere keer toen ze hem opbelde uitgewezen.

Hij zou toen stiekem zijn geweest en 'kennelijk geheime zaken' hebben moeten bespreken. Ronduit kinderachtig hadden zijn zusje en ook Loes hem met die opmerkingen indertijd tot de orde geroepen.

Hij blijft zitten en meldt zich.

"Ik heb met mijn vader over die papieren van je gesproken en hij wil je er graag een keer bij helpen om, als je er prijs op stelt, ze met je door te nemen voordat je ze aan je moeder geeft.

Het lijkt hem zelfs wel leuk, doe er je voordeel mee."

Hans vindt Jolanda lief en het is hartverwarmend dat zij, buiten dat hij daar met haar over heeft gesproken, op hetzelfde idee als hijzelf is gekomen.

Hij weet niet wat hij erop moet zeggen.

"Lijkt het je wat?

Of moet je er over nadenken?"

Omdat ie niks zegt, vraagt Jolanda het. Haar stem klinkt nadrukkelijk, maar ze moet hoorbaar over lawaai heen spreken.

Hans bedenkt dat ze op dat feestje is: "Ik kan haar heel moeilijk verstaan."

Hij staat op en loopt snel naar de gang.

De verontschuldiging maakt hij zomaar loos in de kamer. Niet specifiek tegen zijn moeder of zusje, dat zou hem te ver gaan. Hij rekent erop dat zijn moeder het lawaai op de achtergrond ook gehoord zal hebben.

De onderste tree van de trap biedt hem een zitplaats.

"Sorry, ik moest even de kamer uit lopen.

Het lijkt me trouwens een heel goed idee.

Jouw vader zal er beslist meer van begrijpen dan ik.

Overigens had ik hetzelfde bedacht toen ik vanmiddag naar huis fietste.
Je ziet het, we begrijpen elkaar eigenlijk heel goed. We voelen elkaar aan."
"Ja, dat zou je wel willen hè. Maar ik ben nu hier.
Je had trouwens best mee gekund.
Het zijn niet alleen maar meisjes die hier op het feestje zijn. Maar wel vooral.
Karin heeft twee broers en die hebben wat vrienden gevraagd."
Ondanks het kabaal op de achtergrond en zonder de blèrende tv uit de kamer, kan hij haar nu goed verstaan. Moet hij er jaloers op zijn dat Jolanda met andere jongens erbij plezier aan het schoppen is?
Ze belt hem nu toch!
"Zal ik morgenochtend naar jouw huis toe komen?"
"Laten we afspreken op de boot.
Ik wil die weleens zien met genoeg licht, het was er vanmiddag nogal donker weet je. En ik wil ook die mappen van je weleens zien.
Ik weet niet wat erin staat, maar ben intussen heel nieuwsgierig geworden.
Zullen we er om tien uur zijn, dan zie ik je morgen."
Jolanda riep nog dat ze weer naar de feestgangers ging en heeft toen opgehangen.
Hans gaat terug de kamer in en zet het toestelletje op de lader.
Dan neemt hij weer plaats op de bank. Een nieuw reclameblok is net afgelopen en het echtpaar laat zien dat er een veld is waar ze de camping gaan beginnen.
Er lopen koeien en er is niets te zien dat uitnodigt om er ook een tent of caravan neer te zetten.
Hans ziet hoeveel bladeren er aan de bomen zitten en dat de personen er luchtiger gekleed bij lopen dan eerder in de uitzending. Hij concludeert dat 'het seizoen' intussen begonnen moet zijn.
Er blijkt echter nu weer iets niet in de orde met vergunningen en ook de contracten met pachters kunnen niet opgezegd worden. Hij verbaast zich erover hoe onverantwoord deze mensen kennelijk handelen.
Ze hadden toch ook kleine, leerplichtige kinderen?
Spreken die de taal intussen?
Nu hij erover nadenkt, in het begin van de uitzending was er ook sprake van een dochter van ongeveer zijn leeftijd. Waar is die gebleven?
Was dat de enige van de hele familie die verstandig genoeg was om in Nederland achter te blijven en zag ze aankomen wat haar ouders nu overkomt?
"Vind je het goed dat ik een biertje pak?"
Hans heeft gezien dat zijn moeder een glaasje sherry voor zichzelf heeft ingeschonken toen hij in de gang was. Marjolein heeft cola, maar dat dronk ze al 'onder de koffie'. De fles staat naast haar stoel op de grond.
"Ik drink 'm boven op, want ik moet nog een boek uitlezen voor school."
Hans wacht niet op een antwoord, hij weet dat ie op zaterdag een flesje bier mag drinken, staat op, pakt een glas uit de kast, haalt een flesje uit de kelder en gaat naar zijn kamer. Hij gaat aan zijn bureautje zitten en pakt een vel papier.
Als hij verstandig is maakt hij een lijstje met de dingen die hij graag wil bespreken met Jolanda d'r vader. Na een paar minuten staat er alleen op het papier; lampen ophangen, huiskamer/slaapkamer, zorgen voor genoeg licht.

276

Hij laat het erbij, gaat op zijn bed zitten en pakt het boek van 't nachtkastje. Met het kussen achter zich tegen de muur, maakt ie het zo geriefelijk mogelijk en gaat zitten lezen. Marjolein komt de trap op. Waarschijnlijk is het televisie programma waar ze zo graag naar wilde kijken voorbij.

Hans hoort hoe ze naar haar kamertje gaat en dan in de badkamer haar tanden poetst. Even later wordt het stil op de overloop, ze is naar bed.

Ze zal beneden van haar moeder al een nachtkus hebben gekregen.

"Hans ik wil even met je praten. Heb je je boek uit en komt het gelegen, of wil je dat ik er morgen op terug kom?"

Hij is ervan geschrokken dat Loes zomaar zijn kamer op is gekomen.

Ze heeft haar glas meegenomen en gaat op zijn bureaustoel zitten.

Zonder dat ze het hoeft te vragen hij legt zijn boek neer op zijn hoofdkussen.

Geheel tegen zijn gewoonte in heeft ie het boek opengeklapt gelaten en nu zou de rug kunnen kraken. Zijn biertje is, daarom staat hij op en pakt het flesje.

"Vind je het goed dat ik er nog een haal en zal ik jouw fles ook meenemen?"

Loes geeft geen antwoord, maar knikt.

Als hij weer op zijn kamer komt, houdt zijn moeder haar glas op om het te laten vullen. Zelf gaat hij weer op zijn bed zitten en zoekt naar de flessenopener.

Die ligt op het bureau en Loes gooit 'm naar hem toe.

"Ik weet dat papa wat papieren heeft opgesteld. Hij wilde dat jij de boot zou erven. Omdat hijzelf al heel jong op zichzelf werd aangewezen, leek het hem belangrijk dat jij ook zoiets mee zou maken.

Hij heeft het daar met tante Marieke blijkbaar een paar keer over gehad.

Het was al vlak voordat hij vorige keer weer thuis zou komen en iedereen dacht dat hij weer op zou knappen.

Met mij heeft ie alleen gedeeld dat hij die plannen had.

Ik dacht dat hij er nog over moest nadenken en daarom hebben we er nooit uitgebreid over gesproken. Ik wist dus wel dat ie erover nadacht, maar kon me er geen beeld van vormen hoe papa het voor ogen had."

Mama heeft haar glas al na een slokje op zijn bureautje gezet. De stoel heeft ze iets verschoven. Als ze naar haar gevoel helemaal goed zit kijkt ze hem aan.

Hans weet dat zij hém goed kan zien, maar het licht boven zijn werktafel is achter haar hoofd. Hij kan zijn moeder niet in de ogen kijken.

"Ik was vorige week op zoek naar papieren waarvan Marieke me verteld heeft dat Martin ze een poosje geleden heeft laten opstellen.

Ik neem aan dat jij ze intussen gevonden hebt of weet waar ze zijn.

Het kan ook dat Martin er met je over gesproken heeft, hij heeft je tenslotte ook het vertrouwen gegeven over zijn uitvaart.

Maar ik denk dat ie zoiets dan toch zeker tegen me gezegd zou hebben.

Marieke vertelde me namelijk dat ze bij jou geen verbazing heeft ontdekt bij wat ze met je heeft besproken over de boot.

We zijn er daarom eigenlijk vanuit gegaan dat je iets van papa's plannen weet."

Hans zou nu de mappen erbij kunnen pakken, de mogelijkheid om open kaart tegen zijn moeder te spelen doemt op. Hij bedenkt echter dat het waarschijnlijk verstandiger is om ze toch eerst aan iemand die ter zake kundiger is, voor te leggen.

Dat kan de vader van Jolanda zijn, maar ook zijn leraar economie behoort nog tot de mogelijkheden. Het lijkt intussen of hij de mappen kan horen roepen en vindt het vervelend dat ie moet jokken.

Hij wil echter zeker weten hoe het zit met de verantwoordelijkheden rond de boot en het lijkt hem beter dat hij de mogelijkheden om er ooit te gaan wonen eerst voor zichzelf eens op een rijtje kan zetten.

Daar heeft hij zich nog niet voldoende op geconcentreerd.

Het is hem uiteindelijk allemaal wat koud op z'n dak komen vallen.

"Ik heb die ene ochtend onderin de hoekkast beneden inderdaad een tas met een paar mappen gevonden.

Je hebt me 's nachts weg gestuurd en ik mocht je niet helpen met zoeken.

Ik was nieuwsgierig en vond ze voordat ik naar school ging.

Er zaten papieren in die er inderdaad nogal belangrijk uitzagen. Die heb ik aan mijn leraar economie gegeven omdat ik ze niet begrijp. Ik moest namelijk naar school, Marjolein kwam beneden en heb ze in alle haast bij me gestoken.

Het spijt me.

Binnenkort zal hij me waarschijnlijk kunnen vertellen wat erin staat, maar ik heb al van hem gehoord dat de woonboot klaarblijkelijk van mij is of wordt.

Ik geloof namelijk dat die overdracht zoals dat heet, pas op mijn verjaardag bekrachtigd mag of misschien kán worden.

Hij had de papieren toen heel even en nogal vluchtig doorgekeken, zei hij.

Dus ik weet het niet zeker.

Klopt dat eigenlijk of heeft ie overdreven?"

Netty

Hans is uit school meteen naar de boot gegaan. Het is de twee afgelopen dagen tot hem doorgedrongen dat dit dus zijn huis kan gaan worden. Vandaag moet ie er de koelkast inschakelen, omdat dat gisteren nog niet kon. Ze hebben 't ding wel weer op z'n plaats gekregen, maar door het bewegen mocht ie natuurlijk nog niet meteen worden ingeschakeld.

Verder hebben ze de rommel opgeruimd van het verhuizen. De dozen die over waren hebben ze naar de papierbak gebracht en Jolanda heeft de kamers gestofzuigd.

Ze zijn het apparaat ervoor op gaan halen bij haar moeder.

Gisteren is Hans vroeg opgestaan.

Nadat hij zaterdagavond laat nog even met zijn moeder over zijn plannen en school heeft zitten praten is ze naar beneden gegaan. Het biertje heeft ie niet open gemaakt.

Opeens was hij te moe van alle inspanningen om zijn ogen nog langer open te kunnen houden.

Loes is niet verder ingegaan op de papieren en het eigendom van de boot.

Hans begrijpt dat ze daarvoor de aktes in moet zien.

Ze geloofde hem dat zijn leraar ze onder de hoede had en hij heeft ze 's morgens in zijn rugzak meegenomen naar de boot. De mappen heeft ie samen met de tasjes overtollige medicijnen in de hoge kast op de slaapkamer gedaan.

Het had ergens anders gekund, alle kasten op de boot zijn immers leeg, maar deze leek 'm het beste. Hij had ze thuis tenslotte ook op zijn slaapkamer.

Hij heeft aan zijn moeder de doos laten zien waarin hij de twee fittingen en die lamp had gedaan. De doos die hij in de vooravond uit de schuur heeft gepakt.

Die stond naast zijn bureautje en er zat ook wat gereedschap van zijn vader in. Omdat ie maar een gloeilamp kon vinden, heeft ze gezegd dat ze er nog een voor hem klaar zal leggen. Toen is ze opgestaan en naar beneden gegaan.

"Ga nu maar slapen, je zult wel moe zijn van het sjouwen.

Ik zie het aan je en Marieke vertelde dat jullie vreselijk je best hebben gedaan.

Als je morgen op de boot gaat werken dan kom ik in de middag wel even kijken hoe ver het staat. Misschien kan ik je nog ergens mee van dienst zijn."

Op de boot heeft hij in de huiskamer een van de fittingen aan het kroonsteentje opgehangen. Toen hij er een lamp in deed bleek het licht al ingeschakeld en had hij blijkbaar aan een levende elektriciteitsleiding staan schroeven.

Het maakt hem aan het schrikken en voor de zekerheid doet ie de hoofdschakelaar van alle elektriciteit uit, voordat ie aan de verlichting op de slaapkamer begint.

Er is geen trapje en hij moet dus op een stoel staan om bij het plafond te kunnen.

Om er ruimte voor te maken moet hij het bed wat opzij schuiven en drong het tot 'm door dat de vloerbedekking uit zijn kleutertijd stamt.

Plotseling kan hij het zich herinneren.

Om ongeveer kwart voor tien werd er hard op de voordeur geklopt.

Hans schrok ervan, want zette net de stoel terug in de woonkamer.

Het blijkt Jolanda, omdat de bel het niet doet heeft ze hem geroepen. Maar het begon te regenen en daarom had ze ook op de deur geklopt. Hans liep terug naar waar ie mee bezig was, wilde haar laten zien dat ie al flink was opgeschoten.

De stoelen staan immers niet meer domweg ergens middenin de kamer.

"Hans kom eens, ik moet je wat laten zien."

Hij loopt naar de slaapkamer. Jolanda staat er met haar rug naar de deur. Ze heeft het bed op z'n plaats geschoven en staat haar spijkerbroek uit te trekken.

Ze heeft een blouse aan en hij ziet dat ze eronder een geel broekje draagt.

Hij blijft staan kijken naar wat ze doet, ze draait zich om.

Het bloesje hangt open, hij ziet dat ze ook een geel bovenstukje, dus een bikini aan heeft. Ze laat de blouse van haar schouders glijden: "Kom eens."

Hans loopt naar haar toe en wil haar kussen. Ze stapt ervoor naar hem toe en hij pakt haar beet. Terwijl hij dichterbij komt ziet hij hoe de stof van haar bikini voorkomen heeft dat haar borsten egaal getint zijn.

Het kleurverloop van nog een beetje bruin naar roomwit windt hem op. Ze kussen intussen maakt ie met een kort rukje de strik in haar hals los, dan laat hij zijn hand zakken en trekt ook aan die op haar rug. Het bh'tje valt bij haar voeten op de grond.

"Doe je shirt uit en kom bij me liggen."

Jolanda laat zich op het bed vallen en klopt naast zich op het matras. Haar borstjes wiebelen terwijl ze zich naar het midden van het bed beweegt.

Toen Hans in de tweede klas van de middelbare school zat, kondigde pater Hermans tijdens de godsdienstles aan dat ze in de les van de volgende week 'seksuele voorlichting' zouden krijgen. Op school werden de lessen ook 'maatschappij leer' genoemd, maar de paters hielden het liever bij de oude term.

Een van de jongens riep dat er een stripper zou komen.

De pater glimlachte: "Ik denk dat je je vergist, maar we zullen het zien."

Ze hielpen hun leraar met het terugzetten van de banken.

Al naar gelang het onderwerp en de manier de stof werd behandeld zette hij met de jongens uit de les voor hen, de bankjes in een cirkel of in clusters van drie of vier.

Op het einde van hun lesuur zetten ze alles weer terug zoals het hoorde, zodat de leraar in die erop volgende les geen last van de herindeling ondervond.

De week erop stonden de banken in drie rijen van twee, de normale klassikale opstelling en het zou dus een echte les gaan worden.

Een waarin ze wat gingen leren.

Op de gang hadden de jongens uit de les voor hen in het voorbijlopen al verteld, dat het over condooms zou gaan en ook dat ze erg hadden gelachen. Hans werd erdoor herinnerd wat het onderwerp van de les ook alweer zou zijn.

Naast de pater stond een vrouw van middelbare leeftijd. Ze droeg een witte jas, alsof ze dokter was. Geen stripper dus!

Het was namelijk duidelijk zichtbaar dat ze eronder een mantelpak aan had.

Bij Hans vielen haar degelijke schoenen op.

Zo'n beetje het model dat zijn oma ook altijd in de winkel aan had.

In de klas zijn ze met zevenentwintig. Een jongen, deze keer niet Hans, moet alleen zitten. Voorin het lokaal staat Pater Hermans met een doos bananen.

Die zet hij op de tafel van John en vraagt of hij hem even wil helpen. Een van de jongens roept dat hij de lul is en weet waarschijnlijk wat de bedoeling is.

"Op iedere tafel een. Leg ze maar in het midden."

De mevrouw loopt er achteraan met een doos waaruit ze kleine witte plastic zakjes haalt. Er zitten ringen in en er zijn zo te zien vier felle kleuren.

Rose, geel, groen en blauw. Op iedere tafel gooit ze er een paar neer.

Die bij Hans en Gerben zijn vrijwel allemaal groen, maar er is ook een blauwe bij.

Hij telt er bij elkaar zeven. Op de andere tafels liggen er drie of vier, ze is bij hen kennelijk uitgeschoten.

Als ze hun ronde hebben gemaakt pakt de mevrouw een van de zakjes uit de doos en houdt deze hoog. Ze zegt: "Jongelui, dit is een condoom."

Ze legt in het kort uit waar ze op moeten letten als ze er een gaan gebruiken en noemt dat 'bij seksueel contact'. Dan zou je er een nodig hebben.

Hans luistert met een half oor, de opgewonden kreten om hem heen interesseren hem niet zoveel en vindt het flauw hoe de jongens telkens grappige opmerkingen proberen te maken. Zelf weet ie niet zo goed hoe het precies zit met seks of meisjes en vindt het flauw om nu net te doen of het hem iets aangaat.

Als de mevrouw klaar is met haar uitleg, mogen ze proberen of ze zo'n condoom om de banaan heen krijgen. Gerben neemt het initiatief en maakt het zakje open.

Een sterke pepermuntgeur walmt ze tegemoet.

Dan pakt hij zoals ze gezegd heeft het tuitje beet, knijpt erin en legt het dingetje op de banaan. Als hij probeert om 'm af te rollen naar het steeltje scheurt het rubber.

Hij heeft 't verkeerd om gehouden zodat het afrollen niet gaat.

Het kroontje is er veel te scherp voor en de mevrouw grist de banaan met de slierten eromheen uit zijn hand. Ze houdt 'm omhoog.

Op een bozige toon legt ze nog eens uit waar ze op moeten letten.

Ook op een aantal andere tafels is het overigens niet goed gegaan.

Job beklaagde zich er na de les over dat zijn banaan naar goedkope kauwgum had gesmaakt. Maar hij had dan ook eerst de schil er vanaf gehaald, voordat hij het condoom er omheen deed. Het was een roze exemplaar geweest.

Dat had hij: "Een opwindende kleur gevonden.

Gezien het onderwerp."

Een beetje geërgerd heeft Gerben aan het einde van de les de resterende condooms naar Hans z'n kant van de tafel geschoven en verlegen met de situatie, deed Hans ze in het kleine vakje achterin zijn rugzak. Het is volgens de opdruk bedoeld voor een portemonnee, maar hij doet die van hem altijd in zijn rechter broekzak.

Hans gaat naar de huiskamer en pakt er de condooms uit het vakje van zijn tas. Ze hebben daar nu al een hele tijd in gezeten, maar het lijkt hem verstandig om ze aan Jolanda te laten zien. Sinds het vrijen bij haar in de keuken heeft ie er al een paar keer aan gedacht dat hij ze niet voor niets van die mevrouw gekregen heeft.

Na die ene les hadden een aantal jongens de condooms trouwens gevuld met water.

Met het resultaat hadden ze zich op het schoolplein lopen uitsloven.

Er waren weinig ouderejaars geweest die ervan onder de indruk raakten.

Hans gooit de zakjes op het bed, dan doet hij snel zijn shirt en jeans uit.

Het is koud in de slaapkamer! Hij gaat naast Jolanda liggen en probeert een van de strikjes die ze op haar heupen heeft ook los te trekken. Het lukt, maar de stof blijft even strak om haar zitvlak zitten.

Ze giechelt: "Het is elastiek sufferd."

Lachend schuift ze het broekje over haar benen en schopt ze 'm door de kamer.

Hans hoort hoe het dingetje tegen de wand aan komt en dan op de grond valt. De stof ruist langs het behang. Het is werkelijk doodstil op de boot!

Hij ziet hoe ze kleine haartjes op haar onderbuik heeft. Of die zo kort horen te zijn weet hij niet. In zijn schaamhaar zitten krullen.

Dan zonder nadere aankondiging beginnen er kerkklokken te luiden. Ze komen van nogal vlakbij en zo hard heeft Hans ze nog nooit gehoord. Hij schrikt ervan.

Jolanda trekt hem naar zich toe.

Bozig zegt ze: "Het is de Petrus kerk. Die staat hier vlakbij. Daar hoef je toch niet zo van te schrikken. Of heb je een slecht geweten?"

Ze duwt zich tegen hem aan en kust hem op zijn schouder.

Hans zoekt haar mond en ze kussen elkaar. Met zijn hand glijdt hij over haar zij.

Hij komt bij haar borsten en neemt het tepeltje tussen zijn duim en wijsvinger.

Die wordt harder, richt zich op zodat ie 'm goed beet kan houden.

Voorzichtig knijpt ie er een beetje in, daar moet ze van grommen.

Jolanda slaat haar been over hem heen en drukt haar kruis tegen zijn heup. Ze kussen elkaar nog steeds. Met hun tongen voeren ze een strijd.

Met haar linkerhand over het matras wrijvend vindt ze een van de pakjes, werkt zich een beetje achteruit op het bed en trekt zijn onderbroek naar beneden.

Behulpzaam tilt ie z'n heupen op om 'r het textiel ongehinderd uit te laten trekken.

Ze gaat rechtop zitten en trekt het zakje open.

Dan doen ze samen het voorbehoedsmiddel over zijn stijve penis.

Als het klaar is kust ze hem erop: "Hmmm pepermunt."

Dan laat ze zich achterover vallen.

"Doe je voorzichtig, het is voor mij de eerste keer."

Met een snik, een kreetje en een hele diepe zucht komen ze aan hun gerief.

Hans voelt hoe hij bij het terugtrekken, het condoom beet moet houden.

Het zakje voorop zit vol met lichtblauw spul.

De rest van het rubber is vrijwel doorzichtig, maar ook blauw.

Zoals het hem is voorgedaan door de pater, knoopt hij het condoom dicht.

Dan gooit ie het ding op de grond en kruipt weer dicht tegen zijn vriendin aan.

Ze rilt maar voelt lekker warm aan op de plekken waar ze elkaar raken.

Toch staat hij op, pakt hun jassen van de kapstok en legt die over haar heen.

Dan kruipt hij er ook onder, weer knus tegen haar aan. Met zijn hand glijdt hij over haar bovenbeen, gelijk vindt hij de goede plek en begint haar daar te strelen.

Uit de literatuur weet hij dat meisjes zoiets lekker vinden, het is er vochtig en warm.

Innig tegen elkaar aangedrukt maakt hij dat ze nog een keer klaarkomt.

Weer slaakt ze een diepe zucht en maakt dat snik geluidje.

Het windt hem op, maar het lijkt wel of ze allebei vreselijk moe zijn.

Dromerig onder de warmte van hun jassen en volmaakt gelukkig, dommelen ze in.

Hans wordt even later wakker door de pijn in zijn arm.

Hij heeft zich strak tegen Jolanda aan gedrukt maar zijn arm slaapt nu omdat ze er bovenop ligt. Ze is weliswaar niet zwaar, maar zijn arm zit bekneld.

Hij probeert zich zo voorzichtig mogelijk onder haar vandaan te wurmen.

Ze wordt eveneens wakker: "Hans heb je die broodjes nog.

Die die je gister bij ons in de winkel gehaald hebt?"

"Ik heb een verrassing. Mijn moeder heeft gisteravond heel lief een pakje brood voor me klaargemaakt. Daar zit vast een heleboel vleeswaar op want daar is ze de laatste tijd nogal gul mee.

Ik zal snel wat te eten voor ons maken."

Hij staat op en rekt zich uit, pakt zijn onderbroek en doet deze aan. Gek dat hij tijdens het verkleden bij de gymles altijd zo schuchter is.

Hij schaamt zich dan om bloot te zijn, al heeft hij zijn broekje aan.

Nu heeft hij er geen moeite mee.

Het zal wel komen omdat zijn vriendin ook helemaal naakt is.

Hij tilt voorzichtig de jas een beetje op. Zijn shirtje moet daar ergens liggen.

Jolanda draait zich op haar rug en trekt de jassen strak tegen haar lichaam aan.

"Leuk een lunch op bed. Je verwent me."

Intussen trekt ze zijn shirt onder de jassen vandaan, ze lag erop.

Meteen trekt ze de jassen weer over zich heen en lacht heel lief naar hem.

Hans doet zijn jeans en shirt aan, dan volgen ook zijn schoenen en loopt ie naar de keuken. Als hij langs de meterkast loopt draait hij de hoofdschakelaar om. Het licht in de hal had hij om te controleren of ie het goed deed aangedaan, dat mag nu uit.

De croissantjes zijn zonder boter en even opwarmen niet erg lekker.

Maar de pistolet en mama's boterhammen smaken uitstekend. Jolanda heeft zich onder het eten, op en neer lopend naar de slaapkamer, ook aangekleed. De omgekeerde striptease maakt dat ie haar weer even aan zou willen raken.

Maar ze moeten aan het huishouden werken.

Er is geen koffie, ze nemen een glaasje water uit de kraan.

Dan gaan ze aan de slag.

Jolanda maakt in de hal een stapel van de dozen. Er is ook nog een hele stapel oude kranten. Daar zouden Hans en tante Marieke de afgelopen dagen alle glazen en borden ingewikkeld hebben. Het blijkt dat ze zich uitermate goed hadden voorbereid om alles in orde te maken.

Maar de overdaad van hun inspanningen levert helaas een heleboel afval op, die zullen ze later op de dag weg moeten gaan brengen.

"Als we straks de stofzuiger van mijn moeder even gaan ophalen, lopen we meteen langs de papierbak. Dat ruimt lekker op en een keer goed stofzuigen is nooit weg na een verhuizing. Moet je maar eens kijken hoe er overal stofnesten dwarrelen."

Loes en Marjolein zijn niet komen kijken hoe ver hij is opgeschoten. Misschien dat ze er waren toen hij met Jolanda naar haar moeder was, maar dat is niet zeker.

Zijn fiets heeft ie 's morgens weer in het schuurtje gezet, maar daarvan had ie de deur meteen op slot gedaan.

Trots op zijn nieuwe sleutelbos is dit een gewoonte aan het worden.

Maar die fiets zal mama waarschijnlijk niet gezien hebben.

Bij Jolanda thuis hebben ze een kopje koffie gedronken en vervolgens hebben ze op de lastdrager van haar fiets de stofzuiger meegesjouwd. Het ding is nog tamelijk nieuw en Hans meende te merken dat haar moeder het niet zo'n goed idee vond dat ze 'm meenamen. Maar de stofnesten waren echt overal vandaan gekomen en dat maakte 't noodzakelijk dat ze er gebruik van maakten.

"Volgende week, als het Sinterklaas is zal ik er een aan mijn moeder vragen.

Het lijkt me een leuke surprise."

Hans weet niet of zijn moeder die oude stofzuiger inderdaad nog heeft.

Het is zo'n ouderwetse op wielen en die zuigt weliswaar niet zo goed meer, maar voor hem zou het genoeg zijn.

Ze hebben de nieuwe gekocht omdat het voor Martin stofvrij moest zijn in huis.

Als je last hebt van je ademhaling, dan kun je daar geen stof bij gebruiken.

Hij verwacht dat het oude ding nog ergens op zolder zal staan. Als het zo is kan ie 'm waarschijnlijk wel bietsen. Tenslotte heeft Loes de avond hiervoor niet laten merken dat hij niks mee mag nemen.

En tante Marieke heeft hem ook zoiets tegen hem gezegd.

Balancerend op de stang van z'n fiets en met een grote, grijze vuilniszak eromheen gewikkeld tegen de dreigende regen, hebben ze de stofzuiger weer thuisgebracht.

Hans wilde niet bij Jolanda blijven eten.

Hij moest nog een heleboel huiswerk maken en het regende nog niet zo heel erg.

Hij is na een kopje thee vervolgens snel naar huis gefietst.

Die zondagmiddag heeft Hans eigenlijk geen moment om zich heen kunnen kijken om te zien waar hij veranderingen aan wil brengen. Al moet het vreselijke behang in de kamer zeker worden overgeverfd, daar waren Jolanda en hij het snel over eens.

De hele kamer moet misschien een andere kleur krijgen.

Zelfs zo overdag en met alle gordijnen helemaal open, is het tamelijk donker op de boot. Het zwarte motief van dat behang is misschien ooit modern geweest, maar ze vinden het te donker en te druk.

Twee redenen om er binnenkort een ander kleurtje overheen te smeren.

Dan kan hij misschien de andere wanden ook gelijk doen.

Het zal de kamer enorm opfleuren stelde Jolanda vast.

Zojuist, toen hij naar binnen ging, lag er een stapel foldertjes op de mat.

In eerste instantie wilde hij ze weggooien, maar intussen heeft ie bedacht dat die van de bouwmarkt van pas kunnen komen.

Hij heeft ze op de stoel gelegd en er z'n tas opgezet.

Straks kan hij kijken of er ergens muurverf in de aanbieding is.

De kachel in de huiskamer heeft ie wat hoger gezet, maar veel warmte komt er niet vanaf. Die in de slaapkamer krijgt hij niet eens aan. Als tante Marieke woensdag komt zal hij haar vragen hoe ze werken.

In de keukenkast heeft ie wel allerlei papieren en gebruiksaanwijzingen gevonden, maar niet die van de kachels.

Waarschijnlijk zijn ook die ook nog van zijn ouders geweest, al zien ze er zo oud uit dat ze misschien al in de boot zaten toen Martin 'm kocht.

Van thuis uit zijn spaarpot heeft ie vanmorgen twee tientjes meegenomen.

De afgelopen weken heeft ie het geld bij elkaar gespaard om er met Sinterklaas cadeautjes van te kopen. Nu zitten er nog twee in, het feest zal onmiskenbaar wat soberder worden als hij het hier op wil knappen.

Voor Jolanda heeft ie vorige week trouwens een T-shirtje gezien en bedacht dat het haar leuk zou staan. Ook voor zijn moeder en zusje wil hij iets aardigs kopen.

Die zullen eveneens minstens een kleinigheidje verwachten.

Zondagmiddag onder het theedrinken heeft hij met Jolanda d'r vader de papieren uit de mappen doorgenomen. In eerste instantie leek er niet zoveel over op te merken.

Het leek hem allemaal 'in orde'.

En: "Inderdaad de boot is binnenkort van jou. Dat is ie feitelijk al vanaf het moment dat je vader die papieren op liet stellen en hij voor de wet is overleden."

Als jurist is hij voornamelijk geïnteresseerd in het contract dat over de huurovereenkomst gaat, maar ook de rest van de papieren wil hij nog bestuderen: "Je tante heeft met jouw vader die afspraak gemaakt over het huren van de boot.

En hoe hij die lening, die ze samen zijn aangegaan, ermee ging aflossen.

Die overeenkomst is vervallen toen het eigendom van de boot werd overgedragen en ze had eigenlijk met jou een nieuwe moeten afsluiten.

Juridisch gesproken is zij aan jou nog een paar maanden huur verschuldigd."

Ze hebben de data erop nageslagen en kwamen erop uit dat het formeel wel meer dan een paar maanden konden zijn.

'Rechtsmatig' was het de tijd vanaf het moment waarop Martin de papieren in orde had laten maken en eergisteren.

Officieel de laatste dag dat tante Marieke op de boot heeft gewoond.

"Je hebt over die periode recht op een reële huur, maar dat zul je dan met haar moeten regelen en bespreken. Als jullie er niet uitkomen, dan kun je het voorleggen aan de kantonrechter.

Maar dat lijkt me niet verstandig."

Hans durfde niet te vragen, of dat ie kon uitrekenen, wat zijn tante naast aan hem, aan zijn moeder verschuldigd zou zijn. De lening was toch al wat langer afgelost.

Het leek hem dat meneer Augustus daar een beter inzicht in moest kunnen verschaffen. De economie leraar is administratief nogal bijdehand tenslotte.

"Je tante en vader hebben in de oorspronkelijke overeenkomst een basisbedrag genoemd. Het was wat zij aan huur betaalde voor de studentenkamer waarop ze indertijd woonde en dat vond ze toen blijkbaar redelijk.

Ik weet niet waar het was en kan me niet herinneren welke tarieven er toen gehanteerd werden. Maar je kunt dat bedrag als uitgangspunt nemen en er de wettelijke verhogingen bij optellen."

"Dat was dan toch in guldens?"

Jolanda's vader heeft hem alleen even aangekeken.

Hans weet niets van de huurontwikkelingen die hij noemde en wat er reëel genoemd wordt, ook dat kan hij beter eens overleggen met zijn leraar.

Jolanda heeft Netty, een vriendin die in een van hun parallelklassen zit, meegenomen. Samen lopen ze de boot te inspecteren. Hans is verlegen met de situatie omdat hij de meisjes niks te drinken aan kan bieden.

Opeens heeft ie het daarom heel erg druk met het loshalen van een boekenplank in de huiskamer.

Hij luistert naar wat Jolanda haar vriendin loopt te vertellen en hoort hoe trots ze is op zijn nieuwe onderkomen. Ze noemt hem een aantal keren haar vriend: "Hij gaat daar een werkhoek maken en die muren krijgen een andere kleur."

Ze vertelt enthousiast hoe ze gistermiddag samen hebben lopen fantaseren over hoe het zal worden. Netty zegt niet veel, hij hoort haar alleen zo nu en dan een geluidje maken. Hans kan niet opmaken wat ze te zeggen heeft, hij is druk met de schroeven uit de wand draaien en trekt de plank voorzichtig los.

"Hans, Netty heeft vreselijke buikpijn, heb jij hier ergens paracetamol?"

Samen lopen ze de badkamer in, daar achter de spiegel zit een kastje.

Het zou een logische plaats zijn om er medicijnen of pillen in te bewaren.

Op een klein tubetje tandpasta, zo een die je bij de tandarts als monstertje meekrijgt, is het kastje helemaal leeg.

Ze gaan samen de slaapkamer op om het meisje dit slechte nieuws te brengen.

Die is op zijn bed gaan liggen. Hans ziet dat ze haar kleren op een hoopje tegen de kastdeur heeft gegooid. Heel verstandig is ze onder haar jas gekropen.

Net zoals Jolanda en hij gisteren, zal ze zo warm blijven.

Hij gaat naar de hal en pakt zijn jas om die erbij te leggen. Het is hier zonder verwarming inderdaad wel heel erg koud. Ook Jolanda doet haar jas uit en gooit die over haar vriendin. Dan gaat ze naar de keuken.

Gistermiddag heeft ze de kastjes onder het aanrecht uitgenomen met een natte vaatdoek, de bovenkastjes zou ze vandaag doen. Dat heeft ze beloofd.

Martin blijft op de slaapkamer. Hij gaat op de rand van het bed zitten en doet de kastdeur open. Hij trekt een van de tasjes tevoorschijn en haalt er een stripje met pillen uit. Hij weet nog dat Martin het zijn verlichtende tabletten noemde.

Het moeten dus pijnstillers zijn: "Hier ik weet niet precies wat ze doen of wat erin zit. Mijn vader gebruikte ze om zijn buikpijn te verlichten.

Ze zullen allicht iets uithalen om ook die van jou te verminderen."

Hij geeft Netty het stripje. Er zitten er nog zes in ziet hij.

"Ik zal even wat water voor je pakken."

In de keuken spoelt hij een glas om. Ze hebben gisteren de afwas op het aanrecht laten staan. Hoe Hans de geiser aan moest krijgen was hem namelijk ook een raadsel.

"Er is geen warm water. Het lijkt wel of er geen gas is.

Weet jij waar de hoofdkraan zit?

Misschien heeft je tante die dicht gedraaid."

Hans kan het zich niet herinneren, weet alleen dat ze inderdaad de kachel in de huiskamer op z'n laagste stand heeft gezet. Ze deed dat omdat Pjotr en hij de voordeur open hadden laten staan om ongehinderd met de spullen naar de auto op en neer te kunnen lopen. Toen heeft ze het inderdaad tegen hem gezegd.

Hans herinnert zich dat ze toen nogmaals die opmerking heeft gemaakt over 'straks' en als hij 'er binnenkort zou wonen.'

Het is hem daarom niet zo opgevallen dat de thermostaat heel laag staat, maar nu dringt het opeens tot hem door.

"Ik zal even kijken of ik inderdaad ergens een gaskraan vind.

Maar de kachel in de huiskamer is ook uitgegaan en die deed het gister nog.

Ik weet dat bijna zeker."

Jolanda is binnen een halfuurtje klaar met de kastjes. Samen gaan ze naar de supermarkt. Netty is intussen in een diepe slaap gevallen. Ze word namelijk niet wakker als ze hun jassen van de stapel pakken.

Daarom laten ze een briefje voor haar achter, 'we zijn zo terug' staat erop.

Hans heeft in de gauwigheid gezien dat haar benen bloot zijn. Daarom heeft ie heel voorkomend, haar eigen jas er wat beter overheen geschikt.

Jammer dat er niet ergens een plaid of extra deken ligt, die zou gisteren ook heel bruikbaar geweest zijn.

In de supermarkt lopen ze de schappen af om de producten die er op het lijstje staan te halen. Hij verbaast zich over zijn vriendin.

Telkens als hij iets in hun wagentje legt, pakt zij het op en kijkt of er niet eenzelfde product voorhanden is tegen een lagere prijs. Hans heeft haar onderweg bekend dat hij uitsluitend die twee tientjes bij zich heeft gestoken.

Ze blijkt telkens snel uit te kunnen rekenen of het kopen van bijvoorbeeld een kleinere of grotere fles voordeliger is qua 'prijs per eenheid' en tot zijn verbazing kan ze dat tamelijk snel en accuraat.

Zelf heeft ie er wat moeite mee, maar het blijkt telkens te kloppen.

Ze komen overeen dat ie straks na het eten, weer naar haar huis toe komt.

Haar vader heeft toegezegd dat hij vandaag de papieren door zal nemen en er dan vanavond na het eten meer over kan vertellen. Uitdrukkelijk heeft ze 'na het eten' gezegd en hoewel haar ouders Hans erg graag mogen, durven ze het er niet op aan te laten komen dat ie onaangekondigd mee komt eten.

Al heeft zij de kookbeurt, het lijkt ze beter dat ie wat klaarmaakt op de boot.

Bijna twee ons gehakt lijkt hem wat veel voor een persoon, maar een kleinere verpakking is er niet.

Hans durft niet aan de supermarkt slager te vragen of hij een halve verpakking mag of dat hij de hoeveelheid in het pakje in ieder geval voor hem wil verkleinen.

Jolanda legt een blikje gepelde tomaten in de wagen en pakt een zak met elleboog macaroni. Hij had er al een pak van in de wagen gedaan, maar snel rekent ze hem voor dat die aanzienlijk duurder uitpakt dan die van haar. Volgens haar kan het bij een andere supermarkt nog goedkoper, maar daar zijn ze nu niet.

Met wat uien moet hij er een eetbare schotel van kunnen bereiden.

Ze weet dat Hans koken net zoals zijzelf heel leuk vindt en dat er zout en peper in een keukenkastje staat, heeft ze zelf gezien.

Zijn tante heeft er een doosje met zakjes kruiden en dergelijk voor hem achter gelaten. Niet veel, het zijn van die kleine zakjes en papieren kokertjes met zout, peper en andere zaken die je bij een restaurant of IKEA mee kunt nemen om ergens wat meer smaak aan te geven.

Er zal echter best iets bruikbaars bij zitten.

Maar een echt rek met kruiden zullen ze ook echt een keer moeten aanschaffen.

Netty zal niet eens gemerkt hebben dat ze weg zijn geweest.

Bij hun terugkomst is ze nog in een diepe slaap verzonken. Het valt ze op dat hoe een hoogrode kleur ze heeft en dat ze niet eens wakker wordt als Jolanda haar hoofd om de deur steekt om haar gedag te zeggen.

Als Jolanda de loopplank is afgelopen sluit hij de voordeur.

Hij wacht niet tot ze is weggefietst, maar bergt meteen de boodschappen op in de koelkast en keukenkastjes. Dan gaat hij naar de slaapkamer.

Voorzichtig tikt ie Netty op haar knie.

Hij wil niet dat ze van hem schrikt, maar vindt dat ze weg moet gaan.

Ze kreunt en draait zich om.

Hans wil niet aandringen en accepteert dat ze op haar gemakje wakker wil worden.

Hij bekijkt het medicijnen stripje, er zitten nog maar drie tabletjes in. Hij schrikt er-van, maar weet niet wat de dosis is die zijn vader ooit voorgeschreven kreeg.

In de keuken snijdt hij een ui aan stukjes.

Als hij zoveel gehakt heeft, dan kan Netty eigenlijk wel mee blijven eten.

Hij heeft haar vanmiddag horen vertellen dat haar ouders een paar dagen weg zijn en als ze daardoor alleen thuis is, kan hij zich van zijn gastvrije kant laten zien.

Het lijkt hem in verband met die medicijnen trouwens beter dat hij haar nog even in de gaten houdt. Hij pakt nog een ui en snijdt die ook klein.

Dan gaat ie terug naar de slaapkamer.

Hij hoeft haar niet meer wakker te maken. Ze ligt op haar rug. Haar benen en armen steken onder de jas uit. Hans ziet dat ze alleen een T-shirtje aan heeft, het is degene die hij de dag ervoor in de kast heeft klaargelegd.

Die oude en hij had 'm meegenomen om aan te trekken onder het werken.

"Wil je hier bij me blijven eten?

Ik hoorde dat je alleen thuis bent en heb net boodschappen gedaan.

Er is genoeg voor ons allebei, maar ik heb hier jammer genoeg nog niet zoveel spul-len om er iets speciaals van te maken.

Lust je macaroni met tomaten saus?"

Netty richt zich op, trek haar benen onder zich en gaat rechtop zitten.

Hans ziet haar borsten heen en weer gaan onder het katoen van dat T-shirt. Ze moet het koud hebben want hij ziet hoe haar tepels zich duidelijk zichtbaar opgericht heb-ben want ze heeft er niets onder aan.

Ze kijkt naar hem en glimlacht.

De verbazing moet zichtbaar zijn op z'n gezicht.

Netty neemt de borsten in haar handen en schudt ze heen en weer.

Ze zijn zo groot dat het lijkt of ze met de ballen die ze onder het buitengym met slagbal gebruiken, in haar handen zit. Ze kan ze met moeite omvatten.

Geen sinaasappels met een perzikhuidje, 't lijken meer grapefruits, meloenen bijna.

"Vind je het leuk om te zien? Wacht even."

Ze pakt de boord van het shirtje beet en trekt 'm over haar hoofd.

Hans ziet hoe de borsten als zakken voor haar ribben hangen.

Ze legt het shirt naast zich en pakt ze nogmaals beet. Speels duwt ze ze tegen elkaar aan en beweegt ermee heen en weer. Met een vreemde blik in haar ogen lacht ze er-bij. Dan laat ze zich achterover vallen. De borsten zakken tegen haar armen en blij-ven half langs haar ribben hangen.

Ze is hem met die vreemde blik aan blijven kijken, wellustig lijkt het.

"Kom hier even bij me liggen."

Uitdagend klopt ze naast zich op het bed, Hans draait zich om.

Nog nooit heeft hij zoiets gezien of iemand zo naar hem zien kijken.

Het doet hem voornamelijk denken aan uiers en de boerderij. Onmiskenbaar heeft de aanblik zijn uitwerking, maar hij wil niet dat ze zijn groeiende erectie ziet.

Gegeneerd loopt ie naar de keuken.

"Kleed je je aan, ik ga nu voor ons koken.

Dan kunnen we over een halfuurtje misschien aan tafel.

Je hoeft je niet te haasten, maar schiet op. Jolanda verwacht dat ik na het eten naar haar toe kom. Ik moet wat zaken met haar vader bespreken."

Hij roept het half over zijn schouder en is in de war.

Er is geeneens een tafel.

Hij begrijpt niet dat het meisje vergeten schijnt te zijn dat hij verkering heeft.

Nota bene met haar vriendin.

Waar haalt ze het idee vandaan dat hij bij haar zou willen komen liggen?

Ze roept iets en aan de toon te horen is het een grapje.

Hij verstaat alleen dat het over ten huwelijk vragen gaat en gaat er niet op in.

In de kast staan een kleine koekenpan en twee steelpannen. Hans giet water in de grootste en zet de pan op het gasstel.

Daar gaan de vlammen niet van aan als hij de pit aan wil steken.

Netty is achter hem aangelopen. Ze heeft haar eigen shirt, blouse en vest weer aan, eronder draagt ze een blauw slipje.

"Ik dacht dat je hier geen gas had. Zoiets had je vanmiddag toch gezegd?

Zullen we die macaroni maar bij mij thuis klaarmaken?"

Ze draait zich om en gaat de keuken weer uit.

Hans hoort hoe ze in de hal het licht aandoet en de badkamer betreedt.

Hij loopt de slaapkamer op en pakt zijn jas. De sleutel van de kast haalt ie uit het slotje en steekt die in zijn zak. Toen ze zojuist bij hem in de keuken was, heeft ie gezien dat ze het stripje met pillen in haar hand had.

Hij wil niet dat Netty aan Martin z'n medicijnen komt.

Even later komt ze van het toilet. Door de stof van haar broekje schemert een pluk donker haar. Ze ziet hoe hij ernaar kijkt en begint met haar heupen te draaien, zet haar handen in haar zij en met weer die vreemde blik in haar ogen trekt ze de rand van haar broekje naar beneden.

"Weet je het zeker dat je niet even met me wil?"

Hans schrikt ervan.

Niet van de enorme bos krullen die hij te zien heeft gekregen, maar vooral hoe Netty naar hem keek. Ze hield haar mond in een tuitje en haar ogen halfdicht.

Haar hoofd deed ze uitnodigend een beetje scheef.

Hij neemt aan dat zijn klasgenoten dit in de gymzaal met wulps, of misschien geil bedoelen. Het verwart hem en hij moet wat ruimte maken in zijn broek.

Ze wacht niet op zijn antwoord, loopt terug naar de slaapkamer en laat hem een lachje horen. Overdreven wiebelt ze onder het lopen met haar heupen.

Hij kan haar houding nogmaals niet plaatsen.

Achter haar rug schikt ie zijn erectie zodat het geen pijn meer doet.

De verpakking van het gehakt heeft ie gelukkig nog niet open gesneden. Hij doet het in het plastic tasje dat hij in de keukenla opgeborgen had, samen met de macaroni, het blikje tomatenblokjes en twee flinke uien uit de zak.

Er is trouwens geeneens boter of olijfolie. Hoe hij ooit een lekkere saus had kunnen bereiden is de vraag.

Omdat ze bang waren dat z'n budget het niet toeliet om gelijk allerlei voorraden aan te gaan leggen, hebben Jolanda en hij zich beperkt tot het hoogstnoodzakelijke. Maar dat zijn ze dus vergeten.

Voor de al gesnipperde ui zoekt hij een bakje, om het in de koelkast te kunnen zetten, maar die is er niet. Enigszins ten overvloede veegt hij de stukjes bij elkaar tot een hoopje. Er is ook geen folie om er - voor nu even - overheen te doen of een boterhamzakje om ze in mee te nemen.

Als ze bij haar thuis aankomen, blijkt ze om de hoek te wonen bij Jolanda.

In de keuken daar heeft ie die andere uien klein gesneden en gefruit ze in een koekenpan. Toen kon de gehakt erbij en dat heeft hij vervolgens op een laag vuur rul laten bakken met wat knoflook en een handje gedroogde oregano dat hij er aantrof.

Toen wilde hij de macaroni opzetten.

Netty reikt hem een doos aan: "Je kunt die zak van jou beter dicht laten.

Neem deze maar, mijn moeder heeft er vast niet voor niets een aantal op voorraad.

Het schijnt heel erg goede te zijn, dat zal helpen bij het genieten."

Ze kijkt hem weer zo wulps aan, het is inderdaad het juiste woord.

"Ik kan niet eens iets opwarmen en ben blij dat jij vers eten voor me kookt."

Ze wijst aan dat haar moeder een magnetron maaltijd voor haar in het kastje heeft neergezet. Daar zit een geel plakkertje op. In grove viltstiftletters staat er 14 minuten op geschreven en er staat een uitroepteken achter.

Hij neemt voetstoots aan dat ze niet jokt, maar vindt het ongeloofwaardig dat ze niets klaar zou kunnen maken. Die minuten lijken hem trouwens ook erg veel voor de hoeveelheid voedsel die er in dat plastic bakje zit.

Met het blikje tomaten erbij en de boel nog even laten doorwarmen, is de maaltijd gelukt. Hans noemt het 'een eenvoudige doch voedzame maaltijd', maar Netty kent O.B.Bommel niet.

Voor haar zekerheid heeft ze een flacon ketchup op tafel gezet.

Al met al is het al kwart voor half acht als ze van tafel komen.

Hoewel hij aanbiedt om te helpen met de afwas, stuurt Netty hem naar Jolanda: "Ga nou maar.

De vader van Jolanda is nogal een Pietje Precies en zal het niet leuk vinden als je precies onder het journaal komt binnenvallen."

Hans doet zijn jas aan, Netty pakt het tasje, doet er ook het pak macaroni uit de keuken in en geeft het dan aan hem.

Zonder verdere plichtplegingen loopt hij naar buiten, naar zijn fiets.

Hij heeft er geen zin in om eerst helemaal met de verkeersrichting mee om het pleintje heen te rijden, dus loopt ie ermee aan de hand door het perkje naar zijn vriendin d'r huis.

Kinderen

De afgelopen paar weken is het Hans duidelijk geworden dat de ouders van Jolanda aanzienlijk vrijer van opvatting zijn dan hij bij zichzelf thuis gewend is. Eigenlijk al vanaf toen ze elkaar nog maar net kenden, bleken de omstandigheden bij haar een toevluchtsoord te bieden waar ie graag zijn heil zocht.

Weliswaar is bij zijn moeder en zusje de normale gang van zaken zich aan het herstellen en hoeven ze bijvoorbeeld niet meer elke dag naar het ziekenhuis, maar helemaal normaal durft ie het er nog niet te noemen.

Uit school is hij al een paar keer met zijn vriendin mee gegaan. En, onder het voorbehoud dat het uitkwam bleef ie er dan tegen zijn bedenkingen rond het bij iemand anders aan tafel zitten in, ook eten.

Haar moeder zag hem als extra kostganger en vond dat geen bezwaar en liet merken het zelfs wel leuk te vinden om hem om zich heen te hebben.

Als hij er was noemde ze het namelijk: "Ronduit gezellig."

Korte tijd later, hun verkering begon - zoals dat heet - vastigheid te krijgen en vervolgens toen Hans - 'binnenkort' - op de boot zijn intrek zou gaan nemen, stonden ze er niet vreemd van te kijken dat hun dochter, zij het op termijn, bij hem in wilde trekken.

Haar moeder sprak er hooguit verbazing over uit: "Al op jullie leeftijd?"

Haar vader merkte als reactie slechts op: "Het wel te begrijpen.'"

Hij leek zich er verder niet om te bekommeren en stelde vast: "Inderdaad, ze zijn allebei nog erg jong, maar op deze manier leren ze elkaar heel goed kennen."

Modern verbonden ze er geen voorwaarden aan, zoals "Eerst je diploma halen."

Of andere opmerking waarmee ouders zich achter hun bezwaren weten te verbergen.

Hoe Hans op de boot terecht is gekomen behoeft geen nadere toelichting.

Al is het misschien wel belangrijk om eraan toe te voegen dat de vader en moeder van Jolanda oorspronkelijk in de veronderstelling verkeerden dat hij er van huis uit toe was aangezet.

Ze had haar ouders overigens al vanaf het begin van hun verkering verteld hoe afgelegen Hans woonde 'aan die dijk'.

"Eenzaam en verlaten", durfde ze het zelfs een enkele keer te noemen, al wist ze eigenlijk dat ze daarbij enigszins overdreef.

Ze legde heel sterk de nadruk op de bekrompenheid van de mensen zijn ouderlijk huis: "Hoe we hier wonen, zo zouden we daar dus nooit kunnen leven!"

Dat Hans geen vader meer had, was een gegeven waar ze niet helemaal mee om konden gaan. Zowel haar moeder als vader wisten namelijk niet altijd hoe zij zich op de beste manier konden of moesten opstellen.

Het ene moment gingen ze ervan uit dat Hans al heel volwassen was en een volgende keer spraken ze hem onbeschaamd belerend toe. Hun dochter beklaagde zich dan dat ze hen als 'onmondige peuters' behandelden.

Ongetwijfeld speelde de puberteit bij haar overwegingen een rol.

291

Op de woensdagavond waarop tante Marieke kwam eten, leek het erop uit te draaien dat ze afscheid kwam nemen. Ze had bloemen bij zich voor Loes en liet doorscheemeren dat ze voorlopig niet meer naar Leiden, 'de stad' zou komen.

In ieder geval niet binnenkort.

Haar nieuwe baan bij 'de gemeente Tilburg' slokte erg veel tijd op.

En Pjotr en zij hadden het vreselijk druk met allerlei dagelijkse zaken.

"Nee, ze was nog niet helemaal thuis in Tilburg!"

Als reactie op zijn verslag rond het gas, verbaasde ze zich erover dat Hans nog niet had uitgevonden hoe hij met 'de flessen' om moest gaan.

Ze had anderhalve week geleden nog een nieuwe gehaald als reserve, die had hij 'alleen maar' aan hoeven sluiten.

Hij was er vanuit gegaan dat het gas uit een kraan kwam en had geen moment aan de mogelijkheid gedacht dat er ergens een fles voor klaar zou staan.

Ze heeft vervolgens de procedure aan hem uitgelegd, zoals waar de Bahco sleutel hoorde te liggen om het een en ander te verwezenlijken en dat aan te pakken.

Het adres van de gasflessenleverancier had ze als voorbereiding al voor hem op een briefje geschreven en dat zat bij de andere papieren.

Omdat ie niet van het bestaan of een noodzaak afwist, heeft ie er nooit naar gezocht.

Dat maakte het vanzelfsprekend erg grappig.

Na het eten zaten Hans en zij aan de koffie. Marjolein werd intussen door Loes naar bed gebracht, want hoewel ze daar al lang te groot voor was, stond het kind erop dat haar moeder haar daar nog steeds gezelschap bij hield.

De gelegenheid bood Hans de kans om over 'die redelijke' huursom te beginnen.

Hij had er 's middags na de lessen, nog speciaal met zijn leraar over gesproken.

Meneer Augustus had hem gistermiddag na schooltijd toe gebromd dat ie de papieren van Hans wel wilde doornemen, maar dat kon niet 'gelijk al'.

Omdat Hans er vanwege het aanstaande bezoek van zijn tante toch enige haast bij nodig had, waren ze vandaag na het laatste uur overeengekomen.

"Ik heb twee dochters. Die studeren allebei en ze wonen niet meer thuis.

De oudste zit al bijna twee jaar in Amsterdam op een kamer bij een hospita.

Mijn jongste woont sinds kort op de campus in Utrecht.

Vera, de oudste, betaalt driehonderd vijfenzeventig Euro per maand, maar moet daar zelf haar internet en telefoon nog bij betalen.

De huur is inclusief de verwarming, het water en de elektriciteit. Dat weer wel.

En ze mag drie keer per week de keuken op de begane grond gebruiken.

Douchen mag ze op twee dagen per week en dan moet ze alles weer helemaal schoon opleveren natuurlijk.

Op haar kamertje heeft ze een magnetron, maar ze kan er niet echt iets koken."

Staccato maakt hij de opsomming van de omstandigheden.

"Mijn jongste betaalt een tientje minder, maar bij haar in Utrecht is dat inclusief de faciliteiten. Alleen als ze erg hoge verwarmingskosten maken en er bijvoorbeeld erg veel elektriciteit of water wordt verbruikt, komt er een toeslag bij.

Op de campus is het een komen en gaan van studenten.

In de praktijk zal er daarom niet veel van terecht komen het exact bij te houden.

Zij woont er nu vier maanden."

De openhartigheid van meneer Augustus verbaast Hans. Hij had zich voorgesteld dat zijn leraar economie zoals altijd cynisch en kortaf zou doen, dit valt 'm mee. Het lijkt wel of hij hem in vertrouwen neemt. Ze zitten te praten als oude kameraden.
"De kamer bij die hospita is vier bij vier meter en driehoog op een zolder.
Ik geloof dat mijn dochter zichzelf ondanks alles een geluksvogel noemt.
Het huis staat ergens in Zuid en ze is in een halfuurtje op college.
Ze zit er niet ver van het centrum en dat komt haar, geloof ik, ook wel goed uit.
Ze werkt namelijk in een barretje in de Pijp om wat bij te verdienen."
Meneer Augustus kijkt hem aan.
"De Pijp is een wijk in Amsterdam.
Volgens Vera is het er erg gezellig."
Hans haalt zijn schouders op. Voor zover hij uit de literatuur weet is het een oude volksbuurt, maar wat hij zich erbij moet voorstellen weet ie niet.
Het is 'm bekend dat de zogenaamd beroemde Albert Cuyp-markt er moet zijn, maar ook die kent hij slechts uit die verhalen.
"Voor wat je me van die boot hebt beschreven is dat natuurlijk wat anders dan alleen een kamertje bij iemand in huis.
Of een studentenkot ergens ver weg op een Campus.
Ik heb op de plattegrond gezien waar die boot ligt en dat is toch tamelijk centraal in de stad. Mijn jongste woont op bijna twintig minuten fietsen van het dichtstbijzijnde station.
Kun je nagaan, het is in Utrecht, 'n stad van de spoorwegen, maar het kost haar heel veel tijd om ze te gebruiken!
In de omgeving is geen supermarkt of zijn er andere winkels waar ze boodschappen kan doen. Bij die boot van jou ligt dat ook nogal anders.
Dat kan een reële huur aanmerkelijk beïnvloeden en hoger maken."
Meneer Augustus noemt geen bedrag, maar Hans kan zich er intussen een voorstelling bij maken.
Het duizelt hem, kan het zomaar meer dan vijf- of zeshonderd Euro worden?
"Bij Mary hebben ze kookbeurten en ze lijkt dat gezellig te vinden.
Ze klaagt er in ieder geval niet over.
Maar het is allemaal nogal afgelegen en ook ver van de binnenstad.
En dat koken voor de groep is natuurlijk gebonden aan een budget dat ze niet mag overschrijden.
Mijn vrouw is er een keer geweest en die was er niet heel erg enthousiast over.
Ze vond het er smerig en dat zegt wel wat hoor."
Hans durft het niet aan om hem alsnog naar een bedrag te vragen. Als de dochters van meneer Augustus in zijn ogen duur wonen voor nog geen vierhonderd euro, wat is dan een reële prijs die hij met zijn tante overeen kan komen voor de boot?
Immers, zij betaalde volgens die papieren jaren geleden al ongeveer tweehonderd-vijftig aan huur.
Hij realiseert zich opeens dat het nog in guldens geweest zal zijn en kan niet vlug uitrekenen wat dan op dit moment gangbaar zal zijn.
Gistermiddag uit school heeft hij bij een kamerverhuurbedrijf in de etalage gekeken naar het aanbod.

Van die prijzen is hij geschrokken. Meer dan duizend euro huur voor een appartementje en de aangeboden ruimte leek niet groter dan anderhalve kamer op de boot! Het huis zou ergens in de professoren wijk staan, maar die zogenaamde ruimte ligt er wel op een zolder en er was geen douche, keuken of toilet bij.

En dan was er ook nog een flatje in 'Zuidwest'.

Die zag er op de foto's keurig opgeknapt en heel modern uit, maar zou bijna twaalfhonderd Euro in de maand moeten opbrengen. Voor zover hij uit de plaatjes op kon maken was het er ongeveer even groot als de helft van de boot, maar dan tweehoog in een portaalflat. De keuken zat er in de hoek van de woonkamer en de douche zat er net als bij hem in dezelfde ruimte als het toilet.

Ernaast zat een slaapkamertje waar afgaande op de foto hooguit een eenpersoonsbed in paste. Dat maakte het natuurlijk tot een eenpersoons appartement.

Op de boot heeft hijzelf ooit met zijn vader en moeder gewoond.

Met drie personen, al was het er uiteindelijk wel te krap voor ze.

"Ik denk dat je voor die boot, als je 'm daadwerkelijk wil gaan verhuren, zo'n kleine duizend euro kunt gaan vragen.

Als kale huur en dan alle kosten voor de volle mep doorberekenen.

Je moet natuurlijk incalculeren dat je onderhoud ook daaruit betaald moet worden.

En je moet nu al inschatten wat er nog gedaan moet worden.

Misschien kun je wat meer vragen als je 'm gemeubileerd verhuurt.

Daarvoor is onder buitenlanders, mensen die hier tijdelijk zijn voor bijvoorbeeld werk aan de Universiteit, veel belangstelling. Maar je moet bij onderhandelingen met zulke lui wel stevig in je schoenen staan.

Of dat overlaten aan een bureau dat je zaken in de gaten houdt.

Daar zijn er wel een paar van hier."

De leraar noemt twee adressen in de stad.

Een ervan is die waar Hans gisteren is gaan kijken. Meneer Augustus zit er blijkbaar niet ver naast. Het maakt Hans blij dat ie hem in vertrouwen heeft genomen.

Hij maakt zijn vak duidelijk waar.

"Wat vind jij een reële huur?

Ik begrijp dat ik je voor een klein halfjaar een bedrag verschuldigd ben.

Martin heeft toen het je verjaardag was immers in principe de boot aan jou overgedragen en dan ben jij dus in die periode mijn huisbaas geweest."

Ze moeten allebei glimlachen.

Tante Marieke om haar grapje en Hans uit verlegenheid. Het onderwerp houdt hem bezig, maar hij heeft er nog geen standpunt in gevonden.

"Loes heeft het een en ander met me besproken en met haar ben ik voor het gebruik van de boot, na het aflopen van die lening die ik met je vader had afgesloten, een bedrag overeen gekomen.

Een poosje geleden heb ik haar daar al een deel van gegeven en de rest zal ik binnenkort aan haar gaan overmaken.

Wij moeten het over dat laatste halfjaar eerst eens worden.

Dat je die huur goed kunt gebruiken lijkt me duidelijk.

Al was het alleen al om de boot enigszins op te knappen.

Er zijn wat muren die nodig een likje verf kunnen gebruiken.

Bijvoorbeeld die met dat zwarte behang op de lange muur in de huiskamer. Dat maakt het er erg donker, maar ik vond dat indertijd mooi.

Ik hoop dat je ermee akkoord kunt gaan dat ik je het geld pas na de jaarwisseling zal gaan betalen.

Laten we zeggen in een aantal termijnen, net zoals ik dat nog aan je moeder ga doen. Als jij daar anders over denkt kan ik me zoiets ook voorstellen."

Hans wacht af.

Tante Marieke neemt merkbaar een aanloop om het gesprek over de hoogte van die huur te beginnen.

"Verder zul je natuurlijk wat huisraad aan moeten schaffen en het is eigenlijk dom van me dat ik daar niet eerder aan gedacht heb.

Ik had gemakkelijk nog wat keukengerei of meubels voor je achter kunnen laten."

Ze kijkt hem peinzend aan.

Klaarblijkelijk stelt ze zich voor wat er dubbel staat in Tilburg en hij eventueel hier zou kunnen gebruiken.

"Loes heeft me overigens bezworen dat ze hier ook nog een heleboel spulletjes voor je heeft. En ik geloof dat je komende zomer sowieso je kinderbijslag en studietoelage zelf gaat ontvangen.

Daar heb ik je al wat over verteld en volgens mij hoef je je, als je voorlopig een beetje zuinig doet, over geld geen zorgen te maken."

Dat laatste zegt ze op een samenzweerderige toon en ze moeten erom lachen.

Hans haalt vervolgens zijn schouders op.

"Om heel eerlijk te zijn weet ik niet wat een reële huur is.

Ik heb begrepen dat U ooit tweehonderdvijftig betaalde voor een kamer in een studentenhuis. Maar dat was vast nog in guldens en niet in Euro's?

Intussen zijn de huren natuurlijk aanzienlijk gestegen.

Ik weet niet zo goed wat de boot waard is en ken trouwens niemand die hier in de stad al op kamers woont of zelf een huur moet opbrengen."

Hans wil niet zeggen wat zijn leraar hem verteld heeft.

Het lijkt hem dat zijn tante een voorstel moet doen, dan kan hij daar een stukje boven gaan zitten als het 'm tegenvalt, of zeggen dat het voldoende is.

Hij is niet zo goed in zakendoen.

Net zoals zijn vader nooit kon, is hij bekwaam in het zichzelf verkopen.

Tante Marieke heeft zojuist onder het eten uitgebreid zitten vertellen over haar baan.

Ze werkt op de afdeling vastgoed van de gemeente Tilburg en dat moet meebrengen dat ze bekend zal zijn met deze materie.

"Wat ik indertijd betaalde was trouwens al wel in euro's hoor, maar als ik je er drieduizend geef, lijkt je dat dan genoeg?"

Hans is uit het veld geslagen.

Vanzelfsprekend is het meer dan genoeg, sowieso meer dan hij verwacht had.

Ongeveer waar hij in zijn stoutste verwachtingen op had durven hopen zelfs.

Zijn tante vat het zwijgen kennelijk op als teleurstelling.

"Ik kan het iets hoger maken, maar niet zo veel hoor.

Zullen we het afmaken op vijfenderightighonderd. Dan betaal ik je zeven maanden huur à vijfhonderd euro per maand. Het lijkt me inderdaad een stukje eerlijker."

Hans staat op en geeft haar een hand. Hij hoort hoe zijn moeder de trap af komt en ze zal ook wel een kopje koffie lusten.

"Het lijkt me goed zo. Zal ik voor U ook nog koffie inschenken?"

Hij neemt de kopjes mee zonder op een antwoord te wachten.

Waarschijnlijk zal zijn tante inderdaad met haar vriendin samen een bakske willen drinken. Hij gaat naar de keuken, daar maakt Loes net het pannetje schoon waarin ze de melk zal opwarmen.

Ze zegt dat zij het verder in orde maakt.

"Kom je straks nog even beneden?

Dan kunnen we samen wat drinken, dat lijkt me leuk en Marieke zal het ook wel vinden. Maar we zien wel wat je doet."

Ze zegt het, roept het achter hem aan.

Hij loopt de trap op en doet het lichtje boven zijn nachtkastje aan.

Zoals gewoonlijk gaat ie op de rand van zijn bed zitten.

Beneden is zijn moeder de koffie aan het inschenken.

Hij hoort hoe ze er de huiskamer mee inloopt en een gesprek begint met haar vriendin. Hans pakt het modelvliegtuigje dat Martin lang geleden, toen ie nog bij zijn ouders woonde, in elkaar heeft geplakt. Het hangt al jaren boven het hoofdeinde van zijn bed aan de schuine wand. Dan knijpt ie het samen.

De stukjes vliegen in het rond en verspreiden zich over de vloer. De vleugels blijven nog heel en daarom breekt ie ze alsnog doormidden. Dan voelt ie hoe hij tranen in zijn ogen krijgt en begrijpt niet waarom.

Maar hij moet opeens onbedaarlijk huilen.

Onbekende emoties overvallen hem. Hij voelt hoe de tranen over zijn wangen lopen, ze druipen bij zijn voeten tussen de scherven van dat vliegtuigje op de vloer.

Hij kan er niets aan doen, er zit geen rem op, stoppen lukt niet.

Snikkend laat ie zich op zijn zij vallen en verbergt zijn gezicht in z'n kussen.

Na drie grote uithalen is het verdriet, weer even snel als het kwam, voorbij.

Hij haalt zijn zakdoek uit z'n zak, zucht twee keer diep en snuit zijn neus.

Het kussen draait ie om zodat de natte kant onder komt, staat op en gaat naar de douche, daar wast ie zijn gezicht. In de spiegel controleert hij of zijn ogen niet te erg rood geworden zijn. Op de overloop luistert hij aan de deur van zijn zusje of ze niet wakker is geworden van zijn acties.

Als hij weer terug is op zijn kamer gaat ie achter zijn bureautje zitten.

Hij wil nog even alleen zijn en pakt zijn huiswerk uit de rugzak, doet het licht aan.

Er is een vertaling die hij af wil maken, al is is ie er al grotendeels mee klaar.

Hij laat de spullen liggen en pakt uit zijn kast het bankboekje.

De spaarrekening heeft ie een paar jaar geleden van zijn ouders gekregen. Hij bladert naar de bladzijde waar het saldo op staat. Tweehonderd een en dertig Euro.

Als hij het geld van zijn tante erbij zet is hij rijk. Op de foldertjes heeft ie gezien dat een pot verf en andere benodigdheden hem een paar tientjes zullen gaan kosten.

Tot gistermiddag stond ie er eigenlijk niet bij stil dat ie dit bankboekje had.

Hans gaat verder met zijn huiswerk.

Op de een of andere manier voelt hij zich plotseling opgelucht.

Hij maakt de vertaling af en gaat dan slapen.

De ouders van Jolanda zijn helaas niet zo goed op de hoogte van de situatie bij hem thuis. Ze hebben alleen maar begrepen dat het beter voor hem is om ook in de stad te komen wonen. In de praktische kant kunnen zij zich heel goed vinden.

Die is ze duidelijk geworden toen ze op een zondagmiddag over de dijk langs zijn ouderlijke woning zijn gefietst.

Na de expeditie verzuchtten ze: "Tjeempie wat een reis!"

Op Jolanda's aanwijzingen hadden ze vanaf hun woning toch echt de kortste route genomen, die loopt via de nieuwe weg dwars door Leiden Zuid-West.

Ze waren doorgereden tot aan zijn huis en vonden het toen welletjes.

Oorspronkelijk wilden ze nog verder doorrijden naar het strand om daar een kopje koffie te drinken, maar ze waren 'uitgeput' en zijn via de brug langs de andere kant van de Rijn, gelijk weer terug naar hun eigen huis gefietst.

Na afloop gaven ze aan, respect voor Hans op te brengen.

Hij moest iedere dag die 'hele afstand' tweemaal afleggen, alleen al om naar school en weer naar huis te komen. Dat was een hele onderneming!

En die school lag helemaal aan de andere kant van de stad. Bekeken vanuit hun eigen woning leek die reis al ontzagwekkend.

Hoe moest het dan niet zijn helemaal vanaf die dijk?

Dat hij in de voorafgaande dagen na hun lessen ook eens in het centrum van de stad met Jolanda was gaan winkelen en dat hij er een keer op zaterdagavond met haar was uitgegaan, versterkte het ontzag aanzienlijk.

Het sprak allemaal mee in de waardering die ze voor hun schoonzoon opbrachten. Qua ontberingen was hij zeker niet de eerste de beste!

Het was overigens jammer dat Hans later pas van hun uitstapje hoorde. Ze hadden immers aan kunnen bellen om gezamenlijk een kopje thee of koffie te drinken.

Het had hem de gelegenheid geboden om ze met zijn moeder kennis te laten maken. Ze gaven aan dat zoiets niet bij hun paste: "We willen niet de schijn wekken controle uit te oefenen over onze dochter en de dingen die ze onderneemt."

Loes zit met de kinderen in de huiskamer. Martin is alweer vroeg naar bed gegaan omdat ie zich niet helemaal fit voelt.

Dat komt steeds vaker voor, maar op zijn uitdrukkelijke verzoek maakt niemand zich er zorgen over.

Het ligt aan de drukte op zijn werk, de leeftijd, of de omslag in het weer.

Opeens was zomaar de zomer afgelopen immers en net een paar dagen ervoor hadden ze de kachel aangemaakt omdat het ook in huis frisjes werd.

De temperatuur was sowieso in korte tijd flink gedaald.

Daar heeft ie gewoon een beetje last van.

Hij is tegenwoordig snel moe en na het avondeten toe aan een kort dutje.

"Toen ik een klein meisje was, dacht ik er vaak aan hoe het zou zijn om broertjes en zusjes te hebben. Niet alleen een broertje zoals jij.

Of jij alleen een zusje.

Het leek me erg leuk als ik er een heleboel, van allebei minstens twee of zelfs drie, zou hebben."

Ze kijkt achtereenvolgens naar haar dochter en zoon.

297

"Soms dacht ik eraan dat een groot gezin heel gezellig zou zijn. Gezelliger dan ik alleen met opa en oma. Maar dat was helaas niet zo.

Kinderen bij mij in de klas kwamen soms inderdaad uit een groot gezin en daar was ik weleens jaloers op. Al hadden ze bij mijn vriendinnetje Marjolein, dat was op de lagere school, thuis ook vaak ruzie.

Ze heette dus net zoals oma en jij en had een broer die haar vaak pestte.

Daar klaagde ze altijd over.

Hij zat trouwens ook bij ons op school. Een klas, of misschien waren het er twee, hoger dan wij. Het is mij nooit opgevallen dat hij zo'n pestkop was en vond 'm geloof ik wel een aardige, grote jongen."

Loes kijkt voor zich uit alsof ze zich voor de geest wil halen hoe hij eruit zag.

Misschien wil ze zich herinneren hoe het eraan toeging bij dat vriendinnetje thuis.

Hans pakt zijn glas van de tafel.

Hij weet niet zo goed wat hij van de bijeenkomst moet denken.

Zijn moeder heeft wel vaker dat ze 'gezellig met haar kinderen wil zitten', maar Hans verveelt zich al snel als ze, net zoals nu, over vroeger begint.

Vroeger woonde ze middenin de stad en in een buurt die toen nog heel gezellig was.

Hans kent dat verhaal intussen wel en kan er weinig van terug vinden in zijn eigen omstandigheden hier aan de dijk.

Bij zijn moeder thuis was er helemaal geen boerderij aan de overkant.

En hij heeft uit eerdere verhalen al begrepen dat 't er niet zo saai was als hier.

Zij had er vrienden en vriendinnetjes, leeftijdgenootjes om mee te spelen.

Aan wie ze zich kon spiegelen.

Zo noemde de leraar maatschappijleer het als je met leeftijdgenoten omging.

Loes heeft er al vaak over verteld hoe haar het contrast tussen de grote, katholieke gezinnen en de families met twee of drie kinderen opgevallen was.

Bijvoorbeeld onder het avondeten gebruikt ze die termen en hij begrijpt intussen dat ze die woorden niet helemaal zelf heeft bedacht. Blijkbaar citeert ze dan een familielid, waarschijnlijk haar vader en Hans kent die niet zo goed.

Opa is meestal aan het werk als ze er op bezoek komen. Hooguit steekt ie even zijn hoofd om de hoek om heel grappig "goeiedag" te zeggen.

Daarna gaat hij snel weer verder met waar ie mee bezig was. Iets in de winkel of het magazijn vraagt dan kennelijk al zijn aandacht.

Opa heeft het er altijd druk mee, maar het kan natuurlijk ook dat ie niet zo heel erg geïnteresseerd is in zijn dochter en haar kinderen.

Papa gaat hem overigens weleens helpen, als ze er zijn.

Dan hoorde Hans hoe ze plezier maakten, vrolijk en luidruchtig met elkaar spraken.

Maar dat gebeurde altijd buiten zijn gezichtsveld en hij heeft het nooit aangedurfd om ze erbij te storen.

"Ik zou voor jullie ook weleens willen dat er broertjes of zusjes waren.

Zoals ik al zei, heb ik eigenlijk altijd een groot gezin gewild.

Daar is het niet van gekomen."

Hans is bang dat ze weer zal gaan vertellen hoeveel moeite papa en zij hebben moeten doen om voor Marjolein in verwachting te raken. Dat heeft ze ook al een keer verteld en toen kwam er een heel verhaal over harde plassers en natte dromen achteraan. Zelf was ie toen bijna elf en de jongens uit de klas hadden onder elkaar ook weleens zulke verhalen besproken. Hoe je aan een stijve piemel moest 'sjorren' bijvoorbeeld. En dat meisjes een 'kut' zouden hebben.

Voor Hans viel daar weinig over te giechelen. Hij had zijn zusje al vele keren bloot gezien en de jongens eenvoudig kunnen vertellen hoe dat kennelijk nogal speciale lichaamsdeel eruitziet. Of dat er overigens bij grote meisjes, die van hun eigen leeftijd bijvoorbeeld, net zo uitzag, wist hij niet zeker.

Het geval interesseerde hem niet, hij was er telkens klakkeloos vanuit gegaan dat er waarschijnlijk niet veel anders aan geworden zou zijn, als meisjes groter waren.

Dat had het boekje dat Loes hem had toegeschoven trouwens al meteen bewezen.

Daarin had hij immers, terug op zijn kamer, de plaatjes opgezocht die uitsluitsel boden en met eigen ogen bestudeerd hoe een blote man en een blote vrouw er uitzien.

De foto's en tekeningen lieten weinig over om er nog naar te hoeven raden.

Hij had er alleen nogal om moeten lachen dat er telkens werd gesproken over een 'voorbips' als er zo'n kut bedoeld werd.

Hans hoopt dat hem de hele gang van zaken deze keer bespaard blijft.

Hij drinkt zijn drankje op en zet het lege glas weer terug op tafel.

Intussen weet ie heus wel hoe het een en ander eraan toegaat.

Loes zal het nu voornamelijk op Marjolein gemunt hebben. Lichamelijke verandering vinden bij meisjes op jongere leeftijd plaats. Dat heeft ie ook uit dat boekje geleerd, maar bij zijn zusje heeft ie daar nog geen aanwijzingen van waargenomen.

Hij neemt aan dat zijn moeder binnenkort een Bh met haar wil gaan kopen.

Op de dinsdag na het weekend waarin ze Sinterklaas hebben gevierd, werd het hem duidelijk dat ie de meeste van zijn boeken, Cd's en eigenlijk zowat alle dagelijkse schoolbenodigdheden, intussen naar de boot had verhuisd.

Iedere dag nam hij immers wat mee en zodoende ging het nogal snel. Al had ie de eerste dagen het meeste weer braaf meer naar huis teruggenomen.

Maar wat ie toch niet meteen nodig had mocht vanzelfsprekend ook wel op de boot achterblijven. Zo had hij telkens iets waarbij er geen noodzaak bestond om thuis zijn huiswerk te kunnen maken, op de boot gelaten als hij ermee klaar was.

Zoveel spullen had hij uiteindelijk niet.

In plaats van 's middags op school aan zijn huiswerk te werken, deed ie dat nu steeds vaker op de boot. Vanzelfsprekend omdat die spullen er bijna allemaal lagen, maar het was er ook lekker rustig en helemaal ongestoord kon hij er aan de slag.

De samenwerking met Jolanda, die de weken ervoor weleens 's middags op school had plaatsgevonden, kon daar ook. Maar dat was in verband met hun rooster nog slechts een enkele keer voorgevallen. Ze wist natuurlijk wel dat hij er aan zijn huiswerk zat, maar ze wilden elkaar niet teveel storen.

Hoe leuk het ook zou kunnen worden, ze hadden het te druk met studeren om er een middag samen door te brengen. Tot voor kort gingen ze immers, na dat huiswerk maken in die kantine, ook zonder elkaar naar huis. Alleen als ze helemaal afgezonderd in de fietsenstalling konden zijn, namen ze daar dan wel de tijd om innig afscheid te nemen.

Jolanda vond het namelijk leuk om er dan 'even lekker te knuffelen'.

Die ene dinsdagavond wilde hij opeens op de boot blijven slapen, al was het midden in de week en moest ie de volgende ochtend gewoon naar school.

Hij kon er eigenlijk geen duidelijke aanleiding voor aanwijzen. Na het avondeten thuis bij zijn zusje en moeder, was hij nog even naar de boot gegaan om er wat dingen op hun plaats te zetten.

Die 'ene muur' in de huiskamer hadden Jolanda en hij op de zondagmiddag ervoor, het eerste weekend al meteen na tante Marieke d'r verhuizing, wit gemaakt.

En hij had gezien dat het, zoals tante voorspeld had, een verbetering vormde.

Om kwart voor elf waren alle lampen keurig gericht op donkere plekken, zijn boeken waren op de twee plankjes gerangschikt die hij weer terug aan die wand had opgehangen en toen vond ie het opeens te laat om nog naar huis te gaan.

Hij belde Loes op om te melden dat ie op de boot bleef en noemde het net geen thuis. Dat speet hem eigenlijk, wan intussen voelde 't toch zo.

Natuurlijk had hij aan de dijk nog zijn eigen kamer, maar zijn bed, het ladekastje en zijn bureautje waren eergisteren door Loes in de auto naar de boot gebracht.

Er pasten elk ritje nog wel een doos met kleren en tas met andere spulletjes bij en als hij na het werken terug naar huis was gegaan, dan had ie net zoals zondagnacht en gisteren op de logeerkamer moeten kamperen. Trouwens hij vond het te koud.

Het overbrengen van die meubels was nog een heel gedoe geweest.

Sowieso om ze zonder beschadigingen uit elkaar te nemen, maar Loes heeft er twee-maal voor heen en weer moeten rijden met alle losse delen.

Toen waren alle grote en de kleine spullen er eindelijk aangekomen.

De hele onderneming was gestart omdat de surprise die hij voor zijn zusje gemaakt had, te groot was om op de fiets te vervoeren.

Heel eenvoudig kon de rest vervolgens ook ingepakt en mee in de auto.

Toen hij vlak voor de kerstproefwerkweek uit school op de boot kwam om er te gaan studeren, bleek er een brief van de gemeente Leiden op de mat te liggen.

Tante Marieke was net een goede maand geleden verhuisd, maar nu wilden de ambtenaren weten of er sprake was van leegstand en of de boot al door een nieuwe bewoner werd bewoond.

Zo niet dan zouden ze een woningzoekende gaan aanwijzen. Zo'n persoon zou ergens op de een of andere lijst staan en het recht hebben om er te wonen.

Hans wist niet wat hij met de missive aan moest en heeft 'm aan zijn moeder laten lezen en die heeft gelijk haar vriendin opgebeld voor ruggespraak.

Tante Marieke vertelde dat ze zich vanwege haar functie in Tilburg had moeten inschrijven en dat ze daardoor kennelijk automatisch uitgeschreven was uit de Gemeentelijk Basis Administratie bij hun in de stad.

Als verse ambtenaar verbaasde ze zich erover dat de instanties van Leiden er zo voortvarend een actie tegenover hadden gesteld.

Het idee vervulde Hans met zorgen.

Net nu zijn spullen er stonden zou de boot zomaar aan iemand anders worden toegewezen!

Hijzelf was natuurlijk geen woningzoekende en voor zover hij wist stond ie evenmin ergens op een lijst.

Wat eraan te doen was om daar alsnog op te komen en hoe hij vervolgens op een andere manier aan de voorwaarden zou voldoen, was hem onbekend. Een actie wist hij er daardoor niet tegenover te stellen en het was goed dat er vermeld werd dat er binnen twee maanden uitsluitsel moest worden gegeven.

Hij durfde het aan de boel nog even op z'n beloop te laten.

Ook zijn moeder stelde vast: "We zullen zien, komt tijd komt raad."

Hans woonde en sliep net aan een weekje onder de nieuwe omstandigheden, toen Jolanda besloot dat ze die keer bij hem wilde blijven overnachten. De kerstvakantie stond op beginnen en daarom waren ze bezig aan de laatste toetsen van de proefwerkperiode. Ze hadden er 's avonds een poosje samen voor gestudeerd.

Haar ouders waren op 'een congres' en zouden haar niet missen.

Het spreekt voor zich dat ze regelmatig op bezoek kwam en ze hadden er samen diverse keren huiswerk zitten maken. Op de momenten die dat toelieten - en 't volgens oma kon - wijdden ze zich ook aan haar; "Lekkere potje vrijen."

De rust op de boot liet dat gemakkelijk toe en ze hoefden er de gordijnen niet voor dicht te doen, zodat het er telkens min of meer spontaan van kwam.

Deze avond goot het al de hele tijd pijpenstelen en hoewel het, zelfs met haar fiets aan de hand, maar een paar minuten duurde om weer veilig thuis te komen, vonden ze het niet de moeite waard om er doorheen te gaan. Zelfs de grote paraplu van Hans zou ze nauwelijks tegen het noodweer beschermen!

De regen, die zo nu en dan meer op natte sneeuw of hagel leek, sloeg dan weer aan de ene kant van de boot tegen de ramen, om vervolgens ook de andere kant grondig te geselen. Om nog maar te zwijgen van de onregelmatige roffels die erdoor op het dak werden veroorzaakt.

Hans had wel even een cd'tje opgezet, maar die werd door het lawaai overstemd.

Al had ie het volume ook wel hoger kunnen draaien. De boot kent geen aangrenzende buren en zijn geluidsinstallatie heeft ie er op een rustige middag al eens voor uitgeprobeerd. Hij had er een van zijn luidruchtigste Cd's voor opgezet en het volume hoog gedraaid.

Enigszins verlegen en beducht op een reactie van zijn buurman was hij buiten gaan luisteren, maar niemand kon last ondervinden van zijn lawaai want er was buiten niets te horen. Zelfs niet toen hij tot op de kade was gelopen.

Gedurende de hele avond hadden ze ingespannen huiswerk zitten maken.

Hans aan zijn bureautje en zij aan de huiskamertafel of uitgestrekt op de bank, meubels die ze bij de kringloop op de kop hadden getikt. Daar kon ze heel comfortabel op lezen en in plaats van nu plotseling doornat te worden, leek het ze een beter idee om samen een glaasje port te drinken.

De sfeer was er trouwens naar om de samenwerking op een passende, rustige en harmonieuze manier af te sluiten.

Het leek ze logisch dat ze zich moesten ontspannen, allebei hadden ze een repetitie doorgenomen. Die zouden ze de dag erop moeten maken.

Zij had Hans overhoord voor die van hem en hij Jolanda voor die van haar.

Hij kende de stof nog van toen hij deze het vorige jaar zelf moest leren en kon daardoor wat nader op een paar kleinigheden ingaan.

Daarom was het laat geworden.

Misschien waren ze, juist vanwege die vreselijke regen, wel dieper dan noodzakelijk op de stof ingegaan. Nog om een uur of negen hadden ze zich namelijk voorgenomen om af te wachten tot het weer buiten weer wat beter was geworden.

Hij kon haar dan tussen de buien door snel naar haar huis begeleiden.

Hans zou dan ook vlug weer naar de boot terug kunnen, maar de buien werden naarmate de avond vorderde steeds erger.

Daarom besloten ze dat Jolanda net zo goed op de bank kon blijven slapen.

En in de hoop dat het weer gedurende de nacht opknapte, konden ze morgenochtend dan samen naar school fietsen.

Dat eerste proefwerk zouden ze trouwens samen hebben. Nederlands van de heer Brouwer omdat hun eigen leraar voor twee weken verhinderd zou zijn en hij toch alleen maar hoefde te surveilleren.

De gezelligheid van de avond liet zich eenvoudig prolongeren.

Jolanda trok als nachtjapon dat hele grote T-shirt van Hans aan en tegen de kou was er buiten de plaid, die over de leuning lag en zomaar 'n cadeautje van haar moeder was geweest, altijd nog zijn slaapzak. Die konden ze eenvoudig over haar heen leggen en met dat laatste glaasje uit de fles sloten ze de avond af.

Voor allebei een halve als ze eerlijk deelden.

Omdat ze voor de proefwerkweek van de kerstvakantie zo intensief konden samenwerken, haalde het stel steeds betere cijfers. Hans hielp Jolanda waar hij kon en zij was hem vooral behulpzaam bij economie.

Vooralsnog ging het voor hen allebei op school een stuk beter. De resultaten van die kerstproefwerkweek boden een goed vooruitzicht. Ze stonden er beduidend sterker voor dan dat in de laatste weken van het voorgaande schooljaar.

De leraren prezen hen ervoor dat ze er nu zo hard voor werkten en het resultaat zou ertoe leiden dat ze dit jaar hun eindexamen konden doen.

Dat had er een poosje geleden helaas anders uitgezien!

Voor Hans was het indertijd de vraag of hij überhaupt wel naar de examenklas kon worden bevorderd. De omstandigheden thuis speelden echter een rol bij de uiteindelijke beoordeling. Hoewel niet unaniem in de beslissing besloten de leraren hem verder te laten gaan, op voorwaarde dat hij zijn best zou blijven doen.

Het zag er toen nog naar uit dat Martin op zou knappen.

Voor Jolanda was het indertijd een kwestie van misschien toch te veel onvoldoendes.

Bij haar speelde trouwens de vraag of ze eigenlijk wel het juiste pakket had gekozen voor waar ze uiteindelijk verder in wilde gaan.

Men wierp haar voor de voeten: "Was haar profiel niet te hoog gegrepen?"

Gelukkig wist ze voldoende punten te behalen om de voorlopige resultaten te compenseren en kon ondanks alles in deze klas terechtkomen.

Zij het helaas met de hakken over de sloot!

Het bleef niet bij die eerste keer logeren.

Inderdaad had Jolanda zich keurig op de bank in de huiskamer te ruste gelegd.

Heus niet alleen omdat ze ongesteld was en vrijen er niet van kon komen, de school was op dat moment gewoon belangrijker.

Ook in het weekend waarin haar ouders 'een paar daagjes in het buitenland zaten', is ze blijven overnachten.

Ze kookten samen, deden de afwas en speelden heel knus vader en moedertje. Zolang ze op tijd naar bed gingen en hun huiswerk maakten, was er wat haar ouders betreft overigens geen vuiltje aan de lucht.

Loes had wel een vermoeden van de gang van zaken op de boot, maar hield zich afzijdig en hoefde er zo geen oordeel over te vellen.

De buurvrouwen zouden er beslist opmerking over gemaakt hebben, maar sinds het overlijden van Martin had ze geleerd om zich daar niet meer zoveel van aan te trekken. En hoe zouden die moeten weten wat haar zoon uitspookte?

Al had de loop der tijd bewezen dat die overal ogen hadden.

Op een woensdagmiddag tegen half vijf ging de bel van de voordeur.

Ze zaten aan de eetkamertafel huiswerk te maken en als meest nieuwsgierige van hun twee stond Jolanda op om open te doen.

Er stonden een man en een vrouw op de loopplank.

Ze stelden zich voor en legitimeerden zich met een pasje dat ze aan een lintje om hun hals hadden hangen. Het waren ambtenaar van de gemeente Leiden.

Ze wilden weten of de boot bewoond was, toen Hans hoorde wat er aan de hand was liep hij achter zijn vriendin aan. Op het verhaal van de beambten, herinnerde hij zich die brief over de leegstand en die vergunningen.

Hij blufte dat zijn vriendin en hij er samenwoonden en dat de eigenaar daar geen bezwaar tegen maakte.

De meneer en mevrouw lieten zich erdoor overdonderen en stelden voor dat ze door middel van een brief de eigenaar om uitsluitsel zouden verzoeken. Binnenkort!

Toen dropen ze af.

Het duurt nog even totdat Jolanda straks zal komen, ze heeft vandaag nog 2 lessen nadat hijzelf allang klaar is. Nu zit ie op haar te wachten, want ze zullen samen voor morgen de eerste repetitie na hun kerstvakantie gaan voorbereiden.

Zij heeft de stof vorig jaar weliswaar gehad, maar heeft gezegd dat ze 't helemaal kwijt is. Voor hem is alles voor dit vak sowieso nieuw, want hiij heeft pas sinds begin dit jaar het vak erbij gekozen. Als minor.

In het afgelopen weekend heeft ie al het een en ander doorgenomen, maar ze zullen er hard aan moeten trekken om er een voldoende voor te halen.

Nu heeft hij om onduidelijke redenen hoofdpijn en kramp in zijn buik.

Eigenlijk zou hij het liefst even op bed gaan liggen, maar dat gunt hij zichzelf nu niet. Met een rusteloos gevoel heeft ie zojuist zijn jas opgehangen en zonder zijn tas al open te maken is hij naar de keuken gelopen om er een kopje thee te zetten.

Volgens zijn moeder en Jolanda zou dat namelijk goed voor je zijn.

Hij weet dat er nog wat theezakjes in een van de laden liggen. Baat het niet, dan schaadt het vast ook niet, al vindt ie het nog steeds niet lekker.

Hij is aan de tafel gaan zitten om te wachten tot het water kookt, staat dan weer op en gaat bij zijn kooktoestel staan. Hij weet niet hoelang hij met zo' n gasfles kan doen en controleert of de vlammen nog aan zijn.

Misschien dat ie binnenkort een nieuwe moet halen.

Tante Marieke heeft hem uitgelegd dat ze minstens een paar maanden met zo'n fles deed.

Maar zij kookte niet elke dag en heeft ook niet verteld of dat 's zomers of in de winter was, de twee kachels en geyser branden toch ook op datzelfde gas.

Als de mok met thee op smaak zou moeten zijn, gaat ie ermee aan de tafel zitten.

Hij heeft geen zin om zijn tas te pakken en er zijn boeken uit te halen, daarvoor voelt hij zich te lamlendig. Toch staat hij op en loopt naar de slaapkamer.

Uit de kast pakt hij de tas met medicijnen. Als bij Netty die ene pil het zo goed deed, dan kan hij er nu ook wel een proberen. Zij had ook buikpijn, voelde zich naar.

Eigenlijk net zoiets als waar hij nu last van heeft.

Omdat ze dat stripje mee heeft gepikt weet ie niet meer welke dosis hij aan haar heeft gegeven. Hij ziet er van 20 en 30 milligram en drukt er een van 20 uit.

Dan gaat ie weer terug naar de tafel. De thee is intussen genoeg afgekoeld om de pil ermee in te nemen. Een glas voor uit de keuken pakken is 'm ook teveel.

Hij vindt de thee niet lekker en neemt de mok mee naar het aanrecht. Daar gooit hij de rest weg. Hij heeft hooguit de helft opgedronken. Opeens voelt hij zich draaierig en moet zich aan het aanrecht vastgrijpen om niet om te vallen.

Hij gaat weer naar de slaapkamer en gaat er op het bed zitten. De hoofdpijn lijkt gelukkig iets minder geworden. Hij besluit zo'n pil van 30 extra te nemen.

Terug van het glas water uit de badkamer, laat hij zich op het bed vallen en trekt de deken over zich heen. Hij kan hier ook op zijn vriendin wachten.

Ze kennen elkaar nu trouwens 3 maanden, waarschijnlijk zal ze die oma weer op bezoek hebben. Hij herinnert zich dat het elke keer na een maand raak hoort te zijn.

Na een paar minuten voelt hij zich warm worden, hij lijkt ook rustiger te worden.

Iets heeft hem al sinds vanmorgen opgejaagd, al weet ie niet wat.

Als hij even later zijn ogen open doet valt 't hem op dat het donker is geworden. Helemaal zelfs en dat verbaast hem.

Niet alleen hier op zijn kamer heerst duisternis, ook achter de ramen is het zover.

Als ie zich opricht en tussen de gordijnen door kijkt ziet hij dat de straatverlichting buiten brandt. Jolanda zou toch komen om te studeren?

Op zijn wekkertje ziet hij dat haar laatste les al meer dan anderhalf uur geleden moet zijn uitgegaan en ze er dus allang had kunnen zijn.

Hij gaat zitten en schakelt het lichtje boven het hoofdeind van z'n bed aan.

Dan kijkt hij op zijn horloge alsof ie het allemaal niet vertrouwt. Maar hij ziet dat de tijd hem niet bedriegt en zwaait zijn benen onder de deken vandaan.

Hij gaat meteen staan.

De hoofdpijn is er nog steeds en dat vervelende gevoel in zijn buik is ook weer terug, maar hij is niet meer draaierig.

Een kwartier later is Jolanda er nog steeds niet.

Hans voelt zijn maag knorren en besluit voor zichzelf iets te eten te maken.

Ze hadden afgesproken dat ze na het huiswerk naar haar moeder zouden gaan, maar dat heeft intussen geen zin meer. Het is uitgelopen op een verloren middag.

Nu heeft ie niks gedaan aan dat proefwerk.

Ze weet toch hoe belangrijk hij het vindt om er een voldoende voor te halen!

Het maakt hem kwaad en laat zijn hoofdpijn steken.

Hij pakt nog zo'n tabletje van 20 en vertrouwt erop dat het geen kwaad kan.

In de koelkast staat een bakje met boerenkool en worst.

Hij heeft het zondag van zijn moeder meegekregen, voor als hij trek zou krijgen en zelf niets in huis zou hebben. Het komt nu inderdaad goed van pas.

Hij warmt het eten in een pannetje op.

Intussen heeft ie, op de bank zijn boeken doorgenomen. Omdat de stof hem opeens duidelijker wordt, trekt de hoofdpijn weg. Vlak voor het opscheppen blijkt opeens de buikpijn ook verdwenen. De pillen zijn dus een wondermiddel maar hij zal moeten kijken naar de werkzame stof en optimale dosis!

Net als hij zijn eten op heeft gaat de voordeurbel.

Tweemaal achter elkaar en het klinkt er erg nadrukkelijk door.

Hij gaat er naar toe en ziet, ondanks de strepen in het glas, dat het Jolanda is.

"Waar was je nou vanmiddag?"

Ze schreeuwt het bijna uit en lijkt echt opgewonden.

Met een voet stapt ze naar binnen, maar blijft in de deuropening staan.

"Ik heb wel een kwartier voor je deur gestaan en minstens honderd keer gebeld.

Ik ben naar het balkon gelopen en heb daar staan roepen.

Ik durfde niet op zo'n stoeltje te gaan staan om erop te klauteren. Maar heb er wel een wat dichterbij geschoven om het te proberen.

Iemand zou minimaal een circusartiest moeten zijn om zo naar je toe te klimmen.

Er was trouwens niks te zien. En binnen vertoonde je geen teken van leven.

Ik zag je fiets in het schuurtje, maar het leek wel of je er niet was.

We zouden toch aan dat proefwerk werken en daarna bij mijn moeder eten.

Die is nu boos omdat je niks van je hebt laten horen."

Jolanda is kennelijk uitgeraasd, stapt naar binnen en doet haar jas uit, die gooit ze op de boeken die hij op de bank heeft laten liggen.

Ze draait zich om en gaat tegenover hem staan, wacht op antwoord.

"Ik weet het niet.

Uit school, voelde ik me niet zo lekker en ben daarom even op bed gaan liggen.

Ik weet zeker dat ik de deur naar de hal open heb laten staan, maar heb je echt niet gehoord."

Hij voelt dat ie beter kan zwijgen over die pillen en realiseert zich dat ze het blijkbaar beter doen dan hij dacht. Die vaste slaap zal een bijwerking zijn.

Netty was die ene middag immers ook niet wakker te krijgen, toen ze boodschappen gingen doen. Hij neemt zich voor het uit te zoeken in die papieren.

Ergens in die map moet er wat meer over te vinden zijn.

Jolanda accepteert blijkbaar wat ie zegt en loopt terug naar buiten.

Ze haalt er haar tas van de fiets en doet die aan de tafel open om aan de slag te kunnen gaan. Hans ruimt intussen de vaat van de tafel en zet die op zijn aanrechtblad.

Hij trekt het laatje open en pakt de sleutel die tante Marieke er in heeft gedaan.

Ze noemde het toen de reserve sleutel en had 'm aan de buurman teruggevraagd omdat ze natuurlijk niet wist of Hans hem ook zou vertrouwen.

Toen hij nog een klein jongetje was, vroeg Hans zich af of hij een 'afwijking' had en misschien anders was dan andere mensen.

Voordat hij iets op het toilet kon presteren namelijk, moest hij altijd een handeling verrichten.

Een knopje omdraaien bijvoorbeeld zodat het leek of hij denkbeeldig iets harder of zachter zette. Of alleen een schakelaar overzetten, om iets 'in' of juist 'uit' te schakelen, alles zodat ie met zijn 'boodschap' kon beginnen of ermee stoppen.

Vanzelfsprekend zat er bijna nooit een echte knop met een echte functie die hij diende te bedienen, maar het was noodzakelijk dat hij bij de handeling iets beet kon pakken, aan kon raken.

Het randje dat uitstak van de de wc rol bijvoorbeeld of desnoods het knopje waarmee de deur op slot werd gedraaid. Maar altijd iets dat zich fysiek liet vasthouden en zij het denkbeeldig, dat noodzakelijke teweeg bracht.

Alles dat hij deed moest eerst in- of uitgeschakeld, fijn afgestemd, dan wel gewoon harder of zachter worden gezet, voordat hij daadwerkelijk iets kon produceren.

Hij moest de straal in kunnen schakelen en eventueel eerst harder of minder hard instellen. Net zoals een fontein moest er ook bij hem eerst op een knopje worden gedrukt of aan een 'regelaar' worden gedraaid.

Poepen van hetzelfde.

De zijkant van een wc-rol houder bood meestal voldoende houvast om een instelling te maken. Altijd was er immers wel een rand of hobbel dat dienst kon doen als denkbeeldige schakelaar of knop.

Daarmee stelde hij de samenstelling van zijn stoelgang in en met een 'druk op de knop' kon het drukken beginnen. Eventueel liet een gladde tegelwand panelen toe waar hij de denkbeeldige schakelaars of allerlei draaiknoppen op kon bedienen.

Want zelfs bij hoge nood waren de handelingen noodzakelijk, al spreekt het voor zich dat het een en ander zich dan aanzienlijk eenvoudiger liet instellen.

Onder omstandigheden waarbij ie het echt niet meer kon ophouden, was zo'n imaginaire schakelaar zomaar ergens midden op de wand voldoende om de sluizen te openen. Maar thuis en in alle rust waren er telkens meerdere richeltjes en hobbels noodzakelijk voor het afstemmen van de juiste samenstelling.

Hij had dit in de derde klas van de lagere school eens aan een vriendje voorgelegd.

Zelf vond ie het namelijk heel reëel en daarom dacht ie dat dat het joch thuis ook van zulke instelmogelijkheden zou hebben op het toilet.

Maar dat bleek niet zo.

De jongen vertelde dat ie gewoon op de pot ging zitten en dat 'het dan kwam'.

Bij thuiskomst had zijn moeder de verwarring gesust en gezegd dat mensen er soms de vreemde gewoontes op nahouden.

De opmerking heeft 'm geleerd om zijn drang verborgen te houden. Er niet over praten en zeker niet met vreemden leek hem het beste. Maar de 'knoppen' bleven voor hem noodzakelijk.

De tegeltjes op de boot bieden een heel ander patroon dan thuis. Hier zitten op de muur zogenaamde mozaïek tegeltjes. Het zijn kleine vierkantjes van ongeveer 2,5 bij 2,5 centimeter en voor Hans vormen ze het ideale regelplateau!

Hij kan er de meest ingewikkelde afstellingen op creëren.

Sessie

– Uzelf heeft het al eens opgemerkt, maar ook een aantal mensen uit mijn omgeving zeggen de laatste paar weken telkens, dat het erg goed met me gaat. Altijd is het 'erg goed', nooit zomaar een beetje. Ik weet overigens niet waarom ze dat zeggen, want heb me nooit anders of misschien 'minder goed' gevoeld eigenlijk.
Vreemd genoeg noemde u dat tijdens een vorige sessie een kwestie van gewenning.
Het was die keer waarbij u erop stond dat ik deze gesprekjes zou blijven voeren.
Ik meende zelfs te merken dat u een beetje boos werd toen ik het nut van deze hele therapie toen in twijfel trok.

– Ik heb hier mijn moeder nooit over gesproken zoals u weet en vind daarom dat zij een goede graadmeter is in deze kwestie. Zij kent mij natuurlijk het beste en is goed op de hoogte van de omstandigheden waaronder we, zij en ik, verkeren.
Afgelopen weekend merkte ze op dat ze vindt dat ik me erg goed houd.
Nou, dan hoor je het eens van een ander natuurlijk!

– Uw opmerking over die vrienden en vriendschap, daarover heb ik de laatste weken wel een paar keer na zitten denken. Ik heb inderdaad geen vrienden, die heb ik nooit gehad en voor mijzelf is dat geen probleem.
Als iemand namelijk al eens vriendelijk tegen me doet, dan is het vrijwel altijd om-dat ze iets van me nodig blijken te hebben. En de laatste tijd merk ik vaak dat mijn omstandigheden weleens jaloezie opwekken. Dat maakt het tamelijk lastig om te be-oordelen waarom iemand opeens mijn vriendschap zou zoeken.

– Laatst nog tijdens de godsdienstles merkte de pater op dat 'mijn kostje gekocht was'. Ik kende die uitdrukking niet, maar ik kreeg de indruk dat er nogal wat afgunst bij aan de orde kwam. Omdat ik er niet op in ging voegde hij er namelijk aan toe dat ik een van de weinigen was die op mijn leeftijd op zichzelf dacht te kunnen staan.
Met nogal uitgesproken de nadruk op 'mijn leeftijd' en dat 'denken'.
Tja, van zo'n man uit een klooster en waar ze gotbetert de gelofte van armoe afleg-gen, kun je zoiets verwachten. Het lijkt me echter duidelijk dat ik niet om die boot heb gevraagd en nog best een tijde had willen wachten om er in te trekken.
Maar dat mag dus niet van de omstandigheden en de gemeente Leiden.
En daar staat tegenover dat híj helemaal uit zichzelf voor dat leven heeft gekozen en laten we hopen dat dat wel vrijwillig gegaan.

– Dat gaat om en om. De ene keer hebben we maatschappijleer, daarin behandelen we maatschappelijke kwesties.
Soms komt die pater ons dat uurtje geven en dan heet het opeens een godsdienstles.
Het maakt overigens niet veel uit, meestal wordt er een onderwerp aan de orde ge-steld, dat heet dan het thema, en daarover moeten we onze standpunten delen.

De pater heeft inderdaad vaak andere onderwerpen dan de maatschappijleer leraar, maar het komt eigenlijk grotendeels op hetzelfde neer. We zitten er altijd voor in hetzelfde lokaal en daar staan de banken voor het gemak tijdens het 'discussiëren' meestal in een kring.

We mogen trouwens zelf ook een thema voorstellen.

Aan het begin van ieder lesuur moeten we - zeg de eerste tien minuten - in kleine groepjes, dus met de mensen naast je, over het thema van het bord met elkaar overleggen. Dat gaat niet altijd, wamt soms bespreken we gewoon de stof voor een proefwerk dat erop volgt. Of legt iemand uit de klas die stof nog even snel uit.

Doordat we uit verschillende klassen zijn samengesteld loopt zoiets vaak uit op een kermis. Vooral die pater vindt dat vreselijk, maar kan er weinig aan doen.

– Dat hele rouwproces, waar ik volgens de maatschappelijk werkster op school doorheen zou moeten, is volgens mij nu wel afgelopen. Met haar heb ik volgende week weer een afspraak om zoals zij het noemt bij te praten en dan zal ik gaan zeggen dat u en ik overeen gekomen zijn dat we klaar zijn.

Kijk, het spreekt voor zich dat ik mijn vader mis. Er zijn nou eenmaal een heleboel dingen die je makkelijker met je vader bespreekt dan met je moeder.

Jongens dingen noemde mevrouw Weber die indertijd.

Waar het hier naar mijn idee om gaat is dat je iets pas mist als het er niet meer is.

Daar ben ik dankzij U intussen achtergekomen.

Maar ik had hem bijvoorbeeld over Jolanda weleens willen vragen hoe ik met haar om had moeten gaan. Toen we elkaar net kenden natuurlijk vooral, want het was de eerste keer dat ik verkering kreeg.

Maar ook nu, na alles wat er is voorgevallen, zou het gemakkelijker zijn als ik daarover met hem kon spreken.

Ik kan natuurlijk niet alles aan haar vader voorleggen, maar we kunnen goed met elkaar opschieten. Bij andere onderwerpen dan die over zijn dochter, zou ik op hem kunnen terugvallen en wordt mijn schoonvader een beetje vader.

Hij heeft me toch ook geholpen met die papieren, wat dat betreft hoeft u zich echt geen zorgen te maken. Dat u daarentegen durft te zeggen dat ik niemand meer heb, vind ik hopeloos overdreven.

Ik heb u toch altijd nog. Flauw dat geef ik toe, maar we hebben de afgelopen weken toch fijn over van alles en nog wat gesproken.

Zelf gaf u al aan dat we vorderingen maakten. Nou dan?

Ik vind dat ik de volgende sessie, sessies moet ik eigenlijk zeggen, kan laten vervallen. Die van aanstaande vrijdag sowieso, maar alle volgende ook.

– Onmiskenbaar heeft u me 'geholpen' en daar wil ik u voor bedanken.

Bang!

De les Engels, het laatste blokuur van deze vrijdag, is zomaar uitgevallen Klasgenoot Jelle zou een spreekbeurt houden over Oscar Wilde en omdat ie een poosje geleden uit de kast is gekomen zou het vooral over homoseksualiteit gaan.

Die van hemzelf dus, maar ook in het algemeen.

Daar had hun leraar de nadruk op gelegd. Dat niet te persoonlijk moest worden.

Jammer voor hem werd hij in de grote pauze ziek en wilde ie naar huis.

Aan iedereen die het horen wilde vertelde hij dat ie zich heel grondig had voorbereid en hij zou 'diepgaand' op de materie zijn ingegaan.

Maar nu voelde hij zich niet lekker!

Omdat hun leraar zich op dit onderwerp wilde concentreren, maar Jelle niet voor de voeten wilde treden, stelde hij de les uit tot de volgende week.

Deze les viel uit en ook voor Hans begon het weekend hierdoor lekker vroeg.

Als hij bij de boot aankomt ziet hij er een opvallend slordig rood geverfde fiets tegen zijn heg aanliggen. De fiets heeft een goud geverfd voorwiel en dat is zomaar met een kwast gedaan. Ook de band zit helemaal onder geklodderd.

Het ergert hem en 't ding zal waarschijnlijk van een bewoner zijn die in het studentenhuis tegenover de boot woont. De fiets er naartoe slepen en daar tegen hun eigen gevel kwakken, gaat hem echter te ver.

Met zijn eigen rijwiel aan de hand loopt ie zijn tuintje in om 'm in de schuur te gaan zetten. Jolanda heeft haar fiets tegen het paaltje gezet.

Hij wist niet dat ze naar hem toe zou komen en is er blij door verrast.

Extra verrast, want hij kan haar, omdat ze hem nog niet thuis zal verwachten op zijn beurt overvallen met zijn komst. Stil maakt hij de voordeur open en ziet hoe in de keuken het lampje boven de wasemkap voor het enige licht zorgt.

Tegen de gewoonte in zijn de gordijnen bijna allemaal dichtgeschoven.

Hij kan zich niet herinneren of hij ze vanmorgen inderdaad wel open heeft gedaan en sluipt de kamer binnen om daar ook wat licht te maken. Buiten begint het al donker te worden, de gordijnen kunnen eigenlijk wel zo blijven.

Vanuit de slaapkamer hoort ie iemand iets roepen.

Het lijkt op Netty, maar nog voordat hij kan reageren, hoort hij hoe Jolanda vanuit de badkamer roept dat ze: "Er aan komt."

In de spiegel van de hal ziet hij haar van het toilet komen, het geraas van de stortbak overstemt de stilte. Hij hoeft de verrassing zo niet te bederven.

Ze heeft alleen een lichtblauw onderbroekje aan.

In de weerkaatsing van het keukenraam ziet ie hoe ze die, met een hand steun zoekend aan de deurpost van de keuken, met een snelle beweging uit doet.

Dan verdwijnt ze uit beeld en Hans hoort hoe ze met een soort juichkreet in de slaapkamer wordt ontvangen.

Hij laat het lichtje uitgeschakeld en loopt de keuken binnen vanuit de huiskamer.

Dan gaat hij de gang in.

Aan de lichtstreep op de vloer en door de spleet bij de scharnierkant van de deur, ziet ie dat het lampje boven het hoofdeind brandt. Verder is er geen verlichting in de kamer ingeschakeld.

Hij doet een stap naar voren. Door de kier ziet hij dat de meisjes volledig naakt zijn.

Zijn vriendin zit op handen en knieën over het andere meisje heen gebogen.

Ze heeft haar hand tussen Jolanda d'r benen en die maakt weer haar grommende geluiden. Hij wil niet wachten op de afsluitende snik die hij intussen kent en ziet aan de enorme bos haar bij haar elleboog, dat de andere inderdaad Netty zal zijn.

Hij kijkt hoe de twee elkaar zoenen en innig omstrengelen.

Het broekje ligt midden voor de deuropening op de vloer geworpen.

Dit moet in wezen zijn wat die klasgenoten in de kleedkamer en met al hun enthousiasme zullen verstaan onder 'SEKS'.

Van wat ie er ooit over op het internet en op de televisie heeft gezien, zou ie het huidige schouwspel wellicht wel pornografisch kunnen noemen.

Of het van de schrik komt of dat ie zich voor de aanblik schaamt, kan hij niet bepalen en sluipt zonder een geluidje te maken naar de voordeur.

Met de sleutel helpt hij het slot als hij die achter zich sluit, zodat het geen geluid maakt.

Eenmaal buiten, op de loopplank, realiseert ie zich dat zijn tas nog midden op de tafel staat. Hij durft er niet voor terug te gaan.

De meisjes leken zich volledig op elkaar te concentreren maar hij wil ze er niet bij storen. Hij slaat linksaf de kade op, maar bedenkt zich dan.

Hij gaat naar de andere kant en loopt de trap van het bruggetje op.

Aan de andere kant van het water gaat ie rechtdoor richting het centrum.

Uit 'Horizon House' komen drie Chinese meisjes.

Vrolijk kwetterend in hun eigen taal, gaan ze naar de fietsen die in de rekken naast het reusachtige gebouw staan. Als Hans bijna bij de Singel is, halen ze hem in.

Ze rijden op kleurige kinderfietsjes.

Hij stelt vast dat hun beentjes waarschijnlijk te kort zijn voor Hollandse modellen.

Dan slaat ie de bocht om, gaat de singel op en aarzelt dan.

Is Jolanda naar de boot gegaan om hem als ie thuis zou komen, te verrassen of heeft ze er, omdat ze wist dat ie nog niet zou zijn, speciaal met Netty afgesproken?

Hij kijkt op zijn horloge en loopt verder.

Niemand weet dat hij hier is want hij zou nog gewoon op school moeten zijn.

Als hij nu naar de supermarkt gaat kan hij boodschappen doen voor het avondeten.

Zal hij op zijn vriendin rekenen of niet?

Voor vanavond staat niets afgesproken over het eten.

Na ongeveer een uur komt hij terug bij de boot. Hij heeft zich niet gehaast want zou, als die les niet was uitgevallen rond deze tijd pas thuisgekomen zijn.

De boodschappen had ie dan evengoed ook bij zich kunnen hebben.

De geverfde fiets is weg.

Die van Jolanda staat er nog. Door het glas van de deur kan hij zien dat alleen dat lichtje in de keuken nog aan is. Afwachtend opent hij de deur en gaat zijn keuken in.

Het licht op de slaapkamer is niet meer aan.

Zoals altijd is 't doodstil in de boot.

Hij doet een paar stappen terug de hal in en kan in het schemerlicht onderscheiden hoe het lichtblauwe ondergoed nog op de grond ligt.

Als hij zich iets voorover bukt, ziet hij in de schemering dat zijn vriendin, opgerold in zijn deken op het bed, ligt te slapen.

Of ze houdt zich slapend, maar dat wil hij niet onderzoeken.

Hij gaat de keuken binnen en legt de groenten op het aanrecht.

Het tartaartje doet ie in de koelkast.

Hij maakt er zo min mogelijk geluid bij, maar hoopt erop dat ze wakker wordt.

Dan loopt hij de huiskamer in en schakelt het lampje daar aan.

Zijn tas staat nog waar ie hem eerder die middag heeft neergezet.

Hij gaat op een stoel zitten, weet niet wat hij moet doen, wacht.

Met een deken om zich heen gewikkeld komt Jolanda even later de kamer binnen lopen. Haar haren zitten in de war, ze kijkt slaperig.

"Ik ben in slaap gevallen en heb je helemaal niet thuis horen komen.

Wacht even, ik trek even m'n trui aan."

Als ze zich omdraait ziet hij hoe ze al wel de moeite heeft genomen om het lichtblauwe broekje aan te trekken. Ze doet het licht in de hal aan en hij hoort hoe ze in de slaapkamer eveneens het licht inschakelt.

Hij blijft wachten op wat er gaat gebeuren.

Onder het boodschappen doen heeft hij zich bij de situatie hier op de boot niets kunnen voorstellen. Er zijn in zijn gedachten tientallen scenario's over het voetlicht gekomen, maar hij wist en weet niet wat hem te wachten staat of stond.

Het is hem onduidelijk wat ie er iets tegenover moet stellen.

Na een minuutje, komt ze weer terug in de kamer. Ze heeft hetzelfde jurkje aan als vanmorgen op school, maar nog niets aan haar voeten.

Hans weet niet wat hij moet zeggen en houdt zijn hand op.

"Ik wil graag de sleutel van de voordeur van je terug.

Je moet al je spullen die hier liggen maar inpakken en dan wil ik je niet meer zien."

Jolanda kijkt naar hem, maar het is duidelijk dat ze ook niet weet wat ze moet zeggen. Ze lijkt met stomheid geslagen en kijkt hem met een verbijsterde blik aan.

Na ongeveer een minuut stilte draait ze zich om.

Al snel komt ze teruggelopen.

Op de slaapkamer heeft ze de tas met grote rode bloemen gepakt.

Daar zitten nu kennelijk de kleren en schoenen in die ze de afgelopen tijd hier heeft verzameld.

Ze mochten als reserve op de boot blijven liggen, want dan kon ze ze aantrekken als ze bijvoorbeeld nat geregend was.

Of als ze wat makkelijkers aan wilde trekken.

De tas zet ze tegen het wandje dat de hal scheidt van de kamer.

Dan pakt ze haar jas van de kapstok, doet een stap de kamer in, maar blijft met haar rug naar hem toegekeerd staan. Als ze zich volledig heeft aangekleed, pakt ze de tas op en gaat door de deur naar buiten.

Hans hoort hoe ze over de loopplank naar de tuin loopt.

Ze hebben allebei niets gezegd.

Hij moet denken aan de sessie van afgelopen woensdag bij zijn psycholoog.

Hans gaat aan zijn bureautje zitten en pakt de brief op die hij aan zijn tante aan het schrijven is. Het is nog een klad versie, maar hij heeft zich voorgenomen om, nu ie hier op zichzelf woont, haar uit te nodigen om hem te komen bezoeken.

Bij zijn moeder uit haar tafeltje heeft hij een paar enveloppen en mooi briefpapier meegenomen. Ze vond het goed, al heeft ie niet verteld dat het voor deze brief was.

De kans dat bijvoorbeeld zijn moeder tijdens het bezoekje van zijn tante roet in het eten komt gooien, kan hij eenvoudig uitsluiten door het stil te houden.

Als ze op zijn uitnodiging ingaat zal zij dat evenmin aan de grote klok willen hangen, al kan hij zich niet voorstellen hoe het eventueel zal gaan verlopen.

Haar adres heeft ie gevonden in de lijst die ze hadden gemaakt voor Martin z'n uitvaart. Oom Henk heeft hem toen speciaal zijn kopie gegeven, maar Hans weet niet of dat met deze opzet was.

In ieder geval heeft hij de lijst zondagmiddag gevonden toen hij zijn papieren aan het sorteren was. Pal daarop is ie aan dit opzetje begonnen.

Hij heeft zich er de laatste tijd een aantal keren over verbaasd, hoe hij de ongebondenheid die zijn tante klaarblijkelijk altijd heeft opgezocht en onderhouden, bleek te begrijpen. Hij is er haar standvastigheid in, gaan respecteren.

Zeker de afgelopen twee weken heeft hij vaak aan haar moeten denken.

Als hij alleen op de boot was, overviel hem een gevoel van bevrijding en hij verwachtte dan dat zijn tante daar net zo tegenaan zou kijken. Hij begon zich te realiseren hoe ze eigenlijk op elkaar lijken.

Hij weet intussen immers dat hijzelf ook heel goed tegen afzondering kan.

Hoewel hij haar nauwelijks kent en alleen uit de spaarzame verhalen een beeld kon opbouwen, spreekt haar onafhankelijkheid hem aan en daarover zou hij graag eens met haar van gedachten wisselen.

Hij wil haar leren kennen, beter leren kennen.

Problemen

Vlak voor de grote zomervakantie, de periode waarin de leraren bespreken hoe de resultaten van het schooljaar tot een bevordering of juist zitten blijven aanleiding geven, is Hans bij de maatschappelijk werkster geroepen.

Logisch want zijn cijfers waren in korte tijd gekelderd en ze wilde: "Haar zorgen met hem bespreken."

Toen hij eenmaal bij haar in het stoeltje zat, stelde ze voor dat hij eens contact zou opnemen met een hele goede kennis van haar. Die zou hem kunnen helpen verwachtte ze. Niet met bijlessen, maar 'gewoon' door samen een paar keer te praten.

Het waren haar woorden en het overdonderde Hans een beetje.

Gaande het gesprek begon het bij hem door te dringen dat ze niet zozeer over zijn cijfers die zorgen had, maar blijkbaar vond ze dat er bij hem op meerdere zaken opof aanmerkingen te maken waren.

Hij wist niet zo goed waar ze precies op uit was en kwam er ondanks voorzichtig doorvragen niet achter waar ze nou eigenlijk precies op aanstuurde.

Dat van die cijfers had ie zelf al bedacht en ook dat hij daardoor misschien het jaar zou doubleren was langzaamaan tot hem aan het doordringen.

Maar hij had tegelijkertijd van zijn leraren begrepen dat ze begrip hadden voor zijn 'moeilijkheden' en dat hij met heel hard studeren wel kon bereiken dat ie alsnog over ging naar de examenklas.

Misschien die ene waar ze aandacht schonken aan: "Jongens zoals jij."

Mevrouw Weber bleek die ontwikkelingen niet echt te kunnen beïnvloeden en met de hulp die zij voorstelde werd ook niet meer zekerheid verstrekt.

Hans vond het daardoor minder noodzakelijk om haar kennis te gaan bezoeken.

Het leek hem allemaal teveel en hij wilde zich liever concentreren op de inspanningen die nodig waren om zijn cijfers nog enigszins op te krikken.

Liever dat, dan iets waarvan hij niet wist wat ie ermee aan moet vangen.

Ze hebben het er verder bij gelaten en Hans was vervolgens blij dat ie het jaar niet over hoefde te doen.

Vlak na het overlijden van Martin riep mevrouw Weber hem nogmaals hij zich.

Allereerst werd hij met een stevige handdruk gecondoleerd, maar daarna werd ie gecomplimenteerd met het feit dat het 'm gelukt was alsnog bevorderd te worden.

Ze was zelfs trots op hem, dat ie zijn cijfers weer op een redelijk niveau had weten te brengen en of hij even plaats wilde nemen.

Ze wilde, wat ze in het vorige gesprek aangevoerd had, nog eens nader aan de orde stellen. Haar zorgen waren allerminst weggenomen en nu zijn vader was overleden voorzag ze dat er een aantal bij waren gekomen.

Ze noemde het een traumatische ervaring, gaf hem een visite kaartje en benadrukte dat hij: "Binnenkort maar eens met dokter de Winter moest gaan praten."

Het kaartje vermeldde dat het een Psych. zou zijn en daarom leek het Hans geen goed idee om hem daadwerkelijk te bezoeken.

Hij gaf aan dat hij zijn ziel niet op tafel wilde leggen of gebruikte woorden van die strekking.

Kort daarna was het een van de eerste persoonlijke dingen die hij bij Jolanda ter sprake durfde te brengen.

En hoewel hij er eerst vanuit ging dat ze zijn weerstand tegen psychiatrische hulp zou volgen, merkte ze op het een een goed idee te vinden.

De praktijk van de arts bij wie Hans de afspraak vervolgens heeft gemaakt, bevindt zich in het grote ziekenhuis in een groepspraktijk op de derde verdieping.

Het gebouw kent ie natuurlijk nog tamelijk goed.

De kennismaking heeft ie laten vallen tijdens het tussen uur op maandagmorgen.

Vanaf tien voor half tien tot het einde van de korte pauze heeft ie namelijk geen les.

Geen moment om wat aan het huiswerk te doen, want dat heeft ie altijd al allemaal in het weekend kunnen maken. Zo vroeg op de ochtend is het daarom een verloren uurtje en zodoende heeft ie daarin die afspraak gemaakt.

Hij is er vroeg het imposante gebouw voor binnengelopen. Om de tijd te doden is hij na aankomst op de verdieping waar ie verwacht wordt, een paar keer over de gang op en neer gelopen. Telkens kwam hij langs het loket, toen vond ie dat het teveel op zou vallen als hij het nog eens deed.

Hij is zich toch gaan melden.

De mevrouw achter het glas controleert alleen de naam op zijn brief en wijst hem vervolgens aan waar hij moet wachten.

Hij wordt geacht er te blijven zitten tot de 'inteek' door de specialist. De assistente noemt een naam en legt de nadruk op de bijbehorende titel: "Professor de Winter zal U straks roepen."

Hans realiseert dat hij zich in een Universitaire omgeving bevindt en dat een arts hier al snel zo wordt aangeduid. De brief met de verwijzing heeft ie met zijn paspoort onder het glas door naar haar toegeschoven.

Omdat hij daarna netjes in het witte kastje op ooghoogte voor haar hoofd zijn naam zei, heeft ze kunnen controleren wie hij was.

Hij wilde er nog aan toevoegen waarvoor hij kwam, maar de mevrouw schakelde het spreekapparaatje al uit voordat hij was uitgesproken.

Dus loopt hij verder door de gang en gaat naar wat ze heeft aangewezen.

Die ruimte is overigens niets meer dan een breder stukje van de gang.

Maar er staan inderdaad een paar stoelen bij elkaar en er is ook een tafeltje.

Het wekt hierdoor de indruk dat men er plaats kan nemen, zoals het hem zojuist in groten lijnen is opgedragen. Hans gaat zitten op een van de stoelen.

Afgelopen vrijdagmiddag, van de laatste les onderweg naar zijn fiets, liep hij mevrouw Weber zowat regen het lijf.

Zij hem eigenlijk meer want ze kwam het kantoortje van de conciërge uit stormen met en stapel papier.

Enigszins uit het veld geslagen door de situatie heeft hij haar verteld dat ie vandaag deze afspraak heeft en tot zijn verbazing wist ze meteen waar hij het over had.

Ze vroeg hem: "Of hij dan nog even bij haar langs wilde komen."

Ze wilde een brief voor dokter de Winter maken.

Hij pakt de brief nu uit zijn tas en wurmt het papier uit de enveloppe.

Ze beschrijft erin wat hij zoal heeft meegemaakt de afgelopen tijd en meldt dat hij zou neigen naar een PDD-NOS stoornis.

Die term kan hij niet thuisbrengen en weet ook niet of zoiets heel erg is.

Misschien dat ie het straks aan die heel belangrijke professor kan vragen.

In afwachting bergt ie de brief weer netjes op.

Hans beredeneert dat iemand die niet weet waar ie aan lijdt, zich geen zorgen kan of hoeft te maken. Zeker niet als ie eigenlijk nergens klachten over heeft. In feite vindt hij de hele exercitie nog steeds een beetje flauwekul.

Maar hij is er nu eenmaal aan begonnen.

Tussen de stapels tijdschriften die er op het tafeltje verspreid liggen, treft hij er niet een aan dat hem interessant genoeg lijkt om er even in te bladeren.

Het zijn voornamelijk roddelbladen en een opvallend aantal dames tijdschriften.

Er ligt zelfs een halve jaargang van die ene waar Loes al jaren een abonnement op heeft en 't wekt de indruk dat de specialist zich waarschijnlijk voornamelijk op dames oriënteert. Dat vooruitzicht maakt hem enigszins nerveus.

Wat nou als de vraag niet door deze arts in behandeling genomen kan worden, bijvoorbeeld omdat ie daarvoor de ervaring met een patiënt, zoals een man, mist.

Voornamelijk op aandringen van Jolanda is ie hier.

Zij heeft hem er immers van overtuigd dat het beter voor hem zou zijn om eens overleg te plegen met: "Iemand met ervaring in zulke zaken."

Zelf vond hij de aanduiding erg vaag, maar hij wist niet of hij kan vragen om meer deskundigheid. Misschien is er inderdaad iemand die hem kan helpen om meer zelfvertrouwen te vinden.

Ze had hem trouwens verteld dat: "Hij zijn gedrag aan moet passen."

Eigenlijk ging ze zelfs zo ver dat ze dreigde hun verkering uit te maken of liever gezegd niet voort te willen zetten: "Als hij zo doorging."

Wat hij overigens in de afgelopen tijd die hun verkering nu duurt, allemaal fout heeft gedaan of waar een extra dosis zelfvertrouwen voor nodig is, kan ie zich niet helemaal voorstellen.

Ze hebben er een paar keer over zitten praten en het werd hem daarbij duidelijk dat haar bezwaren voornamelijk gingen om zijn gedrag in gezelschap.

Bijvoorbeeld zijn houding tegenover hun klasgenoten.

Vorige week donderdag, toen ze samen aan hun huiswerk zaten, was ze er over begonnen en na de koffie die avond kwam ze er nogmaals op terug.

Jolanda gaf hem een aantal voorbeelden van momenten die ze storend had gevonden gedurende dit schooljaar. Daar had ze eerst nog om kunnen lachen of ze vond het charmant, maar zijn gedrag - zoals ze noemde - maakte haar duidelijk dat hij irrationeel kan reageren op wat hem overkomt.

Bij ieder voorbeeld, bleek het onmogelijk dat hij zich alsnog kon verdedigen.

Ze legde er de nadruk op dat zij heel anders gereageerd zou hebben en toonde aan dat ook allerlei vrienden meestal vonden dat hij zich vreemd gedroeg.

Zijn rechtvaardiging dat het waarschijnlijk zijn aard was om zich op die manier te gedragen, vond ze niet sterk.

Praktisch gezien vond Jolanda het moeilijk om hem erbij te ondersteunen.

Zo noemde ze het expliciet. Ondersteunen!

Hans schrok ervan dat ze er een kwestie van maakte. In zijn ogen viel het allemaal nogal mee. Die opvatting had ze echter met argumenten weten te ontkrachten.

Al moest ie evengoed toegeven dat hij op school weleens had gemerkt dat: "Ze hem niet zo goed leken te begrijpen."

Zijn klasgenoten, maar ook de docenten gingen hem dan vervolgens uit de weg en dat had hij heus weleens opgemerkt.

Niet dat ze hem negeerden, maar zijn vragen werden soms niet eens beantwoord.

Of terwijl hij nog iets onder woorden probeerde te brengen, liep men al door.

Het was hem al opgevallen dat tijdens de nabespreking van een praktijkles, waarbij ze normaliter hun aantekeningen uitwisselden en op elkaar afstemden, er vrijwel niet naar hem werd geluisterd. Dat stoorde hem natuurlijk al een poosje, maar hij wist toen nog niet dat ook Jolanda zoiets opgemerkt had.

Ook buiten de lessen om dus en niet uitsluitend op school.

Ze merkte op dat ze er de laatste tijd zo nu en dan om moest huilen en hoewel deze teleurstelling natuurlijk het bewijs was van haar liefde, maakte het hem duidelijk dat ze het meende van die psych.

Geschrokken van haar woorden heeft hij haar beterschap beloofd.

Hij wilde Jolanda niet verliezen, voelde dat hij haar nodig had en vond het telkens prettig om bij haar in de buurt te zijn.

Diep in zijn hart hoopte hij daarna dat de arts hem zou bewijzen dat hij nog jong was en dat het allemaal wel goed zou komen.

Bij voorkeur vanzelf en zonder dat hij er moeite voor hoeft te doen.

Er is een jonge vrouw, eigenlijk meer een meisje want ze zal hooguit drie of vier jaar ouder zijn dan hij, de gang opgekomen. Ze roept zijn naam, die ze eerst van de map in haar arm leest en kijkt hem aan.

Het kan niet anders dan dat ze hem bedoelt. Hans is de enige die er zit en zo zal he-ten, toch wekt ze door haar manier van doen de schijn dat er zich nog meer mensen zouden mogen melden.

Mits ze Hans heten en zijn achternaam dragen.

Hij staat op en geeft haar een hand.

Het meisje stelt zich voor maar hij hoort niet goed wat ze zegt.

Dan ziet hij dat ze in een plastic houdertje op haar heup een kaartje heeft hangen.

Ze is coassistent staat erop en gaat hem voor, een kamertje binnen, daar wijst ze een van de twee stoelen aan die voor het bureau staan.

Zelf neemt ze erachter plaats en kijkt aandachtig naar iets op het beeldscherm.

Hans heeft geen jas aan en zou meteen kunnen gaan zitten.

Toch wacht ie beleefd erop tot zij plaats heeft genomen.

Dan legt hij zijn tas op de lege stoel naast zich en gaat zitten in de andere.

Intussen heeft het meisje wat gegevens op het toetsenbord ingetikt en kijkt hem aan langs de monitor. Onmiskenbaar probeert ze zelfverzekerd te lijken en daardoor een soort overwicht uit te stralen, maar Hans merkt dat ze ondanks haar inspanningen niet helemaal rustig op hem overkomt.

Hij vraagt zich af of ze dit werk al langer doet want weet dat alle artsen beginnen met co-schappen.

Misschien is dit nog maar pas haar eerste periode als zodanig.

Maar dan moet ze toch ingewerkt zijn in de procedures die op deze afdeling van het ziekenhuis gelden. Hij weet dat ze minimaal basis arts genoemd moet worden, maar neemt bij zichzelf geen ontzag of nederigheid ten opzichte van deze functie waar.

Hij leunt achterover om te laten merken dat hij er klaar voor is.

Ze leest iets op het scherm en stelt hem dan een vraag.

Het is blijkbaar de standaard controle van zijn gegevens en dat deze aan haar is overgelaten. Is hij Hans en heeft hij via de huisarts om een consult gevraagd?

Ze noemt het een consult, maar dat lijkt hem toch wat overdreven.

Hij draait zich een kwartslag naar zijn tas en haalt er de brief van mevrouw Weber, de maatschappelijk werkster uit.

Zou zij weten wat dat PDD dinges is?

Hij kijkt naar het rek met foldertjes op de muur naast haar, om te zien of de term daar ergens op beschreven staat. De meeste vakjes zijn leeg en de vouwblaadjes in de volle gaan uitsluitend over therapieën die blijkbaar in de aanbieding zijn.

Hans heeft van Jolanda de opdracht gekregen om aan zijn vreemde manier van doen te werken. Of daar een speciale therapie voor is of hoe die heet, kan ie aan de hand van die illustraties niet zomaar bepalen.

Hoelang het allemaal gaat duren voordat er zich een oplossing aandient, zal hij eveneens moeten overlaten aan de gang van zaken.

Die zal hem nu hier in het ziekenhuis, vast wel duidelijk worden gemaakt.

Hij rekent op een paar gesprekjes en hooguit een goede maand. Dan moet ie weten wat hem voortaan te doen staat in het leven.

Het meisje leest intussen de brief aandachtig.

Hij durft haar niet te storen met zijn vraag.

Het lijkt hem dat ze die dom zal vinden. Voor haar als medicus en op deze afdeling, zal de term gesneden koek zijn en misschien hanteert ze 'm wel dagelijks.

Als alles blijkt te kloppen en het meisje de noodzakelijke aanvullingen in de gegevens van de computer heeft aangebracht, staat ze op en loopt naar de deur achter die haar zit.

In de deuropening draait ze zich naar hem om: "Ik zal dokter de Winter op de hoogte stellen.

Dat duurt misschien even want ze heeft een andere patiënt.

Maar u kunt hier blijven wachten."

Zijn eerste reactie is "weer een vrouw."

Het maakt ook dat hij opeens begrijpt waarom al die bladen op dat tafeltje lagen.

Hij kijkt om zich heen en bedenkt dan dat de professor plotseling in een dokter veranderd is. Of zei ze doctor en sloeg dat op de titel die er met een promotie tot stand wordt gebracht?

Aan de muur hangt een plaat met erop de kwabben van hersenen getekend, er hang geen diploma met de doctor d'r naam erop waaraan hij dat af kan leiden.

Hij herkent op de poster een paar termen uit de boeken op school, maar ziet geen dingen die hem wijzer maken. De plaat is beduidend wetenschappelijker dan die bij hun in het biologielokaal.

Er staan hier rode slagaders en blauwe aders ingetekend.

Die weet hij nog wel te herkennen.

Er staan ook wat teksten in het Latijn opgetekend en die verwijzen kennelijk naar de functies die met de verschillende regio's van die hersenen verbonden zijn.

Zo te zien zijn ook die aan de zijkant beschreven in dezelfde taal.

Hans zit jammer genoeg niet op het gymnasium.

Zijn kennis hierover is daardoor hooguit rudimentair te noemen.

Er staat nergens PDD of iets in die geest, veel wijzer wordt ie er helaas dus niet van.

Net als hij op wil staan om de plaat wat nader te bestuderen komt de professor binnen. Het meisje volgt haar en neemt onder het handen schudden alvast plaats op de andere stoel achter het bureau.

De dokter is bijna twee meter lang en door haar reusachtige verschijning lijkt het meisje opeens nog nietiger dan ze eerst al leek. De vrouw neemt de stoel recht achter het beeldscherm en leest vluchtig wat er allemaal op vermeld staat.

Dan kijkt ze hem heel even aan.

Met het muisje opent ze blijkbaar een ander scherm en daar toetst ze waarschijnlijk een code in. Nogmaals neemt ze hem nauwkeurig op en zegt: "Ik zie hier dat u onze hulp zoekt bij het aangaan en onderhouden van relaties met uw omgeving."

Het klinkt als een mededeling en Hans neemt aan dat er niet van hem verwacht wordt dat hij erop reageert.

Hij kan zich echter in deze waarneming vinden en zwijgt.

"Ik wil graag wat vragen met u doornemen zodat wij hier, maar ook u als vraagsteller, weten waar we aan toe zijn.

In hoeverre we u hulp kunnen verlenen, moeten we namelijk samen vast stellen.

Ik kan u daarom nu nog geen uitsluitsel geven òf en in hoeverre er mogelijkheden tot het verkrijgen van zo'n antwoord, aanwezig zijn.

Misschien zullen we u moeten verwijzen naar een andere instelling.

Een die u dan beter kan helpen bij uw vraag."

Hans kijkt naar de specialiste en dan naar de coassistent.

Opeens zoekt ie naar zekerheid, hij wil weten waar ie aan toe is.

Die krijgt ie zo op het eerste gezicht niet van de dames.

Hoewel hij er de afgelopen dagen heeft nagedacht over wat hij de dokter zou vragen, heeft ie niet kunnen bepalen wat hij aan de orde mag of kan of zal stellen.

Er zijn het afgelopen weekend diverse scenario's aan zijn voorstellingsvermogen voorbij getrokken, daarom vindt ie de terughoudendheid van de arts vervelend.

Weliswaar had ie niet verwacht dat er gelijk een pasklare oplossing geboden zou worden, maar dit valt hem toch een beetje tegen.

Sinds dat hij de afspraak heeft gemaakt, is er overigens geen gelegenheid geweest om er met iemand, Jolanda of Loes over te preken.

Hij heeft zijn vriendin gezien, maar ze zijn er niet aan toegekomen om nader op dit bezoek aan de specialist in te gaan.

Het is hem te privé om er, in de aanwezigheid van klasgenoten, op terug te komen of uitsluitsel te geven op haar vragen.

Het bezoeken van een therapeut, hoe onschuldig in dit geval ook, blijft toch met een taboe omgeven. Die heeft hij ook bij zijn moeder niet ter sprake gebracht.

Hij kon en durfde het taboe niet doorbreken.

En voor zover hij het begreep had ook zijn vriendinnetje haar scrupules.

Plotseling vraagt hij zich af of ze hem de laatste paar dagen misschien geprobeerd heeft te ontlopen. Verwacht ze dat hij haar meer vertrouwen zal geven, haar op de hoogte houdt en wacht ze erop dat ie zijn vragen met haar deelt?

Daar is het nog niet van gekomen.

Terwijl hij zit na te denken valt het hem op dat de stilte in de behandelkamer erg lang begint te duren. Hij kijkt naar de arts en die blijkt op hem te letten vanachter haar beeldscherm.

Ze zit hem nauwkeurig op te nemen en wacht blijkbaar op het moment waarop hij het woord tot haar richt. Ze is in afwachting van een initiatief zijnerzijds.

Ook de coassistent zit achterover geleund naar hem te kijken, wacht eveneens.

Maar zij lijkt meer oppervlakkig en daardoor minder betrokken bij wat er gaande is.

"Heb je weleens drugs gebruikt?"

Blijkbaar duurt de stilte mevrouw de Winter ook te lang en wil ze Hans met deze vraag uit z'n tent lokken.

Ze spreekt het woord drug overigens duidelijk op z'n Engels uit, waardoor het zowel medicijnen als verdovende middelen kan betekenen.

Hij merkt dat ie de verdediging opzoekt, z'n verlegenheid voorkomt dat hij spontaan een antwoord geeft en zo het gesprek weer op gang brengt.

Ja, hij heeft een tas met medicijnen van Martin.

Maar die heeft ie niet gebruikt, alleen onder zijn hoede genomen.

Eerst had ie die in de klerenkast op zijn kamer verstopt en wilde er niet meer naar kijken. Het was immers een aanzienlijke hoeveelheid pillen en poeders die zijn vader op de slaapkamer weggeborgen bleek te hebben staan.

Daar heeft ie ooit een heleboel informatie bij opgezocht en de bijsluiters bewaard.

Intussen heeft ie alles in een grote plastic tas bij elkaar gedaan en zorgvuldig opgeborgen. Ook de doosjes die al aangebroken waren en allerlei potjes of flesjes heeft ie erbij gedaan. Uit respect heeft ie er nog geen verdere aandacht aan besteed.

De medicijnen, drugs zoals zij het dus noemt, heeft ie alleen maar uit belangstelling naar zijn vader z'n kwaal bewaard. Niet om ze te gebruiken.

Ze staan nu veilig onderin zijn klerenkast op z'n kamer.

"Ik heb weleens gezien dat een paar klasgenoten een joint rookten en kreeg die vervolgens ook aangeboden.

Dat is me niet zo goed bevallen en daarom ben ik er zelf nooit mee doorgegaan.

Als zij weer een stickie gingen klaarmaken dan zocht ik meestal wat anders op.

Ik keek dan bijvoorbeeld in de koelkast of er iets te drinken was.

Cola of een biertje en soms was er een fles wijn te vinden.

Maar soms was er ook iets sterkers zoals jenever, cognac of whisky."

"Waarom beviel het je niet?"

De dokter springt als een bok op de haverkist.

Hans vermoedt dat ze deze opmerkingen vaker krijgt en zich erin getraind heeft om de juiste toedracht te achterhalen.

De meeste van die klasgenoten zeggen immers ook altijd dat het ze niks deed.

Of dat het ze niet zo was bevallen.

Hij zit ze nogal onwetend na te praten, want na die ene keer dat stickie is hij er nooit meer bij geweest als ze ermee bezig waren of konden zijn.

Sowieso wordt ie bijna nooit ergens bij uitgenodigd natuurlijk en eigenlijk zit hij een beetje te jokken.

Dat hij al of niet stoned is geworden van die paar trekjes, staat hem niet bij.

Hij hoefde in ieder geval niet vreselijk te giechelen.

En dat van die sterke drank is eveneens overdreven

Daarvan heeft ie maar een keer wat geproefd en hij zou niet eens weten wat dat toen precies was. Het was doorzichtig en kwam uit een groene fles, meer weet ie er buiten een enorme koppijn de volgende morgen niet meer van.

"Tja, ik rook niet en heb ook nooit gerookt.

Daarom kreeg ik het vooral heel erg benauwd.

Mijn klasgenoten begonnen meteen te zeuren dat ik die peuk niet nat mocht maken.

En dat ik 'm snel moest doorgeven

Ik kreeg de indruk dat ze iets tekort zouden komen als ik dat niet deed."

De dokter kijkt opzij naar de coassistent.

Hans meent een glimlach over haar gezicht te zien schuiven, maar ze herpakt zich.

Het meisje reageert niet meteen, ze buigt zich over haar schriftje en maakt wat noties terwijl Hans verder gaat.

Hun gedrag maakt hem achterdochtig, willen ze wat van hem horen en wat dan?

"Het spul deed me eigenlijk niets.

Waarschijnlijk zat er veel te weinig in.

In ieder geval niet voor ons allemaal denk ik.

We waren met een man of zes bij elkaar en zoals ik al zei moest die joint snel doorgegeven worden.

Dat blokje dat ze erdoor versnipperd hadden vond ik overigens nogal klein voor zoveel deelnemers.

En de anderen wilden er natuurlijk ook plezier van hebben."

Zelf vindt ie dat het verhaal mooi klinkt.

Tevreden wacht hij af wat de dokter erop zal zeggen.

Dat hij van de voorraad pillen ook het een en ander zou kunnen proberen komt nu pas bij hem op.

Natuurlijk zijn dat drugs in de strikte zin van het woord, maar hij kan de namen of merken niet voor de dames oplepelen.

Hij wil het erop aan laten komen of ze er misschien om gaat vragen en kan niet beslissen of hij het zelf ter sprake moet brengen.

Opeens weet ie niet meer of hij er ooit met iemand over heeft gesproken.

"Kun je me iets vertellen over je ouders?

En over je achtergrond, zoals waar je woont of gewoond hebt?

Ik wil graag weten of je broers en zussen hebt.

En of je daarmee omgaat en hoe het zit met vrienden en misschien verkering."

Ze buigt zich iets voorover, alsof het meisje haar volgende vraag niet mag horen.

"Heb je een vriendin of misschien een vriend?

Ik begrijp uit de brief van je school dat je daar binnenkort eindexamen hebt.

Weet je al wat je daarna wil gaan doen?

Wil je bijvoorbeeld gaan studeren?"

Ze laat een stilte vallen en leunt weer achterover.

De laatste vragen heeft ze net zo samenzweerderig aan hem gesteld als die over Jolanda en die vrienden.

Hans weet niet op welke hij als eerste moet antwoorden.

De professor gaat rechtop zitten: "Ik stel voor dat we een aantal sessies met elkaar houden en dat we daar meer duidelijkheid mee kunnen bereiken.

Ik weet niet hoe je vandaag met je school zit, maar wat mij betreft kun je vanmiddag al beginnen. Ik heb namelijk een patiënt die heeft haar afspraak afgezegd en ga ervan uit dat we de gesprekken niet langer mogen uitstellen.

Je kunt met Elsbeth hier de afspraak maken. Zij kan goed met mijn agenda overweg en als je het trouwens vervelend vindt dat ze erbij is, dan kun je dat ook aan haar aangeven."

De dokter staat op en reikt hem haar hand.

Dan draait ze zich om, geeft wat aanwijzingen aan het meisje en verlaat plompverloren de kamer.

De coassistent staat op en wisselt van stoel.

Ze neemt achter de computer plaats en sluit kennelijk het scherm dat de dokter zojuist voor zich had. Dan leest ze een tijd voor die afspraak op.

Het is net geen kwartier na zijn laatste les vandaag.

"Ja dan kan ik wel weer hier zijn.

Het is een paar minuten na mijn laatste les vandaag, ik weet dus niet of ik het precies ga halen.

Is dat een bezwaar?

Als ik een paar tellen later kom bedoel ik?"

Ze antwoordt niet maar pakt een kaartje uit een bakje voor haar en schrijft de tijd die ze zojuist noemde in het bovenste vakje.

Hij pakt het van haar aan, erboven staat: "Sessie".

Ze heeft de kaart zwijgend over de tafel naar hem toegeschoven en staat op.

Als Hans op de gang staat dringt het plotseling tot hem door dat ie vergeten is te vragen naar die afkorting waarvan hij de betekenis niet kent.

Overigens is hij ook vergeten doe die exact luidde.

Iets als PD en dan nog wat, maar wat erna komt of hoe het exact heette, is ie kwijt.

Hij kijkt op zijn horloge en schrikt, want zal zich moeten haasten om op tijd voor de volgende les terug te zijn op school.

Die les mag ie niet missen want die begint met een kleine repetitie.

Weliswaar staat ie voldoende voor het vak, maar op een toets missen staat natuurlijk een onvoldoende als sanctie en dat zal het gemiddelde flink omlaag brengen.

Pas na de paasvakantie is er de mogelijkheid voor een herkansing en deze leraar maakt die altijd een stuk moeilijker dan een eerste kans.

Dat staat vast, dus hij zet het op een lopen.

Zijn scepsis om in therapie te gaan heeft de dokter trouwens mooi ondervangen door hem voor het blok te zetten met meteen die afspraak voor vanmiddag.

Ze biedt hem zo geen kans er nog eens over na te denken.

Of met bijvoorbeeld met zijn moeder te overleggen.

Loes weet er nu helemaal niets van en als hij vanavond thuiskomt, dan is het al goed en wel begonnen. Dan kan ie dat overleg dus net zo goed vergeten.

Zoeven in de wachtkamer was hij nog trots op zichzelf en had zich voorgenomen om Jolanda triomfantelijk te gaan vertellen wat de dokter en hij zouden gaan bespreken.

Ook dat ideetje kan nu niet doorgaan, straks na dit blok is zij al klaar voor vandaag en zal meteen naar huis gaan. Dat is haar gewoonte op maandag immers.

Met haar zal ie dus ook geen ruggespraak kunnen houden, al weet ie natuurlijk al dat ze hem er niet van zal weerhouden om die dokter te bezoeken.

Het was toch grotendeels haar voorspraak die het dit zetje in de rug heeft gegeven om door te zetten.

De repetitie bleek gelukkig een eitje. Op beide vragen wist hij het antwoord en bij het later narekenen was hij een van de weinigen uit de klas die de opgave op de juiste manier opgelost en uitgerekend had.

Hij kreeg er een 9,2 voor en dat bracht zijn gemiddelde op 7,8.

De beste van de klas!

Medicatie

Aan zijn bureautje heeft hij de brief aan zijn tante eerst nog eens doorgelezen om te controleren of er fouten in zitten. Vervolgens heeft hij tijdens het in het net schrijven toch een paar kleine wijzigingen aangebracht. Toen moest ie het dus nog een keer helemaal overdoen. En ook de interpunctie nog nakijken.

De telefoon gaat.

Hans schrikt ervan op uit zijn werk, alleen Jolanda en zijn moeder gebruiken deze lijn, hij staat op om te kijken wie hem belt. Het kan ook een kennis van zijn tante zijn natuurlijk, maar zijn ex-vriendin zal het niet zijn en Loes staat te koken.

Volgen het display is het een 06 nummer.

Als hij opgenomen heeft begint iemand in het Engels tegen hem te praten.

Hij probeert ertussen te komen, maar dat duurt even totdat het beleefdheidshalve mogelijk is. Dan kan hij nogmaals zijn naam zeggen en vragen wat de bedoeling is.

De opbeller begint weer te ratelen, want heeft kennelijk niet begrepen dat ie niet degene aan de lijn heeft die hij wilde spreken.

Na nog even geluisterd te hebben - en hij kan er eigenlijk geen touw aan vastknopen waar zijn gesprekspartner het over heeft - durft hij de spraakwaterval te onderbreken: "Sorry, but I don't know what you're talking about."

Er valt een stilte en dan verbreekt de man plotseling de verbinding.

Onbeleefd!

Verbaasd blijft Hans een paar tellen met het toestel in zijn hand staan. Dan zet ie 'm terug op de houder. Nog terwijl hij naar zijn werkzaamheden aan het tafeltje terug loopt, begint het rinkelen weer.

Het is nogmaals een 06 nummer, maar hij weet niet of het dezelfde is.

Hij antwoordt beleefd en iemand vraagt hem op een vriendelijke toon of hij Engels spreekt. Het klinkt heel onpersoonlijk en daarom is het niet meteen duidelijk of het een mannen- of vrouwenstem is.

Zo beleefd mogelijk bevestigd ie dat hij daartoe in staat is.

De lijn klikt en dan brandt dezelfde stem van zojuist weer los.

Wederom begrijpt Hans geen woord van het onsamenhangende verhaal.

Het lijkt erop dat de man met een Indiaas accent spreekt, vreemde klanken doorspekken namelijk zijn relaas.

Hans wil beleefd blijven en vertelt net zoals hiervoor dat hij niet begrijpt waar de persoon aan de lijn het over heeft. Dan verbreekt hij de verbinding, als die man eerder zo onbeleefd deed, is er geen reden om hem nu anders te behandelen.

Weer blijft hij met het toestel in zijn hand staan.

Minder verbaasd dan zojuist, maar nog wel confuus van wat ie met het voorval aan moet. Dan gaat het toestel weer.

Hans ziet dat het hetzelfde 06 nummer is als eerder.

Hij heeft het zo'n beetje kunnen onthouden en als die eerste vier à vijf cijfers overeenkomen, moet het wel dezelfde lastpost zijn. "Fuck off."

Hij schreeuwt het bijna in het toestel, drukt dan het gesprek weg en met een boze, geagiteerde beweging zet hij het apparaat terug in de houder.

Dan trekt hij het kabeltje er aan de achterkant uit.

De actie brengt hem tot rust en hij kan weer gaan zitten.

Hij is tevreden met zichzelf, want heeft volgens hem precies gedaan wat dokter de Winter bedoeld heeft met assertiviteit.

Zelf zou hij het eerder agressief genoemd hebben, want hij was wel degelijk een beetje boos. Maar zijn actie voldeed wel aan de beschrijving die de dokter hem een poosje geleden heeft gegeven.

Hij kijkt of de zinsbouw en interpunctie klopt, leest een paar keer door wat er staat om te beoordelen of er staat wat ie wilde voorstellen en zeggen.

De brief is even later klaar en hij vouwt 'm netjes op.

De enveloppe had hij eerder deze week al beschreven, daarom schuift ie de papieren erin. De postzegel zit er ook al op, dus hij trekt zijn jas aan.

Op z'n horloge heeft ie gezien dat het tien voor zes is, de brievenbus zal zo gelicht gaan worden.

Als hij naar de oranje bak op de hoek van de kade loopt, wordt hij ingehaald door een wit autootje. Hard loopt hij er achteraan.

Bij de bus wil hij de brief bij de chauffeur in de tas gooien.

Die vangt 'm op omdat ie weg dreigt te waaien en de man leest het adres.

"Die heeft ze maandag wel hoor."

Het lijkt hem sterk want in het Verenigd Koninkrijk zijn ze nog ambtelijker dan hier.

En hier de post loopt en bezorgt niet op maandag, dus daar waarschijnlijk ook niet.

De man zal zich dus misschien vergissen.

Hans gaat terug naar zijn voordeur, binnen doet hij zijn jas weer uit en hangt die aan de kapstok. Hij bergt de papieren op van zijn bureau, blijft dan middenin de kamer staan en kijkt om zich heen.

Net zoals de eerste keer na de verhuizing van tante Marieke, nu iets meer dan twee en een halve maand geleden, neemt ie de ruimte aandachtig in zich op.

Hij ziet de witte muur die toen zwart was, de boekenplankjes met zijn boeken er netjes gesorteerd op alfabet naast elkaar.

De tafel en de bank die hij met Jolanda bij de kringloop heeft gehaald.

Hij kijkt naar het lampje boven de tv, schakelt deze in en doet dan de gordijnen dicht. Intussen schemert het buiten.

Door de keuken, waar hij het lichtje van de wasemkap boven het gastoestel inschakelt, gaat hij eindelijk zijn slaapkamer in.

Het valt 'm op dat het een enorme rotzooi is op zijn bed.

De lakens liggen losgewoeld, zijn deken ligt als een prop over het hoofdeind gesmeten en het kussen staat nog half rechtop tegen de wand.

Hij ziet voor zich hoe de meisjes er vanmiddag hun spel speelden.

Het windt hem onmiskenbaar op.

Hij knoopt zijn broek los, pakt z'n zakdoek, neemt de erectie in zijn hand en masturbeert. Hij hoort hoe ie op het moment suprême eenzelfde gromgeluidje maakt als Jolanda telkens deed. Dan laat hij zijn broek helemaal zakken en kleedt zich uit.

Hij wil een douche nemen.

De vuile was doet hij in de tas met wasgoed naast zijn kast. Daarin heeft hij nog een schone handdoek liggen en twee schone onderbroeken. Hij pakt er een en neemt zich voor dat hij morgen of overmorgen naar zijn moeder zal gaan.

Dan kan ze de was voor hem doen.

Onder de douche, hij heeft net zijn haar met shampoo ingesmeerd, wordt het water opeens koud. Het dringt meteen tot hem door dat tante Marieke kennelijk heeft overdreven. Hij woont hier nog maar net en nu is blijkbaar het gas alweer op.

Hij spoelt zich onder koude waterstraal af en pakt zijn handdoek.

Ondanks dat ie zich er heel stevig mee wrijft moet hij bibberen.

Er branden twee kachels, die ene in de slaapkamer en de andere in de huiskamer.

Verder heeft ie dat gastoestel met 3 pitten, de geiser in de keuken en de boiler hier in de badkamer. Die is nu blijkbaar leeg, maar als die apparaten met elkaar zo veel verbruiken is dat een tamelijk dure zaak.

Dan realiseert ie zich dat het vanmiddag loei warm was op de boot en dat het zojuist op de slaapkamer ook niet ze koel was als normaal.

Hij is klaar met zich afdrogen, gaat met de handdoek om zijn schouders naar de slaapkamer en daar ziet ie dat de kachel er op 7½ staat.

Het is de maximale stand met de knop helemaal rechtsom gedraaid, dat verklaart natuurlijk een hoop.

Helemaal afgedroogd en met zijn pyjama aan gaat hij naar de keuken.

Daar neemt hij een boterham en smeert er pindakaas op.

De pot is vrijwel vol want ze hebben 'm anderhalve week geleden pas gehaald.

Eigenlijk hadden ze ook wat sambal moeten halen, of honing want ook dat vindt hij thuis altijd lekker om er extra overheen te doen.

Hij neemt nog een boterham met pindakaas, dan vindt ie dat hij er genoeg aan heeft gehad en gaat de slaapkamer weer in om er op te ruimen.

Allereerst maakt hij het bed netjes.

Hij trekt de lakens strak om het matras en schuift de bovenste er vast bij het voeteneind. De deken vouwt hij dubbel en legt deze er op de linkerhelft van het bed overheen. Ook die moet nog vast en dan klopt ie zijn kussens op.

Uit de kast pakt hij de tas met medicijnen van zijn vader.

Hij schudt de inhoud uit op zijn bed en sorteert deze op naam.

Hij blijkt van die ene niet alleen 20 en 30 mg exemplaren te hebben.

Er komen ook een aantal strips tevoorschijn met 10 mg er in. De andere pillen legt hij voorlopig opzij.

Door de strips heen ziet hij dat die van 10 mg even groot zijn als de 20 en 30 exemplaren. Hij drukt er een uit en ziet dat er een 1 in gedrukt zit.

Zoiets was hem bij die andere niet opgevallen.

Ook van de 20 drukt hij er eentje uit en dan ziet ie dat daar inderdaad een 2 op prijkt. Ter controle en uit nieuwsgierigheid pakt hij er ook een van die 30 pillen bij. Een 3!

Het is duidelijk dat de fabrikant gezorgd heeft dat men onderscheid kan maken.

Hij loopt naar de huiskamer en haalt er zo'n wijnglas.

Het is eenzelfde als waar Jolanda en hij een paar weken geleden die port uit hebben zitten drinken. Hij heeft geen andere.

Hij drukt de strips leeg en doet alle pillen bij elkaar in het glas. Alle drie de soorten mogen nu natuurlijk gewoon bij elkaar en de bezigheid amuseert hem, door het klikkende geluid dat de folie telkens maakt.

Als hij alle strips heeft leeggemaakt is het glas voor meer dan de helft gevuld.

Hij moet erom glimlachen want het doet hem denken aan een van de sessies bij professor de Winter.

Die vroeg hem ooit of hij vond dat het glas halfvol of halfleeg was.

Hans was toen ook in de lach geschoten. Op de tv zeggen mensen in een zogenaamde talkshow ook van zulke dingen.

Ze zijn dan diepzinnig of filosofisch, maar daar gaat het in zo'n uitzending natuurlijk niet om. Ze doen alleen maar of ze interessant zijn.

Hans vindt dat je, als je een glas inschenkt op een bepaald punt kunt zeggen: "Nu is-sie half vol."

En als je een glas leeggiet of -drinkt dan is ie op datzelfde punt half leeg.

Hij heeft tegen de dokter gezegd dat: "De juiste omschrijving 'half gevuld' moet zijn."

En: "Al het gezwets er omheen is flauwekul en slaat nergens op."

Hij pakt het stripje met papa z'n rust brengers.

Zo noemde hij ze omdat ie er goed op kon slapen, want ze verlichtten de pijn en waren blijkbaar erg duur.

Telkens kreeg ie een stripje met vijf capsules en moest Loes telkens voor nieuwe naar de apotheek.

Dan klaagde ze erover dat ze 'zo veel' bij had moeten betalen.

Nu zijn er nog vier en omdat de strip waar ze in zitten in de lengte doormidden is geknipt kan hij niet lezen wat de naam van het product is.

Dan kan hij vanzelfsprekend ook niet opzoeken wat erover op te merken is.

Met alleen de dosis van 50 mg komt ie niet verder.

Hij treft er trouwens geen bijsluiter van aan tussen de papieren.

Van de andere pillen weet ie dat er maagbeschermers bij zitten en welke dat zijn moet ie nog uitzoeken. Maar daar heeft ie nu geen zin in.

Verder zijn er twee soorten waarvan er meer stripjes uit de tas gekomen zijn.

Van de rest zijn alleen een aantal half gevulde en een of twee volle strips over, die hebben allemaal een andere naam en die heeft zijn vader blijkbaar maar heel kort, of bijna niet gebruikt.

Hij doet de boel weer terug in de tas, maar houdt die ene strip met dure pillen apart.

Hij zet alles weer in de kast.

Ook het glas zet hij erbij en erbovenop mag de strip met die rust brengers, dat is tegen het stof want het was misschien toch verstandiger geweest om de pillen gewoon in hun verpakking te laten.

Het is koud aan het worden in de kamer en daarom kijkt hij met zijn jas over zijn pyjama heen een uurtje naar een tv programma.

Dan verveelt het hem en besluit ie om in bed een boek te gaan lezen.

Op de slaapkamer zal het net zo koud zijn, maar daar kan hij de deken over zich heen leggen. Als hij zijn tanden heeft gepoetst ziet hij dat het kwart voor tien is.

Niet echt een tijd om al naar bed te gaan.

Klasgenoten hebben hem de laatste tijd regelmatig verteld hoe ze hun avonden tot diep in de nacht doorwaakt door zouden willen brengen, als ze net zoals hij op zichzelf konden wonen.

Ze overdreven er vanzelfsprekend bij, maar voor Hans werd het toch meestal snel duidelijk dat ze afgunstig waren.

Soms leken ze in hun opmerkingen ronduit jaloers!

Hij kruipt tussen de lakens, pakt het boek en bedenkt dat hij nog wel een glaasje van die port zou lusten.

Vorige keer hadden Jolanda en hij het daar lekker warm van gekregen.

Die fles had hij na de kerst van Loes mee mogen nemen, want voor het hoofdgerecht van dat diner had ze er maar een scheutje van nodig gehad.

Hans had vervolgens na het eten een glaasje gedronken.

Er waren diverse soorten kaas in huis en een bakje noten, dat maakte het volgens de blaadjes een juiste combinatie met de drank.

En hij vond het lekker.

Zelf lustte zijn moeder het niet en het zou bederven als ze het te lang liet staan.

"Ik vertrouw erop dat je het niet allemaal in een keer op zult slurpen."

Het ging om iets meer dan een halve fles, zeg 40 à 45 cl. en die ene avond bleken het 3 glazen. Uiteindelijk dus niet eens een halve liter.

Hans schrikt wakker van geschreeuw voor zijn deur, richt zich op en gaat zitten.

De deken is onder het slapen van hem afgegleden en zijn rug is hierdoor vreselijk koud geworden. Hij rilt en draait zijn benen tot naast zijn bed.

Op de wekker ziet ie dat het kwart over elf is.

Uit het lawaai maakt ie op dat z'n overburen blijkbaar klaar zijn met indrinken.

Ze zullen onderweg zijn naar de sociëteit.

Hij hoort hoe er ballen worden overgegooid en ze een wedstrijdje houden.

Dat gedrag vindt ie vreemd.

Tijdens de kennismaking periode begin dit schooljaar zijn ze met de klas een keer bij verschillende studenten verenigingen uitgenodigd.

Ondanks dat ze er niet voor in aanmerking kwamen, zagen maar weinig van zijn klasgenoten ernaar uit om ergens lid van te worden.

Ze vonden iedere keer de sfeer namelijk 'vlak'.

Jolanda noemde het ledigheid en vond het vervolgens een raadsel dat er desondanks toch redelijk intelligente mensen moesten rondhangen. De meesten studeerden immers aan de Universiteit of Hogeschool, dat zou wat moeten zeggen.

Ze heeft hem later verteld dat haar vader in zijn studententijd ergens lid van was geweest, maar wist niet van welke welke club of groep.

Het studentikoze lawaai sterft weg in de richting van de stad.

Hans merkt dat ie over zijn hele lichaam bibbert en weet meteen dat ie geen verwarming aan kan doen.

Hij besluit dat ie een van die pillen waar hij zich de vorige keer zo behaaglijk bij voelde, in moet nemen en richt zich een beetje op.

Hij pakt het wijnglas waar ie ze in heeft gedaan.

Hij neemt er een en pakt dan nog een tweede. De laatste strips die hij heeft doorgedrukt waren die van 10 mg. en de vorige keer werkte die van 20 redelijk goed.

Dus vandaar die tweede, want bovenop lagen natuurlijk alleen die dingetjes in de laagste dosering. Hij heeft 't heel erg koud!

Eerder vanavond heeft ie liggen lezen, maar toen kon hij opeens z'n ogen bijna niet meer open houden. Hij heeft toen gezocht naar iets te drinken, maar er was alleen die fles limonade die Jolanda en hij vorige week gekocht hadden.

Een glaasje leek hem vervolgens wel kunnen en hoewel hij eigenlijk z'n tanden al had gepoetst, durfde hij het aan met een klein scheutje en veel water.

Toen hij weer terug in zijn bed klauterde, moest het boek er nog ergens liggen maar hij wilde er niet meer in verder gaan.

Hij heeft zich daarom vervolgens weer achterover op zijn kussen laten vallen en het licht uitgedaan.

Die pilletjes spoelt hij weg met het laatste slokje uit het glas dat er nog staat.

Omdat zijn maag knort wordt ie wakker. Hij voelt zich trouwens weer vreselijk on- rustig. Eigenlijk moet hij ook heel nodig plassen, maar wil zijn bed niet uit.

Het is koud, donker en doodstil op de kamer.

Dan wordt de aandrang te groot en knipt hij het lichtje aan.

Meteen gaat ie rechtop zitten, anders schijnt het lampje in zijn ogen.

Op zijn wekkertje is het zowat tien uur, het tijdstip verbaast hem, door de gordijnen heen kan ie namelijk zie dat het buiten aardedonker is.

Als hij iets opzij leunt zou hij eenvoudig kunnen waarnemen of de straatverlichting op de kade nog brandt.

Voor zijn gevoel kan het op zijn wekkertje nooit de juiste tijd zijn.

Gehaast luistert hij eraan of die tikt, schudt ermee voor de zekerheid.

Dan staat ie toch maar op, loopt naar het toilet en als hij er klaar is gaat ie gelijk ver- der naar de keuken. Hij haalt een boterham uit de trommel en besmeert 'm net als hiervoor met pindakaas, er is niks anders in huis.

Aan het aanrecht eet ie het brood op.

Dan besluit hij dat een tweede om deze tijd ook heel verantwoord is en hij heeft trouwens trek. Met de boterham in zijn hand loopt hij de huiskamer in.

Daar is het ook ook nog steeds zo koud!

Omdat er rond deze tijd van de morgen nog niks op de tv zal zijn dat hem interes- seert, laat ie die uit en gaat op de bank zitten.

Door een kier in de gordijnen ziet hij dat op straat de verlichting nog aan is.

Hij schakelt toch de tv in.

Eerder deze week heeft hij uit de supermarkt een krantje meegenomen.

Daarin zoekt ie, tijdens het opwarmen van het apparaat op wat er te zien zal zijn.

Het blijkt een documentaire over koken, maar als het beeld even later verschijnt is er een actualiteiten programma te zien.

Er zijn een paar pratende hoofden die met elkaar van mening verschillen.

Het ziet er heel professioneel uit en het kan eigenlijk heel goed slaan op een ramp die zich de afgelopen nacht heeft voltrokken.

In elk geval moet het iets zijn waar ze nu in een extra uitzending verslag van moeten doen. Ongeïnteresseerd schakelt ie over naar een ander net.

Daar vindt een entertainment show plaats.

Hans kijkt wat er verder die dag uitgezonden zal worden en ziet tot zijn schrik dat de programma's die hij bekijkt voor de zaterdagavond aangekondigd staan.

Hij staat op en met een ruk trekt hij zijn gordijn opzij.

Op zich lijkt wat ie ziet te kloppen, maar dan betekent het evengoed dat hij zich zo'n twaalf uur vergist moet hebben!

Het komt erop neer dat al die uren aan hem voorbij zijn gegaan!

In plaats van uitgeslapen te hebben tot ver in de ochtend is hij wellicht een half etmaal verder en de winkels zullen daarom alweer dicht zijn.

Hij kan daarom ook geen boodschappen doen voor het avondeten!

Al is het daar intussen ook al tamelijk laat voor geworden natuurlijk.

Dan realiseert ie zich dat hier in de stad de supermarkten elke avond tot acht uur open zijn. Hij loopt terug naar de slaapkamer en pakt er zijn horloge.

Daarop staat dat het vier minuten over tien is.

Rechts op het display staat PM, dat geeft hem zekerheid.

Maar dat ie door dat gas toch al niet kan koken, dringt ook tot hem door.

In de keuken maakt hij nog twee boterhammen met pindakaas klaar en eet ze op voor de televisie.

Niet dat het programma interessant is, maar nu vult ie zowel de tijd als zijn maag.

Er is straks nog een late film, maar daar heeft ie geen zin in.

Dat Deense of Zweedse gedoe laat hem koud, dus hij gaat weer naar bed.

Vanwege de kou neemt hij nog zo'n tabletje, nu let hij op dat het er eentje van maar 20 mg is. Zojuist is het namelijk tot hem doorgedrongen dat ie eerder vandaag net zo goed twee van die 30 mg. pillen ingenomen kan hebben.

De kansberekening is een op drie.

In zijn geval maakt dat zowel 20, 30, 40, 50 of 60 milligram als totale dosis mogelijk omdat ie er willekeurig twee heeft ingenomen.

Dat hij zo lang heeft geslapen en het niet koud meer heeft gehad, maakt een hogere dosis aannemelijk en de pillen natellen zal geen duidelijkheid brengen.

Hij laat het erbij en bedenkt dat ie voortaan beter op zal moeten letten.

Zijn ervaringen met de hoeveelheid werkzame stof kan hij vanzelfsprekend in zijn aantekeningen verwerken. Later.

Het stelt hem gerust dat de hoogte van die dosis dus kennelijk ongevaarlijk is.

Blijkbaar gaat hij er voornamelijk erg lang van slapen en het verklaart nogmaals waarom ze Netty die ene middag niet wakker konden krijgen.

Ook dat zal hij binnenkort eens uit moeten zoeken in zijn papieren.

Op de boot heeft ie nog geen Internet.

De volgende ochtend wordt hij rond een uur of elf wakker.

Hij heeft fantastisch geslapen en het zeker niet koud gehad, al is intussen de temperatuur in zowel de slaap- als de huiskamer gevoelsmatig nog verder gedaald.

Maar daar heeft ie onder de dekens gelukkig nog maar weinig last van.

In de keuken maakt hij de laatste twee boterhammen klaar door er pindakaas op te smeren.

Het verbaast hem hoe de pot voor het slapengaan nog halfvol was en hij nu al de bodem in zicht heeft.

Als de boterhammen op zijn, kleedt ie zich aan.

Tegen de kou doet hij ook zijn jas aan, maar deze dichtknopen plus een ijsmuts en handschoenen aan doen is overdreven. Hij schat dat het hier zo langzamerhand net zo koud zal zijn als buiten op straat.

Hij kijkt in zijn portemonnee en ziet er nog drie tientjes en wat kleingeld in zitten.

Dat potje sambal kan er straks wel vanaf.

Tegelijkertijd neemt ie zich voor een biefstuk te halen.

Door gisteren zowat de hele dag te slapen heeft ie zich uiteindelijk een heleboel bespaard en dan mag ie zich wel verwennen met een goede maaltijd.

Jolanda en hij zouden vanavond uit eten gaan, iets eenvoudigs zoals een pizza en daarna naar de bioscoop.

Daar had ie alvast dat geld voor in zijn portemonnee gestoken.

In het filmhuis draait namelijk een film die zij graag wilde bekijken.

Ook wat dat zou gaan kosten kan ie optellen bij de besparingen.

Het dringt tot hem door dat het de eerste keer is dat hij zich realiseert haar weggestuurd te hebben en onderkent in dat ze waarschijnlijk helemaal niet weet waarom of wat er de aanleiding toe vormde.

Nu pas ziet ie in dat ze nooit geweten kan hebben dat hij thuis is gekomen en haar bij dat gedoe met Netty waargenomen heeft.

Hij is immers stiekem weg geslopen.

Opeens weet ie niet meer hoe hij met zijn besluit om moet gaan.

Natuurlijk was het de afgelopen tijd leuk om vrienden te zijn, maar als zij liever met een meisje ligt te vrijen, wat moet hij daar dan mee aan.

Hijzelf vindt Netty niet aantrekkelijk en kan zich daarom niet voorstellen hoe Jolanda voor haar gevallen kan zijn.

Ze ziet er wel leuk uit in haar schattige kleertjes en bergen make-up, maar haar houding, 'atttitude' noemt dokter de Winter het, spreekt hem niet aan.

Voor zover hij haar heeft leren kennen, vindt ie dat ze voornamelijk een pose inneemt en dat is ook alweer een term die de psych heel vaak gebruikte als ze het over zijn leeftijdgenoten had.

Hans bedenkt dat die rare fiets misschien ook wel van haar geweest zal zijn.

Hij weet nu opeens niet of hij Jolanda moet missen, haar iets kwalijk kan nemen, of dat hij haar meer ruimte had moeten geven.

Volgens de dokter zou zoiets namelijk heel belangrijk voor iemand z'n relatie zijn.

Hij moest: "Iemand, met name mensen in zijn omgeving, ruimte verschaffen.

Volgen haar legde hij teveel beslag op zijn omgeving.

Stelde hij veel te hoge eisen en gaf de mensen die om hem gaven niet de ruimte."

Overigens wist ie niet wat ze er precies mee bedoelde en nu hij het kennelijk aan de hand heeft, kan hij er zich evenmin iets bij voorstellen.

Hij probeert zich een aantal scenario's voor de geest te halen, maar hoe ie de nieuwe omstandigheden mogelijkerwijze aan kan pakken wordt hem niet duidelijk.

Hij hoort hoe iemand over de loopplank komt, de voordeur openmaakt en tegelijk op de bel drukt, maar blijft op de bank zitten.

Hij wacht af wat er gebeurt en hoort zijn zusje tegen iemand praten.

Zijn moeder komt met haar de hal binnen.

"Jeetje Hans wat is het hier koud!

Het lijkt hier zelfs frisser dan buiten. Hoe komt dat?
Ben je weg geweest en waarom heb je de kachel niet aan gelaten?"
Marjolein roept heel hard: "Brrrrr."
Ze overdrijft, maar dat hoort bij haar leeftijd, Hans is het gewend.
Samen komen ze de kamer binnen.
Loes ziet hoe hij zijn jas aan heeft.
"Het gas is op en ik heb nog geen nieuwe fles gekocht. Vergeten."
Marjolein komt naar hem toe en bekijkt zijn voorhoofd.
"Mama wat heeft Hans op zijn gezicht?"
Ze draait zich een beetje om, maar blijft toch vlak bij hem staan.
Ook zijn moeder komt dichterbij en neemt zijn gezicht op.
Ze wrijft hem dan over zijn wang.
"Wat is er met je gebeurd?"
Het lijkt of ze allebei bezorgd naar hem kijken.
Hans staat op en loopt naar de badkamer.
In de spiegel daar kan ie zijn gezicht bekijken en misschien zien wat ze bedoelen.
Met zijn hand nat gemaakt, wrijft hij over de vlekken op zijn voorhoofd.
Het voelt alsof zijn huid er enigszins verhard is en 't schuurt als hij erover wrijft.
Met de nattigheid verdwijnt het gevoel meteen, dan realiseert ie zich dat hij zich gisteren heel vlug van onder de douche heeft bevrijd en dat de vlekken van resten zeep of shampoo moeten zijn.
Hij wast zich een keer extra en droogt zich dan zorgvuldig af.
De roodheid van de plekken is meteen al minder aan het worden.
Hij blijft er even naar kijken en draait zich dan om om de kamer weer in te lopen.
Als hij een potje crème had gehad dan kon ie het erop smeren.
Een tip om die straks ook gelijk te halen!
Marjolein is aan de tafel gaan zitten en kijkt verveeld om zich heen.
Loes is intussen doorgelopen naar het raam en schuift er de gordijnen open.
Ook die bij het balkon en het licht fleurt de kamer op.
Hans voelt zich opeens een stuk beter.
Niet dat hij het er warmer door krijgt, maar de huiselijkheid doet hem goed.
"Jolanda belde me gisteren op.
Ze vertelde dat jullie ruzie hadden en geen contact met je kon krijgen.
Ze zei trouwens dat je de laatste tijd wel vaker een beetje raar deed en zich zorgen om je maakt."
Loes kijkt hem heel vriendelijk, bijna lief zoals vroeger aan.
"Ik dacht dat ik je moeder was en je moet maar zeggen als ik me daarin vergis."
Hans hoort de ironie in haar stem en moet erom glimlachen.
Hij neemt voetstoots aan dat ze zich gepasseerd voelt en dat het natuurlijk terecht is maakt hem trots.
Toch blijft hij in de deuropening staan.
Hij durft niet even snel naar zijn moeder toe te lopen om haar een knuffel te geven.
Ondanks dat ie voelt en weet dat het zou passen.
Maar Marjolein zal het zeker niet begrijpen en het stoort hem eigenlijk ook dat Jolanda contact met zijn moeder gezocht heeft.

331

Dan herinnert ie zich dat hij de draad uit de telefoon heeft getrokken na dat rare gesprek met die Indiër, doet een stap naar voren zodat ie ziet dat het kabeltje inderdaad nog los hangt. Straks zal ie 'm er weer in steken.

Nu is het waarschijnlijk veel beter dat het nog even zo blijft.

Hij zou trouwens niet geweten hebben wat ie tegen Jolanda had moeten zeggen, als hij haar daadwerkelijk aan de lijn had gekregen.

Ook nu weet hij niet wat ie met de situatie aan moet.

Vanzelfsprekend kan hij niet aan zijn moeder vertellen wat ie gezien heeft en hij kan haar evenmin om advies vragen. Zeker nu niet met zijn zusje erbij.

Hij zou het allemaal niet onder woorden kunnen brengen.

Hans wil zijn moeder een kopje koffie aanbieden, maar ziet in dat ie er geen water voor kan koken.

En hij weet overigens niet eens of ze oploskoffie lust.

Hij heeft een poosje geleden een paar van die tuitjes met Cappuccino en Wiener melange gekregen toen ze die op straat aan het uitdelen waren.

Jolanda en hij zijn er nota bene tweemaal voor langs de reclame meisjes gelopen.

De tuitjes liggen in een van de laatjes in de keuken.

Ze moeten worden opgelost in kokend water en dat kan ie niet maken zonder gas.

En een waterkoker heeft ie ook nog niet.

Tante Marieke heeft die van haar meegenomen en nu begrijpt ie waarom ze 'm had.

"Ze belde me om een uur of vijf op en zei dat je de telefoon niet opnam.

Eerder op de dag schijnt ze het ook een aantal keer geprobeerd te hebben, maar toen was je blijkbaar weg.

Toen ik je gisteravond belde nam je trouwens ook niet op.

Ben je weg geweest en waar zat je dan?"

Zijn moeder klinkt bezorgd, maar hij kan haar geen antwoord geven.

"Ik heb je nota bene om kwart over elf nog een keer gebeld.

Maar toen was je om de een of andere reden kennelijk nog steeds niet thuis.

Of hoor je de telefoon niet als je op de slaapkamer bent?"

Hans laat een antwoord in het midden en vraagt of zijn zusje misschien een glaasje limonade wil.

Iets anders kan hij haar niet aanbieden en hij verontschuldigt zich ervoor.

Als hij het voor haar neerzet gaat ie op de andere stoel tegenover haar zitten.

Ze heeft zijn meubels nog niet gezien, maar zegt er niets over.

Loes heeft vorige week de bank en zijn tafel al wel bewonderd.

Trots heeft hij haar toen ook de borden en het bestek laten zien dat Jolanda en hij eveneens bij de kringloop winkel hebben aangeschaft.

Hans overweegt om met zijn moeder en zusje mee maar huis te gaan.

Het is koud op de boot en hij kan zonder gas vanzelfsprekend niet koken.

Er doet zich geen gelegenheid voor om het idee ter sprake te brengen, want ze zeggen op weg naar opa en oma te zijn.

Ze kwamen alleen maar even bij hem langs om goedendag te zeggen.

Hij begrijpt dat zijn moeder erop rekent dat hij zich zal redden en laat ze even later uit. Hij zwaait als ze vervolgens langsrijden.

Het lijkt wel of het op de loopplank een stuk warmer is dan binnen.

Misschien niet daadwerkelijk warmer, maar het lijkt er inderdaad minder koud dan in zijn kamers.

Brood kan hij straks gaan halen en voor vanavond kan hij natuurlijk even bij de pizzeria of snackbar binnenlopen.

De mogelijkheid om er daar een op te eten of er een in zo'n platte doos mee te nemen, kan ie later over beslissen. Een tasje met patat en een broodje kroket is evenmin te versmaden, al gaat zijn voorkeur uit naar die pizza.

Tante Marieke had in de keuken ook een magnetron, zoiets is daarom eveneens de overweging waard om aan te schaffen. Hij kan binnenkort eens kijken wat die dingen kosten en wellicht is er op de kringloop eentje te koop.

Om het lamlendige gevoel te verdrijven wil hij naar een Cd luisteren, dan kan ie gelijk dat ene boek verder uitlezen.

Hij loopt naar het apparaat, schakelt 'm in en pakt een Cd'tje van de stapel.

Hij ziet dat er eentje tussen ligt van Jolanda, die had ze meegenomen om onder het huiswerk maken te beluisteren.

Hans vindt de muziek vreselijk, maar zet het toch op.

Op de slaapkamer gaat ie zijn boek pakken.

Uit het glas in de kast neemt ie een tabletje met zo'n 1 erop.

In die lage dosis en op een gevulde maag zal de uitwerking alleen maar warmte opleveren schat hij. In de keuken spoelt hij het glas waar de limonade in zat om, neemt het pilletje in en nestelt zich dan op de bank.

Nog steeds heeft ie zijn jas aan, die deken pakken lijkt hem niet nodig.

Om kwart over vier heeft hij het boek uit.

Hij heeft tussendoor een glaasje limonade voor zichzelf gemaakt, maar heeft het de hele middag niet koud gehad. Overigens is hij ook niet in slaap gevallen of slaperig geweest. Het stelt hem gerust dat ie de juiste dosering van die tabletten klaarblijkelijk weet in te schatten. Gelukkig heeft ie er een heleboel.

Alleen in een pizzeria eten is niet gezellig. Hoewel het zondag is blijkt de zaak namelijk helemaal leeg. Nog leeg moet ie misschien zeggen, want hij is er om tien voor vijf al naar binnen gelopen.

Het personeel zat achterin de zaak met elkaar aan een lange tafel te eten en leken het erg leuk met elkaar te hebben.

In het Nederlands heet dat natuurlijk 'gezellig' maar hij weet niet of de Italianen er een term voor kennen die hetzelfde betekent.

Het duurde door het lol trappen even tot er iemand naar hem toekwam.

Hans bestelde een pizza calzone chiusa zonder er de kaart voor te raadplegen.

Zo eentje had Loes 'n poosje geleden gegeten en 't scheen toen erg lekker te zijn.

Ze heeft niet gejokt, blijkt even later.

De kok bood hem overigens een glaasje bier voor onder het wachten.

Hoewel hij nog niet had besloten of ie de maaltijd hier of bij hem op de boot wilde gebruiken, heeft ie op het aanbod plaats genomen aan een van de kleine tafeltjes voorin in de zaak.

Zijn jas hing hij over een andere stoel.

Het tasje met zijn boodschappen kon daarbij tijdelijk op de zitting.

De inmiddels in functie getreden ober stelde hem voor dat ie onder het eten een tweede biertje zou drinken. Hans genoot zoals gezegd van zijn pizza, maar sloeg het aanbod niet af.

Als toetje hoefde hij niets, maar het idee om nog van een sterke kop espresso koffie te kunnen genieten en om dan pas naar de koude boot terug te hoeven, trok hem aan. De bediening verstrekte hem er een Sambuca bij.

Hans was niet op de hoogte dat je die met het bierviltje dat ze eronder gaven, uit diende te maken en liet de brandende drank daarom vanzelf uitdoven.

Toen dronk hij het in een teug op.

Over de koffie deed ie iets langer, maar toen was het inmiddels de hoogste tijd om weer op huis aan te gaan.

Hij loopt zijn tuintje in en ziet hoe er ergens binnen een lichtje brandt.

Het lijkt uit de badkamer te komen.

Hij wacht even en kijkt nog eens goed. Achter de hoge ramen ziet ie inderdaad een lichtje schijnen. Hij blijft wachten want als er inderdaad iemand op het toilet zit wil hij die even de kans geven om ermee klaar te zijn.

Hij gaat ervan uit dat het Jolanda zou kunnen zijn, maar dan heeft ze die sleutel blijkbaar niet terug gegeven.

Het spijt hem nu dat ie er klakkeloos vanuit is gegaan dat ze 'm in het laatje neergelegd heeft.

Het wachten duurt hem te lang en hij stapt de loopplank op.

Als hij een beetje stampt dan zal ze waarschijnlijk schrikken, of in ieder geval weten dat hij er aan komt.

Dan doet ie de deur open en stapt naar binnen.

De deur van het toilet staat open en het lichtje boven de spiegel brandt.

Dan herinnert ie zich dat hij er vanmiddag zijn gezicht heeft gewassen.

Zijn moeder en zusje waren er toen en hij heeft kennelijk vergeten om dat lichtje weer uit te doen. En de deur goed te sluiten.

Hij doet het licht in de gang aan en die in die in de badkamer uit.

Voor de zekerheid kijkt hij in de keuken of Jolanda er inderdaad de sleutel heeft neergelegd. Zoals hij eigenlijk al wist ligt die inderdaad weer op z'n plaats in de lade, dat had ie vanmorgen toch al gezien!

Hij merkt dat de waarneming hem oplucht en bergt nog enigszins geschrokken de boodschappen op in de koelkast en het kastje boven zijn aanrecht.

Besluiteloos blijft hij daarna in de keuken staan.

De biertjes in de pizzeria hebben hem gesmaakt en het dringt plotseling tot hem door dat zijn klasgenoten hem benijden om het idee dat hij nu op zichzelf, ook zelf kan bepalen wanneer en hoeveel hij ervan zou kunnen drinken.

Het lijkt zelfs het belangrijkste te zijn waarover ze hem telkens aanspreken en de verantwoording om de boel aan de praat te houden en in goede banen te leiden, zoals hun leraar het noemde, schijnt ze te ontgaan.

Hans weet niet of hij nu nog even naar de supermarkt wil om een paar flesjes of zelfs een heel sixpack te halen. Als hij dat studentenpasje meeneemt zal de kassière hem er waarschijnlijk wel mee laten passeren.

Het ding is vals, maar bijna alle klasgenoten hebben er een. Die van hem hebben ze zelfs voor hem gemaakt zonder dat hij erom heeft hoeven vragen.

Alleen een pasfotootje was nodig en die had ie net de dag ervoor met Jolanda samen gemaakt in de automaat op het station.

Jolanda zei later dat ze ook zo'n pas wilde, maar zij ziet er jonger uit dan ze is.

Hij pakt het pasje om eens te kijken of hij er zelf door overtuigd zou worden.

Het ziet er eigenlijk tamelijk goed uit. Hij lijkt wel achttien!

In de supermarkt blijkt de keuze overweldigend.

Zomaar een willekeurig merk pakken en daarmee dan thuiskomen, lijkt hem niet de beste aanpak. Hij wikt even en let op als een man heel doelbewust naar een bepaald bier toe blijkt te lopen.

Het merk kent hij omdat ie er weleens een reclame van heeft gezien, er zijn pakken met 6 flessen en er blijken er ook te staan met 4.

Bij die zit er een speciaal glas in en Hans rekent uit of dat veel extra kost, dan besluit ie zichzelf te verwennen.

Als de kassière hem trouwens straks niet door wil laten, kan hij haar altijd vertellen dat het een verrassing is voor zijn vader.

Eventueel kan hij haar zelfs vragen of ze ook cadeaupapier verkopen, dan zal ze zeker overtuigd zijn en verbaast zich over zijn improvisatie.

Hij pakt een zak chips voor erbij en loopt dan naar de kassa's.

De mevrouw erachter heeft het druk. Ze praat met haar collega van de andere en besteedt geen aandacht aan wat hij allemaal mee wil nemen.

Ze noemt uitsluitend het totaalbedrag op dat op haar schermpje verschijnt en controleert wat hij haar betaalt.

Het is jammer dat hij die tas met rode bloemen nog niet terug heeft van Jolanda.

Die zou heel goed van pas komen, al zou ie 'm waarschijnlijk niet bij zich hebben.

Hij koopt een grote tas van de winkel zelf, er staat weliswaar een reclameboodschap op, maar hij neemt aan dat het voor de functie niet uit zal maken.

Zonder moeilijkheden komt hij buiten weer aan bij zijn fiets.

Hij kan niet beslissen of ie blij moet zijn omdat men hem blijkbaar oud genoeg acht op zijn uiterlijk, of dat er gewoon niet zo goed werd opgelet.

Dat laatste heeft ie toch niet zo vaak zien gebeuren en hij vond het altijd nogal gênant als een leeftijdgenoot voor hem zijn of haar ID moest tonen.

Blijkbaar gaat het er in de winkel op zondagavond minder strikt aan toe.

Het zou natuurlijk leuk geweest zijn als dat pasje aangetoond had te werken.

Terug op de boot zet hij de flesjes in de koelkast.

Er staat op het etiket dat 't het beste gedronken kan worden op 5°C en het bier zou 8,5% Alcohol bevatten. Volgens hem moet dit zeker iets anders zijn dan het gewone Pils dat de jongens vaak zeggen te drinken.

Hij ziet ernaar uit om er een te gaan proeven.

Net zoals in de winkel kan hij zich niet herinneren wat zijn vader meestal dronk, dit bier waarschijnlijk niet.

Op zijn horloge is het bijna acht uur, als hij een uurtje wacht, moet de drank straks op drinktemperatuur zijn.

Overigens valt de temperatuur op de boot hem opeens heel erg mee.

De sfeer die er hangt lucht hem ook opeens op, het lijkt wel dat de spanning die hij sinds vrijdagmiddag voelt, langzamerhand van hem af aan het vallen is.

Binnen doet hij de gordijnen aan de waterkant dicht en schakelt de tv in.

Als er niks speciaals komt, kan hij wel even naar het journaal kijken.

Hij doet het lichtje aan de wand aan en die aan het plafond uit, pakt dat krantje erbij om het uit te zoeken en besluit om die ene natuurdocumentaire over de zuidpool en pinguïns ook even te bekijken.

Dat zal duren tot kwart over negen en dan is het intussen mooi de tijd om dat verduvelde biertje te gaan doorproeven. Hij weet dat proeven zo heet in België en besluit dat het als term het beste past bij dat bier.

Er komt later nog een Franse film waarover hij weleens iets gelezen heeft, maar hij zal het ervan af laten hangen of hij die ook wil zien.

Hij wrijft in zijn handen, voelt zich prettig, durft zich te verkneukelen want intussen heeft ie er genoeg zin in om er een gezellige avond van te maken.

Net op het moment dat een hele kolonie pinguïns om dreigt te komen in de ijzige poolwind, gaat de bel. Het geluid van de televisie staat niet hard en hij weet dat iemand die voor de deur staat alleen maar licht kan zien door het glas in de deur.

De plafonnière in de hal is uit, maar het lampje van de wasemkap is aan.

En er is natuurlijk die ene hier die in de kamer boven de tv, maar vanaf de loopplank is niet te zien dat hij op de bank zit of dat de tv is ingeschakeld.

Als hij stil blijft zitten is ie onzichtbaar.

Door dat glas in de deur is alleen beweging waar te nemen, maar voor de zekerheid zet hij het geluid toch zachter.

Hij verwacht geen bezoek en is niet echt nieuwsgierig naar wie hem wil spreken.

Hij vindt het trouwens geen tijd om iemand te ontvangen.

Beschaafde mensen komen op afspraak of voor achten, niet nu en trouwens hij zit toch tv te kijken!

De bel gaat voor een tweede keer, maar dan hoort ie iemand teruglopen naar het einde van de loopplank. Hij wacht nog even, maar is de draad van het verhaal over de zuidpool uit het oog verloren, de aftiteling begint trouwens al.

Hij wacht even of er buiten een verdere actie te bespeuren is.

Als die uitblijft staat ie op.

Uit de koelkast pakt hij zo'n flesje en spoelt het nieuwe glas schoon. Door de hal loopt hij terug naar zijn zitplaats op de bank.

Door het geribbelde glas heeft ie niets afwijkend gezien, het achterlichtje dat weg rijdt kan van iedereen zijn.

In ieder geval niet van Jolanda want haar verlichting is al een tijdje stuk.

Doordat hij aan haar moet denken slaat zijn stemming om.

Zojuist was hij nog blij, voelde zich vrolijk.

Hij had zich voorgenomen om morgen uit school gas te gaan halen en dan kan ie het hier weer gezellig en behaaglijk maken.

Op de een of andere manier was hij optimistisch gestemd.

Nu weet ie dat niet meer zo zeker.

Een soort onzekerheid maakt zich zomaar van hem meester.

Dan wint de nieuwsgierigheid naar dat bier het weer.

Om het flesje open te krijgen moet hij de opener in de keuken gaan pakken, toch aarzelt hij nog even om het te doen en staat dan op.

In het laatje ziet hij nogmaals de sleutel liggen en hoewel hij dat natuurlijk allang wist lucht het hem op.

Met de opener in zijn hand loopt hij terug naar het tafeltje.

Het dopje gaat er gemakkelijk vanaf, maar het bier schuimt heel erg. Als hij het vervolgens precies volgens de plaatjes van de verpakking inschenkt, die heeft ie eerder klaarblijkelijk niet voor niets bestudeerd, komt het resultaat overeen met de foto's op de voorkant van het pak.

Hij is er trots op en bewondert zijn glas.

Dan snuift ie de geur op, neemt een slok en vindt het lekker.

Na nog een paar slokjes laat hij het glas even walsen in zijn hand.

Ook dat gaat volgens de informatie van de verpakking en ondanks de uitbundigheid van de reclametekst klopt het verhaal heel aardig.

Ook die film even later blijkt heel bezienswaardig.

Vlak voor het begin en na dat nieuwsprogramma volgend op die met de zuidpool vogels, heeft ie al een nieuw flesje uit de koelkast gepakt. Ook deze smaakt uitstekend, al heeft ie er die zak met chips ook bij open getrokken.

Het zout maakt zijn dorst natuurlijk groter.

Na het einde van de film en er, blijkens wat heen en weer zappen, niks leuks meer te bekijken valt, vindt ie het de hoogste tijd om te gaan slapen.

Als iemand hem nu zou voorleggen of dit verstaan moet worden onder 'zelfstandig wonen' zou ie niet anders kunnen dan het ronduit beamen.

Al spreekt het natuurlijk voor zich dat ie niet had moeten vergeten dat gas te halen.

Er staat immers niet voor niets een reserve fles in die kist?

Hij denkt dat het vooral te maken heeft met onervarenheid en misschien moet ie het vooral wijten aan 'nog moeten wennen'.

Als je erop aandringt, voldoet hij voor de rest toch heel redelijk aan de eisen!

Het is even over half drie als hij nodig moet plassen. Op het wekkertje kan hij zien hoe laat het is en voelt ook meteen dat het weer heel erg koud is.

Hij neemt een pilletje uit het glas en gaat naar de badkamer en legt het tabletje tijdelijk op het randje van zijn wastafel. Het is er een van 20.

Dan doet ie zijn behoefte en neemt de pil in met wat water.

Of het door dat bier komt of door de kou weet ie niet, maar om halfzes moet hij weer heel nodig.

Als hij terug in zijn bed kruipt kan ie de slaap niet meer vatten, blijft daarom op zijn rug liggen en probeert zich voor te stellen hoe de dag zich zal gaan voltrekken.

Het eerste uur is saai en die tweede is vrij. Hij kan zich er beter voor afmelden.

Dan hoeft hij pas om kwart voor elf op school te zijn en heeft ie intussen de tijd om dat gas te gaan halen.

Met de kachels weer aan, zal het vanmiddag weer warm genoeg zijn op de boot.

Hij bedenkt hoe hij zijn afwezigheid zal verklaren.

Van de conciërge moet hij een vrijbriefje krijgen, maar daar heeft ie geen ervaring mee. Als hij dit uur verzuimt is het namelijk de eerste keer dat ie zal spijbelen.

Hij is toch weer in slaap gevallen en wordt om even over tienen wakker. Geschrokken loopt hij naar de huiskamer. Meteen steekt ie er het draadje in de telefoon, belt naar school en hangt een verhaal op over griep en hoge koorts.

Hoe hij erop komt weet ie niet, maar het gaat spontaan en klinkt overtuigend.

De conciërge wenst hem namelijk beterschap en dan beëindigen ze zonder verdere plichtplegingen het gesprek.

Uit de verhalen van zijn klasgenoten heeft hij kunnen opmaken dat spijbelen eenvoudig zou zijn, maar zo gemakkelijk had ie het zich niet voorgesteld.

Hij haalt de draad weer uit het toestel. Het lijkt hem lekker rustig als ie niet gestoord kan worden. Door wie of waarbij weet ie niet, maar voor zijn gevoel is dit het beste.

Hij gaat terug naar zijn slaapkamer en kleedt er zich aan.

Met wat moeite heeft ie de gasfles, die toch aanzienlijk zwaarder leek dan het eruit zag, mee gezeuld naar de gasboer.

Die kijkt hem vragend aan en deelt mee dat: "Die fles nog lang niet leeg is."

Hans legt zijn situatie op de boot aan hem uit.

Voor de zekerheid schudt de man nog eens met de fles maar stelt dan vast: "Je drukregelaar zal stuk zijn. Heb je die gereset?

Je hebt zeker een van de kachels hoog laten branden. Of op je pitten iets een tijdlang laten sudderen. Als dat gebeurt slaat de beveiliging uit en die moet je dan resetten."

Hans weet niet waar hij het over heeft.

Tante Marieke heeft niets gezegd over resetten, een beveiliging of regelaar.

Hij haalt zijn schouders op: "Hoe kom ik daar achter?"

De gasboer legt hem uit dat er bij die regelaar een knop moet zitten en dat hij daarop kan drukken als er een 'pen' uit geschoten is.

Meestal zou die rood zijn: "Maar in ieder geval is het duidelijk zichtbaar."

Hans hoeft alleen maar even te wachten tot de knop vervolgens ingedrukt blijft zitten. De man pakt een papiertje en schrijft zijn adres op.

"Ik kan donderdag wel even komen kijken.

Dan neem ik een reserve fles voor je mee, want die andere zal wel leeg zijn."

Het verbaast Hans dat de man zijn adres weet, maar dan ziet ie dat het met een viltstift op de fles geschreven staat. Hij heeft 't alleen maar over hoeven schrijven.

De gasman helpt hem om de fles weer op zijn fiets te binden en houdt de deur van zijn werkplaats voor hem open. Het is natuurlijk dom dat hij niet die lege heeft meegenomen, maar hij wist niet beter dan dat deze dat ook zou zijn.

Bij de boot terug, sluit hij de gasfles weer aan en zoekt die reset knop op.

Die blijkt al ingedrukt te zitten, maar Hans probeert het toch.

Binnen krijgt hij daarna de gaspit niet brandend.

Het sist niet eens en tante Marieke had hem uitgelegd dat ie daarop moest letten.

De bedoeling is dat hij het gas vol open draait en dan even wacht tot hij met die ontsteker een vlam aan kan krijgen.

Ze heeft gezegd dat: "De lucht eerst uit de leiding geblazen moet worden.

Daarom moet je goed opletten of je iets hoort sissen en kan ruiken of er al gas is."

Hij probeert het een aantal keren en loopt ervoor op en neer naar de kast waar de flessen op het balkon staan en de keuken.

Wel drie maal controleert ie of de kraan open is gedraaid en ook die reset knop blijft ie een hele lange tijd ingedrukt houden, maar hij krijgt het niet voor elkaar om ergens vuur te maken. Een beetje moedeloos gaat hij op zijn bank zitten.

Het is intussen bijna twaalf uur en hij heeft nog niets gegeten.

Hongerig maakt hij een boterham klaar in de keuken en bedenkt dat het goed is dat hij gistermiddag al iets voor erop heeft gehaald, want daar zou ie nu de fut niet meer voor hebben.

Opeens is hij uitgeput, zijn benen voelen zwaar aan en hij heeft pijn in zijn rug.

Het moet van het sjouwen komen, maar dit besef verzacht de pijn natuurlijk niet.

Weer gaat ie op de bank zitten.

Volgens het weerbericht moet het in de loop van de dag minder koud worden, maar voor hem zal het dus nog een paar dagen zo fris blijven!

Hij staat op en loopt naar de koelkast, op zijn hurken voor de open deur kijkt ie wat er op voorraad is. Als hij wat geld van zijn spaarboekje haalt, kan ie van alles aanvullen. Hij pakt van zijn bureautje een schrift en een pen, dan gaat hij zitten en begint te schrijven.

Het wordt een hele lijst en er komen zaken op die hij samen met Jolanda niet heeft gekocht omdat ie er geen geld voor had.

Dingen die hem lekker lijken en vanzelfsprekend ook wat kruiden en andere smaakmakers die hij nu nog niet heeft. Hij loopt een paar keer tussen de keuken en kamer op en neer om erover na te kunnen denken en zijn wensen bij te stellen.

Als hij stil zit dan vindt ie het te koud.

Hij begint zelfs te bibberen en besluit dat ie van de pillen die hem zo behulpzaam zijn bij het warm blijven, eentje in kan nemen. Hij zal het op een 10 houden.

Met de grote tas die hij de dag ervoor heeft gekocht, loopt hij naar de supermarkt. Als hij naar school zou zijn gegaan had ie nu maatschappijleer, daar mist ie eigenlijk niet zoveel aan.

Weer terug besluit ie dat zijn kastjes anders ingedeeld moeten worden.

Jolanda heeft drie weken geleden wel uitgebreid alles schoongemaakt, maar als hij de twee kastjes onder zijn aanrecht voor pannen en schoonmaakgerei reserveert, kan het bovenkastje gebruiken voor potten met voorraad.

De koelkast is dan natuurlijk voor al het andere geschikt.

Hij maakt een sopje klaar, maar het is natuurlijk jammer dat het met koud water moet. Hij loopt naar zijn bureautje en slaat een nieuw vel papier op van het schrift. 'Waterkoker', schrijft ie erop.

Van de inspanningen krijgt hij het warm, daarom wil ie het schoonmaak werk en de herinrichting volhouden tot hij er helemaal mee klaar is.

Terwijl hij er nog mee bezig is wordt het buiten alweer donker.

De lichtjes mogen aan en de gordijnen dicht.

Als hij klaar is met zijn werk kan hij tevreden zijn en besluit een van de laatste biertjes open te maken. Er is trouwens ook nog een restje chips.

Hij schakelt de tv in en kijkt naar het middagjournaal.

Daarna is er een uitzending over treinen, die zit hij uit en drinkt er dat andere flesje bij leeg. Even overweegt ie of hij naar de winkel zal gaan om er nog een paar te halen. Voor zijn gevoel doet de drank hem weinig en omdat ie het erg lekker vindt, zou een extra aantal flesjes heel welkom zijn.

Ze zijn trouwens tot aanstaande woensdag in de aanbieding en als hij de statiegeld-bon bij de kassa overlegt, zullen ze er vast en zeker geen bezwaar in zien dat ie een aantal verse komt halen. Hij trekt zijn jas aan en neemt weer de grote tas mee.
Het ding begint bij hem te horen.

Voor die biertjes moet hij zich bij de kassière legitimeren. Het meisje kijkt heel aan-dachtig naar zijn pasje en laat hem door. Twee sixpacks uit de aanbieding heeft ie en het blijkt geen bezwaar!
Terwijl hij ze in zijn tas staat te persen, buigt ze zich naar hem toe.
"Dat pasje is vals hè, dat zag ik wel.
Mijn cheffin stond naar me te kijken, maar ik wilde je niet tegenhouden.
Ze bemoeien zich er altijd mee en halen er dan de bedrijfsleider bij.
Dat wilde ik je besparen."
Ze noemt de naam van een persoon die het dingetje voor hem gemaakt zou kunnen hebben. Maar Hans kent 'm niet en zegt eerlijk dat hij het pasje 'van iemand' heeft gekregen. Daarna steekt ie zijn hand op om haar goedendag te zeggen.
"Ik heb gehoord dat je hier in de buurt bent komen wonen.
Bevalt het je hier een beetje?"
Hij bromt een geluidje en kan ontsnappen.
Het was erg stil in de supermarkt, ze zat zich waarschijnlijk te vervelen en wilde blijkbaar een praatje maken.
Onderweg naar zijn fiets vraagt ie zich af hoe het een en ander in elkaar steekt en is blij dat ie haar er niet mee in moeilijkheden heeft gebracht, of zij hem.
Snel fietst ie terug naar de boot.
Drie flesjes kunnen er met wat heen en weer schuiven bij in de intussen vol gewor-den koelkast. Eten koken kan nog steeds niet, dus zet ie er een klaar.
Hij neemt zich voor om straks op tijd te gaan slapen.
Al is hij moe, nu is het daar nog veel te vroeg voor.
Hij gaat op de slaapkamer alvast zijn pyjama aantrekken. Zijn broek is nat van de re-gen en maakt dat ie het nog kouder zal krijgen als ie er zo bij blijft lopen.
Hij doet de oude kamerjas van zijn vader erover aan. Als het hem te koud wordt, kan hij altijd zijn jas er alsnog overheen aantrekken. Nu is die te nat.
Ook de volgende dag spijbelt hij.
Het is een beetje teleurstellend dat het eigenlijk zo gemakkelijk gaat.
Het heeft altijd door zijn geest gespeeld hoe 'de inspectie' er als een bok op de haver-kist bij op zou treden. Dat hebben de leraren zo voorgespiegeld, maar het valt alle-maal nogal mee. Of tegen, het hangt ervan af hoe je er tegenaan kijkt.
Al die tijd is ie bang gemaakt voor helemaal niks.
Hij komt laat z'n bed uit en combineert de lunch met zijn ontbijt. Jammer dat ie er geen eitje bij kan bakken, daar heeft ie er nu zes van in de kast staan.
Zijn jas is nog steeds vochtig.
Hij heeft 'm in de badkamer gehangen maar dat heeft helaas niets geholpen.
Om heel eerlijk te zijn ruikt 't muffig in de boot, dat kan hij zonder verse buitenlucht zo ook heel goed ruiken.
Hij doet de deur naar het balkon op het haakje.

Dat zal de boel wat opfrissen en het kan er toch niet door naar binnen regenen omdat er dat afdak boven zit.

Met de plaid van Jolanda's moeder om zich heen geslagen gaat ie zitten lezen.

Zo nu en dan klaart het buiten een beetje op, maar tussendoor regent het flink.

Het weer zou beter worden, maar het is duidelijk nog winter.

Laat in de middag gaat de bel.

Door het glas heen herkent ie aan de kleur van haar jas Jolanda.

Hij blijft weer doodstil op de bank zitten. Alle lichten zijn nog uit en daardoor zal ze niet weten of er iemand op de boot aanwezig is.

Jolanda belt nog een keer aan, maar geeft het dan op.

Hans ziet hoe ze iets tegen zijn voordeur zet en vervolgens over de loopplank weg loopt. Het is de tas met de grote bloemen die ze samen gekocht hebben.

Er zit geen bericht of een briefje in en hij neemt aan dat ze begrijpt dat ie het niet 'goed wil maken'. Zo noemen klasgenoten dat altijd bij een verkering.

Hij hoeft haar dan evenmin uitleg te geven en dat stelt hem gerust.

In de afgelopen dagen heeft ie er een paar keer over nagedacht, maar hij voelt zich voornamelijk bevrijd.

Hij komt er niet uit want kan niet beredeneren waarom, van het ene op het andere moment zijn genegenheid voor haar is verdwenen. Dat kan hij niet aan haar uitleggen en nu ze er blijkbaar geen belangstelling voor heeft, voelt ie zich opgelucht.

Hij staat op, gaat naar de koelkast en pakt een flesje bier, dan spoelt ie het glas om en neemt weer plaats op de bank. Het is bij half zes.

Hij zou zich eigenlijk aan moeten kleden en wat te eten moeten halen.

Dat kan een Chinees of nogmaals een pizza worden, maar hij heeft ook nog brood liggen. Er is beleg genoeg en ook weer een verse pot met pindakaas.

Het past beter bij zijn stemming om voor die boterhammen te kiezen.

Morgenochtend heeft ie dan weliswaar niets voor het ontbijt meer in huis, maar dat ziet ie dan wel weer. Müesli en melk zouden daartoe heel goed van pas komen, al was het maar om erop terug te kunnen vallen.

Helaas heeft ie dat allebei nog niet gehaald!

Na het eten heeft ie het alweer zo koud en durft het aan om zo'n 20 pil te nemen.

Zijn rug doet trouwens heel erg pijn, daarom zoekt ie in de aantekeningen en de bijsluiters welke tabletten zijn vader hielpen om zijn pijn te verlichten.

Er zijn wel vijf strips met die pillen in de tas.

Ze zijn allemaal 10 mg en om te beginnen neemt ie er eentje.

Dat moet de last van die pijnlijke rug tenminste iets lichter maken.

Later kan ie desnoods bepalen of nog eentje extra afdoende werkt.

Hij blijft een poosje tv kijken en pakt dan om half tien een boek.

Met het laatste restje uit die tweede fles bier erbij blijft ie een uur lezen, maar kan dan opeens zijn ogen niet meer open houden. Het verbaast hem, want als hij eerlijk is dan heeft ie vandaag een hele dag rust gehouden.

Het lijkt alsof hij inderdaad een beetje ziek is.

Na nog een halfuurtje uitstel vindt hij het tijd om in zijn bed te kruipen.

Hij neemt nog zo'n pijnstiller, maar besluit dat de eerste pil hem niet afdoende heeft geholpen. Dat maakt dat ie er net zo goed een tweede bij kan innemen.

Wellicht dat ze iets doen tegen die vervelende stijfheid in zijn rug. Ook een tabletje van die 20 mg, neemt hij erbij in, tegen de kou werken die heel goed immers.

Dan poetst hij zijn tanden en kruipt onder de wol.

Eerst maakt hij nog zorgvuldig zijn bed op, maar dat is logisch.

Hans houdt van orde. Zijn ouders, onderwijzers en leraren wisten en weten dat het voor hem het beste werkt als er geen onregelmatigheden op zijn weg liggen.

Het maakt de omgang weleens lastig, maar daar merkt hij zelf maar weinig van.

Hans weet niet anders.

Hij moet ongeveer een uur geslapen hebben, maar wordt dan wakker.

Niet omdat hij ergens pijn heeft, want die pilletjes blijken het in deze dosis heel goed te doen, maar hij is weer overvallen door dat onrustige gevoel.

Daar was de afgelopen dagen wisselend sprake van, maar het overvalt hem nu.

Hij probeert te analyseren wanneer het zich voordoet, er de oorzaak van is en wanneer is het eigenlijk begonnen?

Als hij eerlijk is, dan was dat al toen papa in het ziekenhuis lag.

Ook toen had hij avonden dat hij niet in slaap kon komen en lag te piekeren.

Eerst dacht hij dat het kwam door het gedrag en de opmerkingen van zijn moeder.

Maar op andere momenten kon hij dat wegwuiven omdat ze dan niets had gezegd en er weinig op haar aan te merken viel.

Toch herkent ie dezelfde onrust, die hield hem indertijd ook wakker.

Het nadenken over die eerdere momenten, de mogelijke problemen die eraan ten grondslag kunnen liggen en verbindingen die er aan te koppelen zijn, maken dat hij pijn in zijn buik krijgt.

Kramp in zijn darmen en het is niet te harden!

Hij knipt het lichtje aan en wil de tas met medicijnen pakken, die staat nog op de bank in de huiskamer. Hij staat op en loopt er naartoe.

Het licht heeft ie aangedaan en nu zit ie in de papieren te zoeken naar het merk van die maagtabletten. Ze blijken in een potje te zitten en daar zijn er twee van.

Een is halfvol, de anders is nog dicht, eentje haalt ie eruit en zet de tas dan neer naast de bank.

Hij controleert of het stevig blijft staan. Waarom weet ie niet, maar hij betrapt zich erop dat ie heel zorgvuldig na zit te kijken of het tasje niet zal omvallen.

Dan pakt ie het ding op en zet die op een van zijn stoelen bij de tafel.

Voordat hij in de badkamer de capsule met die maagbeschermer inneemt pakt hij uit de kast bij zijn bed een tabletje van 30 mg.

Dan neemt ie alles in met wat water, doet een plas en gaat terug naar zijn bed.

Het lichtje laat hij nog even aan.

Hij probeert in de kamer aanknopingspunten te vinden, bedenkt dan dat ie is vergeten om de gordijnen dicht te doen en ook die deur zit nog op het haakje.

Hij vindt het te koud om dat nu in orde te maken, overmorgen zal de man van die gasflessen komen. Hopelijk kan de kachel dan weer aan.

Het lichtje mag uit, hij ziet dat het op zijn wekkertje kwart over vier is.

Brief

Beste tante Els,

      waarschijnlijk weet u niet wie ik ben, daarom zal ik het aan u uitleggen. We hebben elkaar 2x ontmoet en naar ik begrepen heb heeft u zoveel mee gemaakt dat u niet meer zal weten wie uw neef Hans is.

Ik ben de zoon van uw broer Martin en we hebben elkaar voor het eerst ontmoet toen u ons kwam verrassen met koffie op het strand.

Het was voor mij de eerste keer dat ik een lange fietstocht had gemaakt en ook dat strand was nieuw voor mij. Naar ik me herinner was ik toen ongeveer zes jaar en u 16, 17 of misschien al 18.

      Dat papa twee zussen had dat wist ik toen niet, alleen had hij ooit gezegd dat er ook een nakomertje was. Uw bestaan is helaas nooit sterk genoeg tot me doorgedrongen omdat de banden binnen uw familie niet zo sterk onderhouden worden.

Tenslotte heb ik u toen toch ontmoet en ken ik uw zus Marieke omdat ze de beste vriendin is van mijn moeder.

Helaas hebben ze nooit verteld waarom jullie elkaar niet willen ontmoeten en hoe mijn vader of mama zoiets onmogelijk hebben gemaakt.

      Ik vind het jammer dat hij zich daar blijkbaar niet tegen heeft kunnen verzetten en het spijt me dat ik u niet heb kunnen ontmoeten, toen we van hem afscheid moesten nemen.

Hierbij mijn excuses voor het feit dat u niet was uitgenodigd en dat ik daartegen niet heb weten te protesteren bij de andere familieleden.

      Ter verdediging kan ik aanvoeren dat uw zus, broer en ouders evenmin tegen deze beslissing zijn ingegaan.

En ik wil daar aan toevoegen dat ik meer aan mijn hoofd had omdat papa mij op de schouders had gelegd ervoor te zorgen dat hij gecremeerd zou worden. Misschien kunt u zich iets voorstellen bij die omstandigheden?

      Het stemt me overigens gelukkig dat ik daar, tegen zijn verwachting in geen strijd voor heb hoeven voeren met de familieleden.

Maar ik heb er daardoor minder op kunnen letten dat u ook op de hoogte werd gesteld.

Want zo ik geweten had dat u niet uitgenodigd was, dan zou het er toch zeer waarschijnlijk van gekomen zijn hiertegen wèl te protesteren.

Daarvoor dus nomaals mijn excuses.

Ter verdediging van uw broer Henk vertel ik u overigens dat ik dit adres van hem gekregen heb, zodat ik nu deze brief aan u kan schrijven.

Op het feest van uw vader, ja ik ben naar hem vernoemd en het was de keer waarop hij vijfenzestig werd, hebben we elkaar nog een keer gezien.
Jammer dat het toen zo druk was dat we niet verder kwamen dan een vluchtige handdruk.
En dat ik in de bus vervolgens zo vreselijk misselijk werd, spijt mij eveneens.

Natuurlijk hebben zich in de loop der tijd momenten voorgedaan dat ik contact met u had kunnen opnemen. Wellicht zoals ik nu pas doe, maar ik heb nooit echt met mijn ouders of wie dan ook over u kunnen spreken.
Ik wist van uw bestaan, maar niet hoe u te bereiken was. Heel erg jammer!

Bijvoorbeeld op die uitvaart had ik u willen bevragen naar mijn vader en u eindelijk (weer eens) persoonlijk willen ontmoeten. Daar heb ik zelfs naar uitgekeken, maar het kwam er door die toestanden niet van.
Ik weet trouwens nog steeds niet hoe ik mijzelf daarbij een houding kan geven en hoop werkelijk dat u me wil vergeven.
Pas achteraf drong het tot me door dat ik U gemist had, maar toen was het te laat en kon ik er niets meer aan veranderen.

Gedurende de afgelopen jaren is het me regelmatig voor de geest gekomen dat ik in u een heel aardige tante zou kunnen hebben. Weliswaar kende ik u niet persoonlijk, maar ik stelde me dan voor hoe u zou zijn.
U heeft indertijd veel indruk op me gemaakt en toen ik verkering kreeg met mijn vriendin, die ongeveer net zo oud is als u indertijd was, ben ik u meer en meer gaan missen.
Daarom kan ik niet genoeg benadrukken hoe jammer ik het vind, dat ik u nooit een beetje goed of enigszins beter heb leren kennen!

Als ik afga hoe uw zus op mijn vader lijkt, niet alleen qua gezicht maar vooral in haar manier van doen, kan ik me eenvoudig voorstellen dat dit ook voor u op zou kunnen gaan.
Voor zover ik het kan controleren lijkt mijn zusje Marjolein ook sprekend op u. Mede daardoor heb ik regelmatig bedacht hoe een jongere zus van mijn vader eruit zou zien of zich zou gedragen.

Permitteer me om een soort stijfkoppigheid aan de orde te stellen. Als dat geen familietrekje is dan weet ik het niet. Ik herken dit namelijk ook bij mijn vader en zeer zeker mijzelf.
En ik meen ook iets van uw drang naar afzondering te herkennen.
De term ontleen ik aan de dokter waarmee ik ter ondersteuning, want ze is psycholoog of zoiets, een aantal gesprekjes heb gehad.
Zij stelde dat ik protocollen niet zou weten te onderscheiden en durfde me voor de voeten te werpen dat ik daardoor 'belast' zou zijn.
Ik meen dat ze daarmee bedoelde dat ik me niet kan aanpassen en inderdaad houd ik ervan om een eigen voorkeur op te bouwen en zelf een persoonlijke keuze te bepalen.
Daartoe ben ik in het geval met u helaas niet in de gelegenheid geweest.

Ik doe echter mijn best en hoop dat we daarin verandering kunnen aanbrengen.
Het spreekt voor zich dat ik graag wat meer met u over mijn vader had willen
praten. Een enkele keer had hij het namelijk over u en soms zelfs over zijn
jeugd, al speelde u toen blijkbaar nog geen rol.
Vooral de tijd waarin hij samen met uw gezin opgroeide in de dorpse gang van
zaken leek me dan interessant, maar het was blijkbaar ook weleens verwarrend
als ik af mag gaan op zijn verhalen.
Daarom had ik er wel iets meer over willen horen.
Juist van u, omdat het me lijkt dat niet alleen papa er warme gevoelens aan
over gehouden zal hebben.
Die van u kennen dus helemaal niet.

Ik verwacht dat zijn ziekte en dood niet volledig ongemerkt aan u
voorbij zijn gegaan. De omstandigheden hebben op uw familie evenveel indruk
gemaakt als op ons als gezin.
Ik reken erop dat uw ouders en uw broer of zus u op de hoogte hielden.

Zoals ik hiervoor al opschreef vind ik het jammer dat we elkaar (nog)
niet hebben leren kennen. Het lijkt me dat u mij, zeker gezien het feit dat we
elkaar nooit hebben gesproken, veel kunt vertellen.
En op mijn beurt zou ik u natuurlijk willen vertellen over wat mij is overkomen.
Al is dat allemaal niet zo belangwekkend.
Graag zou ik daarom alsnog kennis willen maken en daarbij lijkt 't me vooral
aardig om met u te kunnen spreken over de keuzes die u heeft durven en weten
te maken. Heel vaag is mij daarover weleens iets duidelijk gemaakt, maar op
verhalen kan ik niet afgaan.
Naar ik begrepen heb heeft u een aantal van uw keuzes niet helemaal
zelf of onafhankelijk kunnen bepalen en omdat er intussen hier met mij het een
en ander speelt, zou ik ook daarover weleens van gedachten willen wisselen.
Gelukkig kan, nu ik op mijzelf woon, zo'n kennismaking hier op de boot, want
mijn middelen staan me helaas niet toe om zomaar naar Londen af te reizen.
Al speelt ook die gedachte natuurlijk door mijn hoofd.
Toch denk ik niet dat het ervan zal komen. Zoals u zal begrijpen houd ik er niet
van om me op te dringen. Hoewel ik desondanks door deze brief heel laf de bal
bij bij u mee neerleg.
Per se niet om u te dwingen, maar toch.
Na het overlijden van mijn vader ben ik naar u begrepen zal hebben, op
de woonboot gaan wonen.
Mijn huidige omstandigheden zijn me hierdoor nogal opgedrongen en hoewel ik
volgens velen in mijn handjes zou moeten knijpen, word ik er tamelijk onrustig
van als ik intussen zie hoe het een en ander zich aan het ontwikkelen is.
Het staat me namelijk nogal tegen dat iedereen het altijd maar zo leuk voor me
vindt en dat ik het toch zo goed voor elkaar heb!

Het dwingt me te bekennen dat het in de dagelijkse praktijk heel anders aanvoelt en ondanks dat we elkaar nauwelijks kennen, durf ik aan te nemen dat u het zult begrijpen.

Naar ik uit de helaas spaarzame informatie die me ter oren gekomen is op durf te maken, heeft u persoonlijke zaken die op uw weg kwamen, opgelost en voor uzelf gehouden.

Hopelijk ziet u dat ik dat enorm respecteer!

Mij lijkt het dat een mens zijn leven zelf vorm en inhoud moet geven.

Niemand kan jouw leven voor je leiden immers en in mijn geval probeert mijn omgeving dat jammer genoeg steeds vaker en helaas steeds meer wèl te doen.

De ene keer wil die ene vage kennis namelijk dit bij me te bereiken en de andere keer wenst iemand anders, waarvan ik niet weet waar ie staat, iets geheel anders.

Al die vragen maken in de war, het is namelijk toch mijn leven en volgens mijn keuze wil ik dat inrichten!

En in de tijd die ervoor staat en niet afgedwongen!

Het lijkt me daarom wenselijk dat mijn wijze tante me eens een advies wil geven omtrent die omstandigheden en mogelijkheden.

Binnenkort zal ik mijn eindexamen doen en daarna kan ik wellicht gaan studeren. Ondanks de druk die men op me uitoefent, staat me daar nog niet zoveel bij voor ogen. Dat maakt ieder wel gemeend idee van harte welkom en ook hierbij moet ik telkens aan u denken.

Vooral omdat ik ervan uitga dat u me gefundeerd op uw ervaringen zal kunnen helpen. Het jarenlange stilzwijgen en het gat dat ik telkens voel bij nieuwe gedachten aan u als familielid, maken het delen van deze opvattingen en gevoelens steeds noodzakelijker.

Ik moet het aan u overlaten wat u met mijn onthullingen doet en reken erop dat ik u langzamerhand heb verteld hoeveel ik, zonder u in levenden lijve te kennen, heb gemist en steeds meer lijk te missen.

Ik beschreef al dat het mijn gewoonte en voorkeur is om zelf te bepalen of ik iemand aardig vind, of wellicht niet. Dat blijft wat u betreft helaas nog steeds een speculatie, maar zoals ik al schreef heeft u bij mij een leuke en diepe indruk achtergelaten.

Met deze brief durf ik op die oorspronkelijke genegenheid af te gaan. Vooral omdat mijn beeld is gebaseerd op plezierige herinneringen. Die indruk is in de afgelopen tijd meer en meer veranderd in nieuwsgierigheid, Vandaar dit bericht dat met de mijn vriendelijke groeten een wens inhoudt u te ontmoeten.

Ik zou u een welgemeende kus willen geven als afscheid.

Uw liefhebbende neef Hans.

Slot (2)

Els kijkt om zich heen. Ze ziet dat er niet is opgeruimd in de kamer. Op de bank liggen boeken en op het lage tafeltje staat een vuil glas met ernaast een leeg bierflesje. Ook op de huiskamertafel is het rommelig.

Het ziet eruit alsof iemand eventjes is weg gelopen en doet eigenlijk heel huiselijk aan. Ze roept haar neef nog een keer en door de stilte in de kamer hoort ze hoe het net zo klinkt als vroeger bij haar moeder.

Die riep op dezelfde hoogte en gelijke intonatie haar man als ze hem nodig had.

Ze loopt naar de tafel.

Op een van de stoelen staat een plastic tasje.

Nieuwsgierig en ook wel een beetje uit gewoonte, duwt ze 'm met haar vinger iets open. Ze ziet dat er allerlei doordrukstrips inzitten, schrikt van de hoeveelheid en doet de tas helemaal open. Het ding zit voor meer dan twee derde vol!

Ze ziet verschillende strips en die zitten, blijkbaar gesorteerd, met elastiekjes bij elkaar gebonden. Daardoor alleen al zijn het er echt heel veel.

De ontdekking sterkt haar eerdere, angstige vermoeden.

Zou Hans zich er iets mee willen aandoen?

Daarvoor is de voorraad groot genoeg, maar waarom staat die dan op de stoel?

Heeft ie ze klaargezet en is hij nu even weg gegaan?

Ze loopt voor de tv langs, die is uitgeschakeld en staat blijkbaar niet op stand-by, er brandt namelijk geen lampje. Daar let ze altijd op in verband met brandgevaar.

Voor 'fire hazard' wordt thuis ook vaak gewaarschuwd.

Dan komt ze in de keuken.

Er staat geen afwas op het aanrecht, geen vuile pannen of borden, glazen en bestek. In gedachten maakt ze haar neef een compliment om zijn huiselijkheid.

Thuis bij Molly en haarzelf laat het zich regelmatig opstapelen tot er geen schoon kookgerei meer over is, of er niets meer bijgezet kan worden.

Hans is daar dus iets beter in georganiseerd.

Ze moet erom glimlachen.

Achter het glas van de voordeur die recht tegenover de keuken zit, ziet ze haar koffer staan. Die kan ze beter even binnen zetten. Overigens staat haar tasje er ook nog naast, maar dat laat zich door dat glas niet onderscheiden. Ze weet het.

De voordeur zit niet op het nachtslot en gaat zomaar open.

Dat verbaast haar, in Londen gaat ie bij hun altijd op dubbel slot en ze kan zich herinneren dat ze een paar weken geleden helemaal terug is gelopen, omdat ze dacht het vergeten te zijn.

Ook die extra veiligheid is hier kennelijk niet nodig.

Ze trekt haar koffer naar binnen, nadat ze eerst haar tasje over haar schouder heeft gedaan. Terwijl ze ermee bezig is ziet ze achter de slaapkamerdeur het voeteneind van een bed.

Er ligt iemand want ze kan er ondanks het spaarzame licht voeten onderscheiden.

Precies zoals de buurman al eerder had gezegd, ligt ie op bed!

Ze laat de koffer de koffer en loopt verschrikt terug naar de huiskamer.

Ze neemt de toegang vanuit het halletje, de kortste weg.

Een angstig voorgevoel overvalt haar en ze weet niet wat ze nu het beste kan doen.

Als ze hier in de kamer op de boot wordt aangetroffen, kan ze haar aanwezigheid dan afdoen met de verwijzing naar de uitnodiging van haar neef?

De brief die hij haar haar heeft gestuurd en die de uiteindelijke aanleiding voor dit bezoek vormt, zit in haar tas. Maar hoe ze zonder sleutel en feitelijk als onbekende, binnen is gekomen zal zich lastiger laten verklaren.

Men kan het toch zien als een soort inbraak zoals ze zojuist over het balkon heen is geklauterd. Iemand zal dat misschien waargenomen hebben, want ze heeft ook staan roepen en het staat natuurlijk een beetje raar als er straks een afwijkende toedracht aan het licht komt.

Toch lijkt 't haar het beste om de alarmdienst op te bellen.

Ze durft niet zelf op onderzoek uit te gaan door bijvoorbeeld naar de slaapkamer te lopen. Voorzichtig, aarzelend roept ze nog eens: "Hans?"

Het klinkt bibberig realiseert ze zich, dan loopt ze naar de telefoon die ze naast de tv heeft zien staan.

De draad ligt er achter en het apparaat is vreemd genoeg dus niet verbonden.

Zal ze haar eigen toestelletje pakken of toch maar deze proberen?

In de taxi kreeg ze van BT een SMS'je over roaming en dergelijke.

Ze heeft die van haar uitgezet en weet eigenlijk niet hoe het daarmee moet.

Vanzelfsprekend kan ze er gewoon 112 mee bellen, maar dan krijgen die waarschijnlijk een buitenlands nummer in beeld.

Het lijkt haar niet logisch, dus stopt ze de draad van Hans z'n toestel er in.

De lijn leeft als ze het nummer belt.

Er wordt opgenomen en ze legt uit wat er volgens haar aan de hand is.

Ze merkt dat ze op haar benen staat te trillen, moet snel gaan zitten en kiest een lege stoel bij de tafel.

De telefoniste vraagt haar om nog een keer alles uit te leggen.

Ze vraagt het adres en of ze ook de brandweer nodig heeft.

Els vertelt nogmaals dat ze op de woonboot van haar neef is en probeert zo rustig mogelijk te blijven onder het spreken.

Als de verbinding weer verbroken is, blijft ze besluiteloos aan de tafel zitten.

De afgelopen jaren heeft ze diverse keren een bezoekje aan Nederland afgelegd. Ze gaat dan langs bij haar ouders, maar eigenlijk houdt ze het daar tegenwoordig nooit langer dan een paar uurtjes uit.

Meestal probeert ze de reisjes daarom met een andere reden combineren.

Bijvoorbeeld een mooie tentoonstelling geeft het hier naartoe komen wat inhoud en staat haar dan minder tegen.

De vragen en opmerkingen die haar ouders haar voorleggen, ze storen haar iedere keer namelijk ontzettend.

Ze kan er niet kwaad meer over worden, maar de teleurstelling wordt naarmate de jaren vorderen groter.

Haar vader en moeder hebben haar omstandigheden nooit begrepen en er eigenlijk nooit moeite voor gedaan om daar verandering in aan te brengen.

Heel omzichtig heeft ze hen er regelmatig, op gewezen dat de keuzes die ze gemaakt heeft de keuzes van haarzelf zijn en dat ze zich niet laat dwingen.

Hoe ze er een soort van respect tegenover wil zien, heeft ze ook al een aantal keren aan ze voorgelegd. Maar dat ze dit respect intussen verwacht, heeft ze nooit echt hard aan de orde weten te stellen.

Het dringt tot haar door dat het meer dan zeven maanden geleden is dat ze er voor de laatste keer aan toekwam het reisje te ondernemen.

Haar partner is een paar jaar geleden voor het laatst meegekomen.

Toen ze Henk onlangs op zijn verjaardag belde, versprak hij zich kennelijk omdat ie over Martin in de verleden tijd sprak.

Daardoor kon ze eenvoudig opmaken dat ie was overleden.

Het kwam hierdoor plompverloren ter sprake en het deed haar pijn dat ze zijn overlijden letterlijk voor haar wilden verzwijgen.

Ze zijn nooit 'close' geweest, maar het was toch ook háár broer?

Al hebben ze door de omstandigheden nooit een innig contact onderhouden.

Hij woonde echter zo dichtbij hun ouders, dat het voor hem eenvoudiger was om nog enige schijn op te houden.

Zij kon op haar zestiende naar Londen verhuizen en heeft geen reden gezien om daarop terug te komen.

Gevoelsmatig heeft de familie haar verstoten.

Het is haar duidelijk geworden dat ze, zolang ze zich niet aan hun regels hield, niet mocht meepraten. Zo heeft het haar al van jongs af voor ogen gestaan. Ze was het nakomertje en diende zich te schikken naar de ouderen.

De brief van Hans heeft haar eigenlijk nogal verbaasd. Ze heeft immers nooit geweten of bevroed dat het joch zich zo met haar bezighield.

Eigenlijk kent ze hem niet eens, ook daarom was 't een regelrechte verrassing.

Molly en zij hebben er uitgebreid over gesproken hoe ze er het beste op zou reageren en wat ze moet doen om het oude zeer uit haar familie, dat blijkbaar bij de jongen leeft, weg te nemen?

Voelt hij echt zoveel genegenheid voor haar?

Samen zijn ze tenslotte tot de conclusie gekomen dat als antwoord, een nieuwe brief terugsturen, geen optie vormt.

Als Hans daadwerkelijk zo in de put zit, dan kan alleen een persoonlijk gesprek daar verandering in brengen.

En trouwens een antwoord, waarop?

Moet ze alles dat is voorgevallen, in een briefje gaan verwoorden?

Kan ze daarin uitleggen hoe het een en ander precies is verlopen en wat staat hem van de loop der dingen bij?

Hij kan er niet zo heel veel van meegekregen hebben en haar kant van het verhaal zal ie zeker niet kennen.

Om die reden is ze vandaag naar hem toe gekomen.

Dat kon niet meteen afgelopen maandagavond al, dat liet haar werk niet toe.

Maar gelukkig is het Molly gelukt om voor vanmorgen vroeg een lijnvlucht naar Rotterdam te boeken. Weliswaar heeft Els er een hekel aan om met het vliegtuig te reizen, maar in haar onderbuik besefte ze dat er snelheid geboden leek.

Daarover waren ze het snel eens geworden.

Die taxi hier naar de stad kostte trouwens helemaal niet zoveel, voornamelijk omdat het ritje in Londen al geboekt was.

Ze kijkt om zich heen, zoekt in de kamer naar aanknopingspunten.

Misschien staat of hangt er iets dat ze herkent van Martin.

Vanzelfsprekend weet ze niet hoe de jongen dacht over zijn vader.

Of hoe ie denkt over z'n moeder.

Evenmin is het haar duidelijk hoe hij opeens het ouderlijk huis uit zal zijn gegaan.

Ging dat zoals bij haar ooit, gepaard aan een conflict, of heeft ie de zaken voorgesteld zoals hij ze zelf meende te zien?

Ze weet dat ze ongeveer twaalf jaar ouder moet zijn dan hij, heeft het terug gerekend naar die keer dat ze hem op het strand heeft ontmoet.

Ze was die ontmoeting helemaal vergeten, maar toen ze erover las in zijn brief, wist ze desondanks meteen waarover hij het had.

Kennelijk heeft het voorval toch een zekere indruk achtergelaten en kwam het omdat haar broer die afspraak met haar had gemaakt op de avond ervoor?

Toen hij haar zomaar aan de telefoon kreeg en het spontaan voorstelde?

De herinnering was in ieder geval sterk genoeg om er met haar partner over uit te komen dat ze de brief niet naast zich neer mocht leggen.

Er moet onmiskenbaar een familieband bestaan.

Achteraf gezien is het eigenlijk jammer dat haar zus de onderlinge verdeeldheid is begonnen, in stand heeft gehouden en heeft versterkt.

Dat het volgens haar neef om een familietrekje gaat, laat ze overigens open.

Molly heeft opgemerkt dat ze zich blijkbaar gevleid voelde, er zelfs min of meer trots op was dat hij zich als familielid om haar bleek te bekommeren.

Had zijn vader hem inderdaad het een en ander over haar verteld?

En.... wat was er dan aan de orde gekomen?

Tot diep in de nacht hebben ze erover liggen praten

Ze zijn er niet helemaal uitgekomen en Molly is degene die uiteindelijk de knoop doorhakte: "Jij gaat naar hem toe en praat hem de muizenissen uit z'n hoofd."

Els wordt wakker uit haar mijmeringen.

Buiten hoort ze dat er iemand op de loopplank loopt.

Die buurman gaat zich er toch hopelijk niet mee bemoeien!

Dan schrikt ze omdat iemand zijn hoofd om de deur steekt.

Het blijkt een grote brede politieagent en die duwt 'm er iets verder open.

In haar schrik heeft ze blijkbaar de voordeur niet dichtgedaan.

De man komt aarzelend naar binnen gelopen en ziet haar aan de tafel zitten.

Hij heeft haar koffer in zijn en hand en zet die onder de kapstok in het halletje.

In een reflex staat ze op.

"Volgens mij ligt mijn neef daar op het bed.

Hij heet Hans en heeft me gevraagd of ik naar hem toe wilde komen."

Dan houdt ze haar mond.

Buiten komt de sirene van een ambulance dichterbij en houdt voor de ingang van de tuin stil. Het lawaai sterft met een soort pufje zomaar uit.

Er stapt daarna een geel groene man binnen met een reusachtige koffer aan zijn hand. Met de vrije uitgestoken hand komt ie op haar toe en kan nog net de agent ontwijken.

Die stapt namelijk net opzij en loopt dan via de keuken naar de slaapkamer.

Vervolgens draait de ambulancebroeder zich ook om en loopt door de hal achter de politie aan.

Els verbaast zich erover dat de mannen blijkbaar de weg kennen.

Het wordt een drukte van jewelste, want een agente en nog zo'n broeder, eveneens in dat felle groen en geel gekleed, komen binnen gestommeld.

De agente komt op Els afgelopen.

Die is verbouwereerd door de gang van zaken, weer gaan zitten.

Na het kennismaken zet de vrouw zonder omhaal het tasje met de medicijnen op de grond en neemt tegenover Els plaats aan de tafel. Ze haalt een opschrijfboekje uit haar borstzak en pakt een van de pennen van de tafel.

Het huiswerk van Hans schuift ze voor het gemak wat opzij.

Met behulp van een lineaaltje dat ertussen ligt begint ze aan een tekening.

Els volgt wat ze doet en merkt dat ze een situatieschets maakt van wat zijzelf net in het halletje ook heeft gezien.

Onderstaand de titels en het jaar van de publicaties van D.F.Verplancke bij de POD (Printing On Demand) uitgeverij Lulu. Dat is waar ze eventueel te bestellen zijn via: http://stores.lulu.com/dfverplancke

W - 1x kort 2x lang(er) (2007)

Drie verhalen (*1 korte en 2 lange pips vormen, in het morse alfabet de code voor de letter W*). De schrijver heeft ermee onder de knie willen krijgen wat er komt kijken bij het vormgeven, opmaken en geschikt maken van zijn teksten voor publicatie via deze zogenaamde zelf-uitgeverij.
De verhalen in de bundel zijn beschrijvend van aard en onderhoudend van inhoud. Ze vormen een overzicht van de belangstelling die hij in dit debuut (!) met zijn lezers wilde delen.

2 - een Dubbelroman (2010)

Twee romans die qua inhoud en thema dichtbij de persoonlijke wereld van de schrijver staan. Opmerking: "*In verband met de ziekte van mijn oudere zus die indertijd nogal ziek was en aan wie ik dit boek graag nog wilde opdragen, is de publicatie versneld tot stand gekomen. Ingegeven door deze haast wordt een herziening - met een enigszins andere opmaak - overwogen.*"

Blauw Druk - 14 schetsen over mannen (2012)

Verhalen die verslag doen van de verbazing die de schrijver ervaart als hij 'om zich heen kijkt'. Ze gaan in deze bundel voornamelijk over zijn sekse- / leeftijdsgenoten en hoe die in de praktijk omgaan met gevoelens of overwegingen.
Bijvoorbeeld en voorkeur in de omgaan in de relatie met het 'andere geslacht'.

Hans "een leven op zichzelf" (2017)

In voorbereiding: (voorlopig zonder titel)
* Een roman waarin verslag wordt gedaan van het leven en welzijn van de architect Mol van Egteren (voorlopige naam/functie). De schrijver beoogt het intrigerende levensverhaal van deze fictieve man te beschrijven en wil erin weergeven hoe deze ogenschijnlijk in het leven geslaagde persoon, ertoe komt daar juist een einde aan te maken. Is het ziekte, tegenslag, zijn huwelijksproblemen of spreken er andere motieven mee?
* Bundel(s) verhalen die de schrijver samenstelt uit de diverse dingen die hij 'tussendoor' over zijn belevenissen en waarnemingen opschrijft of heeft 'genoteerd' vanaf zijn 'middelbare schooltijd'.